Die Jünger Äskulaps

Roman

Fred Winkler

Die Jünger Äskulaps

Roman

Fred Winkler

Bibliografische Information der Deutschen Nationalbibliothek: Die Deutsche Nationalbibliothek verzeichnet diese Publikation in der Deutschen Nationalbibliografie, detaillierte bibliografische Daten sind im Internet über dnb.-nb.de abrufbar. Die automatisierte Analyse des Werkes, um daraus Informationen insbesondere über Muster, Trends und Korrelationen gemäß§44b („Text und Data Mining") zu gewinnen, ist untersagt.

Verlag: BoD · Books on Demand GmbH, Überseering 33, 22297 Hamburg, bod@bod.de
Druck: Libri Plureos GmbH, Friedensallee 273, 22763 Hamburg

ISBN: 978-3-7693-9797-0
€ 15.90

1

Als ich am Montag in der Früh, noch vor Tagesanbruch, die Wohnung überstürzt verließ, verspürte ich ein nie dagewesenes Unbehagen, das mir regelrecht auf den Magen schlug. Noch nie hatte ich mich mit so großer Ungewissheit und böser Vorahnung auf den Weg zur Arbeit begeben wie an diesem trüben, wolkenverhangenen Morgen des 12. Juni. Der stille Beobachter hätte meinen erbärmlichen Gemütszustand direkt von meinem Gesicht ablesen können. Das Wetter war nicht schuld. Nein! Es war die Ungewissheit einer unsicheren Zukunft, die mir bevorstand. Ich hatte Gewissensbisse, machte mir Vorwürfe, weil ich meine Ehefrau darüber im Unklaren gelassen hatte. Warum musste ich den behüteten Schoß der Universitätsklinik verlassen? Warum hatte ich mich für den Weg ins Ungewisse entschieden? Für und Wider für den Wechsel meines Arbeitgebers wog ich mehrere Wochen immer wieder ab, ehe ich mich zu dieser verhängnisvollen Entscheidung durchrang. Als ich meine Ausbildung an der Uni begann, war ich ein Himmelsstürmer. Stetig ging es bergan; ich wurde bereits Stationsarzt, als ich noch keinen Facharzt in der Tasche hatte. Plötzlich kam es zu einem Knick in meiner Karriereleiter. Mein Oberarzt, mein eigentlicher Förderer meiner Karriere, ein international anerkannter Gefäßchirurg, verließ über Nacht seinen Posten. Die Spatzen pfiffen es von den Dächern. Nach einer flüchtigen Romanze mit der Krankenschwester Barbara während einer Brigadefeier explodierte neun Monate später die Bombe. Gleich für zwei Bambini meldete sie unzweifelhafte Vaterschaftsansprüche an. Seine Stelle besetzte ein in der Gefäßchirurgie unerfahrener Kollege, weil er die geforderten gesellschaftlichen Meriten vorzuweisen hatte. Die Partei schickte ihn 2 Jahre nach Sansibar, um dem jungen sozialistischen Staat beim Aufbau eines Gesundheitswesens unter die Arme zu greifen. Nach seiner Rückkehr in den Schoß der Klinik war sein beruflicher Aufstieg beschlossene Sache. Hinzu kam noch das plötzliche Ableben des Klinikchefs, was ihm auch noch zur kommissarischen Leitung der Klinik verhalf. Gefäßchirurgische Misserfolge häuften sich, die an meinem Nervenkostüm zerrten. Es war die Zeit des Generationswechsels. Ältere Assistenten besetzten diverse freigewordene Chefarztstellen in den umliegenden Provinzkrankenhäusern. Dabei buhlten sie unter den Ausbildungsassistenten um einen willfährigen Adlatus. Ich blieb davon keineswegs verschont. Unter dem neuen Interimschef hatte meine Kaderakte entscheidende Makel aufzuweisen: fehlendes Treuebekenntnis zum sozialistischen Staat und keine abgeschlossene Promotion. Der letzte Punkt war nicht der gravierendste. Er konnte bereinigt werden. Denn ich hatte dafür schon entscheidende Vorarbeiten geleistet.

Warum hatte ich mich für Dr. Kremer, den alle Kollegen abwertend „Pfiffi" nannten – „Pittiplatsch" wäre allerdings zutreffender gewesen –, in Schönwalde entschieden? Für und Wider hatte ich mehrfach gegeneinander gewichtet. Wochenlang zögerte ich die Entscheidung hinaus. Steter Tropfen höhlt den Stein. Fast täglich sprach er bei mir vor. Auf seine verlockenden finanziellen Angebote fiel ich schließlich herein. Auf mein Argument eines längeren Arbeitsweges wies er auf die Möglichkeit einer Mitfahrgelegenheit in seinem Dienstwagen hin. Da ein Wohnortwechsel bei ihm in Bälde nicht zur Debatte stünde, könnte ich auf halbem Wege zusteigen. Ein Umzug in den neuen Arbeitsort kam für meine Familie ohnehin nicht infrage, jedenfalls nicht so bald. Wir waren selig, vor einem knappen Jahr einen Glückstreffer gelandet zu haben, nachdem wir uns jahrelang vergeblich um eine Wohnung bemüht hatten. In den beengten Verhältnissen der elterlichen Wohnung kam es zunehmend zu Reibereien. Vor vier Jahren hatte ich mich in die Liste der Wohnungsuchenden bei meiner Betriebswohnungskommission eingeschrieben. Ich blieb in ihr abgeschlagen im unteren Drittel hängen. Stets wurden andere bevorzugt. Eines Tages platzte mir der Kragen. Ich schrieb an den Staatsrat der DDR und drohte mit einem Ausreiseantrag, falls mir in der Wohnungsfrage keine Gerechtigkeit widerführe. Nach 6 Wochen bekam ich Bescheid. – Ich bekam Bescheid! Meine

Angelegenheit würde geprüft, hieß es! Innerhalb weniger Wochen bekam ich mehrere Wohnungen angeboten! Die meisten waren in desolatem Zustand und wohl deshalb schwer vermietbar. Schließlich bezogen wir zwei Räume im Erdgeschoss in einer riesigen, verwahrlosten, dreigeschossigen Villa aus der Gründerzeit, im neoklassizistischem Stil erbaut, die die Gestalt eines herrschaftlichen Palais erhielt, unmittelbar neben der ausgebrannten Trinitatis-Kirche, ganz in der Nähe meiner Arbeitsstelle. Das hohe, bogenförmige, zweiflügelige Eingangsportal, flankiert von je drei Fenstern, war von zwei dorischen Säulen umrahmt. Zwei weitere waren auf diese aufgesetzt; zwischen beiden war in Höhe des ersten Stockwerks eine mit einem Ziergitter abgesicherte begehbare Plattform angebracht, ein Söller in Höhe des zweiten Obergeschosses schloss das Säulenensemble ab. Die Villa wirkte dadurch schlanker und eleganter. Der schmale Hausflur war mit einer reichen Decken- und Wandgliederung, sowie mit üppigen Stuckelementen dekoriert. Das verblichene Deckengemälde des hinteren Bereichs des Flures zeigte einen luftigen Himmel. In den Wolken tummelten sich zwei nackte Putten. Die eine hielt Blütenzweige mit Rosen in den Händen, die andere spielte mit einer Taube. Unser Wohnzimmer glich einem Palazzo mit einer hohen, stuckverzierten Zimmerdecke und mit einem Mosaikfußboden aus Parkett. Einen wiederholten Blick nach oben auf die stuckverzierte Zimmerdecke unterließen wir tunlichst, denn wir glaubten durch ein Weitwinkelobjektiv zu blicken, wenn wir einen Blick nach oben riskierten. Mit den weiß getünchten, zweiflügeligen Türen und den hohen Fenstern erinnerte es an ein Gesellschaftszimmer einer untergegangenen Kulturepoche. In einem winzigen Abstellraum, am Ende eines ellenlangen, dunklen Korridors, richtete ich eine Behelfsküche ein, stemmte mit Hammer und Meißel einen Durchbruch durch das meterdicke, gemauerte Kellergewölbe für die Anbindung eines Drainagerohres sowie Wasseranschlusses. Der erste Versuch misslang. Mein Durchbruch landete im Keller eines Hausbewohners, da meine Berechnungen nicht aufgegangen waren. Meine Überredungskünste hielten ihn schließlich davon ab, die Polizei zu rufen. Einer meiner dankbaren Patienten – manus manum lavat – besorgte mir auf dem Schwarzmarkt ein schneeweißes, lasiertes, glänzendes Keramik-Waschbecken, dazu noch erste Wahl! Es war sicher eines von vielen, das später bei der Einrichtung einer Neubauwohnung fehlte. Vulgär ausgedrückt: Es handelte sich unzweifelhaft um Diebesgut. Eines auf legalem Wege zu beschaffen, wäre einem Lottogewinn gleichgekommen. Aber das interessierte mich nicht. Ich fragte nicht nach seiner Herkunft. Von Beginn an betrachteten wir die bezogenen Räume als Interimslösung. Als wir die erste Nacht im neuen Heim verbrachten, wurden wir unsanft aus dem Schlaf gerissen, weil das Bett heftig wie bei einem Erdbeben vibrierte. Ich bekam einen mächtigen Schreck, glaubte ich doch zuerst, der baufällige Turm der Trinitatis-Ruine nebenan sei eingestürzt. Aber es war eine Straßenbahn, die unmittelbar am Haus vorüberraste, so heftig, dass sie in der Linkskurve entgleiste und mit lautem Knall am Laternenmast landete. An viele Geräusche konnte man sich gewöhnen, um sie später zu überhören, aber nicht an diese! Jede Nacht, wenn die letzte Straßenbahn gegen 2:00 Uhr an unserem Schlafzimmer vorüberdonnerte, wurden wir unsanft aus dem Schlaf gerissen. Wir hatten das Gefühl, als sei sie mitten durch das Schlafzimmer gefahren. In den Wintermonaten glich der riesige Raum einem Eispalast. Wenn die nächtliche Kälte bizarre Eisblumen an die Fensterscheiben und funkelnde Eiskristalle an die Wände des Schlafzimmers gemalt hatte, fühlte ich mich in meine Kindheit versetzt. Stundenlang hauchte ich mit meinem Atem winzige Löcher in die Eisgardine, um die Schneekönigin nicht zu verpassen, wenn sie mit ihrem Rentierschlitten unser Haus passieren sollte, um mich von ihr in ihr Reich entführen zu lassen. Im fast bis zur Zimmerdecke hinaufreichenden Fayenceofen, aus lasierten weißen Meißner Kacheln gefertigt, ging die Glut nicht aus. Trotzdem wurden zur Winterszeit im Raum nie mehr als 15°C gemessen. Um nicht in Kältestarre zu verfallen, hüllten wir uns in Pelze. Schon bald löste sich der Gordische Knoten. Die Interimslösung von zirka einjähriger Dauer hatte auch ihre guten Seiten. Entwöhnte sie doch unseres kleinen Pius des Daumenlutschens. Eines Tages klemmte er sich am schweren Eisentor den Lutschdaumen ein. Das Daumenlutschen endete von Stunde an. Eine weitere gute Seite war, dass ich meine Arbeitsstelle bequem zu Fuß erreichen konnte. Nach Dienstschluss schlenderte ich oft über den nahegelegenen, geschichtsträchtigen Trinitatisfriedhof. Da lagen sie friedlich nebeneinander gebettet: Barrikadenkämpfer der Mairevolution 1849 und ihre erbitterten Gegner, aber auch die Gebeine von zahlreichen Künstlern, Literaten, Malern und Bildhauern. Der Friedhof war ein friedlicher Ort. Der dichte Baumbestand verschluckte den Lärm des angrenzenden Straßenverkehrs. Vogelgezwitscher begleitete meinen Rundgang. Zwei Obelisken erinnerten an 76 gefallene Barrikadenkämpfer: „Den Toten der Maikämpfe 1849". Am Grabstein von Wilhelmine von Bock-Schröder-Devrient, auf dessen Sockel eine Pflanzschale mit frisch gepflanzten Blumen stand, blieb ich längere Zeit stehen und ließ meine Gedanken in ihre Vergangenheit schweifen. Die Mezzosopranistin soll eine bezaubernde Frau von reizendem Äußeren gewesen sein. In der Gemäldegalerie fand sich von ihr ein Ölgemälde, das durchaus diese Vermutung bestätigte. Mit Leib und Seele engagierte sie sich für die Anerkennung der Reichsverfassung von Frankfurt. Damals tobte in den Parlamenten Sachsens ein heftiger Kampf der Befürworter und Gegner der Reichsverfassung. Bei einer Kampfabstimmung der II. Kammer votierten 60% für die Reichsverfassung. Ein Siegesrausch setzte ein. Das gewählte Parlament sei der Souverän, hieß es. König August reagierte mit Entsetzen auf das Abstimmungsergebnis und löste die Kammern kurzerhand auf und erklärte das Abstimmungsergebnis für null und nichtig. Das war der Anlass der Mairevolution von 1849 in Sachsen. „Verrat! Verrat! Verrat!", schrien die Republikaner, die plötzlich mit leeren Händen dastanden. In der Nacht tobte der Mob. Fensterscheiben gingen zu Bruch, Geschäfte wurden geplündert. Das auf dem Altmarkt ausharrende Volk wartete auf ein Zeichen! Wilhelmine Schröder-Devrient gab dieses Zeichen! Vom Balkon ihrer Wohnung am Altmarkt rief sie das Volk zum aktiven Widerstand, zur Revolution auf: „Gott mit uns! Greift zu den

Waffen. Stürmen wir das Zeughaus!" Eine Woche tobte der Kampf der Aufständischen auf den Barrikaden gegen einen übermächtigen Gegner. Wilhelmine und viele andere konnten dem Gemetzel durch Flucht aus Sachsen entkommen. Unweit von Wilhelmine lag die Grabstätte von Könneritz, königlich-sächsischer Staatsminister. Über die Ermordung von Robert Blum durch die österreichische kaiserliche Soldateska entblödete sich Ludwig von der Pfordten nicht, ein Minister unter der Regierung Könneritz, zu verbreiten, Könneritz habe wenigstens Robert Blums Rock und Stiefel gerettet; sogar einen Stein auf sein Grab bezahle man. Auf meinem Weg von der Uni musste ich auch an Caspar David Friedrichs Grab vorüber. Wer kennt sie nicht, seine romantischen Gemälde in Öl: „Wanderer im Nebelmeer", „Das Eismeer", „Mondaufgang am Meer", „Kreidefelsen auf Rügen", „Klosterruine Oybin", nicht zu vergessen, der „Friedhofseingang" des Trinitatisfriedhofes, den der bekannte Bildhauer Thormeier entworfen hat. C. D. Friedrichs Lebensweg war gekennzeichnet durch eine endlose Kette von Depressionen, die er in seinen Gemälden auch zum Ausdruck bringt. Carl Gustav Carus schrieb an einen Freund über ihn: „Über Friedrich hängt seit ein paar Jahren eine dicke, trübe Wolke geistig unklarer Zustände, dieweil sie ihn zu schroffen Ungerechtigkeiten gegen die Seinigen verleiten." In den 'Literarischen Blättern' schrieb Carus: „Schon hatte er sich in einer einsamen Klause eine tiefe Wunde am Hals beigebracht, konnte aber noch rechtzeitig gerettet werden." Carl Gustav Carus, dessen Name meine Uni trägt, hatte an der Friedhofsmauer seine Grabstätte. Er war ein berühmter Arzt und Maler, Professor im Kurländer Palais, der Heimstatt der königlichen Chirurgisch- Medizinischen-Akademie. Die Mairevolution lehnte er ab; in der Zeit des Aufruhrs flüchtete er sich in die „Ordnung seiner Kupferstiche" für die Nachwelt.

Ein mir freundschaftlich-verbundener Kollege, der mich gerne als sein Adlatus gehabt hätte, übernahm in Berlin eine Klinik als Chefarzt. Rein formell beantragte ich beim Wohnungsamt einen Wohnungstausch. Es genehmigte ihn! Ich zog mit meiner jungen

Familie in seine Wohnung und er nach Berlin! Wir richteten uns in der geräumigen neuen Wohnung ein und schlossen schnell Freundschaft mit einem Ehepaar desselben Hauses, glaubten wir doch, auf gleicher ideologischer Wellenlänge und gleichem intellektuellen Niveau zu liegen. Die fast gleichaltrigen Kinder mochten sich und spielten oft zusammen. Die Westverwandtschaft des Ehepaares bereicherte das Spielzeugland unseres Sohnes ungemein. Die Fischertechnik war die Attraktion, die beide Kinder stundenlang fesselte. Dieses Nest der Geborgenheit sollten wir so schnell wieder aufgeben? Nein, das konnte ich meiner Familie nicht zumuten.

Während ich so in Gedanken versunken war, fuhr der Vorortzug schnaufend in den Bahnhof ein. Die Bremsen quietschten, sodass die Ohren schmerzten. Seine doppelstöckigen Waggons waren bis auf den letzten Platz gefüllt. Die Luft war rauchgeschwängert. Nur schemenhaft waren die Silhouetten der Fahrgäste in den Abteilen erkennbar. Ich blieb ganz nahe an der Tür, nach Luft schnappend, stehen. Meine Augen fingen an zu tränen. Da der Zug keine abgetrennten Abteile hatte, war es aussichtslos, ein Nichtraucherabteil zu finden. Die wenigen Stationen, die ich mit dem Zug bis zum Hauptbahnhof zu fahren hatte, musste ich durchhalten. Ich hasste die Raucher wie der Teufel das Weihwasser. Seit meiner frühesten Jugend hatte ich eine Antipathie gegen das Rauchen. Mit 12 Jahren machte ich meine ersten Erfahrungen. Es waren äußerst negative! Nach dem Genuss von einem halben Dutzend Zigaretten wurde mir speiübel und schwindlig. Sechs an einem Nachmittag waren zu viel für einen kindlichen Organismus. Ich lag Stunden halb bewusstlos auf dem Schelsberg in einem Schützengraben, in dem sonst russische Soldaten für den III. Weltkrieg gedrillt wurden, bevor sich mein Kreislauf einigermaßen erholt hatte. Es war eine heilsame Lehre. Nie wieder hatte ich das Bedürfnis zu rauchen. Als Student startete ich mit Gleichgesinnten Kreuzzüge gegen Raucher, die auch gelegentlich in kleinere Handgreiflichkeiten exaltierten. Auch meiner künftigen Braut gewöhnte ich dieses Laster durch drakonische Maßnahmen schnell ab. Frauen fanden das Rauchen damals schicklich, sie glaubten wohl, es sei Teil ihrer Emanzipation.

Der Zug hatte nur wenige Minuten Aufenthalt. Nicht viele Fahrgäste, nur einige, waren auf diesem Haltepunkt in der frühen Morgenstunde zugestiegen. Der Schaffner hatte es eilig, rannte den Zug entlang, schlug die geöffneten Türen zu und sprang auf den letzten Waggon auf, nachdem er die grüne Kelle gehoben hatte. Ich schaute auf meine Uhr. Der Zug hatte bis hierher den Fahrplan eingehalten. Ich werde also den Chef am vereinbarten Treffpunkt, wo ich zusteigen sollte, nicht verpassen, ging mir durch den Kopf. Andernfalls bliebe noch die Möglichkeit, den Linienbus nach Schönwalde zu nehmen. Dann wäre ich allerdings eine halbe Stunde zu spät dran. Das würde kein gutes Licht auf meine Person werfen. Peinlich, sich gleich am ersten Arbeitstag zu verspäten!

Ich wartete bereits 15 Minuten unter der Bahnunterführung mit meiner prall gefüllten Arzttasche, als ein blauer Moskwitsch-408 quietschend neben mir hielt. Es war der Dienstwagen meines neuen Chefs, der vorn neben dem Chauffeur saß. Kremer muss kurz eingenickt gewesen sein. Denn er fuhr erschrocken hoch, als der Chauffeur hart auf die Bremsen trat. Der Fahrer stieg aus und stellte sich mit Gustav vor. Er war schon in den 60ern, mochte wohl bald das Renteneintrittsalter erreichen. Der bebrillte, hagere Mann wirkte unsicher und zuckte fortwährend mit den Augenlidern. Ich wunderte mich, dass er mit seinem auffälligen Tremor den Schalthebel seines Fahrzeuges noch fehlerfrei bedienen konnte. Er platzierte mich auf den Rücksitz hinter dem Chef, der keine Anstalten gemacht hatte, auszusteigen. Lässig reichte er mir seine linke Hand zur Begrüßung. Sie war seidenweich. Ich nahm sie widerwillig.

In gemächlichem Tempo erreichte der Moskwitsch die Europastraße E 55. Auch jetzt gewannen wir nicht an Fahrt. Hast war fehl am Platze; sie war der größte Feind. Im Schneckentempo kroch eine Karawane von Transitfahrzeugen auf der einspurigen, kurvenreichen Straße den Bergen entgegen. Auf der Räcknitzhöhe thronte linker Hand ein dreiundzwanzig Meter hoher

Turm. Jeder Bürger wusste, dass er dem Fürsten Bismarck gewidmet wurde. Die Stadtväter tauften ihn in Friedensturm um, aber sie unternahmen niemals den Versuch, dieses Kunstwerk zu zerstören. In der westlichen Welt wird die Diktatur des Proletariats, gern als Herrschaft des ungebildeten Pöbels verunglimpft. Gustav nahm mehrmals Anlauf, ein Fahrzeug zu überholen. Aber für die kurzen Überholstrecken war der Motor seines Moskwitsch offensichtlich zu schwach. Immer, wenn er am Berg zum Überholen ansetzte, seinen Motor laut aufheulen ließ, erhöhte das vor ihm fahrende Transitfahrzeug ebenfalls sein Tempo, ein böses, vorsätzliches Spiel mit dem Moskwitsch treibend. Der Fahrer steckte seinen Kopf aus dem Fenster und zeigte ihm die lange Nase. Um nicht mit dem Gegenverkehr zu kollidieren, musste Gustav den Überholvorgang abrupt abbrechen. So ging das Katz-und Mausspiel bis Schönwalde. Für 20 km hatte der Fahrer 45 Minuten gebraucht.

Gustav setzte uns am Hintereingang des Krankenhauses ab. Der Chef steuerte direkt linker Hand im Erdgeschoss den Operationstrakt an. Jeder andere Besucher hätte ebenfalls ungehindert Zutritt zum Heiligtum einer chirurgischen Einrichtung gehabt. Ich war einigermaßen schockiert. Es gab keine Barriere. Eine bissige Bemerkung starb mir in letzter Sekunde auf den Lippen. Ich wollte nicht gleich ins Fettnäpfchen treten. Vor meinem Dienstantritt hatte ich das Krankenhaus einmal kurz besucht und einen flüchtigen Blick in verschiedene Räume geworfen. Dass es sich aber in einem so desolaten Zustand befand, hatte ich nicht erwartet. In einem Raum wies er mir einen Umkleidespint zu. Ich war nicht allein. Eine Sekretärin hämmerte auf einer altersschwachen Optima-Schreibmaschine gerade Operationsberichte der Vorwochen ins Reine, die ihr die Operateure diktiert hatten. Sie war eine perfekt ausgebildete Stenotypistin. Ihr gegenüber stand ein weiß lackierter Schreibtisch, der mein künftiger Arbeitsplatz werden sollte, wenn ich nicht im Operationssaal oder auf den Stationen zu tun hatte. Zum weiteren Inventar gehörten ein Aktenschrank, sowie ein gynäkologischer Untersuchungsstuhl. In der sogenannten Kleiderkammer – eine Behelfsbaracke hinter

dem Hauptgebäude, die zugleich Wäscherei und Plätterei war –
wurde Maß für meine Dienstkleidung genommen. Drei weiße
Leinenhosen, Hemden und Kittel, fein säuberlich in ein Buch
eingetragen und mit Unterschrift für den Erhalt gegengezeichnet,
gehörten jetzt mir. Beim Wäschetausch sollte ich nicht vergessen,
meinen Namen einzusticken, riet man mir beim Verabschieden.
Die Wäscherinnen waren schon bei der Arbeit. Ihr Alltag begann
morgens halb sechs. Heißer Dampf und der Geruch von Sei-
fenlaugen umhüllten mich. Das Atmen fiel mir schwer.
Neu eingekleidet, machte ich mich auf den Weg zu den Stationen. Dr. Kremer wartete bereits im Stationszimmer auf mich. Er
stellte mich als künftigen Oberarzt den anwesenden Schwestern,
Ärzten sowie der Oberschwester Elly vor. Lori war der Hahn im
Korbe. Außer dem Chef duzte er alle.
Langsam setzte sich die Stationsschwester mit dem Visitenwagen
in Bewegung. Eine Rangordnung bei dieser Prozession einzuhalten, war ungeschriebenes Gesetz. Der Wagen rumpelte über
das faltige Linoleum. Das sterile Gefäß mit der Kornzange drohte
umzukippen. Um das Ärgste zu vermeiden, griff die Schwester
rasch nach dem Gefäß. Die erste Tür führte in ein 4-Bett-Zimmer.
Die Patienten erwarteten in ihren Betten die Visite. Der Chef
begrüßte jeden Patienten mit Handschlag. Die Stationsschwester
legte ihm die jeweilige Fieberkurve vor. Nach einer halben Stunde
war der Visitengang beendet. Schweigsam, aber mit wachsamem
Auge, hatte ich die Chefvisite begleitet. Der große Zeiger der Uhr
ging auf neun zu. Es war höchste Zeit, mit den Operationen zu
beginnen.

„Kollege Jung, ich habe Sie heute noch nicht als Operateur
eingeteilt. Ich möchte, dass Sie sich mit den hiesigen Gepflo-
genheiten erst vertraut machen. Sie werden mir bei den Operationen assistieren. Ich hoffe, das ist auch in Ihrem Sinne", teilte
mir der Chef kurz mit, als er den Operationstrakt betrat. Ich
nickte als Zeichen meiner Zustimmung wortlos mit dem Kopf.
Im sogenannten kleinen Saal waren die Assistenten bereits mit
kleineren Routineeingriffen beschäftigt. An einer schwarzen
Tafel war mit Kreide das aktuelle Operationsprogramm, ein-

schließlich Operateuren und Assistenten, dokumentiert. Auch das Operationsprogramm des Vortages war noch unscharf erkennbar. Meine weißen Leinensachen hatte ich inzwischen gegen grüne eingetauscht. Während ich mich umzog, hämmerte die Sekretärin unbeirrt auf der Schreibmaschine, von mir keine Notiz nehmend, als sei ich Luft. Wo hätte ich mich sonst umziehen sollen? Die Toiletten befanden sich im Keller! Schleusen, also Barrieren zwischen steriler und unsteriler Zone, existierten nicht. Die Übergänge waren fließend. Im Foyer hatten sich inzwischen Patienten zur ambulanten Behandlung eingefunden. Sie beobachteten interessiert das rege Treiben auf dem Gang vor den Operationssälen. Soeben wurde auf einer Trage der erste Patient von zwei Schwestern zum sogenannten aseptischen Saal gebracht. Die Trage mit dem Patienten hielt direkt neben dem Operationstisch. Während die Instrumentenschwester die Instrumente für die nächste Operation vorbereitete, bettete die „Unsterile" die Patientin auf den Operationstisch um. Sie fixierte ihre Beine mit einem Ledergurt und fesselte ihre Hände. Die Patientin war dem Personal schutzlos ausgeliefert. Ich verfolgte die ungewöhnlichen Vorbereitungen vom Waschraum aus, während ich meine Hände und Unterarme fünfzehn Minuten lang intensiv mit Seife unter fließendem Wasser bürstete. Es durfte kein Quadratmillimeter ausgespart bleiben. Das waren instinktmäßige Handlungen, Automatismen, die in Jahren chirurgischer Tätigkeit erworben wurden, wie ein bedingter Reflex. Der dicke Winny beschwerte sich an der Uni immer über das veraltete, zeitraubende Desinfektionsritual der Hände, das Paul Fürbringer 1888 in einer medizinischen Zeitschrift veröffentlicht und innerhalb kurzer Zeit weite Verbreitung gefunden hatte. Im Westen benutze man neuerdings ein Schnelldesinfektionsmittel, was das zeitraubende, umständliche Händewaschen überflüssig mache, meinte er. Nur der Oberarzt von der Unfallstation besaß ein Schnelldesinfektionsmittel aus dem Westen, das er aber mit niemandem teilte. Er fuhr auch einen schicken Fiat. Seine Ehefrau führte in eigener Regie ein Damenkonfektionsgeschäft direkt am Blauen Wunder, das offenbar Devisen erwirtschaftete. Der

Chef sprach, während wir nebeneinander am Waschbecken saßen und uns wuschen, kein Wort mit mir. Er stierte fortwährend auf die Sanduhr, die an der Wand neben dem Becken hing. Offenbar beobachtete er das feine, hellrot gefärbte Schüttgut, das kontinuierlich durch die Engstelle des Glases nach unten rieselte. Nach dem fünfzehnminütigen Waschvorgang desinfizierten wir die Hände mit 70%igem Alkohol. Während wir in die sterilen blauen Mäntel schlüpften, hüllte uns von draußen ein Lkw mit Kohlenstaub ein, der gerade vor dem Operationssaal Braunkohle abschüttete. Ich drehte mich erschrocken um. Das war doch zu viel für mich. „Das ist ja Wahnsinn!", schrie ich. Ein Kohlebunker direkt vor dem Operationssaal! Ich zweifelte an der Dichtheit des einfach verglasten Fensters. Sein Rahmen aus Holz sah nicht gerade vertrauenswürdig aus. Alle schauten mich verständnislos an. Offenbar hatten sie nicht kapiert, was mich so echauffierte. Für das Operationspersonal war es wohl normaler Alltag, dass draußen vor ihrem Fenster Kohlenstaub abgekippt wurde. Auch der Chef schwieg sich aus.

Während wir uns auf die bevorstehende Operation vorbereiteten, begann die Narkoseschwester, die Patientin einzuschläfern. Sie setzte das mit Mull bespannte Drahtgestell – die Schimmelbuschmaske – auf ihr Gesicht und begann in rascher Folge Chloräthyl auf die Maske zu träufeln.

„Zählen sie laut!", forderte Marlis die Patientin auf. Bei 24 blieb sie hängen. Ihr Körper spannte sich und bäumte sich auf. Ingelore sprang hinzu und drückte sie mit ihren satten 75 Kilo auf den Operationstisch zurück. Marlis hatte inzwischen den Choräthylspray mit dem Äthertropf getauscht. Sie erhöhte die Tropfenzahl, um das ungeliebte, gefährliche Exzitationsstadium rasch zu passieren.

„Können wir mit der Desinfektion beginnen?", fragte ich. Denn das war Aufgabe des ersten Assistenten. Marlis nahm die Maske ab und betrachtete ihre Pupillen.

„Ja, Herr Oberarzt, sie können beginnen!" Ich war etwas irritiert, denn es war das erste Mal, dass mich jemand mit „Herr Oberarzt" ansprach. Die Bezeichnung wirkte auf mich wie ein

Fremdkörper, wie ein Stich in die Haut. Marlis hielt die Uhrzeit des Beginns auf ihrem Narkoseprotokoll fest. Mit einem in die Kornzange eingespannten Mulltupfer strich ich das zu behandelnde Hautareal mit der braunen Jodlösung intensiv ein. Nach Trocknung derselben auf der Haut wurde die Patientin mit sterilen blauen Tüchern aus Leinen vollständig abgedeckt. Lediglich das Operationsfeld blieb frei. Die Operationsschwester schob den stummen Assistenten über den mit sterilen Tüchern abgedeckten Körper der Patientin. Als erster Assistent stand ich ihr genau gegenüber. Für einen Augenblick begegneten sich unsere Blicke. Ihre lang bewimperten großen, dunklen Augen, vom klarsten Braun, senkten sich tief in die meinen.

„Skalpell!" Penelope war wie versteinert. Ihr Blick war festgefroren. In ihr regte sich sofort ein unbeschreibliches Gefühl von Furcht und Freude. Das Kommando ihres Chefs zum Operationsbeginn hatte sie offenbar überhört.

„Skalpell!", wiederholte der Chef nach einer kurzen Pause in einem schärferen Ton, wobei er fortwährend mit der Fußspitze auf den gefliesten Boden trommelte. Während sein Blick auf das Operationsfeld gerichtet war, bewegte sich seine halb zur Faust geformte rechte Hand nach links in Richtung Operationsschwester. Penelope zuckte zusammen. Rasch wandte sie sich ihrer Aufgabe zu, dem Chef das Skalpell zu reichen. Die öfter bei der jeweiligen Operation benötigten Instrumente lagen auf dem stummen Assistenten sortiert ausgebreitet. Sie lagen immer am selben Platz. Der Chef hätte auch blind das Skalpell selbst vom Instrumententisch nehmen können. Bei dem anstehenden Eingriff war der Chef in seinem Element. Er war Standard jedes Chirurgen und wurde häufig durchgeführt. Die „Mamma-Radikaloperation" nach Rotter-Halsted ist ein radikaler, verstümmelnder Eingriff. Mit der linken Hand spannte er die Brust zeltartig und durchtrennte mit geübtem Handgriff die Haut wetzsteinförmig vom Brustbein bis zur Achselhöhle. Ich hatte Mühe, mit der Blutstillung nachzukommen. Die Brustdrüse war an der Faszie des großen Brustmuskels fixiert. Beide mussten nun „en bloc" entfernt werden. Das Karzinomgewebe durfte keineswegs malträtiert werden, da sonst die

Gefahr einer Streuung von Tochterzellen ins Blut bestand. Mit dem Skalpell und einigen geübten Handgriffen löste der Chef den großen Brustmuskel vom Brustbein, trennte ihn von der Faszie des kleinen Brustmuskels und danach schließlich vom Oberarmknochen. Triumphierend hielt er das Brustdrüsen-Muskel-Präparat in die Höhe. Penelope reichte ihm eine große Schale, in die er das Präparat warf. Jetzt folgte der schwierigere Teil der Operation: die Entfernung der Lymphknotenkette entlang der Achselvene. Bei der kleinsten Unachtsamkeit konnte die große Körpervene verletzt und eine verheerende Blutung ausgelöst werden. Mit den Fingern versuchte der Chef blind, vergrößerte Lymphknoten zu ertasten.

„Chef, es ist sicherer, wenn wir unter Sicht die Lymphknotenkette entfernen", meldete ich mich zu Wort, als ich merkte, dass er vergeblich im Trüben fischte. Erstaunt blickte er auf und hielt inne zu tasten.

„Wie meinen Sie das?"

„Es ist sicherer, wenn wir den kleinen Brustmuskel nahe am Rabenschnabelfortsatz abtrennen und umschlagen. Dann können wir den Venenwinkel einsehen und gefahrlos die befallenen Lymphknoten entfernen."

„Das Verfahren kenne ich nicht", antwortete er leicht gereizt. Ich blickte auf und schaute in Penelopes fragenden großen, klaren, braunen Augen.

„Bei der Operation einer Achselvenensperre gingen wir stets so vor. Wenn Sie erlauben, darf ich Ihnen die Methode kurz demonstrieren." Unsicher geworden, blickte der Chef in Richtung Penelope. Sie nickte mit dem Kopf.

„Gut, zeigen Sie es mir!", sagte er nach einer kurzen Denkpause.

„Chef, ich bin leider Rechtshänder. Wir müssten kurz die Plätze tauschen." Mit einer mürrischen Bemerkung machte er knurrend seinen Platz für mich frei. Jetzt war ich der Operateur und der Chef mein Assistent! „Per aspera ad astra", fügte ich so nebenbei beim Platzwechsel an. Der Chef stutzte:

„Was sagten Sie soeben?"

„Mit Mühsal gelangt man zu den Sternen, sagte Seneca in seiner Tragödie Hercules. Oder vulgär ausgedrückt: Vorsicht ist die Mutter der Porzellankiste. Danach möchte ich handeln." Vorsichtig löste ich den kleinen Brustmuskel mit den Fingern stumpf von seiner Unterlage und hob ihn leicht an.

„Secarex!" Penelope reichte mir das elektrische Schneidgerät. „Ich durchtrenne jetzt den Muskel quer, etwas unterhalb seines Ansatzes am Kronenfortsatz", beschrieb ich meine Vorgehensweise. Danach klappte ich ihn nach unten und sagte: „Jetzt haben wir die nötige Übersicht, um gefahrlos die Lymphknoten entlang des Gefäß-Nerven-Bündels schrittweise zu entfernen. Das Risiko, einen befallenen Lymphknoten übersehen zu haben, sinkt dadurch erheblich." Der Chef bemerkte erstaunt:

„Kollege Jung, ich danke Ihnen für den guten Rat. Man lernt nie aus." Wir wechselten erneut die Plätze, und der Chef führte die Operation ohne Zwischenfälle zu Ende. Penelope kam, nachdem sie die Instrumente weggeräumt hatte, zu mir und sagte:

„Herr Oberarzt, das haben Sie wirklich exzellent gemacht. An Ihrer Seite wirkte der Chef überaus ruhig, was sonst bei der Revision der Lymphknoten nie der Fall war."

„Ach, das war nur eine unbedeutende Variation, um das operative Vorgehen zu erleichtern", versuchte ich den Chef vor der Schwester in Schutz zu nehmen. Sie schien das aber anders gesehen zu haben.

„Nein, nein, ich instrumentiere dem Chef nun schon ein Jahr. Heute war er anders. Bei der Operation hat er heute nicht geschwitzt. Stets mussten wir ihm zwischendurch die Schweißperlen von der Stirn wischen." Nach einer längeren Pause sagte sie, während sie die Instrumente putzte: „Es ist schön, dass Sie da sind." Ihre großen, klaren, braunen Augen glitten ungeniert an mir herab. Sie irritierten mich.

Während der nächste Patient auf seinen Eingriff vorbereitet wurde, hatte sich der Chef in sein Zimmer zurückgezogen, um sein Frühstücksbrot einzunehmen. Er wurde erst gerufen, als die Narkoseschwester das Signal zum Operationsbeginn gab. 14:00 Uhr war das laufende Tagesprogramm abgearbeitet. Es war für mich Zeit, etwas für das leibliche Wohl zu tun. Der Speisesaal war in einer betagten Baracke neben dem Hauptgebäude eingerichtet. Ich stellte mich Frau Schüler als der neue Chirurg vor. Es war Eintopftag, wie immer montags, wie ich später feststellte, da die genaue Anzahl der Esser montags vorher nie auszumachen war. Denn Eintopf ließ sich immer strecken, wenn Not am Mann war. Die Portionsgröße war sehr variabel. Als Nachtisch gab es einen „Gelben Köstlichen" aus der Region. Er war allgegenwärtig. Der Volksmund nannte ihn etwas abwertend der „Grüne Hässliche". Heute traf diese Bezeichnung für meinen Apfel nicht zu. Er war köstlich gelb und schmeckte vorzüglich. Frau Schüler hatte ihn für mich, den Neuen, extra ausgesucht. Nach der Einnahme des Mahls kam ich mir verlassen vor. Der Chef und die Assistenten hatten sich in ihre Bereitschaftsräume zurückgezogen. Der Chef hielt regelmäßig Mittagsruhe, wie ich später feststellte. 16:00 Uhr war die Abendvisite angesetzt. Ich begab mich an meinen Schreibtisch, um die Krankenakten einiger Patienten durchzusehen, die am nächsten Tag operiert werden sollten. Fräulein Bartsch schrieb ellenlange Arztbriefe ins Reine, die ihr die Assistenten diktiert hatten. Offenbar hatte sie auf mein Erscheinen nur gewartet, denn sie unterbrach augenblicklich ihre Arbeit an der Schreibmaschine.

„Herr Oberarzt, im Fach unten links liegen die Meldebögen, die bei Krebserkrankungen auszufüllen sind. Wir sind in Verzug! Die Meldebögen müssen an das Zentrale Krebsregister gesandt werden. Der Chef hat mich beauftragt, Sie einzuweisen." Ich stutzte. Vor Überraschung brachte ich kein Wort heraus. Sie stand auf, öffnete die linke Schreibtischtür und kramte einen Packen Formulare hervor. „Das ist das Formular, das bei jeder Verdachtsmeldung auf Krebs auszufüllen ist." Sie legte mir ein DIN A5-Formular auf die Schreibtischplatte. „Hier ist das nächste Formular, das Sie ausfüllen müssen, wenn sich der Verdacht auf Krebserkrankung bestätigt hat." Und so ging es fort. Ich sagte kein Wort, war aber erstaunt über ihre Courage. Sie schien außer Acht gelassen zu haben, dass ich ihr Vorgesetzter war und sie von mir Anweisungen entgegenzunehmen hatte. Danach zeigte sie auf einen Berg von Krankenakten, die auf der linken Seite des Schreibtisches aufgestapelt waren: „Diese Akten müssen Sie noch durchsehen, Herr Oberarzt. Es sind die Krebspatienten, von denen noch keine Meldebögen ausgefüllt wurden oder die unvollständig sind."

„Warum haben Sie den Berg so anwachsen lassen, Fräulein Bartsch?", bemerkte ich ironisch.

„Ach, die Stationsärzte haben eine Abneigung gegen Bürokratie und Schreibkram. Außerdem sind sie überlastet. Wer nimmt die Arbeit schon gern mit nach Hause."

„Fräulein Bartsch, Sie werden künftig die Formulare ausfüllen und mir zur Unterschrift vorlegen. Alle notwendigen Unterlagen und Anhaltspunkte finden Sie in den Krankenakten." Nach dieser Zurechtweisung war sie sprachlos. Zerknirscht und mit finsterer Miene begab sie sich wieder auf ihren Platz, mich ignorierend, um mit Inbrunst noch intensiver auf ihrer Maschine zu hämmern, offenbar so ihren Unmut über meine Anweisung äußernd. Ich säuberte indes meinen Arbeitsplatz, leerte die Schubfächer von überflüssigem Kram, machte sie frei für meine Akten und diverse Utensilien. Die verbleibende Zeit bis zur Abendvisite döste ich vor mich hin, verstaute den Inhalt meiner Aktentasche in die leeren Schubfächer: atraumatisches Nahtmaterial, Gefäßklemmen, Heparin-Ampullen, diverses chirurgisches Kleinod, das ich aus der Uniklinik abgestaubt hatte, sowie Lochkarten meiner umfangreichen Literatursammlung. Nebenan ging es in der Ambulanz während der Kaffeepause hoch her. Lori unterhielt seine Mitstreiterinnen mit Witzen der Marke „Sender Jerewan". Seine Lautstärke drang ungehindert durch die angrenzende Tür, sodass ich sie einfach mit anhören musste: „Stimmt es, dass der Kapitalismus am Abgrund steht?", fragte Lori an. „Im Prinzip ja. Aber wir sind bereits einen Schritt weiter!", kam prompt seine schlagfertige Antwort. Und so ging es eine halbe Stunde im Schweinsgalopp weiter. Es folgte eine Anfrage an den berüchtigten Sender nach der anderen. Die Lacher hatte er stets auf seiner Seite. Nach jedem Witz folgten Lachsalven seiner Zuhörerinnen, die bis auf die Straße drangen und Passanten anlockten. Lori war ein älterer

Assistent, nervlich angeschlagen und Stresssituationen nicht mehr gewachsen. Wochenlang lag er nach einer Hirnblutung im Koma. Ein unerkanntes Hirnbasisaneurysma wurde ihm zum Verhängnis. Eines Tages platzte es. Wie durch ein Wunder hatte er das Bewusstsein wiedererlangt und sich soweit aufgerafft, dass er mit gezogener Handbremse stufenweise wieder in seinen Beruf einsteigen konnte. Da ihm als Operateur größere Operationen nicht mehr zuzumuten waren, wurde er in die ambulante Abteilung versetzt. Nur an einem Tage in der Woche beteiligte er sich an kleineren Eingriffen. Sein liebstes Kind war ein Skoda „Felicia" mit aufklappbarem Dach. Mit ihm machte er nur bei Schönwetter Sonntagsausflüge. Ich lernte ihn schon flüchtig als Assistent in der Uniklinik kennen. Er musste dort eine mehrwöchige Hospitation ableisten, da er seine Facharztprüfung verhauen hatte. Erst im zweiten Anlauf hatte es geklappt.

Pünktlich 16:00 Uhr fanden sich die Kollegen zur Abendvisite ein. Frischoperierten, Neuzugängen sowie Problempatienten galt unsere Aufmerksamkeit. In einer halben Stunde war der Spuk vorüber.

„Kollege Jung, wir sehen uns im Anschluss in meinem Zimmer wieder", bemerkte er wie beiläufig beim Gang durch die Stationen. Eigentlich hatte ich vor, die für den nächsten Tag zur Operation ausgewählten Patienten aufzusuchen und mit ihnen ein Aufklärungsgespräch zu führen. Aber das war wohl hier nicht üblich. Als ich ins Chefzimmer kam, waren die anderen Assistenten im Halbkreis um den Chef vor dem Röntgenbildbetrachter versammelt. Lori heftete ihm die Aufnahmen an den Bildschirm, der Chef diktierte die Befunde auf ein Aufnahmegerät. Die anderen saßen tatenlos daneben. Es gab keine Diskussionen. Lori gab den Takt vor. Viertel nach fünf war die Dienstzeit beendet. Ich schlüpfte soeben in meine Zivilsachen und zog in Gedanken Bilanz des ersten Tages, als Lori aufgeregt hereingebraust kam:

„Herr Oberarzt, kommen Sie schnell! Der Krankentransport hat ein Kind mit einer starken Blutung eingeliefert." Er war aufgelöst. Schweißperlen der Angst rannen ihm von der Stirn.

Ich stutzte.

„Warum teilen Sie mir das mit? Hintermanndienst hat heute der Chef", wies ich ihn zurecht.

„Penelope hat mich beauftragt, Sie zu informieren", gestand er kleinlaut. Ich überlegte kurz. Eine Ablehnung hätte mich von Beginn an ins Abseits befördert. Schließlich war es mein erster Arbeitstag. Meine Reputation durfte ich nicht leichtfertig aufs Spiel setzen.

„Ich komme sofort. Ich ziehe mich nur um. Kümmern Sie sich inzwischen um das Kind!" Ich schlüpfte in die grüne Operationswäsche und begab mich in den Ambulanzraum. Auf der Trage lag ein wimmernder Junge mit leichenblassem Gesicht. Er war im Schockzustand. Marlis hielt seinen linken Arm in die Höhe. Im Bereich der Achselhöhle befand sich ein mit Blut durchtränkter Verband.

„Herr Kollege, warum haben Sie noch keine Infusion angelegt. Sie sehen doch, dass der Patient sich im Schockzustand befindet. Der Puls ist kaum noch spürbar", wies ich Lori zurecht, während ich den Puls tastete.

„Wir haben es ja versucht, konnten aber keine Vene punktieren", gestand er kleinlaut.

Ich war ziemlich ungehalten.

„Dann schaffen wir uns rasch einen Venenzugang! Holen Sie das Besteck für eine Venae sectio!" Penelope verstand nicht.

„Besteck?"

„Ja, ein Besteck!", schob ich nach.

„Herr Oberarzt, ein solches Besteck existiert nicht", bemerkte sie.

„Gut, dann müssen wir improvisieren. Leider verlieren wir wertvolle Zeit." Penelope rannte in den Sterilisationsraum, um die notwendigen Instrumente zusammenzustellen, die ich verlangte. Nachdem wir die Infusion angelegt und Blut für Untersuchungen abgenommen hatten, musste ich die verletzte Stelle inspizieren. Eine Blutsperre im Bereich der Achselhöhle anzulegen, war nicht möglich. Um das Ausmaß der Verletzung festzustellen, musste der Druckverband gelöst werden. Das war aber nicht ohne die strikte Einhaltung steriler Kautelen nicht möglich. „Übergeben Sie das Blut der Laborantin. Sie soll unverzüglich Erys, Hämatokrit und Blutgruppe bestimmen."

„Herr Oberarzt, so rasch geht das nicht. Die Laborantin ist nicht mehr im Hause. Sie hat längst Dienstschluss."

„Es geht um Leben und Tod!", schrie ich aufgebracht. „Lasst sie unverzüglich herbringen!"

„Der Bereitschaftsfahrer ist mit dem Chef unterwegs", entgegnete Ingelore.

„Dann schickt einen Krankenwagen zu ihr! Bringen Sie den Jungen in den Operationssaal und bereiten Sie alles Notwendige für eine Operation vor. Wir müssen unter möglichst steriler Kautel vorgehen, um die Risiken einer Infektion zu minimieren", befahl ich. Mir war klar, dass noch eine gute halbe Stunde vergehen würde, ehe ich mit der Wundrevision beginnen konnte. Bei all der Hektik fiel mir noch ein, meine Ehefrau zu informieren, dass ich heute später nach Hause kommen würde. Ich versuchte mehrmals, Lilofee telefonisch zu erreichen. Leider war das Telefon laufend besetzt, sodass ich es nach mehreren Versuchen entnervt aufgab. Als ich nach einer halben Stunde den Operationsaal betrat, war alles für den Eingriff bereit. „Sind Blutkonserven da?", vergewisserte ich mich.

„Nein, die müssten erst geholt werden. Wir besitzen kein Blutdepot", klärte mich Marlis auf.

„Woher nehmen wir Blutkonserven? Wir benötigen mindestens zwei."

„Herr Oberarzt, der Bereitschaftsfahrer, der den Chef nach Hause fährt, kann auf dem Rückweg die Blutspendezentrale anfahren. Sobald die Laborantin die Blutgruppe des Jungen bestimmt hat, können wir sie telefonisch bestellen."

„Mein Gott, da vergehen ja Stunden, ehe wir einen Tropfen Blut für den Jungen zur Verfügung haben. Beiläufig schaute ich auf den stummen Assistenten, auf dem Penelope die Instrumente ausgebreitet hatte.

„Sie haben keine Gefäßklemme auf dem Tisch? Warum nicht?", tadelte ich sie.

„Wir haben keine Gefäßklemmen im Sortiment. Ich habe mehrfach versucht, welche zu bestellen. Aber in unseren Instrumentenkatalog sind keine aufgeführt. Auf meine Anfrage teilte man mir mit, dass sie aus dem NSW importiert werden müssten und nur auf Sonderantrag lieferbar sind", verteidigte sie sich.

„Gut, dass ich heute Morgen daran gedacht habe, aus meinem privaten Besitz zwei Klemmen für den Notfall einzupacken. Ich habe sie mir aus der Uni ausgeborgt, das heißt, mitgehen lassen. Ingelore holen Sie sie aus meinem Schreibtischfach. Ich glaube, sie sind sogar noch steril verpackt." Ich hatte ein äußerst ungutes Gefühl in der Magengrube. Da wir keinen Narkosearzt zur Verfügung hatten, musste ich den Eingriff in örtlicher Betäubung durchführen. Eine Maskennarkose mit Äther verbot sich bei dem 13jährigen Jungen, der sich noch immer im Schockzustand befand. Das Risiko musste ich eingehen. Ich musste unverzüglich handeln. Ich bewunderte den Jungen, denn er war ein tapferer. Nachdem die notwendigen Vorkehrungen zum Entfernen des Druckverbandes in der linken Achselhöhle getroffen wurden, wies ich Ingelore an, den Verband vorsichtig zu entfernen. „Saugung!" Vorsichtig saugte ich das tennisballgroße Blutkoagulum ab, um mir einen Überblick über die Verletzung zu verschaffen. Nachdem ich das letzte Koagulum abgesaugt hatte, kam das Blut plötzlich wie aus einem Springbrunnen geschossen. „Gefäßklemme!", schrie ich. Mit der linken Hand presste ich den quellenden Blutstrom ab und setzte blind die die Gefäßklemme oberhalb davon an. Alles ging in Sekundenschnelle. Die Blutung stand! Ich löste die rechte Hand und konnte mir nun einen Überblick über die Verletzung verschaffen.

„Das Gefäß-Nerven-Bündel des Armes ist vollkommen durchtrennt, die Arterie und Vene ebenfalls. Der Arm ist nur noch ein blutleerer und gefühlloser Fleischklumpen. Die Glasscheibe hat ganze Arbeit geleistet", demonstrierte ich Lori den Befund, der wie gelähmt neben mir saß.

„Mein Gott! Der Junge wird den Arm einbüßen!", klagte Penelope.

25

„Nein! Das wird er nicht. Wir werden die Blutversorgung des Armes wiederherstellen. Aber zuerst spritzen wir um die Läsionsstelle ein Lokalanästhetikum, um in Ruhe mit der Gefäßversorgung zu beginnen. Denn es wird einige Zeit dauern. Atraumatisches Nahtmaterial haben Sie doch?"

„Ja, 3 x 0."

„Das Nahtmaterial ist viel zu dick! Ein Strick! Er taugt höchstens zum Aufhängen! Aus jedem Stichkanal würde es wie aus einem Born sprudeln. Marlis, holen Sie aus meinem Schreibtisch die Stärke 5 x 0!" Nachdem die Anästhesie ihre volle Wirkung entfacht hatte, entnahm ich ein Venensegment aus einem Seitenast, um es als Interponat mit den beiden Arterienstümpfen spannungsfrei zu verbinden. Nach dreißig Minuten hatte ich die Kontinuität der Arterie wiederhergestellt und konnte die Gefäßklemme entfernen. Nach wenigen Augenblicken setzte die Pulsation in der Armarterie ein. „Marlis, versuchen Sie, den Puls zu tasten", forderte ich sie auf. Nach wenigen Augenblicken schrie sie:

„Ich taste ihn! Ich taste ihn!" In ihren Augen spiegelte sich ein unbeschreibliches Glücksgefühl wider.

„Gut, jetzt haben wir das Spiel halb gewonnen. Wir können ohne Hektik in Ruhe die verletzten Strukturen rekonstruieren." Die nervliche Anspannung meiner Mitarbeiter war einer gelösten Atmosphäre gewichen. Die Naht der verletzten Armvene war Routine. Größere Mühe bereitete mir die Sortierung der durchtrennten Nerven im Bereich der Medianusschlinge.

„Marlis, holen Sie aus dem Chefzimmer ein Anatomiebuch. Es ist schon ziemlich lange her, als ich das letzte Mal die Armnerven seziert habe. Da war ich noch Student. Es ist leicht möglich, die falschen Enden zu vereinen. Anstatt Streicheleinheiten zu verteilen, könnte er mit dem Arm heftige Schläge austeilen." Als wir gegen 22:00 Uhr die letzte Hautnaht gelegt hatten, war auch der Fahrer mit dem Blut eingetroffen.

„Herr Kollege, legen Sie eine Kreislaufkurve an, lassen Sie stündlich Blutdruck und Puls messen. Sollte der Puls am verletzten Arm nicht mehr zu tasten sein, informieren Sie mich sofort.

Denn es könnte sich um einen Thrombus im Bereich der Nahtstelle handeln. Um das Risiko zu senken, geben wir ihm Heparin."

„Heparin haben wir nicht", entgegnete Lori.

„Aber ich habe Heparin!", konterte ich. „Als hätte ich es geahnt. Gestern habe ich an meinem letzten Arbeitstag im letzten Moment noch einige Ampullen abgestaubt!" Gegen 22:30 Uhr fuhr mich Gustav nach Hause. Meine Frau empfing mich aufgelöst: „Ich habe mir große Sorgen gemacht. Was ist passiert? Du wolltest doch halb sieben zu Hause sein?"

„Ich habe ja versucht, dich telefonisch zu erreichen, aber das Telefon war laufend besetzt!"

„Besetzt?"

„Ja, besetzt. Du hast wieder mal Dauergespräche geführt."

„Nein, heute habe ich überhaupt kein Telefongespräch geführt", entgegnete sie trotzig.

„Haben wir eine Störung?" Ich ergriff spontan den Telefonhörer. „Die Leitung ist frei!" Sonderbar, ging mir durch den Kopf. Ich teilte Lilofee kurz den Grund für meine ungewöhnliche Verspätung mit.

Als ich am nächsten Morgen die Station betrat, auf der der verletzte Junge lag, kam ich aus dem Staunen nicht heraus. Das Personal empfing mich mit einem außergewöhnlichen Respekt, ja, mit Ehrfurcht, als sei ich der Papst persönlich. Alle waren sich einig, dass ohne mein Eingreifen der Arm des Jungen hätte geopfert werden müssen. Dem Jungen ging es den Umständen entsprechend gut. Ich legte der Prozedere für die nächsten Tage fest. Ich musste feststellen, dass meine Vorräte an Heparin bald aufgebraucht sein und nur noch für den nächsten Tag reichen würden.

„Besorgen Sie noch heute Heparin! Für den Jungen ist es unverzichtbar", wies ich die Stationsschwester an. Eine Stunde nach meiner Anweisung suchte mich die Stationsschwester auf. Ihre Hilflosigkeit war ihr ins Gesicht geschrieben. „Was haben Sie auf dem Herzen?", fragte ich, als sie nicht gleich mit der Sprache herausrücken wollte. Sie druckste herum. „Reden Sie!", forderte ich sie auf.

„Herr Oberarzt, es gibt kein Heparin", sagte sie kleinlaut.

„Was heißt, es gibt kein Heparin?"

„Na ja, unsere Apotheke hat kein Heparin. Sie kann es nicht liefern. Heparin würde nur an medizinische Zentren geliefert. Unser Kreiskrankenhaus gehöre nicht dazu." Betreten stand sie da. Ich war verblüfft. Ich hatte nicht erwartet, dass Selbstverständliches eben doch nicht überall selbstverständlich ist.

„Schwester, ich danke Ihnen für Ihre Bemühungen. Ich werde Heparin über die Regierungsapotheke anfordern." Ich stürmte sofort wutschnaufend in die Telefonzentrale:

„Marianne, ich benötige sofort ein Gespräch mit der Regierungsapotheke in Berlin!"

„Berlin?" Sie glaubte nicht recht verstanden zu haben.

„Ja, ich sagte Regierungsapotheke Berlin." Sie sah mich erschrocken an. „Das ist kein Spaß!", wiederholte ich meine Forderung in einem forscheren Ton. Nach längerem Zögern wählte sie endlich die Vermittlung und verlangte die Regierungsapotheke. „Gedulden Sie sich bitte etwas. Wir rufen zurück, wenn wir die Verbindung hergestellt haben." Ich saß wie auf Kohlen. Es dauerte eine halbe Stunde bis die Leitung nach Berlin stand. Und es dauerte noch einmal zwanzig Minuten, bis eine kompetente Person an der Leitung war, der ich mein Anliegen glaubhaft vortragen konnte.

Sie versuchte, mir zu erklären, dass Heparin kontingentiert sei und daher nur in begrenztem Umfang zur Verfügung stehe. „Das weiß ich inzwischen!", konterte ich. „Ich beanspruche das Heparin nicht für mich, sondern für einen 13jährigen Jungen. Bei ihm besteht die Gefahr eines Gefäßverschlusses. Der betroffene Arm würde dann nicht mehr mit Blut versorgt und müsste amputiert werden. Das wollen Sie doch sicher nicht auf Ihre Kappe nehmen?" Nach längerem Zögern ließ sie sich erweichen: „Gut, ich werde veranlassen, dass an Ihre zuständige Apotheke Heparin geliefert wird. Reichen Sie bitte den Dringlichkeitsantrag für den Jungen nach."

2

Das rhythmische Trommeln der Regentropfen an das Fenster riss mich aus tiefem Schlaf. Aus dem Radio strömten heiße Rock-and-Roll-Rhythmen von Bill Healy. Es war „Tea time", wie der Engländer zu sagen pflegt. Seit Freitag hatte ich das Krankenhaus nicht mehr verlassen. Erst am Montagabend wird mein Dienst enden. Eigentlich hätte ich zwischendurch auch mal nach Hause fahren können. Riskant war es aber allemal, da mein Partner erst im ersten Ausbildungsjahr war. Es wäre unverantwortlich von mir gewesen, ihn allein ohne Aufsicht, Patienten versorgen zu lassen. Außerdem wäre es nicht einfach, bei einem Notfall die 25 km mit dem Auto im Eiltempo zu bewältigen. Die schlechten Landstraßen sowie die Behinderungen durch viele Transitfahrzeuge ließen ein zügiges Tempo nicht zu. Engpässe gab es außerdem bei Autoersatzteilen, lange Wartezeiten bei anfallenden Reparaturen und hohe Benzinkosten würden eine größere Lücke in meinen Geldbeutel reißen. Für die Einrichtung der gerade neu bezogenen Wohnung wurde jeder Groschen benötigt. So entschied ich mich, sehr zum Unmut meiner Familie, meinen langen Wochenenddienst ohne Unterbrechung im Krankenhaus zu verbringen. Letzte Nacht kam das Operationsteam erst spät zur Ruhe. Deshalb war mein Mittagsschlaf unüblich tief und lang. Im Bereitschaftsraum der Schwestern wartete bereits der gedeckte Kaffeetisch auf mich. Der Fernseher lief. Er lief eigentlich immer, bis zu nachmitternächtlicher Stunde der Sender das Programm einstellte und sein Testbild erschien.

Penelope hatte die sonntägliche Kaffeetafel mit vielen Naschereien und Nippes gedeckt. Die Mitte der mit Kerzen ausgeleuchteten Kaffeetafel zierte ein einzigartiges Bijou, eine Figurengruppe im Rokoko-Stil aus feinstem Porzellan. Ein Pudel lauscht unter dem Klavier einem Musikstück, das von einer Pianistin und einem Geiger vortragen wird. Mein geliebter Streuselkuchen fehlte auch nicht. Überhaupt, sie richtete es in letzter Zeit so ein, dass ihr Dienst mit dem meinen zusammenfiel. Dabei war sie nie aufdringlich. Auch wenn sie nicht selbst anwesend war, spürte ich doch ihre Nähe: ihren Rosenduft, der sie stets umgab, die „rote Linie" auf dem Gang unmittelbar vor den Operationssälen, vor der man automatisch stoppte, die sie auf meinen Wunsch hin sofort anzubringen veranlasste, sowie meine immer sorgfältig geputzten Operationsgaloschen. Die Schwesternhaube hatte sie heute abgelegt. Ihr schulterlanges, glänzendes, dunkelbraunes, volles, glattes Haar kam voll zur Geltung. Es bildete den Rahmen für ihr anmutiges längsovales Pastellgesicht. Mit der lässigen Neugier ihrer fließenden, dunklen Augen musterte sie mich ungeniert, als ich das Zimmer betrat. Wie eine Raubkatze, die zum Sprung auf ihre Beute ansetzte, ließ sie mich nicht mehr aus den Augen.

„Herr Oberarzt, es ist schön, dass Sie unsere Einladung angenommen haben", raspelte sie Süßholz. Ihre vollen Lippen formten sich zu einem feinen, spielerischen, einnehmenden Lächeln. Hinter dem leicht geöffneten Mund zeigten sich gepflegte weiße Zähne.

„Ich bin nur der verführerischen Duftnote des Kaffees gefolgt, die mich zwangsläufig zu Ihnen geführt hat", wehrte ich verlegen ab. Penelope hatte vor meinem Erscheinen ausgiebig das Zimmer gelüftet. Sie hatte längst gemerkt, dass ich eine Antipathie gegenüber Rauchern hatte. Obwohl sie Gelegenheitsraucherin war, rauchte sie nie in meiner Gegenwart. Im Bereitschaftszimmer der Schwestern stand gewöhnlich der Qualm. Alle rauchten ohne Ausnahme. Es war ihre Raucherinsel, da im Krankenhaus nur in den Bereitschaftsräumen geraucht werden durfte. Und das nutzten die Schwestern ausgiebig. Beim Betreten tränten mir die Augen. Aber nicht so heute. Heute schien ein außergewöhnlich ruhiger Tag zu sein. Kein Wunder. Bei dem Sauwetter traute sich kaum jemand auf die Straße. Die Herbststürme rüttelten an den Fensterläden. In den Bergen ging der Regen in Schnee über. Die Straßen wurden im Nu zu einer tückischen Eisbahn. Wohl zwei Stunden mochten in der gemütlichen Kaffeerunde vergangen sein, als das Telefon schrill klingelte. Die lebhafte Unterhaltung wurde jäh unterbrochen. Penelope war sorgsam darauf bedacht, die üblichen „Linchen-Trinchen-Gespräche", wie Tolstoi ziellosen Tratsch in „Anna

Karenina" umschreibt, während meiner Anwesenheit auszuklammern. Sie hatte das richtige Gespür, dass sie mich langweilten. Sie hatte Recht. Der Alltagstratsch nervte mich. Marlis riss hastig den Hörer von der Gabel. „Ja!" Sie wurde nervös und nervöser. Ansteigende Herzfrequenz färbte ihr Gesicht hochrot. „Die Medizinische Hilfe ist auf dem Weg zu einem Verkehrsunfall. In zirka einer Stunde wird sie hier eintreffen", berichtete sie, nachdem sie den Hörer aufgelegt hatte. Jutta schaute auf ihre Uhr:

„Wir haben genügend Zeit, um uns darauf vorzubereiten", zeigte sie sich erleichtert.

„Nur keine Hektik. Noch kennen wir nicht die Zahl der Verletzten und ihr Ausmaß", entgegnete ich.

„Der Unfall soll sich auf der Transitstrecke ereignet haben", gab sie zu bedenken.

„Das Instrumentarium für eine Notoperation ist jedenfalls einsatzbereit", bemerkte Penelope.

„Ich denke, wir heben jetzt die Kaffeetafel auf, und jeder begibt auf seinen Posten und trifft die nötigen Vorbereitungen", entschied ich. Als ich den Raum verließ, bemerkte ich noch beiläufig: „Penelope, sorgen Sie dafür, dass die Laborantin und die Röntgenassistentin informiert werden. Wir wollen keine Zeit vergeuden, wenn der Unfall eintrifft." Diese Zusatzbemerkung brauchte ich eigentlich nicht zu machen. Sie erwiderte dann auch leicht gereizt:

„Herr Oberarzt, das ist bereits geschehen." Gegen 19:00 Uhr übernahm das Team den Verletzten. Der begleitende Arzt war erleichtert, dass er ihn noch lebend übergeben konnte. Ich überblickte sofort die Situation. Ein flüchtiger Blick genügte, um den Ernst der Lage einzuschätzen.

„Herr Kollege, warum haben Sie keine Infusion angelegt?", tadelte ich ihn.

„Wir haben es ja mehrfach versucht, konnten aber keinen venösen Zugang finden", entschuldigte er sich, den Angstschweiß von der Stirn wischend. Nachdem er mir kurz den vermutlichen Unfallhergang geschildert hatte, verließ er schnellen Schritts die

31

Klinik, ohne sich zu verabschieden. Der Patient war ansprechbar, aber er befand sich im Schockzustand.

„Legt seine Beine hoch!", befahl ich, während ich mir in aller Eile einen venösen Zugang verschaffte. „Gebt das Blut ins Labor zur Bestimmung der Blutgruppe und des HB-Wertes! Erst nachdem die Infusion lief, untersuchte ich den Patienten. „Der Bauch! Der Bauch!", stöhnte er fortwährend. Sein leichenblasses Gesicht war mit kaltem Schweiß bedeckt. Vorsichtig tastete ich seinen Bauch ab. Die Bauchdecke war gespannt. Beim geringsten Druck wehrte er ab. „Dieser dicke Bauch!", knurrte ich, für jeden Chirurgen ein rotes Tuch. Bei der klinischen Untersuchung war es unmöglich sich einen genauen Überblick über die Art innerer Verletzungen zu verschaffen. „Bringt ihn zum Röntgen!", befahl ich. „Vielleicht kann uns eine Aufnahme des Abdomens weiterhelfen. „Lagern Sie den Oberkörper des Patienten etwas erhöht, damit sich eventuell vorhandene freie Luft unter dem Zwerchfell sammeln kann." Nach zehn Minuten konnte ich endlich das Bild betrachten. „Das Bild ist ja kaum auswertbar!", schalt ich die Röntgenassistentin. „Die Aufnahme ist unterbelichtet!"

„Herr Oberarzt, bei der extremen Adipositas des Patienten war nicht mehr herauszuholen"; verteidigte sie sich.

„Unter dem Zwerchfell ist jedenfalls keine Luftsichel sichtbar", stellte ich fest, also kein sicheres Perforationsgeschehen. „Penelope, bereiten Sie eine Parazentese vor! Ich muss wissen, ob sich Blut in der Bauchhöhle befindet."

„Herr Oberarzt, das Besteck ist einsatzbereit. Wir können sofort beginnen", zeigte sie sich zufrieden. Offenbar ahnte sie meinen zweiten Schritt zur Diagnostik im Voraus. Als ich mich umgezogen und gewaschen hatte, lag der Patient bereits im Operationssaal. Er stöhnte immer noch:

„Mein Bauch! Mein Bauch!"

„Lokalanästhesie!" Eigentlich konnte ich mir die Anordnung ersparen. Ich hatte die Spritze bereits in der Hand, bevor ich anfing zu sprechen. Nach wenigen Minuten war der infiltrierte Bezirk betäubt. „Skalpell! Es kann jetzt etwas schmerzen", sagte ich zum stöhnenden Patienten. Kraftvoll, mit einem kurzen Ruck, stieß ich den spitzen Trokar gewaltsam durch die Bauchdecken und schob vorsichtig seinen Tubus in den Bauchraum vor. Danach zog ich den Trokar aus der Hülse und schob einen Infusionsschlauch in den Bauchraum hinein. „Führen wir eine Lavage durch. Marlis, lassen Sie einen Viertelliter Kochsalz rasch hereinlaufen!" Die Spannung stieg auf den Siedepunkt. Nachdem der letzte Milliliter eingelaufen war, sagte ich scherzhaft: „Jetzt kommt der Moment, wo der Elefant das Wasser lässt." Penelope reichte mir die leere Spritze, die ich an den liegenden Drain anschloss. Beim Ansaugen des Kolbens bekamen alle einen mächtigen Schreck.

„Blut!", schrie Penelope.

„Verdammter M…!", platzte ich heraus. „Wir müssen den Bauch öffnen. Das kann ja bei dieser Fettwanne heiter werden. Ich werde den Chef informieren. Zu zweit schaffen wir das nicht." Ich eilte in die Telefonzentrale. „Marianne, verbinden Sie mich mit dem Chef!" Nach wenigen Minuten übergab sie mir den Hörer.

„Kremer am Apparat."

„Guten Abend, Frau Kremer. Jung vom Krankenhaus Schönwalde. Ich möchte Ihren Gatten sprechen." Sie stutzte einen Augenblick.

„Ist es etwas Dringendes?"

„Ja!", antwortete ich kurz angebunden. Sie ließ mich etwa 10 Minuten warten.

„Kremer." Seine mürrische, kratzige Stimme verdarb mir sofort die Laune.

„Chef, wir haben ein Problem. Allein werde ich es nicht bewältigen.

„Was gibt es, Kollege Jung?"

„Wir haben einen Unfall bekommen mit einer intraabdominalen Verletzung, eine innere Blutung, Milz oder Leber. Wir müssen laparotomieren. Allein schaffen wir es nicht. Der Patient ist sehr dick." Großes Schweigen in der Runde. Er schwieg lange. Dann antwortete er:

„Sie können den Patienten verlegen."

„Chef, das können wir nicht. Der Patient befindet sich im Schock. Sie wissen wie ich, dass in diesem Zustand ein Transport mit dem Sanka viel zu gefährlich ist. Es könnte Stunden dauern, bis er in der Uniklinik ankommt. Auf den Straßen ist es heute chaotisch. Die Fahrzeuge liegen quer. Blut haben wir bis jetzt auch nicht. Ich frage mich, warum haben wir es bis heute nicht geschafft, eine eigene Blutbank einzurichten."

„Kollege Jung, ich kann Ihnen nicht helfen, ich habe Gäste. Als diensthabender Oberarzt sind Sie verantwortlich. Die Entscheidung liegt bei Ihnen." Das Gespräch wurde abrupt beendet. Ich stand da wie ein begossener Pudel.

„Der Chef hat aufgelegt", sagte ich zu Marianne konsterniert. Es war ein bitterer Moment. Die Haltung meines Chefs erboste mich über alle Maßen. Seine Gleichgültigkeit brachte meine Seele zum Kochen. Ich war zu allem entschlossen. Ich wollte den Patienten retten. „Marianne, versuchen Sie, Dr. Siegemund in Burgk zu erreichen. Ich möchte ihn dringend sprechen." Nach kurzer Wartezeit hatte ich ihn am Telefon. Ich kannte ihn noch aus meiner Zeit an der Uniklinik. Wir waren uns sympathisch.

„Herr Kollege. Ich habe hier in Schönwalde ein Problem, das heißt einen Patienten mit einer intraabdominalen Blutung. Ich müsste eine Laparotomie durchführen."

„Haben Sie Blut?"

„Der Fahrer ist auf dem Weg in die Blutspendezentrale."

„Gut, ich werde in zirka einer Stunde da sein."

„Ich danke Ihnen, Herr Siegemund." Erleichtert übergab ich Marianne den Hörer. Jetzt musste alles für den Eingriff vorbereitet werden.

„Penelope, wir werden ihn laparotomieren. Bereiten Sie alles vor. Dr. Siegemund wird in einer Stunde eintreffen."

„Der Chef?" Fragend blickte sie mich an.

„Der Chef wird nicht kommen. Wir müssen es allein schaffen. Versuchen Sie, Elke zu erreichen. Sie ist robust und wird nicht gleich umkippen, wenn es hektisch zugeht." Es verging keine Stunde, als der Anästhesist ankam. Nachdem er den Patienten untersucht hatte, sagte er:

„Ich benötige Plasmaexpander und Blut. Bevor Sie anfangen können, muss ich erst den Kreislauf auffüllen. Der Patient sieht nicht gut aus." Wir saßen wie auf Kohlen. Endlich kam Gustav mit den sehnsüchtig erwarteten Blutkonserven. Bevor sie der Anästhesist anschloss, prüfte er mit dem „Bedside-Test" ihre Verträglichkeit mit dem Blut des Patienten. Schon nach einer halben Stunde sagte er: „Ich habe die Kontrolle über den Patienten. Sie können beginnen. Aber es müsste zügig vorangehen. Der Blutdruck wird wieder abfallen, wenn die Blutung nicht bald zum Stehen kommt. Herr Kollege Jung, ich weiß, dass Sie sich beeilen werden."

„Alles startklar?" Ich blickte Penelope in die Augen. Sie strahlten Ruhe und Zuversicht aus.

„Ja!", war spontan ihre knappe Antwort. In wenigen Augenblicken hatte ich das Abdomen eröffnet. Ein Schwall Blut ergoss sich aus dem Bauchraum, wie aus einem Geysir.

„Saugung!", schrie ich. Um Übersicht zu bekommen, stopfte ich die vorquellenden Darmschlingen mit Bauchtüchern ab. Vorsichtig tastete ich mit der flachen Hand die Leberoberfläche ab. „Die Leber scheint nicht betroffen zu sein", stellte ich befriedigt fest. „Die Milz ist defekt. Zieht kräftig am Haken, damit ich sie sehen kann! Ich muss den Schnitt erweitern. So kommen wir nicht ran." Ich wusste nicht, ob mein Herz stärker anfing zu klopfen. Eine neue Bewährungsprobe stand mir bevor. Ein- oder zweimal hatte ich bei einer Milzextraktion schon assistiert, aber noch keine Milz selbst entfernt. Als Operateur ist man anders gefordert. Man steht mehr in der Verantwortung. Das Team wusste das natürlich nicht. „Arterienklemme!", schrie ich, nachdem ich mit der linken Hand die Stielgefäße der Milz blind zwischen zwei Fingern umfasst hatte. Ich spürte mein Herz klopfen. Ich durfte die Arterie nicht verfehlen, musste die Arterienklemme korrekt ansetzen. Sofort sistierte die Blutung. „Die Blutung steht!", sagte ich zum Anästhesisten und holte tief Luft.

„Ja, der Blutdruck steigt. Er stabilisiert sich", zeigte sich Siegemund erleichtert.

„Wir haben jetzt genügend Zeit, die Milz zu mobilisieren und zu exstirpieren." Es gelang mir ohne Mühe, die Milz aus ihrem Bett zu lösen und sie vom abgedrosselten Gefäßstiel zu trennen. Mit der rechten Hand barg ich sie und demonstrierte die Verletzungen: „An der Milzoberfläche finden sich mehrere tiefe, lange Einrisse im Verlaufe der Rippen. Der Fahrer muss mit großer Wucht mit der seitlichen Brustregion auf einen harten Gegenstand aufgeprallt sein", demonstrierte ich dem Team die Verletzung. „Ihre Entfernung war unumgänglich." Die übrige Revision der Bauchhöhle ergab keine weiteren Verletzungen, sodass wir beruhigt die Bauchwunde wieder verschließen konnten. Geschafft! Eine Zentnerlast fiel mir von den Schultern. „Ich danke dem Team, es hat mich hervorragend unterstützt. Ohne Ihre tatkräftige Unterstützung hätte ich es nicht geschafft." Meine Hände berührten Penelopes als Zeichen des Dankes. Das war keine bloße Floskel, sondern es war ehrlich gemeint. Obwohl wir behandschuht waren, fühlte ich bei der Berührung einen elektrischen Funken überspringen, der mich unwillkürlich zusammenzucken ließ, so als hätte ich einen Zitteraal berührt. Obgleich die Berührung nur flüchtig war, einen Augenblick nur, spürte ich ein heftiges Herzstechen, verbunden mit Herzjagen, das in mir ein Angstgefühl auslöste. Meine Aufmerksamkeit galt sofort dem elektrischen Schneid- gerät, das noch angeschaltet war.

„Schalten Sie das Gerät aus!", schrie ich. Erschrocken drehte sich Penelope um und trat mit dem Fuß heftig auf den Schalter.

„Herr Oberarzt, was haben Sie?", fragte sie mit unschuldiger Mine, sich keiner Schuld bewusst.

„Ich habe gerade einen heftigen Schlag gespürt. Ist der Operationstisch nicht geerdet?"

„Geerdet?"

„Ich meine die Ableitung gefährlicher Ströme durch Erdung des Operationstisches."

„Das höre ich das erste Mal. Bisher hatten wir nie Probleme mit dem Secarex. Sie sind offenbar eine sehr sensible Kreatur, Herr Oberarzt."

„Erdungen sind dazu da, um gefährliche Berührungsspannungen zu vermeiden. Ich werde dafür sorgen, dass der Operationstisch geerdet wird. Auch für den Patienten kann ein nicht geerdeter Tisch gefährlich werden, wenn wir mit elektrischen Geräten arbeiten", belehrte ich sie. Ich kam ins Grübeln. Warum hatte Penelope nichts bemerkt, als ich sie berührte. Der Funke war doch von ihr übergesprungen! Um mich abzulenken, wandte ich mich Elke zu, die gar keinen Bereitschaftsdienst hatte, und trotzdem gekommen war, um uns beizustehen. Sie hatte sich am Platz des zweiten Assistenten hervorragend bewährt.

„Elke, Ihnen gilt mein besonderer Dank! Sie waren mehr als nur ein Ersatz! Ich werde mich dafür einsetzen, dass man bei der nächsten Prämierung nicht an Ihnen vorbeikommt." Wir hatten es ohne den Chef geschafft! Das musste gefeiert werden! Nachdem der Patient aufgewacht und auf die Wachstation gebracht wurde, lud ich das Team zu einem kleinen Umtrunk ein. Denn es war bei den Chirurgen Sitte, dass der Operateur nach seiner ersten gelungenen neuen Operation sich bei dem Team auf diese Weise bedankt. „Ich lade das Team zu einem kleinen, kurzen Umtrunk ein", bemerkte ich im Vorbeigehen. „Es war meine erste Milzexstirpation. Ihnen habe ich zu danken. Sie haben es mir leichtgemacht. Allein hätte ich es nie geschafft. Sie alle waren großartig!"

„Herr Oberarzt, das kann nicht sein, dass es Ihre erste Milz war. Sie waren zielstrebig, zu keiner Zeit unsicher oder nervös. Es war mir eine Freude, Ihnen zu instrumentieren." An Penelopes Augen las ich ab, dass sie es ehrlich meinte, dass es keine bloße Höflichkeitsfloskel war. In Sekundenschnelle hatte sie eine Tafel hergerichtet. Ich holte aus dem Kühlschrank die Flasche Krimsekt, die von meinem Einstand ins Kollektiv übrig geblieben war und wir prosteten uns zu. Es entwickelte sich eine kurzweilige, lockere Unterhaltung. Als ich auf meine Uhr sah, war es zwei.

„Es wird Zeit, den Umtrunk zu beenden. Der heutige Tag wird noch anstrengend genug werden. Erst am Abend wird mein Dienst enden."

„Ich habe noch einen guten Tropfen auf Lager. Es wäre schade, jetzt aufzubrechen, wo wir doch in so gehobener Stimmung sind. Diese Gelegenheit kommt so schnell nicht wieder", entgegnete Penelope. Aber ich ließ mich nicht umstimmen. „Wenn es am schönsten ist, soll man enden."

3

„Fahret auf die Höhe und werfet eure Angeln aus, dass ihr einen guten Fang tut!", rief uns Rudi noch zu, als wir unsere Angeln auswarfen.
„Rudi, du bist bibelfest?", wunderte ich mich.
„Ja, es ist ein Spruch aus dem Lukas-Evangelium. Petrus wünscht Simon einen guten Fang. Nach unserer Flucht aus Ostpreußen landeten wir im erzkatholischen Eichsfeld. Dort ist das Studium der Bibel noch erste Bürgerpflicht. Ansonsten halten wir uns aber an den alten Anglerspruch unseres verehrten Paul Rauser: 'Und gehst Du ein zur Himmelstür, wo Petrus zeigt sich freundlich Dir.' Petri Heil!" Wir kämpften mit aller Macht gegen den hohen Wellengang an, der unser Schlauchboot immer weiter in Richtung gefährliche Fahrrinne trieb. Unser „Petri Dank!" trieb der Wind von ihm fort.
„Carl, halt dich mehr backbords!", schrie Rudi aufgeregt. Denn er bemerkte zuerst den Fischkutter, der direkt auf unser Schlauchboot zusteuerte. Es bedurfte eines gewaltigen Kraftakts meinerseits, dem Kutter in letzter Sekunde noch auszuweichen. Es war der erste Angelurlaub, den wir gemeinsam am Bodden verbrachten. Rudi hatte das Quartier für uns besorgt, ein Zimmer in einer Baracke auf einem Sportgelände ohne jeglichen Komfort. Die gemeinsamen Waschräume und Toiletten lagen außerhalb. Als Diplomsportlehrer pflegte er offensichtlich gute Kontakte zum Armeesportklub, dem das Sportgelände offiziell gehörte. Ohne Rudis Verbindungen hätten wir auf diesem Gelände kein Zimmer für einen zweiwöchigen Urlaub anmieten können. Er war ein Profi, was den Angelsport betraf. Schon frühzeitig war er im Anglerverband „Elbflorenz" organisiert,

kannte die vielfache Weltmeisterin im Sportangeln Helga Wischer persönlich. Oft lauschte er ihrer Sopranstimme, wenn sie bei der Vorbereitung ihrer Fliegen und Spinner eine Koloraturarie trällerte. Sie besaß nämlich ein Diplom als Opernsängerin. Aber das Sportangeln reizte sie wohl mehr als die Opernbühne. Ohne Rudi Scherer hätten wir nie zum Angelsport gefunden. Als ich eines Abends von der Arbeit kam, lud er gerade aus seinem nagelneuen Trabant 601 Kombi de Luxe Anglerutensilien aus. Ich muss hier hinzufügen, dass er mein Garagennachbar war. Wie er so rasch seine Garagenteile geliefert bekam, wo es doch lange Wartezeiten gab, blieb ein Geheimnis. Meine jedenfalls hatte ich einem dankbaren Patienten, einem hohen Funktionär in einem Betonwerk, zu verdanken. Die Baugenehmigung hatte er auch gleich mit besorgt. An Wochenenden bauten wir gemeinsam die Garagenteile zusammen. Auf diese Weise wurden wir näher bekannt und freundeten uns an.

„Welchen kapitalen Fisch hattest du heute an der Angel?", begrüßte ich ihn, als ich am Abend von der Arbeit kam.

„Ach, weißt Du, Carli", – er lächelte verschmitzt und spannte mich eine Weile auf die Folter –„er war so riesig, dass, wenn ich ihn herausgezogen hätte, der Wasserspiegel des Teiches um zwei Meter gesunken wäre. Da habe ich mich doch schweren Herzens entschlossen, ihn drin zu lassen." Er lächelte vielsagend.

„Rudi, das ist doch wieder einmal eine Ente aus dem Anglerlatein, die du mir vorgaukelst."

„Im Ernst, du magst es glauben oder nicht, ich habe heute im Fluss einen riesigen Wels an der Angel gehabt. Er muss über zwei Meter gemessen haben. Beim Versuch, ihn an Land zu hieven, ist mir die Angel gebrochen. Glücklicherweise war es keine meiner Ruten aus dem Westen. Da hätte ich mich schon sehr geärgert." Er zeigte mir als Beweis die zerbrochene Angel.

„Und der Wels? Wo ist er geblieben?"

„Der Wels hat sich bedankt und ist mit verschlucktem Köder samt Drilling, Stahlfach und Grundblei auf Nimmerwiedersehen verschwunden."

„Ich hätte auch mal Appetit auf Frischfisch. Abgesehen vom

Silvesterkarpfen gibt's sonst nur Rollmops und Makrele in Dosen."

„Carl, euer Speiseplan ließe sich bereichern. Ich wollte dich schon immer mal ansprechen, gemeinsam in Familie zu angeln. Unsere Angelscheine erlauben es, Gäste mitzubringen. Wenn es euch gefällt, könnt ihr auch jederzeit einen Angelschein erwerben." Ich schaute auf seinen Trabanten. Plötzlich wurde ich stutzig.

„Hast du dein Fahrzeug neu spritzen lassen?"

„Nein, es ist neu!"

„Das kann nicht mit rechten Dingen zugehen. Ich muss zehn Jahre auf ein neues Fahrzeug warten und du bekommst ein neues nach drei", konterte ich.

„Das ist auch kein Fahrzeug auf Anmeldung", grinste er. „Ich habe es über Genex bekommen. Die Tante aus Eutin hat es spendiert", legte er wie zur Entschuldigung nach.

„Gratulation! So eine spendable Tante möchte ich auch haben."

„Ich hab was! Ich hab was!", schrie Pius aufgeregt, der seine Angelrute steuerbords ausgeworfen hatte.

„Gib langsam Schnur nach!", schrie Rudi, der sich uns aus Vorsicht mit seinem Ruderboot genähert hatte.

„Er zieht! Ich kann ihn nicht halten!", rief er ängstlich.

„Lilofee, halt meine Angel!", rief ich und griff nach Pius' Angel. Es war Eile in höchster Not geboten. Denn ich sah, wie ihm die Angel allmählich aus den Händen entglitt.

„Rudi, er zieht so heftig, als wär's ein meterlanger Wels an der Angel", rief ich aufgeregt.

„Gib nur wenig Schnur nach. Er muss sich müde arbeiten!", riet Rudi. Wir kämpften über eine Stunde mit dem Fisch. Dann erlahmte seine Widerstandskraft.

„Er ist erschöpft! Jetzt könnt ihr die Schnur langsam einziehen", rief er, als er sah, dass der Fisch kaum noch Widerstand leistete. Inzwischen hatte er unser Schlauchboot backbords erreicht und band es an seinem Ruderboot fest.

„Ich helfe euch! Zieh die Schnur weiter ein, damit ich den

Fang mit meinem Kescher aufnehmen kann!" An der Wasseroberfläche glitzerte die Rückenflosse. „Ein kapitaler Hecht!", rief er. „Es ist ein Wunder, dass er auf Wurm gegangen ist. Ein Hecht ist gewöhnlich nur auf Blinker aus und verschmäht Würmer. Pius, du hattest einen riesigen Dusel. Es ist ein guter Fünfundsiebziger. Das muss heute Abend gefeiert werden."

„Was machen wir bloß mit diesem Ungeheuer?", stöhnte Lilofee. Sie sah, wie der Hecht auf dem Schlauchboot nach Luft schnappte.

„Wir werden ihn heute Abend in Alufolie auf dem Grill garen", schlug Helga vor.

„Machen wir seinem Leben ein Ende!" Rudi gab ihm einen Klaps auf den Kopf, drehte ihn auf den Rücken und durchstach mit seinem Waidmesser in Sekundenschnelle den Brustknochen.

„Blutiges Handwerk gehört leider zu diesem Geschäft", entschuldigte er sich und säuberte mit Meerwasser sein Messer.

„Mir wird schlecht! Mir wird schlecht!", rief Pius plötzlich. „Alles dreht sich um mich!"

„Pius, du bist seekrank. Der hohe Wellengang hat womöglich die Kinetose ausgelöst. Wir nehmen dich auf unser Ruderboot."

„Legt ihn flach auf den Rücken! Schließ die Augen, Pius! Es wird bald wieder vergehen", sagte ich.

„Mir ist auch ganz komisch. Bei der Schaukelei im Schlauchboot ist das kein Wunder. Bei dem Sturm hätten wir heute einen Stadtbummel machen sollen anstatt uns auf dem Bodden abzurackern", zeterte Lilofee.

„Ja, dann hätten wir heute keinen Dusel gehabt", lästerte Rudi. „Unser Abendmahl wäre andernfalls kärger ausgefallen. Übrigens, ein Angelfreund kennt nur Schönwetter."

Es roch verlockend. Pius schlich wie eine Katze um den heißen Brei um den Grill herum.

„Halte Abstand zum Grill! Die glühenden Funken brennen nicht nur ein Loch in dein Hemd, sondern auch in dein Fell. Das brennt höllisch", warnte ihn Rudi, der sah, dass Pius sich gefährlich nah der offenen Feuerstelle genähert hatte. „Wenn er gar ist, kannst du dir das beste Stück aussuchen. Denn du hast den

41

Fisch ja schließlich geangelt", machte Rudi ihm Hoffnung auf einen guten Happen. „Das ist ja Qualitätsholzkohle, erste Wahl!", strahlte Rudi, als er den Grill anwarf und die glänzende schwarze Kohle mehrmals musternd durch seine Hände gleiten ließ. „ Leicht wie eine Feder –, aus dem Intershop?" „Wo denkst du hin! Ich kenne leider keine Quelle, aus der Westgeld sprudelt", antwortete ich, leicht genervt. „Also aus der BHG?" „Nein, nicht aus einem Geschäft. Wie ich zu diesem schwarzen Gold gekommen bin, war reiner Zufall." „Erzähl! Spann uns nicht länger auf die Folter!", forderte er mich auf. Bevor ich mit der Geschichte herausrückte, genehmigte ich mir noch einen kräftigen Schluck aus der Pulle.

„Es war ein Dèjá-vu, eine Vorahnung, die mich zu einer Wanderung durch den Rabenauer Grund veranlasste. Ein ungewöhnlicher Geruch nach Kien lenkte mich in eine bestimmte Richtung. Aus der Ferne sah ich einen hellen, bläulich schimmernden Rauch aufsteigen, einen blauen Dunst, der mir allmählich die Sinne vernebelte; es war eben jener Nebel, den auch Zauberer benutzen, um ihre raffinierten Täuschungen unbemerkt vor ihrem Publikum zu präsentieren. Ich sah den Köhlern etwa eine Stunde bei ihrer Arbeit zu, unterhielt mich mit ihnen über dieses und jenes. Sie erklärten mir, dass der blaue Dunst, der aus dem Meiler aufstieg, kein fauler Zauber war, sondern das Ende der Verkokung anzeige. Ich kam also zur rechten Zeit zum richtigen Ort. Sie waren gerade dabei, die Ernte einzufahren. Mit schwerem Gerät deckten sie den Meiler ab. Zum Vorschein kam schwarze, glänzende Holzkohle, wie ich sie noch nie zuvor gesehen hatte. Den kleinen Rest nicht verkokten Holzes löschten sie mit Wasser. Ich wunderte mich, dass der Meiler arg in sich zusammengefallen war. Der Berg sei durch Entweichen von reichlich Wasserdampf und Gasen um Zwei Drittel seines ursprünglichen Volumens geschrumpft, klärten sie mich auf. Bei den Köhlern war es Brauch, die gelungene Löschung des Meilers mit Wodka zu begießen. Ich zog einen Joker, das heißt, eine eben in einem Kiosk gekaufte Flasche Wodka aus dem Ärmel, die ich eigentlich für eine Eierlikörherstellung besorgt hatte und bot sie gegen einen Sack frische Holzkohle. Die Köhler waren in Geberlaune und nahmen den Tausch dankend an – durch ihre Kehlen waren schon etliche Flaschen Bier in Ermangelung von Schnaps geflossen –. Sie füllten mir einen ganzen Papiersack mit Eins-a-Kohle voll. Etwas Übersinnliches, eben ein Dèjá-vu, hatte mich an diesem Tag zu dem Meiler geführt."

„Eine tolle Geschichte!", beglückwünschte mich Helga. Die Stimmung erreichte ihren Siedepunkt, als Rudi die Alufolie vom Fisch gelöst hatte. Helga hatte ihn nach dem Ausnehmen gesalzen, mit Kräutern, Karotten, Zwiebeln, Knoblauch und Wacholderbeeren gefüllt, bevor sie ihn in den vorbereiteten Salzteig luftdicht eingepackt hatte. Nach anderthalb Stunden war die Kruste goldfarben, ein sicheres Zeichen, dass der Fisch gar war. Durch leichtes Klopfen mit dem Hammer zersprang die steinharte Kruste wie brechendes Glas in einzelne Platten, die sich leicht vom Fisch samt Haut lösen ließen. Zum Vorschein kam das saftige und leckere Innere des Fisches. Alles drängte sich an den Grill, um das Wunderwerk zu bestaunen.

„Ein dreifach Hoch der Sterne-Köchin!", schrien alle durcheinander.

„Ja, ein Drummer würde vor Neid erblassen, wenn er diesen Fisch sähe", schnalzte Rudi genusssüchtig mit der Zunge. Rudi Scherer war ein drahtiger, sportlicher Mitvierziger mit gedrungenem Körperbau, markanten, kräftigen Gesichtszügen, die durch seinen schütteren Haarwuchs – die glänzende Platte wurde von einem hufeisenförmigen mittelblonden Haarkranz umschlossen – noch markanter wirkten. Seine Helga hatte er auf der Sporthochschule, die sich für Pädagogik eingeschrieben hatte, kennengelernt. In seiner sportlichen Laufbahn hat er es sogar zum Dan-Träger im Judosport gebracht. Dem Äußeren nach hätte man ihn eher für einen Leibwächter eines hohen Politfunktionärs als einen Doktor der Sportwissenschaften halten können. Wir zechten an diesem milden Spätsommerabend am Lagerfeuer die Nacht hindurch. Rudi sonnte sich genussvoll an den sportlichen Erfolgen seiner Sportelite während der Münchner Olympiade.

„Wir haben viel erreicht. Der dritte Platz in der inoffiziellen Nationenwertung ist ein untrügliches Zeichen der Überlegenheit des sozialistischen Gesellschaftssystems", malte er prahlerisch aus.

„Rudi, manchmal zweifle ich, dass alles mit rechten Dingen zugeht. Immer seid ihr dem Klassenfeind einen Schritt voraus und schnappt ihm die Medaillen weg."

„Die Saat, die schon längere Zeit im Boden ist, ist aufgegangen. Jetzt bringen wir die Ernte ein. Schon im Vorschulalter beginnt bei uns eine systematische Vorauswahl."

„Wieso?", unterbrach ich ihn.

„Anhand wissenschaftlicher Methoden können wir heute mit großer Wahrscheinlichkeit die endliche Körpergröße eines Individuums voraussagen. Es hat keinen Sinn, in ein Kind zu investieren, wenn es später für den Rudersport nicht geeignet ist, also kleinwüchsig bleibt oder umgekehrt für den Turnsport oder das Wasserspringen, wenn es später wie ein Spargel schießt." Die Aussage machte mich sehr betroffen.

„Also Selektion ?"

„Ja, das trifft hier zu. Den Kleinen machen wir es schmackhaft, die für sie richtige Sportdisziplin auszuwählen."

„Das ist ja pervers", murmelte ich.

„Wieso?", wurde Rudi aggressiv. „Das ist Realpolitik! Unsere internationale Anerkennung erreichen wir über sportliche Erfolge. Dafür hat man uns die Hochschule für Körperkultur und Sport geschaffen. Ich bin ein Teil von ihr. Ihre Erfolge sind auch meine. Ich kann zu Recht stolz auf sie sein. Übrigens, die Forschungen zu den Leistungssteigerungen im Spitzensport sind noch längst nicht ausgeschöpft, eigentlich sind sie erst am Anfang. Seit wir das Laktat im Blut bestimmen können, haben wir endlich einen Parameter in der Hand, um herauszufinden, wie wir die Laktosetoleranz und damit Leistung beim Sportler steigern können. Durch unsere Untersuchungen wollen wir herausfinden, wann sich der Körper auf anaerobe Energiegewinnung umstellen muss, und wie wir sie durch geeignete Trainingsmethoden hinauszögern können, mit anderen Worten, also wie lange können wir den Gleichgewichtszustand, 'steady state', von Produktion und Abbau von Laktat halten. Da die quergestreifte Muskelzelle arm an Mitochondrien ist, die ja Zellkraftwerke sind, ist sie weitgehend auf die Energielieferung über die Blutbahn angewiesen."

„Unser Pius soll also für eine Sportart getrimmt werden, für die er eine ausgesprochene Antipathie empfindet?", fragte ich lauernd.

„Wenn er die körperlichen Voraussetzungen dafür mitbringt. Warum nicht? Unsere gut geschulten Psychologen würden ihn schon umstimmen. Kleine Erfolge steigern den Appetit! Das ist die nackte Wahrheit, Carl. Wir sind ein kleines Land und müssen mit unseren Ressourcen ökonomisch haushalten, um die Weltspitze mitzubestimmen. Das ist schließlich der Schlüssel für unsere Anerkennung in der Weltgemeinschaft."

„Apropos Schlüssel, da du von ihm sprachst, nebenbei bemerkt, fällt mir gerade ein – entschuldige, dass ich dich unterbreche – : Pius wird nach den Ferien zu den Schlüsselkindern gehören. Wenn er nach der Schule nach Hause kommt, ist Lilofee noch bis vier Uhr auf Arbeit. Er möchte nicht die ganze Zeit im Schulhort verbringen. Darf er gelegentlich bei euch anklopfen, vielleicht mit Peter spielen."

„Logo, selbstverständlich, Helga kommt öfter am frühen Nachmittag nach Hause, um ihre Vorbereitungen für den nächsten Schultag zu treffen. Um den Faden wieder aufzunehmen, im Übrigen werden nur die Olympiadisziplinen staatlich gefördert."

„Und ich dachte immer, der Slogan 'Überholen ohne einzuholen', gilt noch", wies ich auf die wirtschaftlichen Ziele der DDR hin.

„Ach, das ist nur kalter Kaffee!" Er machte eine abwertende Handbewegung. „Wir sind und bleiben eine Mangelgesellschaft. Sogar das Mineralwasser ist in den Sommermonaten knapp, vom Flaschenbier ganz zu schweigen. Wie gut, dass wir einen Kasten mitgebracht haben. Nicht mal neue Kartoffeln gibt es hier. Wir mussten extra einen Umweg über Berlin machen!", echauffierte er sich, während er auf dem Feuer neue Kartoffeln röstete. Rudi lief krebsrot an. Kam es vom übermäßigen Alkoholgenuss oder von einer plötzlichen Adrenalinausschüttung? Ich war mir nicht im Klaren, ob seine Aufregung gespielt oder ernstgemeint war. Bei Rudi wusste man oft nicht, wo der Spaß anfing, und wo er aufhörte. Lilofee wurde in seiner Nähe zuweilen unheimlich, ja sogar ängstlich, weil er oft cholerisch reagierte, wenn ihm eine Laus über die Leber gelaufen war. Helga dagegen war ruhig, suchte immer den Ausgleich. Bei den Kindern war sie sehr beliebt. Der Lehrerberuf war ihr auf den Leib geschneidert. Natürlich hatte er Recht, wenn er behauptete, dass die sozialistische Planwirtschaft der kapitalistischen, die ausschließlich auf Profit ausgerichtet ist, nicht Paroli bieten kann. Zuweilen verließen die Frauen in den Betrieben und Verwaltungen in Scharen ihren Arbeitsplatz, wenn sie ein paar Bananen in der Kaufhalle ergattern konnten. Einige stellten die Maschinen ab, andere ließen sie einfach weiter laufen. Der Meister drückte beide Augen zu.

„Carl, vergiss nicht das Embargo, das kapitalistische Staaten gegen uns verhängt haben! Wir müssen praktisch jeden Faustkeil neu erfinden", nahm er nach einer längeren Pause den Faden wieder auf. „Und unser großer Bruder drückt uns zuweilen auch die Pistole auf die Brust, sodass wir wie ein gehetztes Wild in die Enge getrieben werden. Hinzu kommt noch die uneigennützige Unterstützung unterdrückter Völker, die sich vom Kolonialjoch befreien wollen."

„Das ist wohl wahr. Ich habe das Gefühl, wir pfeifen derzeit auf dem letzten Loch. Nichts funktioniert richtig. Sogar unser Telefon spukt, es ist laufend besetzt. Von einer Störung will das Amt nichts wissen.", echauffierte ich mich.

„Telefon? Wir haben damit keine Probleme." Er machte eine Pause, als würde er nachdenken. „Moment mal! Ich erinnere mich an euren Vormieter. Bei dem gab es auch Probleme mit dem Telefon. Manchmal bat er uns, da sein Telefon besetzt war, wenn er ein dringendes Gespräch hatte, unser Telefon zu benutzen."

„Unsere Medizintechnik liegt auch am Boden, sie kann mit der internationalen Entwicklung nicht Schritt halten. Sie ist so gut wie stehengeblieben. Ihr Stand ist heute noch so wie zu

Sauerbruchs Zeiten – wie vor fünfzig Jahren. Seine Instrumente benutzen wir noch heute. Das ist doch wirklich zum Haareraufen", fuhr ich aus der Haut. Meine Lautstärke steigerte sich allmählich zu Orkanstärke, sodass die Frauen, die einige Meter von uns entfernt ihr feucht-fröhliches Palaver zelebrierten – aus anderen Bungalows hatten sich einige Frauen hinzugesellt –, auf uns aufmerksam wurden.

„Bei unseren Männern ist Gefahr im Verzug. Sie werden sich gleich an die Gurgel gehen", lästerte Helga, die ihren Rudi zu gut kannte.

„Ja, ja, Recht habt ihr, Grüppchenbildungen sind nicht erwünscht. Das Kollektiv trifft die Entscheidungen. Wir lösen unseren Geheimbund auf und kriechen in euren Schoß. Komm Rudi! Schnapp dein Glas und gesellen wir uns zu unseren Frauen!"

4

Die Tür öffnete sich einen Spaltbreit, Sieglinde steckte ihren Blondschopf hindurch und rief:

„Der nächste bitte!". Ihre schlechte Laune stand ihr ins Gesicht geschrieben. Die Sekretärin mit der Stupsnase und den eiskalten blauen Augen konnte sehr charmant sein. Aber heute, als meine Gefäßsprechstunde begann, zeigte sie sich mit ihrem Spiegelbild. Es war eigentlich die Zeit des Müßiggangs für das ambulante Personal. Lori hatte seine Sprechstunde beendet und sich mit seinem Personal in einem Nebenraum verschanzt, um Siesta zu halten. Sieglinde wurde aber gegen ihren Willen in meine Sprechstunde abkommandiert, um mir bei der Dokumentation der Patientenbefunde zur Hand zu gehen. Das behagte ihr offenbar nicht. Denn sie sah sich ihrem üblichen, verlockenden Schäferstündchen beraubt. Es war ein offenes Geheimnis, dass sie und Lori zuweilen heftig miteinander turtelten:

„Leierklang aus Paradieses Fernen,
Harfenschwung aus angenehmern Sternen
Ras' ich in mein trunknes Ohr zu ziehn;

Meine Muße fühlt die Schäferstunde,
Silbertöne ungern fliehn."
Langsam schlürfend quälte sich ein schon betagter Herr, auf
einen Stock gestützt, in Begleitung einer jüngeren Frau in das
Sprechzimmer. Ich war gerade in einige Akten vertieft.
„Guten Tag! Nehmen Sie bitte Platz!", forderte ich den Pa-
tienten auf, ohne aufzublicken. Erst nachdem ich die Unterlagen
des vorhergehenden Patienten vervollständigt hatte, das heißt
der Sekretärin den Untersuchungsbefund diktiert hatte, galt meine
volle Aufmerksamkeit dem Neuen.
„Was fehlt Ihnen denn, Herr –?"
„Dumont. Emil Dumont", antwortete anstelle des Greises die
Frau.
„Dumont ist kein deutscher Name?"
„Nein, Vaters Vorfahren stammen aus dem Elsass. Nach dem
I. Weltkrieg ist er in Deutschland geblieben, weil er seine große
Liebe hier gefunden hatte. Er war in deutscher Kriegsgefan-
genschaft; für kurze Zeit in einem Internierungslager, danach bei
einem Bauern. Dort ist es passiert." Emil lächelte bei ihrer plas-
tischen Schilderung gequält.
„Aha, interessant! Aber nun zur Sache. Was fehlt Ihnen, Herr
Dumont?" Ich zog die Augenbrauen hoch. – Das passierte immer, wenn mich irgendetwas Unangenehmes irritierte. Bei ihm
war es der unverkennbare Geruch nach Nikotin.
„Vati hat Schmerzen im rechten Bein. Einige Zehen sind
schwarz geworden", antwortete die Frau an seiner statt.
„Wie lange hat Ihr Vater schon Beinprobleme?", wandte ich
mich an die Frau, ohne den Patienten zu beachten.
„Seit einem Vierteljahr doktert der Hausarzt an seinem Fuß
herum. Die Behandlung hat aber nicht angeschlagen. Im Gegenteil. Es wurde von Tag zu Tag immer schlimmer. Vati hat
starke Schmerzen, aber er jammert nicht. Ich habe große Angst
um sein Bein. Ich habe mir Ihre Adresse besorgt. Herr Doktor,
Sie sind unsere letzte große Hoffnung."
„Woher haben Sie meine Adresse?"
„Die Sekretärin der Universitätsklinik hat sie uns gegeben. Sie

meinte, Sie wären der einzige Doktor im Bezirk, der meinem Vater helfen könnte. Herr Doktor, bitte helfen Sie uns!" Die Frau war der Verzweiflung nahe. Sie fing leise an zu weinen.

„Herr Dumont, machen Sie Ihre Beine frei, und legen Sie sich auf die Liege." Der rechte Fuß steckte in einem übergroßen Filzpantoffel. „Rauchen Sie?" Die Frage war eigentlich überflüssig. Der Tabakgeruch steckte in seiner Kleidung.

„Herr Doktor, ich habe Vati immer gesagt, er solle mit dem Rauchen aufhören. Aber er hört nicht auf mich. Sprechen Sie bitte ein Machtwort."

Nachdem ich den Verband entfernt und seine Gefäße flüchtig untersucht hatte, sagte ich zum Patienten:

„Herr Dumont, Ihr Bein ist in großer Gefahr. In Ihren Gefäßen faucht es wie in einem Windkessel. Wir müssen rasch handeln, wenn wir das Bein retten wollen. Am besten ist es für Sie, wenn sie gleich dablieben. Ihre Zigaretten kann aber Ihre Tochter wieder mitnehmen. Die brauchen Sie hier nicht! Sie sind ein gefährliches Gift für Ihre Gefäße!" Erst nach langem Zureden seiner Tochter fand sich Emil mit der sofortigen stationären Behandlung ab. Zu seiner Tochter gewandt, fügte ich noch hinzu: „Übermorgen mache ich eine Angiographie. Erst danach kann ich eine Prognose abgeben, ob das Bein durch einen operativen Eingriff noch zu retten ist." Bangen Herzens, aber doch mit einem klitzekleinen Hoffnungsschimmer im Gepäck, verließ Margarethe Dumont das kleine Krankenhaus am Rande der Stadt, in das sie so große Hoffnungen gesetzt hatte.

Der Fall hatte über Gebühr viel Zeit beansprucht. Im Wartezimmer hatten sich inzwischen etwa zwanzig Patienten eingefunden, die geduldig auf ihre ärztliche Konsultation warteten.

Als ich zu später Stunde den heimischen Herd erreichte, bestürmte mich meine Ehefrau aufgeregt:

„Carl, heute ist ein Einschreibebrief an dich gekommen. Ein Bote brachte ihn. Ich musste seinen Empfang gegenzeichnen."

„Von wem ist der Brief?"

„Herr Gott! Ich weiß es nicht! Hab ich etwas falsch gemacht? Sollte ich ihn gar nicht annehmen?"

„Nein, nein, du hast richtig gehandelt", beeilte ich mich, sie zu beruhigen. „Wenn du seine Annahme verweigert hättest, wären sie heute Abend oder vielleicht sogar heute Nacht wiedergekommen." Ich betrachtete das Kuvert. Es verhieß nichts Gutes. Denn es war ein Behördenbrief! Meine Nackenhaare sträubten sich. Die gute Laune war im Nu verflogen. Mit Behördenbriefen hatte ich bisher stets schlechte Erfahrungen gemacht. Nach einigem Zögern öffnete ich ihn mit zitternden Händen. Beim Lesen lief es mir kalt über den Rücken.

„Was ist? Du wirst ganz blass!", fragte Lilofee besorgt. Der Schock saß tief in mir.

„Es ist ein Einberufungsbefehl! Bereits übermorgen soll ich mich bis 12:00 Uhr im Wehrkreiskommando einfinden. Dieser Wisch dient gleichzeitig als Fahrschein für sämtliche öffentlichen Verkehrsmittel."

„Was wird aus unserem Urlaub? Es ist das erste Mal, dass wir ein Quartier an der Ostsee bekommen haben."

„Das steht in den Sternen geschrieben", winkte ich resigniert ab. „Das Privatquartier, das wir uns mühevoll über vier Ecken ergattert haben, können wir abschreiben." Einen Ferienplatz an der Ostsee zu bekommen, glich einem Fünfer im Lotto. Nur einmal hatten wir großes Glück. Ein kleiner Trick half mir dabei. Zu meiner Lehrzeit war ich in den FDGB eingetreten, wie jeder Lehrling; während des Studiums ruhte aber die Mitgliedschaft. Später blieb es dabei. Dietmar, ein Arbeitskollege, dem ich vertrauen konnte, lieh mir seinen gültigen Ausweis. Die letzten aktuellen Seiten seines Ausweises tauschte ich aus und fügte sie in meinen ein. Eine echte Täuschung! Da wir kein Auto besaßen, brachte uns eine altersschwache, klapprige, zweimotorige IL-14 an das ersehnte Urlaubsziel. „Das persönliche Schicksal interessiert die Parteistrategen nicht. Die scheren sich einen Dreck, den Teufel darum! Es ist jetzt das fünfte Mal, dass ich kurzfristig, ohne jegliche Vorwarnung, zum Reservistendienst einberufen werde. Das ist reine Schikane! Seit den Ereignissen von Prag hat die Staatsmacht ihre Verteidigungsbemühungen, so sagen die Funktionäre, aber ich bezeichne sie als Kriegsvorbereitungen, intensiviert. Im regelmäßigen Turnus werde ich zu Reserveübungen des Sanitätsbataillons gezogen. Als ob sie in mir einen verlässlichen Verbündeten hätten! Sie werden mich nicht kirre kriegen! Ich werde weiter nur Dienst nach Vorschrift machen!", blies ich vor Wut meine Backen auf. In dieser Nacht konnte ich nicht einschlafen. Wirre Gedanken spukten mir im Kopf herum. Sollte ich mich krankschreiben lassen? Auf Selbstverstümmelung stand Zuchthausstrafe. Dann müsste ich trotzdem erst mal mit ärztlichem Attest anreisen. Vielleicht schickte man mich sofort zum Vertrauensarzt, und der beendete die Arbeitsunfähigkeit vielleicht sofort. Ach, da ist noch der sehr bedauernswerte Patient. Seiner Tochter habe ich auf die Hand versprochen, dass ich mein Möglichstes tun werde, um das Bein zu retten. Eine Krankmeldung wäre also keine befriedigende Lösung gewesen, weder für mich noch für meine Patienten!

Am nächsten Morgen meldete ich mich sofort beim Chef:

„Herr Chefarzt, ich habe einen Einberufungsbefehl zum Militär erhalten." Er schaute mich ungläubig an.

„Können Sie mir das Schreiben zeigen?"

„Selbstverständlich. Hier ist es." Er las es mehrmals durch.

„Das ist fatal. Jetzt, wo die Urlaubszeit in vollem Gange ist, kriechen wir schon auf dem Zahnfleisch, ist die Personaldecke mehr als dünn. Ich müsste das Operationsprogramm bis auf die unaufschiebbaren Notoperationen zurückfahren, wichtige Krebsoperationen verschieben oder versuchen, einige Patienten in andere Krankenhäuser zu verlegen. Und das ist verdammt schwer zu realisieren. Wenn Sie ausfallen, habe wochenlang Dauerbereitschaft." Er überlegte einen Augenblick. Dann sagte er: „Ich werde mit dem Kreisarzt sprechen. Wenn ich ihm die Personalsituation schildere, kann er vielleicht durch eine Unabkömmlichkeitsbescheinigung Ihre Einberufung abwenden."

Am späten Nachmittag ließ mich der Chef durch seine Sekretärin wissen – ihm fehlte die Courage, es mir selbst mitzuteilen –, dass der Kreisarzt den Antrag abgelehnt habe. Eine sogenannte Unabkömmlichkeit beträfe nur Leitungskader, also Chefärzte. In meinem Falle war die Antwort ablehnend, da ich kein Leitungskader sei, auch wenn ich als Oberarzt einer Klinik eine hervorgehobene Stellung einnehme. Nachdem mir die Sekretärin diesen abschlägigen Bescheid des Kreisarztes mitgeteilt hatte, stellte ich den Chef sofort zur Rede:

„Chef, die Botschaft hört' wohl, allein mir fehlt der Glaube." Er sah mich betreten an. „Wir haben auf Station einen ernsten, unaufschiebbaren Fall. Wenn wir nicht unverzüglich handeln, verliert er sein Bein", konfrontierte ich ihn mit der nackten Realität."

„Kollege Jung, es gibt höhere Mächte, denen wir uns zu beugen haben."

„Ich habe dem Patienten meine Hilfe zugesagt. Ich kann ihn nicht enttäuschen. Seiner Tochter könnte ich nicht mehr in die Augen sehen. Morgen habe ich Röntgenuntersuchungen. Da kann ich den Patienten frühestens angiographieren." Ich überlegte kurz. Dann platzte ich mit meiner Entscheidung heraus. „Ich werde meine Einberufung um vierundzwanzig Stunden verzögern. Ich muss mir Gewissheit verschaffen, ob der Fall konservierbar ist." Er sah mich entgeistert an.

„Kollege Jung, das ist allein Ihre Entscheidung. Die Folgen Ihres eigenmächtigen Handelns haben Sie allein zu tragen. Ich rate Ihnen dringend, dem Einberufungsbefehl Folge zu leisten. Denn ich möchte Ihretwegen keine Unannehmlichkeiten bekommen. Es wäre für uns alle fatal, wenn die Polizei Sie mit der 'grünen Minna' aus dem Krankenhaus abholen würde. Ich wäre dann gezwungen, unverzüglich meine Konsequenzen zu ziehen. Was das für Sie bedeutete, brauche ich Ihnen nicht näher zu erläutern." Nach dieser letzten, eindringlichen Warnung machte er abrupt kehrt und ließ mich einfach stehen.

Als ich am Mittwoch, also am Tage meiner befohlenen Einberufung, wie jeden Morgen, das Krankenhaus betrat, war der Chef für mich nicht erreichbar. Er ignorierte meine Anwesenheit! Das Operationsprogramm hatte er, wie erwartet, bis auf wenige unaufschiebbare Fälle reduziert und mich vorsorglich aus dem Programm herausgenommen. Ich hatte ohnehin bis zum späten Vormittag in der Röntgenabteilung zu tun. Als Emil Dumont auf dem Röntgentisch lag und alles für den Eingriff vorbereitet war, gab es kein Zurück mehr. Die Angiographie war für mich reine Routine. Nach einer flüchtigen Sichtung der noch nassen Aufnahmen in der Dunkelkammer, nahm ich erleichtert zur Kenntnis, dass ein operativer Eingriff erfolgversprechend sei. Am späten Nachmittag war das vereinbarte Gespräch mit seiner Tochter. Frau Dumont saß wie auf Kohlen, rutschte unruhig auf ihrem Stuhl hin und her. Nachdem Fräulein Bartsch die Befunde stenographiert hatte, bat ich die junge Frau zum Gespräch ins Sprechzimmer.

„Frau Dumont, ich kann Ihnen fürs Erste eine erfreuliche Mitteilung machen. Die gute Nachricht ist, dass eine Operation erfolgversprechend ist, die schlechte ist, dass ich Ihren Vater nicht heute und auch nicht morgen operieren kann." Sie wurde blass und sah mich hilfesuchend an.

„Wieso Herr Doktor?"

„Man hat mich kurzfristig zum Reservistendienst einberufen. Ich werde deshalb einige Wochen nicht im Krankenhaus sein. Eine Freistellung von der Übung habe ich nicht bekommen."

„Herr Doktor, die Patienten brauchen Sie doch! Wie kann man Sie einfach für mehrere Wochen vom Krankenhaus entfernen?"

„Ich kann Sie verstehen, Frau Dumont. Ich habe alles versucht, bei meinen Patienten zu bleiben. Die Frist zur Einberufung ist heute schon verstrichen. Das Wehrkreiskommando hat sich heute schon zweimal gemeldet. Aber morgen muss ich dem Befehl nachkommen, sonst wird man mich einsperren. Sie können versuchen, ihren Vater in der Uniklinik unterzubringen" – ich überlegte kurz –, „oder Sie warten solange, bis ich von der Reserveübung zurück bin."

„Herr Doktor, wir warten auf Sie. Ich werde Vati wieder mit nach Hause nehmen."

„Gut, ich werde ihm ein Blutverdünnungsmittel verschreiben, das er nach Vorschrift einnehmen muss. Zwischenzeitlich muss aber der Hausarzt die Gerinnungswerte kontrollieren."

„Danke, Herr Doktor!"

„Mehr kann ich leider im Augenblick nicht für Sie tun. Wir können nur beten, dass der Zustand sich nicht in Bälde rapide verschlechtert. Ich hoffe, dass die Blutverdünnung ihren Teil dazu beiträgt. " Als ich die Wohnungstür öffnete, kam Lilofee aufgeregt entgegen:

„Carl, wo bleibst du denn? Die vom Wehrkreiskommando haben schon zweimal angerufen und wollten dich sprechen." „Auch im Krankenhaus haben sie versucht, mich zu erreichen. Ich bin gar nicht ans Telefon gegangen. Ich ließ mich verleugnen. Ich werde erst morgen Vormittag einrücken. Machen wir uns heute noch einen schönen Abend!"

5

Im Wehrkreiskommando ging es zu wie in einem Bienenstock. Rekruten lungerten scheinbar ziellos herum, einige lagerten an der Hauswand und schliefen ihren Rausch aus, andere standen in Grüppchen und debattierten lautstark. Unterführer rannten unaufhörlich hin und her, immer neue Namen ausrufend. Keiner wusste, wann zum Abmarsch geblasen würde. Unter den Mannschaften sprach sich bald herum, dass ein Arzt für Chirurgie bislang nicht eingetroffen sei, dass nach ihm gefahndet würde, er sei eine wichtige Person, ohne die ein Sanitätsbataillon nun mal nicht funktionierte. Steffi, Thilo und Gustav horchten auf. Sollte der Gesuchte etwa Charli sein? Mit ihm hatten sie schon manche Eskapaden und Kapriolen erlebt.

Punkt 13:00 Uhr meldete ich mich beim Wachposten. Ich zeigte ihm wortlos meinen Einberufungsbefehl. Er musterte ihn eingehend. Dann öffnete er das zweiflügliche Tor und ließ mich mit meinem Handkoffer, in die notwendigen Dinge des täglichen Bedarfs verstaut waren, unkontrolliert und grußlos passieren. Noch war ich Zivilist, und keiner konnte mich zwingen, soldatisch zu grüßen. Ich meldete mich beim Spieß in der Kleiderkammer. Mein Name stand auf seiner Liste ganz unten und war rot markiert.

„Genosse, Ihren Personalausweis!", schnurrte er mich an. Mit seiner Einziehung wurde ich meiner letzten kleinen Freiheit, die ich als DDR-Bürger noch genoss, beraubt. Jetzt war ich ein willfähriges Werkzeug der Vorgesetzten der Nationalen Volksarmee, mit dem man nach Belieben verfahren konnte, das ausschließlich der Militärgerichtsbarkeit unterstand. Wortlos ließ ich die Einkleidung über mich ergehen. Es war schon meine fünfte, und noch immer trug ich sternenlose silberne Epauletten eines Offiziers, das heißt im Range eines Soldaten, obwohl mir als Arzt ein Offiziersrang zustand, der über andere Rekruten des Bataillons zu befehlen hatte. Ich, ein Satyr? Ein Zwitterwesen mit Ohren und Schweif eines Esels? Auf einer ausgebreiteten Zeltplane häuften sich Kleidungsstücke, Knobelbecher, Fußlappen, Essgeschirr, Decken, Spaten, Stahlhelm und Gasmaske. Eine Ausgangsuniform war nicht dabei. Mir war sofort klar, dass wir bei dieser Übung keine Gelegenheit für einen Freigang bekommen werden.

„Genosse, wenn Sie sich eingekleidet und Ihre Zivilsachen im Koffer verstaut haben, geben Sie ihn bei mir ab!" Damit war ich vorerst entlassen. Im Nebenraum tauschte ich meine Kleider gegen die verhasste Felduniform. Ich fühlte mich in ihr wie ein Ausgestoßener, wie ein Paria – nein, schlimmer noch: wie ein Häftling. Von jetzt an konnte mich jeder Träger eines höheren Dienstgrades als der meine erniedrigen. Es gab keinen niedrigeren als der meinige. Nur Gleichrangige mussten sich nicht gegenseitig grüßen. Während ich in Gedanken versunken war und die bisherigen Reservisteneinsätze kurz Revue passieren ließ – passer les troupes en revue –, meldete sich plötzlich über den Lautsprecher eine Stimme:

„Genosse Soldat Jung, Sie haben sich umgehend in der Baracke 9 einzufinden." Gemächlichen Schrittes suchte ich die genannte Baracke auf.

„Soldat Jung meldet sich wie befohlen zur Stelle!", salutierte ich, die rechte Hand zum Gruß an die Stirn legend.

„Nehmen Sie Platz, Genosse!", wies mich ein Unterfeldwebel auf einen Platz. Ich folgte seiner Anordnung, nahm mein Schiffchen ab und wartete gespannt die weitere Entwicklung ab. Argwöhnisch musterte ich den kahlen Raum. Nach geraumer Zeit, es war eine knappe halbe Stunde verstrichen, kam ein Soldat mit einem Handkoffer zur Tür herein. Er öffnete ihn und breitete seinen Inhalt auf einem Tisch nebenan aus. Im Nu hatte sich der Raum in einen Friseursalon verwandelt. Was hatte das zu bedeuten? Der Soldat war ein Mann der Tat. Er fackelte nicht lange. Er wollte mir ungefragt energisch ans Leder. Als ich mich widerstrebend von meinem Platz erhob, schritt der Unterfeld ein: „Genosse Soldat, Sie haben einen unsoldatischen Haarschnitt. Wir haben Befehl, Ihnen eine Frisur nach Dienstvorschrift zu geben." Ich hatte erwartet, mich für mein verspätetes Eintreffen rechtfertigen zu müssen. Aber nicht damit hatte ich gerechnet, einem Barbier vorgeführt zu werden.

„Ich protestiere!", entgegnete ich in einem scharfen Ton mit gepresster Stimme. Ich konnte nicht einsehen, dass wegen einer mehrwöchigen militärischen Übung, die irgendwo fern jeglicher Zivilisation in der Wildnis stattfinden sollte, meine Haarpracht geopfert werden sollte. Keiner wagte auf meine Widerrede ein Wort. Sie hatten offensichtlich nicht damit gerechnet. Sie verschwanden im Hinterzimmer. Nach einer Viertelstunde kam der Barbier wieder.

„Genosse, Sie können gehen!" Er verstaute seine Utensilien wieder im Koffer. Vergnügt setzte ich mein Käppi auf und verließ in gehobener Stimmung die Baracke 9. Die erste Partie ging an mich. Inzwischen meldete sich der Hunger. An einer dampfenden Gulaschkanone wurde Eintopf serviert. Ich reichte der Ordonanz mein Essgeschirr. Er füllte es bis zum Eichstrich. Wenn man Hunger hatte, war er sogar genießbar. Warum hatte ich noch kein bekanntes Gesicht getroffen? Wurde eine gänzlich neue Mannschaft zusammengestellt? Während ich genüsslich meinen Eintopf löffelte, kam über den Lautsprecher folgende Meldung:

„Alle Offiziere und Ärzte treffen sich 16:00 Uhr in der Sanitätsbaracke!" Ich schaute auf meine halbautomatische Glashütter Armbanduhr, ein Geschenk von Lilofee: Viertel vor vier. Ich nahm mir vor, das akademische Viertel einzuhalten, also hatte ich noch genügend Zeit. Als der Minutenzeiger auf die magische Drei zusteuerte, öffnete ich die Tür zur Sanitätsbaracke. Mein erster Blick galt der voll besetzten Ehrentafel an der Stirnseite. Auf einem roten Tuch verkündete ein Schriftzug in weißen Lettern: „Immer bereit zur Verteidigung des sozialistischen Vaterlandes!" Ich grüßte wortlos militärisch und bahnte mir einen Weg zu den hinteren Stuhlreihen, da ich dort einige Kämpfer aus früheren Einsätzen bemerkte. Leises Gemurmel setzte ein. Die Unruhe verbreitete sich im ganzen Raum. Der Versammlungsleiter unterbrach seinen Vortrag.

„Genosse Soldat, es ist Viertel nach vier. Sie haben sich verspätet. Was können Sie zu Ihrer Entlastung vorbringen?"

„Genosse Oberst, unter Studenten, Akademikern, Wissenschaftlern und Ärzten gilt noch immer das akademische Viertel. Von einer Verspätung kann keine Rede sein." Über meine Dreistigkeit war er sprachlos. Ihm fielen keine geistreichen Widerworte ein. Meiner Schlagfertigkeit hatte er nichts entgegenzusetzen. Er ging schnell zur Tagesordnung über und setzte seinen unterbrochenen Vortrag fort:

„Im festen Bündnis mit der Sowjetarmee und den anderen Bruderarmeen soll in den nächsten Wochen eine breit gefächerte Militärübung stattfinden. Unser Sanitätsbataillon wird die deutschen Truppen medizinisch absichern. Genossen, noch heute Nacht werden wir den Einberufungsstützpunkt verlassen und die Bereitstellungsräume erreichen. Von jetzt an gelten nur noch militärische Befehle! Zuwiderhandlungen werden streng geahndet. Der Genosse Feldwebel wird Ihnen jetzt die Einteilung der Sanitätszüge bekanntgeben. Ich übergebe das Wort dem Gen. Feldwebel Giebel." Der Oberst überreichte das Mikrofon dem Gen. Feldwebel.

„Genossen! Der Kommandierende unseres Sanitätsbataillons ist Gen. Oberst Sommer, sein Stellvertreter Gen. Politoffizier Hauptmann Weber." Es folgten weitere Aufzählungen mit Vorstellungen vorgesetzter Offiziere. Danach kam er auf die Einteilung der Züge mit ihren Zugführern zu sprechen. „Zugführer des 3. Zuges ist er Gen. Soldat Dr. Jung." Die Aufgerufenen treten zum Empfang der Zuglisten vor!" Sollte ich der genannte Genosse sein, der zum Zugführer des 3. Zuges bestimmt wurde. Ich, ein Rebell! Rasch überflog ich die Liste meines Zuges. Sie enthielt mir bekannte Namen aus früheren Reservistenlehrgängen. Meine Stimmung kippte, als ich die Namen Thilo, Steffi und Gustav auf ihr fand. Herzliche Umarmungen mit den alten Kampfgenossen ließen meine Verärgerung über die Einberufung zunächst in Vergessenheit geraten. Da wir uns drei Jahre aus den Augen verloren hatten, gab es viel zu erzählen. Die erste gemeinsame Übung in den sächsischen Wäldern glich einem Campingurlaub. Unser Sanitätsbataillon blieb glücklicherweise von einem Einsatz an der Front verschont. Der letzte Hoffnungsschimmer des Prager Frühlings erstarb gerade im Kugelhagel russischer Panzer. Die Welt musste ohnmächtig zusehen, wie die letzten mutigen Barrikadenkämpfer in Prag niedergemetzelt wurden. Nur wenige Nachrichten über die Ereignisse drangen zu uns in den Busch, da eine strikte Nachrichtensperre verhängt worden war. Wir hatten zwar mit der nahegelegenen Oberförsterei geheime Kontakte aufgenommen, um gelegentlich mit den nächsten Angehörigen telefonieren zu können – auch das war verboten worden – und um dort einen privaten Pkw zu parken, mit dem wir vier heimlich Ausflüge in die Umgebung machten, ja, wir wagten uns sogar bis in die Provinzhauptstadt. Als wir eines Nachts angetrunken von einer Zechtour über Schleichwege in unser Zeltlager zurückkehrten, fiel Gustav in eine Latrine. Die Soldaten hatten am Nachmittag eine neue Grube ausgehoben, aber die alte noch nicht zugeschüttet, da es an Chlor mangelte. Uns war das natürlich entgangen. Gustav war Brillenträger, erheblich kurzsichtig. Kein Wunder also, dass gerade er in die nicht gesicherte Grube stürzte. Er begann schnell in ihr zu sinken. Sein wildes Rudern mit den Armen war vergebliche Mühe. Wir mussten rasch handeln, um ihn zu retten. Wir verbanden sämtliche verfügbaren Koppelgurte miteinander und warfen ihm ein Ende zu, das er fangen konnte. Der Gestank nach Kot und Chlor war bestialisch. In voller Montur stießen wir ihn in den angestauten Bach, der durch unser Lager floss. Den Rest der

Nacht musste er außerhalb des Mannschaftszeltes verbringen. „Der dritte Zug hört auf mein Kommando! Mein Name ist Jung, Dr. Carl Jung." Die Anwesenheitskontrolle war ohne Beanstandungen. Mein Zug war vollständig. Keiner der auf der Liste Aufgeführten fehlte. „Kameraden – das Wort Genossen wollte mir einfach nicht über die Lippen kommen –, heute Nacht wird zum Abmarsch geblasen! Noch bleibt genügend Zeit, sich auf die bevorstehenden kargen, entbehrungsreichen Wochen vorzubereiten. Jeder kann noch rasch kostenlos den Hoffriseur in Anspruch nehmen."

„Wir orientieren uns an unserem Zugführer!", witzelte jemand aus den Reihen der angetretenen Soldaten. Ich überhörte den Einwand, musste aber darüber schmunzeln.

„Keiner weiß bis jetzt, welche Richtung wir heute Nacht einschlagen werden. Von einer Übung ist die Rede. Aber die Spatzen pfeifen es von den Dächern. Es könnte auch scharf geschossen werden. Ein Funke genügt, um das Feuer zu entfachen. Wir wissen nur, dass unser Sanitätsbataillon – pars pro toto –, Teil der mächtigen Bruderarmee, an einer groß angelegten Militärübung beteiligt sein wird. Es gilt das Kriegsrecht! Kameraden, die Situation ist ernst." Nach meiner Ankündigung herrschte betretenes Schweigen.

Als die Nacht hereingebrochen war, uns vollkommene Finsternis umgab, setzte sich der Tross langsam in Bewegung. Die Kolonne erreichte kaum mehr als Schritttempo. Mehrfach musste die Fahrt infolge Havarien unterbrochen werden. Uns wurde schnell klar, dass eine wirkliche militärische Auseinandersetzung mit diesem veraltetem Fuhrpark nicht zu gewinnen war. Friedrich der Große hätte die gleiche Wegstrecke glatt in der halben Zeit bewältigt. Erst in den frühen Morgengrauen, als die Nachtigallen ihre lauten, wohltönenden Gesänge anstimmten, erreichten wir den Bereitstellungsraum. Direkt über uns sang eine Nachtigall minutenlang aus vollem Halse ihre Bravour-Arie mit scheinbar fröhlich-witziger Untermalung. Eine Operndiva hätte es nicht besser gekonnt. Thilo, ein Ornithologe und Eiersammler, klärte uns auf, dass nur die Männchen zu solch einem perfekten Ge-

sang fähig seien.
„Aus jedem Busch und Hain erschallt
Der Nachtigallen süße Kehle.
Noch drückte Gram nicht ihre Brust,
Noch war zur Klage nicht gestimmt
Ihr reizender Gesang",
zitierte er eine Strophe aus Haydns „Schöpfung".
An eine Errichtung des Lagers war nicht mehr zu denken. Jeder
suchte sich nach Gutdünken einen geeigneten Schlafplatz. Gegen 6:00 Uhr in der Früh begannen die Vorgesetzten, die ver-
sprengte Truppe zu sammeln. Einige Landser hatten sich sogar
ins nächst gelegene Dorf abgesetzt, um dort in einer Scheune zu
nächtigen. Suchtrupps mussten zusammengestellt werden, um
die Versprengten einzufangen. Gegen 8:00 Uhr kam Bewegung
in die Wagenkolonne. Vom Spieß erfuhren wir, dass ein Voraus-
kommando zehn Kilometer entfernt, einen geeigneten Platz für
die Errichtung unseres Feldlazaretts gefunden habe. Ein Lotse
führte uns an eine weiträumige Waldlichtung, umgeben von
Fichtenbeständen unterschiedlichen Alters. Planierfahrzeuge hatten die Fläche bereits geebnet.
Den ganzen Vormittag verbrachten wir mit dem Aufstellen der
Zelte. Schockzelt und Operationszelt bekamen weiße Innen-
häute. Ihre Einrichtung lag in meinen Händen. Ich legte mit
Hand an bei der Einrichtung des Operationszeltes, weil es mir
Spaß machte. Als Zugführer hätte ich es nicht tun müssen. Für
Notoperationen stand jetzt ein komplett eingerichteter Container zur Verfügung, der über ein Dieselaggregat mit Strom versorgt wurde. Für Stunden vergaß ich, dass ich meine Arbeitskraft
einem ideologischen Gegner zur Verfügung stellte, ich vergaß
meinen Vorsatz, Dienst nach Vorschrift zu verrichten. Es war
ein Jammer, mit ansehen zu müssen, dass viele neue Instrumente
hier ungenutzt herumlagen und durch unsachgemäße Lagerung
bereits Schaden genommen hatten. Im Schönwalder Krankenhaus musste ich mit einem vorsintflutlichen Instrumentarium aus
der Jahrhundertwende vorliebnehmen. Ich nahm mir vor, einen
Teil dieser wertvollen Instrumente nicht hier verstauben zu lassen.

In Schönwalde wurden sie dringend benötigt. „Zappzarapp?“ Nein! So sah ich meine Absicht durchaus nicht. Ich benötigte sie ja nicht für mich. Umschichtung oder Verlagerung ihres Standorts traf in diesem Falle eher zu. Deshalb ließ ich den Terminus „Diebstahl“ für mich nicht gelten, so legitimierte ich jedenfalls meine Absicht, Instrumente aus dem Operationscontainer zu entwenden. Ich weiß bis heute nicht, ob meine Freunde, die ebenfalls Chirurgen waren, die gleiche Absicht hatten. Abgesprochen hatten wir uns jedenfalls nicht und auch nie darüber debattiert. Am Ende der Übung war jedenfalls das Instrumentarium stark ausgedünnt worden. Außer mir mussten auch andere ihre Hände mit im Spiel gehabt haben.

Bereits am ersten Abend gab es im Lager einen Grund zu feiern. Ich war als Wachhabender eingeteilt worden. Wolfgang, einer meiner untergebenen Wachsoldaten, aber im Range eines Hauptmanns, weit über meinen, hatte Geburtstag. Das musste gefeiert werden! Der mir unterstellte Wachzug hatte das Objekt zu bewachen. Aber das war nur eine Formalität; Feindberührung hatten wir nicht zu befürchten. Nach der Vergatterung durch den OVD versammelten wir uns im Wachzelt, um sorglos seinen Geburtstag zu begießen. Der Stab hatte sein komfortables Containerlager weit genug entfernt auf der anderen Seite aufgeschlagen, sodass wir vor einer überraschenden Kontrolle relativ sicher waren. Wir waren also ganz unter uns. Der Alkohol floss in Strömen. Im Nu waren die zwei Flaschen Wodka geleert worden, die wir ins Lager geschmuggelt hatten. Um bequem sitzen zu können, türmten wir unsere Pistolengurte samt Pistolen der Marke „Makarow“ zu einem Berg.

„Na starowje!“; schrie Steffi. Zum x-ten Male wurden die Gläser bis zum Eichstrich gefüllt und in einem Zug geleert. Mit der Zeit entglitt uns die Kontrolle. Wir stimmten nicht gerade salonfähige Lieder in Orkanstärke an. Der Wind trug sie aus dem Zelt bis weit in den Wald, sodass die Soldaten, die gerade eine spannende Open-Air-Filmvorführung sahen, auf uns aufmerksam wurden. Auch dem Stab dürfte unser wüstes Gelage nicht verborgen geblieben sein. Grölend, den Friedrich August von der Pfalz auf den Lippen, schlugen wir im Takt mit den schweren Humpen auf den Tisch:

„Wütend wälzt sich einst im Bette,
Kurfürst Friedrich von der Pfalz;
Gegen alle Etikette brüllte er
aus vollem Hals:
Wie kam gestern ich ins Nest?
Bin scheint's wieder voll gewest!"

Mit der Zeit meldete sich die volle Blase. Mit geschultertem Spaten marschierten wir im Gänsemarsch, das Lied vom Moorsoldaten auf den Lippen, an der Kinoleinwand vorüber, um irgendwo im angrenzenden Wäldchen unsere Notdurft zu verrichten:

„Wir sind die Moorsoldaten,
und ziehen mit dem Spaten,
ins Moor, ins Moor."

Viele Landser hatten sich von ihren Plätzen erhoben, um sich uns anzuschließen. Während wir eine neue Strophe anstimmten, fielen sie in den Refrain ein. Das Lager glich einem Tollhaus. Einige hauten im Takt auf eine Pauke, so ohrenbetäubend, als würden Böller im Sekundentakt aus einer Kanone abgeschossen.

„Achtung der Stab!", schrie jemand in den Tumult. Sofort war ich nüchtern. Mit meinem Spaten aus der lebenden Mauer torkelnd, begab ich mich im Laufschritt zum Wachzelt. Es war zu spät! Eine schauspielreife Szene spielte sich dort ab. Ein Stabsoffizier war in einen heftigen Streit mit dem Geburtstagsjubilar geraten. Wolfgang, unser Hauptmann, suchte krampfhaft Halt an der mittleren Zeltstange.

„Genosse Hauptmann, Sie sind betrunken!", schrie der Vorgesetzte ihn an.

„Ich – ich bin nicht be... – betrunken. Genosse Major! Sie haben hohen See...Seegang!" Wolfgang war in bedrohliche Schräglage geraten. Krampfhaft suchte er Halt an der Zeltstange. Es gelang ihm nicht. Er sackte in sich zusammen, fiel kraftlos zu Boden und stammelte: „Mama!"

„Genosse Zugführer, lassen Sie die Wachmannschaft sofort

antreten!", herrschte mich der Major an. Ich schrie aus Leibeskräften:

„Wachmannschaft sofort ins Wachzelt!" Einer nach dem anderen torkelte im Minutentakt ins Wachzelt. Nachdem wir vollzählig waren, befahl ich: „Wachmannschaft Kleiderordnung herstellen und in Reihe antreten!" Ich schnappte mir in aller Eile ein x-beliebiges Koppel samt Pistolentasche vom Stapel.

„Genosse Zugführer, übergeben Sie mir die Munition und machen Sie Meldung!", schrie der Major mit Schaum vor dem Mund, dem offensichtlich die Sicherungen über den desolaten Zustand der gesamten Wachmannschaft durchbrannten. Instinktiv fasste ich nach meinem Colt. Er war kühl wie Stahl. Mit Mühe gelang es mir, das Magazin zu lösen. Es war ein leeres Magazin!

Das war nicht meine Pistole! Kalter Schweiß rann mir über die Stirn. Als wachhabender Offizier war ich der Einzige, der scharfe Munition besaß! Einer meiner Kameraden musste sich in der Hektik meine Pistole geschnappt haben! Blitzschnell kontrollierte ich von hinten die Pistolen der in Reihe angetretenen, das heißt torkelnden Kameraden. Beim Letzten fand ich endlich mein volles Magazin. Triumphierend schrie ich aus vollem Halse:

„Wachmannschaft stillgestanden! Zur Meldung an den Genossen Major Augen rechts! Genosse Major, die Wache ist auf Befehl angetreten!" Wenn Blicke töten könnten! Die Hände zu Fäusten geballt schrie der Major:

„Genosse Wachhabender, Sie und die gesamte Wache sind abgelöst!" Linientreue Soldaten übernahmen für den Rest der Nacht die Wache.

„Wachmannschaft abtreten!", schrie ich und legte das volle Magazin auf den Tisch. Grußlos verschwanden wir torkelnd in unsere Zelte, um unseren Rausch auszuschlafen. Am nächsten Morgen musste das Bataillon auf dem Appellplatz antreten. Die von der letzten Nacht noch schwer gezeichneten Sünder mussten vortreten und bekamen wegen ihrer Wachvergehen einen Verweis vor der Front, mir wurde als Rädelsführer ein strenger Verweis ausgesprochen.

6

„Herr Oberarzt?"

„Ja"

„Fräulein Sterzel am Apparat. Der Herr Kreisarzt ist beim Chef. Er fordert Sie auf, umgehend ins Chefzimmer zu kommen!" Nach der sechswöchigen Reserveübung war heute mein erster Arbeitstag. Ich war gerade auf dem Weg zu den Stationen, als ich den Anruf der Chefsekretärin erhielt. Ich kam ins Grübeln. Dass der Kreisarzt in der Früh im Krankenhaus auftauchte, musste einen besonderen Beweggrund haben. War es wegen der geplanten Bauvorhaben, die die vorübergehende Schließung des Krankenhauses zur Folge hätte? Operative Eingriffe wären in Schönwalde für eine begrenzte Zeit nicht mehr möglich. Ein Kooperationsvertrag mit einer anderen Klinik wäre erforderlich, um Akutpatienten zu versorgen. Diese Gedanken beschäftigten mich, als ich im Vorzimmer auf den Chef wartete. Sie ließen mich über Gebühr lange warten! Ich war schon im Begriff, meinem Ärger vor der Sekretärin Luft zu machen und stand auf, um wieder zu gehen, als sich die schalldichte Tür zum Chefzimmer plötzlich öffnete.

„Kollege Jung, treten Sie ein!", begrüßte mich der Chef förmlich, ohne mir, wie sonst üblich, die Hand zu reichen. „Der Kreisarzt, MR Dr. Hellermund, hat Ihnen etwas mitzuteilen." Verlegen schaute Kremer mit seinem möpslichen Gesicht an mir vorbei. An der Stirnseite des Konferenztisches saß der Kreisarzt und stopfte genüsslich seine Pfeife.

„Guten Morgen, Herr Kreisarzt!", begrüßte ich ihn.

„Nehmen Sie Platz, Kollege Jung!" Der Empfang war mehr als frostig. Minutenlange Stille im Raum. Nachdem er die ersten Züge aus seiner Pfeife genossen und den Rauch genüsslich in den Raum geblasen hatte, begann er: „Kollege Jung, mir ist eine Beschwerde eingegangen, die unangenehme Folgen für Sie haben wird.

„Was liegt gegen mich vor?", unterbrach ich ihn. Ich wusste

schon im Voraus, dass ich meine Nerven nicht im Zaume halten konnte. Innerlich brodelte es in mir wie in einem Vulkan.

„Bei der Einberufung zur Reservistenübung haben Sie sich in höchstem Maße undiszipliniert verhalten. Mit Ihren Eskapaden haben Sie die Arbeitsbereitschaft des Sanitätsbataillons und damit die Sicherheit einer groß angelegten Militärübung der Warschauer Vertragspartner gefährdet. Dafür erhalten Sie einen Verweis, der in Ihre Kaderakte eingeht." Ich war über diesen unfreundlichen Akt des Kreisarztes schockiert und brauste auf.

„Was werfen Sie mir konkret vor, um mich auf diese Weise zu maßregeln? Sie sind nur berechtigt, Disziplinarmaßnahmen im Zusammenhang mit meiner beruflichen Tätigkeit im Krankenhaus Schönwalde zu verhängen", wies ich ihn zurecht. Er hob den Kopf. Strafend traf mich sein Blick.

„Das brauchen wir hier nicht zu diskutieren. Das wissen Sie selbst am besten", antwortete er zynisch.

„Diese Bestrafung überrascht mich sehr. Die Reserveübung hat gar nichts mit meiner beruflichen Tätigkeit im Krankenhaus Schönwalde zu tun. Wenn Sie mein sogenanntes Wachvergehen während der Übung ankreiden, kann ich Ihnen mitteilen, dass ich dafür bereits gemaßregelt worden bin. Im Gegenteil, zum Abschluss der Übung wurde dem Genossen Soldat Jung urkundlich Dank und Anerkennung für seinen vorbildlichen Einsatz während der Übung ausgesprochen. Die Urkunde kann ich Ihnen gerne vorlegen. Maßregelung auf der einen Seite durch Sie und Lob durch den Bataillonschef auf der anderen passen nicht zusammen. " Dem Kreisarzt platzte der Geduldsfaden:

„Kollege Jung, Ihre Diskussionen sind fehl am Platze. Sie wissen genau, dass Sie dem Einberufungsbefehl nicht ordnungsgemäß nachgekommen sind. Das Wehrkreiskommando hat sich nach dem Grund Ihrer Missachtung des Befehls telefonisch bei mir erkundigt. Da Sie kein Leitungskader sind und im Krankenhaus Schönwalde in Bälde auch nicht werden – er machte eine längere Pause, offensichtlich erwartete er das zustimmende Kopfnicken meines Chefs, das auch prompt kam –, bestand kein hinreichender Grund, Sie von der Reserveübung freizustellen,

Ihnen eine Unabkömmlichkeit zu bescheinigen.

„Ich habe nicht vorsätzlich meine Einberufung verzögert; ich habe es für meine Patienten getan – im Interesse ihrer Genesung. Um konkret zu werden: Ein dringender, unaufschiebbarer Fall hat mich veranlasst, meine Eiberufung eigenmächtig um einen Tag zu verschieben. Ich möchte Sie hier an den Eid des Hippokrates erinnern, dem wir uns als Mediziner verpflichtet fühlen Dem Gelöbnis, dass die Gesundheit und das Wohlergehen unserer Patienten unser oberstes Anliegen ist, bin ich ebenso verpflichtet wie Sie." Der Kreisarzt rollte mit den Augen, drohte seine Beherrschung zu verlieren.

„Kommen Sie mir nicht mit diesen Phrasen! Ich kenne den Fall. Ihr Chef, Dr. Kremer, hat mich davon in Kenntnis gesetzt. Bei meiner Entscheidung, Sie nicht von der Reserveübung zurückzustellen, habe ich sehr wohl Für und Wider abgewogen. Glauben Sie mir, die Entscheidung ist mir nicht leicht gefallen. Unser Land vor dem Feind zu schützen, hatte bei meiner Entscheidung selbstverständlich Priorität. Gerade jetzt, wo der Imperialismus seine Klauen gierig gegen einen Bruderstaat ausgestreckt hat, müssen wir solidarisch an seiner Seite stehen und ihm helfen, die Gefahren abzuwenden."

Ich presste die Lippen zusammen und versuchte, meinen Ärger herunterzuschlucken. Ganz gelang es mir doch nicht.

„Es ist etwas faul im Staate Dänemark!", zitierte ich Hamlet und verließ mit grimmiger Miene gruß los den Raum.

Mir war klar, dass meine nunmehr befleckte Kaderakte sich negativ bei einem beabsichtigten Arbeitsplatzwechsel auswirken würde. Sie konnte Motor oder Bremse sein. Bei einer Bewerbung in einen anderen Betrieb würde dieser Verweis in der Akte eine entscheidende Rolle bei der Entscheidungsfindung der Kaderabteilung spielen. Meiner Arbeitsstelle und dem rüden Charakter des Kreisarztes war ich bedingungslos auf Gedeih und Verderb ausgeliefert; ich hatte mich in eine totale Abhängigkeit manövriert, wollte ich nicht noch tiefer fallen.

7

„Carl, wir müssen uns rechts einordnen! Schläfst du? Wir verpassen die Abfahrt in den Berliner Ring", rief Lilofee aufgeregt. Den aufgeschlagenen Verkehrsatlas auf dem Schoß, verfolgte sie akribisch die zuvor mit Rot markierte Route. Die wenigen Tankstellen bis zum Reiseziel hatte sie ebenfalls auf dem Atlas eingezeichnet.

„Lilofee, hast du vergessen, dass wir neue Kartoffeln brauchen? Wir müssen über die Schönhauser Allee fahren. Im ganzen Lande gibt 's zurzeit noch keine neuen Kartoffeln, nur in Berlin. Für die Selbstversorgung an der Ostsee benötigen wir unbedingt Kartoffeln, außerdem etwas Gemüse."

„Ach, das habe ich der Rage ganz vergessen. Du hast doch auch einen Sack alte eingepackt?"

„Die taugen höchstens noch für Stampfkartoffeln. Wir können nicht sicher sein, ob wir in Berlin auch welche bekommen; deshalb habe ich den Sack mit den alten noch in den Kofferraum gepackt. Wir können nicht den ganzen Tag in Berlin verplempern, um in irgendeinem Geschäft ein paar Frühkartoffeln zu ergattern. Durch den Abstecher werden wir mindestens zwei Stunden verlieren. Wir müssen vor Einbruch der Dunkelheit in unserem Quartier sein. Ansonsten müssten wir die erste Nacht im Auto verbringen. Es wird ohnehin ein langer, anstrengender Tag für uns. Seit vier Uhr sind wir schon auf den Beinen." Gegen Mittag hatten wir mit zehn Kilo Frühkartoffeln im Kofferraum Oranienburg passiert. Die F 5, die wir zwangsweise in Richtung Norden nehmen mussten, war ein tief-rotes Tuch für mich. Wir mussten uns in die schier endlose Autoschlange einfädeln. An ein Überholen war bei dem starken Gegenverkehr nicht zu denken. Die Transitfahrzeuge aus dem Westen fuhren schneller als es die Polizei erlaubte. Unser LADA konnte da nicht mithalten. Die Fahrt auf der schmalen zweispurigen Alleestraße durch die hügelige Endmoränenlandschaft, glich einer Berg- und Talfahrt. Es war ein beängstigendes Gefühl, von diesen Monstern eingeklemmt zu werden. Nach einigen erfolglosen Versuchen, unterließ ich aus Sicherheitsgründen bis Ludwigslust, wo sich unsere Wege

67

trennten, jegliche Überholversuche. Nachdem wir nach einstündigem Stau die Innenstadt von Nauen passiert hatten, machten wir in Ribbeck eine längere Rast, um nach Fontanes Spuren zu suchen, die er bei seinen Wanderungen durchs Havelland in Ribbeck hinterlassen haben soll. Die Ballade des Herrn von Ribbeck ist heute noch in aller Munde:

„Herr von Ribbeck im Havelland,
Ein Birnbaum in seinem Garten stand,
Und kam die goldene Herbsteszeit,
Und die Birnen leuchteten weit und breit ... "

Ribbecks geschichtsträchtiger Birnbaum musste allerdings später einem kleinen, beschaulichen Gotteshaus, dem ein kleiner Turm mit Barock-Laterne aufgesetzt wurde, weichen. Das Schloss, ein Fideikommiss des Herrn von Ribbeck, im Neobarockstil erbaut, war leider für Besucher nicht zugänglich, aber es diente einem guten Zweck. Fontane hätte wegen seiner Zweckentfremdung, heute wohl nichts dagegen einzuwenden gehabt.

„Lilofee, pass auf! Kyritz müssen wir bald erreichen. Die Abfahrt zur Tankstelle dürfen wir keineswegs verpassen. Es ist die letzte vor Schwerin! Unser Tank ist fast leer!" Ich musste mich voll auf meinen Vordermann konzentrieren. Es war ein ewiges Bremsen und Beschleunigen. Ließ ich einen größeren Abstand zu meinem Vordermann, versuchte der Hintermann mich zu überholen. Bei zu geringem Sicherheitsabstand nach vorn bestand die Gefahr, den Vordermann zu rammen. Ich hatte große Sorge, dass bei dem ewigen Stop-and-go die Scheibenbremsen unseres LADA versagen könnten, denn der Bremsweg wurde mit der Zeit immer länger. Glücklicherweise hatte ich in einem Autoladen zufällig vier Bremsbelege ergattert. Ich reihte mich auf gut Glück in die Schlange Stehender vor einem Autoladen ein, der gerade LADA-Ersatzteile bekommen hatte. Alle standen sie an, in der Hoffnung, etwas Brauchbares für ihr Fahrzeug zu ergattern. Da gerade Bremsbelege eingetroffen waren, kauften alle Bremsbelege, auch ich. Für die Montage von Ersatzteilen hatte ich mir ein Fachbuch besorgt. Ich fühlte mich schon bald als halb perfekter Automechaniker. Plötzlich schrie Lilofee:

„Carl, wir müssen rechts abbiegen!" Einige meiner Vorderleute hatten offensichtlich dieselbe Absicht. Die Autoschlange geriet ins Stocken. Wir standen eine halbe Stunde, ohne dass sich die Wagenkolonne auch nur einen Millimeter bewegt hatte.

„Lilofee, steige bitte aus und erkundige dich beim Vordermann, ob er auch zur Tankstelle möchte!" Nach wenigen Minuten kam sie zurück. Ihrem verzweifelten Gesichtsausdruck entnahm ich sofort, dass geduldiges Warten angezeigt war. Nach zwei Stunden nicht enden wollender Warterei erreichten wir die Tanksäule. Unsere Geduld wurde reichlich belohnt. Der Tankwart füllte uns sogar noch den Ersatzkanister. Jetzt war ich mir sicher, dass wir noch heute unser Urlaubsziel erreichen würden. Ich atmete vor Erleichterung tief durch. Hinter Perleberg trennten sich die Wege. Die Brummis schlugen jetzt einen Weg nach Nordwest in Richtung Zonengrenze ein, und wir fuhren direkt in nördlicher Richtung nach Schwerin weiter. Am nächsten Waldrand legten wir eine Kaffeepause ein. Pius hatte bis dahin auf der Sitzbank, wie ein Igel zusammengerollt, geschlafen. Wenn wir mit dem Lada unterwegs waren, legte er sich immer sofort hin. Sonst wurde ihm speiübel. Denn hinten schaukelte der LADA wie ein Wüstenschiff. Die Fahrt bis Schwerin war erholsam. Endlich konnte ich einen Blick auf die reizvolle Seenlandschaft werfen. Die Endmoränenzüge hatten wir hinter uns gelassen. Noch vor Ladenschluss erreichten wir die Stadt. Wir entschlossen uns kurzfristig zu einem entspannten Bummel durch die Innenstadt. Nichts zu suchen, das war unser Sinn. Plötzlich schrie Pius:

„Ein Boot! Ein Schlauchboot!" Wir waren achtlos am Sportgeschäft vorübergegangen. Ich drehte mich um. Pius blieb etwa zehn Meter hinter uns an einem Schaufenster stehen und drückte sich die Nase platt.

„Lilofee, was hat er?"

„Ach, vielleicht hat ein kleines Boot für ein Planschbecken entdeckt", meinte sie gelangweilt. „Pius, komm endlich!", rief sie.

„Mama, bitte komm und schau dir das an! Ein richtiges Boot."
Da sich Pius partout nicht von der Stelle bewegen wollte, sahen

wir uns gezwungen umzukehren.

„Parbleu!", rief ich. „Das ist ja ein richtiges Schlauchboot!"

„Carl, es ist bestimmt nur ein Ausstellungsstück. Es hat kein Preisschild", dämpfte Lilofee meine hochgeschraubten Erwartungen.

„Papa, du hast dir doch schon immer so ein Schlauchboot gewünscht?", bohrte Pius. „Wir können es uns doch wenigstens mal anschauen!"

„Gut, wenn du meinst, schauen wir uns es an", gab ich seinem Drängen nach. Ich betrachtete es näher. Es war ein richtiges seetüchtiges Schlauchboot! Kein einfaches Gummiboot für das Planschbecken. Mein Interesse an dem Boot wuchs mit jeder Minute.

„Frag doch den Verkäufer, ob es käuflich ist!", drängte schließlich Lilofee, da ich mich von ihm nicht lösen konnte.

„Das Schlauchboot im Schaufenster, ist es zu verkaufen?" Der Verkäufer schaute mich ungläubig an.

„Ja, natürlich, wir haben es erst heute reinbekommen."

„Könnten wir es sofort mitnehmen?" Er stutzte.

„Ja, wenn Sie es kaufen wollen?"

„Was kostet es?" Er prüfte mich schätzend. Dann sagte er:

„Kommen Sie bitte mit an die Kasse. Den Preis habe ich nicht im Kopf. Ich muss den Lieferschein nachsehen. Einen Moment bitte." Er ging ins Büro. Nach wenigen Minuten kam er mit dem Lieferschein zurück.

„Fünfhundertvierzig Mark", wenn Sie es selbst mitnehmen. Zum Aufpumpen ist ein Blasbalg dabei, ebenso zwei Paddel.

„Gut, kaufen wir es!", zeigte ich mich entschlossen.

„Oh fein!", schrie Pius und machte einen Luftsprung. Plötzlich zupfte mich Ulrike am Ärmel und flüsterte:

„Carl, wir können es gar nicht mitnehmen. Unser Auto ist schon überladen.

„Mach dir keine Sorgen!", versuchte ich sie zu beruhigen.

„Irgendwie werden wir das Ding schon schaukeln. Wir verstauen das Boot auf dem Dach. Die hundert Kilometer wird es schon gehen. Wenn wir langsam fahren, wird schon nichts passieren."

Ich bezahlte in bar. Gemeinsam schleppten wir das Boot zu unserem Auto. Als ich das Boot mit Stricken rutschfest auf dem Dach festgezurrt hatte, und ich mein Werk aus geringer Entfernung begutachtete, keimten in mir erhebliche Zweifel, ob das auch rechtens sei. Auch Lilofee schien erhebliche Bedenken gehabt zu haben:

„Wenn uns die Polizei erwischt, hagelt es bestimmt eine deftige Strafe. Vielleicht, ja bestimmt, müssten wir das Boot abladen."

Das Schlauchboot hatte unseren ursprünglichen Plan, einen Rundgang um das Schloss zu machen, über Bord geworfen. Nach reiflicher Überlegung schlug ich vor:

„Warten wir bis es dunkelt!"

„Da können wir aber noch lange warten. Es ist Sommer. Da geht die Sonne erst um zehn unter", zerschlug sie sofort meinen Einwand.

„Wer A sagt, muss auch B sagen! Versuchen wir unser Glück!".

Wir tuckerten gemächlich die Landstraße entlang. Sogar ein Traktor überholte uns. Ich hielt mehrmals an, um die Spannung der Stricke zu überprüfen. Unserem ersehnten Ziel waren wir inzwischen ein beträchtliches Stück näher gekommen. Plötzlich rief Pius:

„Das Meer! Ich sehe das Meer!" Wir passierten gerade die Wohlenberger Wieck, eine halbrunde Flachwasserbucht. Ein geeigneter Parkplatz für eine kurze Rast war schnell gefunden. Im Westen tauchte die glutrote Sonne ins Meer. Nach wenigen Minuten umgab uns Finsternis. Für eine kurze hüllenlose Abkühlung im Meer blieb aber noch Zeit, um sich vom Staub der Landstraße zu befreien. Unsere Stimmung konnte nicht besser sein. Bis zum Ziel war es nur noch ein Katzensprung. In der Ferne zeichnete sich bereits die Kirchturmspitze von Klütz ab. Wie auf Kommando fielen wir in den zum Evergreen gewordenen Kehrreim ein: „Theo wir fahr'n nach Klütz! Steh auf du faules Murmeltier, eh ich den Verstand verlier ..." Langsam, fast bedächtig, polterte der LADA über das jahrhundertealte Kopfsteinpflaster. Im Kofferraum klapperte es bedrohlich. „Hoffentlich bleibt unser Geschirr heil!", bemerkte Lilofee. Sorgenvoll blickte sie sich um in Richtung Kofferraum. Für die morgendliche Kaffeetafel hatte sie Omas bestes Geschirr aus Porzellan eingepackt. „Langsamer als im Schritttempo kann ich nicht fahren. Das Kopfsteinpflaster bringt meinen Kopf fast zum Zerspringen. Es hämmert und dröhnt in ihm."

„Stopp!", rief Lilofee plötzlich. „Hier links geht's zum Dünenweg." Ich hatte ihn übersehen. Ein fünfhundert Meter langer, schmaler Sandweg führte direkt von der Hauptstraße zur weißen Villa „Niklot" am Meer. Wir waren am Ziel. Wir parkten unseren Wagen direkt hinter dem Gartenhäuschen, das für die nächsten vierzehn Tage unser Zuhause sein sollte. Die Eingangstür zu Lukas' Villa war nicht abgeschlossen. Wie ich später feststellte, schloss er sie niemals ab. Lukas wohnte im Obergeschoss, seine Haushälterin und ihre Tochter Bianka wohnten im Erdgeschoss. Der schmale, wendelartige Treppenaufgang war auf halbem Wege durch ein altes Harmonium eingeengt, das dort einen unpassenden Platz gefunden hatte, sodass man sich regelrecht hindurchzwängen musste. Die altersschwachen Holzdielen der Treppe knarrten bei jedem Schritt. Um ihn nicht aufzuschrecken, klopfte ich zweimal nur sacht an seine Tür. Nach wenigen Minuten öffnete sie sich einen Spaltbreit, und Lukas steckte seine großzinkige, wächserne Knollennase, die an ein Rhinophym erinnerte, hindurch. Die Knollennase war ein beliebtes Motiv der Maler der Renaissance.

„Guten Abend, Lukas!", begrüßte ich ihn.

„Carl, es geht mir heute nicht gut. Entschuldige, dass ich jetzt nicht gestört werden möchte. Du weißt ja, wo sich der Schlüssel zum Sommerhaus befindet." Ohne meine Antwort abzuwarten, schloss sich die Tür. Seine ungewöhnliche Reaktion überraschte mich nicht. Da wir nun schon den vierten Sommerurlaub bei ihm verbrachten, kannte ich allmählich seine Schrullen. Ich wusste, dass er zu Depressionen neigte. In dieser Stimmungslage war er für niemanden zu sprechen, vielleicht nur für seine Haushälterin, mit der er in früheren Jahren ein intimes Verhältnis gepflegt haben soll. Zumindest pfiffen es die Spatzen von den Dächern, dass Bianka von ihm gezeugt wurde.

Ein Jahr nach dem denkwürdigen Jahr 73 waren wir das erste Mal für zwei Wochen Gast in seinem Gartenhaus. Die Leser werden sich gewiss noch an meinen Patienten Emil und seine Tochter Margarethe erinnern. Die Gefäßoperation war damals ein voller Erfolg. Sein Bein konnte ich retten. Aus Dankbarkeit und tiefer Zuneigung ermöglichte es Margarethe, dass wir ein Jahr später für zwei Wochen Gast bei Lukas sein durften. Das war ungewöhnlich. Lukas hatte über Jahre im Voraus seine zwei Quartiere Stammgästen vermietet: Professoren, Ärzte und Künstler waren seine bevorzugten Sommergäste. Wie hatte Margarethe diesen Dreh eingefädelt? Sie selbst war nie bei Lukas Feriengast. Viele Jahre weilte sie im Sommer im Gartenhaus von Frau See-mannshausen, nur eine Querstraße von der Villa Niklot entfernt, aber nicht direkt am Meer gelegen. Erst später erfuhr ich von Margarethe die näheren Umstände. Die Familie Seemannshausen betrieb früher eine kleine Seifenfabrik. Als während der Nazidik-tatur Judenpogrome einsetzten, soll die Familie den 27-jährigen Lukas auf ihrem Grundstück versteckt haben. Er war das einzige Familienmitglied, das nicht den Weg nach Auschwitz antreten musste. Lukas verehrte Frau Seemannshausen über alle Maßen. Er konnte ihr keinen Wunsch ausschlagen. Ob er auch intime Beziehungen – sprich Liebesbeziehungen – zu ihr unterhielt, kam mir nie zu Ohren. Als ich Lukas kennenlernte, war er im 67. Lebensjahr und noch ledig. Damals machte er einer Urlauberin aus Berlin den Hof. Ingrid war dreißig Jahre jünger als er. Ob sie ihn ausnutzte und nur kostengünstig bei ihm ihren Sommerur-laub verbringen wollte oder ob sie es ernst meinte, habe ich nie erfahren.

Während Lilofee am nächsten Tag das kleine Gartenhaus nach ihrem Geschmack einrichtete, brachte ich auf der benachbarten Kiefer am obersten Wipfel eine Hilfsantenne für unseren kleinen Kofferfernseher der russischen Produktion Marke „Junost" an. Unser Urlaubsort lag im Grenzgebiet. Der Westempfang gelang sogar mit einfachen Mitteln. Auf das abendliche Fernsehen wollten wir, die aus dem Tal der Ahnungslosen kamen, nicht verzichten. Als ich gerade vom Baum geklettert war, lief ich Lukas in die Arme. Er versuchte, seinen Opel Kapitän zum Laufen zu bringen. Der Motor sprang nicht an. „Guten Morgen Lukas, wir müssen uns in dein Hausbuch eintragen." Er schaute nicht auf. Die Motorhaube hatte er aufgeklappt und hantierte gerade an der Benzinpumpe. „Carl, das Hausbuch hat bis heute Abend Zeit. Ich bin schon spät dran. Das Auto will wieder mal nicht anspringen." „Vielleicht sind die Zündkerzen verrußt, oder der Abstand stimmt nicht mehr. Darf ich dir helfen?" „Ja, wenn du etwas davon verstehst, mach dich an die Arbeit!" Lukas trug einen schwarzen Anzug, auch seine Krawatte war schwarz – ich habe ihn nie anders gesehen –. Täglich fuhr er mit seinem Opel in das fünf Kilometer entfernte Klütz, wo er in einem barackenähnlichen Gebäudekomplex eine kleine Seifenfabrik betrieb, in dem sich 3 bis 4 Arbeiter an der Herstellung von Handwaschpaste zu schaffen machten. Großauftraggeber gehörten sicher nicht zu seiner Kundschaft. Die Herstellungstechnologie glich eher der einer Manufaktur. Lukas hatte einen überschaubaren Arbeitstag. Gegen 3:00 Uhr kam er gewöhnlich zurück und widmete sich seinen Haustieren und Gästen. Seinen zwei braunen Kurzhaardackeln galt seine ganze Aufmerksamkeit. Ging er mit ihnen auf Gassi, selbstredend in Schwarz gekleidet, bewegte sich eines der Tiere mit Hilfe einer Hilfsvorrichtung vorwärts. Nach einem Bandscheibenvorfall war sein Hinterteil gelähmt. Auch musste die Kontinenz des Tieres gelitten haben. In seiner Villa hielt sich ein hartnäckiger, penetranter Geruch nach Hundekot und Urin.

Nachdem ich zirka eine Viertelstunde am Motor getüftelt hatte, sprang der Opel an. Es war tatsächlich die verrußte Zündkerze und der zu große Elektrodenabstand.

Wir konnten es kaum erwarten, nach dem Frühstück unser erstes Sonnenbad am Strand zu genießen. Der Sturm der vergangenen Nacht hatte reichlich Tang an den Strand gespült. Mit zunehmender Sonneneinstrahlung ging ein ätzend-stechender Geruch von ihm aus. Urlauber hatten ihn zu einem Berg angehäuft, in der Hoffnung, er würde bald abtransportiert werden. Sie erfüllte sich aber leider nicht. Die Strandkörbe standen wie Bienenkörbe, dicht an dicht, nach Osten zum Sonnenaufgang ausgerichtet. Lukas hatte den uns zugewiesenen Strandkorb mit der Nummer 20 für das ganze Jahr gemietet. Wie alle anderen Urlauber bauten wir täglich an unserer Strandburg. Einmal mussten die nächtlichen Spuren beseitigt werden, dann wurden neue Ideen zur Umgestaltung eingebracht, die Burgmauer mit vielen kleinen Muscheln geschmückt. Die Arbeiten nahmen täglich mehrere Stunden in Anspruch. Jeder am Strand sammelte Muscheln. Da wurden sie schnell Mangelware. Die Prozedur wiederholte sich jeden Morgen. Beim Ausbau der Burg war Pius in seinem Element. Pünktlich 10:00 Uhr meldete sich der Strandfunk mit der Verlesung der Strandordnung. Jede volle Stunde wurde sie wiederholt. Der rote Ball am Bademeisterturm war nicht hochgezogen, ein Zeichen, dass kein Badeverbot herrschte. Bojen begrenzten den Ausflug ins Meer. Wer auch nur wenige Meter darüber hinaus schwamm, wurde von einer Lautsprecherstimme, aufgefordert, sofort zurückzuschwimmen. Wenn einer die Aufforderung ignorierte, setzte sich sofort ein Motorboot in Bewegung, um den Abtrünnigen einzufangen. Bei wiederholter Verletzung der Strandordnung, so nannte man die Vergehen, wurde ein Hausverbot ausgesprochen. Es dauerte nicht lange, und der Verweigerer bekam behördlichen Besuch. War kein ausgesprochenes Strandwetter, war ein ausgedehnter Strandspaziergang angesagt. Pius lehrte ich das Steinewerfen. Wollte man Erfolg haben, mussten die Steine flach wie eine Scheibe und handlich sein. Der Versuch galt als perfekt, wenn der Stein bei seinem Flug über die Wasseroberfläche mindestens fünfmal aufsetzte, bevor er endgültig in den Fluten versank. Ohne dass wir es merkten, waren wir plötzlich am Ende unserer Reise angelangt. Ein Verhau von Stacheldraht versperrte uns den Weg. Ein Warnschild zeigte uns an, dass wir das Grenzgebiet erreicht hatten.

„Carl, lass uns umkehren!'", zeterte Lilofee, die keinen Ärger mit den Ordnungshütern wollte.

„Hier ist ein Trampelpfad zur Steilküste hinauf. Kommt mit! Von oben haben wir bessere Sicht. Vielleicht können wir den Timmendorfer Strand sehen!", forderte ich meine beiden Begleiter auf mitzukommen. Als ich zuerst oben war, rief ich: Hier ist kein Stacheldraht! Wir können weitergehen." Zögernd folgte Lilofee. Ich wollte mir Gewissheit verschaffen, wo der wirklich stark bewachte Grenzbereich begann. Aber das behielt ich für mich. Nach einer weiteren halben Stunde hatten wir das Ende der Welt erreicht. Ein unübersehbares Warnschild wies darauf hin, dass Lebensgefahr bestand. Landeinwärts lag ein Ort mit wenigen Hütten.

„Das muss Kalkhorst sein, der letzte Ort im Osten! Seht ihr dort das Schloss?", wies ich mit der Hand nach Süden hin. Auf dem Meer patrouillierten, wie an einer Perlenkette aneinandergereiht, Küstenwachboote das Grenzgebiet. Ein unbemerktes Hindurchschlüpfen durch dieses dicht gestaffelte Netz musste einem Wunder gleichkommen. Wir blieben diesseits des Eisernen Vorhanges.

Als wir am späten Nachmittag in unser Gartenhaus vom Strandausflug zurückkamen, lief uns Lukas über den Weg.

„Carl, hast du an mich gedacht? Ich habe dir doch neulich am Telefon meine hartnäckigen Probleme mit der Halswirbelsäule geschildert. Sie wollen einfach nicht weichen. Ich habe schon zig physikalische Anwendungen bekommen, auch ein Knochenbrecher aus der Gegend konnte mir nicht helfen."

„Ja, Lukas, ich habe das Foltergerät mitgebracht. Ein Bandagist hat es extra für dich gefertigt. Berichte über Wunderheilungen eilen dem Gerät voraus. Wenn du es wünschst, könnten wir sofort mit der Behandlung beginnen." Er schaute auf die Uhr. Danach strich er mit der linken Hand nachdenklich über seinen gewellten Grauschopf:

„Im Augenblick passt es mir nicht, Carl. Ich muss erst die Hunde ausführen und füttern. Aber gegen sechs habe ich Zeit." Ich holte die Glissonschlinge aus dem Gartenhaus und befestigte sie an einem Querbalken im Garten, der früher Bianka als Aufhängung für die Schaukel gedient haben mochte. Über eine lose Rolle führte ich ein Zugseil. Die Vorbereitungen für die Therapie waren im Nu erledigt. Unter den Balken platzierte ich für Lukas einen Stuhl. Pünktlich gegen 18:00 Uhr meldete sich Lukas im Gartenhaus. Zunächst erklärte ich ihm die Funktion des Gerätes und wies auch über seine Gefahren bei falscher Anwendung hin: „Lukas, dieses Gerät dient zur Extension, also Dehnung der Halswirbelsäule. Dadurch soll die verlagerte Bandscheibe wieder in ihr ursprüngliches Bett gelangen können. Der Druck auf die Nervenwurzel würde dadurch beseitigt, die verspannte Halsmuskulatur entspannt. Wollen wir einen Versuch wagen?"

„Ja, deshalb bin ich ja hier."

„Gut, setz dich auf den Stuhl unter dem Balken. Ich binde dir diese Ledermanschette um den Hals, die ich an dem Waagebalken befestige. Sitzt die Manschette gut?"

„Ja, sie sitzt wie angegossen, ich habe keine Probleme damit."

„Die Schnur, die neben dir hängt läuft über eine Rolle. Wenn ich daran ziehe, wirst du merken, dass du schwebst, also, die Halswirbelsäule wird gedehnt. Ich werde anfangs nur mit sehr geringer Intensität ziehen. Wenn du es nicht aushältst, gib mir ein Zeichen." Gesagt, getan. Die erste fünfzehnminütige Sitzung hatte Lukas schadlos überstanden.

„Carl, das war alles? Ich habe nicht viel gemerkt. Die Beschwerden sind noch da."

„Lukas, ich bin kein Hexer. Ich habe nicht erwartet, dass du nach der ersten Sitzung beschwerdefrei bist. Das war heute nur Anfang einer Behandlungsserie. Morgen ist die nächste Sitzung."

„Und ich habe gedacht, du bist ein Wunderheiler. Denn Margarethe hält große Stücke auf dich. Sie berichtete mir damals, es kann inzwischen drei Jahre her sein, von einem Wunder. Ich konnte es kaum glauben. Das war auch ein Grund, den Wunderheiler einmal persönlich kennenzulernen." Ich schmunzelte.

„Aha, die gute Margarethe hat also aus dem Nähkästchen geplaudert. Ja, damals hatte auch der liebe Gott seine Hände mit Spiel. Ohne seine Hilfe hätte ich es nicht geschafft. Die Partei hat mich dafür auch abgestraft, nachdem ich Gott angerufen hatte. Übrigens, von dir scheinen auch magische Kräfte auszugehen. Die Spatzen pfeifen es von den Dächern."

„Du spielst sicher auf meine Zaubertricks an, mit denen ich zuweilen meine Gäste zu unterhalten pflege. In einer stillen Stunde kann ich dir gern einige meiner Tricks zum Besten geben."

„Das würde mich sehr freuen. Vielleicht kann ich dir den einen oder anderen Trick gar stehlen. Seit einiger Zeit bin ich auch der Magie verfallen. – Lukas, mir fällt gerade ein, dich nach dem Verbleib des 'Goethesteins' zu fragen. Es würde mich interessieren, wo er geblieben ist. Voriges Jahr war er noch da. Er kann sich nicht in Luft aufgelöst haben." Nachdenklich fuhr er sich mit der linken Hand durchs Haar und zog die buschigen Augenbrauen hoch.

„Letzten Herbst hat man ihn in einer Nacht-und Nebelaktion heimlich abtransportiert. Keiner weiß, was aus ihm geworden ist. Der Bürgermeister hält sich auf die Frage nach dem Verbleib des Gedenksteins bedeckt. Vielleicht war das Goethezitat auf dem Stein nicht mehr zeitgemäß. Ich kann mich noch genau erinnern. Im Jahre 49 haben wir eine Sammlung gestartet, um an den 200. Geburtstag des großen Dichters zu erinnern. Auf einen schmucklosen, meterhohen Granitstein wurde das Zitat *Mir ist nicht bange, daß Deutschland nicht eins werde* eingraviert. Der Stein fand in meiner unmittelbaren Nähe auf dem Dünenweg seinen Platz. Tausende Menschen pilgerten seitdem an dem Gedenkstein vorüber, haben gehofft, gebetet und gebangt, dass Goethes Prophezeiung einmal wahr würde. Damals glaubten wir noch, dass die Politiker es mit der sogenannten Deutschen Frage ernst meinten, dass sie ernsthaft die Einheit Deutschlands anstrebten. 'Deutsche an einen Tisch!' hieß damals die Parole Grotewohls an den Westen. Der Westen lehnte jedoch höhnisch ab, und stellte seinerseits eine für den Osten unannehmbare Gegenforderung auf: 'Deutsche, lasst Euch nicht für dumm verkaufen! Fordert die Deutsche Nationalversammlung! Frei gewählt in West und Ost! Das ist unser Runder Tisch!'"

Mit dieser Forderung spielte er wohl auf die 48er Reichsverfassung von Frankfurt an, die die Einheit Deutschlands in Form einer konstitutionellen Monarchie unter der Kontrolle eines frei gewählten Parlaments vorsah. Der Preußenkönig lehnte es damals empört ab, sich diese Zwangsjacke anzuziehen. Eine Krone aus der Gosse, der bereits eine Zacke fehlte, so formulierte er die Weigerung der K-u-K-Monarchie, dem Bündnis beizutreten, konnte der hochmütige König Wilhelm von Preußen nicht annehmen. Lukas runzelte die Stirn und winkte resigniert ab:

„Die Bundesrepublik war unter keinem guten Stern geboren. Ihr Geburtshelfer waren die USA und ihr Taufpate der Vatikan. Sie war eine moralisch verwahrloste Wüste. Die Alt-Nazis fanden in ihr ein warmes Nest. Ich erinnere nur an einen gewissen Hans Globke, der in die Geschichte als graue Eminenz Adenauers eingehen wird. Ihm haben wir es letztlich mit zu verdanken, dass Millionen meiner Schwestern und Brüder in den Konzentrationslagern vergast wurden. Er hat mit seinen Gesetzen den Nährboden dafür geschaffen. In den folgenden Jahren haben sich die Fronten zwischen Ost und West weiter verhärtet. Niemand spricht heute mehr von der Einheit Deutschlands. Beide Staaten sind in Lager eingebunden, die sich feindlich gegenüberstehen. Der Eiserne Vorhang hat sich unbarmherzig immer weiter zwischen beide Staaten gesenkt. Jetzt ist er fast undurchdringbar."

„Ja, das habe ich bei unserem Spaziergang gestern und beim abendlichen Strandbesuch wohl bemerkt. Patrouillenboote bewachen den Strand, Scheinwerfer suchen ihn in der Dunkelheit nach Flüchtlingen ab."

„Mein Haus benötigt nachts kein eigenes Hoflicht mehr. Das besorgt jetzt der Staat."

„Apropos, um auf den Goethestein zurückzukommen. In welchem Zusammenhang hat Goethe dieses Zitat erwähnt."

Lukas strich sich über das Haar; er dachte angestrengt nach:

„Nach der Niederlage des Hitlerfaschismus traf sich eine Gruppe Gleichgesinnter meiner Religion in Weimar. Nach dem Besuch von Buchenwald besuchten wir auch das stark beschädigte Goethehaus am Plan. Das Goethearchiv hatte man aber noch vor Ende des Krieges an einen sicheren Ort gebracht. Dort entdeckten wir eine Herausgabe von Eckermann aus dem Jahre 1848 mit dem Titel: 'Goethes Gespräche mit Eckermann'. Am 25. Oktober 1828 sprachen sie über die Einheit Deutschlands. Goethe sagte damals: 'Mir ist nicht bange, dass Deutschland nicht eins werde; unsere guten Chausseen und künftigen Eisenbahnen werden schon das ihrige tun… Es sei eins, dass der deutsche Taler und Groschen im ganzen Reiche gleichen Wert habe; eins, dass mein Reisekoffer durch alle sechsunddreißig Staaten ungeöffnet passieren könne…'"

„Eckermann hatte die Gespräche 1848 veröffentlicht?"

„Ja, es muss unmittelbar nach der Märzrevolution erschienen sein."

„Interessant!"

„Lukas, der Stammvater deines Hauses war ein Fürst?"

„Was meinst du damit?"

„Niklot?"

„Ich war nicht der Bauherr der Villa. Warum er ihr diesen Namen gegeben hat, ist mir nicht bekannt. Niklot war meines Wissens ein Stammesfürst der Obodriten, die im 12. Jahrhundert Mecklenburg besiedelten und dem Kaiser Lothar III. Treue schworen und ihm Gefolgschaft leisteten."

Die Temperatur war in der letzten Nacht stark gefallen. Ein Wetterumschwung zeichnete sich ab. Am nächsten Morgen überraschte uns ein dichter, wolkenverhangener Himmel. Es regnete zwar nicht, aber es war stürmisch. Kein Strandwetter. Wir weilten schon eine Woche in Lukas' Gartenhaus, und noch immer hatte ich unser neues Schlauchboot nicht auf Seetüchtigkeit überprüft. Heute oder nie, sagte ich mir. Die Gelegenheit war günstig. Nur wenige Neugierige würden heute den Strand besuchen. Beim Frühstück bemerkte ich so nebenbei, als sei es das Normalste auf der Welt:

„Pius, heute ist unser großer Tag! Das Schlauchboot muss heute seine Feuerprobe bestehen."

„Papa, das ist ja prima!"

„Lilofee sah mich entgeistert an."

„Carl, bist du lebensmüde? Der Sturm wird euch vom Strand

wegtreiben, und ihr werdet jämmerlich absaufen. Es kommt nicht infrage, dass du Pius diesem Risiko aussetzt." Lilofee war so erbost, wie ich sie selten erlebt habe. Erschrocken machte ich einen Rückzieher.

„Gut, ich werde zunächst allein prüfen, ob das Schlauchboot seetüchtig ist. Wenn ich absaufe, kann ich ja zurückschwimmen. Außerdem werde ich mich zunächst nur in der Nähe des Strandes aufhalten und innerhalb der Bojen bleiben. Der Hausfriede war wieder hergestellt. Nachdem ich etwas Luft nachgepumpt hatte, schleppten wir das Boot samt Paddel an den Strand. Wie ich vermutete, war der Ball hochgezogen, und nur vereinzelte Urlauber waren trotz des schlechten Wetters an den Strand gekommen.

Nachdem ich das Schlauchboot zu Wasser gelassen hatte, sagte ich zu Pius:

„Reich mir das Paddel!" Die See war rau, spitze Wellenkämme stürzten sich auf das Boot. Ich hatte Mühe, mich auf den Beinen zu halten. Die Wellen waren fast meterhoch. Um nicht zu stürzen, setzte ich mich rasch und schob die Paddel durch die Dollen, also Halterungen am Schlauchboot. Das Schlauchboot tanzte lustig auf den Wellen. Mit jedem Wellenschlag entfernte es sich weiter vom Strand. Lilofee schrie ängstlich:

„Carl, komm sofort zurück!" In wenigen Minuten hatte es mich bis zur Boje getrieben, da der Wind seewärts blies. Ich hielt mich einige Zeit an einer Boje fest, die an der Wasseroberfläche hin und her tanzte. Dann sammelte ich meine Kräfte und paddelte mit großer Anstrengung zurück. Ich schaffte es. Das Schlauchboot hatte bei relativ hohem Seegang bis auf wenige Spritzer kein Wasser an Bord. Befriedigt stellte ich fest, dass es seetüchtig war! Nach diesem Kraftakt verzichtete ich an diesem Tage auf einen weiteren Versuch. Am nächsten Tag hatte sich der Sturm gelegt. Der Himmel war zwar noch wolkenverhangen, zwischendurch zeigte sich auch schon mal kurz die Sonne. Als wir mit unserem Schlauchboot den Strand betraten, war der rote Ball am Bademeisterturm nicht hochgezogen, ein Zeichen, dass Baden gestattet war. Am Strand herrschte bereits emsiges Treiben. Der

Wind strich sanft über das Wasser, seine Oberfläche war nur leicht gekräuselt. Lilofee wagte sich mit ins Schlauchboot. Spielerisch glitt es über das Wasser. Ohne dass wir es bemerkten, befanden wir uns außerhalb der Bojen. Das Wasser war so klar, dass wir deutlich den Seegrund beobachten konnten. „Pius, tauchen wir!", schlug ich vor. „Aber nicht mogeln! Wer den Grund erreicht, muss einen Stein als Beweis vom Grund bergen." Mit gekonntem Kopfsprung sprangen wir über Bord. Nach wenigen Augenblicken tauchte Pius auf und zeigte triumphierend einen Stein in seiner linken Hand. Er war der bessere Taucher.

„Gut gemacht!", rief ich. Nach einer Viertelstunde hatten wir genug vom Tauchen und kletterten wieder ins Boot. Inzwischen meldete sich der Strandfunk. Ich konnte nur Bruchstücke auffangen und mir keinen Reim daraus machen. Nach wenigen Minuten näherte sich uns in hoher Geschwindigkeit ein Rettungsboot. Als es uns erreicht hatte, schrie ein Rettungsschwimmer:

„Kommen Sie sofort an den Strand zurück! Die Benutzung des Schlauchbootes ist hier nicht gestattet." Als er ganz nah war, fragte er mich nach meinem Namen.

„Sommer, Dr. Sommer!", antwortete ich, meinen wahren Namen verschweigend. Widerstrebend machten wir uns auf den Rückweg. Um möglichen Ärger zu vermeiden, schleppten wir das Boot in Lukas' Garten und kehrten zu unserem Strandkorb zurück, um ein Sonnenbad zu nehmen. Alles schien wie immer, seinen normalen Lauf zu nehmen. Die Kinder tummelten sich nebenan im Sand. Der Eisverkäufer bot Eis am Stiel feil. Halbwüchsige jagten dem Ball nach und ärgerten die Sonnenanbeter, wenn sie ihnen zu nahe auf den Pelz rückten. Es mochte zirka eine halbe Stunde vergangen sein, als sich unserer Strandburg drei Polizisten näherten. Sie fragten Strandkorbnachbarn nach einem Dr. Sommer. Offensichtlich war Dr. Sommer aber hier unbekannt. Auf den Hinweis, dass er ein Schlauchboot besäße, wiesen sie ihnen den Weg zu unserer Strandburg. Plötzlich legte sich ein Schatten vor unseren Strandkorb.

„Dr. Sommer?", fragte einer der Polizisten. Ich erschrak.

Instinktiv antwortete ich:

„Nein!"

„Weisen Sie sich aus!", raunzte er mich an.

„Greifen Sie einem nackten Mann in die Tasche. Einen Ausweis habe ich nicht bei mir. Er ist in meinem Quartier."

„Sie sind mit einem Schlauchboot unterwegs gewesen. Genossen vom Rettungsturm haben Sie beobachtet. Seine Benutzung ist hier strengstens verboten!"

„Ich besitze kein Schlauchboot, sondern nur ein sogenanntes Badeboot – ein Gummiboot –, das hier zu benutzen, ist meines Wissens nicht verboten, zumindest wird in der Strandordnung nicht ausdrücklich darauf hingewiesen."

„Zur Identifikation Ihrer Person müssen wir Sie mitnehmen!" Widerstand war zwecklos. Lilofee stand die Angst auf dem Gesicht geschrieben. Wir schnappten rasch unsere Sachen. Die Polizisten nahmen mich in die Mitte und führten mich ab. Lilofee und Pius folgten in gebührendem Abstand. Der unmittelbaren Umgebung war unsere Verhaftung nicht unbemerkt geblieben. Die Sonnenanbeter reckten neugierig ihre Köpfe aus den Strandkörben. Man gestattete mir noch, mich anzukleiden und aus dem Gartenhaus meinen Personalausweis zu holen.

„Wo befindet sich das Schlauchboot?", fragte einer der Polizisten. Ich hatte das Boot in der Eile im Garten hinter einem Strauch versteckt.

„Dort hinten im Garten", wies ich mit der Hand in Richtung Osten. Ein Polizist begab sich in die von mir gezeigte Richtung. Nach wenigen Minuten kam er zurück:

„Es ist ein Schlauchboot. Wir müssen es beschlag- nahmen."

„Es ist kein Schlauchboot!", widersprach ich vehement. Es ist ein Badeboot. Vor einer Woche haben wir es unterwegs zufällig in einem Sportgeschäft gekauft. Das Boot war als Badeboot im Schaufenster ausgestellt. Ich habe die Rechnung bei mir. Auf der Rechnung steht Badeboot!"

„Wir klären die Sache auf dem Revier. Kommen Sie mit – Herr Jung! Dr. Jung", wiederholte er. Er sprach mich mit Doktor, nachdem er meinen Personalausweis ausgiebig studiert hatte.

83

„Ihre Begleitung bleibt hier!", entschied er.

„Papa, ich will mitkommen!", schrie Pius aufgeregt. Lilofee versuchte ihn zu beruhigen.

„Papa kommt ja wieder. Man will nur auf dem Revier die Sache klären." Die Polizisten führten mich wie einen Straftäter zum Polizeirevier. Sie nahmen mich in die Mitte. Nur die Handschellen fehlten. Es folgte ein stundenlanges Verhör. Sie redeten auf mich ein, ein Geständnis abzulegen. Das würde sich strafmildernd bei einer Verhandlung auswirken.

„Ich habe nichts zu gestehen!", antwortete ich zum wiederholten Male. „Es ist geradezu absurd, mir eine Absicht auf Republikflucht zu unterstellen."

„Geben Sie zu, das Gesetz übertreten zu haben!", schrie der Major aufgebracht. „Falls es Ihnen nicht bewusst ist, muss ich Sie darauf hinwiesen, dass wir uns hier in einem Grenzgewässer befinden. Es geht allein um den Schutz unserer Staatsgrenze."

„Ich habe nicht gegen Strandvorschriften verstoßen. Mit keinem Wort wird in der Strandordnung oder im Strandfunk erwähnt, dass die Benutzung eines Badebootes hier nicht gestattet ist. Sie können sich selbst davon überzeugen, wenn Sie Tonband abspielen lassen."

„Mit Wortklaubereien kommen Sie bei uns nicht durch, Herr Doktor. Wir können sehr wohl unterscheiden zwischen einem Badeboot und einem Schlauchboot. Wir nehmen Sie in Gewahrsam. Sie bekommen Gelegenheit, Ihre Aussage noch einmal zu überdenken. Übrigens, wir haben uns inzwischen bei Ihrem Kreisarzt erkundigt. Auch bei ihm sind Sie in letzter Zeit wegen Dienstvergehen negativ aufgefallen." Man war gerade dabei, mich in das Untersuchungsgefängnis des Kreises abzutransportieren – es war inzwischen Viertel nach drei –, als ich Lukas' Bassstimme im Vorraum vernahm.

„Sagt mir genau, was Ihr meinem Freund vorwerft, um ihn so schäbig wie einen Verbrecher zu behandeln."

„Gegen Dr. Jung liegt eine Anzeige wegen unbefugter Benutzung eines Schlauchbootes in den grenznahen Gewässern vor."

„Gegen die Strandordnung soll er verstoßen haben? Das ist ja lächerlich. Er ist schon jahrelang bei mir Sommergast. Er hatte nie und nimmer die Absicht, die DDR illegal mit einem Boot zu verlassen. Ich kenne ihn genau. Er ist mein behandelnder Arzt, ich bin ihm sehr dankbar, dass er mich endlich von meinem Leiden erlöst hat. Lasst ab von dem Vorhaben, ihm einen Strick zu drehen, bloß weil er mal mit seinem Sohn am helllichten Tage eine Viertelstunde mit einem Schlauchboot am Strand hin und her gepaddelt ist. Ich bürge für ihn! Ich werde diesen Raum nicht ohne Dr. Jung verlassen!" Nach diesem vehementen Auftritt herrschte im Vorzimmer Verwirrung und Totenstille. Eine Viertelstunde später wurde die Tür geöffnet. Ein Polizist teilte mir förmlich mit:

„Herr Dr. Jung, wenn Sie dieses Formular unterzeichnet haben, können Sie diesen Ort verlassen. Gegen Sie wird ein Ermittlungsverfahren eingeleitet werden."

„Carl, unterschreib nicht! Es könnte wie ein Eingeständnis ausgelegt werden", warnte mich Lukas. „Gehen wir!", sagte er entschlossen. Lukas fasste mich am Arm und verließ mit mir grußlos das Polizeirevier. Keiner hinderte uns daran. Vor dem Revier harrten Lilofee und Pius tapfer aus. Freudig umarmten sie uns.

„Lukas, wie hast du es geschafft, mich in so kurzer Zeit von hier loszueisen? Offenbar bist du hier eine Respektsperson", fragte ich verwundert. Ich hatte schon mit dem Schlimmsten gerechnet.

„Ach, weißt du, Carl, mich kennt im Ort jede graue Maus, auch meine Vergangenheit kennen die Einheimischen. Nicht umsonst bin ich als Verfolgter eines untergegangenen Regimes von Verbrechern anerkannt. Sogar die DDR macht hier keine Ausnahme und hat mich rehabilitiert. Das ist vielleicht mit ein Grund, dass man mir als Bürge Glauben schenkt."

„Du hast für mich gebürgt?"

„Ja, ich finde nichts Besonderes dabei, einem Freund beistehen. Das haben mutige Personen in der schlimmsten Zeit der Nazidiktatur für mich auch getan. Das habe ich meinen Rettern nie vergessen. Carl, ich habe dem Ortsheriff versprochen, dass das Boot sichergestellt wird. Du darfst es hier nicht mehr benutzen. Eine zweite Chance wirst du nicht bekommen."

8

„Penelope, es brennt mir etwas auf der Seele, das nur uns beide betrifft. Ich habe es lange vor mir hergeschoben, das Für und Wider wiederholt abgewogen. Jetzt bin ich an dem Punkt angelangt, wo es aus mir herausbricht." Marlis wirkte sehr gequält. Ihre Hand zitterte, als sie das Radio leiser stellte. Penelope war in sich gekehrt, wirkte wie abwesend. Ihr Blick war ins Nirgendwo gerichtet. „Penelope, wach auf!" Marlis berührte sie mit der Hand sanft an der Schulter.

„Was ist?" Penelope richtete sich erschrocken auf.

„Penelope, wir müssen reden! Es bricht mir das Herz, dich so leiden zu sehen. Du bist meine beste Freundin. Nie hatten wir voreinander Geheimnisse."

„Marlis, du bist noch immer meine beste Freundin", antwortete Penelope gequält.

„Nimm es mir bitte nicht übel, wenn ich mich in dein Leben dränge. Versteh mich recht. Ich möchte dir nur helfen. Ich fühle wie unglücklich du bist, wie du leidest. Ich leide mit dir."

„Marlis, worauf willst du hinaus? Sprich Klartext!" Marlis nahm allen Mut zusammen. Sie war entschlossen, heute die stille Stunde zu nutzen, um mit Penelope ins Reine zu kommen.

„Penelope, im letzten Vierteljahr hat sich in dir eine auffallende Wandlung, eine Metamorphose, vollzogen. Du ziehst dich immer mehr in dein Schneckenhaus zurück. Sicher hast du deine Wesensveränderung selbst nicht so wahrgenommen, wie alle anderen um dich herum."

„Marlis, du siehst Gespenster! Du irrst dich. Ich bin immer noch dieselbe."

„Dem äußeren Schein wohl, aber dein Wesen hat sich verändert! Wach endlich auf, Penelope! Seit der Oberarzt in die Klinik geplatzt ist, hat sich vieles zum Guten verändert. Das muss man anerkennen. Er hat wahrlich frischen Wind in eine verstaubte Klinik am Rande der Stadt hereingebracht, die bis dahin ein Mauerblümchendasein fristete. In der kurzen Zeit hat sich vieles verändert, auch zu unserem Vorteil. Durch die systematische Zusammenstellung von Sets ist vieles leichter und übersichtlicher geworden. Es macht wieder Spaß, am Operationstisch zu stehen, vorausgesetzt, man darf instrumentieren."

„Warum gebrauchst du das Wort 'darf'? Es riecht nach Verbot", wandte, leicht irritiert, Penelope ein, die bis dahin hartnäckig geschwiegen hatte.

„Penelope, du bist sehr ehrgeizig, bist die beste Operationsschwester, die ich bisher kennengelernt habe. Dein Ehrgeiz geht sogar so weit, dass du am Vortag die für den nächsten Tag geplanten Operationen Schritt für Schritt in ihre Abläufe zerlegst; du könntest leicht jedem unserer Assistenten das Wasser abgraben." Penelopes Augen begannen zu leuchten.

„Ja, da hast du Recht, es macht mir Spaß, wenn ich bei einer planbaren Operation die nächsten Schritte voraussehen kann, das heißt, dem Operateur ohne Aufforderung die richtigen Instrumente in die Hand reichen kann. Ich empfinde es als durchaus lästig, wenn er mich erst auffordern muss, das geeignete Instrument zu reichen."

„Da sind wir bei dem Thema, das mir auch sehr am Herzen liegt und auch anderen nicht entgangen sein dürfte. Seit der Oberarzt das Regime an sich gerissen hat, vernachlässigst du in auffallender Weise den Chef. Du instrumentierst fast nur noch Oberarzt Jung, lässt kaum eine andere Schwester an den Operationstisch, wenn er operiert. Auch lässt du die anderen Schwestern nicht mehr aus den Augen, bewachst sie wie Göttin Hera, die in eine Kuh verwandelte Geliebte ihres Göttergatten Zeus, Io, die sie von dem hundertäugigen Riesen Argus bewachen ließ, um zu verhindern, dass es zu einem Schäferstündchen zwischen beiden kommt. Evelyne hast du kurzerhand zu einem mehrwöchigen AO-Lehrgang geschickt, da sie mit dem Oberarzt zu viel kokettierte. Das war dir offensichtlich ein Dorn im Auge. Die besten Instrumente reservierst du für ihn, der Chef muss sich mit Schrott begnügen. Den goldenen Nadelhalter schließt du weg, damit ihn kein anderer Arzt in die Hände bekommt. Glaub ja nicht, dass der Chef nicht bemerkt hat, dass du den Oberarzt bevorzugst. Bisher hat er geschwiegen, lange wird er sich das nicht mehr bieten lassen und ein Machtwort sprechen." „Nun, übertreib's mal nicht! Der goldene Nadelhalter ist tatsächlich ein Kleinod – eine Kostbarkeit. Wir bekommen so schnell keinen zweiten. Ich habe ihn für die Gefäßoperationen reserviert. Würde ihn jeder bei einer x-beliebigen Operation benutzen, hätte auch er in absehbarer Zeit nur noch Schrottwert. Und Evelyne? Das kann dir doch nicht entgangen sein! Sie habe ich auf Empfehlung des Chefs zu diesem Lehrgang geschickt, da wir in Bälde das komplette AO-Instrumentarium haben werden. Sein Gebrauch erfordert qualifizierte Hände." Penelope wurde fuchsig, puderrot. Ihre Augen strahlten einen fiebrigen Glanz aus. Innerlich freute sich Marlis, dass sie Penelope ein wenig aus der Reserve locken konnte. Denn sie zeigte sich in letzter Zeit immer sehr zugeknöpft. Marlis wechselte das Thema.

„Penelope, wir könnten wieder einmal zusammen verreisen. Bisher hatten wir immer sehr viel Spaß und Amüsement zusammen. Mit Jugendtourist könnten wir Buchara, Samarkand und Taschkent, Perlen des alten Orients, besuchen. Wir kämen einmal raus aus dem tristen Alltag und gewönnen viele neue Eindrücke. Wir könnten auch neue Bekanntschaften schließen. Mit Jugendtourist reisen vor allem junge Leute. Penelope, auf der Welt gibt's auch noch anderes als nur das Krankenhaus!"

„Verreisen?" Sie holte tief Luft. Nervös strich sie sich übers Haar. „Für nächsten Sommer habe ich noch keine Reisepläne gemacht."

„Penelope, du lebst in den Tag hinein. Einfach so! So kann es nicht weitergehen! Sag es ihm endlich!

„Was soll ich sagen?" Ihre Augen wurden feucht.

„Na was schon? – Dass du ihn liebst! Gib deinen Sehnsüchten freien Lauf!" Penelope verlor ihre Fassung. Schluchzend fiel sie Marlis um den Hals. Ein Meer heißer Tränen überströmte ihr Gesicht.

„Ich liebe ihn! Ich liebe Ihn!", rief sie herzzerreißend. Die Worte sprudelten wie bei einer soeben geöffneten Champagnerflasche aus ihrem Munde. Penelope bekam einen Nervenanfall. Sie schluchzte, Weinkrämpfe erstickten sie fast. „Wo er nicht ist, fehlt das Licht. Das ist diese Leidenschaft, die ich mir so oft vorgestellt habe, von der ich vorher überhaupt keine Vorstellung hatte. Als ich ihm das erste Mal am Operationstisch ganz nah gegenüberstand, regte sich in mir ein Gefühl von Furcht und Freude. All mein Blut strömte zum Herzen hin. Ein Déjà-vu überkam mich, ein Hauch des Übersinnlichen und Geheimnisvollen, der mir einen Schauer nach dem anderen über meinen Rücken jagte. Dieses merkwürdige Gefühl von Furcht und Freude hatte ich noch nie zuvor erlebt. Es war wie ein Blitz, der in mich fuhr – un coup de foudre. Es ist diese Leidenschaft, die ich mir so oft in meinen Träumen vorgestellt habe, von der ich bisher nichts wusste. Liebe ist etwas Göttliches, wie es auch Lessing durch Nathan verkünden lässt: 'Es eifre jeder seiner unbestochnen, von Vorurteilen freien Liebe nach!'"

„Penelope, du bist für Männer sehr begehrenswert wie kaum eine andere Frau. Selbst einem Model könntest du auf dem Laufsteg Konkurrenz machen. Dazu hast du noch einen Beruf, der dir großes Ansehen in der Bevölkerung verleiht. Dutzende Männer würden dir gern den Hof machen, wenn du ihnen nur die Gelegenheit dazu gäbest. Aber du bist unnahbar wie die Wolken."

„Versteh doch, Marlis, andere Männer interessieren mich nicht! Ich empfand bisher nichts als Abneigung gegen Männer, die versuchten, mir den Hof zu machen. Blender, Flaneure, Hochstapler oder Playboys sind mir gleichgültig. Die Liebe überfiel mich in Sekundenschnelle – wie Nadelstiche. Seine Hände faszinierten mich! Mit welcher Eleganz und Leichtigkeit sie mit den Instrumenten spielten, als ob sie musizierten! Das habe ich noch nie gesehen! In meiner Liebe zu ihm sehe ich eine göttliche Fügung. Es ist keine Eintagsfliege, keine Grille." Marlis blickte in ihre Augen. Sie sah in ihnen einen zitternden, aufleuchtenden Glanz, wie bei einer Fiebernden.

„Der Augenblick ist von zu großer Bedeutung, als dass er

nicht entscheidend sein sollte! Wenn du nicht von ihm lassen kannst, dann gib ihm ein Zeichen! Sag ihm, dass du ihn liebst!"

„Das kann ich nicht!"

„Warum nicht? Du stirbst doch sonst auch nicht an Herzdrücken."

„Ich habe große Angst, dass er meine Liebe abweisen könnte. Das wäre das Ende für mich. Ich habe bisher kein sicheres Anzeichen an ihm erkennen können, dass er mir gewogen ist. Er ist nett, freundlich, zuvorkommend! In seinen Augen, in seinem Blick konnte ich bisher kein Zeichen von Gegenliebe erkennen. Ich möchte lieber weiter in der Hoffnung leben, von ihm geliebt zu werden. Wenn die Hoffnung stirbt, wäre es mein Ende. Der Sinn des Lebens wäre dahin."

„Penelope, es ist nicht gut, wenn wir nur unseren Träumen nachhängen und vergessen zu leben. Wenn du liebst, ohne Gegenliebe hervorzurufen, das heißt, wenn sie nicht erwidert wird, so ist deine Liebe ohnmächtig, ein Unglück. Penelope, wach auf! Du hast dich verrannt, bist exaltiert! Wenn du ihn wirklich liebst, lass ihn frei! Ich sehe hier Parallelen zu Lessings Drama Emilia Galotti. Als der Prinz von Guastala ihr Porträt von seinem Hofmaler Conti sah, schrie er: „Bei Gott! Wie aus dem Spiegel gestohlen! Und er setzte Himmel und Hölle in Bewegung, sie in seine Trophäensammlung zu bekommen. Er scheute nicht vor kriminellen Handlungen zurück. Genauso verhält es sich mit dir, Penelope. Du willst ihn auch besitzen, fühlst dich in deinem Stolz gekränkt, dass er bisher nicht in die Falle getappt ist."

9

Schlag 7:00 Uhr hatten sich die Ärzte der Klinik vollzählig im Barocksaal des Marcolini-Brühl-Palais eingefunden. Viele saßen bereits auf ihren angestammten Plätzen, blätterten in Krankenakten, andere standen in Gruppen herum und diskutierten aufgeregt. Heute war Chefvisite. Der Oberassistent hatte dafür zu sorgen, dass sie generalstabsmäßig wie am Schnürchen ablief. Der General, so nannten sie ihren Chef, stürmte, nachdem das akademische Viertel gerade verstrichen war, in den riesigen achteckigen, barocken Prunksaal. Wie auf ein unsichtbares Kommando erhoben sich alle Anwesenden von ihren Sitzen und nahmen militärische Haltung ein.

„Guten Morgen Kolleginnen und Kollegen!", begrüßte er die Anwesenden mit seiner Bassstimme. Denen, die diese markante Stimme das erste Mal vernahmen, ging sie durch Mark und Bein. „Guten Morgen Herr Professor!", kam prompt die vielstimmige Antwort im Chor. Der Chef musterte die Reihen, dann nahm er seinen Thron an der Frontseite des riesigen Konferenztisches ein. Der Oberassistent, der Erste am Eck neben dem Chef, gab danach das verabredete Zeichen zum Setzen. Pflichtassistenten und Gäste mussten jedoch stehenbleiben. Mir allerdings hatte der Oberassistent einen Platz am Konferenztisch reserviert. Schließlich war ich Oberarzt eines Krankenhauses und hatte bereits ein Renommee erworben, das auch bis in die renommierte Bezirksklinik gedrungen war.

„Was gibt es Neues?", fragte er seinen Adlatus. Der Oberassistent stand beflissen auf – alle mussten stehend berichten:

„Herr Professor, aus Schönwalde haben wir ab heute Verstärkung bekommen." Er schnipste mit dem Finger, das war das verabredete Zeichen für mich aufzustehen: „Kollege Jung wird einige Monate unser Team verstärken, so wie es im Kooperationsvertrag mit dem Krankenhaus Schönwalde vereinbart wurde." Der Professor nickte kurz zustimmend mit dem Kopf. Danach durfte ich mich wieder setzen. Während er zur Tagesordnung überging, sich über Besonderheiten und Problemfälle des letzten Wochenendes berichten ließ, schweifte mein Blick nach oben, um die barocke Deckenbemalung des Saales zu studieren. Die diensthabenden Ärzte waren es gewohnt, im Stenogrammstil zu berichten. Längere Sätze waren dem Chef offenbar ein Graus, denn einem Berichterstatter schnitt er mit einer unzweideutigen Handbewegung das Wort ab, weil er länger ausholen wollte. Der Ablauf der Konferenz glich einem Rapport auf dem Kasernenhof. Nach fünfzehn Minuten war der Spuk vorüber. Als sich der Princeps erhob, sprangen alle Assistenten wie von einer Tarantel gestochen von ihren Sitzen. Wie auf ein unsichtbares Zeichen öffnete sich die große, zweiflüglige Tür des Thronsaales, und der drahtige, durchtrainierte Mitsechziger mit dem schütteren, kurzgeschorenen, graumelierten Haar verließ mit wehenden Fahnen den prunkvollen Saal, wie weiland Napoleon Bonaparte am 28. Juni 1813 nach einem Treffen mit Graf Metternich, der ihm seine schier ausweglose Lage plastisch vor Augen auszumalen versuchte. Auf Metternichs Forderung, eroberte Gebiete aufzugeben, wenn er seine Haut retten wolle, beantwortete der uneinsichtige Souverän im Stile eines rücksichtslosen Feldherrn: „Ich bin im Felde aufgewachsen, und ein Mann wie ich schert sich wenig um das Leben von einer Million Soldaten. Um meine Landsleute zu schonen, habe ich die Deutschen und Polen geopfert. Von den im Moskauer Feldzug gestorbenen 300 000 waren nicht mehr als 30 000 Franzosen." In der Schlacht bei Bautzen am 20./21. Mai 1813 hatte Napoleon einen Pyrrhussieg errungen. In der mörderischen Schlacht hielt der Schnitter Tod eine reiche Ernte. Die Dresdner Hospitäler waren überfüllt. Die Stadt glich einem einzigen Lazarett. Chirurgen leisteten ganze Arbeit. Das Geschrei der Verwundeten drang aus fast jedem Haus. „Auf den Straßen Dresdens tobte ein ununterbrochenes kriegerisches Durcheinander; zahlreiche, fortwährend aus dem Westen anlangende junge Mannschaft wurde einexerziert, Adjutanten, Kuriere, Ordonnanzen jagten durcheinander, Batterien rasselten, und arme Bauern, die Vorspann leisten mussten, prügelten ihr müdes Vieh und wurden von französischen Kommissären und Gendarmen selbst geprügelt", beschreibt Wilhelm von Kügelgen die fürchterlichen Zustände im mit Verwundeten überfüllten besetzten Dresden. Hatten die Dresdner ein Jahr zuvor den glorreichen Einzug Napoleons mit seinem riesigen Heer in ihre Stadt noch bejubelt, so hasste man jetzt die Franzosen wie die Pest. Damals, vor einem Jahr, zogen die kriegsgeübten französischen Heerscharen in dichtgedrängten Massen, vornweg der kriegerische Lärm der Trommeln und Pfeifen, durch ein Spalier begeisterter Massen. Die Stadt erstrahlte im Zauberglanz tausendfältiger Lampen und nächtlichem Feuerwerk. Es war eine treffliche Armee, wie sie die

Welt noch nie zuvor gesehen hatte. Kaiser Napoleon hatte all seine Vasallen um sich versammelt, als er dem Zaren Alexander I. durch einen Boten seine Forderungen nach Gebietsabtretungen übermitteln ließ. Alexander lehnte das Ultimatum natürlich ab, in dem Napoleon unter anderem die Abtretung Petersburg von Russland forderte. Das Kriegsbeil war ausgegraben. Napoleon konnte und wollte nicht mehr zurück: „Die Flasche ist geöffnet, der Wein muss getrunken werden", war sein Wahlspruch. Alle Warnungen seiner Berater vor dem nahenden russischen Winter, den Feldzug auf das nächste Frühjahr zu verschieben, hatte er in den Wind geschlagen. Sein schmachvolles Ende wurde drei Monate später besiegelt. –

Ich reihte mich in den Schwanz der Prozession ein, da mir keine besondere Rangordnung zugewiesen wurde. An der Spitze marschierte der Chef mit der Oberin, dahinter der Oberassistent mit der Oberschwester. Er durchmaß im Eiltempo die im Pavillonstil errichteten Gebäude mit den Stationen. Der Schwanz konnte mit dem Kopf kaum Schritt halten. Mitunter entstand eine größere Lücke, als sei er vom Körper getrennt worden. Auf jeder Station empfing die jeweilige Stationsschwester den Prozessionszug mit militärischer Ehrenbezeugung, das heißt Ehrerbietung der hochgestellten Persönlichkeiten. Ehe das Schwanzende auch das letzte Patientenzimmer erreicht hatte, war der Chef schon auf dem Sprung zur nächsten Station. Die Patienten erlebten die Prozession in ihren Betten, die dem religiösen Ritual eines Fronleichnamszuges glich, wie in einer Art Trance. Viele werden sich danach gefragt haben: „War es ein Traum – eine Fata Morgana?"

Jede Sonnenseite hat auch eine Schattenseite. Die letztgenannte betraf den Operationssaal. Als ich auf den Weg dorthin war, lief ich meinem Freund Thilo in die Arme, mit dem ich bei der Nationalen Volksarmee so manches Abenteuer erlebt hatte.

„Carl, was machst du denn hier? Hat man dich strafversetzt?", unkte er.

„Ganz Unrecht hast du nicht. Mein Chef wollte mich loswerden. Ich bin ihm offensichtlich ein Dorn im Auge, sprich, lästig geworden. Scherz beiseite, Thilo! Unser Krankenhaus wird zurzeit renoviert. Die Akutversorgung der Patienten aus unserem Kreis hat euer Krankenhaus interimsmäßig übernommen. Mich hat der Chef abkommandiert, euch so lange unter die Arme zu greifen, bis Schönwalde wieder arbeitsfähig ist."

„Wieviel Monate willst du hier ausharren?"

„Drei bis vier, vielleicht auch sechs oder ein Jahr. Aber du weißt ja, Planung bedeutet niemals Realität. Da ist das leidige Thema Materialfrage. Wer derzeit ein Eigenheim baut, kann ein Lied davon singen. Mal mangelt es an Zement, mal an Ziegeln oder Stahlträgern. Neulich fehlte den Malern wischfeste Deckenfarbe. Ich musste in ein Farbengeschäft, dessen Verkäufer ich gut kannte, der Volksmund gebraucht den Slogan, manus manum lavat, nach 'Cerine' fechten gehen, damit weitergearbeitet werden konnte. Andernfalls hätte es wochenlangen Stillstand bedeutet."

„Da können wir ja in der Mittagspause wieder einen Skat dreschen, der sich gewaschen hat."

„Aber nur, wenn Gustav dabei ist. Einen finanzkräftigen Zahlemann braucht man, den man getrost ausplündern kann."

„Du spielst auf unser Hasardspiel um die Ganzen an. Ja, damals musste Gustav seine Uhr verpfänden. Wir haben ihn ausgenommen wie eine Weihnachtsgans. Übrigens, Gustav hat die Ausreise beantragt! Sein letztes Stündlein hier wird bald geschlagen haben."

„Wieso?", fragte ich naiv. Mir verschlug es den Atem.

„Einer, der die Ausreise nach dem Westen beantragt hat, ist eine Persona non grata – eine unerwünschte Person –, die Schule machen könnte. Als Stationsarzt hat man ihn sofort abgelöst, im Operationssaal wird er nur noch als Hakenhalter geduldet, also mit niederen Aufgaben betraut. In Bälde wird er gefeuert werden. Bis zu seiner Ausreise muss er sich womöglich als Tellerwäscher verdingen."

„Mein Gott! Wie wird er bloß die zwei Jahre Wartefrist bis zur Ausreise überstehen?"

„Da mache ich mir keine Sorgen. Seine reichen Tanten aus dem Westen werden ihm schon unter die Arme greifen. Außerdem kann er sich als Anstreicher ein Zubrot verdienen."

„Ich vermutete schon früher, dass er Westverwandtschaft hat. Nach unserem ersten gemeinsamen Reservisteneinsatz, als wir uns näher kennengelernt hatten, hatte er mir 'Die Krebsstation' von Solschenizyn, einem sowjetischen Dissidenten, dessen Bücher in der DDR strengstens verboten sind, ausgeliehen. Das Buch trägt autobiographische Züge. Das Schicksal des 'Kostoglotow', mit dem sich der Dichter identifiziert, interessierte mich aus medizinischer Sicht. Ein operativer Eingriff wurde bei ihm mit einer Probelaparotomie wegen Inoperabilität eines fortgeschrittenen Magenkarzinoms beendet. Eine palliative Behandlung folgte im Anschluss. Offensichtlich hatten sich die Ärzte damals in der Diagnose geirrt, ein sogenanntes kallöses Magengeschwür als Karzinom fehlgedeutet. Oder war es gar Absicht der Ärzte, ihm ein inoperables Magenkarzinom zu bescheinigen, um sein Leben zu retten, ihn vor der Rückführung in den Gulag zu schützen? Jedenfalls wird im Buch nicht von einer Probeentnahme mit histologischer Bestätigung der Diagnose Magenkrebs berichtet. Sehr wahrscheinlich handelte es sich um ein benignes, gutartiges, chronisch-kallöses Magengeschwür, das unter diätetischer Behandlung ausheilte."

„Mir hat Gustav das Buch auch ausgeliehen. Über die Erkrankung des Romanhelden habe ich bisher nicht näher nachgedacht. Aber es leuchtet mir ein, wie du den Sachverhalt geschildert hast, dass er gar nicht an einem Magenkrebs erkrankt war. Denn er erfreut sich noch heute, nach fast zwanzig Jahren, bester Gesundheit."

„Ein Arzt als Anstreicher? Muss einer so tief fallen?" Ich war fassungslos. Dabei mangelte es an Ärzten hinten und vorn. Inzwischen waren wir im Operationstrakt angekommen. Thilo wies mich auf die Besonderheiten hin, die es zu beachten gab. Als ich den Operationssaal betrat, war ich fassungslos und entsetzt, schlug symbolisch beide Hände über dem Kopf zusammen. In einem Saal wurde an vier Operationstischen gleichzeitig operiert. Es gab keine Trennwände zwischen den Tischen. Die Operationsteams standen Rücken an Rücken. Es gab eine ständige Unruhe im Saal. War an einem Tisch die Operation beendet, wurde sogleich ein neuer zu operierender Patient aufgelegt und für die Operation vorbereitet. Die Sterilität musste wohl sehr unter diesen Bedingungen leiden. Wie gut hatten es die Chirurgen dagegen in der Uniklinik! In jedem Saal gab es nur einen Operationstisch. Operierte der Neurochirurg, herrschte eine gar himmlische Stille. Der Professor hörte manchmal sogar klassische Musik, wenn er entspannt im Sitzen operierte.

Gelegentlich ging ich von Tisch zu Tisch und sah den Operateuren über die Schultern, studierte ihre Operationstechniken und die Instrumentarien, die sie benutzten. Plötzlich herrschte an einem Operationstisch große Aufregung. Der Operateur ließ sich von einer Schwester seine Brille putzen und schrie: „Ich sehe nichts, ich sehe nichts! Saugung!" Am Nebentisch schien man nichts bemerkt zu haben. Man operierte weiter, als sei es die größte Nebensache der Welt, was am Nebentisch passierte.

„Es blutet! Es blutet!", schrie der Operateur. Er drehte sich verzweifelt hilfesuchend um und rief: „Holt den Jung, er ist Gefäßchirurg!" Ich ließ mich nicht zweimal bitten und ging sofort zu dem Tisch, an dem die Aufregung herrschte.

„Was gibt es, Herr Sanitätsrat?" Er drehte sich erleichtert um und sagte:

„Es gibt eine Blutung, die ich nicht stillen kann." Ich orientierte mich kurz über seine Schulter. Der Patient lag in Rechtsseitenlage. Der Sanitätsrat war dabei, eine Nephrektomie durchzuführen. Die Blutung war arteriell. Offenbar war die Nierenarterie verletzt worden.

„Kollege Jung, Sie müssen mir helfen!", sagte er verzweifelt.

„Gut. Ich zieh mich rasch an, verzichte auf den üblichen Desinfektionsakt und ziehe mir zwei Paar Handschuhe an." In wenigen Sekunden war ich angezogen und bereit einzusteigen.

„Herr Sanitätsrat, wenn Sie gestatten, nehme ich jetzt ihre Position ein." Er war sichtlich erleichtert, dass er abtreten durfte. Ich stellte schnell fest, dass die Durchblutung zur Niere unterbrochen war. Der Nierenstiel war abgerissen. „Die Blutung kommt aus der abgerissenen linken Nierenarterie", stellte ich fest. Schnell fand ich das Ende der abgerissenen Nierenarterie und stoppte die Blutung durch Unterbindung derselben. Den Rest, die Entfernung der Niere, überließ ich den Assistenten. Der Herr Sanitätsrat meldete sich am nächsten Tag krank. Mein Ansehen in der Klinik wurde durch diese Begebenheit weiter gestärkt. Am nächsten Tag kam Thilo auf mich zu und sagte: „Man hält große Stücke auf dich!" und klopfte mir anerkennend auf die Schulter.

„Thilo, ich staune, dass man unter diesen Bedingungen überhaupt operieren kann. Es ist kein Wunder, wenn solche Dinge passieren wie gestern."

„Ja, vieles ist hier gewöhnungsbedürftig. Eine Katastrophe sind die Wechsel. Während an einigen Tischen noch operiert wird, ist an einem anderen die Operation beendet, und der Patient wird aus dem Saal herausgefahren. Das verbreitet viel Unruhe und geht zu Lasten der Sterilität. Auf den septischen Stationen liegen derzeit mehr Patienten als auf den aseptischen."

„Der Operationstrakt scheint mir veraltet zu sein, ein Relikt aus den zwanziger Jahren. Es gibt keine Schleusen, ein krasser Gegensatz zu eurem pompösen Konferenzsaal."

„Ich werde hier auch nicht ewig ausharren. Ein neues Armeekrankenhaus wird gerade eingerichtet. Der künftige Chef würde mich gern als Oberarzt mitnehmen."

„Euer Chef hält die Zügel sehr straff in der Hand, wie ich in der kurzen Zeit beobachtet habe. Er scheint mir etwas von einem Sauerbruch in sich haben. Ich habe Prof. Sauerbruchs Buch 'Herzen in meiner Hand' gelesen. Gewisse Parallelen lassen sich nicht verleugnen, vor allem was die strenge Hierarchie betrifft, die sich eindeutig an den preußischen Militarismus anlehnt."

„Mit deiner Vermutung magst du nicht ganz Unrecht haben, wenn man seine Vergangenheit etwas näher durchleuchtet. Einmal im Jahr, nämlich am Vatertag, haben die Chirurgen ihren freien Tag. An diesem Tage müssen die Frauen die Fahne in der Klinik hochhalten, das heißt die Notversorgung absichern. Sie haben dafür am Frauentag sturmfreie Bude. Keiner schließt sich bei uns aus. Obwohl der Staat Christi Himmelfahrt vor Jahren als Feiertag gestrichen hat, genehmigt unser Chef seinen männlichen Mitarbeitern einen freien Tag, gegen den Widerstand der Partei. Das männliche Geschlecht, der Chef eingeschlossen, begibt sich auf Herrenpartie. Die Bierbrauer haben an diesem Tage noch immer Hochkonjunktur. Mit Pferdegespannen geht die Fahrt mit unbekanntem Ziel ins Blaue. Ein Fass Bier darf dabei nicht fehlen. Der Chef – privat ist er Kumpel! – gibt sich an einem solchen Tag loyal. Wenn wir auf dem Land eine Rast einlegen, gemütlich am Lagerfeuer sitzen, plaudert er so manches kleine Geheimnis aus seinem Nähkästchen, das für die breite Öffentlichkeit ein Tabu ist."

„Thilo, du machst mich neugierig! Erzähl weiter!"

„Du hast bestimmt schon seinen Schmiss an der linken Wange bemerkt."

„Ja, ich dachte, er stammt von einer Kriegsverletzung."

„Weit gefehlt! Als Student gehörte er dem Corps 'Franconia' an, einer pflichtschlagenden Verbindung, soweit ich mich erinnere."

„Den Schmiss hat er sich bei einer Mensur geholt?"

„Unser Chef ist der Meinung, dass die Mensur viel zu seiner Persönlichkeitsentfaltung beigetragen und außerdem den Zusammenhalt der Corps-Studenten gefördert habe. Dieser Zusammenhalt fehle heute unter den Studenten. Unter den studentischen Verbindungen galt der eherne Wahlspruch 'Ensis sit noster vindex' – das Schwert sei unser Rächer –. "

„Damit hat er wohl Recht. Heute werden Studenten indirekt gezwungen, der GST beizutreten, um sich militärisch auf die Verteidigung des Vaterlandes vorzubereiten."

„Die Paukanten, so wurden die Mensur-Anwärter genannt, übten damals wohl sehr lange mit stumpfer Klinge, ehe sie die Mensur gegen einen Kontrahenten einer anderen Verbindung bestreiten durften. Außerdem durfte eine Mensur, also der Kampf mit scharfer Klinge, nur unter besonderen Kautelen erfolgen, nämlich mit Brille, Nasenschutz und Brustpanzer. Schwere Verletzungen oder gar Todesfälle blieben die berühmte Ausnahme."

„Übrigens, ich habe festgestellt, dass euer Chef die Farben apfelgrün und pfirsichrot bevorzugt."

„Was dem einen sein Uhl, ist dem andern sein Nachtigall. Jeder hat seine Marotte. Als der Chef in der Klinik anfing, hat er für sich apfelgrüne bzw. pfirsichrote Operationskleidung anfertigen lassen – de gustibus non disputatem est –. Das waren offensichtlich die bevorzugten Farben seiner Teutonia, wie er uns einmal so beiläufig am Lagerfeuer wissen ließ."

„Bei seiner offenbar konservativen, vielleicht sogar reaktionären Einstellung wundert es mich schon, dass er es bis zum Chefarzt und Bezirkschirurgen einer so großen, renommierten Klinik gebracht hat."

„Das Attribut 'reaktionär' scheint mir bei unserem Chef nicht ganz unangebracht zu sein. Man munkelt, dass er im Dritten Reich der sogenannten nationalsozialistischen Kampfuniversität Straßburg angehört haben soll, die von der SS ins Leben gerufen wurde."

„Ja, die eigene Vergangenheit holt uns doch irgendwann einmal ein."

10

Ein graumelierter, untersetzter Herr im mittleren Alter schlich in den späten Abendstunden eines milden Spätsommerabends wie ein Dieb die Nebenstraße entlang, nachdem er seinen Trabant auf dem Paulusplatz abgestellt, sich nach allen Seiten mehrfach umgeschaut hatte. Es war ein Weg eines nicht sehr belebten Stadtviertels, eben eines Villenviertels, in dem früher Betuchte, wie die Herren „Eg-Gü", ihren Wohnsitz hatten. Die meisten Villenbesitzer wurden nach dem Krieg enteignet und flohen nach dem Westen. Der Krieg hatte auch hier seine sichtbaren Spuren hinterlassen, aber auch der Zahn der Zeit hatte an der Bausubstanz geknabbert. Um vor einer Verfolgung sicher zu sein, wechselte er mehrmals die Straßenseite, blieb schließlich vor einer schmiedeeiseren, umzäunten, attraktiven Jugendstilvilla stehen. Sie war offenbar herrenlos, denn Hausnummer und Namensschilder, wie sonst üblich, fehlten. Nachdem er sich zum wiederholten Male nach rechts und links umgeblickt hatte, betätigte er den Klingelknopf. Die eiserne Gartentür sprang auf. Ein schmaler Kiesweg führte an einer vorgebauten Glasveranda vorbei, die an eine Vogelvoliere erinnerte. Farbenprächtige, schmuckvolle Vogel- und Pflanzenmotive auf Scheiben aus Murano-Glas waren kunstvoll in Bleiruten eingefasst. Überhaupt fiel die Villa durch ihre Abkehr von der üblichen Geometrie aus dem Rahmen. Blumen-Ornamente und geschwungene allegorische Formen verzierten die Fassade des mehrstöckigen Gebäudes aus dem ersten Viertel des zwanzigsten Jahrhunderts. Der Fremde stieg die Stufen zur zweiflügeligen Eingangstür hinauf. Bevor er klingelte, korrigierte er seine Kleiderordnung, heftete sein ovales Emblem aus Emaille mit dem symbolischen Handschlag und der roten Fahne an das linke Revers seiner Jacke. Das Herz pochte ihm bis zum Halse. Heute war es anders als sonst. Er wurde zum Rapport bestellt, um intime Informationen über einen Freund zu liefern. Sollte er sich von Oberleutnant Harig wie eine Zitrone auspressen lassen? Er war sich im Klaren, dass Harig ihm keine Enten vom Sender Jerewan abnahm. Außerdem vermutete er, dass er nicht der einzige Informant in seinem Wohngebiet war, der auf Jung angesetzt worden war. Nachdem er sich zum wiederholten Male überzeugt hatte, dass er nicht beobachtet würde, nahm er allen Mut zusammen und betätigte beherzt die Rufanlage. Nach kurzer Zeit meldete sich eine schnurrige männliche ihm bereits bekannte Stimme:

„Genosse?"

„Scherer! Rudi Scherer!"

„Scherer ist hier unbekannt!"

„Entschuldigung! Genosse Schlösser! Peter Schlösser!" Der Türsummer wurde betätigt. Beherzt stieß er die Tür kräftig auf. Er war das erste Mal in diese Villa bestellt worden. Zuvor hatte ihn sein Mentor immer in eine Plattenbauwohnung bestellt. Bangen Herzens betrat er das mit bunten Fliesen ausgelegte, repräsentative Vestibül des Hauses. Von ihm führte eine breite, weich geschwungene Treppe zu den oberen Etagen. Beim Blick nach oben glaubte er den Himmel über sich. Nachdem er sich kurz

umgesehen hatte, klopfte er an die Tür, die mit Büro gekennzeichnet war. Ohne die Antwort abzuwarten, trat er ein. Hinter
einem wuchtigen, antiken Schreibtisch saß Harig. Er war in Zivil.
„Genosse Schlösser, es ist schön, dich zu sehen. Nimm Platz!
Zur Begrüßung habe ich einen Wodka kalt gestellt." Er füllte die
beiden Wassergläser, die auf einem Tablett standen, randvoll mit
Wodka.
„На здоровье – (auf die Gesundheit)!" In einem Zug wurden
die Gläser geleert. Schlösser waren inzwischen die Sitten und Ge-
bräuche seiner Vorgesetzten bekannt, da er ja nicht das erste Mal
mit ihnen zusammentraf, und das Schlimme war, er hatte sich
inzwischen an Wodka gewöhnt. Man konnte getrost behaupten,
dass er zum Alkoholiker geworden war. Er sehnte die Abende
herbei, die stets in einem feucht fröhlichen Gelage endeten.
„Kommen wir nun zum Geschäftlichen, Schlösser! Ich hoffe,
du enttäuschst mich nicht. Hast du unser Objekt wie eine Zitrone ausgequetscht? Zeit genug haben wir dir ja gegeben." Harig
hatte inzwischen den Rekorder eingeschaltet, um das Gespräch
aufzuzeichnen. Scherer fühlte sich in die Enge getrieben, in einer
Zwickmühle. Wer war er denn wirklich? Ein Phantom? Zwei Seelen wohnten in seiner Brust, als er wie ein reuiger Sünder auf dem
Beichtstuhl saß. Auf ihm war er Schlösser! Aber draußen Scherer! In die Haut des Peter Schlösser geschlüpft, war Rudi Scherer
ein anderer Mensch geworden – ein gewöhnlicher Mouchard, ein
Spitzel. Sehr vorsichtig und reserviert begann er:
„Ich kenne J. und seine Familie, seit sie in die 8 eingezogen
sind. Die Kinder spielen oft zusammen. In letzter Zeit verbrachten
wir auch einen Teil unserer Freizeit gemeinsam. Ich kann also
von mir mit Fug und Recht behaupten, dass ich ihn und seine
Familie etwas näher kenne."
„Gut, deine Einführung genügt mir!", fuhr Harig ihm in die
Parade. „Wir wussten bereits, dass du zu ihm   nicht nur, wie wir
in der Alltagssprache zu sagen pflegen, nur ein Guten-Tag-
und-guten-Weg-Verhältnis pflegst. Deshalb haben wir dich ja
ausgewählt, ihn zu observieren. Wir benötigen aber reale Anga-
ben über das Objekt: seine Einstellung zu unserem Staat, Famili-

enverhältnisse, finanzielle Verhältnisse, Bodenständigkeit, nicht zuletzt seine Reputation im Wohngebiet." Auf dem Weg zum geheimen Treffpunkt hatte sich Scherer zum wiederholten Male vorgenommen, Tabuthemen, die seinen Freund in Misskredit bringen könnten, zu meiden.

„Jung ist beruflich erheblich beansprucht. Sein Arbeitsweg ist außerhalb, mit öffentlichen Verkehrsmitteln schwer erreichbar. Da ist er auf einen Pkw angewiesen, der zu jeder Zeit fahrbereit sein muss. Er beklagt sich über die langen Wartezeiten bei der Neuwagenbestellung, die, wie er mir kürzlich mitteilte, nun schon auf über zehn Jahre angewachsen sei. Die Ersatzteilbeschaffung liege ebenso im Argen. Wochenlang müsse er auf einen Termin in der Autowerkstatt warten, da Ersatzteile fehlten. Sein LADA klinge jetzt wie ein knatternder Traktor, da der Auspuff defekt sei."

„Genosse Schlösser, da sitzt du ja, Gott sei Dank, in einem anderen Boot!", unterbrach er ihn zynisch. Schlösser überhörte absichtlich seinen hämischen Einwand.

„Die wenigen Wochenenden, die er frei hat, verbringt er mit seiner Familie, wie ich schon erwähnt habe, auch mal gemeinsam mit meiner, da sich die beiden Jungs mögen und gern zusammen spielen."

„Wie ist seine Einstellung zu unserem Staat?"

„Er hat wie ich die ABF besucht, eine Kaderschmiede unserer Partei. Dort ist seine Einstellung zu unserem Staat für die Ewigkeit in Stein gemeißelt worden. Ihn zu fragen, 'Sag mir wo du stehst', ist überflüssig wie ein Kropf."

„Das wissen wir schon alles. Die Litanei kannst du dir sparen, halt dich nicht ewig bei der Vorrede auf! Nicht überall, wo Wasser ist, sind Frösche, aber wo man Frösche quaken hört, ist Wasser. Wir überprüfen unser Objekt nicht erst seit gestern. Wir wollen seine gegenwärtige Position zu unserem Staat von dir wissen", antwortete er gereizt. Scherer musste jetzt einige verzeihbare Kleinigkeiten auf den Tisch legen. Man hatte ihn, als man ihn auf Jung angesetzt hatte, aufgefordert, ihn auch mal zu provozieren, also mit ihm zu spielen und aus seiner Deckung hervorzulocken.

„Die gegenwärtige Unzufriedenheit unter der Bevölkerung ist überall spürbar. Da macht auch J. keiner Ausnahme. Er ist nicht die Person, die alles schönredet. Er beklagt sich, dass der Sozialismus in der gegenwärtigen Form zwangsläufig zur Mangelversorgung führt. Dem privaten Sektor würde zu wenig Spielraum gewährt, meint er. Es habe sich ein System ‚manus manum lavat' etabliert."

„Sprich Deutsch mit mir, Schlösser! Die intellektuellen Phrasen kannst du dir bei mir sparen!"

„Übersetzt heißt das: Es hat sich ein Handel unter dem Ladentisch entwickelt, eine Art Schattenwirtschaft. Rare, begehrte Waren werden nur sogenannten guten Kunden zum Verkauf angeboten, die im Gegenzug wieder eine andere begehrte Leistung anbieten. Letzteres betrifft vor allem Handwerker. J. hat einmal sein Notizbuch auf unserem Tisch liegen gelassen. Darin hat er eine mehrere Seiten umfassende Liste mit Handwerkern aufgelistet, die offensichtlich bei ihm in Behandlung waren und ihm einmal von Nutzen sein könnten."

„Ist J. ein Staatsfeind, der observiert werden muss?", fragte Harig lauernd.

„Nein! Keinesfalls!", beeilte sich Schlösser, seinen Einwand zu entkräften. Er wollte ihn schützen, obwohl er sich nicht sicher war, auf welcher Seite Jung wirklich stand. „Nur, weil er zuweilen Kritik an einzelnen Maßnahmen unserer Staatsführung übt, ist er noch lange kein Staatsfeind. Aus seinen Äußerungen ist eine sachliche und anerkennende Haltung zu unserer Politik erkennbar, und er ist gut über aktuelle politische Belange informiert. Obwohl J. Verwandte im Westen hat, ist er nicht prowestlich orientiert, zumindest mir gegenüber hat er dies niemals zum Ausdruck gebracht. Er hat nicht oft Westbesuch. Nur sporadisch, das letzte Mal vor etwa zwei Jahren. So jedenfalls ist es im Hausbuch dokumentiert." Der Oberleutnant unterbrach ihn barsch.

„Halt ein, Schlösser! Genug Süßholz geraspelt. Mir sind andere Dinge zu Ohren gekommen. Ich werde dir jetzt eine kleine Nachhilfestunde erteilen, wie es wirklich um deinen Jung bestellt ist. Ein alter, bewährter Genosse aus eurem Wohngebiet hat mir neulich eine Story über Jungs kleinen Sohn Pius zum Besten gegeben. Sie betraf die Erfolge der sowjetischen Raumfahrt. Wir nennen unsere Raumfahrer Kosmonauten, der Westen seine Astronauten. Unlängst wurden wir wieder Zeuge der Überlegenheit der sowjetischen Raumfahrt. Siegmund Jähn war in aller Munde, als er am 26. August mit Walery Bykowski im Raumschiff Sojus 31 zur Raumstation Salut 6 aufbrach. Zwei legendäre Fernsehpuppen begleiteten sie auf ihrem Flug zur Raumstation, unser Sandmännchen und der sowjetische Bär Mascha. Sie feierten auf der Raumstation Hochzeit. Eine Woche lang hielten sie die Welt in Atem. Täglich berichtete das Kinderfernsehen über sie. Als Siegmund Jähn sieben Tage später in der kasachischen Steppe glücklich gelandet war, kannte unsere Freude keine Grenzen. Der Genosse fragte den kleinen Pius, ob er sich denn auch über die gelungene Landung unseres Siegmund Jähn freue. Auf die unverhoffte Frage überlegte der Steppke kurz, um sie danach prompt ohne sichtbare Begeisterung zu bejahen. Daraufhin präzisierte der Genosse seine Frage: 'Wenn es ein westdeutscher oder ein amerikanischer Kosmonaut gewesen wäre, würdest du dich aber mehr freuen?' 'Oh, ja!', kam wie aus der Pistole geschossen seine Antwort. Pius strahlte über alle vier Backen.“ Leichenblässe überzog Schössers Gesicht. Es wurde ihm höchst ungemütlich auf dem Beichtstuhl. Er war entsetzt. Wie konnte man einem kleinen Kind solch eine Falle stellen? Als er die ABF besuchte, war er ein Himmelsstürmer. Die Republik war jung und noch schutzbedürftig. Der Feind im Westen war bis an die Zähne bewaffnet. Da war es für Rudi Scherer fast eine Selbstverständlichkeit, die Republik schützen zu helfen. Ihr hatte er seinen zweiten Bildungsweg zu verdanken, der erst seine berufliche Karriere ermöglichte. Bereitwillig unterschrieb er damals seine Einwilligung als informeller Mitarbeiter der Staatssicherheit tätig zu sein. Später und heute musste er wohl für seine Jugendsünden büßen. Aus der Schlinge, die sich immer weiter zuzog, kam er nicht mehr heraus.

„Der Apfel fällt nicht weit vom Stamm, Schlösser! Der Sohn hatte aufgeschnappt, was seine Eltern dachten und es prompt bei

der nächsten Gelegenheit ausgeplappert. Das gibt mir zu denken."
Harig stand auf und füllte die Wodkagläser erneut randvoll. „Auf
einem Bein lässt es sich schlecht stehen und gehen." Schlösser
kam es gelegen. Seine Kehle war trocken geworden. „Na storowje!"
In einem Zug wurden die Gläser geleert. Scherer atmete tief
durch. Der Wodka ging ihm wie Öl runter. Sofort fühlte er sich
danach besser. „Nichts für ungut Schlösser! Nimm es nicht tra-
gisch, dass du mit deiner Einschätzung danebengelegen hast.
Übrigens, wie ist Jungs Reputation im Wohngebiet?" Harig hatte
Zweifel an der Loyalität des J. Natürlich hatte man seiner Dienststelle gemeldet, dass J. der letzten Volkswahl ferngeblieben, ein
anderes Mal zwar gewählt hatte, aber vor dem Einwurf seines
Wahlzettels in die Urne in der Kabine verschwunden war, die in
jedem Wahllokal pro forma vorhanden ist, in der Regel aber vom
Wähler aus Angst vor Repressalien gemieden wird, da eine of-
fene Stimmenabgabe von Staats wegen propagiert wird.

„Der J. ist im Wohngebiet beliebt. Er tritt gleichbleibend, zuvorkommend, rücksichtsvoll und sachlich in Erscheinung. Hilfs-
bereitschaft im Rahmen seiner beruflichen Qualifikation ist ihm
eine Selbstverständlichkeit. Er ist bescheiden und ausgeglichen.
Bei der volkswirtschaftlichen Masseninitiative schließt er sich
nicht aus, legt kräftig mit Hand an, wenn es seine bemessene
Freizeit zulässt. Seine Fenster haben neue Farben bekommen,
wenn er sie auch nicht an Staatsfeiertagen pflichtgemäß flaggt."

„In diesem Punkt liegst du nicht schief. Das deckt sich mit der
Einschätzung anderer über unser Objekt. Genosse, was hast du
über seine finanzielle Lage herausbekommen?"

„Es geht ihm gut, zumindest dem äußeren Schein nach. Er
muss nicht jeden Pfennig zweimal umdrehen, bevor er ihn aus-
gibt. Kürzlich hat er sich einen Zweitwagen angeschafft, einen
gebrauchten Trabant 601. Seine Drei-Zimmer-Wohnung ist kom-
fortabel und geschmackvoll eingerichtet. Sogar neuen Fußboden-
belag in sämtlichen Räumen hat er legen und sein Bad sogar neu
fliesen lassen. Meißner Fiesen noch dazu! Einen elektrischen
Warmwasserboiler hat er sich auch beschafft. Wie er das alles
zuwege gebracht hat, ist mir bis heute ein Rätsel. Alles auf eigene

Kosten! Da könnte man schon neidisch werden."

„Rundherum können wir also mit unserem Objekt zufrieden sein? Offenbar ist er bodenständig geworden und hat keine Abwanderungsabsichten." – In seiner Akte lag eine Staatsratseingabe aus früheren Jahren, in der Jung mit einem Ausreiseantrag gedroht hatte. Darüber informierte er Schlösser natürlich nicht. Ein IM war nur ein Glied einer langen Kette, ein nützliches zwar, aber nicht unentbehrliches, und das sollte sich auch bei Schlösser nicht ändern.

11

„Carl, die Klinik verlangt nach dir. Komm schnell, die Telefonistin ist ganz aufgeregt! In der Klinik scheint der Notstand ausgerufen worden zu sein. Jedenfalls klingt ihre Stimme danach."

„Es ist zum Haare raufen! Ich bin schon selten genug zu Hause, wenn ich Bereitschaftsdienst habe. Gerade heute dachte ich, ich könnte eine Nacht zu Hause verbringen, da ein älterer Facharzt Vordermanndienst hat." Ich war gerade in einen Tiefschlaf gefallen, als Lilofee mich weckte. Ich schaute auf die Uhr, das tat ich immer, wenn ich nachts aufweckte. Es war 2:00 Uhr in der Früh. Missgelaunt nahm ich den Hörer:

„Jung!"

„Herr Oberarzt?"

„Ja."

„Marianne, Krankenhaus Schönwalde. Herr Oberarzt, hier ist der Teufel los. Alles steht Kopf! Kommen Sie rasch!"

„Was ist geschehen?"

„Gut ein Dutzend verletzte Soldaten sind von der Schnellen Hilfe eingeliefert worden."

„Deutsche Soldaten?"

„Nein, russische, pardon, sowjetische."

„Sind Schwerverletzte darunter?"

„Das weiß ich nicht. Lori ist nicht Herr der Situation. Er rennt wie ein verwundeter Stier in der Arena herum. Kommen Sie sofort, Herr Oberarzt!" Wütend legte ich den Hörer auf.

„Lilofee, ich muss sofort weg!", rief ich ihr zu und verließ im Eiltempo, halb bekleidet, ungewaschen und unrasiert das Haus. Glücklicherweise waren um diese Zeit die Straßen noch vollkommen autofrei. Mit meinem LADA raste ich im Affenzahn über die holprigen, mit Schlaglöchern übersäten Dorfstraßen, sodass ich Gefahr lief, die Kontrolle über das Fahrzeug zu verlieren. Am alten Bahnhof der sächsischen Semmeringbahn, der nur noch ein Umschlagplatz für Uranerze der Wismut AG war – die Steinkohleförderung in der Region war inzwischen wegen Unrentabilität eingestellt worden –, erreichte ich die F 170. Der anhaltende Nieselregen hatte die Straßen zu einer Rutschbahn werden lassen. Auf der kurvenreichen Strecke ins Gebirge war Vorsicht geboten. Besonders tückisch war die Fahrt über den eingleisigen Mühlendamm. Das Warnschild vor der äußerst gefährlichen Links-Rechts-Kurve war für Ortsunkundige nachts nicht rechtzeitig erkennbar, da es nicht mit Leuchtfarbe markiert war. Vor der Kurve bremste ich scharf ab – denn hier musste der Unfall passiert sein –, um im Vorbeifahren nach Spuren zu suchen. Im Teich ragte von einem Fahrzeug nur noch die Abdeckplane heraus. Der Fahrer hatte offenbar die scharfe Rechtskurve verfehlt und ist mit hohem Tempo geradeaus in den angestauten Mühlendeich gerast. In der alten Mühle brannte noch Licht. Ihre Bewohner waren wohl die ersten Lebensretter, die die Schnelle Medizinische Hilfe oder die Polizei benachrichtigt hatten. Polizei war nicht mehr vor Ort.

In Rekordzeit hatte ich mein Ziel erreicht. In der Klinik war das Chaos unübersehbar. Auf den Gängen saßen, standen, lagen Sowjetsoldaten; ihre Gesichter waren blutbeschmiert, ihre Uniformen triefnass und schlammverkrustet. Penelope legte gerade einem Verletzten auf einer Trage eine Infusion an. Sie hatte ihn festbinden müssen, da er immer wieder versuchte, die Trage zu verlassen.

Als ich sah, dass die Venenpunktion gelang, sagte ich anerkennend zu ihr:

„Gut gemacht, Penelope!" Ich gab ihr einen Klaps als Anerkennung auf die Schulter. „Wo ist eigentlich Lori?"

„Er ist mit Marlis im Operationssaal und versucht, einem Verletzten die Wunden zu versorgen." Zunächst musste ich Ordnung in das Chaos hereinbringen.

„Habt ihr die Personalien von den Eingelieferten erfasst?"
„Nein, es gibt keinen переводчик (Dolmetscher). Die Russen verstehen kein Deutsch. Meine wenigen Russischkenntnisse reichen nicht für eine Verständigung aus."
„Dann müssen wir sie eben nummerieren, um sie auseinanderhalten zu können. Auf Dokumentation können wir nicht verzichten! Wenn wir das unterlassen, kommen wir in Teufels Küche." Als ich den Operationssaal betrat, kämpfte Lori mit dem Russen. Mit seinen hundert Kilo drückte er den Verletzten gewaltsam auf den Operationstisch. Marlis war es gelungen, seine Beine zu fixieren.
„Was macht ihr denn da?" Lori drehte sich überrascht um. Blutlachen hatten sich auf den Fliesen ausgebreitet. Wände waren mit Blut dekoriert. „Herr Kollege, Sie müssen nicht wie Don Quichote von La Mancha gegen Windflügel kämpfen, wenn es mit einer Spritze viel einfacher geht, den Patienten ruhigzustellen." Da er mich nicht um Beistand bat, zog ich mich geräuschlos zurück, obwohl mich Marlis mit stummen Blicken inständig bat, was an ihren verzweifelten Gesten unzweideutig erkennbar war, Lori zu helfen. Beim Verlassen des Operationssaales rief ich Marlis noch zu:
„Vergesst die Tetanusprophylaxe nicht!" Der Schwerverletzte auf der Trage war im Schockzustand. Alles deutete auf eine schwere, innere Verletzung hin. Er hatte Prellmarken an der linken Flanke. Sein Puls war fliehend, schwach und tachykard. Auffallende Blässe zeigte sich auf seinem Gesicht.
„Penelope, ich werde noch einen zweiten venösen Zugang schaffen. Wir kriegen ihn sonst aus dem Schock nicht raus. Hol rasch das Besteck!", wies ich sie an. Auf den Dokumentationsbogen bezeichnete ich ihn mit Nummer 1, dokumentierte Befund, Uhrzeit, ergriffene Maßnahmen. Einem zweiten Verletzten, der im Gang auf der Trage lag, ging es ebenfalls schlecht. Da er sehr unruhig war, bekam er ein sedierendes Medikament

gespritzt. Auf dem Dokumentationsbogen bekam er die Nummer 2. Die anderen Verletzten waren ansprechbar und offensichtlich nicht schwer verletzt; sie hatten im Wesentlichen nur Schnitt- und Schürfwunden, sowie Knochenbrüche und Prellungen. Seit meinem Eintreffen im Krankenhaus war schon über eine Stunde verstrichen – das Ende der Versorgung der Verletzten war nicht absehbar –, als sich ein immer lauter werdender Motorenlärm dem Krankenhaus näherte. Ich rannte zum Fenster und bemerkte wie eine Fahrzeugkolonne ins Krankenhausgelände fuhr. Wenige Augenblicke später ertönte ein Trommelwirbel mit Zwecken beschlagener Militärstiefeln auf dem gefliesten Gang, begleitet von Befehlstönen in Russisch. Ich unterbrach sofort die Wundversorgung und stürzte in Operationskleidung auf den Gang. Etwa ein Dutzend uniformierte sowjetische Soldaten mit roten Armbinden machten sich an den Verletzten zu schaffen. Einer nach dem anderen wurde unsanft von der Trage gezogen, nachdem die Infusionen samt Kanülen entfernt wurden, um an den Armen und Beinen wie eingesammeltes Treibgut auf einen bereitstehenden Lkw geworfen zu werden. Fassungslos musste ich diesem widerlichen Schauspiel zusehen. Als die Schwerstverletzten, die sich im Schock befanden, an der Reihe waren, warf ich mich entschlossen dazwischen und rief:

„Нет, они очень больной (Nein, sie sind sehr krank)!" Sie stutzten. Da sie plötzlich auf Russisch angesprochen wurden, ließen sie von dem Verletzten ab. Ein Offizier kam auf mich zu und sagte:

„Товарищ, мы поедем на другои советски больницу (Genosse, wir fahren die Verletzten in ein sowjetisches Spital)". Er drängte mich unsanft beiseite und befahl seinen Soldaten, den Verletzten auf der Trage zum Lkw zu transportieren. Der auf dem Operationstisch halb versorgte verletzte Soldat hatte das Chaos genutzt, um sich unbemerkt aus dem Staube zu machen. Das Fenster, durch das er den Raum verlassen hatte, war noch offen. Er wird den Weg zu seiner Kaserne zu Fuß angetreten haben. Einer strengen Bestrafung wird er sicher nicht entgangen sein. Eine halbe Stunde später war der ganze Spuk vorüber. Zurück blieb ein total verwahrloster und verwüsteter Operationstrakt. Der Zeiger ging auf vier zu, als wir ihn verließen. Um mich abzureagieren, machte ich noch einen kurzen Gang ums Karree, ehe ich mein Bereitschaftszimmer aufsuchte. Dunkle, tiefhängende Wolken schleppten sich über die roten Dächer. Alles war in Grau gehüllt. Der Nieselregen, der die ganze Nacht über anhielt, machte mir nichts aus. Als ich eine halbe Stunde später, bis auf die Haut durchnässt, mein Bereitschaftszimmer betrat, raschelte es unter meinen Füßen. Erst dachte ich, es habe sich eine Maus ins Zimmer eingeschlichen. Als ich den Lichtschalter an der Tür betätigte, bemerkte ich einen Brief, der offensichtlich unter den Türschlitz geschoben wurde. Das Kuvert war ohne Adresse und Absender, nicht frankiert. Ein Bote von der Post konnte ihn nicht untergeschoben haben. Diese Möglichkeit bestand durchaus, da mein Zimmer keinen Briefkasten hatte, und es war üblich, Post unter den Türschlitz zu schieben. Aber das Kuvert enthielt ja keine Adresse! Wer war der anonyme Kurier? Zunächst legte ich den geheimnisvollen Brief unbeachtet auf den Schreibtisch. Bis zum Dienstbeginn wollte ich noch die wenigen verbliebenen Stunden schlafen. Als ich im Bett lag, mich viele Gedanken wirr umkreisten, kam mir wiederholt der mysteriöse Brief in den Sinn, der mich am Einschlafen hinderte. Da es mir nicht gelang, ihn zu verdrängen, entschloss ich mich, das Siegel zu brechen. Ein rotes Siegel mit einem Bildchen – Sigillum –, das Porträt einer Frau! Wer mochte diese geheimnisvolle Person sein? Jeanne d'Arc? Friederike Brion? Ich öffnete den Umschlag und zog aus dem versiegelten Kuvert ein säuberlich gefaltetes, kunstvolles, handgeschöpftes Blatt heraus. Ich strich den gefalteten Bogen auf dem Nachttisch glatt. Bei näherer Betrachtung desselben im durchscheinenden Licht meiner Leselampe über dem Bett entdeckte ich folgendes Wasserzeichen: „Handgeschöpft Buetten Spechthausen 1781". Büttenpapier war mir nicht unbekannt, ich benutzte es früher gelegentlich beim Briefwechsel mit meiner Verlobten, und ich kannte es auch von einer Veröffentlichung von Carl von Linné („Systema naturae"). Das gewöhnliche Kuvert passte nicht zum Inhalt. War die Maskierung absichtlich gewollt? Eine vorsätzliche Tarnung? Die Schrift war ungewöhnlich. Deutsche Schreibschrift, die heute fast in Vergessenheit geraten ist! Meine Mutter war die Einzige meiner großen Familie, die diese Schrift noch gebrauchte. Mir bereitete es immer erhebliche Mühe, ihre Briefe zu lesen. Nur einmal in meinem Leben versuchte ich ernsthaft, diese Schriftzeichen nachzuahmen. Als ich bei einem Klassenaufsatz inhaltlich völlig danebenlag, meine Lehrerin mir die Note „Vier" verpasste, hatte ich nicht den Mut, den Aufsatz meiner Mutter zur Unterschrift vorzulegen – meinem Vater waren meine schulischen Leistungen gleichgültig –, fälschte ich ihre Unterschrift. Ich gab mich erst nach vielen Versuchen zufrieden, und meine Lehrerein hatte es nicht gemerkt! Die Schriftzeichen waren akkurat und fehlerlos zu Worten zusammengefügt. Obwohl ich nicht sonderlich grafologisch geschult war, erkannte ich, dass der Schreibstil durchaus nicht flüssig war. Der Verfasser (die Verfasserin) hat den Schreibstil offensichtlich zur Tarnung genutzt und wollte anonym bleiben. Aber warum? In der Vergangenheit war es üblich, sich anonyme Liebesbotschaften am Valentinstag zuzusenden. Verbreitet war diese Sitte im Viktorianischen Zeitalter. Auch heute noch werden in einigen Ländern am Freundschaftstag Grußkarten anonym an jene verschickt, die man sympathisch findet. Aber als ich den Brief öffnete, war nicht Valentinstag, sondern ein gewöhnlicher, trister Novembertag! Ein Kausalzusammenhang war also hundertprozentig ausgeschlossen. Ein narzisstisches Motiv also? Die ganze Gestaltung des Briefbogens deutete auf diese Vermutung hin. Umrandet wurden die kunstvollen Buchstaben von einer Girlande blauer Kornblumen. In der Zeit der Romantik standen sie für Sehnsucht und Liebe. Wie lange mochte der Brief schon unter dem Türschlitz gelegen haben? Mehrere Tage, Stunden oder gar nur Minuten?

Ich begann langsam zu buchstabieren, Wort für Wort. Es fiel mir schwer, mich in die mir fremde Schrift einzulesen. Aber es gelang mir schließlich.

„Ich liebe Dich, weil ich Dich lieben muss!
Ich liebe Dich, weil ich nichts anderes kann!

Ich liebe Dich nach einem Himmelschluss!
Ich liebe Dich durch einen Zauberbann!"
Großes ist mir widerfahren. Ich konnt's nicht fassen, fühlen nur. Ein einziger
Blick, ein Moment genügte nur, dann war's um mich geschehen. Ein himmlisches
Gefühl! Mein Herz begann zu hüpfen im Drei-Viertel-Takt. Die Liebe zog
mich in den Bann, wie einst Fabrizio in der Kartause zu Parma, als er von Clelias
Schönheit ward geblendet. Die Zitatelle wurde ihm zum Liebesnest, das zu verlassen
er sich hartnäckig weigerte.
„Kein Feuer, keine Kohle kann brennen so heiß,
als heimliche Liebe, von der niemand nichts weiß!"
Die Liebe ist ein himmlisches Gefühl, nicht an unsre Macht gebunden. Die Natur
kann Herzen wohl verbinden. Nur sie! – Die Klugheit kann es nicht. Ich
wünscht', ein Funke könnte überspringen, in Ihrem Herzen auch ein Liebesfeuer
dann entzünden. Ich wünschte sehr, es würd' einmal geschehen.
Wer bin ich schon? Ich bin ein Nichts, die Liebe nur empfindet für einen Mann,
der es nicht weiß. Ich kann nicht über meinen Schatten springen. Ich bring's nicht
übers Herz, Ihnen meine Liebe zu gestehen. Meine Angst ist groß, Sie könnten
meine Liebe nicht erwidern. Diese Ungewissheit ist mir lieber. Die Hoffnung ist die
Begleiterin einer unerfüllten Liebe. In schillernden Farben mal ich sie mir aus.
Schenkten Sie nur einen lieben Blick!
Ich würde Sie in nichts behindern, würde nur Ihr Möbel sein, der Teppich, auf
dem Sie gingen.   "
„Kein Feuer, keine Kohle kann brennen so heiß
wie die heimliche Liebe, von der niemand nichts weiß,
von der niemand nichts weiß."
Mon amour pour toi n'est plus une passion, c'est une maladie.

Eneloppe

Es war ein kurzer Brief, eine einzige Liebeserklärung einer unbekannten Person an eine fremde! War ich der Auserwählte? Eine Verwechslung gar? Das Sigel „*Eneloppe*" – ein Anagramm? Ein Buchstabenspiel? Träumer, von denen es viele gibt, ordnen die Buchstaben neu, suchen nach Anagrammen. In der Kunst und Literatur ist es nicht unüblich, sich Anagrammen zu bedienen. „Ojann Golgo van Fontheweg" steht für „Johann Wolfgang von Goethe"! Galilei benutzte ein Anagramm für seine Veröffentlichung „Cynthiae figuras aemulatur Mater Amorum" zur Verschlüsselung einer Botschaft. Mit „Mater Amorum" umschrieb er den Planten Venus. Die Bereitschaftszimmer hatten keine Namen an der Tür, nur Nummern. Über diese Stolpersteine muss ich wohl eingeschlafen sein.

Am nächsten Morgen meldete sich der Kreisarzt und verlangte die Herausgabe sämtlicher Unterlagen, die mit dem nächtlichen Vorfall zusammenhingen. Der Zwischenfall sollte ausradiert werden, als habe er sich nie ereignet. Dem Team, das die verletzten Russen versorgt hatte, wurde ein Maulkorb verpasst. Mit der Vernichtung der Akten wurde der Sargdeckel geschlossen. Kein Journal, keine Zeitung, keine Lokalpresse hat je darüber ein Wort verloren. Der Vorfall wurde einfach totgeschwiegen. Nur an den Stammtischen wurde hinter vorgehaltener Hand gewitzelt und spekuliert. Skurrile Geschichten wurden erfunden. Eine Kompanie Russen hätte eine Revolte angezettelt und wollte, da sie niedergeschlagen wurde, nach dem Westen flüchten. Die Verfolger hätten einen Reifen zerschossen, deshalb habe der Fahrer die Kontrolle über sein Fahrzeug verloren und sei über den Mühlendamm in den Teich gestürzt. Die meisten Russen seien ertrunken oder von den Verfolgern neutralisiert worden. Baron Münchhausen, der sich und sein Pferd am eigenen Schopf aus dem Sumpf gezogen hat, hätte kaum bessere Geschichten erfinden können. Vielleicht doch. Über eine soll hier kurz berichtet werden: Münchhausen band nach einer durchzechten Winternacht sein Pferd an einen Pfahl. Als er spät am Mittag des folgenden Tages seinen Rausch ausgeschlafen hatte, baumelte das Pferd am Wetterhahn der Kirchturmspitze. Allein meine Person hätte zur Klärung des mysteriösen Zwischenfalls beitragen können. Die Stammtischparolen nahm ich schweigend zur Kenntnis, gelegentlich mit einem genussvollen Schmunzeln, wenn Baron Münchhausen wieder eine neue Mär auftischte. Damit ich schwieg, wurde mir vorsorglich ein Maulkorb angelegt. Hätte ich zur Aufklärung beigetragen, wäre ich partout auf der Stelle gefeuert worden.

12

Ein dichter, grauer Nebelschleier hatte sich am Nachmittag auf die Stadt gelegt, der schwer auf den Schornsteinen lastete. Die Kohle lag taub im Kachelofen, weil die Rauchgase in den Zügen schlecht abzogen. Die Öfen wurden nur lauwarm, was sich negativ auf die Zimmertemperatur auswirkte. Die Außentemperatur war massiv in den Keller gestürzt. Mit bloßem Auge konnte man am Thermometer den Temperatursturz verfolgen. Als ich Silvestermorgen das Haus verließ, bekam ich Frühlingsgefühle. Die Sonne zeigte sich am Horizont, die Temperatur war über Nacht auf plus 10 Grad Celsius geklettert. Dicke, schwarze Rauchsäulen stiegen kerzengerade über den Dächern auf. Am späten Nachmittag, als ich nach Hause kam, war das Wetter umgeschlagen. Lilofee saß mit einer Wolldecke umhüllt, wie ein Igel zusammengerollt, auf dem Sessel.

„Was ist bloß mit dem Ofen?", klagte sie. „Die Kacheln sind nur lauwarm. Ich habe schon das zweite Mal Briketts nachgelegt. Als ich nachsah, ob sie durchgebrannt sind, lagen sie wie tot im Feuerloch. In letzter Zeit lässt sich das Feuer immer schlechter entfachen. Immer mehr Feueranzünder muss ich zugeben."

„Die Außentemperatur ist stark gefallen. Im Radio wurde über starke Schneeverwehungen auf der Insel Rügen berichtet. Vor einer polaren Kaltfront, die sich rasch nach Süden bewegt, wurde gewarnt. Auf den Straßen ist mit Blitzeis zu rechnen. Der dichte Nebelschleier drückt auf den Schornstein. Da zieht der Ofen immer schlecht", versuchte ich Lilofee ein wenig zu beruhigen. „Vielleicht müsste ich den Ofen wieder mal kehren, die Züge könnten wieder verstopft sein, wenn er nicht mehr richtig zieht. Es sind schon Jahre seit der letzten Reinigung vergangen."

„Aber bitte nur mit Rudi zusammen! Ein zweites Fiasko möchte ich nicht erleben."

„Lilo – die Kurzform verwendete ich in letzter Zeit öfter, wenn sie mich wütend machte –, diesen Kardinalfehler wie damals begeht man nur einmal im Leben. Da kannst du beruhigt sein, ein zweites Mal wird mir das nicht passieren", wies ich ihren

Einwand entschieden zurück.

„Fahren wir mit dem Auto zu Salpeter?", erkundigte sie sich.

„Ich muss das Auto nehmen. Du weißt doch, dass ich ausgerechnet heute an Silvester Bereitschaftsdienst habe. Da ich Weihnachten frei hatte, blieb mir keine Wahl. Ich hoffe, dass die Nacht ruhig bleibt und Lori die kleineren Bagatellen allein versorgen kann. Wenn wir heute Abend die Wohnung verlassen, melde ich mich bei ihm ab und teil ihm gleichzeitig Salpeters Telefonnummer für den Notfall mit. So haben wir es vereinbart."

„Pius? Was wird mit ihm?"

„Pius feiert zusammen mit Scherers Silvester. So haben wir es ja abgesprochen. Er freut sich schon auf die Knallerei, die Rudi mit den Kindern veranstalten wird. Vor der Drogerie hat er sich für ein paar Silvesterknaller stundenlang anstellen müssen."

Als wir gegen 20:00 Uhr ins Auto stiegen, bekamen wir fast einen Kälteschock. Lilofee, die festlich, nur leicht bekleidet war, zitterte am ganzen Körper. Die Heizung des LADA kam nicht auf Betriebstemperatur. Mit Mühe gelang es mir, mit einem Kratzer an der Frontscheibe ein kleines Guckloch offenzuhalten. Glücklicherweise dauerte die Fahrt zu meinem Bruder Salpeter, der dieses Silvester Gastgeber war, nur etwa dreißig Minuten. Und der Verkehr war stark ausgedünnt.

„Es wird eine eisige Silvesternacht werden. Hoffentlich friert der Motor nicht ein. Mir wäre es lieber, die Raketen würden in der Luft zu Eis, damit die ewige Silvesterknallerei ein Ende hat. Auf dem Parkplatz werde ich eine Decke unter die Motorhaube legen. Ich bin mir nicht sicher, ob das Motoröl bei diesen hohen Minustemperaturen nicht einfriert."

„Du hast doch die Handkurbel, wenn der Motor nicht mit dem Anlasser gestartet werden kann."

„Das schon, aber es ist anstrengend. Nach der ersten Umdrehung wird der Motor noch nicht anspringen. Da werde ich ganz schön ins Schwitzen kommen. Die Scheibenwaschanlage ist schon eingefroren." Als wir halb neun bei Salpeter eintrafen, waren Eddi und Belinda schon da. Belinda, meine Schwägerin,

Computerfachfrau einer Bank in leitender Position, hatte ihren Eddi im Griff. Sie war die dominante Person, war Wortführerin in den Gesprächsrunden und Finanzministerin ihrer Familie. Die ironischen Witzeleien im Familien- und Bekanntenkreis nahm sie gelassen zur Kenntnis, wenn über den Sender Jerewan Enten über eine Chimäre verbreitet wurden, die aufhorchen ließ: Eddi sei zwar der Kopf, Belinda nur der Hals. Aber sie kann seinen Kopf nach Belieben drehen. Ihre Vormachtstellung in der Familie ging so weit, dass Eddie nicht mal Geld für einen Toilettengang besaß.

Offensichtlich war er mit seinem Los, nur das zweite Glied in der Familie zu sein, zufrieden. Eddy, mein ältester Bruder, hat sich nach seiner Schreinerlehre zäh nach oben gearbeitet. Seine jetzige Position war ihm nicht in den Schoß gefallen. Er war kein Querulant, sondern ein angepasster DDR-Bürger, der nie versuchte auszubrechen. Von ihm konnte man nicht behaupten, wenigstens einmal gegen den Strom geschwommen zu sein – adverso flumine –. Als Herdentier war er gewöhnt, die Hufe der Macht zu küssen. Er marschierte als Bläser im Fanfarenzug mit den Pimpfen im Gleichschritt, meldete sich freiwillig, noch fünfzehnjährig, zum Volkssturm. Im neuen Regime marschierte er wieder an vorderster Front – das Mundstück seiner Trompete war noch feucht vom letzten Siegesmarsch des braunen Regimes: „Wir werden weiter marschieren, bis alles in Trümmern fällt ...“ –, ließ sich von Häschern als Offiziersanwärter einer neu geschaffenen Armee anwerben, um eine Offiziershochschule zu besuchen. Nach seinem Ausscheiden aus der Nationalen Volksarmee begann er nach einem kurzen Intermezzo als Tischler ein Ingenieurstudium für Holztechnologie. Seine erworbenen Meriten bei der Volksarmee erleichterten ihm den Zugang zu einem zweiten Bildungsweg ungemein. Seinen engen Verbindungen zur Möbelindustrie verdankten wir auch unsere Schrankwand, die wir zehn Monate nach unserem Einzug in die neue Wohnung aufstellen konnten. Ohne seine weitreichenden Beziehungen wären wohl drei Jahre bis zu ihrer Lieferung verstrichen.

„Warum kommt ihr so spät?“, begrüßte uns Akelei vorwurfsvoll. „Wir sitzen wie auf Kohlen! Wir brauchen doch euren Fonduetopf und den Spirituskocher. Das Öl benötigt mindestens eine halbe Stunde bis es Betriebstemperatur erreicht. Euretwegen können wir erst gegen 22:00 Uhr das Mahl einnehmen."

„Keine Aufregung! Wir haben an alles gedacht", antwortete Lilofee. „Eine ganze Nacht liegt noch vor uns. Mit dem Essen haben wir es nicht eilig. Spiritus haben wir aber nicht dabei. Den habe ich dir ja gestern schon mit der Rindslende gebracht. Unser Fleischer hat sie mir durch die Hintertür gereicht, damit Kunden im Laden nicht merken sollten, dass er andere bevorzugt." Belinda kam und gab ihren Senf hinzu:

„Akelei hat Recht. Wir haben einen Fahrplan, und der muss eingehalten werden. Basta!" Es entwickelte sich ein lebhafter Streit.

„Ja, ja, unsere Gesundheit hauen wir mit unserem Essen in die Pfanne", lästerte ich.

„Du spielst auf meine Figur an?" Belinda wog hundertachtzig Pfund. Ihr Bauch war kugelförmig, als ob sie schwanger wäre. Und noch immer hatte sie ungezügelten Appetit.

„Es wird höchste Zeit, für das neue Jahr strengere Maßstäbe anzulegen. Ein wesentlicher Fortschritt für die Gesundheit lässt sich durch Laufen erreichen." Belinda öffnete die Schleusen ihrer Beredsamkeit. Ihrer Schlagfertigkeit hatte ich nur wenig entgegenzusetzen.

„Carl, du bist und bleibst ein Moralapostel. In der Medizin gibt es heute viele Ansichten über wenig Aussichten."

„Die Persönlichkeitsentfaltung beginnt mit der Revolution gegen die Diktatur der Chromosomen. Das absolute Patriarchat haben wir nun ja überwunden: du hast eine leitende Position im Betrieb, leitest Männer an, bekommst den gleichen Lohn wie das männliche Geschlecht. Was wollt ihr Weibsbilder denn eigentlich noch? Wollen die Feministinnen auch noch das Wort 'Mann' abschaffen?"

„Ja, genau! Du hast den Nagel auf den Kopf getroffen! Es geht um die Änderung des Wortes Mann im Sprachgebrauch.

Helvi Sipilä, eine hohe UN- Beamtin, hat neulich unterstrichen, dass die Gleichberechtigung der Geschlechter auch in der Sprache ihren Niederschlag finden müsse. Sie möchte das Wort 'Mann' aus dem Sprachgebrauch ausmerzen, das heißt mit anderen Worten: Die Sprache muss umgeschrieben werden! Zum Beispiel soll der Feuerwehrmann künftig Feuerwehrperson, der Bergmann Bergperson heißen."

„Der Wahnwitz treibt Blüten – eine Verstümmelung unserer schönen deutschen Sprache", stöhnte ich.

„Ihre radikalen Ansichten gehen noch weiter. Der vielzitierte 'kleine Mann auf der Straße' soll ebenso aus dem Wortschatz verschwinden wie die 'Mannschaft', und auf 'ein Mann ein Wort' trifft es ebenfalls zu."

„Und die Manneskraft? Was wird aus ihr?"

„Schlappschwanz!", war ihre überraschende lapidare Antwort. Belindas Schlagfertigkeit hatte mich mattgestellt. Darauf wusste ich keine passende Antwort. Ersatzvokabeln? Mensch (der, die, das), vielleicht XY-Individuum? Jetzt kam auch noch Salpeter angepflescht und gab seinen Senf dazu:

„Zu guter Letzt geht ihr euch noch an die Kehle. Begrabt für heute das Kriegsbeil! Die Alten wollen die Sprache bewahren und erhalten wie sie ist, die Jungen wollen Veränderung, einen zeitgemäßen Teeny- Jargon. Das 'Okay' ist ihnen jetzt schon fast in Fleisch und Blut übergegangen. Ist man älter, gilt man als verkalkt. Ist man jünger, hat man keine Erfahrung. Hat man neue Ideen, ist man ein Phantast. Bleibt alles beim Alten, gilt man als rückständig. Es kommt also immer auf den Standpunkt an."

„Spielst du etwa auf die Zeitschrift 'Standpunkt' an, die die Rolle der Kirche im Sozialismus zum Thema hat?", bemerkte ich ironisch.

„Quatsch!", reagierte er fuchsig. „Die habe ich noch nie gelesen und werde sie auch in Zukunft nicht lesen."

„Deine Weltanschauung trägst du ja mit deinem Rock zur Schau. Wenn wir beide zum Beispiel der Zahl 9 gegenüberstehen, behauptest du garantiert, es sei eine 6, während ich eine 9 sehe!"

„Was ist daran so falsch? Das Urteil der Beschreibung eines Objekts aus zwei unterschiedlichen Blickwinkeln fällt aus wie zwei Gesichter einer Medaille. Unterschiedliche Betrachtungsweisen fördern unterschiedliche Resultate zutage."

„Natürlich, vertrittst du als Marxist die Marx'sche Theorie. Nach ihm spiegelt die Wahrheit die objektive Realität wider. Oder anders ausgedrückt: Wahrheit ist die Übereinstimmung des Bewusstseins mit der objektiven Realität. Absolut wahr ist z.b. die Abstammungslehre von Darwin. Doch sie kann ergänzt und genauer definiert werden. Ihr Inhalt ist relativ wahr. Die Menschen erlangen eine immer höhere relative Wahrheit, je nach ihrem Erkenntnisstand. Der Anatom Ernst Häckel hat das Postulat aufgestellt, dass die Ontogenese des Fetus im Mutterleib ein Zeitraffer der Phylogenese, also der Stammesgeschichte, ist. Sie beginnt mit der Teilung der befruchteten Eizelle, durchläuft Stadien der Vielzeller, Lurche, Fische bis zum Säugetier. Im Laufe des letzten Jahrhunderts wurden viele Puzzles zusammengetragen, die diese These erhärten. Sehr eindrucksvoll spiegelt sich die Entwicklung vom Niederen zum Höheren an der Entwicklung des Blutkreislaufs wider. Bei den Fischen besteht das Herz nur aus einer Herzkammer und einem Vorhof. Es pumpt Mischblut in den Kreislauf. Reptilien haben bereits zwei Herzvorhöfe, aber noch eine unvollständige Trennwand zwischen den zwei angelegten Herzkammern. Deshalb fließt bei ihnen auch noch Mischblut in den Kreislauf. Erst bei den Vögeln finden wir zwei getrennte Vorhöfe und Herzkammern. Aber im Unterschied zum Menschen führt der Aortenbogen auf der anderen Seite zum Herzen. Lungen- und Körperkreislauf sind vollständig getrennt. Das Herz pumpt sauerstoffreiches Blut in den Kreislauf wie bei den Säugern. All diese Stadien durchläuft der Fetus bei seiner Entwicklung im Mutterleib. Aus irgendwelchen inneren oder äußeren Ursachen kann die planmäßige Entwicklung eines Organs beim Fetus in einem Entwicklungsstadium stagnieren. Das Ergebnis sind Missbildungen ganz unterschiedlicher Schweregrade. Kommt es in einem frühen Entwicklungsstadium zu Störungen, sind die Missbildungen am gravierendsten. An den verschiedenen Herzmissbildungen kann man genau erkennen, in welchem Stadium die Organentwicklung stagnierte. Ein offenes Foramen ovale, also, ein nicht geschlossenes Fenster zwischen beiden Vorhöfen, zum Beispiel, ist eine nicht gravierende finale Missbildung. Normalerweise schließt es sich mit dem ersten Atemzug nach der Geburt, wenn der Lungenkreislauf einsetzt, also mit dem ersten Schrei des neuen Erdenbürgers. Früher halfen die Hebammen mit einem Klaps auf den Po oft nach, wenn ein Neugeborenes mit dem ersten Schrei zögerte. Die Schöpfungstheorie, also der Kreationismus, ist, wie im 1. Buch Mose beschrieben, durch Darwin in arge Turbulenzen geraten. Es kursieren so viele widersprechende Meinungen zur Wahrheit, und man sagt ja, die Wahrheit liegt in der Mitte."

„Keineswegs", widersprach Salpeter, „in der Mitte bleibt das Problem liegen, unerforschlich vielleicht, vielleicht auch zugänglich, wenn man es danach anpackt. Jeder weiß nur für sich, was er weiß."

„Andere sogenannte Wahrheitsliebende halten es lieber mit Friedrich v. Schlegel, der sagte: 'Es gibt keine wahre Aussage, denn die Position des Menschen ist die Unsicherheit des Schwebens. Wahrheit wird nicht gefunden, sondern produziert. Sie ist relativ.' Unser gegenwärtiger Journalismus, der durch ausgesprochene Schwarz-Weiß-Malerei geprägt ist, verbreitet eine rein subjektive Wahrheit. Der Journalist produziert sie oder nimmt sie nicht zur Kenntnis, wenn sie nicht in sein Konzept passt. Wahrheit und Lüge stammen aus einer Quelle. Wahrheiten verschweigen, heißt Lügen produzieren. Die Wahrheit ist eine Lüge, die man glaubt, bis man es besser weiß. Unsere Presse kann sich rühmen, diesbezüglich Spitzenreiter zu sein. In der Wissenschaft wird beispielsweise eine bedeutende Ansicht ausgesprochen und anerkannt, das Resultat geht in die Schüler über; es wird gelehrt und fortgepflanzt und wir bemerken leider, dass es gar nicht darauf ankommt, ob die Ansicht wahr oder falsch ist. Hypothesen sind Wiegenlieder, womit der Lehrer seine Schüler einlullt, aber der Denkende lernt immer mehr seine Beschränkung kennen. "

„Mit Idealisten habe ich nichts Gemeinsames", unterbrach mich Salpeter. „Die marxistisch-leninistische Lehre von der absoluten und relativen Wahrheit hat sich in den weltanschaulichen Auseinandersetzungen über die Entwicklung der Wissenschaften bewährt. Die absolute Wahrheit ist die Menge aller wahren Aussagen, die alle in der Welt existierenden Sachen betrifft. Übrigens, ich halte es mit Marx und Engels, die 1872 in ihrer zweiten Manifest-Ausgabe folgende beachtenswerte und zugleich folgenschwere Ergänzung vornahmen: 'Die bürokratisch-militärische Maschinerie der Bourgeoisie zu zerschlagen, ist die Hauptlehre des Marxismus.'"

„Salpeter, dein Credo ist der Marxismus- Leninismus. Für dich ist Gott tot, wie Nietzsche auch behauptet. Wer sich auf die Suche nach der Wahrheit begibt, muss sich bewusst sein, dass es kein Zurück gibt. Der Weg dorthin ist einsam und steinig, ja sogar ein Erfolg ist ungewiss. Den meisten Menschen sind Sprüche zur Wahrheitsfindung bekannt, die ihnen leicht von den Lippen gehen. Goethes im Faust 'es irrt der Mensch, solang er strebt' ist noch heute in aller Munde. Auch 'errare humanum est' ist nicht minder bekannt. Allerdings ist der Ausspruch eine verstümmelte, amputierte Version, die mit 'sed in errore perseverare diabolicum' vervollständigt werden müsste – irren ist menschlich, aber im Irrtum zu verharren ist teuflisch –, wenn wir Ciceros Ausspruch nicht verunstalten wollen. Denken und Tun, Tun und Denken, das ist die Summe aller Weisheiten! Beides gehört zusammen wie das Ein- und Ausatmen. In diesem Zusammenhang möchte ich kurz auf Goethe zu sprechen kommen, der die Mathematik als die höchste und sicherste Wissenschaft bezeichnet, sie aber mit folgender Äußerung zugleich einschränkt: 'Aber wahr kann sie nichts machen, als was wahr ist'."

„Kommt endlich rein in die gute Stube, und lasst uns zum geselligen Teil des Abends übergehen", drängte Akelei. Wir diskutierten in der schmalen Diele und versperrten den anderen den Zugang zur Küche. An der festlich gedeckten Tafel standen fünf Stühle und ein Hocker. Als ich den Makel bemerkte, fragte ich Akelei:

„Wer ist der Sünder, für den der Beichtstuhl vorgesehen ist?"
Sie stutzte einen Augenblick. Dann sagte sie mit schelmischem Lächeln:

„Du wirst der Erste sein! Diesen steifen, schwarzen Hut mit der abgerundeten Krempe – manche sagen Bowler oder auch Melone dazu – sollst du so lange tragen, bis dich eine barmherzige Seele vom Beichtstuhl erlöst. Dann reichst du die Melone an den nächsten Sünder weiter." Akelei hatte hinter ihrem Rücken den Hut zunächst vor mir verborgen. Im Nu stülpte sie ihn mir auf den Kopf. Er passte wie die Faust aufs Auge.

„Ja, ja, einem Kopf sieht man nicht an, wenn sein Hirn schrumpft", meinte sie hinterfotzig. Ob sie damit auf meine Wahrheitstheorie anspielte, blieb an diesem Abend und auch noch danach ein Geheimnis. Während die aufgespießten Fleischfiedl in dem erhitzten Öl zu schmoren begannen, wurde eisgekühlte Erdbeerbowle gereicht. In der alkoholischen Flüssigkeit schwammen ungezählte Beeren erster Wahl der Sorte „Mieze Schindler", die der Bowle eine angenehme Süße verliehen, wie begehrenswerte Koi-Karpfen in einem Vorzeigeaquarium. Auf ihren Ernteertrag im Schrebergarten war Akelei mit Recht stolz. Jede freie Minute nutzte sie, um aus dem kleinen Garten, den sie als Brachland übernahm, ein Paradies auf Erden, einen Garten Eden, zu schaffen. Sie pflanzte an, was das Herz begehrte: Erdbeeren, Heidelbeeren, sogar Spargel. Was sie nicht selbst verwerten konnte, verschenkte sie an Bekannte, Freunde und Verwandte. Die kleine Gesellschaft hatte sich inzwischen in der knapp bemessenen Wohnstube der Plattenbausiedlung an der festlich geschmückten Tafel niedergelassen, in deren Mitte die Wortführerin Belinda. Sie holte gleich zum ersten Rundumschlag aus. Einen von ihr vorbereiteten, aber lückenhaften Text wollte sie mit Adjektiven vervollständigten, die von den Anwesenden wahllos in die Runde geworfen werden sollten.

„Ich habe einen Aufsatz vorbereitet – manche werden ihn ein gemeines, hinterhältiges Pamphlet nennen, wenn sie ihn gehört haben –, der aber noch unfertig ist. Helft mir, ihn durch ausgefallene Attribute auszuschmücken! Bei der Formulierung des

Textes sind mir leider keine passenden eingefallen! Lasst eure Fantasie walten, damit aus meinem Gerüst eine spannende und unterhaltsame Geschichte wird! Vorausgeschickt gilt: Übelnehmen ist strafbar!" Spielerisch und zugleich herausfordernd spielte sie mit dem Stift, um alle genannten Adjektive zu notieren. Skurrile Wortfindungen wurden zu Tage befördert. Eifrig notierte sie kommentarlos die hingeworfenen Wörter. Ihr Gesichtsausdruck wechselte zwischen Überraschung und Genugtuung. Als wir bei der Zahl Hundert angelangt waren, sagte sie:

„Schluss! Es ist genug!" Sie holte tief Luft, blickte auf ihren Teller. „Mein Napf ist leer, es ist Zeit zu schwatzen." Sie entfaltete das Blatt und benötigte eine knappe Viertelstunde, um den Text mit den passenden Wörtern zu vervollständigen. Gespannt warteten wir auf den Beginn ihres Vortrages, wohl ahnend, dass sie mit der Geschichte uns Brüdern eine saftige Abreibung verpassen wollte, die sich gewaschen hat. Während sie eifrig schrieb, füllten wir unsere Bowlengläser, um wiederholt auf das ereignisreiche scheidende Jahr anzustoßen. Als sie mit der Ergänzung fertig war, griff auch sie nach dem Glas und rechtfertigte sich im Voraus:

„Es ist nicht meine Schuld, wenn der folgende Text hier und dort eine andere Richtung genommen hat als von mir ursprünglich geplant war und bei dem einen oder anderen auf Ablehnung stoßen sollte. Für seine Ausschmückung seid allein ihr verantwortlich." Sie blickte strafend in die Runde. Im Hintergrund lief der Fernseher. Wie jedes Jahr, wurde eine bunte Silvestersendung mit viel Klamauk aus dem Studio übertragen. Sie spielten gerade „I Wonder Why" von Showwaddywaddy, was nicht alle Tage vorkam.

„Fang schon endlich an und spann uns nicht länger auf die Folter!", riss Salpeter der Geduldsfaden. Belinda strafte ihn mit Blicken. Sie setzte eine Schulmeistermine auf und begann langsam zu sprechen:

„Es begab sich aber zu der Zeit, da ein Gebot von Erich, unserem Herrscher, ausging, dass ein jeder sich schätzen ließe, ein jeder in seiner Stadt. Es waren einmal vier Brüder, die hatten einander so lieb, wie Luzifer sie eben liebhaben ließ. Man nannte sie die Karamasow-Brüder. Jeder von ihnen hatte einen so *verdorbenen* Charakter, wie er *schlimmer* nicht sein konnte, der *sprichwörtlich* zum Himmel stank. Den einen, den *schwarzen* Raben Heiner, können wir hier gleich ausklammern, denn der kurze, *heftige* Sturm 'Roter Oktober' erfasste und trieb ihn westwärts bis an die *vergiftete rote* Ruhr. Seitdem hängt er an der Bierpipeline von DAB, was seine Geschäftstüchtigkeit *übermäßig* eingeschränkt hat, sodass es Frevel gewesen wäre, wenn die anderen Brüder den Kontakt zu ihm weiter aufrechterhalten hätten, was von Staatswegen natürlich ausdrücklich außerordentlich begrüßt wurde. Aber mit den anderen *verluderten* drei Brüdern ist auch kein Staat zu machen, von denen es hier in der Runde allerhand Skandalgeschichten zu berichten geben wird.

„Hört, hört!", meldeten sich fast gleichzeitig die Aufrechten Drei zu Wort. Belinda strafte sie mit einem Furcht einflößenden, grimmigen Blick und fuhr fort:

„Da wäre zunächst von Eddy, dem Ältesten der Brüder Karamasow, die Rede, der das Gegenteil von Vorbildwirkung auf seine jüngeren ausübt. Sein Gesäß hat inzwischen so viele Hornschwielen angesetzt, die ihn *unempfindlich* gegenüber jedermann werden ließen. Nicht mal ein *lichterloher* Brand unter seinem Hintern kann ihn von seinem Fernsehsessel vertreiben. Er, der den *tugendhaften* Pfad der Mitte verlassen hat, leidet an einem Überschuss des *feucht-kalten* Lebensaftes. Sein Phlegma ist das eines Faultieres, das sich im Zeitlupentempo von der Stelle bewegt und nur deshalb, um seinen Futtertrog aufzusuchen. Einem Onkel wurde sein Phlegma zum Verhängnis. Anlässlich seiner Hochzeit schenkte er ihm einen selbstgefertigten Stuhl − es darf nicht unerwähnt bleiben, dass er es immerhin bis zum *grobschlächtigen* Tischlergesellen gebracht hat −. Bei der ersten Sitzprobe verlor der Stuhl ein Bein, weil Eddy versäumt hatte, es anzuleimen. Der Onkel brach sich ein Bein und benutzte fortan das Stuhlbein als Stelze. Gegen Eddy läuft seitdem eine Fahndung wegen Mordversuch. An fast jeder Litfaßsäule findet sich sein Konterfei mit der Aufschrift 'Wanted Eddy' wieder. Es ist das einzige Bemerkenswerte, worauf er *stolz* sein kann." Ein strafender Blick traf Eddy. Der schmunzelte amüsiert, lachte sich ins Fäustchen. Belindas Moralpredigt hatte in seinem Gesicht nicht mal eine klitzekleine Spur von Zorn hinterlassen. Verhaltener Beifall kam auf. Belinda leerte in einem Zug ihr Glas mit Bowle, holte tief Luft und blättere die Seite um.

„Vom dritten lässt sich *leider* auch nicht viel Positives berichten, abgesehen von seiner Statur, die *rank* und *schlank* ist. Befindet sich der *blaue* Hauptmann auf *hoher* See – das passiert bereits, nachdem er an der geöffneten Kognak-Flasche nur gerochen beziehungsweise genippt hat –, spinnt er Seemannsgarn ohne Ende. Er behauptet doch allen Ernstes, den Ausbruch des Krakatoa miterlebt zu haben. Den Alterungsprozess seines Geisteszustandes beurteilend, könnte es durchaus zutreffen. Der Stahlhelm, mit dem er nachts auch schläft, scheint es auf seine *grauen* Zellen abgesehen zu haben. Sein *lichtes* Haar unterscheidet ihn schon *optisch* von seinen Brüdern. Das Korsakow-Syndrom macht ihm offensichtlich zu schaffen. Gedächtnislücken füllt er geschickt durch *groteskes* Konfabulieren aus. Darin ist er ein Meister, kommt er dabei doch vom Hundertsten ins Tausendste. Er überquert *torkelnd* auf einer *leckgeschlagenen* Barke – im übertragenen Sinne natürlich – Ozeane, um in der Sundastraße dem Ausbruch des Krakatoa zu trotzen. Wenn er mal *zufällig* zu Hause nüchtern ist, schafft er im Garten Ordnung, pflegt und hegt die Herbstzeitlose statt der Petersilie; macht Akelei's wochenlange, *mühsame* Arbeit in weniger als einer Stunde zunichte. Als sie das Desaster sah, bekam er *striktes* Arbeitsverbot. So sitzt er denn mit *gefalteten* Händen im Gartenstuhl und schaut der Arbeit seiner fleißigen Ehefrau *gelangweilt* zu." Als Belinda das Blatt weglegte, plusterte sich Salpeter wie ein Pfau auf und fauchte aufgeregt:

„Soll ich etwa damit gemeint sein? Trotz meiner Geheimratsecken fühle ich mich immer noch wie ein junger Spund." Belinda überging seinen aufbrausenden Einwand reaktionslos.

„Bliebe noch, bat last not least, über den Jüngsten der Karamasow-Brüder zu berichten. Er ist der *schlimmste* und *gefährlichste*. Er ist ein *verflixter* Felix Krull! Vor ihm muss sich jede Frau vorsehen! Mit seinem *schauspielerischen* Talent wickelt er alle um den Finger. Seine Lilofee ließ sich von ihm einverleiben, weil sie seinen *süßen* Schwüren nicht widerstehen konnte. Der *rote* Doktor rückt mit seiner *betrügerisch-kriminellen* Ader zweifelsfrei in die Nähe eines Hochstaplers. Bei seiner letzten Musterung täuschte er *geschickt* einen *epileptischen* Anfall vor, was seine unmittelbare Ausmusterung zur Folge hatte. Überhaupt ist er ein Hansdampf in allen Gassen. Er kennt sich in allen – fast allen! – Berufen *bestens* aus. Neulich, es ist schon geraume Zeit her, kam es aber zum Eklat. Er versuchte sich als Kaminkehrer. Bei Rudi, der auch schon seine Kachelöfen gereinigt hatte, hatte er sich zuvor *flüchtig* über die Vorgehensweise informiert. Zunächst ging alles gut. Sein Ton, der die Voraussetzung für den *einwandfreien* Verschluss der Deckel für die Kaminzüge war, hatte die *richtige* Mischung und Konsistenz. Nach einstündiger, *anstrengender* Arbeit verschloss er die Kaminzüge fachgerecht. Stolz zeigte er Lilofee den *vollen* Eimer mit Ruß, den er aus den Zügen herausgekehrt hatte. Dass sein sonst *schneeweißes* Gesicht bis zur Unkenntlichkeit mit Ruß bedeckt war, machte ihn *glücklich*, denn er war ja *erfolgreich* in den Rock eines Schornsteinfegers geschlüpft. Nebenbei bemerkt, schon als Kind wollte er immer Schornsteinfeger werden. Die *nächste* Feuerung überließ er seiner *vertrauenswürdigen* Lilofee, da er am nächsten Morgen sehr früh das Haus verlassen musste. Als er am Abend *abgespannt* den *heimischen* Herd betrat, stürzte ihm *aufgeregt* Pius entgegen und schrie:

'Mama hat sich *verbrannt*!'

'Die Finger an der Herdplatte?'

'Nein, das Gesicht am Kachelofen!'

'Was redest du da für einen Unsinn!' Ohne sich von seinen total *verschmutzten* Schuhen zu trennen, stürmte er ins Wohnzimmer, wo Lilofee wie ein Trauerkloß auf dem Sessel in sich gekehrt hockte. Als er in ihr Gesicht blickte, erschrak er zu Tode.

'Lilofee, was hast du getan?', fragte er *fassungslos*. 'Wie du aussiehst!' *Wortlos* deutete sie auf den Kachelofen. Automatisch drehte sich sein Gesicht zum Kachelofen. Da er nichts Auffälliges an ihm entdecken konnte, ging er hin. Überrascht stellte er

126

fest: 'Lilo, die Kacheln sind *kalt*! Warum hast du nicht geheizt!', schalt er sie. Jetzt brach es wie ein Orkan aus ihr heraus. Sie schrie *herzzerreißend*:

'Ich habe es ja versucht. Da das *vermaledeite* Holz gar nicht brennen wollte, habe ich mehr Kohlenanzünder hinzugegeben als *üblich*. Plötzlich kam eine *grelle* Stichflamme, *blitzschnell* wie ein Gespenst, aus dem Feuerloch herauskatapultiert und schlug mir gegen das Gesicht. Ich hatte das Gefühl, ich brenne *lichterloh*. Ich schrie laut um Hilfe. Pius stürzte herbei und fragte aufgeregt:

'Mama, was ist mit dir?' Ich zeigte auf mein Gesicht, das wie Feuer brannte. Daraufhin rief er *erleichtert*: 'Mama es ist nicht so *schlimm*! Es ist nicht so *schlimm*!' Lilofee schien um Jahre gealtert. Ihr Gesicht war noch immer *rußbedeckt*, ihre Wimpern und Augenbrauen waren bis auf wenige Überreste verschmort, die *blonden* Haare versengt. Carl wurde *versöhnlich* und nahm sich ihrer *rührend* an. Denn er hatte ein *schlechtes* Gewissen. Das Glück meinte es *gut* mit Lilofee. Die Wunden verheilten folgenlos. Noch am selben Abend schilderte Carl seinem Freund Rudi das Malheur. Der zog die Augenbrauen *ganz hoch*, als Carl ihm seine *teuflischen* Kniffe über das Kaminkehren geschildert hatte.

'Carl, der ganze *schöne* Ofen hätte explodieren können! Das ganze Haus hätte abbrennen können!', schalt er ihn. 'Ich komme morgen zu euch. Gemeinsam sehen wir uns den Kachelofen nochmal an. Versucht auf keinen Fall zu heizen!', warnte er ihn eindringlich. Wie versprochen, überprüfte Rudi Scherer in Carl's Beisein den Kachelofen. Noch zwei volle Eimer Ruß kehrte er aus den Zügen. Carl stand *betreten* daneben. Denn er erkannte schnell seinen *fatalen* Fehler. Als Rudi die Züge verschlossen hatte, rezitierte, er nicht ohne Spott, aber *belehrend*, die letzte Strophe aus dem Zauberlehrling:

> *'In die Ecke Besen, Besen!*
> *Seids gewesen.*
> *Denn als Geister*
> *ruft euch nur zu seinem Zwecke,*
> *erst hervor der alte Meister.'*

Diese Belehrung konnte Carl nur schwer verdauen, glaubte er

doch bisher, er sei allwissend wie Gott, ein Gott …, wie Mephisto spöttisch zu einem Schüler bemerkte, der Medizin studieren wollte: 'Eritis sicut deus, scientes bonum et malum'."

Plötzlich war nur noch Finsternis. Belinda musste ihr Strafgericht abbrechen.

„Die Sicherung ist wieder mal durchgebrannt!", rief Salpeter verärgert. „Akelei, hast du etwa die Waschmaschine angestellt?" „Bei dir piept es wohl!", wies sie seinen Einwand empört zurück. „Wie kommst du bloß auf die Idee, dass ich Silvesternacht die Waschmaschine anstelle!"

„Na ja, wenn das Stromnetz überlastet ist, brennt die Sicherung durch. Das haben wir doch öfter erlebt!", versuchte er sich zu rechtfertigen. „Haben wir noch Sicherungen in Reserve?" Salpeter wurde unsicher. Er tastete sich, mit einer Stablampe bewaffnet, zum Sicherungskasten. Mit der ausgeschraubten Sicherung kam er zu Eddy. Der betrachtete sie eine Weile.

„Sie ist in Ordnung!", war sein verblüffendes Urteil.

„Geh mal zum Balkon und schau, ob die lieben Nachbarn auch im Dunkeln sitzen", riet Akelei. Salpeter öffnete die Balkontür. Ein arktischer Luftstrom strömte in den Raum, der die Anwesenden erschauern ließ.

„Die ganze Stadt liegt im Dunkeln! Nirgendwo brennt ein Licht", stellte er zur Überraschung aller fest.

„Irgendetwas Schlimmes muss passiert sein!", meinte Lilofee, die immer sofort, wenn etwas Unvorhergesehenes eintrat, das Schlimmste befürchtete und den Teufel an die Wand malte. Inzwischen wurde der gedeckte Tisch durch mehrere Kerzen erhellt.

„Nichts für ungut! Stehen wir die letzten Minuten des ereignisreichen Jahres noch tapfer durch. Morgen wird alles besser. Wojtyla, unser neues Kirchenoberhaupt, hat uns ja Weihnachten von der Benediktionsloggia des Petersdomes den Segen 'Urbi et orbi' gespendet, und das nach dem blutigen Freitag letzten September. Auch das gehört zu den Sternstunden des scheidenden Jahres. Siegmund, der Ballonfahrer, ist glücklich in der kasachischen Steppe gelandet", versuchte ich, die Wogen der aufgebrachten Gemüter zu glätten.

„Mir fällt auch noch ein Ereignis ein, aber mit sehr unrühmlichem Ende", unterbrach Belinda meinen Abgesang. „Zwei DDR-Bürger kidnappten in Danzig ein Flugzeug, das wohlbehalten in Berlin-Tegel landete. Die Bevölkerungszahl der DDR verringerte sich wiederum um ein gutes Dutzend. Die Kollegin neben mir wird seitdem vermisst."

„Über den Sender Jerewan wurde eine Sensation vermeldet: Das erste Retortenbaby hat das Licht der Welt erblickt!"

„Carl, du schlüpfst in die Rolle des Baron Münchhausen", mischte sich Akelei ein.

„Nein! Es ist wahr! Wir stehen an der Schwelle eines neuen Zeitalters. Was in Science-Fiction-Romanen längst beschrieben wird, kann bald wahr werden. Es gibt keinen klugen Gedanken, der nicht einen alten Stammbaum hat. Schon Goethe befasste sich im Faust mit dieser Problematik, als er Wagner einen Homunkulus in einer Phiole zeugen ließ:

'Was gibt es?

Es wird ein Mensch gemacht!

Ein Mensch? Und welch verliebtes Paar

Habt Ihr ins Rauchloch eingeschlossen?

Behüte Gott! Wie sonst das Zeugen Mode

war,

Erklären wir für eitel Possen.' "

„Was meinst du damit?"

„Der Klon! – ein Lebewesen, das Produkt einer rein vegetativen Vermehrung. Der Mann wird künftig tatsächlich überflüssig bei der Zeugung! Ein Heer von Klonen kann uns künftig besser beschützen als ein bunt zusammengewürfelter Haufen verkommener Charaktere mit zweifelhafter Kampfmoral – Légion étrangère genannt."

„Das glaube ich nicht! Auch wenn die Fachleute einer Meinung sind, können sie doch irren. Das ist mir zu hoch. Das fasst mein Verstand nicht." Akelei winkte ab.

Die Finsternis nahmen wir ins neue Jahr mit. Auch die Raketen schienen eingefroren zu sein. Nur vereinzelt tauchten sie am

129

nächtlichen Himmel auf. Gegen 2:00 Uhr klingelte das Telefon. Salpeter bekam den Befehl, sich unverzüglich in seiner Kaserne zu melden. Mit hängenden Ohren teilte er uns mit: „Ich muss weg! Sofort!", ergänzte er.

„Was ist passiert?", fragten wir erstaunt.

„Es ist wegen des Stromausfalls."

„Aber du bist doch kein Energieexperte", lästerte Eddy.

„Eddy, lass die Späße! Es ist bitterer Ernst!", wies ihn Belinda zurecht. In die vergnügte Tischrunde mischten sich sogleich Misstöne, die die Stimmung trübten. Nach kurzer Zeit löste sie sich auf. Die gute Laune war verflogen.

Die nächsten Tage und Wochen wurden für die Bürger zu einer außerordentlichen Belastung, zu einer Zerreißprobe. Strom wurde rationiert. Wäsche und Geschirr türmten sich. Genosse Hauptmann Salpeter hackte mit seiner Kompanie Tag und Nacht im Kraftwerk Jänschwalde die festgefrorene Kohle von den Waggons. Die schweißtreibende Arbeit nahm Stunden in Anspruch. Das Kraftwerk erzeugte nur die halbe der üblichen Strommenge, da die Zufuhr von Braunkohle ins Stocken geraten war. Die Weichen froren ein, die Straßenbahnen blieben im Depot. Den Betrieben fehlte der Strom zum Betreiben ihrer Maschinen. Die Industrieproduktion brach ein. In den Kolchosen erfroren die Ferkel.

Ein unvorhersehbares Naturereignis hatte dem sozialistischen Staat eine empfindliche Schlappe zugefügt, an der sie noch Jahre danach zu kauen hatte.

13

Als Molly Penelopes blau getünchtes, mit vielen Nippes ausge-schmücktes Zimmer betrat, rief sie vor Überraschung:

„Oh, was geht hier vor! Träume ich? Erst vor knapp einem Jahr haben wir den Raum gemeinsam tapeziert. Und jetzt, nach so kurzer Zeit, ist er schon wieder in einem neuen Gewand!" Das hing natürlich, was Penelopes Schwester nicht wusste, mit ihrem Sinneswandel zur Romantik zusammen. Mit welcher Lust, mit welcher Liebe es geschmackvoll eingerichtet war! Jedes Detail passte zueinander. Penelope saß an ihrem Sekretär, den sie unlängst bei einer Haushaltsauflösung erworben hatte und schrieb offenbar einen Brief. „Penelope, du spielst wohl secrétaire? Was schreibst du? Möchtest du jetzt nicht gestört werden? Soll ich wieder gehen?"

„Einen Augenblick, liebe Molly, ich bin gleich fertig." Es dauerte noch zirka fünf Minuten, dann verschloss sie den Sekretär.

„Was hast du geschrieben, Penelope?", fragte sie voller Neugier.

„Molly, ich führe ein Tagebuch."

„Ein Tagebuch?", fragte sie sichtlich überrascht.

„Ja, was ist dabei Besonderes?" Sie drehte sich auf ihrem Hocker zu Molly, die noch immer an der Tür verharrte. „Jeder hat sein Pläsierchen. Ich schreibe nur für mich. Für andere ist das Tagebuch tabu." Molly betrachtete sie aufmerksam von der Seite: „Nebenbei bemerkt, schick siehst du mit deiner neuen Frisur aus. Direkt sexy."

„Gefällt sie dir?" Penelope nahm eine fotogene Pose ein, fuhr mit der rechten Hand lässig durch ihr halblanges gelocktes Haar und setzte ihr geheimnisvolles Lächeln auf, mit dem sie so manches Herz im Flug erobern könnte.

„Penelope, ich bin gekommen, um dich um etwas zu bitten. Letzte Woche war ich schon zweimal hier, aber dich trifft man ja zu Hause nur noch selten an."

„Du weißt doch, dass ich viele Bereitschaftsdiente im Krankenhaus habe."

„Das schon, aber früher warst du öfter zu Hause", widersprach sie. Molly schwieg einen Augenblick. Verlegen kramte sie in ihrer Handtasche, als ob sie etwas Wichtiges suchte. „Charly, den ich fast täglich treffe, fragt jedes Mal nach dir. Du hattest ihm doch versprochen, mit deinem Hermesstab nach einer Wasserader auf seinem Grundstück zu suchen. Er möchte sehr gern einen Brunnen bohren, aber er weiß nicht, ob es sich lohnt. Er hat es mehrmals selbst mit der Rute versucht, aber bei ihm schlug das

Pendel niemals aus. Du wärst feinfühlig und strahlensensibel, meinte er. Wenn du nichts fändest, hätte es keinen Sinn, nach Wasser zu bohren, dann könnte man sich die Ausgaben sparen. Außerdem hat es sich längst herumgesprochen, dass du mit der Wünschelrute gut umgehen kannst, dass in dir hellseherische Kräfte zu schlummern scheinen." Mollys Augen blitzten spitzbübisch auf. Als sie sah, dass ein scheues Lächeln über Penelopes Gesicht huschte, fuhr sie fort: „Ein bisschen Aberglaube gehört ja zum Wesen des Menschen, und er flüchtet sich, wenn man ihn ganz und gar verdrängen will, in die wunderlichsten Ecken und Winkel, von wo er bei der besten Gelegenheit wieder auftaucht."

„Charly?" Ihre Mine verklärte sich. Sie legte die Stirn in Falten. „Charly Specht?", vergewisserte sie sich.

„Ja, den meine ich! Früher habt ihr jede freie Minute zusammengehockt. Er beschwerte sich bei mir, weil du dich so rar gemacht hast. Seit Monaten meidest du ihn. Er ist ganz verrückt nach dir. Sonnabend ist bei uns im Dorf Feuerwehrball. Ich bin gekommen, um dich einzuladen. Komm mit, Penelope! Charly wird auch zum Ball kommen. Er würde sich sicher sehr freuen, dich wiederzusehen. Er ist ein stattlicher, junger Bursche mit leuchtendem Blick und strotzt vor Gesundheit. Er ist bodenständig, nicht aufgeblasen. Natürlich ist er kein Intellektueller, er hat aber einen ehrenwerten praktischen Beruf. Als Handwerker ist er ein gefragter Mann. Ich finde ihn übrigens sehr hübsch, wie viele andere Mädchen auch im Ort." Penelopes Gesicht verfinsterte sich. Mehrere Minuten schwieg sie.

„Ich weiß nicht. Eigentlich verspüre ich keine große Lust, mich an diesem Mummenschanz zu beteiligen."

„Früher warst du doch ganz auf dieses Fest besessen. Was ist los mit dir!" Penelope drehte sich auf dem Stuhl hin und her. Ihr Gesicht hatte einen strengen, gequälten Ausdruck. Ihre Finger arbeiteten unentwegt an ihrer Gürtelschnalle. Molly kannte diese Angewohnheit ihrer Schwester, wenn Aufregungen sie in Wallungen versetzten.

„Molly, ich bin zwar noch immer deine kleine Schwester, aber inzwischen älter und reifer geworden. Ansichten und Geschmack ändern sich eben mit der Zeit."

„Ja, das sehe ich an deinem Äußeren und an deiner unmittelbaren Umgebung. Dein Zimmer ist ganz auf Romantik ausgerichtet. Ich habe da eine Vorahnung. Zu solch einer radikalen Wandlung ist man nur fähig, wenn man …"

„Was?", wurde sie von Penelope abrupt unterbrochen, die puderrot im Gesicht geworden war, da sie ahnte, welche Antwort kommen würde. Das Schweigen dauerte mehrere Minuten, wie eine Ewigkeit. Dann begann Molly vorsichtig, betont langsam, weiterzusprechen:

„nur fähig –, wenn man frisch verliebt ist! In diesem Zustand kann man Berge versetzen." Penelope schwieg. Ihre Mine verklärte sich. Ihre Gedanken schienen in weite Ferne geeilt zu sein. Molly öffnete das Fenster, ein leiser Windzug spielte mit dem hellblauen, durchscheinenden Vorhang, und warf einen Blick nach draußen. Der Kirschbaum vor dem Fenster stand in voller Blüte.

„Wenn es der Herrgott freundlich mit uns meint, werden wir dieses Jahr eine gute Ernte haben. Die Bienen umschwärmen die duftenden Blüten wie Teenager eine berühmte Filmdiva, so wie dich, als du vor zwei Jahren zur Weinkönigen gekürt wurdest", bemerkte sie nicht ohne eine Zumischung von Ironie. „Erinnerst du dich zuweilen noch daran?" Sie drehte sich vom Fenster weg, ging bedächtigen Schritts auf Penelope zu und legte ihre Hand auf ihre rechte Schulter. „Penelope, deine Heimlichtuerei geht mir auf die Nerven. Hör auf mit deinem Versteckspiel mir gegenüber! Früher hatten wir doch auch keine Geheimnisse voreinander. Mein Buch war immer für dich offen. 'Kummer, der nicht spricht, nagt am Herzen' hat uns Shakespeares gelehrt."

„Mein Gott, mein Gott! Ist jemals eine Frau so unglücklich gewesen wie ich?", stöhnte Penelope, kaum hörbar. Das Herz zog sich ihr vor Schmerz zusammen.

„Penelope, du und unglücklich? Das kann ich nicht glauben."

„Ich liebe ihn! Ich liebe ihn! An ihm häng ich mit allen Fasern meines Wesens. Aber ich weiß nicht, ob meine Liebe erwidert wird!", schrie sie voller Verzweiflung. Molly erschrak. Das war nicht ihre Schwester Penelope. Früher starb sie nie an Herzdrücken. Ihr Selbstbewusstsein schien auf einem Tiefpunkt angelangt zu sein. Was war wohl der auslösende Faktor für ihre depressive Stimmungslage?

„Liebe Penelope, ich habe kein Recht, dich nach deinem Angebeteten auszufragen. Aber es muss wohl eine besondere Persönlichkeit sein, dass du ihm deine Liebe nicht offenbaren willst, ihn wie einen Gott auf dem Olymp anhimmelst, der dir unnahbar erscheint, ohne ihm verstehen zu geben, dass du ihn liebst."

„C'est mon affaire! Das verstehst du nicht, Molly! Die Dinge sind viel komplizierter. Nicht alles lässt sich auf einen einfachen Nenner reduzieren. Jeder beurteilt die Probleme von seinem Blickwinkel aus. Mit deinem Freddy ist er nicht zu vergleichen. Freddy ist unkompliziert, einfach strukturiert."

„Was ist so kompliziert an deinem neuen Verehrer? Warum traust du dich nicht, ihm deine Liebe zu gestehen? Ist er etwa schon vergeben?"

„Verheiratet?", fauchte sie wie eine Wildkatze. „Was bedeutet das schon! Liebe ist eine göttliche Fügung, sie kommt plötzlich, wie ein Blitz aus heiterem Himmel − le coup de foudre. Es war ein merkwürdiges Gefühl − ein Déjà-vu −, ein wahres Glücksgefühl, das plötzlich über mich kam, wie ich es mir schon immer gewünscht habe."

„Ich kenne diesen bläulichen Nebel, ähnlich wie auf den Schweizer Bergen, der unseren Augen in jener seligen Zeit alles verhüllt, was die Hosianna-Stimmung trüben könnte, die einer verliebten Person Sand in die Augen streut. Ist der Honigmond erst vorüber, kehrt meist der triste Alltag zurück, und die Welt mit ihren Sorgen sieht wieder anders aus. Penelope, begreifst du denn nicht, dass das alles ein Fieberwahn ist, ein unvorstellbarer Fieberwahn, denn hier beginnt das Drama, das in einer Tragödie enden kann!"

Über allem ragte wie ein Fels die wichtige, fatale und unlösbare Frage: Womit würde das alles enden?

„Eine Liaison aus kühlem Kalkül, wie sie früher in bürgerlichen Kreisen üblich war und noch heute in verstaubten Adels-

häusern praktiziert wird, also eine Beziehung wegen einer sogenannten guten Partie einzugehen, ist nicht mein Lebensinhalt.
Die pekuniären Verhältnisse sind bei einer echten Liebesbezie-
hung völlig uninteressant."

„Ja, aus deiner Sicht mag das schon zutreffen. Du bist finan-
ziell gut abgefedert und hast dazu noch einen Beruf, der sehr
angesehen, gleich nach dem Arzt einrangiert ist, der dich quasi
zur Göttin Hygieia erhebt. Bei mir sieht die Situation längst nicht
so rosig aus. Ich muss jeden Pfennig zweimal umdrehen, bevor
ich ihn ausgebe. Freddy geht nach Feierabend bei Charly auf der
Baustelle malochen, um die Urlaubskasse aufzufüllen.

„Übertreib's mal nicht! Nur durch meine vielen Bereitschafts-
dienste habe ich am Monatsende mehr im Geldbeutel als du.
Dafür habe ich aber viel weniger Freizeit als du." Sie musterte
ihre zwei Jahre ältere Schwester von oben bis unten. Ihr schien
etwas Besonderes an ihr aufgefallen zu sein. „Bist du etwa wieder
guter Hoffnung?"

„Ja!", sagte sie freudestrahlend. Sie drehte sich zur Seite und
drückte mit beiden Händen ihr Umstandskleid zusammen und
streckte ihren Bauch so weit vor, dass man ihre Schwangerschaft
nicht übersehen konnte. „Wir haben doch die 5000 Mark Ehe-
kredit in Anspruch genommen! Freddy meinte, wenn wir uns
noch ein Kind anschaffen, wird es bei der Rückzahlung des
Kredits berücksichtigt. Außerdem haben wir den Baukredit von
50 000 Mark beantragt. Und – sie machte eine Pause – außerdem,
dachte ich, für Anna wäre es schön, nicht allein aufzuwachsen.
Ich denke oft an unsere schöne Kindheit zurück. Wenn wir etwas
ausgefressen hatten, hielten wir zusammen wie Pech und Schwefel."

„Ihr wollt bauen?"

„Ja, ein Eigenheim, WT 53 oder so, nicht gerade geräumig,
etwa 70 bis 80 m^2 Wohnfläche und ohne Keller. Freddy wird
Jahre malochen müssen, bis wir einziehen können, denn ein
Viertel der Baukosten muss er durch Eigenleistungen aufbrin-
gen." Penelope schaute sie ungläubig an:

„Einesteils muss ich euch bewundern, andernteils aber auch
bedauern."

135

„Warum bedauern?"

„Jahrelang wird euch nur eine Sache beschäftigen, morgens, wenn ihr aufsteht und abends, wenn ihr kaputt und todmüde ins Bett fallt: die Sorge um den Bau! Für andere Dinge werdet ihr keine Zeit mehr haben. Ihr werdet keine Ruhe mehr finden. Die jahrelange Plackerei wird an euren Nerven zerren. Das ewige Vertrösten und Warten auf Baumaterial und Baumaschinen wird euch aufreiben, vielleicht sogar eure Musterehe kosten."

„Penelope, du malst den Teufel an die Wand. Ich weiß, dass du etwas von Kassandra in dir hast, dass in dir hellseherische Kräfte wohnen. Aber diesmal hoffe ich inständig, dass du nicht Recht behalten wirst. Wir wissen, dass es in der heutigen Zeit nicht einfach ist, wo alles bis auf das Betttuch knapp bemessen ist, ein Haus zu bauen. Wir wollen endlich raus aus unserem Elendsloch! Wir hoffen, dass wir nicht alleingelassen werden, hoffen, dass uns viele Hände dabei unterstützen werden, Familie, Freunde, Nachbarschaft. Während ich Beton mische und den Mörtel einrühre, wird sich Mutter um die Kinder kümmern. Das habe ich schon mit ihr geregelt. Um Vater ist es allerdings schlecht bestellt. Auf seine Hilfe können wir wohl nicht mehr zählen."

„Vater?" Sie machte eine Kunstpause, als suchte sie nach Worten. „Seit seiner Scheidung von Mutter habe ich den Kontakt zu ihm abgebrochen. Ich habe ihn schon eine Ewigkeit nicht gesehen. Was ist mit ihm?"

„Ach", winkte sie ab, „es geht ihm nicht so gut. Man hat ihn invalidisiert. Seine jetzige Partnerin will ihn loswerden, ihn in ein Pflegeheim bugsieren."

„Pflegeheim?" Penelope glaubte nicht recht gehört zu haben.

„Ja! Es geht ihm nicht gut, Penelope. Wenn ich ihn besuche, fragt er immer nach dir. Ich will ihm nachher noch Sachen bringen, die ich auf dem Boden gefunden habe. Ich glaube, es ist ein Rechenschieber unter den Utensilien dabei, den er früher oft bei seinen Planungen und Überschlagsrechnungen benutzt hat. Komm doch mit, Penelope! Sei nicht nachtragend! Vater würde sich freuen, dich wiederzusehen."

„Meinst du, er würde mich empfangen – und nicht zurückweisen?"

„Aber nein! Keine Frage! Wir könnten gleich bei ihm vorbeifahren. Um diese Zeit ist er immer allein. Elisa, seine Partnerin, geht halbtags in den Konsum arbeiten. Da können wir uns ungestört mit ihm unterhalten."

„Wenn du meinst …" Molly hatte ihren anfänglichen Widerstand gebrochen. „Welches Geschenk soll ich mitnehmen?" Penelope war ratlos. Sie konnte sich nicht vorstellen, worüber sich ihr Vater freuen würde, zu weit hatten sie sich auseinandergelebt. „Früher hat er sich über eine Havanna-Zigarre gefreut. Ich bin mir aber nicht sicher, ob er noch raucht."

„Das Rauchen hat Elisa ihm inzwischen abgewöhnt. Damit würdest du ihm keinen Gefallen tun. Schenk ihm eine Schachtel Pralinen. Da machst du nichts falsch. In letzter Zeit verbraucht er auf seiner alten Schreibmaschine Schreibpapier ohne Ende. Ich habe ihm heute wieder 500 Blatt gekauft. Weiß der Teufel, was er mit dem vielen Schreibpapier vorhat."

Nachdem Penelope Dollys Ratschlag befolgt hatte – sie kaufte eine Schachtel Pralinen der Marke Elbflorenz –, besuchten sie Vater im Nachbarort. Penelopes Herz schlug vor Aufregung bis zum Hals. Über dem Portal der heruntergekommenen ehemaligen neobarocken Fabrikantenvilla lud eine verblasste Losung vergangener Zeiten den Vorübergehenden zum Verweilen ein: „GAUDEAT INGREDIENS LAETETUR ET AEDE RECEDENS". Die zweiflügelige Haustür stand offen. Da saß er, ein ehrwürdiger, ergrauter Mann, hemdsärmlich, ununterbrochen auf einer betagten Optima-Schreibmaschine hämmernd, sodass die Holzdielen vibrierten. Um ihn herum hatte sich ein breiter Teppich beschriebenen Blattwerks auf dem Fußboden ausgebreitet. Die Eintretenden hörte er – oder auch nicht. Jedenfalls nahm er keine Notiz von ihnen. Auf seinem Gesicht, von einem sechs-Tage-Bart überwuchert, zeigte sich ein zufriedenes, eingefrorenes Lächeln wie eine goldene Maske, unerreichbar für die Besucherinnen. Vorsichtig näherte sich Penelope ihrem Vater von der Seite, den ausgebreiteten Papierteppich meidend, um die Blätter nicht zu beschmutzen. Sie erschrak zu Tode, als sie dem erheblich vorgealterten, graumelierten Mann ins Gesicht blickte. Seine Verwandlung traf sie so unerwartet und bitter, sodass es spontan aus ihr heraussprudelte:

„Mein Gott!" Vorsichtig legte sie ihre linke Hand auf seine Schulter. „Ich bin es, Penelope, deine jüngste Tochter! Kannst du dich noch an mich erinnern?" Der Vater rührte sich nicht, beschrieb weiter ungerührt das eingespannte Blatt Papier. „Als du von uns gegangen bist, habe ich dir gezürnt, mich von dir abgewandt. Ich bin bei Mutter geblieben. Ich bin heute gekommen, um dir zu verzeihen, und dich um Verzeihung zu bitten. Es war ein Fehler, die Schuld eurer Trennung nur bei dir zu suchen." Vorsichtig neigte sie sich über seine Schulter und versuchte, das Geschriebene zu entziffern. Vergeblich! Ein Konglomerat von ellenlangen Wortschöpfungen und nicht entzifferbaren unverständlichen Sätzen füllte das Blatt. Vater führte eine Korrespondenz in einer geheimen Schrift, in einer anderen Welt, zu der Penelope und die Bewohner der real existierenden offenbar keinen Zugang hatten. „Was schreibst du, Vater? Mit wem führst du diesen Briefwechsel?" Penelopes Worte perlten von ihm ab wie Regentropfen von einem Stein. Vater war in einem Universum angekommen, zu der seelisch normal strukturierte Erdenbewohner keinen Zugang hatten. Geduldig versuchte Penelope, ihn in die Wirklichkeit zurückzuholen. Sie erinnerte ihn an die wunderbare Kindheit, die sie miteinander verbrachten, an die gemeinsamen Spiele und Streiche. Eine Stunde führte sie diesen Monolog. Molly wurde allmählich ungeduldig. Sie trat von einem Fuß auf den anderen. Endlich – Penelope hatte schon keine Hoffnung mehr – durchbrach er die Schweigemauer: „Penelope, zieh dir etwas an. Du wirst dich sonst erkälten." Das war alles. Danach schloss sich die winzige Öffnung in der Mauer des Schweigens wieder. Er sprach die Worte mühsam und betont langsam, so, als hätte er seine Lippen schon längere Zeit nicht mehr zum Sprechen benutzt. Penelope kamen vor Rührung die Tränen. Plötzlich empfand sie Verständnis für die Wandlung ihres Vaters, die sein Wesen genommen hatte, weg von den Menschen, hin zur Stille, in die Einsamkeit.

Mollys Worte:

„Penelope, komm endlich! Wir müssen gehen!", riss Molly sie aus ihrer Meditation. Zum Abschied küsste sie Vater auf die Wange. Als sie den Raum verließen, stahlen sich Tränen der Trauer über Penelopes Gesicht. „Vater war heute nicht gut aufgelegt. Sein Wahn hat, so lange er dauert, eine unüberwindliche Wahrheit. Ich glaube, wir haben ihn zum falschen Zeitpunkt besucht", versuchte sie ihre Schwester zu trösten. „An manchen Tagen kann man ihn ganz normal kontaktieren, da merkt man ihm seine Vergesslichkeit kaum an. Sicherlich war es für dich ein Schock, Vater in diesem Zustand zu erleben. Seine Verwandlung traf dich unerwartet. Es war ein Fehler von mir. Ich hätte dich behutsam auf seine Wesensveränderung vorbereiten müssen. Ich muss mich dafür bei dir entschuldigen."

„Seit wann ist dir seine Abkehr aufgefallen?"

„Ach, eigentlich ist er schon längere Zeit unterwegs und lebt nicht mehr ganz unter uns. Vor Monaten – vielleicht ist es schon über ein Jahr her – habe ich bemerkt, dass sein Namensgedächtnis erheblich gelitten hatte. Er vergaß häufig Namen oder verwechselte sie, sogar seinen eigenen Geburtstag hatte er vergessen. Auf Fragen gab er zuweilen stereotype, unpassende, teilweise sogar unangemessene Antworten, die die Gesprächspartner verblüfften, sogar vor den Kopf stießen. Da fing seine Zettelwirtschaft bereits an. Alles, was ihm wichtig erschien, schrieb er auf kleine Zettel, die er an eine Tafel heftete – wie damals Hans Albers bei Filmaufnahmen, der aber wohl zu faul war, vielleicht aber auch eine Merkschwäche hatte, die Texte für seine Filmszenen zu lernen –, um sie jeden Morgen erneut zu überarbeiten. Diese zunehmende Vergesslichkeit machte ihn menschenscheu. Er zog sich immer mehr in die Einsamkeit zurück, weg von den Menschen, hin zur Stille. Seit Wochen führt er eine nicht enden wollende Korrespondenz mit einem höheren Wesen. Es sei, wie er mir einmal flüsternd mitteilte, als ob es kein anderer hören durfte, ein Kampf auf Leben und Tod. Seit über einem Jahr ist er im Krankenstand. Von seinem Chef, seinen Kollegen, sogar von den Ärzten war er als notorischer Blaumacher, sogar als Drückeberger und Simulant verschrien. Da er äußerlich wie das blühende Leben aussah, glaubte man ihm nicht. Erst ein mehrstündiger Hausbesuch eines Psychiaters, der Vater in seiner Umgebung genauer unter die Lupe nahm, brachte schließlich Licht ins Dunkel und bestätigte seine dauernde Arbeitsunfähigkeit."

„Edle Einfalt, stille Größe!", bemerkte Penelope traurig, als sie das Haus verließen.

„Ja, an der Oberfläche des Meeres mag der Sturm noch so toben, in den Tiefen bleibt es dennoch ruhig", bestätigte Molly ihren Ausspruch. „Übrigens, bevor wir uns trennen, möchte ich kurz an unser Gespräch von heute Morgen anknüpfen und dir einen Ratschlag mit auf den Weg geben. Frauen sind bekannt dafür, gelegentlich geschickte und raffinierte Intrigen einzufädeln, auf die Männer unweigerlich hereinfallen. Liebe kann nicht erzwungen werden. Versuche es doch mit einer List! Göttervater Zeus, der Europa nachstellte, aber von seiner eifersüchtigen Gattin Hera daran gehindert wurde, indem sie ihn vom Ungeheuer Argus mit den hundert Augen streng bewachen ließ, verwandelte sich in einen Stier, besonders kräftig, friedlich, mit schneeweißem Fell und dazu noch mit klitzekleinen Hörnern, um sich Europa zu nähern. Er sah besonders feminin aus. Er mischte sich unter die Herde, die sein Bote an den Strand von Sidon getrieben hatte, an dem Europa spielte. Da ihr der weiße Stier sehr gefiel, näherte sie sich ihm ohne Scheu, fütterte, streichelte, liebkoste ihn und setzte sich schließlich auf seinen Rücken. Der Stier entführte sie über das Meer nach Kreta, wo er sich in Zeus zurückverwandelte und Europa seine Liebe gestand. Liebe kann nicht erzwungen werden, so lautet die übersetzte Botschaft. Aber List vermag viel!

Zum Abschied erlaube mir noch, dir zur Aufmunterung einen Spruch von Mephisto ans Herz zu legen:

'Hör' auf mit deinem Gram zu spielen,
der, wie ein Geier, dir am Leben frisst.
Die schlechteste Gesellschaft lässt dich fühlen,
dass du ein Mensch mit Menschen bist.'"

14

Als ich in großer Eile die Treppen zum Krankenhaus hinauf-
stürmte, wie immer meine Sitte morgens, drei Stufen überspring-
end, stieß ich unsanft mit Penelope zusammen. Sie kam ins
Straucheln. Wenn ich sie nicht im letzten Moment am Arm festgehalten hätte, wäre sie wahrscheinlich gestürzt. Während ich
vom Hintereingang das Haus betrat, kam sie schnellen Schrittes
vom Haupteingang in das Foyer. Wir standen uns einen Augenblick atemlos gegenüber – ganz nah. Sie war herausgeputzt,
als besuchte sie gerade eine Galavorstellung. Der Rosenduft, der
von ihr ausströmte, nahm mich gefangen.

„Sie haben mich erschreckt!", sagte sie leise mit gepresster,
rauchender Stimme.

„Fesch sehen Sie mit der neuen gestylten Frisur aus! Direkt
zum …"

„Gefällt sie Ihnen?", unterbrach sie mich rasch, ohne dass ich
den Satz vollenden konnte. Mit der gewohnten Pose einer Diva
strich sie spielerisch mit der Hand durch ihr frisch gelocktes,
schulterlanges Haar, das seiden im Lichtstrahl der einfallenden
Morgensonne mahagonifarben glänzte, vergleichbar mit jenem,
das Raffaels berühmte Frauenköpfe ziert. Mit der provokativen
Frage flog von ihren großen, leuchtenden Augen und lächelnden
Lippen ein nicht zurückhaltender, zitternder, sengender, ver-
führerischer Strahl zu mir herüber, der mich unwiderstehlich in
ihren Bann zog und wie ein Spinnennetz umgarnte. Ich konnte
mich kaum von ihrem Blick lösen.

„Ja, sie gefällt mir", gestand ich. Ihre Aura nahm mich für
einen Augenblick gefangen, meiner Sinne nicht mehr mächtig.

„Ich habe mich verspätet. Entschuldigung!" Sie entglitt wie
eine Schlange rasch und sanft der zufälligen Umarmung und verschwand im Operationstrakt. Ich blieb sekundenlang wie versteinert, in einer Trance, auf der Stelle stehen, an der ich mit ihr
zusammengestoßen war. Ich hätte sie küssen können. Ich tat es
nicht; weil ihre plötzliche Nähe mich überraschte und zugleich

lähmte? Ich erschauderte bei dem Gedanken, wie Gott solch ein Wesen schaffen konnte. Als ich an diesem Morgen meine erste Operation durchführte, instrumentierte mir, gegen alle Gewohnheit, nicht Penelope(!), sondern Marlis. Penelope suchte ich an diesem Tage vergeblich, auch an den folgenden machte sie sich rar. Sie war wie vom Erdboden verschluckt. Marlis wurde zum Sündenbock meiner Unleidlichkeit. Ständig krittelte ich an ihr herum. Einmal war das Skalpell stumpf, ein anderes Mal die Präparierschere. Geduldig, ohne zu murren, ertrug sie meine Launen. Da ich ständig mit mir haderte, Pausen einlegte, verlängerte sich die Operationszeit unangemessen, was den Anästhesisten zu vorsichtiger Kritik veranlasste, zumal mein Ruf als zügiger Operateur vorausging.

Bei der abendlichen Visite der frischoperierten Patienten teilte mir mein Chef im Vorbeigehen mit, dass wir in Bälde ärztliche Verstärkung bekämen. Mein Bereitschaftsdienst würde sich dadurch auf zehn Dienste im Monat reduzieren, was für mich mehr Freizeit bedeutete. Dem künftigen Kollegen würde er, um mich zu entlasten, die Verantwortung für die Frauenstation übertragen. Die zusätzliche Planstelle habe er mit dem Kreisarzt bereits vereinbart.

„Sie bleiben natürlich in meiner Abwesenheit mein Stellvertreter!", beeilte er sich, mich auf meine Frage nach der künftigen Zuständigkeit und Hierarchie im Hause zu beruhigen. Das bedeutete, dass ich gegenüber dem neuen Kollegen nur bei Abwesenheit des Chefs weisungsberechtigt sein würde! Ich war mir im Klaren, dass sich dadurch ein neues Spannungsfeld aufbauen würde. Ich fürchtete eine Kaltstellung meiner Person in Raten. Dass das Verhältnis zu meinem Chef nicht das Beste war, ließ sich nicht leugnen. Eigentlich hätte er froh sein müssen, einen kompetenten Kollegen an seiner Seite zu wissen. Der früher ruinierte Ruf der Klinik verkehrte sich ins Gegenteil, die Klinik bekam neuen Auftrieb und Zulauf durch die Versorgung von Patienten mit Gefäßerkrankungen. In letzter Zeit versuchte er, mir immer mehr Steine in den Weg zu legen. Für die hochspezialisierten Eingriffe am Gefäßsystem benötigte ich ein eingespieltes Operationsteam. Weit gefehlt! Hatte ich einen Assistenten leidlich trainiert, bekam ich einen neuen zugewiesen, der nicht mal das kleine Einmaleins einer Gefäßnaht beherrschte. Vielleicht wollte er mir die Arbeit vorsätzlich erschweren. Außerdem war die Materialbeschaffung ein leidiges Problem, da das Krankenhaus nicht als Spezialklinik für Gefäßerkrankungen in der offiziellen Krankenhausplanung vorgesehen war. Der Antrag auf Anerkennung als Spezialklinik für Gefäßerkrankungen lag schon Monate auf Chefs Schreibtisch. Nur seine Unterschrift fehlte noch, um ihn abzusenden. Ich rannte Türen ein, um überhaupt mal eine Gefäßprothese geliefert zu bekommen. Dank meiner guten Beziehungen zur leitenden Operationsschwester der Uni-Klinik, die ich weiter pflegte – ich versäumte es nie, ihr kleine Geschenke mitzubringen –, versorgte ich mich mit dem Nötigsten. Da sie über den Verbrauch der Materialien nicht Buch führen musste, fiel es nicht auf, dass sie unbefugt ein Provinzkrankenhaus mit versorgte. Das Zepter war dem Chef aus der Hand geglitten! Unter dem Personal galt ich als der heimliche Chef. Mein Fachurteil hatte wohl mehr Gewicht bei ihm. Mit der Verpflichtung des Kollegen Möller gab er mir die erste bittere Pille zu schlucken – eine Gewaltenteilung der Krankenstationen. Damit wurde mir auch der Zugriff zu einem Teil des Personals entzogen.

Schon am nächsten Tag begann der angekündigte Kollege seinen Dienst im Krankenhaus. Während der Chefvisite stellte ihn der Chef dem Kollektiv als Oberarzt Dr. Möller vor. Überrascht, wie alle anderen auch, nahm ich die plötzliche Anwesenheit des neuen Kollegen zur Kenntnis.

Die nächsten Wochen verliefen in Harmonie. Meine Kontakte zu Möller beschränkten sich auf das notwendige Maß, wie es den reibungslosen betrieblichen Ablauf erforderte. Ansonsten ging jeder seiner Wege. Da der Posten der/des Gewerkschaftsvorsitzenden vakant und ehrenamtlich neu zu besetzen war, fiel die Wahl auf Möller, der sie gern annahm, um seine Position im Hause auszubauen. Meine Person schied von vornherein als Kandidat aus, da ich nicht Mitglied des Freien Deutschen Gewerkschaftsbundes war – eine Rarität. Bisher hatte man keinen Anstoß an meiner Nichtmitgliedschaft der Einheitsgewerkschaft genommen. Jetzt, da sämtliche Arbeitskollektive „Kollektiv der sozialistischen Arbeit" werden sollten – diese Auszeichnung war an die Mitgliedschaft des Gewerkschaftsbundes gekoppelt, ein ungeschriebenes Gesetz –, war ich plötzlich ein Querulant und Störenfried, der sich nicht in das Kollektiv einfügen wollte. Möller wagte nicht, mich in dieser Sache direkt zu attackieren. Er schickte zunächst die Oberschwester der Klinik, Elly, vor:

„Herr Oberarzt, bei der Durchsicht der Kaderakten haben wir feststellen müssen, dass Sie der einzige Mitarbeiter unserer Klinik sind, der nicht Mitglied des FDGB ist. Alle anderen, vom Ärztlichen Direktor bis zur Putzfrau, vom Heizer bis zum Kraftfahrer, sind Mitglied des Gewerkschaftsbundes. Das lässt sich mit unserem Anspruch, alle Arbeitskollektive zu Kollektiven der sozialistischen Arbeit heranzuziehen, nicht vereinbaren. Bedenken Sie, dass diese Auszeichnung mit einer Prämie verbunden ist. Diese würden Sie, im Falle einer Weigerung, dem Gewerkschaftsbund beizutreten, Ihren Kolleginnen und Kollegen vorenthalten. Das würde ein sehr schlechtes Licht auf Sie werfen und Sie ins Abseits manövrieren. Jetzt sind schon Klagen über Sie diesbezüglich bei mir eingegangen." Über den Vorstoß von Oberschwester Elly war ich sehr überrascht. Meine Stirn legte sich in Falten.

„Liebe Oberschwester", begann ich Süßholz zu raspeln, „als ich meinen Dienst im Krankenhaus Schönwalde antrat – Sie waren damals mit bei meiner Vorstellung anwesend, wenn ich mich recht entsinne –, hatte man an meiner Nichtmitgliedschaft keinen Anstoß genommen, nicht ein Jota daran auszusetzen gehabt, obwohl es ausdrücklich in meinem Personalbogen von mir vermerkt worden war. Bei meiner förmlichen Bewerbung hat Ihnen ja der Personalbogen zur Beurteilung vorgelegen. Als damalige Kaderleiterin hätten Sie gegen meine Bestallung ein Veto einlegen können! Sie taten es nicht." Schwester Elly wirkte auf meinen Einwand ratlos.

„Aber Herr Oberarzt, bedenken Sie doch, Ihr Kollektiv möchte um den Titel 'Kollektiv der sozialistischen Arbeit' kämpfen. Mit seiner Anerkennung ist eine Geldprämie verbunden. Wollen Sie Ihrem Kollektiv diese Prämie vorenthalten?"

„Der Schwerpunkt einer solchen Bewegung sollte in der Verbesserung der Arbeits- und Lebensbedingungen der Beschäftigten und in der Verbesserung der Versorgung der Patienten liegen und nicht in einem Etikettenschwindel. Hierzu würde ich mich mit einbringen und zu dieser Problematik auch gern Neuerervorschläge unterbreiten."

„Die Mitgliedschaft im FDGB ist kein Etikettenschwindel, Herr Oberarzt", wurde die Oberschwester bösartig. „Sie ist Teil der internationalen Solidarität der Werktätigen. Jeden Monat zahlen ihre Mitglieder zu dem fälligen Monatsbeitrag einen festgelegten Prozentsatz, mindestens zehn Prozent, für Solidaritätszwecke ein. Ihre Weigerung, dem Gewerkschaftsbund beizutreten, ist nicht vereinbar mit Ihrer Funktion als Oberarzt eines Krankenhauses – Herr Oberarzt!" Die Oberschwester erhob sich und verließ frustriert, grußlos den Raum. Mehrere Tage wich sie mir aus oder übersah mich. Die Sticheleien gegen meine Person sollten in den nächsten Wochen noch an Schärfe gewinnen. Eines Morgens attackierte mich der Chef kurz vor dem Rundgang durch die Stationen vor versammeltem Personal mit der Drohung:

„Kollege Jung, wenn Sie sich nicht in das Kollektiv einfügen wollen, müssen wir uns ernsthaft überlegen, ob wir uns eines Tages von Ihnen trennen werden. Ihre Funktion in der Klinik steht auch im Widerspruch zu Ihrer gegenwärtigen wissenschaftlichen Qualifikation." Das war ein unerhörter Affront gegen meine Person, eine nicht hinzunehmende Beleidigung und Drohung, die ich nicht unwidersprochen hinnehmen konnte.

„Herr Chefarzt", wurde ich ganz förmlich, „ich bin nun schon über ein halbes Jahrzehnt in der Klinik in dieser Funktion. Bisher gab es keine Beanstandungen. Im Gegenteil, seit ich hier bin, hat sich vieles zum Positiven verändert. Ich habe mich nicht geschont. Das werden Sie doch nicht bestreiten können!" Die Assistenzärzte, Stationsärzte und Krankenschwestern hörten der

Zurechtweisung meiner Person durch den Chef schweigend zu. Die Peinlichkeit war ihnen anzumerken. Alle waren anwesend, bis auf OA Dr. Möller. Warum hatte Kremer ausgerechnet diesen Zeitpunkt gewählt, mich vor dem gesamten Personal so zu erniedrigen? Bei der anschließenden Visite ließ er mich links liegen, unterhielt sich über Problempatienten lediglich mit den zuständigen Stationsärzten.

Wenige Wochen waren seit diesem Affront ins Land gestrichen, als der Chef mich während Loris Jahresurlaub in die Poliklinik abservierte. Der Chef hatte inzwischen seinen Wohnsitz nach Schönwalde verlegt. Für 19 000 Mark bekam er ein Einfamilienhaus – ein Geschenk! –, das der Staat von einem Republikflüchtigen requiriert hatte.

„Kollege Jung, Kollege Lori geht nächste Woche in Urlaub. Sie werden in seiner Abwesenheit die Poliklinik übernehmen. Natürlich nehmen Sie weiter am Bereitschaftsdienst der Klinik teil." Abrupt wandte er sich von mir ab, damit jeder weiteren Diskussion ausweichend. Kremer hatte Nägel mit Köpfen gemacht. Mir war sofort klar, dass ich mit meiner zeitweiligen Versetzung in die Poliklinik von Stunde an nicht mehr sein Stellvertreter war, obwohl er mich das durch klare Worte nicht wissen ließ. Er hatte nicht das Herz, gerade auf die Sache zuzugehen. Er war eine Person, die konfliktreichen Gesprächen gern aus dem Wege ging und lieber vollendete Tatsachen schaffte. Der Frust saß so tief in mir, sodass er mir den nächtlichen Schlaf raubte. Ich sann vergeblich nach einem Ausweg. Wohl hätte ich in einem abgeschiedenen Landambulatorium mein Dasein fristen können – ein ehemaliger Studienkollege war dort Leiter und bot mir eine Stelle an –, aber es wäre ein gewaltiger beruflicher Abstieg gewesen, den ich zum gegenwärtigen Zeitpunkt, glaubte ich mich doch in der Blüte meines Schaffens zu befinden, nicht gehen wollte. Die Planstelle war schon längere Zeit vakant. Mein ehemaliger Kommilitone – er war zuvor drei Jahre als Arzt der Handelsmarine tätig – hatte nämlich kurz nach der Übernahme des Ambulatoriums einen Schwindel aufgedeckt. Ein Kollege, der kein Kollege war, aber sehr beliebt bei den Patienten, sondern ein Felix Krull, bekam kurzerhand den Laufpass und wurde an die Hochschule zurückdelegiert, um die fehlenden klinischen Semester seines kriegsbedingten abgebrochenen Medizinstudiums nachzuholen. Um den Knast kam er herum, weil er ein geständiger und reuiger Sünder war.

Verzweifelt suchte ich nach einem Ausweg. Das Leben ist eine Anhäufung von Zufällen ...

Der LADA rollte über die holprige Betonpiste der alten Reichsautobahn in Richtung Berlin. Krampfhaft hielt ich mich am Lenkrad fest, um nicht die Kontrolle über das Fahrzeug zu verlieren. Ich holte alles aus ihm heraus, denn ich hatte mich verspätet. Aber mehr als einhundertzwanzig Sachen war ihm nicht zuzumuten. Lilofee verstopfte ihre Ohren mit Ohrstöpseln, da sie einen akuten Hörsturz befürchtete. Plötzlich, wir waren kurz vor der Abfahrt Bronkow, gab es einen fürchterlichen Knall – es war wie ein Urknall –, und das Fahrzeug verlor sofort an Leistung. All die Fahrzeuge, die wir zuvor überholt hatten, fuhren wieder an uns vorüber und drehten uns vergnügt eine lange Nase. Lilofee wurde unruhig, sie griff sich fortwährend an die Stirn und klagte über Kopfschmerzen und Übelkeit. Plötzlich setzte eine nicht enden wollende Maschinengewehrsalve ein, die mich das Fürchten lehrte. Sie zwang mich, an der nächsten Abfahrt abzubiegen und anzuhalten, um nach der Ursache des ohrenbetäubenden Geräusches zu forschen. Lilofee bekam einen Ohnmachtsanfall. Nachdem ich sie flach gelagert und die Autotüren weit geöffnet hatte, kam sie wieder zu sich. Als ich die Motorhaube öffnete, bemerkte ich das Dilemma. Der Abgaskrümmer, der die Abgase aus dem Zylinderblock in die Auspuffanlage weiterleitete, war gebrochen. Austretendes Kohlenmonoxid war in die Fahrerkabine geströmt. Es war höchste Zeit, dass ich angehalten hatte. – Bei der letzten Inspektion hatte mich der Meister darauf hingewiesen, dass der Auspuff bald erneuert werden müsste, aber er hätte derzeit keinen auf Lager. In einem Spezialladen für Autoteile – die endlose Schlange, die sich vor ihm angesammelt hatte, veranlasste mich als Herdentier, ihr anzuschließen – erstand ich zwar Bremsbacken, die ich augen-

147

blicklich nicht benötigte, aber als Tauschobjekt mir wertvoll erschienen, aber keinen Auspuff –. Ich war der Verzweiflung nahe. Guter Rat war teuer. Nachdem Motor und Auspuffrohr abgekühlt waren, gelang es mir, das gebrochene, dislozierte Rohr wieder einzurichten. Minutenlang überlegte ich, wie die beiden Rohrstücke behelfsmäßig verbunden werden könnten, wie ich eine Art Muffe um das gebrochene Rohr anbringen könnte. Da fiel mir die Coladose im Gepäckraum ein! Ich nötigte Lilofee, die sich inzwischen erholt hatte, aus der Dose zu trinken. Den Rest leerte ich. Mit der Schere aus dem Verbandskasten schnitt ich das Blech der Dose passend zu, um es danach als Mantel um die Bruchstelle mit Draht zu befestigen. Es gelang!

„Geschafft!", schrie ich vor Freude. Ich war erleichtert und betrachtete meine ölverschmierten Hände. Lilofee blieb skeptisch. Sie traute meinen Reparaturkünsten nicht. Offenbar konnte sie das Trauma mit dem Kachelofen nicht vergessen.

„Versuchen wir doch, einen Pkw-Fahrer aufzutreiben, der uns in die nächste Werkstatt abschleppt!"

„Lilofee, wir können nicht solange warten, bis sich ein Fahrer unser erbarmt! Es könnte Stunden dauern, bis sich ein weißer Ritter findet. Du weißt doch, dass ich den Termin nicht platzen lassen kann. Ich stehe an einem Scheideweg."

„Dann lass uns wenigstens versuchen, per Anhalter Berlin zu erreichen. Ich stelle mich an den Abzweig und versuche ein Fahrzeug herauszuwinken."

„Das wirst du bleibenlassen!", rief ich wütend. „Steig ein, es geht los!"

Nach halbstündiger Unterbrechung setzten wir unsere Fahrt fort und erreichten ohne weitere Zwischenfälle das Institut für Herz-Kreislauf- Erkrankungen in Berlin-Buch. Lilofee wirkte in sich gekehrt und sprach während der Fahrt kein Wort mit mir. Die Tagung war bereits in vollem Gange. Die „Helsinki-Studie" war gerade Gegenstand des Vortragenden, als wir den Sitzungssaal betraten. Die Rede war von vielen Risikofaktoren, die Herz-Kreislauf- Erkrankungen Vorschub leisteten; von Fettstoffwechselstörungen, Diabetes, Nikotinabusus, Bluthochdruck, von

Aufklärung und Prävention. Durch eine breit gefächerte, landesweite Stichprobenstudie sollte eine aussagekräftige und verallgemeinerbare Bestandsaufnahme über die Häufigkeit von Herz-Kreislauf-Erkrankungen im Lande, sowie deren Ursachen durchgeführt und schließlich ein Bekämpfungsprogramm als Langzeitstudie gestartet werden.

Mit dem bemerkenswerten Satz: „Die Herzkranzarterie ist die Schlange Äskulaps unseres Jahrhunderts", beendete er seinen Vortrag.

Ein Zufall führte mich nach Berlin. In einer Fachzeitschrift warb man um Mitarbeit an einer breit angelegten, langfristigen Studie zur Untersuchung von Herz-Kreislauf-Erkrankungen. Ich griff zum Telefon und schlug vor, den ländlichen Kreis Schönwalde an der Studie zu beteiligen. Prompt bekam ich eine Einladung. Das Eis war gebrochen! Der Kreisarzt war Feuer und Flamme, hoffte er doch, sein Renommee aufzubessern und sich wissenschaftlich zu profilieren, ja, er träumte sogar davon, als Delegierter der KSZE sein Land in Helsinki zu vertreten. Ich hoffte, dass die Bewältigung dieser Aufgabe ein Sprungbrett für eine Karriere werden würde! Der Chef wurde gar nicht darüber informiert, dass ich der Kopf der Studie werden sollte und zeitweise für andere Aufgaben abgestellt würde. Im Nachhinein war ich froh darüber, dass mich der Chef als sein Stellvertreter abgelöst hatte. Mit unbändigem Enthusiasmus stürzte ich mich in die neue Aufgabe.

15

„Komm mit, Carl, gießen wir uns an der Bar einen hinter die Binde, bevor wir ins Flugzeug einsteigen! Du siehst blass aus", bemerkte Herrmann, der Vielflieger, spöttisch.

„Ein bisschen bange ist mir schon. Mit der IL-18 bin ich noch nie geflogen. Dieser Flugzeugtyp ist geprägt durch Pleiten, Pech und Pannen. Es ist noch kein Jahr her, dass eine Maschine den Abflug aus Luanda gar nicht geschafft hat."

„Ach, die Maschine soll überladen gewesen sein! Deshalb kam

sie mit dem Arsch nicht hoch. Der Fehler lag nicht an der Technik oder am Piloten, sondern an menschlichem Versagen. Die Packer konnten Unze bzw. Pound nicht in Kilo umrechnen", belehrte mich Herrmann.

„Und der Absturz der 801A der Fluggesellschaft MALEV vor einigen Jahren in Budapest?"

„Mann, das war ein kapitaler Pilotenfehler! Bei schlechtem Wetter hatte er beim Anflug die Landebahn verfehlt! Das ist nicht das erste Mal passiert. Hör endlich auf zu unken! Heute haben wir das schönste Flugwetter. Ein Glas Wodka vor dem Start wird deiner angekratzten Seele guttun."

Pünktlich 9:05 Uhr hob die IL-18 mit der zehnköpfigen Delegation des Instituts für Herz-Kreislauf- Forschung an Bord von Schönefeld nach Budapest zu einer mehrtägigen Tagung für Herz-Kreislauf- Erkrankungen ab. Im Gepäck hatte ich einen ausgearbeiteten Vortrag mit Diapositiven zur Epidemiologie der Venenerkrankungen im Kreis Schönwalde. Da Kongresssprache Englisch und Russisch vereinbart wurde, war ich angeschmiert, denn keine der genannten Sprachen beherrschte ich in Wort und Schrift perfekt. Mein Mentor übersetzte mir meinen Vortrag in Englisch, den ich in Budapest vom Blatt vortragen sollte. Ich habe ihn so oft gelesen, dass ich ihn inzwischen auswendig konnte. Auf meinen Einwand, dass ich weder Englisch noch Russisch beherrsche, antwortete er lakonisch:

„Kollege, machen Sie sich keine Sorgen. Wenn es bei der Diskussion Ihres Vortrages Verständigungsschwierigkeiten geben sollte, werde ich Ihnen unterstützend zur Seite stehen. Außerdem können Sie Hände und Füße zu Hilfe nehmen, wenn es mit der Sprache hapert. Das würde die Diskussion auf jeden Fall beleben und auflockern." Als ich drei Monate zuvor die Einladung bekam, erfasste mich Panik. Wichtige Konversationen des täglichen Englisch – Daily English –, versuchte ich, mir autodidaktisch beizubringen, allerdings hatte ich keine Anleitung zur Aussprache der Wörter und Sätze zur Hand, und das sollte gerade zum Pferdefuß werden. Aber mehr als mich blamieren konnte ich nicht. Während des Studiums hatte ich ein Semester Englischunterricht, aber nur, was das Medizinische betraf. Da ich keine Aussicht hatte, jemals den „goldenen Käfig" zu verlassen, gab ich die Bemühungen auf, in der englischen Sprache vollends Fuß zu fassen. Dann kam vor drei Monaten plötzlich die Einladung zu einem internationalen Kongress! In jeder freien Minute versuchte ich, mir Konversationen des Alltags und des förmlichen Umgangs einzuprägen.

Meinem Chef gingen die Augen auf, als ich ihm meine Teilnahme an einem internationalen Kongress mitteilte. Sein Oberarzt, den er degradiert, ins zweite Glied versetzt hatte, reiste zu einem internationalen Kongress!

10:35 Uhr landete die Maschine in Budapest. Auf dem Flughafen wurden wir von einer ungarischen Delegation empfangen und in die Quartiere geführt. Den ersten Tag hatten wir zur freien Verfügung. Mit Herrmann, mit dem ich mich während des Fluges angefreundet hatte, unternahm ich eine Sightseeing-Tour, aber ich war auch auf Einkaufstour, auf der Jagd nach Rubiks Zauberwürfel! Während er den meisten Kindern in meinem Land zunächst ein Wunschtraum blieb – nur Pius' Spielkamerad hatte einen Würfel aus dem Westen bekommen –, machte sich alle Welt auf die Suche nach Gottes Algorithmus, nach seinem kürzesten Lösungsweg. Sogar eine Weltmeisterschaft wurde kreiert. Leider wurde die Jagd nach dem Würfel zu einer riesigen Enttäuschung; nur ein pflaumengroßer, quadratischer als Schlüsselanhänger war die ernüchternde Jagdtrophäe. Am Ende unseres strapaziösen Fußmarsches durch die Stadt schlug Herrmann vor, unsere Seele im Gellertbad baumeln zu lassen. Der Besuch des Bades, im Jugendstil errichtet, war ein einzigartiges Erlebnis, ein Labsal, das uns für die Mühen des Tages entschädigte.

Als ich 9:00 Uhr den Sitzungssaal betrat, früher zu erscheinen, verbot mir meine Hemmschwelle aufgrund meiner mangelnden Sprachkenntnisse, war er bereits voll besetzt. Glücklicherweise war Herrmann mein Platznachbar. Mit ihm konnte ich mich ja in meiner Muttersprache unterhalten. Etwa fünfzig junge Wissenschaftler waren zusammengekommen, um über ihre Forschungsergebnisse zu berichten und um Erfahrungen auszutauschen.

Der Tagungsleiter, Herr Professor Krzistoff von der Uni Kraków, eröffnete die Konferenz in fließendem Englisch, kein Wunder, er hatte Jahre in Kalifornien gelebt und gearbeitet. Als ich ihn reden hörte, rutschte mir sofort das Herz in die Hose. Mein Vortrag war auf den Nachmittag gelegt worden. Ich hatte also Gelegenheit, meine Vorredner zu studieren. Befriedigt stellte ich fest, dass ihre Englischkenntnisse ebenfalls erhebliche Lücken aufwiesen, was in den Diskussionsrunden offen zutage trat. Einigermaßen beruhigt, ging ich in die Mittagspause. Mein Mentor, mit dem ich das Mahl gemeinsam einnahm, stützte mich moralisch mit dem Hinweis, er würde sofort eingreifen, falls ich mit der Kommunikation Schwierigkeiten bekäme, was ja auch am Morgen bei anderen jungen Wissenschaftlern geschehen ist. Sergej aus Moskau eröffnete die Nachmittagssitzung. Er hatte es gut, denn die zweite Kongresssprache war ja Russisch! Er musste sich nicht mit Englisch herumplagen. Nur anhand der Diapositive konnte ich seinem Vortrag folgen. Sein Thema beschäftigte sich mit Hypertonie. Bemängelt wurde in der anschließenden Diskussion seine eigenwillige Schweregradeinteilung, wo doch international drei Schweregrade festgelegt sind. Ein wissenschaftlicher Vergleich der vorgelegten Ergebnisse sei nicht möglich. Die Arbeit verlöre dadurch erheblich an Qualität, monierte Professor Krzistoff. Sergej verstand seine Kritik nicht, da er ja auf Russisch programmiert war, aber der Professor übte sie in Englisch. Beide redeten aneinander vorbei. Sergej verteidigte zäh die Richtigkeit seiner Ergebnisse in Russisch, Krzistoff jedoch widersprach permanent in Englisch, was Sergej nicht verstand oder nicht verstehen wollte. Beide kamen auf keinen grünen Nenner. Die Diskussion ging aus wie das Hornberger Schießen: *„Das Pulver ging aus zur schönsten Stund, sodass man nicht mehr schießen kunnt."*

Krzistoff hätte, da ja Russisch gleichrangige Kongresssprache war, seine Diskussion auch in Russisch führen und damit dem Vortragenden entgegenkommen können. Warum tat er es nicht? Hatte es mit den jüngsten Ereignissen auf der Lenin-Werft in Danzig zu tun, die die ohnehin schon bestehenden Spannungen zum großen Bruder weiter verstärkten? Denn ihm war keineswegs in Abrede zu stellen, dass er Russisch nicht verstand, studierte er doch mehrere Semester an der Lomonossow-Universität. Nachdem sich der sichtlich aufgebrachte Sergej über Krzistoffs ätzende Kritik beruhigt hatte, bekam ich meine Chance, meine Zuhörer am Rednerpult zu überzeugen. Wider Erwarten ging alles gut, ich benötigte nicht einmal mein Konzept. Aber meine Aussprache muss verheerend gewesen sein. Krzistoff konnte sich mehrmals ein spöttisches Lächeln nicht verkneifen. Die Diapositive waren für jedermann klar verständlich. Am Ende erntete ich gebührende Ovationen. Die anschließende Diskussion verlief allerdings schleppend und spärlich, da Venenerkrankungen für Herz- Kreislauf-Spezialisten nur einen Nebenschauplatz darstellten. Lediglich Professor Sluczak aus Prag sprach großes Lob über meinen Vortrag aus:

„Herr Kollege, Ihr Vortrag war sehr interessant. Ich danke Ihnen! Leider ist das Venensystem bis heute die Cinderella des Herz-Kreislauf-Systems geblieben. Ich bin sicher, dass Ihre interessante Studie mit dazu beitragen wird, diesem Teilgebiet künftig mehr Aufmerksamkeit als bisher zu widmen."

Am Abend vor unserer Abreise aus Budapest lud Sergej die jungen Teilnehmer der Tagung zu einem Umtrunk ein. Aus Moskau hatte er einige Flaschen Wodka im Gepäck. Es war russischer Brauch, dass man sich feuchtfröhlich verabschiedet, und auf ein Wiedersehen hofft. Die meisten Nachwuchskader, die am Kongress teilgenommen hatten, waren gekommen: Ungarn, Bulgaren, Tschechoslowaken, Deutsche, trotz der Querelen auch die Polen, Rumänen. Teilnehmer aus sieben verschiedenen Nationen! Sergejs Zimmer platzte aus den Nähten. Sie waren gekommen, um Brücken der Freundschaft und Verständigung zu bauen, um den Turm zu Babel zu vollenden. Aber es entstand ein Kauderwelsch, ein unverständliches Sprachengemisch, eine „babylonische Verwirrung", eine regelrechte Verderbnis. Im Buch Mose wird beschrieben, dass alle Welt einerlei Zunge und Sprache hatte. Die Menschen verstanden sich untereinander und begannen eine Stadt und einen Turm aus gebrannten Ziegeln zu bauen, dessen Spitze bis zum Himmel reichen sollte, um Gott ebenbürtig zu sein. Der

Herr fuhr daraufhin darnieder und ließ ihre Sprache verwirren, 'dass keiner des andern Sprache verstehe'. Sie mussten aufhören die Stadt zu bauen und zerstreuten sich in alle Länder. Der Turm zu Babel blieb unvollendet. Ein Freundschaftsband konnte an diesem Abend nicht geknüpft werden, da allgemeine babylonische Sprach- Verwirrung herrschte.

16

„Kollege Jung, Sie werden von der Bevölkerung unseres Kreises wegen Ihrer fachlichen Kompetenz sehr geschätzt. Ein positives Signal von Ihnen zum Bau einer Entbindungsstation könnte helfen, den Stein endlich ins Rollen zu bringen. Bei der nächsten Sitzung des Kreistages steht das Thema als Dringlichkeitsantrag auf der Tagesordnung. Nicht alle Abgeordnete sind für den Bau, da andere Objekte, wie zum Beispiel der Bau einer Umgehungsstraße, die an die bereits seit langem fertige neue Brücke angebunden werden soll, ja auf die lange Bank geschoben würden. Ein dringender Appell Ihrerseits könnte einige wankelmütige Abgeordnete umstimmen." Hellermund zupfte an seinem Schnauzbart, richtete seinen Blick mit den wässrigen, blauen Augen verlegen nach unten und bemerkte so nebenbei mit gewinnender Leutseligkeit: „Ist der Bau einmal genehmigt, könnten auch für Sie einige Räume mit abfallen." Ich stutzte. Wer machte keine Konzessionen, wenn für den eigenen Pelz ein wärmendes Plätzchen mit heraussspränge? Vor diesen Karren ließ ich mich gern spannen. Hier im Lande ist es ohnehin üblich geworden, ein wenig mit den Wölfen zu heulen, und wenn man denn an den Ufern des Ganges wäre, sogar mit einem Kuhschwanz in der Hand zu sterben. Der DDR-Bürger hat es gelernt, seine Fahne nach dem Wind zu drehen. In letzter Zeit hatte sich nach dem Besuch meines wissenschaftlichen Mentors in Schönwalde ein geradezu herzliches, kollegiales Verhältnis zwischen meiner Person und dem Kreisarzt entwickelt. Bekäme er doch zum Lohn die Reputation und Delegierung nach Helsinki und ich für die Arbeit den Dr. med. verliehen. Hellermund verwies aber darauf, dass sich mein Beitrag lediglich auf gesundheitspolitische Themen zu beschränken habe. Er spielte auf die gegenwärtige Streikwelle der polnischen Arbeiter an, angestachelt durch eingeschleuste Provokateure, auf die einzugehen, er mir ausdrücklich abriet. Ich musste mich der Zäsur fügen, obwohl ich mit der neuen Gewerkschaftsbewegung in Polen sympathisierte.

„Werte Abgeordnete, werte Gäste, es ist mir eine Ehre, als Gast zu Ihnen sprechen zu dürfen. Zunächst möchte ich mich kurz vorstellen, da ich einigen Delegierten vielleicht unbekannt bin. Seit zehn Jahren bin ich Oberarzt der chirurgischen Abteilung des hiesigen Krankenhauses. Ich habe das Glück, gemeinsam mit Herrn MR Dr. Hellermund an einer bedeutsamen internationalen Herz-Kreislauf-Studie mitwirken zu dürfen. Werte Abgeordnete, es liegt mir fern, Ihnen lediglich einen Höflichkeitsbesuch abzustatten. Im Gepäck habe ich einen Forderungskatalog, um dessen Umsetzung ich herzlich Ihre Unterstützung erbitte. Als ich neulich im Notarztwagen eine schwangere Frau, deren Wehen bereits eingesetzt hatten, in eine Entbindungsklinik begleiten musste, wurde mir die ganze Kalamität, in der sich der Kreis Schönwalde befindet, zur grausamen Realität. Von der Gnade und Laune einer Klinik hing es ab, die Gebärende rechtzeitig unterzubringen. Drei Kliniken gaben mir auf Anfragen einen Korb. Erst die vierte ließ sich herab, die Gebärende vorfahren zu dürfen. Ich hatte am Ende wohl mehr Angst ausgestanden als die schwangere Frau. Eine Odyssee von zwei Stunden musste ich durchmachen, ehe ich sie in einem sicheren Hafen wusste. Verehrte Abgeordnete, dieser Zustand ist unhaltbar! Die Straßen sind zudem schlecht, der Transport in den schlecht gefederten Notarztwagen ist für schwangere Frauen eine Tortur. Das Risiko einer Spontanentbindung im Krankenwagen ist nicht zu unterschätzen. Auch die Ausstattung des Notarztwagens und die Ausbildung des medizinischen Personals lassen zu wünschen übrig. An einen Hubschraubereinsatz in dringenden Fällen ist derzeit überhaupt nicht zu denken. Werte Abgeordnete, ich erlaube mir, mich hier und heute mit einem dringenden Appell an Sie zu wenden: Geben Sie das Signal zum Bau einer Entbindungsklink – spontaner, stürmischer Beifall –! Alle müssen hier an einem Strang ziehen. Das Vorhaben kann und darf nicht auf die lange Bank geschoben werden!

Wenn wir das Niveau der medizinischen Versorgung in unserem Kreis anheben wollen, müssen die Arbeitsbedingungen für das Krankenhauspersonal insgesamt verbessert und die medizinisch -technische Ausstattung auf den neusten Stand gebracht werden. Der medizinische Fortschritt ist uns enteilt. Wir erzielen keine besseren Ergebnisse, weil wir schlechter ausgebildet sind? Nein, weil unsere Technik in Diagnostik und Therapie hinterherhinkt, teilweise noch auf dem Stand unserer Vorväter verharrt!" Allgemeines Gemurmel trat ein, was mich zu einer kurzen Unterbrechung veranlasste. „Die Frage nach einem sinnvollen Umgang mit Devisen sollte gestattet sein. Die Gesundheit unseres Volkes muss es wert sein, diese Fragen ernsthaft zu diskutieren. Ein drittes Problem, das ich, last but not least, ansprechen möchte, ist die Prävention, also Vorbeugung von Krankheiten. An solch einer Studie ist unser Kreis derzeit beteiligt. Erste Ergebnisse belegen, dass falsche Ernährungsgewohnheiten, übermäßiger Konsum von Genussmitteln Herz-Kreislauf-Krankheiten negativ beeinflussen können. Es ist an der Zeit, der Prävention mehr Aufmerksamkeit zu widmen. Werte Abgeordnete, es steht mir nicht zu, Ihre Lebensweise zu kritisieren. Es stört mich aber durchaus, wenn im Sitzungssaal Nichtraucher unter Rauchern leiden müssen. Im Krankenhaus ist der Nikotingenuss am Arbeitsplatz generell untersagt. Zu guter Letzt noch ein Wink mit dem Zaunpfahl. Erfreulich ist, dass wir es geschafft haben, die Versorgung mit Grundnahrungsmitteln sicherzustellen. Leider ist in den letzten Jahren überproportional der Fleischkonsum gestiegen. Manche sehen das als Ausdruck gestiegenen Wohlstands. Damit haben wir aber in Kauf genommen, dass Übergewicht und Stoffwechselstörungen zugenommen haben. Unsere Untersuchungen ergaben, dass dreißig Prozent der Erwachsenen übergewichtig sind.

Werte Abgeordnete, abschließend möchte ich Sie noch mit einem bedeutsamen Zitat konfrontieren: Die Schlange Äskulaps unseres Jahrhunderts ist die Herzkranzarterie. Ich danke Ihnen für Ihre Aufmerksamkeit." Stürmischer Beifall begleitete meinen

Abgang vom Rednerpult!

Nach der Vormittagssitzung kam der Kreisarzt zu mir und stellte mich zur Rechenschaft:

„Kollege Jung, so war Ihr Beitrag mit mir vorher nicht abgesprochen! Beim ersten Teil ging ich mit Ihnen noch konform. Die danach folgenden Ausführungen haben mich hart getroffen. Sie haben mich im Regen stehen lassen!"

„Herr Kreisarzt, ich bin kein Schönredner. Es lag mir fern, den Delegierten Honig ums Maul zu schmieren. Ich habe nur gesagt, was gesagt werden musste, wo mich der Schuh drückt; ich habe nicht hinterfragt, ob ich ein Tabu damit breche. Wenn ein Mensch sich kriechend gegen andere beträgt, immer nur Komplimente austeilt, um sich durch ein so unwürdiges Benehmen bei anderen einzuschmeicheln, ist diese wider die Würde der Menschheit." Frustriert wandte er sich von mir ab und unterhielt sich scheinbar angeregt mit meinem nur wenige Meter von mir entfernt stehenden Kollegen Ralf Sander[3], der offenbar sein neustes Zugpferd war. Nach kurzer Zeit steckten die beiden die Köpfe zusammen und flüsterten sich Worte zu, die offensichtlich für fremde Ohren nicht bestimmt waren.

„Was hattest du mit dem Kreisarzt zu tuscheln?", fragte ich provokativ, nachdem sich der Kreisarzt von ihm verabschiedet hatte. Ralf Sander wurde verlegen. Dann ließ er die Katze aus dem Sack:

„Ich bin als Leiter der Schnellen Medizinischen Hilfe eingesetzt worden. Es ging um die Dienstplangestaltung. Jeder Arzt im Kreis soll zur Teilnahme verpflichtet werden. Ab Dezember soll der Dienstplan für die SMH stehen."

„Die Nachricht überrascht mich schon ein wenig. Deine Karriere riecht nach Begünstigung, kaum angekommen und schon eine Stufe nach oben geklettert", frotzelte ich. Ralf stutzte, äußerte sich aber nicht darüber, ließ mich wissentlich im Trüben fischen. „Ich beneide dich aber nicht um diesen Posten", fuhr ich fort, um die Wogen zu glätten. „Die SMH steckt hier noch in den Kinderschuhen. Ralf, habe ich richtig gehört, jeder Arzt soll sich beteiligen?"

„Na ja, so ganz genau darfst du die Anordnung nicht auslegen. Es wird einige Ausnahmen geben, die von vornherein ausscheiden: der Kreisarzt, die Chefärzte, der Laborarzt."

„Und ich?", unterbrach ich ihn.

„Du stehst natürlich als einer der Qualifiziertesten auf der Liste der Teilnehmer ganz weit oben. Da du aber bereits im Bereitschaftsdienst der Klinik eingebunden bist, wirst du nur am Tage zwischen 7:00 und 17:00 Uhr auf dem Dienstplan zu finden sein."

„Bist du dir sicher, dass die Schnelle Medizinische Hilfe so funktionieren wird? Mit einem Stab von Laienkünstlern?"

„Natürlich müssen wir intensive Fortbildungen auf die Beine stellen, was die Notfallmedizin betrifft. Viele Ärzte sind Laien auf diesem Gebiet. Es wird Monate dauern, bis ein kompetentes Team für den Einsatz bereitsteht. Helga führt bereits nächsten Monat den ersten Kurs über Reanimationsmaßnahmen am Unfallort durch. Ich übernehme den Part der traumatologischen Erstversorgung am Unfallort. Das Gleiche gilt auch für die Kraft- und Beifahrer in den Krankenwagen. Auch da müssen wir Qualifizierungen durchführen."

„Die Botschaft hört' ich wohl, allein mir fehlt der Glaube. Große Pläne, aber wohl mehr Schein als Sein. Wo soll der Sitz der neuen Institution sein?"

„Im Krankenhausgelände natürlich. Vorerst, bis das neue Gebäude steht, dessen Bau ja heute beschlossen werden wird, dank deiner ergreifenden Rede. Unser Sitz wird in einer Baracke sein, die in wenigen Wochen aufgestellt werden kann."

„Auf deine Mithilfe auf Station kann ich wohl in Zukunft nicht mehr rechnen?" Ralf brauste auf.

„Wo denkst du hin! Meine Tätigkeit als Chirurg gebe ich deshalb nicht auf. Nur einen Tag in der Woche wirst du auf mich verzichten müssen. So ist es auch mit dem Kreisarzt und dem Chef abgesprochen worden."

„Für den Leiter der Schnellen Medizinischen Hilfe ist nur eine Z-Stelle als Bonus vorgesehen?"

„Ja, hauptamtlich bleibe ich Angestellter der Klinik."

„Übrigens, wie weit seid ihr inzwischen mit eurem Anbau vorangekommen?"

„Es geht zügig voran. In wenigen Wochen können wir einziehen. Wir werden ein Fest geben, wenn es so weit ist; dich werden wir selbstverständlich einladen."

„Ein bisschen beneide ich euch schon um euer neues Nest, das euch die Stadt nach dem Motto: kam, sah und siegte, bereitet. Es riecht nach Privileg. Ich komme öfter dort vorbei, wenn ich einen alten Freund in seiner Hütte direkt am See besuche. Dort zu wohnen, ist wie einen Urlaub auf Lebenszeit genießen."

„Bei unserer Bewerbung haben wir klipp und klar auch eine angemessene Wohnung zur Bedingung gemacht. Da im Krankenhaus dringend eine leitende Anästhesiestelle zu besetzen war, hatte man auf die letzte Reserve zurückgegriffen. Ich glaube, so ist es mir jedenfalls zu Ohren gekommen, das Haus gehörte jemandem, der einen Ausreiseantrag gestellt hatte. Er durfte nur unter der Bedingung früher als geplant ausreisen, wenn er seinen Besitz zuvor der Stadt zu einem Dumpingpreis veräußert."

„Ja, mit Narkoseärzten hatten wir in der Vergangenheit nicht viel Glück. Ich hoffe, es wird sich mit eurer Bestallung ändern. Der letzte, Addi, ist vor einem halben Jahr nach einem dringenden Verwandtenbesuch – sein Bruder sei plötzlich ernstlich erkrankt, hieß es, was natürlich nicht wirklich der Fall war – im Westen geblieben. Seine Ehefrau, die daraufhin die Ausreise beantragt hat, wurde als Lehrerin sofort suspendiert. Zurzeit fristet sie als Tellerwäscherin in einer Kneipe ihr Dasein. Wenn sie nicht freigekauft oder ausgetauscht wird, kann sie dort versauern. Ich hoffe, ihr werdet hier bodenständig. Die besten Voraussetzungen mit dem Haus am See habt ihr ja jetzt, für einen Fünf-Personen-Haushalt gerade angemessen. Ich hoffe, es bleibt mir erspart, künftig wieder als Narkosearzt einspringen zu müssen, was mir gar nicht behagt, denn auch in der Anästhesie sind Fortschritte gemacht worden, die an mir vorübergezogen sind. Mein Ausbildungsfach ist nun mal Chirurgie und nicht Anästhesie."

„Wie kommst du auf fünf Personen?"

„Na ja, zur Familie gehören ja gewissermaßen auch eure zwei attraktiven Rennafghanen. So stürmisch wie ich sie neulich erlebt habe, müsst ihr das Grundstück aber sehr hoch umzäunen, etwa so hoch wie das der Langohren auf der Rabenauer Straße. Letzte Woche, als Helga mit ihnen die Klinik besuchte, sprangen sie vor Übermut über die Operationstische."

„Ja, sie sind gut trainiert. Regelmäßig nehmen sie an Windhunderennen teil, haben auch schon Preise eingeheimst. Um sie bei guter Kondition zu halten, muss ich sie täglich mit dem Fahrrad zehn Kilometer begleiten." Der Leser wird sich fragen, warum ich Sander duzte, während ich die anderen Kolleginnen und Kollegen siezte. Ralf Sander war mir von Anfang an sympathisch, und ich hoffte in ihm, einen Verbündeten gegen den Chef zu gewinnen, der inzwischen in Möller seine vertraute Person neben sich wusste, gewissermaßen als Gegenpol.

„Was wird aus den Afghanen, wenn ihr Urlaub macht?"

„Meist suchen wir uns solche Quartiere aus, in die wir sie mitbringen dürfen. Oft waren wir an der Mecklenburgischen Seenplatte. Helga und ich waren ja lange Zeit in Neustrelitz im Krankenhaus tätig. Für nächsten Sommer haben wir aber eine größere Reise geplant. Da benötigen wir für die Afghanen eine Amme."

„Ralf, du machst mich neugierig. Lass schon die Sau raus!"

„Eine Reise in die Karibik ist unser Ziel."

„In die Karibik – etwa Cuba? Das ist doch gar nicht möglich!"

„Und doch ist es möglich. Zunächst geht es bis Halifax mit dem Flugzeug. Dort gehen wir an Bord der Völkerfreundschaft, die uns nach Cuba bringt." Ich war fassungslos.

„An Bord der Völkerfreundschaft kommen doch nur gute Genossen! Ihr seid doch keine guten Genossen", stichelte ich.

„Wir haben sie als Auszeichnungsreise bekommen. Es war ein Glücksfall. Unseren Sohn können wir aber nicht mitnehmen. Er ist so etwas wie ein Faustpfand."

„Dein Sohn, eine Geisel? So etwas nehmt ihr in Kauf?"

„Ja, was ist schon dabei? Er ist der Garant für eine sichere Heimkehr."

17

Heute meinte es die Sonne gut mit uns. Es war ein schöner, klarer Morgen. Der Monat August ging zur Neige. Kein Wölkchen trübte den Himmel. Die Luft war mild und anregend wie reifer Wein. Der Wochenendbereitschaftsdienst verlief bisher ausgesprochen ruhig. Ich konnte die Nacht ohne Unterbrechung durchschlafen, wurde nicht ein einziges Mal geweckt. Ein Novum. Zu früher Mittagszeit nahm ich im Liegestuhl ein kurzes Sonnenbad. Aber schon bald kam gegen Mittag plötzlich ein heftiger Wind auf und trieb Wolken vor sich her. Sie flatterten wie aufgeregte Zugvögel über die Dächer der Häuser, zunächst helle, durchscheinende, aber schon kurze Zeit später dunkle, schwarze, die sich schnell zu einem eng gewebten Teppich verdichteten. Im Nu hatten sie die Sonne besiegt und den Tag in eine Nacht verwandelt. Grollend nahte der Donner, Blitze zuckten. Ein Gewitter war im Anzug. Mein Wetterfrosch hatte wieder einmal Recht, denn er saß am Sonntagmorgen ganz unten. Ich war erstaunt, als ich aus dem Fenster blickte. Nach meiner Wahrnehmung hätte er ganz oben auf der Leiter sitzen müssen, um schönes Wetter zu verkünden, aber er saß wie ein Trauerkloß ganz unten! Obwohl ein bisschen Aberglaube in jeder Seele steckt, glaubte ich ihm dieses Mal nicht. Als ich rasch meine Sachen vor dem aufkommenden Gewitter zu retten suchte, näherte sich mit anschwellendem Sirenengeheul die Schnelle Medizinische Hilfe. In halsbrecherischer Fahrt bog sie ins Krankenhausgelände ein und nahm Kurs zum Hofeingang der Klinik. Ein Sanitäter sprang aus dem Wagen und schrie aufgeregt:

„Machen Sie den Weg frei!" Eine Stationshilfe war gerade damit beschäftigt, die schweren, eisernen Essenkübel für das Mittagsmahl in den Fahrstuhl zu bugsieren. Ihr muss der Schreck in die Glieder gefahren sein, als sie so unwirsch angeraunzt wurde. Hastig riss sie die Kübel wieder aus dem Fahrstuhl. Dabei geschah das Malheur. Einer kippte um, und die Suppe verwandelte den Fahrstuhl in eine Rutschbahn. „Sind Sie noch bei

Trost!", schrie der Sanitäter in noch schärferem Ton. „Hier geht es um Leben und Tod!" Inzwischen hatten sie die Trage aus dem Krankenwagen bugsiert. Verängstigt nahm die Stationshilfe den Fluchtweg über den Treppenaufgang. Vielleicht wollte sie auch Utensilien zur Reinigung des Fahrstuhls besorgen. Zu dritt, der Notarzt und die Sanitäter, schoben sie die Trage auf den glitschigen Belag des Fahrstuhls. Das Krankenhauspersonal, wachgerüttelt durch das Sirenengeheul, erwartete vor dem Operationsbereich bereits das Unfallopfer. Es war ein Mädchen, das auf der Trage lag! Ich war noch in Freizeitkleidung, als ich hinzukam; der Notarzt war gerade dabei, Penelope die Patientin zu übergeben.

„Herr Kollege, was ist passiert?"

„Das Mädchen, das am Straßenrand saß, so berichteten mir Augenzeugen, wurde von einem vorüberfahrenden sowjetischen Panzer erfasst."

„Haben der Panzerfahrer oder seine Begleitfahrzeuge angehalten?"

„Nein, sie sind alle weitergefahren. Offenbar hat der Fahrer das Mädchen gar nicht bemerkt."

„Was haben Sie am Unfallort festgestellt?"

„Das Mädchen befindet sich im Schock, hat eine schwere Verletzung am Fuß. Es sieht furchtbar aus. Mir wurde übel, als ich den Fuß notdürftig verband."

„Haben Sie ihm ein Medikament gegeben?"

„Nein, wir haben in höchster Eile das Krankenhaus angefahren."

„Ich schüttelte missbilligend den Kopf, enthielt mich aber eines zurechtweisenden Kommentars."

„Penelope, bringen Sie das Mädchen in den Operationssaal. Spritzen Sie ihr 30 mg 'Dolcontral', und rufen Sie die Anästhesistin! Ich ziehe mich rasch um."

„Die Narkoseärztin ist schon auf dem Wege. Sie müsste jeden Augenblick hier eintreffen", antwortete Penelope. Das Mädchen, sein Vorname war Gabi, war im Schock, aber ansprechbar. Leichenblässe überzog ihr Gesicht, ihre Lippen waren aschfahl.

„Helga, es ist gut, dass du kommst. Das Mädchen soll schwer verletzt sein. Den Verband möchte ich erst öffnen, wenn sie narkotisiert ist." Es dauerte nicht lange bis die Narkoseärztin das Mädchen im Griff hatte.

„Carl, ich denke, du kannst jetzt aktiv werden, Gabi schläft." Als die Narkose eingeleitet wurde, bereitete ich mich auf eine übliche Wundversorgung vor. Penelope hatte nur wenige Instrumente auf dem stummen Assistenten, die für eine normale Wundversorgung benötigt wurden, zurechtgelegt.

„Marlis, entfernen Sie jetzt vorsichtig den Verband!", wies ich sie an. Was unter dem Verband zum Vorschein kam, überstieg unser Vorstellungsvermögen.

„Mein Gott!", schrie Penelope. Mich packte das bloße Grauen, denn ich befürchtete das Schlimmste für das Kind. Marlis wurde leichenblass und musste sich übergeben. Die Anästhesistin wollte gar nicht hinsehen.

„Holt die Röntgenassistentin. Wir benötigen eine Skelettaufnahme vom Fuß. Sie soll das transportable Gerät nehmen. Den Transport ins Röntgen möchten wir ihr ersparen!", entschied ich. Mit einem sterilen Tuch deckte ich den verletzten Fuß zu. Seit der Aufnahme ins Krankenhaus waren knapp dreißig Minuten verstrichen. „Wir müssen den Befund sorgfältig dokumentieren. Das ist für alle von größter Wichtigkeit; falls es später Fußangeln und Komplikationen mit den Behörden geben sollte, müssen wir gewappnet sein. Marlis, holen Sie meinen Fotoapparat! Er befindet sich im obersten Fach meines Schreibtisches." Ich ließ mehrere Aufnahmen in verschiedenen Ebenen schießen. Was tun? Ich stand vor einem Dilemma. „Wir werden den Fuß wohl oder übel amputieren müssen", ließ ich die anderen wissen.

„Den ganzen Fuß?", fragte Penelope erschrocken. Sie war der Verzweiflung nahe.

„Eine Teilamputation des Fußes, etwa in der Lisfranc'schen Linie, nach Pirogov oder Chopart weiter proximal mit Erhaltung des Fersenbeines ist auch nicht möglich, da wir kein Gewebe zur Deckung des Amputationsstumpfes zur Verfügung haben."

„Herr Oberarzt", Penelope legte ihre Hände über die meinen,

„Gabi ist erst zwölf, versuchen Sie doch bitte, bitte, den Fuß zu erhalten. Sie ist noch so jung. Bitte! Bitte!" Penelope war der Verzweiflung nahe.

„Genug der Diskussion!", entschied ich. „Wir müssen handeln. Ich sehe nur eine Art Ragout, ein Gewebe wie durch einen Fleischwolf gedreht, keine normalen Strukturen. Lediglich die Zehen scheinen unversehrt zu sein. Beseitigen wir zunächst den groben Schmutz mit einem kräftigen Wasserstrahl, danach desinfizieren wir das Bein bis zum Knie." Nachdem die notwendigen Vorbereitungen getroffen wurden, begann ich mit diffiziler Befunderhebung. Die Strecksehnen der Zehen lagen frei, waren teilweise durchtrennt ... Über eine Stunde benötigte ich, um mir einen genauen Überblick über das Ausmaß der Verletzungen zu verschaffen. Die Anästhesistin notierte sorgfältig meinen erhobenen Lokalbefund. Danach holte ich tief Luft und sagte entschlossen:

„Versuchen wir, den Fuß zu erhalten! Uns steht eine Sisyphos-Aufgabe bevor." Als ich das sagte, fühlte ich wie Sisyphos, der unentwegt einen Stein bergan rollen musste, mit ihm aber nie ans Ziel kam. Penelope wäre mir am liebsten um den Hals gefallen. Ich hörte ihr Schluchzen. Dankbar legte sie ihre sterilen Hände auf die meinen. Zwölf Stunden währte der Kampf des Teams um den Erhalt des Fußes, und ich war mir nicht sicher, als wir die Instrumente weglegten, ob uns ein Erfolg beschieden sein würde. Alle waren der Erschöpfung nahe. Der wiederhergestellte Fuß glich äußerlich einem borstigen Igel; viele über das Hautniveau herausragende Drähte waren zur Fixation der reponierten multiplen, kleinen Fußknochen erforderlich. Als ich, völlig übermüdet, aufstand, um den Operationssaal zu verlassen, fiel mir Penelope, noch in ihrer Operations-Kleidung, um den Hals und schluchzte herzzerreißend vor Dankbarkeit. Ich bedankte mich bei dem gesamten Kollektiv:

„Ich danke allen für den aufopfernden Einsatz. Allein hätte ich es nicht geschafft. Besonders Penelope möchte ich hervorheben, ohne ihren Einwand, ihre Bitte, das Unmögliche zu versuchen, hätte ich mich vielleicht anders entschieden. Mit Gottes

Hilfe kann Gabi es schaffen. Wir wissen alle, dass sie noch längst nicht über den Berg ist. Eine Infektion kann uns alle Arbeit zunichtemachen. Heute haben wir nur die erste Etappe ihrer Genesung erreicht." –

Für den Leser flechte ich an dieser Stelle ein, warum ich gerade Gott in diesem Zusammenhang ins Spiel gebracht habe. Trotz intensiver Gehirnwäsche in meiner Jugend – ich besuchte eine Eliteschule der Partei –, war es meinen Lehrern nicht gelungen, aus mir einen Marxisten beziehungsweise Kommunisten zu formen. Die Kommunisten – es ist wahr – besitzen keine Religion; was noch schlimmer ist: Sie sind sogar Atheisten! Man muss ihnen aber zugutehalten, dass sie den Kosmopolitismus propagieren. Vielleicht lag es daran, dass mein liebster Bruder mit dem System auf Kriegsfuß stand und nach dem Westen getürmt war. Ich verehrte ihn als Kind, wie einen Heiligen, hütete seine am heimischen Herd verbliebenen Utensilien wie Reliquien. Ich erlernte das Morsealphabet, um mit ihm geheime Botschaften austauschen zu können. In unserer Familie wurde kein Gotteskult gepflegt. Vater hatte zu Beginn des Dritten Reiches die Lutheraner verlassen und war zu den Ludendorffern, der sich „Bund für Deutsche Gotteserkenntnis" nannte, über- gelaufen. Hinzufügen muss ich, dass Vater ein sogenannter Verehrer von General Ludendorff und wohl deshalb ein Gegner von Hitler war. Aus diesem Grund wuchs ich ohne Taufe und Abendmahl auf. Da ich ein Herdentier war, besuchte ich während meiner Grundschulzeit gemeinsam mit anderen Mitschülern auch den Religionsunterricht, der anfangs noch im Schulgebäude, später jedoch gezwungenermaßen in Räumen der Kirchgemeinde stattfand und lernte das Beten, ohne jedoch gottesfürchtig geworden zu sein. Während des Studiums gab es einen brisanten Vorfall. Ein Kommilitone nahm an einem Kirchenkongress teil. Unerlaubtes Fehlen vom Studium wurde ihm zur Last gelegt. Ein hartes Urteil wurde gefällt: Relegation! Pazifistische Bestrebungen, die von der evangelischen Kirche ausgingen, bestärkten mich in meiner Entscheidung, mich ihr zu nähern. „Sie werden ihre Schwerter zu Pflugscharen und ihre Spieße zu Sicheln machen. Kein Volk wird gegen das andere das Schwert erheben, und sie werden fortan nicht mehr lernen, Krieg zu führen", heißt es im 4. Kapitel des Micha. Dazu bekannte ich mich öffentlich durch das Tragen des Aufnähers an meiner Kleidung, der von Sander entworfen wurde. In diese Zeit fällt auch meine Bekanntschaft mit Lilofee. Sie strebte eine Hochzeit in Weiß vor dem Traualtar an. Eine Hochzeit ohne Traualtar wäre einem Tabubruch in ihrer Familie gleichgekommen. Bevor wir heirateten, ließ ich mich taufen und konfirmieren, auch auf die Gefahr hin, dass meinem Studium Hindernisse in den Weg gestellt werden könnten. Gottesfürchtig war ich nicht, keineswegs. Dem Glauben von der Unsterblichkeit habe ich abgeschworen. Ein Leben nach dem Tod zu wünschen, widerspricht den Funktionen der Natur, in der alles, also auch der Tod, wahr, ganz, ungeteilt vollständig ist. In dieser Beziehung halte ich es mit Feuerbach. Er schrieb, dass der Tod die vollständige Auflösung des ganzen und vollständigen Seins sei. Die Religion sei vielmehr identisch mit dem Bewusstsein des Menschen von seinem Wesen. „Gott ist der Spiegel des Menschen. Das Höchste ist die Liebe des Menschen, und dass Gott empfindet heißt: Die Empfindung ist göttliches Wesen". Letztendlich tendierte Feuerbach zum Pantheismus, Gott und Natur sind eins. Auch ein Wissenschaftler kann nicht ganz ohne einen Glauben auskommen. Stößt er an seine Wissensgrenze, fängt der Glaube an. Der These folgt die Antithese. Aber es ist wohl müßig, mehr noch, unnütz, nach der Existenz von Gott zu suchen. „Nur wenn das Universum einen Anfang hätte, können wir von der Annahme ausgehen, dass es von einem Schöpfer geschaffen worden sei. Aber wenn es weder einen Anfang noch ein Ende hätte, wäre es einfach da! Wo wäre dann noch Raum für einen Schöpfer?", schrieb eine bekannter Wissenschaftler. –

Wochen waren nach dem Eingriff ins Land gestrichen, als mich meine Kollegin Tschabert in den Morgenstunden in der Poliklinik aufsuchte:

„Herr Oberarzt, Gabi wird gerade in den Operationsaal gebracht. Der Chef will ihr den Fuß amputieren. Ich konnte ihn bei der Visite nicht davon abbringen, erst Sie zu konsultieren. Durch Möllers schweigende Zustimmung wurde er in seiner Entscheidung bestärkt. Ich habe Ihnen doch bei der Operation assistiert und kann nicht glauben, dass unsere aufopferungsvolle Arbeit umsonst gewesen sein soll. Der Chef weiß nicht, dass ich aus eigenem Antrieb hier bin. Er hätte es mir bestimmt untersagt. Da bin ich mir ziemlich sicher. Bei der heutigen Visite ließ er keinen guten Faden an Ihrer Tätigkeit. Das machte mich einfach wütend." Ich war sprachlos, als mir das die Kollegin berichtete. Am Vorabend hatte ich Gabi noch am Krankenbett besucht. Als ich sie verließ, waren wir beide guter Hoffnung, dass wir es schaffen.

„Das kann ich nicht glauben, was Sie mir über Gabi berichten. Sie müssen sich verhört haben, Frau Kollegin", widersprach ich.

„Herr Oberarzt, ich habe mich nicht geirrt. Wenn Sie nicht handeln, ist in einer halben Stunde alles vorbei", unterstrich sie erregt. „Bitte kommen Sie mit!"

„Gut, ich komme mit. Sprechen wir mit dem Chef, bevor er amputiert." Wir stürmten über den Hof und erreichten Gabi gerade, als sie auf dem Operationstisch gelagert wurde. Der Chef stand am Waschbecken und desinfizierte seine Hände. Er war überrascht, mich plötzlich im Operationssaal anzutreffen.

„Kollege Jung, Ihr Platz ist heute in der Poliklinik. Es wurde vereinbart, dass Sie Kollegen Lori während seiner Abwesenheit in der Poliklinik vertreten. Dafür werden Sie zusätzlich mit einer Z2 honoriert."

„Chef, ich bin wegen Gabi hier. Kollegin Tschabert informierte mich, dass Sie ihren Fuß amputieren wollen." Er sah mich herausfordernd an. Angriffslustig schob er sein rundes Kinn nach vorn.

„Bei der heutigen Morgenvisite haben wir, ich und Kollege Möller, ihren Fuß genau inspiziert. Beide kamen wir zu der Auffassung, dass der Fuß nicht mehr durchblutet ist. Weiter zuzuwarten, bedeutet nur, das Problem vor sich herzuschieben."

„Ich erlaube mir einzuwenden, dass Sie beide Unrecht haben. Der Fuß ist durchblutet! Ich kann es Ihnen beweisen." Der Chef stutzte. Dann wurde er aggressiv.

„Kollege Jung, Sie sehen doch, dass der Fußrücken schwarz ist! Sie können mir kein X für ein U vormachen."
„Das schon", wandte ich ein. „Die Haut ist abgestorben. Ja! Da beißt die Maus keinen Faden ab. Bei der ausgedehnten Ablederung war das ja vorauszusehen. Ich habe sie nur zur vorübergehenden Deckung der Weichteile genutzt, da wir ja keinen anderen Hautersatz zur Verfügung hatten. Wenn Sie die Zehen näher betrachten, werden Sie mir zustimmen, dass sie durchblutet sind. Ich möchte es Ihnen demonstrieren." Ich holte eine dünne Kanüle und piekte Gabi kurz in eine Zehenkuppe. Ein roter Bluttropfen entleerte sich aus der Einstichstelle, für jedermann sichtbar. Ich zeigte ihm den mit einem Mulltupfer aufgefangenen Bluttropfen. „Sind Sie immer noch der Meinung, dass der Fuß abgestorben ist?", fragte ich provokativ. Alle Augen waren auf den Chef gerichtet. Er richtete sich auf, rollte mit den Augen und warf wütend die Handbürste in das Waschbecken, trocknete sich die Hände, riss die Mütze von seinem Kopf, machte eine schroff abweisende Handbewegung und verschwand wortlos.

„Bringt Gabi wieder auf Station!", sagte ich ruhig und verließ grußlos den Operationssaal, um mich meiner eigentlichen Aufgabe zu widmen.

Nach diesem peinlichen Auftritt überließ der Chef mir allein die Verantwortung über die weitere Vorgehensweise bei dieser Patientin. Noch viele Eingriffe waren nötig; Wochen, sogar Monate gingen ins Land, bevor Gabi mit dem rekonstruierten Fuß ihre ersten Schritte wagen konnte. Die abgestorbene Haut des Fußrückens wurde abgetragen und in mehreren Etappen durch Spalthautlappen gedeckt. Um an das Elektro-Dermatom heranzukommen, mit dem die Spalthautlappen aus anderen Hauregionen entnommen werden konnten, musste ich manche Mark aus eigener Tasche opfern. Da meine übliche Versorgungsquelle versagte – die Operationsschwester der Uniklinik wagte nicht, das wertvolle Gerät zu verborgen, da es ja dort fast täglich benötigt wurde. Ich wandte mich an das katholische Stiftkrankenhaus; seinem früheren Chef war ich gewogen – als ich

Pflichtassistent auf einer inneren Station und er dort einer meiner Patienten war, der damals darauf bestand, dass ich ihm die intravenösen Injektionen verabreichte –; er machte den Weg für mich frei, das Dermatom ausleihen zu dürfen. Die letzte Etappe der Fußrekonstruktion war die schwierigste und längste. Die Ferse benötigte eine neue belastbare Haut mit einem ausreichend dicken Polster. Hier betrat ich ein absolutes Neuland, ohne eigene Erfahrungen. Ich konnte nur auf vage Erfahrungsberichte meiner Vorväter zurückgreifen, die aber eine genaue Beschreibung der Methode nie hinterlassen haben. Ich entschloss mich für eine sogenannte „gestielte Fern-Lappen-Plastik", bei der der Spenderlappen aus einer anderen Körperregion stammt, im Falle Gabis, von der Innenseite des Oberschenkels ihres gesunden Beines, wohlwissend, dass auch dort später eine Narbe zurückbleiben würde. Eine längere Ruhigstellung der Beingelenke in ungewohnter Körperhaltung war damit verbunden. Ich war mir sicher, dass Gabi das aushalten würde. Sie hatte schon so viel durchmachen müssen, da würde sie die letzte Etappe auch noch durchstehen. Bevor wir an die schwierige Aufgabe herangingen, hatte ich ein langes Gespräch mit ihr. Vier bis sechs Wochen würde sie in einer Zwangshaltung verharren müssen, da der gestielte Haut-Fettlappen des Oberschenkels mit seinem freien Ende an die verbliebene intakte Haut oberhalb des Fersenbeines angenäht würde, ohne zunächst von seinem Ursprung getrennt zu werden. Während des Einsprossens neuer Blutgefäße ins Gebiet der Nahtstelle – Vaskularisation – wäre absolute Bewegungsstarre der betroffenen Region erforderlich, was durch einen Becken-Bein-Gips erreicht würde. Erst danach, wenn die Blutversorgung des gebildeten Hautlappens über Gabis Fersenhaut abgesichert wäre, könnte der Hautlappen vom Oberschenkel gelöst, über die Ferse gelegt und mit der ortständigen Haut der Fußsohle vernäht werden. Es gelang! Der gebildete Lappen heilte komplikationslos ein! Meine Berechnungen über Breite und Länge des Lappens waren richtig. Ein halbes Jahr nach dem Unfall konnte Gabi ihre ersten Schritte wagen! Alle waren gekommen, die an ihrer Genesung Anteil hatten, und sie erlebten eine Sternstunde, die sie für alle durchgemachten Mühen entschädigte. Sie wurden Zeuge eines außergewöhnlichen Ereignisses.

18

Da ich bis zu meiner 2:00 Uhr-Sprechstunde noch etwas Zeit hatte, überflog ich rasch die Tageszeitung, das heißt das „Neue Deutschland", das Blatt der SED, das täglich im Wartezimmer auslag. Zu Hause erwartete mich keine Zeitung. Früher, als wir noch bei meinen Eltern wohnten, abonnierte Vater die „Union", ein christliches Tagesblatt, das der CDU nahestand. Wenn Vater sie abgelegt hatte, wanderte sie in unsere Hand. Auch Lilofee blätterte gelegentlich darin, um die Zeit zu überbrücken, wenn der kleine Pius mittags schlief. Das großformatige ND eignete sich nicht zum Lesen am Frühstückstisch. Die erste Seite mit dem Leitartikel blätterte ich, ohne einen Blick darauf geworfen zu haben, rasch um. Wie immer, überflog ich nur die Schlagzeilen, die ins Auge sprangen: Tagung des polnischen Sejm, Rede von Armeegeneral Wojciech Jaruzelski zur gegenwärtigen Lage im Lande, Die Polnische Arbeiterpartei bezeichnet Streiks als Streikterrorismus, Neue Vermögenssteuer in Frankreich beschlossen, Millionen USA-Bürger vom Sozialabbau betroffen, Südkoreas Diktator hat Tausende Oppositionelle ins KZ geworfen, Theo Adam in Bratislava gefeiert, Solidarnosc stürzt Polen weiter ins Chaos. Die konterrevolutionäre Führung von Solidarność hat am Mittwoch von 12-13:00 Uhr einen einstündigen Streik angezettelt und damit ihren Plan fortgesetzt, Polen immer weiter ins Chaos zu stürzen.

Als ich die letzte Seite umblättern wollte, stutzte ich. Eine unscheinbare winzige Kolumne, ein kleingedruckter Sechszeiler, erregte meine Aufmerksamkeit: „DDR hebt visafreien Verkehr zu Polen auf". Polen war also plötzlich über Nacht Feindesland? Gestern noch Freundesland! Meine Freunde in Krakau waren plötzlich meine Feinde? Ich verstand die Welt nicht mehr. Hatte man Angst, das polnische Virus könnte auf das Territorium der

DDR überspringen? Wollte man deshalb einen „Cordon sanitaire" schaffen? So in Gedanken versunken, schreckte mich ein leises Klopfgeräusch an meine Tür auf. Verärgert, rief ich recht ungehalten auf Spanisch, ohne einen Blick zur Tür zu werfen: „Adelante!" Da die Tür geschlossen blieb, ich merkte es am fehlenden Quietschen der Scharniere, rief ich erneut, dieses Mal auf Deutsch: „Herein!" Erst nach einer Weile öffnete sie sich zaghaft. Ich drehte mich auf meinem Drehsessel vor dem Schreibtisch zur Tür. Verstohlen schob sich ein Blondschopf in den geöffneten Türspalt. Er blieb wie angewurzelt an der Türschwelle stehen.

„Treten Sie ruhig ein! Ich bin nicht Isegrim, ich werde Sie nicht fressen", machte ich der Blonden Mut einzutreten. Es war Conny, die mich besuchte. Ich war überrascht. Sie war erst ein halbes Jahr in der Klinik. Die Schwesternausbildung hatte sie geschafft. Jetzt wollte sie sich zur Operationsschwester qualifizieren. Bisher war sie für mich ein unbeschriebenes Blatt, mir relativ selten über den Weg gelaufen, da sie von Penelope die ersten Monate in Vorbereitungsräumen eingesetzt wurde. Nur gelegentlich durfte sie für Minuten in sicherem Abstand Operationsluft schnuppern, und da war sie vermummt. Ich stand auf und ging ihr einige Schritte entgegen. Sie war schlank wie eine Gerte und fast so groß wie ich, mochte 19 oder 20 Jahre zählen. Ihr glattes, halblanges, blondes Haar glänzte im einfallenden Sonnenlicht. Es umrahmte ihr schmales, längsovales, zartes Gesicht von auffallender Blässe, über das sich ein tiefer Schatten gelegt hatte, der Angst erkennen ließ. Das schöne Blau ihrer Augen zog mich an. Sie waren noch feucht vom letzten Tränenfluss. Ich nahm sie sanft in die Arme und führte sie zum Stuhl neben dem Schreibtisch.

„Mädchen, was ist mit dir? Dein Gesicht ist aschfahl!" Ich fasste sie bei den Händen. Sie waren eiskalt. Die flachshaarige junge Frau begann am ganzen Körper zu zittern. Sie vergrub ihr Gesicht mit den Händen und begann hemmungslos zu weinen. Ich drückte ihren Kopf an meinen Körper und strich sanft über ihr Haar, um sie zu trösten. Nach einer Weile beruhigte sie sich, während ich ihre Tränen mit einem Tuch auffing.

„Ich weiß keinen Rat, weiß nicht ein noch aus", begann sie, stockend zu erzählen. „Ich habe niemanden, dem ich vertrauen, den ich um Rat fragen kann. Ich bin in einer verzweifelten Lage."

„Conny, Sie sind doch nicht allein. Ihre Eltern ..." Sie unterbrach mich rasch.

„Das ist es ja gerade!" Sie fing erneut zu weinen an. „Was ist mit Ihren Eltern?".

„Meine Eltern sind aus ihrem Urlaub nicht zurückgekehrt. Eine Woche sind sie schon überfällig. Bis vor einer Stunde wurde ich von der Staatssicherheit verhört. Sie verlangte von mir Auskunft über ihren jetzigen Aufenthaltsort. Zwei Stunden lang haben sie mich in die Mangel genommen und mir mit Gefängnis gedroht, wenn ich ihren Aufenthalt nicht verrate."

„Conny, nun erst mal der Reihe nach. Ich verstehe nichts. Was ist mit Ihren Eltern?" Sie schluckte, stockend begann sie zu berichten:

„Vor drei Wochen sind sie in den Urlaub nach Jugoslawien geflogen."

„Nach Jugoslawien?" Ich stutzte. Ja, es gab sie, die Reisen zu Tito, aber nur für erlesene Bürger. Denn in Jugoslawien endete der Eiserne Vorhang, obwohl auch Tito vorgab, den Sozialismus aufzubauen. Er konnte sich rühmen, sein Land aus eigener Kraft vom Hitlerfaschismus befreit zu haben. Stalin gestattete ihm deshalb gewisse Freiheiten und eine relativ eigenständige Politik. Tito manövrierte zwischen dem Eisernen Vorhang, unterhielt zu beiden Systemen gute diplomatische Beziehungen.

„Ja, Jugoslawien. Es war eine Auszeichnungsreise, die Vater von seinem Betrieb erhalten hatte. Man genehmigte sie unter der Bedingung, dass ich im Lande bliebe."

„Hatten sie, bevor sie abflogen, Ihnen angedeutet, dass sie die Reise zur Flucht nach dem Westen nutzen wollten?"

„Nein, ich wusste nicht, dass meine Eltern nicht aus dem Urlaub zurückkehren würden!"

„Conny, Ihre Eltern durften Ihnen nicht verraten, dass sie die Republik verlassen wollten. Möglicherweise hat sich die Gelegenheit zur Flucht aber erst vor Ort ergeben, und sie haben spontan gehandelt. Versuchen Sie doch über Ihre Verwandten im Westen – Sie haben doch bestimmt welche? –, Kontakt zu Ihren Eltern aufzunehmen."

„Von wo soll ich denn anrufen? Vom Krankenhaustelefon?"

„Nein, melden Sie ein R-Gespräch beim Postamt an! – Versuchen Sie nicht, das Haustelefon Ihrer Eltern zu benutzen. Es wird ohnehin gesperrt sein. – Der Anruf wird sicher überwacht werden. Das macht aber nichts. Ich denke, die Stasi weiß inzwischen, wo sich Ihre Eltern aufhalten. Im Personalbogen Ihres Vaters, der ja der Kaderabteilung des Betriebes Ihres Vaters vorliegt und regelmäßig von der Stasi kontrolliert wird, sind sicher die Verwandtschaftsbeziehungen und Westkontakte mit Adressen aufgeführt."

„Wenn meine Eltern aus dem Urlaub zurückkamen, hatten sie sich sofort bei mir gemeldet. Dieses Mal nicht. Ich erwartete die Maschine auf dem Flughafen, um sie zu empfangen. Auf einer Ansichtskarte aus Jugoslawien teilten sie mir ihre Ankunftszeit mit. Sie waren nicht im Flugzeug."

„Vielleicht hatten sie zu dem Zeitpunkt, als sie die Karte in den Postkasten warfen, bereits die Entscheidung getroffen, nicht in die DDR zurückzukehren und wollten damit die Staatssicherheit auf eine falsche Fährte lenken. Also es war möglicherweise ein taktisches Manöver, oder sie hatten zu dem Zeitpunkt wirklich noch nicht die Absicht zu fliehen."

„Was soll aus mir werden?", klagte sie. „Ich wohne zwar während meiner Ausbildung im Schwesternwohnheim, aber die meisten Sachen habe ich zu Hause. Als ich gestern ins Haus wollte, um wichtige Dinge zu holen, stand ich vor einer versiegelten Haustür. Ich kam nicht herein."

„Das Haus wird bestimmt überwacht. Wer sich ihm nähert, gerät ins Visier der Staatssicherheit. Wo steht das Haus?"

„In einer kleinen Siedlung, nahe am Stausee."

„Man könnte versuchen, in der Nacht ungesehen zum Haus zu gelangen. Vielleicht gibt es eine Möglichkeit, unbemerkt ins Haus zu gelangen, aber auf keinen Fall durch die versiegelte Tür.

Ich sann nach einem Ausweg:

„Ich habe heute Bereitschaftsdienst. Wenn nicht gerade Patienten in der Notfallambulanz zu versorgen sind, könnten wir nach Einbruch der Dunkelheit Ihr Elternhaus unter die Lupe nehmen. Sie haben Schweigepflicht! Sie dürfen mit niemandem darüber reden!", warnte ich sie. Ich war mir der brenzligen Lage bewusst, in die ich mich manövriert hatte. Wenn wir beide in flagranti ertappt würden, würde ich als Mittäter und Staatsfeind behandelt werden. „Conny, Sie gehen jetzt in Ihr Zimmer im Wohnheim. Ich werde Penelope informieren, dass Sie plötzlich unpässlich sind."

Erst gegen Mitternacht meldete ich mich bei ihr:

„Conny, es ist so weit! Ich habe mich für dreißig Minuten abgemeldet. Ich fahre jetzt bis zum Ortausgangsschild und warte dort auf Sie. Wenn Sie sich beeilen, sind Sie in zehn Minuten dort." Schon nach wenigen Minuten stieg sie in meinen LADA. Wir fuhren am Windischhaus vorüber in Richtung Stausee. Linker Hand lag die kleine Ansiedlung, wo das Haus ihrer Eltern stand. Das Auto parkte ich etwas abseits, damit Anwohner nicht Verdacht schöpften. Das kleine Siedlungshaus lag im Dunkeln. Auch aus den umliegenden Gebäuden drang kein Lichtstrahl nach außen. Straßenlaternen brannten nicht. Die Gelegenheit war günstig.

„Versuchen wir, über ein Fenster ins Haus zu gelangen, am besten über ein Kellerfenster!", riet ich. Wir schlichen um das Haus herum. Auch die Tür zum Waschhaus war versiegelt.

„Über dieses Fenster könnte ich hereinklettern", flüsterte Conny. Sie zeigte mit der Hand auf ein winziges Kellerfenster. Ich richtete den Lichtstrahl meiner Taschenlampe in die angedeutete Richtung.

„Da willst du hinein?" Ich duzte sie unwillkürlich. Denn in diesem Augenblick fühlte ich mich als ihr Komplize, nicht als ihr Vorgesetzter. Es war ein winziges Fenster, in das sie ihren schlanken Körper hindurchzwängen wollte. Vorsorglich hatte ich mich neben meiner Taschenlampe mit einem Brecheisen, das zum Reifenwechsel unentbehrlich war, bewaffnet. Es gelang mir mühelos, das Kellerfenster auszuheben, ohne es zu zerstören. Mit meiner tatkräftigen Unterstützung zwängte sich Conny durch das enge Fenster. Als sie es geschafft hatte, gab ich ihr meine Lampe. „Conny, beeil dich! Wir haben nicht viel Zeit. Benutze nur die Lampe beim Durchsuchen der Wohnung!" Über eine halbe Stunde blieb sie im Haus. Ich wurde langsam ungeduldig. Mehrmals schlich ich um das Haus herum. Ich begegnete keiner Seele. Zum Glück ging alles gut. Conny fand, was sie gesucht hatte, auch ein prall gefülltes Kuvert mit Bargeld, das die Stasi nicht entdeckt hatte.

19

„Die Würfel jucken mich schon in der Tasche!
Wer weiß, wie noch die Würfel fallen!
Hat er Glück,
so hat er auch Vasallen!"
„Setzt alle frisch euch an den Tisch! Alwin, bring uns zum Bier noch einen Kurzen und natürlich den Knobelbecher mit dazu! Schließlich müssen wir ja den Zahlmeister des heutigen Abends ermitteln", fügte er augenzwinkernd hinzu. Rudi Scherer war ganz in seinem Element. Es war sein Stammlokal und das seiner Zechkumpane, hoch oben auf dem Berg über der Stadt mit Blick auf die Tafelberge der Sächsischen Schweiz, in das er uns eingeladen hatte. Als wir am milden Sommerabend keuchend das kleine Runddorf zu Fuß erreichten, richtete die tiefstehende Sonne ihre letzten Strahlen direkt auf die Tafelberge, die greifend nah vor uns lagen. Sie weckten in mir unwillkürlich Jugenderinnerungen, die gleichsam als lichte Punkte aus dem Dunkeln hervortraten. Rudi wusste nicht, dass hier vor einem Vierteljahrhundert schon einmal, wenn auch nur für kurze Zeit, mein Zuhause war. Vater hatte die ewigen Querelen mit den Russen satt. Das Fass lief über, als sie ihm einen Großteil seiner, in einer Miete gelagerten, Kartoffeln gestohlen hatten, ausgerechnet seine Saatkartoffeln, die er für nächstes Frühjahr unbedingt benötigte. Herr Goldberg, sein Adlatus, Hans Dampf in

allen Gassen, riet dringend von einer Klage ab. Er kannte seine Pappenheimer ganz genau. Denn er war ja ihr Kalfaktor, der ungehinderten Zugang zu den Russenkasernen hatte. Eine Klage hätte Vater nur mehr Ärger beschert, ohne geringste Erfolgsaussichten. Kurzerhand gab er die gepachtete Landwirtschaft am Schelsberg entnervt auf und siedelte ins kleine Runddorf auf der Höhe über, in dem über Nacht ein Bauer seinen Hof verlassen hatte und nach dem Westen getürmt war. Im Dorf munkelte man, dass er dem ständigen Druck, in die LPG einzutreten, überdrüssig geworden war. Vater übernahm anderntags Hof samt Vieh und Viehpfleger. Über Nacht war er Großbauer, Kulak, geworden, in den Augen der Mächtigen des Regimes ein Staatsfeind. Der Hof war Teil eines Rundlings, vor Jahrhunderten auf dem Plateau des Höhenzuges erbaut, der die Elb-Metropole von Süden her umgürtete. Ein kleiner Weiher, inmitten des Dorfangers, diente als Feuerlöschstelle. Im Frühjahr, wenn Laichzeit war, bevölkerten Tausende Frösche den Teich. Ihr nächtliches Quak-Konzert, das alle anderen Naturgeräusche übertönte, hielt bis in die Sommermonate hinein an. Außer der erwähnten kleinen Schenke, „Lehmanns Schenke" genannt, ein kleines Fachwerkhaus aus dem 18. Jahrhundert, ein sogenannter Ausspann und einer Schmiede an der Ausfallstraße hatte die Wagenburg nichts – rein gar nichts – zu bieten. Die Jugend jagte an milden Sommerabenden nach getaner Arbeit auf dem Anger dem Ball hinterher. Meist wurde „Völkerball" gespielt, eine uralte Zwei-Felder-Ballspielart zweier gegnerischer Mannschaften, die mehrere Stunden dauern konnte, bis auch dem letzten Spieler der Garaus gemacht wurde. Ich war ein gefragter Mitspieler bei der Teamauslosung. Da ich in der Mannschaft meines Lehrbetriebes Handball spielte, waren meine Fang- und Wurfkünste unter der Dorfjugend sehr gefragt. Die Mannschaften waren geschlechtsneutral besetzt, um zwei Mannschaften zu komplettieren. Am Spiel beteiligte sich fast die gesamte Dorfjugend, nur einer, Charly, war partout nicht zu gebrauchen. Obwohl schon erwachsen, entsprach sein Geisteszustand dem Niveau eines Kleinkindes. Aber er war mit seinem stetigen Begleiter, dem Hand-

wagen, dabei, wenn das Spiel in vollem Gange war. –
Nachdem der Wirt die geforderten „Kurzen" samt Würfel und
Knobelbecher gebracht hatte, begann das Spiel. Rudi, der Regie
führte, nahm die zwei Würfel aus dem Becher und erklärte kurz
die Spielregel:

„Die Spielregel ist einfach, für jedermann verständlich, auch
wenn schon einige Körnchen durch die Kehle geflossen sind.
Jule – mancherorts wird auch die Bezeichnung Mäxchen für das
Würfelspiel gebraucht – ist ein Spiel mit zwei Würfeln. Die
höchste Zahl ist 42, Jule genannt, sie ist nicht die Summe der
beiden Würfel, sondern eine zweistellige Zahl, Zehner und Einer. Es folgt die 31 als zweithöchste, danach die 21, in aufstei-
gender Zahl folgen die Päsche, 32 ist die niedrigste Zahl. Wenn
du die würfelst, bist du sofort Zahlemann. Keiner kann danach
schlechter würfeln."

„Was passiert, wenn ich die gleiche Zahl würfle wie mein
Vorder- und Nebenmann?", warf ich ein. Er schaute mich vielsagend an und lächelte.

„Das wird selten passieren. Aber dafür gibt es auch eine klare
Regel. Der Spieler, der zuerst die Zahl gewürfelt hat, ist der
Sieger, du wärst dann nur zweiter Sieger", belehrte er mich.
Nachdem die Spielregel auf dem Tisch lag, ergriff ich das Glas,
um auf den vergnüglichen Abend anzustoßen. „Ach" – Rudi
griff mir in den Arm und unterbrach mich, als ich einen Trink-
spruch zum Besten geben wollte – „ich habe noch vergessen zu
erwähnen, und das ist ja das Wichtigste, nach jeder Würfelrunde
darf der Beste ausscheiden. Wer zuletzt übrig bleibt, ist der
Zahlemann der laufenden Runde!" Alwin, der Wirt, hatte uns
einen Tisch im Gesellschaftszimmer reserviert, das im Obergeschoss lag. Eine enge Wendeltreppe führte hinauf. Ihre altersschwachen Stufen knarrten unter der Last der Gäste. Die Bal-
kendecke des Raumes war so niedrig, sodass ich den Kopf einziehen musste, als ich durch die Türschwelle trat. Unten im
kleinen Kneipenzimmer ging es bei Lehmanns hoch her. Sämtliche Plätze waren belegt. Die Luft kochte im dunstigen, rauchgeschwängerten Raum. Schon nach wenigen Sekunden began-

nen meine Augen zu brennen. Am Stammtisch erhitzten sich die Gemüter, offensichtlich alles LPG-Bauern noch in ihrer Arbeitskleidung, am zu hohen Abgabensoll. Beim Betreten der Kneipe fing ich nur einige Gesprächsfetzen ihrer hitzigen Gefechte auf, die darauf hindeuteten. Neben ihrer Tätigkeit in der PLG unterhielten die meisten Bauern eine Schattenwirtschaft, nach dem Motto: Kleinvieh macht auch Mist. Das Futter dafür entnahmen sie natürlich aus der Kolchose. Das sicherte ihnen ein erkleckliches Nebeneinkommen. Auch unsere Weihnachtsgans wurde mit dem Futter der Kolchose gemästet.

Nachdem wir die erste Runde ausgewürfelt hatten, sie ging zu meinen Lasten, bekam ich einen ersten Strich auf meinen Bierdeckel.

Rudi rieb auf dem Tisch den schweren Humpen und forderte nunmehr die Tischrunde zum Trinken auf:

„Es ist jetzt Zeit, den Humpen zu erheben; um beim alten Brauch zu bleiben: Lasst uns dem Fuchsen einen Salamander reiben! Ad exercitium salamandri ex!"

„Prost!", antwortete ich pflichtgemäß. Den Frauen waren die Trinkgewohnheiten, besser, Saufgelagen, weitgehend fremd. Helga war ebenfalls Studentin, aber in der Burschenschaft, wie alle Frauen, ein Fremdkörper.

Ich durfte als Verlierer die 2. Runde eröffnen. Da inzwischen alle ihre Gläser geleert hatten, ging ich zur Tür, um an der Kordel zu ziehen, an der eine Glocke hing. Das war das Zeichen für den Wirt, dass er gerufen wurde. Ich nahm den Knobelbecher, schüttelte die Würfel ordentlich durcheinander:

„O würfle nur gleich,
Und mache mich reich!
Und laß' mich gewinnen!
Gar schlecht ist's bestellt.
Und wär ich bei Geld,
So wär ich bei Sinnen!"

zitierte ich inbrünstig Mephisto in Auerbachs Keller und ließ den Würfeln freien Lauf. Alles schaute gespannt auf den Lauf der Würfel.

„6er Pasch!", rief Rudi begeistert. „Du bist raus!"

„Raus bin ich noch lange nicht!", wehrte ich ab, obwohl ich natürlich hoffen konnte, dieses Mal unter den Siegern zu sein. „Steigerungen sind noch möglich." Als Alwin ächzend mit all den Ausdünstungen seines Stammlokals, die an seinem Rock hafteten und sich sofort von ihm lösten, in den sogenannten Gesellschaftsraum eintrat, rief ich ihm zu:

„Herr Wirt, noch einmal dasselbe!"

„Alwin, nein! Zu den 4 Körnchen einen Stiefel!", schrie Rudi. Er näherte sich unserem Tisch.

„Vier Gläser oder einen Stiefel?"

„Einen Stiefel natürlich!", wiederholte Rudi und sah mich fragend an. Ich nickte stumm als Zeichen meiner Zustimmung. Ich war baff vor Überraschung. Aus meiner Studentenzeit kannte ich das Ritual, aus dem Stiefel zu trinken. Aber ich hatte meine Zweifel, ob das auch den Frauen gefallen würde.

„Habt ihr für den nächsten Sommer schon euren Urlaub geplant?", fragte Lilofee beiläufig.

„Rudi wollte seine alte Heimat einmal wiedersehen", druckste Helga herum.

„Alte Heimat? Hatte er eine?", wurde ich stutzig.

„Ja, er ist in Ostpreußen geboren und dort aufgewachsen. Er schwärmt von der Masurischen Seenplatte. Sein Traum war es schon immer, dort einmal die Angel auszuwerfen. Endlich hat es für nächsten Sommer geklappt."

„Ist es klug, in der gegenwärtigen Situation nach Polen zu reisen? Man braucht doch jetzt ein Visum für Polen!"

„Visum? Das wusste ich nicht", schaltete sich Rudi ins Gespräch. „Als wir die Reise nach den Masuren über das Reisebüro gebucht haben, war keine Rede von einem Visum."

„Ja, das mag schon sein. Seit Jaruzelski in Polen 1. Parteisekretär geworden ist, wurde seitens der DDR der kleine Grenzverkehr mit Polen ausgesetzt. Ich glaube, da braut sich etwas zusammen. Vielleicht hat man Angst, dass der polnische Virus auch unser Land infizieren könnte." Rudi sah mich ungläubig an. Dann hieb er zu meiner Verblüffung in dieselbe Kerbe:

„Ja, Solidarność ist ein Unruheherd in Polen. Immerzu wird gestreikt. Polen ist gelähmt und kommt nicht zur Ruhe. Im Vergleich zum Vorjahr ist das Wirtschaftswachstum um 13 % eingebrochen. Sogar Lebensmittelkarten mussten wieder eingeführt werden. Fleisch, Butter, Mehl, Reis, Babynahrung sind rationiert. Der Energiesektor liegt darnieder. Die Kumpel von Nova Huta fördern schon seit Monaten keine Kohle mehr. Es wird Zeit für einen starken Arm", echauffierte sich Rudi.

„Was meinst du damit?", wurde ich stutzig.

„Jaruzelski ist ein harter Hund, hat in der Roten Armee gegen Hitler gekämpft und anschließend die sowjetische Militärakademie besucht. Er weiß, wie den Randalierern beizukommen ist."

„Etwa Krieg?", fragte ich zweifelnd.

„So kann man das nicht nennen. Ein starker Arm muss für Ordnung sorgen", sagte er energisch und ballte die Fäuste. Inzwischen wurden mit dem Paternoster die bestellten Getränke hochgezogen. Auf seinem Fuße folgte auch schon der Wirt. Es war ein gar mächtiger Stiefel für 4 Personen. Er maß 4 Liter! Rudis Augen gingen über. „Ein schöner Stiefel!", schwärmte er und streichelte ihn liebevoll.

„Mein Gott", stöhnte Lilofee, „wer soll das saufen!"

„Das liebe Vieh", entgegnete Rudi trocken. Im Vorgefühl des zu erwartenden Genusses lief ihm schon der Speichel aus dem Mund. „Der zweite Verlierer darf antrinken. Diese Mal hat es mich leider getroffen", sagte er lächelnd. Er wischte den Schaum vom Stiefelrand. Natürlich gilt hier die Reihenfolge im Uhrzeigersinn. Übrigens, der vorletzte Trinker ist der Zahlemann des Stiefels oder …"

Gespannt verfolgten die Frauen das Spiel. Denn sie wussten ja nicht, dass am Stiefeltrinken eine Krux, ein verflixtes Häkchen war. Nachdem Rudi den Stiefel mit beiden Händen gefasst hatte, stimmte er ein Lied an, nach der ersten Zeile fiel ich ein:

„Stiefel muss sterben,
ist noch so jung, jung, jung.
Stiefel muss sterben,

ist noch so jung.
Wenn das der Absatz wüsst,
dass Stiefelchen sterben müsst,
er sich sehr kränken müsst,
bis in den Tod. "

Die Frauen applaudierten artig.

Nachdem er 4 bis 5 große Schlucke genommen hatte, stellte er den Stiefel vorsichtig auf den Tisch und wischte sich genüsslich den Schaum vom Mund und reichte ihn mir. Ich beeilte mich nicht und trank in Maßen, in der Vorahnung, dass ich mit Rudi nicht Schritt halten konnte. Die Frauen nippten nur vorsichtig daran. Nach kurzen Unterbrechungen, die mit Palaver und Alltagstratsch ausgefüllt wurden, reichte Rudi nach einem kräftigen Trunk den Stiefel weiter. Wir näherten uns langsam einer kritischen Phase. Die Frauen wurden nicht darauf aufmerksam gemacht. Ich bemerkte, dass der Stiefel bis zur Fesselregion geleert war. Vorsicht war geboten! Vorsichtig hob ich ihn an und drehte ihn allmählich mit der Fußspitze nach unten, während ich trank. Dann setzte ich ihn wieder vorsichtig ab. Nichts Aufregendes war passiert! Nach mir war Lilofee an der Reihe. Sie hasste es, Unmengen von Flüssigkeit zu sich zu nehmen. Als ich sie kennenlernte, trank sie täglich so viel wie ein Spatz. Im Laufe der Jahre leistete ich viel Überzeugungsarbeit, um ihre Trinkgewohnheit zu ändern. Ich schob den Stiefel, mit der Stiefelspitze zur Tischmitte gerichtet, behutsam an ihren Platz. Eine Spielverderberin wollte und durfte sie nicht sein. Sie starrte auf den Stiefel wie eine Maus auf die Schlange. Vorsichtig hob sie ihn an, neigte in, um ihn an den Mund zu setzen. Plötzlich gluckerte es, und der Rest des Bieres schoss im Schwall katapultartig aus dem Stiefel. Vor Schreck schrie Lilofee laut auf, ließ den Stiefel unsanft aus ihrer Hand gleiten. Alles Bier lief über ihr Gesicht, Haar und ihre Kleidung. Ein sehr vergnüglich begonnener Abend endete mit einem Fiasko.

20

Dieses Jahr hielt der Winter früh Einzug. Erst fegte ein Sturm über das Land, der die Baumwipfel wie Streichhölzer kappte. Seit Wochen erstarrte das Land in Eis und Schnee, die Bäume ächzten unter ihrer Last. Von den Bäumen krachten die Äste wie Streichhölzer, und in den klaren Nächten standen die Sterne wie gefrorene Kristalle über dem sächsischen Land. An den Fensterscheiben blühten vereiste Blumen, und der Brunnenstrahl auf dem Marktplatz in Schönwalde war zu einem riesigen Eiszapfen erstarrt. Der ohnehin durch die angrenzenden Kohlereviere des Nachbarlandes stark in Mitleidenschaft gezogene Bergwald erlitt durch den Sturm fast einen Totalschaden. Ihm folgte auf dem Fuße ein Tiefdruckgebiet, das in den Niederungen ergiebigen Regen brachte und zu Überschwemmungen führte, aber in den Bergregionen ein Schneechaos auslöste. Als ich die E55 erreichte, musste ich feststellen, dass an diesem Sonntagmorgen eine schier endlose Autokarawane auf den glitschigen Straßen ins Gebirge unterwegs war, um für ein paar Stunden die weiße Winterlandschaft zu genießen. Ich musste eine Viertelstunde warten, bis mir ein einsichtiger Fahrer eine Lücke ließ, um mich in die Schlange einzureihen. Vorher überlegte ich noch, ob ich meine Tour zum Krankenhaus doch lieber durch das Tal nehmen sollte, aber da waren die Straßen in noch schlechterem Zustand. Jetzt hatte ich das Dilemma. Je höher es hinauf ging, umso schlechter wurden die Straßenverhältnisse. Am nächsten Berg überzog die Straße eine geschlossene Schneedecke. Ein Schneepflug war an diesem frühen Sonntagmorgen noch nicht unterwegs. Autos standen quer. Es gab kein Vor und kein Zurück. Nach zweistündiger Wartezeit kam endlich ein Schneepflug; er schleppte festgefahrene Fahrzeuge über die Bergkuppe, sodass die Kolonne langsam wieder Fahrt aufnehmen konnte. Es ging nur im Schneckentempo voran. Erst am späten Vormittag erreichte ich das Krankenhaus. Ralf Sander war sauer, dass er so lange auf seine Ablösung warten musste.

„Helga hat schon dreimal angerufen, sie hat mich, wie abgesprochen, zum Frühstück erwartet. Bei dir zu Hause habe ich es auch versucht, euer Telefon war laufend besetzt", schalt er mich aufgebracht.

„Ralf, gegen Naturereignisse ist kein Kraut gewachsen. Vier Stunden habe ich im Stau gesteckt. Das Schneechaos war nicht vorhersehbar. Ich denke, wir werden heute noch eine Menge Ärger bekommen. Übrigens, wie war die Nacht?"

„Sie war ausgesprochen ruhig, keine stationäre Aufnahmen, nur einige Bagatellverletzungen."

„Gut, dann spar ich mir jetzt den Gang auf die Stationen. Da habe ich wohl Zeit, endlich meinen Schriftkram zu erledigen. Ralf, hau endlich ab!" Ich gab ihm einen freundschaftlichen Klaps auf die Schulter. In meinem Bereitschaftszimmer schaltete ich das Radio an. Ich stutzte einen Augenblick, glaubte, den falschen Sender eingestellt zu haben. Das sonntägliche Konzert wurde abrupt durch eine Sondersendung unterbrochen: „Bürgerinnen und Bürger der Polnischen Volksrepublik! Heute wende ich mich als Soldat und Chef der polnischen Regierung an Sie. Ich wende mich in Angelegenheiten von höchster Bedeutung an Sie. Unsere Heimat liegt am Rande des Abgrunds. Nach den Errungenschaften vieler Generationen verfällt das polnische Haus in Asche. Die staatlichen Strukturen funktionieren nicht mehr. Jeden Tag werden der Wirtschaft neue Schläge versetzt. Die Lebensbedingungen verschlechtern sich von Tag zu Tag. Die Atmosphäre in unserem Lande ist vergiftet. Streiks, Streikbereitschaft und Protestaktionen sind zur Normalität geworden. Sogar Schulkinder werden hineingezogen. Gestern Abend wurden viele öffentliche Gebäude besetzt. Fälle von Terror, Drohungen und moralischem Zwang häufen sich. Die landesweite Katastrophe ist nur noch eine Zeit von Stunden. Musste es soweit kommen? Bürgerinnen und Bürger! Die Last der Verantwortung lastet in diesen dramatischen Momenten in der polnischen Geschichte auf mir. Es ist meine Pflicht, diese Verantwortung zu übernehmen. Ich gebe bekannt, dass heute der Militärrat der Nationalen Rettung gebildet wurde. Der Staatsrat hat in Übereinstimmung mit den Bestimmungen der Verfassung um Mitternacht im ganzen Lande das Kriegsrecht eingeführt." – ich wurde blass, ich konnte es nicht glauben, was über den Rundfunk verbreitet wurde – „Ich möchte, dass jeder unser Handeln versteht. Wir gehen nicht zu einem Militärputsch, zu einer Militärdiktatur. Keine der polnischen Probleme kann auf Dauer mit Gewalt gelöst werden. Der Militärrat ersetzt keine verfassungswidrigen Machtorgane. Seine einzige Aufgabe besteht darin, die Rechtsordnung im Staat zu schützen und exekutive Garantien zu schaffen, die Wiederherstellung von Ordnung und Disziplin zu ermöglichen. Das ist der letzte Weg aus der Krise, das ist der letzte Weg, unser Land vor dem Zusammenbruch zu bewahren." – Rudi hatte Recht! Er hatte vorausgesagt, was jetzt verlesen wurde –.

„Schwestern und Brüder!

Lasst nicht einen einzigen Tropfen polnischen Blutes in diesem gemartertem Land fließen, das schon so viele Katastrophen und so viel Leid erlebt hat! Lassen Sie uns das Gespenst des Bürgerkrieges eindämmen! Ich appelliere an Sie, polnische Arbeiter: Verzichten Sie für Ihr Land für den Zeitraum auf Ihr unveräußerliches Streikrecht, für den Zeitraum, der zur Überwindung der kurzfristigen Schwierigkeiten erforderlich ist.

Soldaten der Armee im aktiven Dienst und in der Reserve: Seien Sie dem Eid treu, den Sie Ihrer Heimat im Guten wie im Schlechten geleistet haben! Das Schicksal unseres Landes hängt heute von Ihrer Einstellung ab. Ich bitte Sie, Offiziere der Bürgerwehr und des Sicherheitsdienstes, schützen Sie den Staat vor dem Feind und die Werktätigen vor Gesetzlosigkeit und Gewalt! Die Stunde des harten unnachgiebigen Durchgreifens ist gekommen!

Landsleute!

Polen ist nicht verloren, solange wir leben!"

Wie konnte das geschehen? Hat Solidarność den Bogen überspannt? Wollte man durch Dauerstreiks das ganze Land lahmlegen, dadurch eine revolutionäre Situation heraufbeschwören und breite Volksmassen auf die Barrikaden treiben? War es Absicht der Solidarność-Führer, die Macht im Lande zu übernehmen und dem Sozialismus den Rücken zu kehren? Ich fand keine Erklärung dafür. Nachdem das Pamphlet des polnischen Kriegsrates verlesen worden war, versuchte ich einen Westsender anzupeilen, um meine Wahrheit zu finden, die irgendwo dazwischen liegen musste. Nach längerem Suchen fand ich RIAS auf einer Welle. Im Drei-Viertel-Takt zerhackten heftige Stakkati eines Störsenders das laufende Programm. Ich konnte aus Bruchstücken entnehmen, dass Amerika in einer Protestnote den Sowjets mit Sanktionen drohte.

Plötzlich schellte das Telefon. Es war mein erster Anruf an diesem Tage.

„Herr Oberarzt, ein Unfall aus dem Gebirge ist ins Krankenhaus unterwegs. In einer halben Stunde müsste er hier sein."

„Ist Näheres über den Unfall bekannt?"

„Nein, wir haben keine Informationen bekommen!"

„Haben Sie den Notdienst informiert?"

„Die Schwestern sind bereits im Operationssaal." Ich hatte mit Unfällen an diesem Tage gerechnet, dass ich aber so früh gerufen wurde, damit nicht. Denn es war noch vor zwölf! Von meinem Bereitschaftszimmer bis zur Klinik waren es nur wenige Hundert Meter. Ich stapfte mit meinen Halbschuhen durch den tiefen Schnee. Der weiße Flockenwirbel beschlug mir die Brille. Es war eine tolle weiße Pracht. Aber bereits morgen würde sich ihre Oberfläche bereits in eine graue schmutzige Masse verwandelt haben. Die Schornsteine bliesen den grauen, dichten Rauch wie Hochofenschlote in die Winterlandschaft, der sich bald auf der weißen Schneedecke absetzen würde. Ich erreichte das Krankenhaus gleichzeitig mit dem Unfallwagen. Fahrer und Beifahrer stiegen hastig aus.

„Was bringt Ihr mir zu so früher Stunde?", begrüßte ich sie.

„Herr Oberarzt, es sieht schlimm aus."

„Was ist passiert?"

„Der Junge ist bei der Abfahrt von einem Steilhang gestürzt. Eine Bodenwelle habe ihn ausgehoben und durch die Luft geschleudert", berichteten mir Augenzeugen. „Am Pistenrand sei er mit voller Wucht auf einem Baumstumpf gelandet, der ihn mit seiner Spitze durchbohrt hat."

„Eine Pfählungsverletzung?"

„Ja, der Junge hing wie eine schlaffe Fahne an einem Mast", bestätigte der Sanitäter meine Vermutung. „Er ist mit seinem Gesäß direkt auf dem Stumpf einer Fichte gelandet, der den Körper vollkommen durchbohrt hat."

„Was ist weiter passiert?"

„Wir wurden von der Pistenwacht alarmiert. In zwanzig Minuten waren wir dort. Wir fanden den Jungen, wie eben berichtet, am Stumpf der Fichte hängend. Der Junge war ansprechbar, nicht bewusstlos."

„Wie war der weitere Vorgang?"

„Mit einer Handsäge, die schnell beschafft wurde, haben wir den Jungen vom Stumpf gelöst."

„Also nicht herausgezogen?"

„Nein, das haben wir ja beim letzten Lehrgang gelernt, dass eine Pfählung nur vom Chirurgen in der Klinik entfernt werden darf." Ich klopfte ihm anerkennend auf die Schulter: „Das habt Ihr gut gemacht, Kollegen! Bringt ihn rasch in den Operationssaal. Er benötigt sofort ein Medikament gegen die Schmerzen." Als ich den Operationssaal erreichte, waren Helga und Ralf schon anwesend. „Ihr seid wohl geflogen?", empfing ich sie. Ich war überrascht, sie vor mir im Operationssaal anzutreffen.

„Der Funk hat uns alarmiert! Über die Schwere des Unfalls waren wir informiert, deshalb ließen wir zu Hause alles stehen und liegen."

„Ja, das ist wohl ein Vorteil, wenn der Chef der SMH jetzt einen heißen Draht zu seinem Team hat, vielleicht sogar noch einen weiteren?", fragte ich listig. Es war ein Wink mit dem Zaunpfahl.

„Wie soll ich das verstehen!", brauste Ralf auf.

„Na ja, euer Sohn dient doch jetzt bei Felix, dem Tschekisten. Er wurde wohl ausgewählt, weil er das geforderte Gardemaß und einen 6. Sinn, ein besonderes Gespür für ein gewisses Etwas hat?", stichelte ich. Ralf wurde puderrot im Gesicht.

„Du weißt genau – du hast ja auch einen Sohn, wenn ich mich recht erinnere –, und das muss dir doch nicht entgangen sein, wer Medizin studieren will — das ist ein ungeschriebenes Gesetz! —, muss vorher einen zweijährigen Ehrendienst bei der NVA ableisten. Dass er für das Wachregiment ausgewählt wurde, ehrt ihn." Jetzt mischte sich Helga leicht genervt ein:

„Wir haben jetzt Wichtigeres zu tun, als Nachwuchsprobleme zu erörtern!", wies Helga auf den verletzten Jungen. Sie hatte Recht! Der Junge befand sich in stabiler Linksseitenlage. Der reichlich mit Tannennadeln bestückte Pfahl war unterhalb der rechten Gesäßfalte in den Körper eingedrungen und mit seiner vorderen Spitze im Bereich der rechten Leistenregion nahe am Gefäß-Nerven-Bündel wieder nach außen getreten. Der Fuß der betroffenen Seite war durchblutet, also eine Verletzung eines großen Gefäßes konnte klinisch fast ausgeschlossen werden.

„Bringen Sie ihn ins Röntgen!", entschied ich. „Wir wissen nicht, ob Knochenverletzungen vorliegen."

„Moment. Ich werde den Jungen erst intubieren. Dann können wir ihn problemlos auf den Röntgentisch lagern", entschied Helga. Fünfzehn Minuten später hielten wir die Röntgenaufnahmen in der Hand:

„Der Schenkelhals ist zertrümmert worden. Es sieht schlimm aus!", stellte Ralf fest.

„Er hat Glück im Unglück, denn die Beckenarterie scheint nicht verletzt zu sein. Machen wir uns ans Werk! Wir müssen den Pfahl schrittweise zurückziehen. Auf diese Weise werden sich weniger Nadeln vom Stamm lösen und im Körper verbleiben. Ralf, zunächst möchte ich die Haut an der Austrittsstelle inzidieren. Marlis, Sie müssen sich waschen und mit den Haken die Wunde freihalten. Ralf, du ziehst auf meine Anweisung unter leichten Drehbewegungen Zoll um Zoll den Pfahl zurück. Ich werde eine mehrfach perforierte Hülse auf die Astspitze setzen und ihr in demselben Tempo folgen." Das war die Taktik, die wir gemeinsam besprochen hatten. Ohne einen Platzhalter hätten sofort Gewebsschichten den Hohlraum verlegt. Wir wollten ja so viel wie möglich Nadeln herausspülen.

„Wie wär's mit einem Rektoskop?", warf Penelope plötzlich in die Debatte.

„Rektoskop?", fragte ich verwundert.

„Ja, da können wir doch unter Sicht das schrittweise Herausziehen des Pfahls verfolgen!" Das leuchtete mir ein.

„Penelope, wenn das gelingt, haben Sie einen Orden verdient! Auf diese Idee wäre ich niemals gekommen. Genossen, an die Gewehre!", gab ich den Startschuss zum Operationsbeginn. Nachdem ich die Haut um die Pfahlaustrittsstelle in der Leistenbeuge ovalär exzidiert hatte, übergab ich Marlis die Haken zum Freihalten der Wunde. „Ralf, jetzt kommt deine Stunde! Beginn vorsichtig unter geringen Drehbewegungen den Pfahl Millimeter um Millimeter zurückzuziehen!" Nachdem er ihn schrittweise zwanzig Zentimeter herausgezogen hatte, erreichte die Pfahlspitze Hautniveau. „Stopp!", rief ich, „jetzt können wir das Rektoskop auf die Pfahlspitze setzten. Penelope, reichen Sie mir das Rektoskop!" Ich richtete mich auf und holte tief Luft. Ralf sah mich fragend an:

„Was ist? Wann geht es endlich weiter?", rief Ralf ungeduldig.

„Wir passieren jetzt eine kritische Region. Ich habe ein komisches Bauchgefühl, denn bei der Gefäßpalpation habe ich eine deutliche Seitendifferenz festgestellt, vielleicht auch nur durch die Einengung der Beinarterie durch den Pfahl, der direkt die Beinschlagader bedrängt. Zieh ihn auf mein Kommando nur millimeterweise zurück." Ich überzeugte mich noch einmal, ob alle Geräte einsatzbereit sind. „Okay, zieh ihn langsam zurück!" Ich folgte dem Pfahl mit dem aufgesetzten Rektoskop. „Stopp, die Fasszange! Die erste Tannnadel hat sich gelöst!" Da ich nichts in meiner Hand fühlte, schaute ich in Penelopes Gesicht. Ihr starrer Blick war in die Ferne gerichtet. „Penelope, die Fasszange!", rief ich energisch. Sie erschrak, sie versuchte sich zu sammeln. Nach einigem Zögern reichte sie sie mir. Ich entfernte die erste Tannnadel. „Ralf, jetzt kannst du die Reise mit dem Pfahl langsam fortsetzen. Stopp! Es blutet! Die Saugung!" Penelope rührte sich nicht. „Penelope, was ist mit dir? Wach endlich auf! Die Saugung! Ich sehe nichts! Helga, haben wir Blut?"

„Nein, haben wir nicht! Der Fahrer ist noch unterwegs. Es kann lange dauern. Wir müssen es ohne Blut schaffen."

„Ich werde über einen zusätzlichen Schnitt die Beckenarterie freilegen und den Blutzufluss zum Bein stoppen. Penelope, tamponier mit dem Stieltupfer kräftig die Wunde!" In Sekundenschnelle hatte ich die Beckenarterie freigelegt und mit eine Gefäßklemme abgeklemmt.

„Die Blutung lässt nach!", stellte Penelope fest, die nun offenbar wach geworden war.

„Gut, Ralf, zieh den Pfahl noch einen Zentimeter zurück! Ich werde jetzt die Arteria femoralis freilegen. „Sie ist auf einer Länge von zehn Millimeter eingerissen", stellte ich fest. Nachdem ich sie unterhalb der Verletzung abgeklemmt hatte, konnte ich das Ausmaß der Verletzung überblicken. „Mit einem Venenpatch lässt sich der Defekt ohne Einengung verschließen. Marlis, wir tauschen die Plätze. Sie übernehmen das Instrumentieren, Penelope wird mir jetzt assistieren. Sie ist erfahrener, sie hat mir oft bei Gefäßoperationen assistiert." Ohne zu murren, trat Marlis ihre Assistenz an Penelope ab. Von da an war Penelope wie ausgewechselt, wie neugeboren. Sie war aufmerksam, dienstbeflissen wie ich sie kannte. Nach dreißig Minuten hatten wir die Gefäßverletzung versorgt, und ich konnte den Blutstrom ins Bein wieder freigeben. „Ralf, fass mal nach dem Fußpuls!"

„Ja, ich taste ihn!"

„Okay, dann können wir ja fortfahren", stellte ich befriedigt fest. Das weitere Vorgehen war problemlos. Nachdem Ralf den Fichtenstamm vollends aus dem Körper entfernt hatte – triumphierend hielt er ihn in die Höhe –, spülten wir die Wunde über das liegende Rektoskop ausgiebig mit einer Antibiotikalösung. In beide Wundöffnungen wurden Drainagerohre gelegt. In der Folgezeit hatte sich das Wartezimmer mit Unfällen gefüllt, die aber rasch versorgt werden konnten. Ich bedankte mich persönlich bei Ralf für sein umsichtiges Agieren:

„Ralf, ohne dein besonnenes Vorgehen wären wir in Teufels Küche geraten. Es ist gut, einen Fachmann neben sich zu wissen."

„Carl, übertreib's mal nicht. Stell dein Licht nicht unter den Scheffel. Der Hauptakteur warst du!" Er holte tief Luft und machte eine längere Pause. „Da wäre noch etwas. Da wir gerade unter uns sind, möchte ich dir eine indiskrete Frage stellen." Ich war überrascht und zugleich gespannt, was folgen würde.

„Ja, ich höre."

„Warum bevorzugst du Penelope über Maßen vor allen anderen? Sogar Helga ist das heute aufgefallen. Wie du Marlis abgekanzelt hast, war infam. Ich finde Penelope arrogant und eitel. Ich vergleiche sie mit der bösen Schwiegermutter aus Schneewittchen. Die Personen, die ihr nicht genehm sind, schickt sie in die Wüste. Bei jeder besten Gelegenheit steht sie vor dem Spiegel und putzt sich." Ich war wie vor den Kopf geschlagen.

„De gustibus non disputatem est (jeder soll nach seiner Fasson selig werden)", warf ich ihm wütend an den Kopf!

„Was soll das bedeuten? Ich bin kein Lateiner." Ich ließ ihn im Trüben fischen.

„Bei der Operation ging es um Leben und Tod! Da wir ohne Blut auskommen mussten, musste ich so handeln. Um einen großen Blutverlust zu vermeiden, war rasches Handeln geboten. Das war nur mit Penelopes Assistenz möglich. Penelope hat mir bei zig Gefäßeingriffen assistiert, sie weiß, worauf es dabei ankommt. Übrigens, was hast du gegen Eitelkeit eines Menschen? Ich meine, jeder Mensch soll Freude an sich selbst haben. Das Gefallen an sich selbst, das Verlangen, dieses Selbstgefühl anderen mitzuteilen, macht gefällig, das Gefühl eigener Anmut macht anmutig. Wollte Gott! alle Menschen wären eitel; wenn es in Maßen im rechten Sinne erfolgte, wären wir in der gebildeten Welt die glücklichsten Menschen. Mein Operationsgeschick berechtigt mich, eitel zu sein. Der Glockengießer von Tirol wird ebenfalls stolz auf seinen gelungenen Glockenguss sein. Die Verjüngungskunst war schon immer ein hochgeschätztes Handwerk. Warum sollte eine Frau nicht nachhelfen, einen kleinen Makel kunstvoll zu überdecken?" Ralf blickte mich verständnislos an, schüttelte den Kopf und verließ mich frustriert.

Gegen 16:00 Uhr verließen Helga und Ralf die Klinik. Das Bereitschaftszimmer war weihnachtlich geschmückt und die Kaffeetafel reichlich gedeckt. Endlich konnten wir Advent feiern.

Marlis und ich hörten eine halbe Stunde Weihnachtsmelodien. Penelope ließ auf sich warten, was ja sonst nicht ihre Gewohnheit war.

„Wo bleibt bloß Penelope? Sie wollte sich doch nur kurz erfrischen." Marlis wurde unruhig. „Als sie ging, war sie sonderbar. Sie war weit weg, als schwebte in einer anderen Sphäre."

„Rufen Sie sie doch mal an. Vielleicht ist sie auch nur wegen Übermüdung eingeschlafen. Der Tag war stressig genug." Marlis griff zum Hörer.

„Sie geht nicht ran!", sagte sie überrascht.

„Versuchen Sie sie in zirka zehn Minuten erneut anzurufen." Als ein wiederholter Anrufversuch fehlschlug, wurde ich unruhig. „Marlis gehen Sie ins Schwesternwohnheim und schauen Sie nach Penelope! Wenn sie unpässlich ist, muss Elke ihren Platz einnehmen." Fünf Minuten später klingelte das Telefon:

„Herr Oberarzt, es ist etwas Furchtbares geschehen. Bitte kommen Sie schnell."

„Was ist geschehen?"

„Bitte kommen Sie! Es ist furchtbar!" In Windeseile stürzte ich die Treppen herab, ohne mir etwas übergezogen zu haben, stapfte hundert Meter durch den frischen Tiefschnee bis zum Wohnheim. Die Tür zu Penelopes Raum stand sperrangelweit offen. Vor Schreck blieb ich einen Moment an der Türschwelle stehen, meine Glieder erstarrten, als ich ins Zimmer sah, wie in früher Kindheit vor der Hexe Marie, als sie sich am Backofen zu schaffen machte. Das Grauen packte mich. Ich konnte zunächst nicht realisieren, was meine Augen sahen. Überall Blut! Um Penelopes Bett hatte sich eine riesige Blutlache ausgebreitet. Marlis kniete vor ihrem Bett und versuchte, Penelope durch leichte Schläge auf ihre Wangen wachzurütteln. Meine Fassungslosigkeit hielt nur wenige Sekunden an. Ich stürzte zu Penelope ans Bett. Der Tod war im Begriff, Besitz von ihr zu ergreifen. Totenblässe überzog ihr Gesicht. Ihre vollen Lippen waren aschfahl. Aus beiden Handgelenken tropfte Blut. Ein Skalpell lag auf dem Fußboden. Penelope hatte sich die Pulsadern an beiden Handgelenken durchtrennt. Hastig riss ich von einem Betttuch zwei lange Streifen ab und legte mit brachialer Gewalt Kompressionsverbände an. In der Schrankwand schnurrte ein Plattenspieler. Es war ein nervig schlürfendes Endlosgeräusch. Auf ihm lag eine Platte von Edith Piaf: „Je ne regrette rien" (ich bereue nichts).

„Marlis, leg den Stuhl da aufs Fußende! Wir müssen ihre Beine hochlagern, um den Kreislauf zu zentralisieren." Automatisch griff ich nach dem Karotispuls. Er war schwach fühlbar, ihr Herz raste, die Pupillen reagierten auf Lichtreize. „Sie lebt!" Mir fiel ein Stein vom Herzen. Plötzlich fühlte ich mich mitschuldig an ihrem Suizid. Warum hatte ich all die Monate geschwiegen, die feinen Sticheleien – Augen lügen nicht! – meiner Kolleginnen lächelnd ignoriert? Sie alle wussten es, wen sie anhimmelte! Es war mir nicht verborgen geblieben, dass sie unter einer Persönlichkeitsstörung litt, in die sie sich bis zu diesem finalen Ende gesteigert hatte. Sie war in eine Traumwelt geflüchtet; völlig abgekoppelt vom realen Leben, das in ihren Augen Lüge war. Glaube und Hoffnung bedeutete für Penelope das Leben. Dieser Glaube wurde in ihr stark erschüttert, weil sie Menschen und Welt nicht mehr so sah, wie sie sie sehen wollte. Sie spürte diesen schrecklichen Verlust; in ihr war nur noch Verbitterung. Der Übergang von innerer Wahrheit zum äußeren Wirklichen ist im Kontrast immer schmerzlich. Den Glauben an sich selbst zu verlieren, ist ein schrecklicher Verlust. Die Kraft zum Weiterleben war ihr genommen. Der Wahn hat, so lange er dauert, eine unüberwindliche Wahrheit. Eine furchtbare Disharmonie, die Unangemessenheit der Wirklichkeit gegenüber ihren Wunschvorstellungen, trieb sie in diesen qualvollen Kampf mit sich selbst. Am Ende standen Resignation oder Strafe. Wen wollte sie mit ihrem Suizid strafen?

„Marlis, ich benötige Instrumente für eine Wundversorgung!"

„Soll ich nicht lieber die Schnelle Medizinische Hilfe rufen? Im Operationssaal haben wir bessere Bedingungen, die Wunden lege artis zu versorgen."

„Nein, keine Schnelle Hilfe! Wir werden ihre Wunden hier versorgen. Wenn wir sie in den Operationssaal bringen, weiß es morgen das Krankenhaus und übermorgen die ganze Stadt. Das Getratsch würde sie nicht aushalten."

„Aber der riesige Blutverlust?"

„Sie ist jung, sie wird ihn verkraften." Während Marlis in die Klinik eilte, bemühte ich mich um Penelope. Noch im Angesicht des nahenden Todes strahlte sie eine majestätische Schönheit und Ruhe aus. Sie hatte ein smaragdgrünes, schulterfreies Kleid übergestreift. Um ihren zarten Hals schlang sich eine Perlenschnur. Ihr üppiges kastanienbraunes, schulterlanges Haar war zu beiden Seiten des Kopfkissens wie die Flügel eines Schmetterlings ausgebreitet. Ihre Stirn war weiß wie eine frisch gekalkte Wand. Ich strich ihr mit der Hand übers Gesicht und küsste ihre blassen, blutleeren, kalten Lippen. Sie öffnete die Augen; auf ihrem Gesicht zeigte sich ein feines, mattes Lächeln. Schönheit ist etwas Unheimliches und Furchtbares zugleich. Hier ringt der Teufel mit Gott! Und das Kampffeld sind die Menschen.

„Penelope, warum?", flüstere ich. „Ich liebe dich doch! Alle lieben dich!" Ich legte ihre leichenblassen, kalten Hände an meine Brust. „Penelope, du bist nicht allein! Du darfst uns nicht verlassen!" Inzwischen kam Marlis mit einem riesigen Sortiment Instrumenten, die sie in einem sterilen Container verstaut hatte, an. „Marlis, machen wir uns an die Arbeit! Haben Sie Elke benachrichtigt?"

„Ja, sie ist auf dem Wege in die Klinik."

Zwei Stunden nahm die Versorgung der tiefen Schnittwunden an den Handgelenken in Anspruch." In einer Thermoskanne brachte ihr Elke heißen Tee. Bevor wir sie verließen, gab ich ihr ein Schlafmittel.

„Penelope, Kopf hoch! Es wird alles gut!", gab ich ihr mit auf die Reise zu einem langen Tiefschlaf. Ein Schlaf der Genesung? Die folgenden Stunden verbrachte ich wie in Trance. Nachdem ich mich in mein Bereitschaftszimmer begeben hatte, schloss ich einen Moment die Augen und beschwor ein Bild herauf, eine …

Ich ließ den Augenblick verstreichen, der zur Ewigkeit wurde. Ihr totenblasses Gesicht mit den nassen Augen und bitterem Lächeln wollte nicht von mir weichen. Ich fühlte mich elend, denn ich spürte, dass ich mitschuldig an ihrer katastrophalen Odyssee war.

21

Der D-Zug fuhr erst in einer Stunde. Am Vorabend hatte ich noch eine Fahrkarte, sogar mit Platzkarte, erstanden. Denn bis gestern war nicht klar, wer zum Chirurgenkongress reisen durfte. Da ich am übernächsten Tag an einer Poster-Diskussion teilzunehmen hatte, mein Vortrag wurde von der Kongressleitung angenommen, stand dieser Tag nicht zur Diskussion. An den folgenden Tagen waren Schwerpunktthemen auf der Tagesordnung, die sich der Chef nicht entgehen lassen wollte. Ein Notbetrieb in der Klinik musste aufrechterhalten werden. Da waren noch Möller und Ralf Sander, die ebenfalls zum Kongress fahren wollten. Ich bot eine Kompromisslösung an, die die anderen Kollegen schließlich akzeptierten. Der Tag vor meinem Auftritt war den Krankenschwestern vorbehalten. Ich hatte mich also kurzfristig bereiterklärt, zwei Krankenschwestern zu begleiten. Eigentlich wollte mich mein Chef gar nicht fahren lassen. Er meinte, ich sei in letzter Zeit mehr zu Kongressen und Tagungen als in der Klinik gewesen. Die Tour nach Berlin mit dem Auto wäre für mich bequemer gewesen, aber es wurden nur die Kosten mit öffentlichem Verkehrsmittel erstattet. Ich hatte also Glück, dass ich noch eine Fahrkarte mit Platzkarte bekam. Allerdings konnte ich die Fahrt nicht mit meinen Kolleginnen gemeinsam beginnen, sie hatten andere Abteile. Im Bahnhof war es schier unmöglich, meine Kolleginnen zu treffen. Einen Treffpunkt hatten wir nicht ausgemacht. Er war mit Reisenden überfüllt. Jeder hastete, einander anrempelnd, in verschiedene Richtungen. Man konnte sein eigenes Wort nicht verstehen. Ich drängelte mich zu meinem Bahnsteig, auf dem der Zug eingesetzt werden sollte. Als er in den Bahnhof einfuhr, füllte er sich im Nu. Jeder wollte der Erste sein, denn es gab nur wenige Plätze ohne Platzkarte. Hier galt das Recht des Stärkeren. Ich schaute verständnislos auf die verrohte Gesellschaft. Da tauchten unwillkürlich Kindheitserinnerungen auf. Auch in den Hamsterzügen galt das Recht des Stärkeren. Wer beim Einsteigen in den Zug strauchelte, wurde von der dichten Traube Nachfolgender zertreten oder zerquetscht. Als es noch keinen Schwarzmarkt gab, blühte der Tauschhandel. Die Städter tauschten Kunstgegenstände und Wohnungseinrichtungen gegen ein paar Kartoffeln, Milch, Mehl oder Butter. Ich transportierte ihre Tauschwaren, wie andere Kinder auch, mit dem Handwagen zu den tauschwilligen Bauern, die die Lebensmittelpreise diktierten, um ein paar Groschen zu verdienen. Ich hatte keine Eile einzusteigen. Aus der dichten Traube versuchte ich, meine Kolleginnen ausfindig zu machen. Vergebens. Als sich der Bahnsteig gelichtet hatte, suchte ich schließlich mein Abteil auf. Ich hatte ein Glückslos gezogen: einen Fensterplatz in Fahrtrichtung! Als ich ihn schließlich fand, war ich überrascht. Ich sah zweimal auf meine Platzkarte. Ich wollte es nicht glauben. Mein Platz war bereits besetzt!

„Guten Tag! Sie entschuldigen, Sie sitzen auf meinem Platz!", machte ich die junge Frau aufmerksam." Sie schaute mich herausfordernd und ungläubig an.

„Das ist mein Platz!", sagte sie mit einer Bestimmtheit, die keinen Widerspruch duldete. Ich schaute sie misstrauisch an. Das Abteil teilten noch weitere fünf Personen. Verunsichert, überprüften sie ebenfalls ihre Platzkarten. Da sie keine Bereitschaft zeigte, den Platz zu verlassen, sagte ich:

„Ich werde die Zugbegleiterin holen, sie wird entscheiden, wer im Recht ist." Ich schloss wortlos die Tür zum Abteil und drängte mich mit meinem Gepäck auf der Suche nach der Schaffnerin durch die dicht gefüllten Gänge. Inzwischen hatte der Zug den Bahnsteig verlassen. Ich benötigte ein halbe Stunde, bis ich das Abteil des Zugbegleitdienstes erreicht hatte. Einer Schaffnerin zeigte ich meine Fahrkarte. Sie besah sie aufmerksam. Dann sagte sie:

„Sie haben ein Recht auf diesen Sitzplatz! Kommen Sie mit!" Der Rückweg wurde in der halben Zeit zurückgelegt, da man der Schaffnerin bereitwillig Platz machte. Sie öffnete das Abteil: „Guten Tag, die Fahrkarten bitte!" Der Reihe nach kontrollierte sie die Fahrkarten, zuletzt die Frau auf meinem Platz. Sie betrachtete beide Dokumente aufmerksam. Dann schüttelte sie den Kopf: „Meine Dame, Sie sitzen im falschen Zug! Ihre Platzkarte ist für den D51 gebucht, das ist der D31, in dem Sie sitzen. Ich bitte Sie, den Platz zu verlassen." Nach fünfundvierzig Minuten hatte ich meinen Platz erobert. Um mir die Zeit zu verkürzen, hatte ich Kästners „Gang vor die Hunde" eingepackt, ein sozialkritisches Frühwerk aus der Zeit der Weltwirtschaftskrise, das ihm wegen seiner obszönen, rohen Sprache viel Kritik eingebracht hatte. Seine Bücher wurden im Dritten Reich als dekadent eingeordnet und verbrannt. In Deutschland bekam er Schreibverbot. Ich nahm das Buch, das ein mir gewogener Buchhändler für mich reserviert hatte, aus meiner Reistasche, lehnte mich bequem zurück und schlug die erste Seite auf: „Fabian saß in seinem Café namens Spalteholz und las die Schlagzeilen der Abendblätter ..." Ich kam nur bis zum zweiten Kapitel. Ich konnte mich einfach nicht konzentrieren. Nein, es lag nicht an meinen Mitreisenden, die nicht eine Minute lang regungslos dasaßen. Das Paar gegenüber kramte unentwegt in seinem Handgepäck, um an einer Stulle oder an einem Keks zu knabbern, eine andere Person an der Tür entkorkte ihre Thermoskanne, um einige Schlucke zu trinken. Anschließend nahm sie ihre Puderdose und trug frisches Rouge auf. Und schließlich die Frau neben mir blätterte unentwegt im „Magazin" nach einem interessanten Feuilleton. Ich hatte gelernt, mich nicht von Geräuschen ablenken zu lassen. An der Eliteschule teilten acht Kommilitonen ein Zimmer, im Lesesaal einer Bibliothek hundert. Da musste man einfach abschalten können, wenn man erfolgreich sein wollte. Gelegentlich warf ich einen Blick aus dem fahrenden Zug – er jagte an rauchgeschwängerten, tristen Industriefassaden vorüber –, um mich erneut Fabian zuzuwenden. Immer wieder kehrten meine Gedanken auf den einen Punkt zurück, nur auf diesen einen Punkt: auf meine vorgesehene Veröffentlichung in der Fachzeitschrift „Euromed"[2]. Unlängst erhielt ich im Krankenhaus einen telefonischen Anruf des Verlagsdirektors. Man sei auf meine Veröffentlichungen aufmerksam geworden. Mein Beitrag würde sich gut in das vorgesehene Sonderheft über Gefäßerkrankungen einfügen, teilte man mir mit. Über einen Beitrag von mir würde man sich freuen, natürlich für ein angemessenes Honorar. Über das lukrative Angebot war ich hocherfreut. Innerhalb einer Woche war die mehrseitige Arbeit mit Abbildungen über meine neusten Forschungsergebnisse versandfertig per Ein-und Eilschreiben nach München unterwegs. Tage vergingen. Ich wartete ungeduldig auf die Druckfahne zur Fehlerüberprüfung. Als sie nach drei Wochen noch immer nicht eingetroffen war, versuchte ich den Verlag zu kontaktieren. Vergebens! Ein Gespräch über das Amt – eine Direktverbindung war nicht möglich – kam nie zustande. Meine Gedanken kreisten unentwegt um die unerklärliche Verzögerung. Bei einer Nachfrage beim Postamt bestätigte man den pünktlichen Abgang der Briefpost.

Nach mehreren fruchtlosen Versuchen verstaute ich Fabian wieder in meiner Reisetasche und vertrieb mir die Zeit mit einem Blick in die Ferne. Es mochten gut zwanzig Jahre vergangen sein, seit ich das letzte Mal mit dem Zug nach Berlin reiste. Damals pendelte ich regelmäßig zwischen Berlin und der Sachsenmetropole, um an Wochenenden Holle zu besuchen. Ich hatte mich an der Humboldt-Uni für Medizin eingeschrieben. Beim Blick aus dem Fenster stellte ich überrascht fest, dass die Felder riesig, ja, unüberschaubar geworden waren. Die Kleinfelderwirtschaft der Einzelbauern mit ihren idyllischen, mit Strauchwerk bewachsenen Feldrainen gehörte der Vergangenheit an. Pferde suchte ich vergeblich. Vater bearbeitete seine Felder noch mit Pferden. Er meinte, dass Pferde besser für den Boden wären; seine Strukturen blieben dadurch erhalten, die Ernten wären dadurch ertragreicher. Jetzt durchpflügten nur noch schwere Traktoren den Boden. Eine riesige Staubwolke hüllte sie ein, die, vom Winde getragen, weit übers Land zog. Ich konnte nicht erkennen, ob zwei, drei oder gar vier Traktoren den riesigen Schlag bearbeiteten. Der D-Zug fuhr beinahe pünktlich in den Ostbahnhof ein. Glücklicherweise traf ich am Ausgang meine beiden Kolleginnen. Da sie im Hotel „Unter den Linden" gebucht hatten und ich im Hotel

„Stadt Berlin" am Alex, vereinbarten wir einen Treff an der Weltzeituhr. Seit meinem letzten Besuch hatte der Alex ein völlig neues Gesicht bekommen. Das Hotel war zwar noch das alte, daneben thronte das neue Zentrumwarenhaus, ein Verkaufstempel, mit einer eindrucksvollen Wabenfassade, gegenüber der Fernsehturm mit der drehbaren Kuppel, ein Vorzeigeobjekt der Partei, der ganz Berlin überragte. Inmitten des riesigen Platzes stand die Weltzeituhr, ein beliebter Treffpunkt der Jugend und Touristen. Über ihr kreisten die Planeten um die Sonne, ein symbolischer Gruß an Kopernikus und Keppler. Mit Überraschung nahm ich zur Kenntnis, dass ich nicht alleiniger Bewohner meines Hotelzimmers war! In dem Zwei-Bett-Zimmer war schon ein Bett belegt! Wer war wohl der geheimnisvolle Besucher? Sicher ein Kollege meiner Zunft, der ebenfalls den Chirurgenkongress besuchte. Evelyne und Ulli erwarteten mich bereits vor der Kongresshalle, einem quadratischen zweigeschossigem Zweckbau mit einer zentralen, gläsernen Kuppel, der mit dem Haus des Lehrers ein gelungenes Ensemble sozialistischer Baukultur bildete. Ein riesiges buntes Wandflies von über hundert Meter Länge, in Form einer Bauchbinde, – eine Schaufassade des Sozialismus –, schilderte das Leben der Menschen in der DDR. Wir vereinbarten einen Treffpunkt, um gemeinsam einen gemütlichen Abend zu verbringen. Ich hatte nicht die Absicht, am Schwesternkongress teilzunehmen, sondern ich suchte den Konferenzraum auf, in dem die Poster ausgestellt waren. Am Folgetag waren Poster-Diskussionen geplant, an der ich teilnehmen wollte. Ich fand mein Plakat übersichtlich gestaltet, die Abbildungen waren durchaus aussagekräftig. Der Nachmittag blieb zu meiner freien Verfügung. Ich schlenderte die Karl-Marx-Allee entlang in Richtung Straußberger Platz. Hier war die Zeit stehengeblieben. Alles war wie vor zwanzig Jahren. Am Café Moskau verweilte ich einen längeren Augenblick. Meine Gedanken eilten zu Anita, mit der ich hier einen wundervollen Abend verbracht hatte. Wir tanzten bis zum Kehraus Twist. Für eine Flasche „Советское Шампан- ское" hatte ich meine letzten Pfennige zusammengekratzt. Da ich für den Rest des Monats zahlungsunfähig war, blieb ich Schuldner bei der Bäckersfrau, die mich mit ihrer Tochter verkuppeln wollte, für Brot, Schrippen und Knüppel. Leider war die Zweisamkeit mit Anita nur von kurzer Dauer. Bei einem Bummel am nächsten Tag auf dem Kudamm drückten wir uns die Nasen an den Schaufenstern platt. Als ich ihr vorschlug, halb im Scherz, die Fronten zu wechseln, um ein Stück von dem Kuchen abzubekommen, blieb sie erschrocken stehen, sah mich entgeistert an, holte tief Luft und zog ihre Brauen hoch. Sie wurde zornig. Provokativ fragte sie: „Du willst abhauen?" Sie schüttelte missbilligend den Kopf. Ihre dunklen, braunen Augen glitten abschätzig über mich herab. „Meine Wiege steht in Eberswalde, ich studiere in 'EiHü', und ich liebe diese Stadt!", fauchte sie wie eine Wildkatze. In diesem Augenblick rückte sie von mir ab, und mir wurde klar, dass ich sie für immer verloren hatte. Am Straußberger Platz öffnete sich ein zwei Kilometer langer Prachtboulevard, ein Ensemble protziger Bauten im stalinistischen Zuckerbäckerstil an einer breit angelegten Allee. Der gewaltige Brunnen sprudelte noch immer. Kinder tummelten sich in ihm wie vor zwanzig Jahren. Die Prachtstraße endete am Frankfurter Tor. Hier ging die Karl-Marx-Allee in die Frankfurter Allee über. Damals nannte man sie noch Stalinallee. Ich schlenderte gedankenversunken bis zur Jüngststraße, bog in sie ein, um die Oderstraße aufzusuchen. Im vierten Stockwerk in der 14 wohnte ich zur Untermiete bei einer verwitweten Frau in einem kleinen, schlauchförmigen, spartanisch eingerichteten Raum mit einem kleinen gusseisernen Kanonenofen, der mit Briketts beheizt wurde. Der Kohlenhändler trug die langen Braunkohlenbriketts, die es nur in Berlin gab, mit einer Kiepe auf dem Rücken in den Keller. Meine Wirtin war inzwischen verstorben. Ich folgte der Straße bis zu ihrem Ende. Am Eck war meine Stammkneipe, die ich regelmäßig am Wochenende aufsuchte, um ein Bier zu trinken. An der S-Bahnhaltestelle „Frankfurter Tor" endete mein Spaziergang. Die Stalin-Büste hatte man über Nacht abgebaut. Zurück blieb nur der Sockel, auf dem der Generalissimus einmal gestanden hatte. –

„Halt! Können Sie nicht lesen?", raunzte uns der Ober an, als wir das Restaurant betraten und einem freien Platz suchten. Ich schaute mich verdutzt um. Rechts neben mir stand ein Schild mit der Aufschrift: „Bitte hier warten! Sie werden platziert!" Wir gingen zurück zum Eingang und warteten zirka zwanzig Minuten. Andere, die nach uns eintrafen, wurden bevorzugt. Dann bequemte sich ein Kellner, uns zu einem Tisch zu führen.

„Leider hat es eine Weile gedauert. Der Tisch musste erst neu eingedeckt werden." Auf dem freien Nebentisch stand ein Schild „Reserviert".

„Mir ist der Appetit vergangen!", erzürnte sich Evelyne über das rüpelhafte Verhalten des Kellners. „Am besten, wir gehen wieder."

„In einem anderen Restaurant wären wir mit an hundertprozentiger Wahrscheinlichkeit auch nicht besser dran", bemerkte ich. „Vielleicht wären wir dort sogar wegen Überfüllung abgewiesen worden. Seien wir froh, dass wir überhaupt Plätze bekommen haben! Schwamm drüber! Lassen wir uns die gute Laune nicht verderben! Die Preußen sind bekannt für ihren derben, schnoddrigen Umgangston, nicht zu vergleichen mit den gutmütigen Sachsen, die wegen ihres Dialekts oft belächelt und gehänselt werden. Im Mittelalter galt der Meißner Dialekt als die Hofsprache schlechthin. Das habe ich schon vor zwanzig Jahren zu spüren bekommen. Als Neuberliner habe ich mich damals dem Berliner Dialekt schnell angepasst, um nicht aufzufallen. „Übrigens, wie ist Ihre Bilanz des heutigen Tages? Fällt sie positiv aus?", begann ich das Gespräch am Tisch.

„Es ging um Hygienemaßnahmen im Operationssaal und auf den Stationen zur Eindämmung der Wundinfektionen.", fasste Eveline in einem Satz das Tagesthema zusammen.

„Was war neu für Sie? Können wir für unser Haus aus den Vorschlägen profitieren?"

„Alles grenzte an Utopie", winkte Ulli ab. „Man sprach von Einmalbesteck, Wegwerfkitteln, Wegwerftüchern, Schleusen zum Operationstrakt, strikter Trennung von septischen und aseptischen Eingriffen, sogar von Skalpellen mit auswechselbaren Klingen war die Rede. Der Redner vom Regierungskrankenhaus schwebte im siebten Himmel. Als er seinen Vortrag beendet hatte, machte sich Erstaunen, ja, sogar Unmut im Publikum breit."

„Eine Krankenschwester aus dem Saal stand auf und fragte den Redner zynisch nach der Bestelladresse für Einmal-Wäsche und Einmal-Schutzkittel", ergänzte Eveline.

„Was war seine Antwort?", fragte ich neugierig.

„Er ging gar nicht auf ihre Frage ein!", resümierte Ulli.

„Ich glaube, die Neunmalklugen vom Regierungskrankenhaus wissen gar nicht, unter welch schwierigen Bedingungen in einem Provinzkrankenhaus gearbeitet wird. Offenbar können sie aus einem Bronn schöpfen, aus dem ständig Wein fließt. Ihr hättet ihn einladen sollen, einmal unser Haus zu besuchen. Dann wären ihm die Augen aufgegangen", wandte ich lakonisch ein. „Wenn seine Forderungen überall Standard werden sollen, müsste man neunzig Prozent der Krankenhäuser schließen. In unseren Operationstrakt lassen sich keine Schleusen einbauen. Wir können da nur improvisieren. Unsere Möglichkeiten haben wir weitgehend ausgeschöpft. Es grenzt an ein Wunder, dass wir unter diesen widrigen Arbeitsbedingungen Behandlungsergebnisse vorweisen können, die sich mit anderen größeren Einrichtungen durchaus messen lassen."

„Herr Oberarzt, wie haben Sie den Tag verbracht?", wollte Ulli wissen.

„Ich war auf Schusters Rappen auf der Suche nach Spuren meiner Vergangenheit durch Berlin unterwegs. Abgesehen vom Alex, der sich mächtig herausgeputzt hat, war mir nichts Außergewöhnliches aufgefallen. Halt doch! Etwas hatte mich stutzig gemacht: An der S-Bahn-Station Frankfurter Allee war der Generalissimus vom Sockel gesprungen."

„Der Generalissimus?", fragten beide zugleich erstaunt.

„Ja, ich meine Josef Wissarionowitsch Stalin, einen unserer berühmten vier Dialektiker."

„In der Sowjetunion hat man mit Stalin schon 1961 abgerechnet. Über Nacht hat man ihn an die Kremlmauer verbannt. Ich habe kurz danach Lenin besucht. Mir ist bis heute nicht klar, ob er traurig oder erfreut darüber war. Mir fällt da ein Gedicht

201

von Jewtuschenko ein:

„Und möge mancher auch sagen:
'Ach gebt doch Ruhe!'
Solange die Erben Stalins noch
Unter uns weilen, wird mir so sein,
Als sei Stalin noch immer im Mausoleum. "

Ich fand das Gedicht in der Prawda. Die Menschen in der Sowjetunion haben zu Stalins Person ein schizophrenes Verhältnis. Auf der einen Seite verdammen sie ihn wegen der Gulags, auf der anderen vergöttern sie ihn nach wie vor als Generalissimus des Großen Vaterländischen Krieges", meinte Ulli süffisant.

„Wat soll's denn sein, meine Herrschaften?", begrüßte uns der Kellner. Er hatte uns eine knappe Stunde Zeit für die Menüauswahl gelassen.

„Können Sie uns etwas aus der heimischen Küche empfehlen?", erkundigte ich mich bei ihm.

„Falscher Hase, Hoppelpoppel oder Königsberger Klopse sind unsere Favoriten."

„Falscher Hase, Kaninchen?", hakte Ulli nach. Der Kellner schmunzelte.

„Meine Dame, lassen Sie sich überraschen. Ostern kündigt sich an."

„Herr Ober, Sie machen mich neugierig. Ich bestelle den Hasen."

„Für mich Hoppelpoppel", meldete sich Evelyne. Da ich noch zögerte, drängte der Ober. Er klopfte fordernd mit seinem Stift auf den Bierdeckel:

„Wat wünscht der gnädige Herr?"

„Ich möchte ein Sülzkotelett mit Bratkartoffeln."

„Wollen Sie das Essen trocken herunterschlingen?" Ich sah beide Frauen fragend an. Da sie schwiegen, entschied ich mich:

„Bitte bringen Sie uns eine Flasche ungarischen Blaustengler!"
Der Ober hatte alles auf einen Bierdeckel notiert. Bevor er sich aus dem Staub machte, strich er am reservierten Nebentisch noch einmal sorgfältig die Tischdecke glatt und richtete die Stühle akkurat aus. Danach schlurfte er murrend, übelgelaunt von dannen.

„Apropos, da wir gerade von Speisen sprachen, fällt mir eine Story ein, die sich vor genau zwanzig Jahren in Berlin zugetragen hat. Ich muss aber etwas weiter ausholen, bevor ich auf den Kern zu sprechen komme. Ich war damals Student im dritten Studienjahr. Berlin war bereits eine geteilte Stadt. Als die Mauer gebaut wurde, war ich gerade mit Kommilitonen am Scharmützelsee zelten. Als wir die Nachricht im Radio hörten, glaubten wir zuerst an einen Aprilscherz. Ein Kommilitone packte eilig seine sieben Sachen, um noch am selben Tage durch die unfertige, weitmaschige Mauer zu schlüpfen. Wir, die anderen, wollten das Studium nicht abbrechen, wollten an der Humboldt-Uni weiterstudieren. So feierten wir dann vor Semesterbeginn unseren erfolgreichen Semesterabschluss in der „Koralle". Dort ging es hoch her. Gegen 3:00 Uhr in der Früh wurden wir vier ausgekehrt. Der reichliche Alkoholgenuss hatte seine Wirkung hinterlassen. Gewisse Gleichgewichtsstörungen waren auch bei mir nicht zu übersehen. Da es zu regnen begann, spannten wir unsere Schirme auf und schlenderten die Invalidenstraße entlang – es war wohl mehr ein Torkeln als ein Gehen –, unbewusst in die entgegengesetzte Richtung. Es war der Pawlow'sche Reflex, der Gang der Gewohnheit, der uns in diese Richtung geführt hat. Immer wenn wir das Gelände der Charité durch die Geschwulstklinik verließen, gingen wir zur nächsten S-Bahn-Haltestelle, nämlich zum Lehrter Bahnhof, der ersten Station im Westen, so auch in der damaligen frühen Morgenstunde, als wir die Koralle verließen. Wir unterhielten uns laut gestikulierend und merkten nicht, dass wir plötzlich auf ein Hindernis stießen." Meine beiden Begleiterinnen hörten aufmerksam zu. Die Spannung war ihnen an den Gesichtern anzusehen.

„Ein Hindernis?" Ulli war ganz Ohr.

„Ja, es war eine Art Schlagbaum oder eine Wegschranke", ergänzte ich. „Es war dunkel, nirgendwo brannte eine Straßenlaterne."

„Was habt ihr getan? Seid ihr umgekehrt?", wollte Evelyne wissen.

„Ach, wo denken Sie hin! Wir sind unter die Schranke

durchgekrochen! Keiner von uns hat sich Gedanken über ein mögliches Vergehen gemacht. Der Alkohol hatte unsere Sinne benebelt. Ich hatte jenes Stadium erreicht, in dem meine Zunge nicht mehr meinem Willen gehorchte. Nachdem ich das Hindernis überwunden hatte, fühlte ich einen kalten Stahl im Rücken."

„Hände hoch!", schrie jemand mit drohender Stimme. Ich war zu Tode erschrocken. Im Nu waren wir von mehreren finsteren Gestalten umringt. Gottfried lag am Boden. Er wurde mit Fußtritten traktiert. Da er sich nicht selbst aufrappeln konnte, wurde er am Schlafittchen gefasst."

„Ihr wart Grenzverletzer!", platzte Ulli heraus. Ich strafte sie mit tödlichen Blicken.

„Davon konnte keine Rede sein!", brauste ich auf. „Wir hatten nie die Absicht abzuhauen. Wenn wir das gewollt hätten, hätten wir einen anderen Zeitpunkt unter anderen Umständen gewählt. Nein, wir waren nicht mehr ganz Herr unserer Sinne."

„Was geschah danach", fragte Evelyne voller Neugier.

„Wir wurden abgeführt. Da sich Gottfried nur langsam torkelnd fortbewegte, wurde ihm ein Gewehrkolben gegen den Rücken gestoßen, sodass er vor Schmerz laut aufschrie. Ich wollte nach seinem Arm greifen, um ihn zu stützen, wurde aber daran gehindert.

Sie trieben uns wie Vieh in eine Baracke, wo wir mit erhobenen Händen, mit dem Gesicht und gespreizten Beinen zur Wand gut eine Stunde ausharren mussten. Gottfried wurden nach kurzer Zeit die Knie weich. Sobald er zusammensackte, wurde er mit Gewehrkolben traktiert. Die Wachposten filzten uns, nahmen uns sämtliche Gegenstände ab, anschließend sperrten sie uns in einen dunklen Raum mit einem kleinen vergitterten Fenster, das nur wenig Mondlicht hereinließ. Er maß nur neun Quadratmeter. Sein Mobiliar bestand aus einer Pritsche, einem Schemel und einem Toilettenstuhl. Gottfried schlief sofort auf blankem Boden ein. Wir anderen waren zu aufgeregt, um an Schlaf zu denken. Wir unterhielten uns flüsternd, suchten nach Gründen des tragischen Ausgangs unserer Semesterfeier."

„Wer war der Schuldige?", wollte Ulli wissen.

„Es gab keinen Schuldigen, wenn man überhaupt einen finden konnte, dann war es Pawlow! Es war der Automatismus. Am nächsten Morgen, ich wusste nicht wie spät es war – durch das Barackenfenster drang bereits Tageslicht –, wurden wir einzeln zum Verhör geführt. Ich war der Erste, den sie holten. Zwei Wachposten ergriffen mich und führten mich in einen größeren Raum, in dem ein Offizier an einem Schreibtisch und in einer Ecke ein Mann in Zivil saß." Die beiden Frauen hörten aufmerksam zu. Evelyne knabberte aufgeregt an ihren Nägeln, Ulli wischte sich mit einer Serviette ihre feuchten Handflächen ab. Als der Kellner die Flasche Wein an den Tisch brachte, unterbrach ich das Gespräch.

„Ist sie dem Herrn genehm?", fragte er provokativ. Auf dem Etikett stand unverkennbar „Blaustengler".

„Ja, es ist die gewünschte ungarische Traube aus dem letzten guten Jahr", nickte ich zustimmend. Er öffnete sie und schenkte mir eine Kostprobe ein. Ich schwenkte das Glas und nippte daran. Da ich nichts auszusetzen hatte, bat ich ihn einzuschenken.

„Mit dem falschen Hasen wird es leider noch ein Weilchen dauern. Ihm wird gerade das Fell abgezogen", meinte er schelmisch.

„Bitte lassen Sie ihn leben! Ich bestelle etwas anderes", erwiderte Ulli erschrocken. Der Ober lächelte verschmitzt: „Leider kann ich die Bestellung nicht rückgängig machen." Nachdem er gegangen war, nahm ich den Gesprächsfaden wieder auf:

„Wie bereits eingangs erwähnt, wurde ich in einen Raum geführt, in dem ein Offizier hinter einem Schreibtisch saß, der Herr im grauen Anzug in der Ecke nahm von mir keine Notiz. Ich musste mich drei Meter vor ihm entfernt aufstellen. Er musterte mich minutenlang von oben bis unten.

'Sie wissen, dass Sie sich strafbar gemacht haben. Sie haben versucht, den antifaschistischen Schutzwall zu durchbrechen. Genossen der Grenztruppen haben Sie auf frischer Tat ertappt. Haben Sie etwas zu Ihrer Verteidigung vorzubringen?' Ich hatte mir schon vorher eine Ausrede zurechtgelegt, da ich ahnte, dass man mir bei einem Verhör diese Frage stellen würde. Ich schwieg lange, bevor ich mich zu einer Antwort entschloss. In Gedanken legte ich jedes Wort noch einmal auf die Goldwaage. Der Offizier – es war einer mit geflochtenen silbernen Schulterstücken und einem Stern drauf – wurde ungeduldig und schob sein scharfkantiges Kinn angriffslustig vor: 'Sie machen sich wohl vor Angst in die Hosen!', schrie er drohend. 'Ihr Schweigen verschlechtert nur Ihre ausweglose Situation! Wenn Sie den Fluchtversuch zugeben, können Sie mit Strafmilderung rechnen.' Für mich war jetzt der Zeitpunkt gekommen, mein Schweigen zu brechen. Ich nahm mir aber vor, nicht wie eine Nachtigall zu singen, geschweige denn, mich wie eine Zitrone ausquetschen zu lassen. Vorsichtig begann ich, mich aus sicherer Deckung zu rechtfertigen: 'Wir feierten in einer Gaststätte an der Invalidenstraße unseren Semesterabschluss. Dabei haben wir wohl etwas zu tief ins Glas geschaut. Der Alkohol hatte unsere Sinne verwirrt. Als wir in den frühen Morgenstunden die Kneipe verließen, war es stockdunkel. Da es regnete, spannten wir unsere Regenschirme auf. Tief in Gespräche verwickelt, schlenderten wir die menschenleere Straße entlang, die uns in der Finsternis verschlang. Nach einer Weile blockierte plötzlich ein Hindernis unseren Weg. Ich dachte, es sei eine Absperrung wegen Bauarbeiten.' Der Major reagierte empört: 'Wir sind in keiner Märchenstunde. Sie sind sich des Ernstes Ihrer Lage wohl gar nicht bewusst! Als Grenzverletzer werden Sie die ganze Härte unserer Strafgesetze zu spüren bekommen, wenn Sie nicht auspacken. Sie können nur mit Strafmilderung rechnen, wenn Sie Ihren Fluchtversuch eingestehen und die Hintermänner nennen, die Sie zu diesem Schritt gedrängt haben', wiederholte er seine Drohung. 'Übrigens, in Ihrem Portemonnaie haben wir eine Telefonnummer gefunden, die Sie verrät!' Mir wurde unbehaglich zumute. Meine Handflächen wurden feucht. Es war die Telefonnummer meiner kurz vor dem Mauerbau nach dem Westen geflohenen Schwester. Sie hatte sie mir damals nach ihrer Flucht in einem Brief mitgeteilt. Angerufen hatte ich sie aber nie, da ich ja keine Gelegenheit dazu hatte. Ich schrieb die Nummer für alle Fälle auf einen kleinen Zettel und verwahrte sie in meiner Geldbörse. Ich hatte sie längst vergessen! Wie konnte ich nur so unvorsichtig sein! Ich musste eine plausible Ausrede finden. Plötzlich hatte ich einen kuriosen Einfall: 'Ja. Ich entsinne mich an einen Vorfall. Als Berlin noch keine geteilte Stadt war, verteilten wir in Westberlin Flugblätter.' 'Flugblätter?', unterbrach er mich. 'Ja, es war eine Flugblattaktion der FDJ zur Befreiung der algerischen Patriotin Djamila Bouhired aus dem Kerker der französischen Soldateska. Als wir die Flugschriften verteilten, sprachen uns viele Passanten an, die mit den algerischen Widerstandskämpfern sympathisierten. Als die berittene Polizei kam, zog mich eine Passantin rasch in einen Hausflur. So entkam ich einer Verhaftung. Sie lud mich zu einem Kaffee ein. Wir diskutierten über Alltagsprobleme und natürlich auch über politische Anschauungen. Aus ihrem Gespräch entnahm ich, dass sie eine Friedensaktivistin war; schließlich gab sie mir ihre Telefonnummer.' Der Major zog seine buschigen Augenbrauen in die Höhe: 'Sie sind ein Baron Münchhausen! So viel Fantasie habe ich Ihnen gar nicht zugetraut. Die bewusste Telefonnummer ist keine Westberliner Nummer!' 'Das mag schon sein. Ich habe ja auch nicht behauptet, dass die Person in Westberlin wohnte, aber ich habe sie in Westberlin getroffen. Vielleicht war sie nur besuchsweise in Westberlin, zusammen mit anderen Friedensaktivisten. Ihren Wohnort hat sie mir nicht genannt.' Ich holte tief Luft. Ich ballte die Fäuste zusammen, um meinen Zorn im Zaume zu halten. 'Übrigens: die Verletzung der Staatsgrenze bereue ich zutiefst. Der Alkohol hat meine Urteilsfähigkeit erheblich eingeschränkt. Außerdem hat die Finsternis ihren Teil dazu getragen. Wir konnten nicht erkennen, ob das Hindernis ein Schlagbaum oder eine Absperrung wegen Straßenbauarbeiten war, gegen das wir stießen.' Mit einer schroffen Handbewegung unterbrach er meinen Redefluss: 'Die Reue des Sünders folgt auf der Ferse. Aber sie ist weiter nichts als eine Ableugnung des Willens und ein Widerspruch gegen die Phantasie, die Sie offenbar zu diesem Schritt verleitet hat.' Er gab den zwei Wachposten, die während des Verhöres an der Tür gestanden hatten, einen Wink, um mich in eine leere Zelle zu bringen."

„Sie wurden von ihren Kommilitonen getrennt?", schaltete sich Ulli ein.

„Ja, ich vermute, dass man mich daran hindern wollte, über das Verhör Gedanken mit ihnen auszutauschen und sie zu beeinflussen. Ich mochte eine etwa Stunde in der Zelle gehockt haben – die vergangene Zeit konnte ich nur schätzen, da man mir meine Uhr abgenommen hatte –, als Gottfried in meine Zelle geworfen wurde. Er wirkte verstört, seine Nase war stark angeschwollen, große blaurote blutunterlaufene Flecken hatten sich über sein Gesicht ausgebreitet, und er klagte über Atembeschwerden. Ich glaube, er hatte gar nicht mitbekommen, dass wir verhaftet wurden. Eigentlich war er eine Frohnatur, immer zu Späßen und Streichen aufgelegt. Er hatte so gar nichts an sich, was einen Pfarrersohn auszeichnet. Von Frömmigkeit keine Spur. Obszöne Witze waren bei ihm an der Tagesordnung. Ich habe ihn niemals bei einem Tischgebet gesehen. Gegen Mittag waren wir wieder vollzählig. Jeder bekam eine Schüssel Eintopf. Es war die erste Speise seit unserer Festnahme. Am späten Abend – es dunkelte bereits – wurden wir ohne Kommentar entlassen."

„Ihre konfiszierten Sachen, Armbanduhr, Portemonnaie etc.?", hakte Ulli nach.

„Es fehlte nichts, nicht ein Pfennig!"

„Merkwürdig ist die ganze Sache schon", resümierte Evelyne.

„Ich denke, man hat am Ende meiner Schilderung des Vorfalles Glauben geschenkt, sodass uns keine Fluchtabsicht unterstellt werden konnte. Wir haben auch später keine Repressalien durch das Prorektorat für Studienangelegenheiten erfahren, sodass wir annehmen mussten, dass sich die Sache in Wohlgefallen aufgelöst hatte." Eine Stunde war vergangen, als der Kellner die bestellten Speisen servierte. Evelyne machte große Augen, als sie ihren „Falschen Hasen" betrachtete. Erleichtert atmete sie auf:

„Oh wie fein, Sie haben dem Hasen doch nicht den Garaus gemacht!"

„Nein, natürlich nicht. Ich habe Ihnen nur seine Sasse serviert."

„Eine Sasse?"

„Ja, ein Hasenlager! Ostern kündigt sich an, da mussten wir vorbereitet sein. Da kommt ein Nest gerade recht", sagte er lächelnd.

„Apropos Speisen, jetzt möchte ich auf des Pudels Kern zu sprechen kommen. Ich habe eine ausschweifende Vorrede gehalten und beinahe dabei die Hauptsache vergessen."

„Ich bin gespannt, welchen Bären Sie uns noch aufbinden werden", warf Ulli ein, die wohl annahm, dass ich Seemannsgarn gesponnen hätte. Mein strafender Blick musste sie getroffen haben, denn sie senkte verstört ihren Kopf.

„Es war um die gleiche Zeit wie heute, nur zwanzig Jahre früher: also vor zwanzig Jahren. Die Abschlussprüfungen zum Physikum waren im Gange, als unser Studienjahr Hals über Kopf in das Auditorium maximum befohlen wurde. Der Leiter der Abteilung Gesundheit und Sozialwesen beim Magistrat von Berlin, MR Dr. Hoeck, erschien persönlich, um uns etwas Wichtiges mitzuteilen. Die Spatzen pfiffen es bereits von den Dächern. Wir ahnten also den Grund der eilig einberufenen Versammlung. Meine Wirtin, die Witwe Hornung, lag seit einer Woche darnieder. Da sie keine Angehörigen hatte, die sie betreuen konnten, fiel mir diese Aufgabe zu. Sie musste sich oft übergeben und litt an Durchfällen. Wie ich später erfuhr, hatten sich fast alle Bewohner der Buschallee angesteckt. Der Prorektor stellte den Studenten den Bezirksarzt Hoeck vor, der sofort das Wort ergriff:

'Studentinnen und Studenten des dritten Studienjahres, Genossinnen und Genossen, wie bereits durch die Presse mitgeteilt, treten seit Ende der Woche in den Stadtbezirken Treptow, Prenzlauer Berg, Lichtenberg und Weißensee gehäuft Durchfallerkrankungen auf. Da die Erkrankungen infektiös sind und teilweise auch einen schweren Verlauf nehmen, haben wir bereits entsprechende Vorkehrungen getroffen. Die durchgeführten bakteriologischen Untersuchungen haben ergeben, dass es sich um Ruhrerkrankungen handelt. Da die Ruhr eine sehr virulente, also

209

leicht übertragbare Krankheit ist, wurden in allen Schulen, Groß-
betrieben, Versorgungseinrichtungen und Verkehrsbetrieben zusätzliche hygienische Maßnahmen veranlasst. Seit Dienstag früh
sind zusätzlich von der Charité Ärzte mit freiwilligen Helfern in
allen Stadtbezirken tätig. Unsere Ärzte und Krankenschwestern
sind in den letzten Tagen natürlich sehr stark beansprucht worden.
In dieser Stunde wende ich mich mit einem dringenden Appell
an die Studenten des 3. Studienjahres: Ich rufe euch auf, das
Fachpersonal in jeder erdenklichen Weise zu unterstützen. Es
kommt jetzt darauf an, die Weiterverbreitung der Infektion ein-
zudämmen. Dazu ist eine umfassende Aufklärung der Bürger
erforderlich. Die Ruhrerreger werden von den Erkrankten mit
dem Stuhl ausgeschieden und durch Schmierinfektion an andere
Menschen weitergereicht. Diese Kontaktkette müssen wir schnellstens durchbrechen. Dafür werbe ich um Ihre Unterstützung! Als
angehende Kandidaten der Medizin sind Sie prädestiniert, das
medizinische Personal kompetent und tatkräftig zu unterstützen.
Der Magistrat von Berlin hat deshalb in Absprache mit dem
Dekan der Humboldt-Universität beschlossen, das Studium sofort
zu unterbrechen und Sie mit in die Bekämpfungsmaßnahmen
einzubeziehen, um die Ruhrepidemie schnellstens einzudäm-
men.'"

„Eine Epidemie hat immer einen Ursprung, eine Ursache
ihrer Ausbreitung. Das hat man uns in der Schule gelehrt. Hat
denn der Bezirksarzt nichts darüber berichtet?", unterbrach mich
Evelyne.

„Natürlich hat man darüber viel spekuliert. Offensichtlich
blieb Westberlin damals von der Epidemie gänzlich verschont.
Westberlin bedeutete die für Menschen eine undurchdringliche
Mauer, ein 'Cordon sanitaire'. Kontaktinfektionen von Mensch
zu Mensch waren so gut wie ausgeschlossen. Deshalb konnte der
Ruhrerreger auch nicht die Mauer durchbrechen, da eine Über-
tragung durch das sogenannte Miasma in diesem Falle ausgeschlossen war", erklärte ich die näheren Umstände für das Aus-
bleiben der Epidemie in Westberlin.

„Miasma? Was ist das?", schaltete sich Ulli ins Gespräch.

„In der Ära vor Robert Koch war man der Meinung, dass eine Verunreinigung der Luft das krankmachende Agens sei. Der griechische Begriff Miasma bedeutet auf Deutsch Besudelung. Max von Pettenkofer, ein Platzhirsch und europaweit anerkannter Hygieniker, der München vor der Pest bewahrte, hat sich mit Robert Koch einen erbitterten Schlagabtausch geliefert. Der Kampf der Kontagonisten gegen Antikontagonisten wurde bis aufs Messer geführt. Pettenkofer unterwarf sich sogar einem Selbstversuch, indem er einen Cocktail von Kochs hochinfektiösen 'Vibrio cholerae' schluckte. Zur Verblüffung aller Wissenschaftler erkrankte Pettenkofer nicht an Cholera! Er triumphierte! Glaubte er doch, dadurch Robert Kochs Behauptung, Bakterien seien die Ursache von Erkrankungen, widerlegt zu haben."

„Wie war das möglich?" Evelyne war völlig konsterniert. Fassungslos schlug sie sich die Hände vors Gesicht.

„Intensive Nachforschungen hatten ergeben, dass Pettenkofer im Jahre 1852 eine Cholerainfektion durchgemacht hatte, das heißt, auch vierzig Jahre danach war er immer noch immun gegen eine Cholerainfektion!"

Während wir intensiv ins Gespräch verwickelt waren, näherten sich dem nur einen halben Meter von uns entfernten Tisch drei Gäste. Der Kellner lief beflissen einen Schritt voraus. Angekommen am Tisch, verbeugte er sich unterwürfig und wies auf den Tisch:

„Ist er den Herren genehm?" Der hinter ihm Folgende nickte mit dem Kopf als Zeichen der Zustimmung. Er wählte den Platz mir schräg gegenüber. Er war offenbar der Kopf, möglicherweise der Chef der Gruppe, ein schlanker, mittelgroßer Mittvierziger mit schütterem, mittelblondem Haar, längsovalem, bartlosem Gesicht, aus dem ein kantiges Kinn herausragte. Sie waren allesamt salopp gekleidet, nicht wie ich im Anzug, mit passender Krawatte. Beflissen rückte ihm der Kellner den Stuhl zurecht, auf den er sich setzte. Erst danach nahmen die zwei anderen am Tisch Platz. Der Gast mir schräg gegenüber nickte mir freundlich zu. Wir nahmen unser Gespräch mit gedämpfter Lautstärke wieder auf. Mit der lässigen Neugier ihrer fließenden Augen musterte Evelyne die Ankömmlinge. Ihr Blick huschte zwischen beiden ihr schräg gegenüber Sitzenden hin und her. Sie hatte nicht bemerkt, dass ich sie beobachtete. Offenbar gedanklich auf Abwege geraten, hatte sie meinen Gesprächsfaden wohl verloren.

„Herr Oberarzt, Sie haben uns immer noch nicht verraten, wodurch die Ruhr ausgelöst wurde?", erinnerte mich Ulli.

„Der Bezirksarzt von Berlin nannte uns als Ausgangspunkt der Erkrankung kleine Mengen infizierter Butter. Die betroffenen Chargen seien unverzüglich aus den Regalen genommen worden, erklärte er."

„Also Verunreinigungen in einer Molkerei?"

„Ja, so könnte man es bezeichnen."

„Eine einzige Person soll die Erreger in eine Molkerei getragen haben?" Ulli zweifelte an dieser Version.

„Und doch ist es möglich!", widersprach ich.

„Herr Oberarzt, das müssen Sie uns genauer erklären!", forderte Ulli mich in so lautem Tonfall auf, dass die Gäste am Nebentisch ihr gedämpftes Gespräch spontan unterbrachen und auf unsere Unterhaltung aufmerksam wurden.

„Bekannt sind sogenannte Dauerausscheider, also Menschen, die eine stille Feiung durchgemacht haben, aber nach einer Infektion die Krankheitserreger weiter replizieren und mit dem Stuhl ausscheiden, aber keine Krankheitssymptome mehr zeigen."

„Also, die Person, die den Erreger in die Molkerei eingeschleppt hatte, wusste nichts von ihrem Missgeschick?", hakte Ulli nach.

„Nein, ihr war es nicht bewusst. Es ist nicht einfach, Dauerausscheider aufzuspüren. Die betroffene Person hatte aber unter offensichtlicher Missachtung der allgemeinen Hygieneregeln den Erreger durch eine Schmierinfektion in die Butter getragen."

„Unglaublich, dass so etwas passieren konnte!", stöhnte Ulli. Unsere Nachbarn hatten offenbar unser Gespräch intensiv verfolgt. Ihre Spannung war an ihren Gesichtern abzulesen.

„Ja, der Teufel steckte im Detail. Offenbar hatte es die Person versäumt, nach dem Toilettengang ihre Hände ausgiebig mit Seife unter fließendem Wasser zu reinigen. Der gewohnheitsmäßige Gebrauch geeigneter Desinfektionsmittel in öffentlichen Toiletten ist nicht üblich. Nur so konnte es geschehen, dass sie das Bakterium in die Butter gepackt hatte." Der Kellner hatte inzwischen den Gästen nebenan die Speisekarten gereicht. Es waren andere als die er uns vorgelegt hatte! Was hatte das zu bedeuten. Überhaupt! Er behandelte sie wie Graf Koks, wie feine Pinkel! Er empfahl ihnen sogar eine Flasche badischen Wein! Ich hatte das Gefühl, in einer Zwei-Klassen-Gesellschaft zu leben. Wir waren offensichtlich in den Augen des Kellners Plebejer und die eben Angekommenen Patrizier.

„Herr Oberarzt, Sie haben uns noch nicht darüber berichtet, wo Sie damals vor zwanzig Jahren die Ruhr bekämpft haben?", erinnerte mich Evelyne, die sich offenbar an den beiden Herren, die ihr schräg gegenüber saßen, nicht satt sehen konnte. Verlegen antwortete ich:

„Ich komm mir vor wie der kleine Muck, der sich in Details verstrickt, vom Hundertsten ins Tausendste gekommen war und dabei den Faden verloren hatte." Ich überlegte einen Augenblick, bevor ich antwortete. „Wenn ich mich recht entsinne, schickte man mich damals zur Verstärkung des Teams nach Berlin-Lichtenberg ins Oskar-Ziethen-Krankenhaus, kurz OZK, das zur Spezialklinik für Ruhrerkrankungen eingerichtet wurde. Alle anderen Abteilungen wurden ausgelagert. Wochenlang untersuchte ich unter dem Mikroskop Stuhlproben nach gramnegativen Stäbchen, das heißt nach Shigellen. Es war eine Sisyphusarbeit. Am Abend wusste ich nicht mehr, ob ich ein Männlein oder Weiblein war. Meine Augen tränten, ich sah Doppelbilder. Nach zwölfstündiger Plackerei am Mikroskop war ich so erschöpft, dass ich über dem Gerät einzuschlafen drohte."

„Hat man Ihnen denn keine Pausen eingeräumt?", schaltete sich Ulli ein. Ich sah sie mitleidig an, da ich glaubte, dass sie sich von den damaligen Zuständen kein reales Bild machen konnte.

„Natürlich gab es eine gesetzlich vorgeschriebene Mittagspause. Da sich aber die vorbereiteten Präparate auf meinem Arbeitsplatz stapelten – ich war ja kein Profi –, sah ich mich gezwungen, die Pausen zu verkürzen. Die gefärbten Präparate mussten ja noch am selben Tage durchgesehen werden, denn die behandelnden Ärzte wollten Resultate sehen! Hatte sich der Verdacht einer eingewiesenen Person auf Ruhrerkrankung nicht bestätigt, wurde sie umgehend wieder entlassen, da man ja dringend Betten für Neueinweisungen benötigte." Die Herren nebenan hatten sich inzwischen, während sie auf ihr Essen warteten, in ein Gespräch vertieft. Da sie oft ihre Köpfe zusammensteckten und tuschelten, konnte ich ihrer Unterhaltung nicht folgen. Nur einige Gesprächsfetzen flogen zu mir herüber, die ich hier anfügen möchte: deutsche Beteiligung am Falklandkrieg, der Kanzler hat sich bisher noch nicht dazu geäußert, es wäre höchste Zeit, dass er jetzt das Wort ergreife und sich an die Seite der Eisernen Lady stelle, von Schulterschluss war die Rede. 'Ein Fluchzeuschträjer ist unterwejs, aber me senn noch drahn am Övverläje', bemerkte der Herr, der dem Chef gegenüber saß, süffisant. Ich wurde stutzig. Sie sprachen keinen Berliner oder anderen ostdeutschen Dialekt, sondern eher einen aus dem Mittelrheinischen. Es war genau die Ausdrucksweise, die Adenauer in Privatgesprächen gebrauchte. Außerdem berührten sie Themen, die uns DDR-Bürgern fremd waren. Ich hatte mich so in ihr Gespräch vertieft, dass ich Ullis Frage überhört hatte.

„Herr Oberarzt", platzte sie heraus, „Sie sind mit Ihren Gedanken in der Ferne. Darf ich Sie zu unserem Thema zurückführen?" Ich erschrak.

„Entschuldigung, ich war unhöflich. Sie haben Recht. Ich war wirklich mit meinen Gedanken auf Abwegen. Ich versuchte, der Unterhaltung unserer Tischnachbarn zu folgen. Leider konnte ich mir keinen Reim daraus machen, da ich nur Gesprächsfetzen auffangen konnte. Bitte wiederholen Sie Ihre Frage. Ich bin ganz Ohr." Sie sah mich rügend an:

„Ich hatte Sie nach der Sterblichkeitsrate der Ruhrerkrankungen gefragt. Sie war doch sicher nicht vergleichbar mit der letzten großen Cholera-Epidemie in Berlin Ende des 19 Jahrhunderts?"

„Natürlich nicht! Aber es gab auch Sterbefälle. Vor allem die Alten, chronisch Kranken, Säuglinge und Kleinkinder waren davon betroffen. Die mit der Erkrankung einhergehenden massiven Durchfälle – Diarrhoe – führen zu einer massiven Exsikkose, also Austrocknung des Körpers, was zu einem gefährlichen Anstieg des Hämatokrits und damit zur Veränderung der Fließeigenschaften des Blutes führt. Der erhebliche Flüssigkeits- und Elektrolytverlust durch Durchfälle stellt also bei einer Shigellose die größte Gefahr dar. Die Folgen sind Krämpfe, Nierenversagen, akute Herzinsuffizienz, Atembeschwerden und Thrombosen. Die Altersgruppen dazwischen können diese Stoffwechselentgleisungen für einen längeren Zeitraum eher tolerieren."

Ich merkte, dass Evelyns Interesse an dem Thema am Erlöschen war. Ihre großen, erfüllten braunen Augen suchten unentwegt, in die ihres schräg gegenüber sitzenden Nachbarn tief zu tauchen, wenn er seinen Blick vom Teller ließ. Es war ein Blick hemmungslosen Verlangens. Offenbar blieb ihm dieser nicht unbemerkt. Im Gegenteil, ich hatte das Gefühl, dass zwischen ihnen Einvernehmen bestand. Denn er schien ihren Blick zu erwidern.

Zu vorgerückter Stunde – ich war schon im Begriff, als ich den letzten Schluck aus meinem Glas geleert hatte, den Ober um die Rechnung zu bitten – brachte uns der Kellner eine zweite Flasche Blaustengler, obwohl ich ihn nicht darum gebeten hatte:

„Herr Ober, Sie müssen sich irren. Ich habe keinen Wein nachbestellt. Ich möchte Sie um die Rechnung bitten." Verlegen deutete er auf die Herren am Nebentisch:

„Die edlen Spender sitzen nebenan. Sie baten mich, Ihnen den Wein zu kredenzen." Der Herr mit dem schütteren Haar nickte mir freundlich zu. Ich konnte nicht ablehnen, denn das wäre einer Beleidigung, einem Affront, gleichgekommen.

„Wir danken den edlen Spendern!", antwortete ich höflich. Es kam mir ungelegen. Denn ich wollte eigentlich den gemütlichen Abend beenden, da ich eine gewisse Müdigkeit verspürte. „Es ist wohl an der Zeit, ein wenig näher zu rücken und uns bekannt zu machen", schlug ich vor, eine gute Miene zu bösem Spiel machend. Die Herren waren sofort einverstanden. Der Ober rückte die Tische zusammen, und wir machten uns mit unserem Vornamen bekannt. Der Wortführer stellte sich uns mit „Rüdiger" vor. Vorsichtig begann er:

„Wie ich aus Ihren Gesprächsfetzen, die mir zuflogen, entnehmen konnte, sind Sie mit Hippokrates verwandt." „Ihr Gespür hat Sie nicht betrogen. Wir sind in Berlin zu einem medizinischen Kongress und haben den ersten Tag, jeder auf seine Art, ausgewertet. Ich habe außerdem den Besuch in Berlin mit einem Einkaufsbummel verknüpft. Im Tal der Ahnungslosen, aus dem ich komme, gibt es nicht nur Defizite in der Vermittlung des aktuellen Weltgeschehens außerhalb des Eisernen Vorhangs, sondern auch im materiellen Bereich." Rüdiger stutzte, denn er wusste ja nicht mit wem er es zu tun hatte. War es vielleicht eine Falle, die ihm gestellt wurde?

„Sie spielen auf eine ungleiche Verteilung der Waren des täglichen Bedarfs im Lande an?", fragte er vorsichtig.

„Ja, Sie haben den Nagel auf den Kopf getroffen. Seit Monaten mache ich Jagd auf eine Bohrmaschine. Heute hatte ich verdammten Dusel. Es ist zwar keine mit Schlagbohrvorsatz. Aber immerhin kann ich jetzt zielgerichtet Löcher für Dübel in die Ziegelwand bohren, kann Meißel und Hammer in der Kiste verstauen, muss nicht mehr kiloweise Gips verschmieren. Übrigens, nebenbei bemerkt; wir sind und bleiben eine Mangelgesellschaft."

„In Berlin stellen wir keinen Mangel fest." Die drei blickten sich vielsagend an und lächelten geheimnisvoll.

„Berlin ist das Schaufenster der Republik", versuchte ich, sie aufzuklären, „aber. in der Provinz, sieht es ganz anders aus. Da Mangel an den meisten Artikeln vorherrscht, hat sich eine Art Schattenwirtschaft etabliert."

„Schattenwirtschaft? Was bedeutet das?"

„Es gibt da ein Sprichwort, das die ganze Situation mit drei Worten treffend charakterisiert." Ich machte eine Pause. Die drei Herren wussten offenbar nicht, worauf ich hinauswollte. Sie sahen mich fragend an. Ich lächelte verschmitzt.

„Manus manum lavat", war meine lapidare Antwort. Rüdiger stutzte:

„Es ist ein lateinischer Ausspruch? Leider beherrsche ich Latein nicht." Ich ergänzte:

„Auch mit den Worten 'quid pro quo' – dies für das – kann man den lateinischen Spruch umschreiben.

„Ah, jetzt fällt bei mir der Groschen!", strahlte Rüdiger. „Der Engländer sagt dazu 'networking', also die Pflege von persönlichen und beruflichen Kontakten, mit dem Ziel zu helfen und zu kooperieren."

„Im weitesten Sinne mag der englische Begriff 'networking' für manus manum lavat zutreffen. Er ist aber enger gefasst und bezieht sich konkret auf den Begriff 'Beziehung', also auf eine wechselseitige, verfestigte Interaktion."

„Carl, Sie sind Mediziner, also meinen Sie die Knüpfung enger Kontakte mit Berufskollegen?" Ich musste über ihre Begriffsstutzigkeit lächeln. Offenbar war das nicht ihr gebräuchliches Vokabular.

„Nein, das meinte ich nicht. Eine Beziehung knüpft man in diesem Falle mit jedwedem, der einem nützlich erscheint."

„Für einen beruflichen Aufstieg?"

„Oh, Sie sind mir schon einen Schritt voraus! So straff würde ich den Bogen um den Begriff 'manus manum lavat' nicht spannen. Natürlich kann ein Gönner den beruflichen Aufstieg fördern. Insofern trifft der Ausspruch auch in diesem Falle zu. Ich meine aber eine besondere zwischenmenschliche Beziehung zur Umgehung des mangelnden Warenangebotes."

„Ach jetzt lässt er die Katze aus dem Sack!", rief Oliver, der Dunkelhaarige mit kleinem Schnauzbart, der Wortkargste der drei Herren mit rheinischem Akzent, der bisher geschwiegen hatte. „Sicherlich ist damit Hehlerei gemeint, also der Absatz und Vertrieb unrechtmäßig erworbenen Gutes." Ich holte tief Luft; seine scheinbare Naivität erstaunte mich:

„Gewiss, das kommt gelegentlich auch vor. Ich denke da vor allem an die Entwendung gesellschaftlichen Eigentums, mit anderen Worten: Diebstahl."

„Dunkle Geschäfte unter dem Ladentisch?", hakte Rüdiger vorsichtig nach. Meine beiden Begleiterinnen wussten längst, was die Stunde geschlagen hatte. Aber sie schwiegen. Denn sie wollten kein Spielverderber sein und stimmten in die allgemeine Heiterkeit ein.

„Dunkle Geschäfte könnten dabei eine Rolle spielen. Man fragt den Geber dabei nicht nach der Herkunft und den Preis des Produkts, das man begehrt. Dafür gibt es wieder ein bekanntes Sprichwort, was man dabei unbedingt beherzigen sollte. Wenn man das nicht tut, wäre es schnell vorbei mit der Geberlaune: 'Noli equi dentes inspicere donati'."

„Carl, Sie werden mir immer unheimlicher. Ich fresse einen Besen samt Stiel und Putzfrau, wenn ich mit meiner Vermutung fehlgehe." Rüdiger schob sein Kinn angriffslustig vor.

„Die wäre?", ermunterte ich ihn mit leutseligem Lächeln. Seine Augen blitzten spitzbübisch auf. Wie aus der Pistole geschossen, platzte er heraus:

„Eine Hand wäscht die andere!" Die Frauen schauten sich verdutzt an. Dann schrien sie:

„Bravo, Rüdiger! Richtig erraten!" Alle klatschten in die Hände. Tumultartig trommelten sie vor Begeisterung mit den Füßen aufs Parkett, sodass das halbe Restaurant in Aufruhr geriet. Nachdem sich die Gruppe einigermaßen beruhigt hatte, gab ich dazu meinen Kommentar:

„Ja, als gelernter DDR-Bürger – und als Chirurg erst recht – weiß ich, wie sich zwei Hände waschen. Im Verlaufe einiger Jahre hat sich bei mir eine lange Liste mit Personen verschiedener Berufe, Fähigkeiten und Verbindungen angesammelt, die mir nützlich waren und vielleicht einmal nützlich werden könnten. Ich biete ihnen meine Qualitäten als Arzt, z.B., stationäre Behandlung auf meiner Station ohne lange Wartezeiten, keine Einschränkung der freien Arztwahl, Gefälligkeitsrezepte, Konsultationen auch außerhalb der Sprechstunden. Mein Entgegenkommen zwingt die Personen dadurch in eine gewisse Abhängigkeit. Ich nenne sie Dankbarkeit. Diese geht teilweise so weit, dass uns der Metzger an Wochenenden und besonderen Festtagen ein Paket mit auserlesenen Fleisch-und Wurstsorten gratis schnürt, Fleischqualitäten wie Lende oder Grillfleisch, die es für normal Sterbliche nicht im Laden zu kaufen gibt. Auf diese Weise kann man auch in der DDR einen erträglichen Lebensstandard führen."

„Es gibt auch noch andere Quellen, ihn zu heben", schaltete sich Evelyne unvermittelt in geheimnisvollem, wichtigtuerischem Ton in das Gespräch ein. Die drei Fremden schauten sich verdutzt an. Rüdiger tastete sich vorsichtig aus dem Dunklen: „Die Flucht aus dem Glashaus?" Erschrocken über die verfängliche Frage, antwortete sie hastig:

„Gott behüte!" – sie holte hastig tief Luft, bevor sie fortfuhr – „Daran denkt nur der Teufel!", wehrte sie seinen Wink mit dem Zaunpfahl energisch ab. „Es gibt sie, die zwei Quellen, aus denen man Wein schöpfen kann." Sie sagte die Worte bewusst langsam und betont. „Eine ist heute am Versiegen und gewissermaßen fast bedeutungslos geworden."

„Evelyne, Sie machen mich neugierig!" Freddy fraß mit seinen gestochenen braunen Augen hemmungslos an ihr. Ich schätzte ihn zwischen dreißig und vierzig. Sie ließ sich nicht zweimal bitten:

„In den Fünfzigerjahren hatte folgendes Spottlied in der DDR Hochzeit: *Chia, chia, chia, cho, Käse gibt's in der HO, lange Schlange muss'te stehn, aber Käse kriegst'e keen.*'"

„Im Westen war es die Zeit des Wirtschaftswunders. Ein Ruck ging damals durch das Land. Sicherlich hat dazu die kräftige Finanzspritze beigetragen, die die Bundesrepublik in Form des Marshall-Planes erhalten hatte. Die Rosemarie Nitribitt war ein Kind ihrer Zeit. Um ihre geheimnisumwitterte Person rissen sich nach ihrem plötzlichen Ableben die Filmemacher", frotzelte Freddy.

„Sie spielen auf ihre Verfilmung durch Rolf Thiele an: 'Das Mädchen Rosemarie?'", erkundigte sich Evelyne.

„Ja, es war DAS Ereignis des Jahres 1958. Der folgende Song aus dem Film stürmte in den Hitlisten ganz nach oben: *Wir ham den Kanal, wir ham den Kanal noch lange nicht voll. Wir hams über Nacht zum Wohlstand gebracht. Wir spielen in Dur und nicht mehr in Moll. Ein Koffergerät, ein Aktienpaket, ein Fernsehgerät, Brillanten an der Hand, Picasso an der Wand, Mein Kampf ham wir leider verbrannt...*' Millionen strömten in die Kinos, um den Aufstieg einer Kellnerin zur Grande Dame der oberen, erlesenen Gesellschaft zu bewundern. Ihr Zutritt zu den obersten Chefetagen in Politik und Wirtschaft läutete gleichzeitig auch ihr hochdramatisches Ende ein. In ihrem Nachlass fand sich ein Notizbuch mit über siebzig prominenten Namen aus Politik und Wirtschaft, auch amouröse Briefe des Schlotbarons von Bohlen und Halbach erregten die Gemüter."

„Freddy, Sie erwähnten ihr jähes Ende. Wie kam sie zu Tode?"

„Sie wurde tot in ihrer Frankfurter Luxuswohnung aufgefunden. Ermordet, wie der Obduktionsbericht lautete."

„Der Mörder?"

„Ihr Tod wurde bis heute nicht aufgeklärt. Mögliche Spuren, die eventuell zum Mörder führten, wurden wahrscheinlich absichtlich verwischt. Übrigens – nebenbei bemerkt –, sie wurde ohne ihr Haupt bestattet."

„Mein Gott!", schrie Evelyne. „Wie war das möglich?"

„Das Gericht hielt es als späteres Beweismittel zurück, wie einst Judith das Haupt des assyrischen Feldherrn Holofernes auf einem Tablett der Öffentlichkeit präsentiert hat", erklärte er lakonisch.

„Und ich dachte immer, im Westen geht alles mit rechten Dingen – lege artis – zu!", spielte sie die Naive. Ein tiefer Seufzer entrang sich ihrer Brust. Verwundert über ihre scheinbare Naivität, fügte er mit gewinnender Leutseligkeit hinzu:

„Evelyne, Sie ver-ste-hen nicht?", fragte er gedehnt. Beim Dreschen fällt immer Spreu an, heißt ein bekanntes Sprichwort."

„Apropos Enthauptung, da wir gerade davon sprachen, in der Kunst ist die Erzählung im Alten Testament ein häufig bearbeitetes Thema. Im Semperbau, wo die Wiener Gemäldegalerie zu Hause ist, soll es ein Gemälde der Judith mit dem Haupt des

Holofernes von Lukas Cranach d. Ä. geben", schaltete ich mich in die Debatte. „Judith, als Verkörperung von Mut, Entschlossenheit und Vaterlandsliebe, verknüpft mit weiblicher Schönheit, dringt mit List in das Lager des Feldherrn Holofernes ein, enthauptet ihn mit einem Schwert und verhindert dadurch einen Vernichtungsfeldzug gegen ihr Volk. In der Renaissance wird Judith zu einer Symbolfigur des protestantischen Widerstandes gegen die Heere Karl V."

„Die Enthauptung ist eine gefürchtete und berüchtigte Methode, dem Leben eines Menschen ein Ende zu bereiten. Schon Josephus berichtet in seinen Memoiren über die Enthauptung des Johannis des Täufers. Herodias soll ihrer Tochter Salome, eine Enkelin Herodes des Großen, als Belohnung für ihren atemberaubenden Tanz das Haupt des Täufers zu Füßen gelegt haben. Maler der Renaissance, wie Rembrandt und Caravaggio, um nur einige zu nennen, haben seine Enthauptung bildlich festgehalten", pflichtete mir Rüdiger bei.

„Während der Französischen Revolution hatte die Methode des Enthauptens in Form der Guillotine Hochkonjunktur", ergänzte ich süffisant.

„Carl, Sie erwähnten den Namen Semper. Wer war Semper?", erkundigte sich Freddy.

„Er war der Baumeister der berühmten Semperoper, aber auch ein Rebell und Kämpfer für die Freiheit; er war aktiv an der Mairevolution 1849 im Königreich Sachsen beteiligt. Seine Barrikaden widerstanden dem überlegenen preußischen Heer eine ganze Woche. "

„Was ist aus ihm geworden?"

„Er musste fliehen. Da er steckbrieflich gesucht wurde, hatte er Sachsen für immer verlassen. In Rom wurde er beerdigt." Während wir uns in Rage geredet hatten, schlich der Kellner an Rüdigers Seite, beugte sich zu ihm und flüsterte:

„Ich muss die Herrschaften darauf aufmerksam machen, dass die Polizeistunde bereits seit längerer Zeit angebrochen ist. Ich bekomme Ärger, habe schon von meinem Chef eine Rüge einstecken müssen. Sie sind noch die einzigen Gäste im Restaurant.

Ich bitte Sie höflich, langsam zum Schluss zu kommen." Rüdiger schaute sofort auf seine Uhr: „Oh, Viertel vor eins!", sagte er überrascht. „Es wird höchste Zeit aufzubrechen!" Er ging mit dem Kellner zum Tresen, um die Rechnung zu begleichen. Ich vermutete, dass er ihm ein angemessenes Trinkgeld zukommen ließ. Als er in gehobener Stimmung zurückkam, wandte er sich an uns: „Es wäre schade, uns jetzt zu trennen, den wunderbaren Abend einfach abzubrechen. Was würden Sie sagen, wenn wir in meiner Wohnung unsere Unterhaltung noch ein Stündchen fortsetzten?" Evelyne war sofort Feuer und Flamme. Ich schaute zu Ulli. Sie nickte mir stumm als Zeichen des Einverständnisses zu. „Ihre Einladung nehmen wir gern an", entgegnete ich nach kurzem Zögern. „Übrigens, wir können zu Fuß gehen. Die Wohnung ist nicht weit von hier entfernt." Rüdiger führte uns durch das nächtliche Berlin, unweit des Checkpoint Charlie, in die Leipziger Straße zu einer an ihrer Nordseite neu errichteten 14-geschossigen, langen Wohnzeile. Die großzügig angelegte Straße war beiderseits mit Linden bepflanzt. Die Bäume waren offenbar so jung wie ihre Bauten. Sie mussten erst unlängst gepflanzt worden sein. Auffallend war die extrem gute Beleuchtung, wie ich sie nur unmittelbar im Stadtzentrum Berlins bemerkt habe. Es war gut eine Viertelstunde verstrichen, als er an der Hausnummer 66 stehen blieb:

„Wir sind am Ziel", bemerkte Rüdiger beiläufig und öffnete die breite Glastür zum geräumigen Vestibül. Es war gar nicht mit dem eines in sonst üblicher Plattenbauweise erbauten Gebäudes vergleichbar. Helle Marmorfußböden und Marmorstufen glänzten im Hauslicht. Ein Fahrstuhl brachte uns ins erste Obergeschoss. Zwei Türen führten in zwei separate Wohnungen. Rüdiger öffnete die Tür zur Rechten. Wir betraten einen nur mäßig erleuchteten breiten Flur mit Ablagen für Garderobe, von dem am Ende des Ganges linker Hand eine gläserne Schiebetür in einen überdimensionalen, sparsam erleuchteten Raum mit integrierter, komfortabler, zweckgebundener Wohnküche führte. Ein seidener Faltwand-Raumteiler mit japanischen Motiven teilte eine Sitzecke neben der Küchendurchreiche vom übrigen Raum ab.

„Fühlen Sie sich wie zu Hause", sagte Rüdiger beiläufig, als er sich in der Küche zu schaffen machte. Nachdem uns Freddy die Garderobe abgenommen hatte, machten wir es uns auf der ledernen Sitzbank an der Küchendurchreiche bequem. Raum und Küche waren modern und zweckmäßig auf hohem Niveau eingerichtet, aber es fehlte das gewisse Etwas, das künstlerische Flair – die kreative Hand einer Frau. Ich vermutete, dass Rüdiger ledig war, in Berlin eine reine Männerwirtschaft betrieb, oder es war eine Art Betriebswohnung, so etwas wie ein zweiter Wohnsitz, und seine Familie wohnte in einer andern Stadt, in einer anderen Gegend oder gar in einem anderen Land! Nachdem er einige Vorbereitungen in der Küche erledigt hatte, reichte er uns durch die Durchreiche reichlich süßes Naschwerk, Gläser und diverse Getränke. Oliver und Freddy waren für kurze Zeit unsichtbar; ich nahm an, dass sie sich im Badezimmer oder Waschraum aufhielten, um sich zu erfrischen. Freddy setzte sich neben Evelyne. Das war zu erwarten. Die Blicke, die sie in der Gaststätte wechselten, waren verräterisch. Freddy verströmte einen intensiven Duft nach Zedernholz. Kurz danach setzte sich auch Rüdiger zu uns. Er entkorkte eine Flasche Weißwein aus dem Badischen.

„Evelyne, wir mussten das Tischgespräch im Restaurant abrupt beenden, da mir der Kellner die Rechnung präsentieren wollte. Ich glaube, du hattest die Quellen deines Wohlstandes erörtert. – wie waren zum zwanglosen 'Du' übergegangen – Eine war am Versiegen, wie du uns deutlich gemacht hast. Die zweite sprudelt also noch? Habe ich recht verstanden?" Rüdiger lehnte sich entspannt zurück, ergriff das Glas und prostete uns zu und wartete gespannt auf Fortsetzung ihrer Geschichte. Evelyne war offensichtlich mit ihren Gedanken auf Abwegen. Denn sie war extrem nah an Freddy herangerückt. Überrascht ging ihr Blick zu Rüdiger:

„Wo war ich stehengeblieben?", fragte sie; unsicher geworden, senkte sie ihre Augenlider.

„Du erwähntest die zwei Quellen des Wohlstandes. Die eine –
die HO – sei am Versiegen gewesen." Plötzlich strahlte sie:
„Ah, jetzt fällt bei mir der Groschen!" Sie richtete sich auf,
überlegte kurz, um danach sofort loszulegen: „Die Zeitungen
unserer Wochenendausgaben haben mehr Seiten. Nicht Feuil-
letons füllen sie, sondern Inserate, Anzeigen jeder Art: Heirats-
anzeigen, Bekanntschaften, Urlaubsquartiere, Wohnungssuche,
-tausch, last, but not least Tauschhandel jeder Art." Rüdiger
unterbrach sie:
„Was ist dabei Besonderes? Diese Zeitungsannoncen gibt es
doch überall!", zeigte er sich enttäuscht.
„Rüdiger, ich bin ja auch noch nicht fertig!", rechtfertigte sie
sich wichtigtuerisch. „Man muss jede Annonce lesen, wenn man
die kleinen Unterschiede begreifen will. Wenn zum Beispiel
geschrieben steht: suche Grundstück – sie machte eine Kunstpause – biete Meißner Fliesen, dann musst du stutzig werden!"
„Meißner Fliesen?", hakte Rüdiger nach. „Was für eine Be-
wandtnis hat es mit Meißner Fliesen? Sind sie von besonders
guter Qualität?"
„Ja, ja, Meißner Fliesen sind für ihre Qualität bekannt, vorausgesetzt, es handelt sich um I. Wahl. Im Osten wünschte fast jeder,
er hätte in seiner Wohnung Meißner Fliesen an den Wänden und auf
Dielen."
„Evelyne, entschuldige, dass ich dich hier unterbreche. Ich
möchte nicht vorgreifen. Die Pointe deiner Geschichte nehme
ich nicht vorweg, die überlasse ich dir. In diesem Zusammenhang möchte ich eine interessante Geschichte einflechten, die
diese Thematik berührt", mischte ich mich ein.
„Wir sind gespannt, was für einen Bären du uns wieder aufbinden wirst!", schmunzelte Rüdiger. „Wir sind ganz Ohr."
„Friedrich der Große stand mit Voltaire im Briefwechsel. Er
hätte ihn gern in seinem Tabakkolleg gehabt, aber Voltaire schien
kein Interesse an Potsdam gehabt zu haben. Mehrere Lockrufe
verfehlten bisher ihr Ziel. Dann spielte Friedrich seine letzte
Trumpfkarte aus. Er packte ihn an seiner schwächsten Seite – an
seiner Eitelkeit. Der preußische König schrieb: 'Sie sind wie der

weiße Elefant, dessentwegen der Schah von Persien und der Großmogul Kriege führen, und dessen Besitz, wenn sie glücklich genug gewesen sind, ihn erlangt zu haben, einen von ihren Titeln bildet. Wenn Sie hierher kommen, so sollen Sie an der Spitze des meinigen stehen. Friedrich von Gottes Gnaden, König von Preußen.' Als Voltaire diesen Brief in seinen Händen hielt, zerrissen plötzlich die Bande, die ihn an seine Heimat fesselten. Am 10. Juli 1750 traf er in Sanssouci ein. Er erhielt den goldenen Schlüssel des Kammerherrn, das Kreuz des Verdienstordens und dazu ein bedeutendes Jahresgehalt von 20 000 Livres, nebst freier Wohnung im Schloss. Friedrich wollte ihn für immer an Berlin und Potsdam binden. Seine Freunde in Paris und seine Nichte rieten ihm jedoch vom nüchternen, traurigen Berlin dringend ab. Friedrich entgegnete ihm auf sein Zögern mit folgenden Zeilen: 'Nein, mein teurer Voltaire, wenn ich voraussehen könnte, dass Ihre Verpflanzung im mindesten zu Ihrem Nachteil ausschlagen möchte, so wäre ich der Erste, sie Ihnen abzuraten; ich würde Ihr Glück dem hohen Vergnügen vorziehen, das Ihr Besitz mir gewährt. Aber Sie sind Philosoph, ich bin es auch. Ich achte Sie als meinen Lehrer in Beredsamkeit und Wissen, ich liebe Sie als einen tugendhaften Freund.' Voltaire merkte jedoch bald, dass er an diesem Ort nicht ewig ausharren konnte. Er schrieb wenige Monate nach seiner Ankunft an seine Nichte: 'Mein Geschäft ist, nichts zu tun. Ich genieße meine Muße. Eine Stunde des Tages widme ich dem König, um seine Werke in Prosa und Versen ein wenig abzurunden; ich bin sein Grammatiker, nicht sein Kammerherr. Den Rest des Tages habe ich für mich, und der Abend schließt mit einem angenehmen Souper an der königlichen Tafel.' Rüdiger unterbrach mich an dieser Stelle:

„Wie war denn damals der Umrechnungskurs Livre in Taler? 20 000 Livre war eine nicht unbedeutende Summe?" Ich überlegte kurz.

„Als der Brief des Preußenkönigs in meine Hände fiel, recherchierte ich in Bibliotheken und fand heraus, dass man damals 1 Taler für 3 Livre bekam. Das macht nach Adam Ries 6 660 Taler."

„Eine erkleckliche Summe, meinte Rüdiger süffisant."

„Bei allen Huldigungen, die Voltaire vom König erfuhr, war es ihm in des Königs Nähe nie ganz geheuer. Er sah in ihm einen durchdringenden Verstand und rücksichtslosen Willen, gepaart mit einer furchtbaren Macht. In den kätzchenartigen Witzspielen der königlichen Gesellschaftsabende schreckte ihn immer die Löwentatze. Von ihr einen Schlag zu bekommen, war nicht wünschenswert, wie sich Voltaire ausdrückte. Nachdem ich diese Ouvertüre vorausgeschickt habe, komme ich zum ersten Akt. Nachdem Voltaire in Paris glücklich spekuliert hatte – man sagt, eine Katze lässt das Mausen nicht –; wollte er es auch in Preußen versuchen, denn er hatte eine feine Witterung dafür, wo sich ein gutes Geschäft machen ließ. Ein Artikel über den Dresdner Frieden vom 25. Dezember 1745 war seiner Aufmerksamkeit nicht entgangen."

„Carl, du spannst uns aber auf die Folter, das heißt, du lässt uns lange zappeln, sodass wir vor Ungeduld fast platzen!", unterbrach mich Oliver. Ich lächelte nachsichtig.

„Geduld, Geduld, der erste Akt des Dramas hat bereits begonnen. Im Friedensvertrag mit den Preußen kamen die Sachsen noch relativ glimpflich davon, das heißt ohne Gebietsabtretungen. Sachsen musste aber eine Kriegsentschädigung von einer Million Talern an Preußen zahlen, nebst einer bestimmten Anzahl von Rekruten zur Auffüllung des preußischen Heeres. Dazu haben wir einen bissigen Kommentar von Friedrich dem Großen: „Sachsen ist wie ein Mehlsack, egal wie oft man draufschlägt, es kommt immer noch etwas heraus."

Sachsen war durch die Misswirtschaft des Grafen von Brühl, Premierminister unter August II., in eine Staatskrise geschlittert. Da der Betrag nicht in bar aufgebracht werden konnte, wurden durch Zwangsumtausch von Vermögenswerten staatliche Schuldverschreibungen ausgegeben. Den preußischen Untertanen, die sächsische Schuldscheine besaßen, sollten sie zum Fälligkeitstermin von der sächsischen Steuerbehörde unfehlbar samt Zinsen eingetauscht bekommen, Schuldscheine in sächsischen Händen besaßen jedoch keine Garantie. Das war ein schlecht gezogener Drudenfuß, der Spekulanten Tür und Tor öffnete, sächsische Schuldscheine zu Dumpingpreisen aufzukaufen. Friedrich dem Großen war der Handel mit den sächsischen Schulscheinen ein Dorn Auge. Er verbot ihn! Spekulanten fanden bald ein Schlupfloch. Voltaire scherte sich nicht um des Königs Verbot, da es sich ja so leicht umgehen ließ."

„Ich glaube, es ist wie eine Seifenoper, eine Endlosserie, die du uns da zelebrierst", unterbrach mich Freddy.

„Ja, da ist schon etwas Wahres dran. Voltaire hatte viele Gesichter. Er war auch ein gerissener Finanzspekulant. Ich erwähnte, dass sich des Königs Verbot so leicht umgehen ließ. Man schrieb von Pelzen und Juwelen, und man meinte die Schuldscheine!"

„Also Pelze für Schuldscheine?", vergewisserte sich Rüdiger. „Ich glaube Edelpelze waren damals so rar wie Diamanten."

„Ja, der Pelz-und Juwelenhandel und auch der Finanzmarkt waren damals fest in jüdischer Hand. Der Berliner Jude Abraham Hirschel hatte Voltaire den Schmuck mit Brillanten geliefert, den er für seinen Auftritt als Cicero in der Komödie 'Das gerettete Rom' in Potsdam benötigte. Denselben Mann versah nun Cicero, alias Voltaire, mit Geld und Wechseln, um für ihn in Dresden Pelze und Juwelen – will sagen, sächsische Schuldscheine – zu 35 Louis D'or – will sagen mit 35% Verlust für den Verkäufer, oder zu 65% – einzukaufen. Der Jude reiste nach Dresden, aber er schrieb von dort, dass die Schuldscheine nur zu 70 zu bekommen seien. 'Gut, nur eingekauft!', ließ Voltaire ihm durch einen Boten mitteilen. Aber am anderen Tage schreibt Hirschel, dass der Kurs schon bei 75 stünde. Sauber war das nicht, was der Jude da vollführte!"

„Das merkt doch ein Blinder mit dem Krückstock, dass hier hoch gepokert wurde!", schrie Oliver genervt.

„Ja, Voltaire sah das auch so. Er fühlte sich von Hirschel übers Ohr palpiert. Prompt ließ er den Wechsel in Paris auf den Namen Hirschel stornieren und beauftragte einen Nebenbuhler, den Juden Ephraim, mit dem Ankauf von Schuldscheinen. Es kam zum Streit. Hirschel verlangte Schadenersatz. Da man sich nicht gütlich einigen konnte, kam es zum Gerichtsprozess, und

227

die Öffentlichkeit wurde alarmiert. In Berlin löste er ein wahres Erdbeben aus, was natürlich auch dem Preußenkönig nicht entgangen war. Voltaire bekam seinen Wechsel auf 40 000 Livres zurück, da es sich ja um einen verbotenen Einkauf von Schuldscheinen handelte. Über Auslagen des Juden et cetera pp. einigte man sich außergerichtlich durch einen Vergleich am 26. Februar 1751. Voltaire war mit der Zahlung von 1000 Talern mehr als gut weggekommen. Der Handel mit Ephraim blieb jedoch im Dunkeln.

Lessing, der als Übersetzer im Gerichtssaal den Prozess hautnah verfolgte, verfasste folgendes Spottgedicht über den Gerichtsstreit:

'Sagt Musen, welcher Gott stand hier dem Dichter bey,
Und wies ihm unverhüllt verhüllte Schelmerey?
Wer sonst, als der fürs Geld den frommen Thor betrog,
Wenn er vom Dreyfuß selbst Orgelsprüche log?
Er, der Betrug und List aus eigner Übung kennet,
Durch den Voltaire gebrannt und jeder Dichter brennet.
Ja, ja, du wachtest selbst für deinen braven Sohn,
Apoll, und Spott und Reu war seines Feindes Lohn.
Du selbst – doch wackrer Gott, dich aus dem Spiel zu lassen,
Und kurz und gut den Grund zu fassen, warum die List
Dem Juden nicht gelungen ist, so fällt die Antwort ungefähr
Herr Voltaire war ein größerer Schelm als er.'

„Das ist ja äußerst interessant, was du uns hier schilderst. Es ist für mich ein absolutes Novum, dass Herr Lessing von dem Deal wusste", staunte Rüdiger. „Du scheinst ja ein wahrer Spezi des 18. Jahrhunderts zu sein, was sonst nur einer Handvoll ausgewiesener Historikern bekannt ist."

„Lasst mich noch zum 3. Akt der Seifenoper kommen. Wie Euch ja bekannt ist, gibt es bei einer Oper, auch wenn es sich hier um eine Seifenoper handelt, immer ein Ende mit bitterem Beigeschmack. – Zurück zum Preußenkönig Friedrich II. In der Tat ging ihm die Sache über den Spaß! 'Voltaire beluchst die Juden!'", schrieb er an seine Schwester. Die garstige Geschichte mit dem Juden habe in der Stadt für größtes Aufsehen gesorgt. Friedrich der Große las Voltaire nach diesem unfreundlichen Akt gehörig die Leviten. Er habe ihn aufgenommen, um bei ihm nach all den aufregenden, stürmischen Jahren in Paris Ruhe zu finden. Er schrieb ihm unter anderem nach Berlin, wo er sich noch aufhielt: 'Können Sie sich entschließen, als Philosoph zu leben, so werde ich mich freuen, Sie zu sehen. Überlassen Sie sich aber der Hitze Ihrer Leidenschaften und fangen mit jedermann Händel an, so tun Sie mir keinen Gefallen, wenn Sie hierher kommen. Ich wünsche, dass diese elende Geschichte ein Ende hat, dass Sie keine weiteren Händel mehr haben werden, weder mit dem Alten noch Neuen Testament!'

„Das war aber haarig und zugleich deftig formuliert, ich meine unmissverständlich, sogar eine Drohung an die Adresse Voltaires", meinte der Rheinländer süffisant.

„Ja, da gebe ich dir durchaus recht; er schrieb diesen Brief mit derbem Menschenverstand. Er sagte, was er dachte, ganz ohne Zweideutigkeit und Beschönigung. Wenn das Verhältnis zweier Personen einmal einen Riss bekommen hat, so nisten sich in ihm leicht Sandkörnchen ein, die Anlass zu weiteren Reibereien geben. So geschah es auch. Friedrich, ein Freigeist, tolerant, hatte eine Tafelrunde von Persönlichkeiten versammelt, die nicht in das Klischee des Absolutismus passten. La Mettrie – ein Enfant terrible –, Vorleser der Tafelrunde, aus Frankreich wegen seiner Schmähschriften vertrieben, erhielt 1748 auf Vermittlung des Präsidenten der Königlich-Preußischen Akademie, Maupertuis, der ebenfalls wie La Mettrie aus San Malo stammte, in Preußen Asyl. Er war in einer Person Leibarzt des Königs, Poet, Pamphletist, Atheist, Naturalist; zusammengefasst: der Prügelknabe der französischen Aufklärung, L'Homme-Machine genannt. Der wortgewaltige Bretone, ein Vorläufer Darwins, war seiner Zeit weit voraus. Er behauptete: es gäbe keinen Gott, kein Leben nach dem Tode, keine natürliche Moral. Überall, wo er auftrat, stiftete er Unfrieden. So platzte eines Tages Friedrichs Vorleser la Mettrie gegen Voltaire mit der Erzählung heraus, im Gespräch über die Gunst, worin dieser stehe, und den Neid, den sie errege, habe der König die Äußerung getan, er werde ihn höchstens noch ein Jahr nötig haben: „Man presst die Orange aus, und die Schale wirft man weg". – Hier wäre einzuflechten, dass sich der wortgewaltige La Mettrie selbst früh aus der Tafelrunde manövrierte. Eine übergroße Portion getrüffelter Fasanenpastete wurde ihm zum Verhängnis. Er erlitt einen Pastetentod."

„Erstickte er an einem zu großen Brocken?", versuchte sich Evelyne ins Gespräch zu bringen.

„Nein, wo denkst du hin! Zwölf Stunden nach Genuss der Pastete meldete sich sein Verdauungstrakt. Neben Fieberattacken plagten ihn Erbrechen, fürchterliche Krämpfe und Durchfälle."

„Also eine Salmonelleninfektion?", unterbrach sie mich erneut.

„Ja, genau das war zu vermuten, obwohl das nicht belegt war. Im Geflügelfleisch hatten sich wohl Salmonellen eingenistet."

„Aber die anderen Personen, die am Dinner teilnahmen, hatten keine Symptome?"

„Darüber schweigt die Chronik. Offenbar war La Mettries Portion übergroß – er war als Vielfraß bekannt –, und er hatte deshalb bedeutend mehr Salmonellen geschluckt als die anderen Esser. Jedenfalls wurde er davon so krank, dass er sich einen Aderlass anordnete. Und der wurde ihm erst recht zum Verhängnis. Am dritten Tag nach Genuss der vortrefflichen Pastete entschlief er 41jährig. –

Das war natürlich Wasser auf die Mühle des eitlen Voltaire. Seine Retourkutsche folgte auf dem Fuße. Als eine Manuskriptsendung vom König im Schloss eintraf und General Manstein die an ihn gerichtete Post heraussuchte, sagte Voltaire zu ihm, der anwesend war: 'Sie sehen, General, erst muss ich des Königs schmutzige Wäsche rein machen, ehe ich an die Ihrige kommen kann.' Wie kam diese Geschichte dem König zu Ohren, der ja nicht dabei gewesen war? Der Mathematicus Maupertuis war der Zuträger – ihm war die bevorzugte Stellung des Poeten, die er bei dem König genoss, ein Dorn im Auge –, der sie noch um den Satz: 'überhaupt finde Voltaire des Königs Verse schlecht', erweitert haben soll. Das war eine unerhörte Beleidigung des Souveräns! Inkognito wurden nun Briefe veröffentlicht, die voller Schrullen steckten. Voltaire hatte mit der Druckerlaubnis seines

Pamphlets gegen den Präsidenten der Berliner Akademie Friedrich hinters Licht geführt. Diese war nämlich für eine andere Veröffentlichung erteilt worden."

„Stopp!", unterbrach mich Rüdiger, „bei aller Freizügigkeit herrschte in Preußen doch eine Zensur?"

„Ja, so muss es wohl gewesen sein. Das brachte das Fass zum Überlaufen. Die gedruckten Exemplare wurden konfisziert und im Beisein des Verfassers vom König selbst in das Kaminfeuer geworfen! Doch der Samen des Unkrauts war bereits nach außen getragen worden. Überall, in Dresden, Paris, Madrid, Petersburg tauchten neue Exemplare auf! Jetzt geriet der König außer sich und handelte wie man in einem solchen Falle zu handeln pflegte: Am 24. Dezember 1752 ließ er das verhasste 'Libell' auf den öffentlichen Plätzen von Berlin durch Henkershand verbrennen! Ein Fürst der Aufklärung lässt Bücher verbrennen! Das Band zwischen Voltaire und Friedrich dem Großen war endgültig zerschnitten. Neujahr 1753 schickte Voltaire dem König den Kammerherrnschlüssel und den Orden mit der Aufschrift zurück:

'Beglückt, als Du mir sie gesendet,
Geb' ich sie nun mit Schmerz zurück;
So wie ein Liebender im düstern Augen
blick
Der Liebsten Bild ihr wieder sendet.'

Auf Einladung Friedrichs besucht Voltaire noch ein letztes Mal Potsdam. Man ist scheinbar in alter Traulichkeit beisammen. Voltaire verspricht nach vollendeter Kur, im Herbst wiederzukehren, weswegen er denn auch Orden, Kammerherrnschlüssel samt Bande königlicher Poesien mitnehmen darf. Am 26. März reiste Voltaire als großer Herr mit allem Pomp von Potsdam ab."

„Endete damit die Seifenoper?", wollte Rüdiger von mir bestätigt haben.

„Nein! Keineswegs! Das Drama war noch nicht zu Ende! Kaum, dass er Preußen verlassen hatte – er logierte drei Wochen in Leipzig –, ließ er sich zu einem neuen Scharmützel hinreißen. Im Stadtanzeiger von Leipzig 'Der Hofmeister' erschien folgender Steckbrief: 'Ein *Quidam* hat einem Inwohner von Leipzig einen Brief geschrieben, worin er besagtem droht, ihn zu ermorden, falls er sich an den Toren von Leipzig blicken ließe. Derselbe ist Philosoph, von zerstreutem Wesen und garstigem Gange, Augen klein und rund, Perücke desgleichen, Nase platt, Gesichtsausdruck schlimm; trägt beständig ein Skalpell in der Tasche, um Leute von hoher Statur zu sezieren. Wer genaue Hinweise über die steckbrieflich gesuchte Person geben kann, erhält 1000 Dukaten Belohnung.' Erneut unterbrach mich Rüdiger:

„Wen könnte Voltaire mit diesem mysteriösen Steckbrief Namens 'Quidam' wohl gemeint haben? Ich bin leider kein Lateiner. Carl, du musst uns schon auf die Sprünge helfen!"

„'Quidam' ist kein Personenname, sondern bedeutet übersetzt schlicht: 'ein Gewisser'. Aber der obige Steckbrief lässt keinen Zweifel aufkommen, wer damit gemeint war."

„Wer?"

„Wenn der Verfasser Voltaire war, was anzunehmen war, dann kann es sich nur um seinen Intimfeind Maupertuis gehandelt haben. Was konnte ein feierlicher Akademiepräsident gegen einen Mann ausrichten, der solch eine spitze Feder führte? Und doch fiel er selbst in diese Grube, die er ausgehoben hatte. Nach den Zwischenstationen Gotha und Kassel traf er am 31. Mai in Frankfurt ein. Er hatte es eilig. Am nächsten Tage wollte er schon weiterreisen, denn er befand sich ja wieder auf preußischem Gebiet. Unvermittelt schlugen die preußischen Schergen zu. Sie verlangten von Voltaire umgehend die Aushändigung des Ordens, Kammerherrnschlüssels, last but not least Handschriften und Gedichtband des Königs. Da der letzte noch mit einer Kiste unterwegs war, wurde er solange arretiert, bis diese eintraf. Für entstandene Kosten musste Voltaire aufkommen. Endlich, am 7. Juli konnte der gedemütigte Voltaire mit leeren Händen preußischen Boden verlassen, um ihn nie wieder zu betreten. Der König schien erleichtert, den Querulanten losgeworden zu sein. Denn er schrieb an seinen ehemaligen Sekretär Darget: 'Der Gott soll mich davor behüten, dass er wiederkommt. Er ist nur gut zu lesen, aber gefährlich, ihn kennen zu lernen.' "

„Eine tolle Geschichte! Darauf müssen wir anstoßen." Rüdiger entkorkte eine Flasche badischen Weißwein. „Schließen wir den
Kreis. Evelyne hat ihn ja eröffnet. Evelyne, wo waren wir stehengeblieben?"

„Es gibt sie noch, die zwei Quellen, aus denen man schöpfen
kann. Eine, die HO, war versiegt. Die Zweite, ist heute aktueller
denn je – bei Friedrich dem Großen waren es Pelze –, findet man
in den Annoncen der Wochenendausgaben unter Meißner Fliesen."

„Warum gerade Meißner Fliesen?", schaltete sich Freddy ein.

„Meißen ist ja weltbekannt durch das Porzellan. Böttger und
Tschirnhaus haben in Meißen das europäische Porzellan entdeckt. Es wird heute fast ausschließlich exportiert. Gegen Ost-
geld bekommst du nur 2. Wahl."

„Du hast mich auf die richtige Fährte geführt", strahlte Freddy. „Das Synonym 'Meißner Fiesen' ist also gleichzusetzen mit
– er setzte eine schalkhafte Miene auf, und über seine Lippen
huschte ein rätselhaftes Lächeln – Westgeld!", platzte er heraus.

„Ja, du hast den Nagel auf den Kopf getroffen!", schrie
Evelyne euphorisch und klopfte vor Übermut mit ihren Fäusten
auf den Tisch, sodass die gefüllten Gläser überschwappten.
„Suche Einfamilienhaus, biete Meißner Fliesen", liest man derzeit regelmäßig in den Zeitungen. „Denn Einfamilienhäuser sind
so begehrt, so teuer wie nie. Der leicht Betuchte versucht, dem
Plattenbau zu entfliehen. Der Verkäufer nimmt lieber DM als die
wertlose Ostmark."

„Der Handel mit Devisen ist sicher verboten?", schaltete sich
Rüdiger ins Gespräch.

„Ja, natürlich, Käufer und Verkäufer suchen sich diskret unter
möglichster Umgehung der Öffentlichkeit. Der Verkäufer son-
diert, versucht über den Interessenten Erkundigungen einzuholen, um nicht in eine Falle zu geraten. Bevor so ein Kaufgeschäft
über die Bühne geht, können Monate verstreichen. Der Verkäufer steht meist nicht unter Zeitdruck. Bevor überhaupt ein
notariell beglaubigter Kaufvertrag zustande kommt, verlangt der

Verkäufer eine Vorauszahlung ohne jeglichen Beleg. Wenn der Deal platzt, geht der potentielle Kandidat leer aus, und die Vorauszahlung ist futsch. Der vom Verkäufer verlangte Preis liegt weit über dem gängigen Taxwert. Angebot und Nachfrage bestimmen den Kaufpreis. Anders hingegen sieht es bei Ausreisewilligen aus. Hier geht die Veräußerung von Besitz nur über staatliche Kontrolle. Er legt den Zeitwert Grundstücks fest und auch den Käufer."

„Ich habe gehört, dass DM nicht gleich Mark der DDR ist", bemerkte Rüdiger beiläufig.

„Natürlich nicht! Auf dem Schwarzmarkt werden für eine DM fünf, ja sogar sechs Ostmark geboten.

„Wie kommt der Ostdeutsche an Westgeld ran?", interessierte sich Oliver dafür.

„Ich kenne eine Person, die aus der Schweiz geerbt hat. Sie bekommt jeden Monat 200 DM auf ein Konto überwiesen. Das Geld, was sie in ihrem Beruf verdient, reicht kaum zum Leben. Deshalb tauscht sie auch mal DM in Ostmark, natürlich zu einem günstigen Kurs." Die Drei sahen sich vielsagend an und schienen in sich hinein zu lächeln. „Natürlich hätte man auch gern mal eine Westmark, um eine Kleinigkeit im Intershop zu kaufen", ergänzte Evelyne. Der Uhrzeiger war inzwischen auf zwei gerückt. Rüdiger wollte gerade eine zweite Flasche Wein öffnen.

„Wie sieht es mit einem Bier aus?", fragte ich plötzlich. Rüdiger stutzte:

„Bier habe ich leider im Moment nicht vorrätig, da ich kein Biertrinker bin. Aber – er stutzte und tauschte sich Blicke mit Oliver aus – wenn du jetzt unbedingt ein Bier wünschst, dann…"

Ich unterbrach ihn rasch:

„Rüdiger entschuldige, so war es nicht gemeint. Ich wünsche jetzt nicht unbedingt ein Bier. In meinen Gedanken sah ich plötzlich eine Flasche mit einem Verschluss, den es in der DDR gar nicht mehr gibt, nämlich eine mit Bügelverschluss. Übrigens, zu dieser frühen Stunde wäre mir eine Tasse Mokka doch lieber."

„Diesen Wunsch kann ich dir umgehend erfüllen. Ich hatte ohnehin vor, die Kaffeemaschine anzuwerfen." Während Rüdiger sich im Küchentrakt zu schaffen machte, lichtete sich die Tischrunde. Zuerst war Oliver diskret verschwunden. Nach geraumer Zeit verließen auch Evelyne und Freddy in trauter Zweisamkeit den Wohnbereich. Gegen drei Uhr war die Runde wieder komplett. Rüdiger und ich nippten an dem extrastarken Mokka. Es dauerte nicht lange, bis sich Evelyne und Freddy davonmachten. Evelyne war kein Kind von Traurigkeit, verheiratet, Mutter zweier Kinder. Das Ehepaar war sich allzu ungleich: ihr Mann, Harald, ein Pascha, herrschsüchtig, wie er im Buche steht, Arbeiter ohne höhere Schulbildung; sie, Evelyne, eine gebildete Frau, Operationsschwester, lebenslustig – zwei extrem unterschiedliche Persönlichkeiten, die gar nicht zueinander passten. Harald ließ ihr keinen – fast keinen – Freiraum, kontrollierte jeden ihrer Schritte, weil er ihr misstraute, holte sie ab, wenn sie Spätdienst hatte. Es kam nicht selten vor, dass Evelyne morgens gezeichnet zum Dienst erschien. Spuren von Gewalteinwirkungen an ihrem Körper waren nicht zu übersehen: blaue Flecken an den Armen, Gesichtsschwellungen, blutunterlaufene Augen. Da es in diesem Falle eine angeordnete Dienstreise ihres Arbeitsgebers zu einem medizinischen Kongress in Berlin war, musste er sie ihr gestatten. Evelyne nutzte diesen Freiraum jedoch sofort aus, um ihre sexuelle Begierde mit einem anderen Mann auszuleben. Sie war wie ein Kreisel, einmal aufgezogen und losgelassen, warf sie sich dem ersten Besten an den Hals, um ihre sexuelle Begierde zu befriedigen, die sie offenbar im Eheleben nicht fand. Als wir uns gegen vier Uhr von Rüdiger verabschiedeten, überreichte er mir zu meiner Überraschung drei Flaschen Flensburger Bier mit Bügelverschluss!

22

„Margarethe, Sie wohnen im Rabenauer Grund wie im Garten Eden!"

„Herr Doktor, das haben wir Vati zu verdanken. Als er als französischer Kriegsgefangener nach Deutschland kam, heiratete er in eine Mühle ein. Er war sehr fleißig. Von seinem Ersparten konnte er sich damals das Haus kaufen. Er hat es bis heute gehegt und gepflegt."

„Wie geht es Ihrem Vater?"

„Er rennt wie ein Wiesel! Es ist schon ein halbes Jahrzehnt her, seit er von Ihnen operiert wurde. Das Rauchen hat er sich auch abgewöhnt. Zusammen mit Rudolf, meinem Bruder, hat er neulich die Fassade gestrichen. Sogar auf die Leiter ist er gestiegen. Jetzt ist er im Wald, um Holz für den Winter zu bevorraten."

„Es freut mich, dass ich damals Ihrem Vater das Bein retten konnte. Ich erinnere mich noch genau an diesen brisanten Fall, denn er war ja mit einigen Komplikationen verknüpft."

„In den vielen Jahren haben wir gelernt, mit dem ungebändigten Fluss zu leben. Mal ist er ein reißender Strom, mal ein stilles Bächlein, so wie heute. Vater hat mit viel Schweiß eine Stützmauer aus Granitsteinen an der Uferböschung errichtet, um die Bodenerosion aufzuhalten, denn jedes Jahr wurde mehr Erde durch den Strom abgetragen, der Geräteschuppen und die Garage drohten, eines Tages vom Hochwasser mitgerissen zu werden. Außerdem hat er ein kleines Wehr errichtet, damit wir uns im Fluss erfrischen konnten. Im aufgestauten Bach tummeln sich heute Forellen."

„Margarethe, ich bin gekommen, um Ihnen ein Anliegen vorzutragen. Ich weiß, dass Sie als Chefsekretärin eine gewissenhafte und perfekte Stenotypistin sind, dass die Schreibmaschine Ihr unentbehrliches Rüstzeug ist."

„Ja, mein Chef ist mit mir zufrieden. Ich tippe all seine Arbeiten ins Reine: Vorträge, Veröffentlichungen in Zeitschriften und Bücher. Er ist sehr streng. Schleichen sich auch mal Tippfehler ein, muss ich die Seite neu schreiben."

„Fünf Jahre habe ich mich um meine wissenschaftliche Qualifikation bemüht, habe meine ganze Freizeit dafür geopfert. Jetzt sind die Arbeiten abgeschlossen. Mein Elaborat müsste nur noch auf orthografische und grammatikalische Fehler durchgesehen, ins Reine geschrieben und anschließend in der Druckerpresse vervielfältigt werden."

„Um was für eine wissenschaftliche Arbeit handelt es sich? Ich schreibe fast täglich für meinen Chef Veröffentlichungen ins Reine, bevor sie dem Verlag eingereicht werden." Ich schwieg einen Augenblick. Mir war bewusst, dass ich Margarethe mit einer Herkulesaufgabe geradezu bombardieren würde.

„Margarethe, es ist kein bloßer wissenschaftlicher Artikel für eine Fachzeitschrift. Mein Anliegen an Sie ist etwas umfangreicher", druckste ich herum.

„Herr Doktor, heraus mit der Sprache!"

„Margarethe, ich habe vor zu habilitieren", platzte ich heraus.

„Dazu darf ich Ihnen herzlich gratulieren."

„Noch ist es nicht soweit. Bevor ich die Arbeit einreichen kann, muss sie ins Reine geschrieben, danach vervielfältigt und gebunden werden." Margarethe wurde blass, ihr rutschte offenbar das Herz in die Hose. Sie ahnte, was ihr bevorstand. Sie holte tief Luft:

„Herr Doktor, Sie überfordern mich. In Ihrer Arbeit hagelt es sicher von medizinischen Fachausdrücken, die mich als medizinische Laiin überfordern."

„Margarethe, es wird gar nicht so schlimm. Natürlich sind in der Arbeit viele Tabellen eingefügt, was das Schreiben erheblich erschweren wird. Die Arbeit habe ich auf meiner Reiseschreibmaschine getippt, allerdings in Kursivschrift, und die wird bei einer wissenschaftlichen Arbeit nicht akzeptiert."

„Herr Doktor, Sie trauen mir zu, dass ich das schaffe?"

„Margarethe, Sie stehen nicht unter Zeitdruck. Sie können sich mit dem Schreiben Zeit lassen."

„Darf ich die Arbeit sehen, bevor ich mich ins Verderben stürze?".

„Ja, ich habe Sie bei mir, und auch ein medizinisches Wörterbuch habe ich vorsorglich mitgebracht." Ich entnahm meiner Aktentasche einen dicken Packen DIN-A4-Blätter. Es waren mehrere Hundert einseitig beschriebene Blätter. Fassungslos begrub Margarethe mit den Händen ihr Gesicht. – Es waren Minuten vergangen, dann fasste sie sich ein Herz und überflog rasch die ersten Seiten. Nachdem sie sich etwa eine halbe Stunde in den Text vertieft hatte, äußerte sie sich:

„Gut, Herr Doktor, ich übernehme den Auftrag. Jedem anderen hätte ich einen Korb gegeben, aber Ihnen, Herr Doktor, kann ich keine Bitte abschlagen. Aber bitte, bitte lassen Sie mir Zeit!"

„Margarethe, mir fällt ein Stein vom Herzen. Ich danke Ihnen herzlich. Ich werde Ihnen jederzeit mit Rat und Tat zur Seite stehen. Ich zweifle nicht einen Augenblick, dass Sie es nicht schaffen. "

„Herr Doktor, der Kaffeetisch ist gedeckt. Vati muss gleich mit Rudolf zurück sein." Sie schaute sich um. Plötzlich meldete sich ein Hund. „ Wenn man vom Teufel spricht …" Emil Dumont öffnete gerade die Pforte, und der braune Langhaardackel schlüpfte hindurch, begrüßte Margarethe und sprang ihr auf den Schoß.

„Hallo Doc, es ist schön, dass Sie uns mal besuchen. Ich bin wie ein Quecksilber, kann keine Minute stillsitzen. Mit Rudolf, meinem Sohn, habe ich Holz für den Winter geschlagen."

„Herr Dumont, es freut mich, dass Sie wohlauf sind."

„Ich habe mich auch strikt an Ihre Anweisung gehalten. Offenbar ist es nie zu spät, mit dem Rauchen aufzuhören." Emil lächelte verschmitzt.

„Herr Dumont, Sie haben eine bezaubernde Landhausvilla, in die viel Holz verbaut wurde. Sie erinnert mich an eine spanische Finca. Margarethe wollte mich gerade durchs Haus führen."

„Doc, bevor wir reingehen, machen wir noch schnell einen Rundgang ums Haus.", schlug Emil vor.

„Ich gehe inzwischen rein und brühe den Kaffee auf", sagte Margarethe. Linker Hand führte ein Kiesweg am Haus vorbei zur Garage, mit einem angebauten Geräteschuppen. Eine mannshohe Ligusterhecke begrenzte entlang der Böschung das Grundstück. Eine kleine Lücke gab den Fluss frei. Eine vierstufige Steintreppe führte zu ihm herunter. Sie gab den Blick zum aufgestauten Flusslauf frei. Ich stieg bis zur letzten Stufe herunter, die aus dem Wasser herausragte:

„Das ist ja eine tolle Granitmauer!", staunte ich. Ihr hoher

Anteil an Glimmer ließ sie in der Sonne funkeln, als wäre sie mit unzähligen Diamanten bestückt.

„Ja, die Bruchsteine aus Granit habe ich direkt aus Demitz-Thumitz kommen lassen. Es war eine mühevolle und schweißtreibende Arbeit, die Steine zu einer Mauer zusammenzufügen. Viele Steine musste ich nacharbeiten, d.h., mit Hammer und Meißel passend machen. An der Mauer habe ich ein ganzes Jahr gearbeitet." Die etwa zwei Meter hohe Mauer war in einem stumpfen Winkel von etwa 120-130 Grad zur Wasseroberfläche gesetzt worden.

„Haben Sie eine Genehmigung für den Bau der Uferböschung eingeholt?"

„Genehmigung?", fragte er verwundert. „Der Schutz des privaten Geländes vor Hochwasser bleibt dem Bürger überlassen. Fast jedes Frühjahr trat bei der Schneeschmelze der Fluss über das Ufer und füllte mir den Keller mit Wasser. Vor zwei Jahren riss das Hochwasser mir den Schuppen an der Garage weg. Da platzte mir der Geduldsfaden. So griff ich eben zur Selbsthilfe. Jetzt habe ich endlich Ruhe vor dem Hochwasser, wenn nicht eine außergewöhnliche Flutwelle kommt." Nach einer Viertelstunde hatten wir unseren Rundgang ums Haus beendet. An der vorderen Hausfront war eine überdachte Veranda aus Holz vorgebaut, die direkt in den Wohnbereich des Erdgeschosses führte. Wir benutzten aber das Hauptportal, um ins Innere des Hauses zu gelangen. Vier Stufen führten zu einer zweiflügeligen Tür. Sie stand einen Spaltbreit offen. Im gefliesten Hausflur – er glich einem gemusterten Schachbrett aus dunklen und hellen Fliesen – empfing uns eine angenehme Kühle. Emil führte mich in eine gutbürgerliche Stube, in deren Mitte an einem ovalen Tisch die Kaffeetafel gedeckt war. Eine ältere Frau – es war Margarethes Mutter – saß bereits am gedeckten Tisch.

„Emil, du kommst ja so spät! Wir hatten doch um drei vereinbart", schalt sie ihren Mann.

„Rudolf wollte erst noch das gesägte Holz stapeln, um es gleich morgen mit seinem Auto abzutransportieren. Lange kann man es ja nicht liegen lassen. Mit jedem Tag nimmt der Holzstapel ab; in einer Woche wäre er ganz verschwunden", verteidigte sich Emil. Margarethe brachte aus der Küche den dampfenden Kaffee.

„Streitet euch nicht wegen der paar Minuten Verspätung! Vati hat Recht. Das Holz brauchen wir dringend für den Winter! Ja, Herr Doktor, so ist das bei uns, Mutter achtet auf Disziplin. Sie ist sehr streng mit Vati. Bitte nehmen Sie doch Platz!"

Nachdem wir über eine Stunde über dies und jenes zwanglos geplauscht hatten, schnitt ich ein Problem an, das mir schon längere Zeit unter den Nägeln brannte.

„Margarethe", begann ich und machte eine längere Pause. Sie schaute mich fragend an. „Margarethe, mir brennt etwas auf den Nägeln, das mich schon seit einigen Wochen beschäftigt." – Ich machte erneut eine Pause. „Sie wissen doch, dass wir seit einigen Jahren unseren Sommerurlaub regelmäßig in Boltenhagen verbringen. Wie üblich, habe ich im zeitigen Frühjahr – es war Mitte März, wenn ich mich recht entsinne – Lukas meinen Wunschtermin für den Sommer brieflich mitgeteilt, aber leider habe ich bis zum heutigen Tag keine Antwort erhalten." Margarethe blieb sekundenlang wie versteinert stumm und starrte mich mit weit aufgerissenen Augen an – sie war gerade im Begriff, neuen Kaffee aufzubrühen –. Sie musste sich wieder setzen, denn der Schreck war ihr offenbar in die Glieder gefahren. Minutenlang schwieg sie. Ihre Augen füllten sich mit Tränen, ihre Lippen zuckten nervös. Mühsam, stockend begann sie zu sprechen:

„Herr Doktor, bitte halten Sie sich fest. Es ist etwas Furchtbares geschehen."

„Was ist Margarethe?", hakte ich nach, da sie nicht mit der Sprache herausrücken wollte.

„Lukas weilt nicht mehr unter uns", presste sie mit geschlossenen Lippen mühsam hervor. Das hatte ich nicht erwartet. Ich schwieg betreten und suchte nach einer Antwort. Allmählich hatte sie sich gefangen und berichtete mir folgendes: „Unlängst habe ich mit Frau Seemannshausen telefoniert. Wir rufen uns immer mal gegenseitig an, müssen Sie wissen. Beim letzten Telefonat erhielt ich von ihr diese furchtbare Nachricht, dass Lukas nicht mehr unter uns weilt."

„Was ist geschehen?", unterbrach ich sie spontan. „Hat sein Herz ausgesetzt?"

„Sein Herz?", fragte sie verwundert. „Nein, sein Herz war es nicht."

„Also ein Unfall?"

„Nein, kein Unfall! Frau Seemannshausen berichtete mir, dass Lukas plötzlich aus dem Leben geschieden sei. Am Morgen fand ihn seine Haushälterin leblos im Bett. Auf dem Nachttisch fand man eine leere Schachtel Schlaftabletten." Ich war betroffen und schluckte.

„Hat er einen Abschiedsbrief geschrieben?"

„Nein, nichts dergleichen hat man in seiner Wohnung gefunden. Frau Seemannshausen sagte mir, dass sich sein Wesen in den letzten Wochen sehr verändert habe. Sie habe ihn einen Tag vor seinem Tode in einer sehr depressiven Stimmungslage angetroffen. Es war ja bekannt, dass er oft depressiv gestimmt war. Vielleicht habe die gescheiterte Liebe mit Ingrid den Topf zum Überlaufen gebracht, meinte Frau Seemannshausen. Sie war eines Tages auf Nimmerwiedersehen verschwunden. Die wechselnde Stimmungslage hing sicher auch mit seiner schwierigen Vergangenheit zusammen, die er nie richtig bewältigen konnte."

„Sie spielen auf die Nazidiktatur an?"

„Ja, Frau Seemannshausen kannte Lukas wie keine zweite Person in Boltenhagen. Sie hatten ein enges Vertrauensverhältnis. Vor längerer Zeit hat sie einmal aus ihrem Nähkästchen geplaudert, als wir in ihrem Gartenhaus bei Kaffee und Kuchen längere Zeit zusammengesessen haben, vom Hundertsten ins Tausendste kamen. Ihre Gedanken gingen damals weit in die Vergangenheit zurück. Langsam, stockend, berichtete sie mir damals:

'Die Benachteiligung der Juden begann sofort nach Hitlers Machtantritt. Diskriminierung, Demütigung und Ausgrenzung waren an der Tagesordnung. Ab dem 15. September 1935 wurde es für die jüdische Bevölkerung ganz dramatisch. Im Reichstag wurde ein Gesetz zum Schutze des deutschen Blutes und der

Ehre verabschiedet. Es verbot die Eheschließung zwischen Juden und Nichtjuden. Kurz darauf erfolgte die 1. Verordnung zu diesem Gesetz, was uns zunächst wie ein Hoffnungsschimmer am Horizont erschien, da jüdische Mischlinge mit ausdrücklicher Genehmigung „Deutschblütige" ehelichen durften.' Sie hielt abrupt inne. Lange Zeit waren nur ihre erregten Atemzüge zu hören. Ich wagte nicht, sie zu unterbrechen. Endlich durchbrach sie ihr Schweigen. Leise, fast unhörbar sagte sie: 'Lukas und ich waren damals verlobt.' Als sie das sagte rutschte mir vor Schreck buchstäblich das Herz in die Hose. Ich wurde blass und drohte vom Stuhl zu fallen. Als sie mein fahles Gesicht sah, sagte sie rasch: 'Margarethe, es ist vorbei! Die Uhren lassen sich nicht zurückdrehen. Die Zeit kommt bestimmt nicht wieder.'

'Wer war damals ein jüdischer Mischling?', fragte ich zaghaft, denn ich hatte keine Ahnung, was sich damals in den dreißiger Jahren in Deutschland wirklich abgespielt hatte.

'Mischling war eine Nazibezeichnung für Juden bestimmter Herkunft. Das waren damals Deutsche, die von einem oder zwei jüdischen Großeltern abstammten, jedoch keine enge Bindung zur jüdischen Religion pflegten. Zunächst waren sie besser gestellt als sogenannte Volljuden – drei jüdische Großeltern – und Geltungsjuden – Angehörige einer jüdischen Gemeinde. Da Lukas zunächst unter die Kategorie Mischlingsjude fiel, hatten wir, voller Hoffnung auf Zustimmung der Administration, einen Antrag auf Verehelichung eingereicht. Der Antrag war erfolglos. Wir bekamen keine Antwort. Er blieb einfach liegen!'

Da sie längere Zeit schwieg, erkundigte ich mich zaghaft, ob es keine Instanz gab, an die man sich hätte wenden können, um Recht zu bekommen. Daraufhin schaute sie mich mit großen Augen entgeistert an.

'Kein Rechtsanwalt wäre damals bereit gewesen, das Mandat eines Juden auf Klage gegen eine Behörde anzunehmen. Jüdische Anwälte waren mit Berufsverbot belegt worden. Nach dem Reichskulturkammergesetz von 1933 waren nichtarische Beschäftigte aus Kunst, Kultur und Lehre verdrängt worden. Ärzte und

242

Anwälte wurden mit Berufsverboten belegt. Ab 1938 wurde der jüdische Bürger im Lande völlig rechtlos. Er verlor sein aktives und passives Wahlrecht. Da Lukas sein Jurastudium abbrechen musste, beschäftigten ihn meine Eltern eine Zeitlang in unserem kleinen Betrieb, der Handwaschpaste herstellte. Auf diese Weise war unser Alltag noch relativ sorgenfrei. Wir blieben zusammen, so, als ob wir ein Paar gewesen wären. Der große Knall kam nach dem 8. November 1938. Von da an änderte sich alles schlagartig. Lukas musste entlassen werden. Viele betuchte Juden flohen ins Ausland, aber nicht Lukas. Er hatte weder Geld, noch Beziehungen oder Reputation. Von da an genossen wir unser kleines Glück nur noch heimlich, meistens nachts. Auch meine Eltern durften nichts davon wissen. Obwohl wir offiziell unsere Verlobung gelöst hatten, gerieten meine Eltern ins Visier der Geheimpolizei. Vater musste eine Liste seiner Angestellten den Behörden vorlegen. Eine Polizeiverordnung vom 1. September 1941 schrieb vor, dass alle Juden, die das 6. Lebensjahr vollendet hatten, in der Öffentlichkeit einen Judenstern zu tragen hatten. Der Judenstern bedeutete in den Augen der Machthaber ein abwertender Begriff und eine Verhöhnung der Personen jüdischen Glaubens. Kurz danach begannen auch die Deportationen in die Vernichtungslager. Sie betrafen nicht – noch nicht – die Mischlingsjuden, ein Strohhalm, an den wir uns klammerten.'

'Ein Strohhalm?', fragte ich bangen Herzens.

'Ja, wir gaben die Hoffnung nicht auf. Lukas stellte sofort, da die Voraussetzungen auf seine Person ja zutrafen, als Mischlingsjude anerkannt zu werden, an das Landratsamt Schönberg den *Antrag auf Anerkennung als Mischlingsjude*[1] '

Hatte er Erfolg mit seiner Petition?

'Es vergingen Tage, Wochen, Monate! Jeden Morgen eilte Lukas bangen Herzens zum Briefkasten, in der Hoffnung, einen Behördenbrief mit positivem Bescheid vorzufinden. Vergebens! Er hatte offenbar nicht die Meriten eines Nobelpreisträgers Otto Warburg vorzuweisen, der als anerkannter Mischlingsjude I. Grades weiter in seinem Institut forschen durfte.' Frau Seemannshausen unterbrach abrupt die Schilderung der Ereignisse

von damals aus ihrer Sicht. Ihre Wangen in die Hände gestützt, versuchte sie, die Bilder vergangener Tage einzufangen. Ich wagte nicht, sie dabei zu stören. Nach einer kurzen Pause fuhr sie fort: 'Ich muss auf den Briefkasten zurückkommen. Eines Nachts sagte Lukas ganz beiläufig bei einem kurzen Zusammentreffen, dass er jetzt einen zweiten Vornamen bekommen habe. Ich verstand ihn nicht und bat ihn um eine Erklärung. Daraufhin erwähnte er einen Behördenbrief, der eines Tages in seine Wohnung geflattert war. Sein Absender war das Standesamt für Namensgebung. Im Brief sei er aufgefordert worden, ab sofort als zweiten Vornamen *Israel* zu tragen. Er musste sich also ab diesem Zeitpunkt *Lukas Israel L.* nennen. Zuwiderhandlungen würden mit Freiheitsentzug und empfindlichen Geldstrafen geahndet. Unsere Stimmung war auf den Nullpunkt gesunken, zumal sich Lukas kurze Zeit später von seiner Mutter verabschieden musste, denn sie fiel nicht unter die Kategorie Mischlingsjüdin, da ja ihre Eltern beide Juden waren. Sie wurde, wie die meisten jüdischen Bürger, die nicht ins Ausland geflohen waren, in ein Konzentrationslager getrieben. Man munkelte, dass der Transport nach Auschwitz führte. Es sollte ein Abschied für immer werden.'
Ich stöhnte. Es ist ja furchtbar, was Sie beide während der Naziherrschaft durchmachen mussten, unterbrach ich sie.
'Es war noch nicht das Ende', berichtete Frau Seemannshausen weiter. 'Die Sonderbestimmungen für jüdische Mischlinge wurden bald aufgehoben, und auch Lukas bekam seinen Judenstern angeheftet. Er trug ihn mit Humor, ja, mit Stolz! In geheimen Zusammenkünften Gleichgesinnter wurde folgendes Gedicht verbreitet; ich habe es bis heute im Gedächtnis behalten:
Drum Jude, trage stolz Dein Ehrenzeichen
Und blicke kühn der Welt ins Angesicht.
Die finst'ren Tage werden schließlich weichen.
Dein Stern führt Dich aus finst'rer Nacht ins Licht.
Im Krieg hatte sich das Blatt inzwischen gewendet. Die Schlacht von Stalingrad war der Wendpunkt. Von da an ging man rigoros gegen die in Deutschland verbliebenen Juden vor. Da Lukas als

Mischlingsjude bis dahin nicht anerkannt war, kam auch sein Name auf die Deportationsliste. Eines Abends, zirka ein halbes Jahr nach dem Abtransport seiner Mutter, kam er vor der Zeit aufgeregt zu uns und berichtete mit zitternder Stimme, dass er schriftlich einen Termin für seine Deportation erhalten habe. Ich war fassungslos und wollte es nicht glauben. Da warf er mir den Behördenbrief vor die Füße, in dem der Termin für seine Deportation ohne Gründe unmissverständlich genannt wurde. Er wäre gekommen, um sich zu verabschieden, erwähnte er beiläufig. Vielleicht träfe er im Konzentrationslager, und das hoffte er inständig, seine Mutter wieder. Wir alle, Vater, Mutter und ich konnten es nicht fassen. Wir verharrten eine Zeitlang in einer Agonie. Nach geraumer Zeit wandte ich mich zaghaft an meinen Vater, dass man etwas tun müsse. Wir dürften nicht zulassen, dass man mir Lukas wegnähme. Nun schaltete sich auch Mutter ein. Auch sie drängte jetzt Vater zu einer Entscheidung. Nachdem Vater lange geschwiegen hatte, meinte er schließlich, dass man Lukas für eine bestimmte, begrenzte Zeit – da die faschistische Armee im Osten und Süden bittere Niederlagen einstecken musste und ständig auf dem Rückzug war, hoffte er auf ein baldiges Ende des Krieges – in ein sicheres Versteck bringen und seine Spuren sorgfältig verwischen müsste. Ich klammerte mich an diesen Strohhalm, aber ich wusste nicht – noch nicht –, was Vater vorhatte. Während er sich mit der Hand durch den Schopf fuhr und offensichtlich angestrengt nachdachte, versuchte er, uns seine Absicht zu erläutern: 'Lukas in der Seifenfabrik zu verstecken, wäre zu gefährlich. Überall gibt es heute Denunzianten. Er wäre dort nicht sicher. Nur drei Personen würden sein Versteck kennen, an das ich denke.' Ich wurde hellwach, da ich sofort ahnte, was Vater vorhatte. Mutter war schwer von Begriff. Sie verstand Vater nicht sofort.' 'Ein Versteck in unserem Keller?' fragte sie ihn hastig. 'Ja, darin sehe ich die einzige Möglichkeit, ihn eine Zeitlang aus dem Rampenlicht zu rücken, d.h., von der Bildfläche verschwinden zu lassen.' 'Aber Vater, die Leute hier wissen doch alle, dass Lisa mit Lukas ging, dass sie verlobt waren. Wenn die Henker ihn in seinem Hause nicht finden, werden sie ihn bestimmt bei uns vermuten', entgegnete sie aufgeregt. 'Dass daran schon etwas Wahres dran sei, verneinte Vater nicht. Man müsste eben versuchen, die Häscher auf eine falsche Fährte zu lenken, meinte er. Jetzt schaltete sich Lukas ins Gespräch, der bisher als Betroffener zu allem geschwiegen hatte.' 'Das lasse ich nicht zu, dass ihr Euch meinetwegen in Gefahr begebt und womöglich Euer dreier Leben aufs Spiel setzt! Ich werde mich der Behörde stellen und nicht kneifen. Ich werde dem Weg meiner Schwestern und Brüder folgen. Basta!' 'Seine Augen drückten eine Entschlossenheit aus, wie ich sie nie zuvor an ihm bemerkt hatte. Ich ergriff hastig seinen Arm, er war gerade im Begriff zu gehen, um ihn krampfhaft zurückzuhalten. Das wirst du nicht tun, Lukas!, schrie ich so laut, als hätte ich den Verstand verloren. Wir müssen durchhalten! Wir stehen zusammen! Vater war das Oberhaupt der Familie. Er hatte das letzte Wort. Sein Entschluss stand fest', klärte mich Frau Seemannshausen auf." Margarethe war so in Rage geraten, dass ich fürchtete, sie würde einen Herzinfarkt erleiden. Ihr Herz hämmerte bis zum Halse. Ich bemerkte es an ihren stark angeschwollenen Halsvenen, die wie Schiffstaue hervortraten. Die Schilderung der Ereignisse von damals versetzte sie in eine gequälte, aufgewühlte Stimmungslage, so, als ob sie sie soeben selbst erlebt hätte. Ich drückte sanft ihren Arm und versuchte, beruhigend auf sie einzureden:

„Margarethe, glauben Sie mir, was Sie soeben über Lukas berichtet haben, hat auch meine Seele bis zum Grunde aufgewühlt. Obwohl ich schon einige Jahre meinen Sommerurlaub bei ihm verbracht habe und er auch gelegentlich ärztlichen Rat bei mir eingeholt hatte, blieb mir seine schmerzhafte Vergangenheit bis heute weitgehend verborgen. Nur einmal kam er kurz auf sie zu sprechen. Eines Abends lud er mich in seine Wohnung ein. Er verglich meine ärztliche Kunst mit der eines Magiers bzw. mit der eines Zauberers. Beiläufig erzählte er mir, dass er gelegentlich seine Sommergäste mit Zauberkunststücken erfreue. Da ich mich auch für die Magie interessierte, wollte er mir einige Tricks vorführen. Als ich das Wohnzimmer im Obergeschoss betrat, brannte auf der Kredenz eine weiße Wachskerze, die ein Bild anstrahlte. Es war das Porträt einer älteren Frau. In ihr Gesicht hatten sich viele Runzeln und Sorgenfalten eingegraben. Bevor ich mich auf den mir zugewiesenen Stuhl setzte, ging zu dem Bild und betrachtete es eine Weile. Er näherte sich mir und sagte, dass dies sein Mutterle sei. Es jähre sich der Jahrestag seines Todes, klärte er mich auf. Ich drückte ihm die Hand als Zeichen meines Beileids. Ich wagte nicht, mich nach ihrem Schicksal zu erkundigen."

„Ja, so war Lukas. Er hat nie über seine Vergangenheit gesprochen. Doktor, wenn Sie gestatten, berichte ich Ihnen weiter über das Gespräch, das ich damals mit Frau Seemannhausen im Gartenhaus geführt habe. Sie berichtete mir, dass sie sich bereits am nächsten Tag im Keller zu schaffen machten. Sie huben eine Grube aus, gerade so tief, breit und lang, dass ein Mensch darin stehen und zwei Schritte gehen konnte. Den Erdaushub verteilten sie nachts gleichmäßig im Garten. Den Zugang zur Grube im Keller deckten sie mit einer hölzernen Klappe zu, auf die sie einen Berg Kohlen schichteten."

„Lukas musste die ganze Zeit in diesem Loch zubringen?", fragte ich zaghaft.

„Ja, als das Verlies fertig war, musste Lukas von Stunde an den ganzen Tag darin zubringen. Erst nach Einbruch der Dunkelheit, wenn keine Gefahr drohte, durfte er für einige Stunden an die frische Luft. Wenn er draußen war, musste einer von der Familie Wache halten, berichtete Frau Seemannshausen."

„Margarethe, Sie berichteten, dass Lisas Vater, Lukas' Spuren verwischen wollte. Was hatte er unternommen?", fragte ich.

„Eines Tages sei großer Aufruhr im Ort gewesen. Lukas' Haus stand in Flammen! Frau Seemannshausen war sich sicher, dass ihr Vater nachts den Brand gelegt habe. Das Haus sei bis auf die Grundmauern niedergebrannt. Statt einer verkohlten Leiche habe man nur einige Knochen gefunden, die daraufhin deuteten, dass sie von Lukas stammten. Die Nazis des Ortes und der Umgebung hätten die Brandstätte in Scharen wie eine Kultstätte besucht und laute Jubeltöne angestimmt. Lisas Vater hat sich nie zu der Tat, das Haus in Brand gesteckt zu haben, bekannt. Offenbar wurde, so berichtete mir Frau Seemannshausen, kurz danach der Name Lukas L. von der Deportationsliste gestrichen. Denn es sei nicht publik geworden, dass man nach ihm gefahndet hätte."

„Wie lange musste Lukas im Versteck ausharren?", erkundigte ich mich. – In die Lage von Lukas versetzt, lief es mir kalt über den Rücken. Margarethe versuchte sich an das Gespräch mit Frau Seemannshausen zu erinnern:

„Ich weiß heute nicht mehr, ob wir das Thema gestreift haben. Ich erinnere mich nur an ihre Bemerkung, dass Lukas kurz nach der Schlacht von Stalingrad, also im Frühjahr 1943, auf die Deportationsliste kam. Daraufhin muss man sich entschlossen haben, für Lukas ein Versteck zu finden."

„Er hat also fast zwei Jahre in diesem Verlies zubringen müssen, die meiste Zeit in der Finsternis?"

„Ja, so muss es gewesen sein. Er hat zwei Jahre keine Sonne gesehen, hat die meiste Zeit im Dunkeln oder bei Kerzenschein zugebracht. Man glaubte damals, dass sich das Ende der Naziherrschaft bald abzeichnen würde, da die Alliierten im Westen bald eine zweite Front eröffnen würden. Noch schlimmer für die Familie kam es, als die Seifenfabrik von Herrn Seemannshausen von der Liste der Kriegswirtschaft gestrichen wurde und er damit auch seine Unabkömmlichkeitsstelle loswurde."

„Wann war das?", fragte ich dazwischen. Margarethe überlegte kurz:

„Es muss Mitte 44 gewesen sein, als er eingezogen wurde. Es war gewissermaßen das letzte Aufgebot. Da wurden auch noch die über 50jährigen an der Front verheizt. Lisas Vater fand auf den Seelower Höhen sein Grab. Die Last musste nun auf vier Schultern verteilt werden, die sie fast niedergedrückt hätte. Als Anfang Mai 45 die Amerikaner in den Ort einrückten, war Lukas nur noch ein Skelett aus Haut und Knochen. Skorbut und Vitamin-D-Mangelsymptome grassierten in seinem Körper. Bis zu seiner Befreiung hatte er schon zwei Suizidversuche unternommen. Physisch und psychisch war er ein Wrack. Es dauerte Monate, bis er sich einigermaßen erholt hatte, aber über den Berg ist er nie richtig gekommen. Lukas erlitt viele Rückfälle. Seine Grundstimmung blieb im Wesentlichen eine depressive."

23

„Richard am Apparat. Carl, ich muss dir leider mitteilen, dass wir auf Hubert künftig nicht mehr zählen können."
„Wieso?", fragte ich überrascht.
„Die Gründe nenne ich dir heute Nachmittag. Ich hoffe, du lässt mich nicht im Stich und kommst."
„Wenn ich das Operationsprogramm pünktlich schaffe, und es keine Verwicklungen gibt, werde ich da sein." Hoffmann war seit einem Jahr Kreisgutachter in Schönwalde. Seine Ausbildung als Internist hat er an der Uniklinik zwei Jahre später als ich abgeschlossen. Wir duzten uns seitdem. Er wäre ja so gerne – wie ich – Chirurg geworden, gestand er mir eines Tages:
„Vor Jahren habe ich mich durch Leichtsinn an der linken Hand verletzt", gestand er. Unfähige Chirurgen hätten einen Anteil an der Behinderung seiner linken Hand. Das Geigen- und Klavierspiel hätte er aufgeben müssen.
Der Kreisarzt lockte Hoffmann mit einem lukrativen Angebot. Er bekam einen Moskwitsch als Dienstwagen und dazu noch Benzinmarken gratis. Er musste deshalb seinen Wohnsitz auf dem „Turm" in der Provinzhauptstadt, auf dem privilegierte Bürger wohnten, nicht aufgeben. Der Kreisarzt wurde von der Partei angezählt. Im Vergleich zu anderen Kreisen nahm sein Kreis bei der Zahl der Krankschreibungen und Krankheitstage einen Spitzenplatz ein. Er musste sich deshalb etwas einfallen lassen, um die Zahlen zu senken. Durch die neugeschaffene Planstelle – sie war einzigartig! – hoffte er, die Misere in den Griff zu bekommen. Der Kreisgutachter hatte freie Wahl bei der Besetzung seiner Gutachterkommission. Die Kommissionsmitglieder erhielten eine Zusatzvergütung als materiellen Anreiz. Mit dieser Institution setzte der Kreisarzt den örtlichen Ärztebera-

tungskommissionen eine übergeordnete Leitstelle als Druckmittel mit Weisungsrecht vor die Nase.

Gegen 16:00 Uhr erreichte ich das Windischhaus, eine abgetakelte, dreistöckige Villa am Heiderand an der Straße nach Malter aus dem Jahr 1873 – benannt nach ihrem Stifter Windisch –, ursprünglich als Genesungsheim für sächsische Kriegsveteranen erbaut, in der der Kreisgutachter sein Domizil aufgeschlagen hatte. Im Krieg war sie Lazarett und danach zeitweise eine Krankenstation. Auf den Weg dorthin musste ich an der durch einen hohen Drahtverhau gut gesicherten Villa der Langohren vorüber. Aus ihrer Anwesenheit machte die gegenwärtige Besitzerin – die Staatssicherheit – keinen Hehl. Pünktlich 12:00 Uhr mittags verließen ihre Angestellten das Grundstück in Scharen, um in der Mensa der Kreisparteileitung ihr Mittagsmahl einzunehmen. Im Gänsemarsch marschierten sie am Krankenhaus vorbei. Man konnte die Uhr danach stellen. Gelegentlich besuchte ich um diese Zeit Marianne in der Telefonzentrale, um Neuigkeiten zu erfahren. Sie war die wandelnde Litfaßsäule. Da sie sich gelegentlich in Telefonate einklinkte, erfuhr ich so manches, was nicht für die Öffentlichkeit bestimmt war. Mir gab sie gelegentlich preis, was ihre Genossen hinter den Kulissen als Geheimsache ausgeheckt hatten. Konnte man ihr trauen? War sie vielleicht selbst ein Langohr, wie ich die Stasileute öffentlich ironisch titulierte. Bei ihr ging es manchmal zu wie in einem Bienenstock. Hinz und Kunz besuchten sie, um mit ihr zu plaudern. Gelegentlich verlegte ich meine Kaffeestunde in die Telefonzentrale. Dass die Staatssicherheit auch das Krankenhaus abhörte, bekam ich unlängst zu spüren, als ich meinen Chef für einige Wochen vertreten musste, und der kommissarische Ärztliche Direktor mich zu sprechen wünschte:

„Kollege Jung, es handelt sich um ein vertrauliches Gespräch", begann er einleitend. Die Staatssicherheit hat sich an mich gewandt. Sie benötigt einen Anschluss aus dem Schwesternhohnheim. Welchen könnten Sie entbehren?"

„Keinen!", antwortete ich frustriert. Mit dieser kurzen Antwort gab er sich nicht zufrieden und hakte nach:

„Ihr Bereitschaftszimmer hat doch zwei Telefonnummern, also zwei Anschlüsse, wie wir festgestellt haben! Einen Anschluss können Sie doch entbehren."

„Ich muss Sie darauf hinweisen, dass ich das Zimmer mit einem anderen Kollegen teile. Ich verstehe nicht, warum die Staatssicherheit ausgerechnet eine Telefonnummer übernehmen möchte, die dem Schwesternwohnheim zugeordnet ist."

„Kollege Jung, die Gründe hat man mir nicht genannt. Die Anordnung, einen Anschluss der Staatssicherheit zu überlassen, erfolgt übrigens mit Zustimmung des Kreisarztes." Dem Interimsdirektor war es offenbar peinlich, mir einen Anschluss zu kappen.

„Die Anschlussdosen für die Telefone befinden sich unmittelbar an den jeweiligen Betten. Wem soll denn nun der Anschluss gekappt werden? Mir oder Kollegen Möller?"

„Kollege Jung, die Entscheidung liegt bei Ihnen. Es kommt nur eine der beiden Nummern in Betracht. In den anderen Räumen des Wohnheims gibt es nur einen Anschluss. Ich lasse Ihnen drei Tage für Ihre Entscheidung Zeit", sagte er. Damit war ich entlassen.

Diese Gedanken beschäftigten mich, als ich mich zu Fuß auf den Weg zum Windischhaus machte. Da musste ich ja an der Stasivilla vorüber. Der Kreisgutachter saß wie auf Kohlen. Denn ich hatte mich um eine halbe Stunde verspätet.

„Carl, es wird Zeit, dass du endlich kommst! Wir haben heute fast ausschließlich chirurgische Fälle zu bearbeiten." Ich stutzte einen Augenblick. Denn ich entdeckte ein neues Gesicht in der Runde der Kommission. Richard gab eine Erklärung ab:

„Kollege Egbert nimmt ab heute Huberts Platz in der Runde ein. Er hat auch seine Arztpraxis übernommen. Ich brauche nicht lange um den heißen Brei herumzureden. Hubert wurde beim Versuch, die DDR illegal zu verlassen, festgenommen. Er befindet sich in Untersuchungshaft. Der Kreisarzt hat es mir vorige Woche mitgeteilt. Ich denke, wir werden mit Kollegen Egbert gut zusammenarbeiten." Meine Sprachlosigkeit über Huberts Husarenritt ließ sich kaum in Worte fassen. Ich wusste zwar,

dass er ein Querkopf war, dass er aber einfach so mir nichts dir nichts über die Grenze marschieren wollte, überraschte mich doch gewaltig. Er hat also seine Festnahme provoziert, schlussfolgerte ich. Während der Beratung war ich unkonzentriert, meine Formulierungen waren nicht flüssig wie üblich. Hoffmann musste mich oft korrigieren. Als nach der Sitzung am späten Abend die anderen Kollegen den Raum verlassen hatten, hakte ich nach: „Wie lange ist denn Hubert schon überfällig?".
„Hubert hatte seinen Jahresurlaub genommen. Niemand ahnte Böses. Vor zwei Wochen sollte seine Praxis wieder öffnen. Das Wartezimmer quoll über. Hubert erschien nicht. Die Arztsekretärin versuchte vergeblich, Hubert telefonisch Zuhause zu erreichen. Sein Telefon war stumm. Verzweifelt wandte sie sich schließlich an den Kreisarzt. Er ordnete an, dass die Patienten auf die benachbarten Praxen verteilt werden sollten. Daraufhin liefen die Telefone heiß, denn die Kollegen weigerten sich, Huberts Patienten zu übernehmen. Drei Wochen blieb die Praxis geschlossen. Verzweifelte Patienten liefen von Pontius zu Pilatus, um wenigstens ein Rezept für lebensnotwendige Medikamente ausgestellt zu bekommen." Sich einfach mir nichts dir nichts in einen Interzonenzug setzen und sich bewusst festnehmen zu lassen? Das wollte nicht in meinen Schädel. Spekulierte er, bereits nach kurzer Arrestdauer freigekauft zu werden? Seine verwandtschaftlichen Bindungen zum Westen waren mir nicht bekannt. Er war nicht verheiratet und hatte keine Kinder. Dieser Umstand hatte ihm offenbar seine Entscheidung, die DDR illegal zu verlassen, leichter gemacht. Als ich mich von Richard verabschieden wollte, hielt er mich am Arm fest:
„Carl, am Wochenende habe ich eine kleine Familienfeier geplant. Wir würden uns freuen, wenn du mit deiner Familie kommen würdest. Wir kennen uns schon längere Zeit, haben die gleiche Wellenlänge, da wird es Zeit, auch familiär enger zusammenzurücken."
„Richard, die Einladung nehme ich gerne an. Das kommende Wochenende ist noch nicht verplant. Darf ich vielleicht den

Anlass Eurer Party erfahren?"

„Ach, weißt du, wir haben ein Glückslos gezogen."

„Einen Fünfer im Lotto?"

„Es ist mit einem Fünfer im Lotto vergleichbar. Nach langer Zeit ist es uns gelungen, die Platte zu verlassen. Auf dem Weißen Hirsch haben wir eine geräumige Wohnung bezogen."

„Dazu kann ich Euch nur gratulieren! Uns wird es wohl nie gelingen, die rußgeschwängerte Gegend am Industriepark zu verlassen. Meine Drähte reichen leider nicht bis zum Dirigentenpult. Die Schornsteine vom Sachsenwerk blasen uns den Ruß in die Nase. Pius hat darunter sehr zu leiden."

Am Sonntagnachmittag überquerten wir den Schillerplatz in Richtung „Blaues Wunder", vorbei an der ehemaligen Fleischmann'schen Schenke, in der Friedrich Schiller die Gustel von Blasewitz kennenlernte. Damals musste er sich von einem Fährmann über den Fluss setzen lassen. Einige Monate logierte er in Körners Gartenhaus auf der anderen Flussseite. Ob Schiller mit der Gustel eine Liaison hatte, ist nicht bekannt. Dass er ihr etwas bedeutete, dafür spricht ihre Erwähnung in seinem Drama „Wallensteins Lager" durch den ersten Jäger; überrascht von ihrer Anwesenheit im Lager Wallensteins als Marketenderin, ruft er: *Was? Der Blitz! Das ist ja die Gustel aus Blasewitz!*" Schon von weitem stach die Flussquerung mit dem eigenwilligen, in hellem Blau gestrichenen, hoch aufragenden Pylon in der Gestalt eines Zwillings-M, vergleichbar mit dem Logo der Leipziger Messe, in die Augen. Als die Brücke gebaut wurde, galt sie als Wunder, denn die Stahlkonstruktion mit ihrer enormen Spannweite wurde strompfeilerlos errichtet, sodass die Schiffe und Lastkähne sie in beiden Richtungen gleichzeitig problemlos passieren konnten. Als wir eine Zeit lang auf dem stählernen Koloss mit den unendlich vielen seitlichen und queren Metallverstrebungen verweilten, die durch unzählige Niete zusammengehalten wurden, um uns an der eindrucksvollen Flusslandschaft zu erfreuen, wurden wir von einer dichten, rußigen Rauchwolke eingehüllt, der die Augen Tränen fließen ließ. Ein Schaufelraddampfer ließ unter der Brücke bei geklapptem Schornstein, laut dröhnend, Dampf ab. Seine

Schiffsmotoren heulten wie ein Flugzeugmotor. Mühsam kämpfte er sich gegen die starke Strömung flussaufwärts. Die seitlichen Wasser schöpfenden Schaufelräder tauchten unter lautem Ächzen in den Strom. Meter um Meter fraßen sie sich, Wasser schöpfend, vorwärts. Unter der Wasserlast drohten die hölzernen Räder zu bersten. Es dauerte Minuten, bis der Dampfer die Brücke passiert hatte und die rußgeschwängerte Luft sich besserte. In den Hang des nach Westen hin leicht abfallenden, sanften Höhenzuges schmiegten sich in loser Bebauung Villen aus der Gründerzeit, eingebettet in ein saftiges Grün. Auf seinem Höhenrücken thronten majestätisch über der Stadt die Schlösser Albrechtsberg, Stockhausen und Eckberg. Eine enge Schlucht – der Mordgrund – unterbrach den Höhenzug am Eckberg. Hier hatte im Laufe von Millionen Jahren das Mordgrundwasser sein Erdreich abgetragen und in den großen Strom geleitet. Um den „Mordgrund" rankten sich diverse Sagen aus dem 13. Jahrhundert. Eine soll hier stellvertretend genannt werden. Ein verliebtes Paar, das zusammen nicht kommen konnte, soll hier sein tragisches Ende gefunden haben:

„Vereint lasst uns sterben

Es schließt ein Grab uns ein.

Wir werden noch verbunden

In besseren Welten sein."

Während ich mich auf das Brückengeländer stützte und die Augen für einen Augenblick schloss, eilten meine Gedanken zu den drei Schlössern. Am Eckberg blieben sie schließlich haften ... –

Es war an einem Sonntagnachmittag im September 57, als ich mit meinem Kommilitonen Stens das Schloss verließ. Ein serpentinenartiger Trampelpfad, umsäumt von Strauchwerk und Wildgräsern – früher war hier ein gepflegter Weinberg, aber die Reblaus vernichtete alle Weinstöcke –, führte uns an das rechtselbische Ufer des von breiten Auen umsäumten Stroms. Auf den ausladenden Wiesen der gegenüberliegenden Flussseite wurde gerade an einer Seilwinde ein Segelflugzeug nach oben befördert. Als das Seil senkrecht über dem Flugzeug stand, klinkte es aus. Der Segelflieger nutzte geschickt die aufsteigende Thermik über dem Strom, um an Höhe zu gewinnen, vollführte mehrere waghalsige Loopings und Pirouetten, um danach wieder sicher auf den Wiesen zu landen. Auf unserer Erkundungstour flussaufwärts, entlang des ehemaligen Treidelpfades, vorbei am körnerschen Weinberg mit der Sommerresidenz der Familie Körner, gewannen wir erste bemerkenswerte Eindrücke der idyllischen Umgebung unseres künftigen Wohnsitzes. Am Körnerplatz endete der Treidelpfad. An der linksseitigen Fassade des Eckhauses erinnerte eine verblichene, aber noch lesbare Inschrift an längst vergangene Zeiten:

„Grosse Auswahl in
PORZELLAN-GLAS,
STEINGUT u. TOPFWAREN.
Gebrauchs & Gelegenheitsgeschenken.
Alle Sorten Obst u. Grünwaaren.
Um die Ecke 2. Thür."

Der Werbespruch muss vor dem Jahre 1901 angebracht worden sein. Denn nach der 1. Orthografischen Konferenz wurde das „th" aus Wörtern deutschen Ursprungs verbannt, berichtete der Duden in seiner Herausgabe von 1902. Die sozialistischen Ordnungshüter haben die Werbekampagne aus kapitalistischen Zeiten nicht übertünchen lassen. Hat sie bisher keiner gesehen? Wir bogen links in die geschichtsträchtige Schillerstraße ein, die zum Weißen Hirsch führte. Die kurvenreiche, schmale Straße war in loser Bebauung mit Villen aus der Gründerzeit umsäumt. Am Schillerhäuschen blieben wir stehen. Hier soll der Dichter die „Ode an die Freude" verfasst haben, die heute in aller Munde ist, als er zu Gast bei der Familie Körner war. Oben angelangt, schlugen wir an der Brücke des Mordgrundes den Weg stadteinwärts ein. Die breit angelegte Chaussee war von Bäumen umsäumt. Ein Hechtwagen der Straßenbahn Linie 11 raste donnernd an uns vorüber. Nach etwa einem Kilometer erreichten wir das bogenförmige Tor zur Villa „Souchay". Wir waren am Ausgangspunkt unseres Rundganges angelangt. Nach wenigen Metern, vorbei an gepflegten Blumenrabatten, exotischen Baumbeständen und einem ovalen Weiher, in dem sich Goldfische tummelten, standen wir vor dem Schloss, das zwei Jahre unser neues Zuhause werden sollte. Der Kaufmann Souchay hatte es 1859 im neugotischen Tudor-Stil aus weiß-gelbem Sandstein vom Baumeister Arnold errichten lassen. Seine asymmetrische Form mit mehreren Ecktürmen sprengte die Regeln des Barocks. Das Schloss hat eine wechselvolle Geschichte. Das Gelände am Eckberg soll ursprünglich ein Ire erworben haben, der sich dort, in seinem Lande geächtet, mit einem Freund niedergelassen hatte. 1925 ging das Schloss in den Besitz des Zahnpasta-Barons Ottomar Heinsius von Mayenburg über, der die Innenräume von seinem Bruder, dem Architekten Georg Heinsius, radikal umgestalten ließ. Mit seiner Erfindung, Zahnpasta in Tuben zu verkaufen, verbunden mit einem geschickten, allumfassenden, rücksichtslosen Marketing – an allen Litfaßsäulen, Straßenbahnen, Zügen hing sein Werbeplakat: „Ich bin jung, ich bin blond, ich putze meine Zähne mit Chlorodont!" – mauserte sich Mayenburgs kleine Manufaktur, die er auf dem Dachboden der Löwenapotheke eingerichtet hatte, innerhalb weniger Jahre zu den weltweit bekannten „Leo-Werken". Sein ehemaliger Konkurrent, der Nachbar Lingner, dem sein desodorierendes Mundwasser „Odol" ebenfalls zu Ruhm und Reichtum verholfen hatte, vererbte die Villa nach seinem Ableben der Stadt. Doch Heinsius von Mayenburgs Dasein währte auch nicht ewig. 1932 raffte ihn die Schlange Äskulaps, eine verkalkte Herzkranzarterie, im besten Mannesalter am Wörthersee dahin. Seine Witwe, von Loeben, blieb im Schloss bis zu ihrem Ableben 1946. 1945 zog die Rote Armee ins Schloss ein. Wider Erwarten blieb es von der Enteignungswelle verschont. Die „rote Ruth", blaublütig, eine Nichte des Chlorodont-Barons, ihr Vater Max, Bergwerksdirektor in Teplitz-Schönau, 1940 von der Gestapo ermordet, mag wohl der Grund gewesen sein. Seit dem Sommer 1932 mit dem österreichischen Kommunisten Ernst Fischer liiert, nach einem Putschversuch am 12. Februar 1934 ins Exil getrieben, wurde sie in Prag vom „kleinen Karl" und seiner Ehefrau Erna, einer Sekretärin der ermordeten Rosa Luxemburg und Karl Liebknecht, zur

Spionin mit Decknamen „Lena" ausgebildet und mit dem Rang einer Majorin der Roten Armee dekoriert. In Prag erfolgte noch eine formelle Scheidung von Ernst, bevor sie nach Moskau ging, da sie als Spionin nicht verheiratet sein durfte. Ihre Antrittsreise als Spionin der Roten Armee führte sie nach Berlin zu Generaloberst Kurt Freiherr von Hammerstein-Equord, dem ehemaligen Chef der Deutschen Heeresleitung. Ihr Adelstitel, ihr einnehmendes Äußeres und nicht zuletzt ihre gepflegten Manieren waren wohl der Schlüssel der ehemaligen Studentin für Architektur zum General. Der „rote Hammerstein" pflegte in der Weimarer Republik freundschaftliche Beziehungen zur Roten Armee. Im Herbst 1937 trafen sich die beiden in Südtirol vor der Burgruine Mayenburg ein letztes Mal. Das faschistische Europa probte den Weltkrieg. Hitlers Legion „Condor" bombardierte Guernica. Hammerstein bedauerte, dass er Schleicher überschätzt und Hitler unterschätzt habe. 1933 habe er mit dem Putsch gezögert, jetzt sei es zu spät, bemerkte er bedauernd. Beim Abschied auf dem Bahnhof umarmte er Ruth und gab ihr warnend folgende Worte mit auf den Weg: „Hüte dich vor Tuchatschewskij!" Der Marschall war der fähigste General der Roten Armee. Er war so populär wie kein anderer Feldherr, sprachkundig, gesellschaftlich gewandt, adliger Herkunft, 1936 in London Delegierter der Sowjetunion zu den Beisetzungsfeierlichkeiten Georg V. Die Spionin Lena konnte es nicht glauben, dass der Abgott der Roten Armee, der die Hitler-Deutschen auf dem Parkett der Diplomatie in London glatt an die Wand gespielt hatte, plötzlich zum Landesverräter geworden sei. Dass sich Lena dennoch an seine Warnung hielt, war vielleicht ihre Rettung. Wenige Monate später verkündeten die Zeitungen folgende Schlagzeile: „Marschall Tuchatschewskij zum Tode verurteilt – erschossen!" Im Mai 1937 wurde die Rote Armee bei einer „Säuberungsaktion" ihrer besten Köpfe beraubt. Tausende höhere und mittlere Kommandeure wurden verhaftet, verschickt, erschossen, unter ihnen der russische „Clausewitz", General Svechin. Auch der Schöpfer der „Katjuscha-Orgeln", Erich Langemak, deutscher Abstammung, blieb nicht von der Tschistka verschont, da er in Tuchatschewskijs Team in der Raketenforschung arbeitete. Für Stalin war der Katjuscha- Raketenwerfer die Göttin des Krieges. Neben seiner Feuerkraft hatte er eine ungeheure psychologische Wirkung auf die Soldaten. Gerd Ledig, der 18jährig als Freiwilliger in der faschistischen Armee im 2. Weltkrieg diente, berichtet in seinem Buch „Die Stalinorgel" über ihre ungeheure Wirkung: „ Ein Blitz und ein Peitschenschlag. So kündigte sie sich an. Zunächst klang in der Ferne das Brüllen eines gereizten Tieres. Dumpf und stöhnend, ein Geräusch, das sich mit nichts vergleichen ließ. Es drang über einige Werst hinweg wie ein Ruf. Zwei-, dreimal brüllte es auf. Dann das Kreischen einer verstimmten Orgel. Eine Lähmung legte sich über unseren Frontabschnitt. Dann brach es herein. Unzählige Blitze zerrissen den Wald. Fast ein halbes Hundert Geschosse zerplatzten an den Stämmen oder auf der Erde. Ein ohrenbetäubendes Donnern, Feuer, Pulverdampf, faustgroße Messingstücke, Erde, Staub. Minuten danach heulte es auf eine Kompanie nieder, die zur Ablösung nach vorn marschierte: achtzig Mann, im Lauf einer Woche hinter der Front mühselig aufgefrischt, geputzte Stiefel, geölte Waffen. Die vierzig Mann, die den Graben erreichten, waren verdreckt, blutbespritzt, demoralisiert." Paradox, ja skurril mag es klingen, dass der Raketenwerfer mit der verheerenden, todbringenden Wirkung den Kosenamen „Katjuscha" erhielt, den Titel eines russischen Liebesliedes, das ich als Kind oft und gern voller Inbrunst gesungen habe:

„Leuchtend prangten ringsum Apfelblüten,
still vom Fluss zog Nebel hoch ins Land.
Durch die Wiesen ging hurtig Katjuscha
zu des Flusses steiler Uferwand. "

„Katjuscha" wurde zum Fanal des Sieges über den Hitlerfaschismus.

Am 11. Januar 1938 wurde Schöpfer der Katjuscha-Orgel auf Jeschows Befehl hingerichtet. Auch den Chefingenieur des legendären Panzers T 34, Firsov, ereilte 1937 dasselbe Schicksal. Als die Spionin Lena nach diesen furchtbaren Ereignissen nach Moskau zurückkehrte, war alles anders. Im Hotel „Lux", in der Gorkistraße, in dem 600 Immigranten vorübergehend ihr Zuhause fanden – der prominenteste Bewohner war Georgi Dimitroff,

Angeklagter und Ankläger im Reichstagsprozess –, ging die Angst um. Ihre „Mentoren" Karl und Eva waren von der Bildfläche verschwunden. Sie begegnete grauen, namenlosen Gestalten. Ruth stellte sich wiederholt die nicht zu beantwortende Frage, warum sie sich in das unentrinnbare Netz des Apparates begeben habe. Während ihres Aufenthaltes im Lux musste sich Lena oft die bange Frage stellen: „An wessen Tür wird heute Nacht geklopft?" „Wer wird morgen früh in der Gemeinschaftsküche beim Teekochen fehlen?" 1938 war noch immer die „Tschistka", die größte Säuberungsaktion, in vollem Gange. Es war eine Tschistka unvorstellbaren Ausmaßes, die auch vor dem „Lux" nicht haltmachte. Bela Kun, der Kopf der ungarischen Räterepublik, war einer der Ersten, der von der Bildfläche verschwand. „Was die Gestapo von der KPD übrig gelassen hat – das hat der NKWD aufgelesen", machte in den Kreisen der Komintern die Runde. Niemals zuvor hatte es eine Tschistka gegeben wie in den Jahren 1936-1938. Jeschow, später von Beria abgelöst und hingerichtet, war nicht wählerisch. Sogar seinem Lehrer, Förderer und Gönner Ivan Moskwin und seiner Ehefrau Sofia ging es an den Kragen. Er konnte es nicht verwinden, dass Sofia ihn früher spöttisch als „kleinen Spatz" bezeichnete. Während des Krieges wurde Lena an der Front mit verschiedenen Aufgaben konfrontiert: Kriegsberichterstatterin, Agitatorin an der Frontlinie, um deutsche Soldaten zur Kapitulation und zur Flucht aufzufordern. Bei strömendem Regen und kaltem Wind besuchten sie auf offenem Lkw auf aufgeweichten Wegen verschiedene Frontabschnitte. Sie forderten durch Megaphone und Flugblattaktionen die deutschen Soldaten zur Kapitulation und zum Überlaufen auf. Ruth, d.h. unter dem Synonym Ruth Wieden, bekam später die Gelegenheit zu einer Audienz bei Generalfeldmarschall Friedrich Paulus. Er war der ranghöchste Kriegsgefangene, gefangengenommen während der Schlacht von Stalingrad. Er lebte abgeschieden, streng bewacht, in einem mondänen Landhaus nahe Moskaus. Er weigerte sich vehement, dem „Nationalkomitee Freies Deutschland" beizutreten. Auch Ruth konnte ihn nicht umstimmen. Nach der Siegesparade am 9. Mai auf dem Roten Platz war ihre Mission als Spionin der Roten Armee beendet. Mit sieben Bücherkisten, einem Koffer, einem Kind unter dem Herzen und einer Katze im Korb landete Ruth wenige Tage später mit einem Flugzeug der Roten Armee auf österreichischem Boden. Ihren Fuß auf sowjetischen Boden hat sie nicht mehr betreten. –

„Carl, träumst du? Wir müssen weiter! Beim ersten Rendezvous dürfen wir uns nicht verspäten!" Ich erschrak, als mich Lilofee mit einem kräftigen Stups auf den Rücken in die Wirklichkeit zurückholte. Nach Süden öffnete sich das Elbtal, in das sich die Stadt mit ihren vielen barocken Türmen zu beiden Seiten des Stroms ausbreitete. Während wir auf der Brücke eine Zeit lang verharrten, fuhr ein elektrisch betriebener O-Bus an uns vorüber. Nachdem wir gemächlichen Schritts über sie geschlendert waren, erreichten wir den Stadtteil Loschwitz. Unweit der Schillerstraße befand sich die Talstation der Standseilbahn, die uns auf den Weißen Hirsch bringen sollte. Plötzlich hatten wir es eilig, denn die Bahn wollte gerade den Bahnhof verlassen. Der eigenwillige Bau der Kabine, in den Sachsenfarben gelb-schwarz, in der etwa 20 Personen in den stufenförmig angeordneten Abteilen Platz fanden, faszinierte mich. Sie glich einem Parallelogramm mit einem talwärts gerichteten spitzen Winkel. Elektromotoren zogen die Kabine auf Schienen mittels Stahlseile nach oben. Eine Oberleitung lieferte den Strom. Über den Dächern der tiefliegenden Häuser hatte sich ein feiner Nebelschleier gelegt. Die lockere, mannigfaltige Bebauung des Hanges war ein groteskes Gegenstück zur berühmt-berüchtigten Favela am Hügel der Vorsehung „El Morro" von Rio. Lediglich zur Grundstraße hin, wo der Hang steiler abfiel, war die Bebauung an der Straße dichter und älteren Datums. Jenseits der Grundstraße beförderte eine Schwebebahn ihre Gäste nach Oberloschwitz zur „Schönen Aussicht". In unmittelbarer Nähe wohnte auf der Öserstraße in einer Villa am Hang der Kapellmeister Heinz Bongartz. Nachdem wir den Viadukt überquert hatten, ging es noch einmal eine kurze Strecke steiler bergan. Nicht ein einziger Irrläufer hat hier während des Krieges ein Unheil angerichtet. Warum war der „Turm" nicht Ziel anglo-amerikanischer Bomber? Diese Frage stellten sich viele Einwohner. Eine plausible Erklärung fand man nicht. Spekulationen darüber wucherten wie Wildwuchs. Hartnäckig hielt sich das Gerücht, dass Spione den Angriff der anglo-amerikanischen Bomber auf Elbflorenz vom Turm aus dirigiert hätten. Als wir die Bergstation verließen, standen wir direkt vor dem geschichtsträchtigen Hotel „Luisenhof", dem Balkon Dresdens, in dem auch Erich Kästner Einkehr hielt. Die sächsische Kronprinzessin Luise gab ihm ihren Namen. Am 28. September 1956 brach nach Mitternacht im Küchentrakt des Hotels ein Brand aus. Bei dieser Brandkatastrophe erlitt das hoffnungsvolle 16jährige Schwimmtalent Helga Voigt eine schwere Rauchvergiftung, an deren Folgen sie tags darauf verstarb.

Während wir, Pius und ich, uns an der schönen Bergfahrt erfreuten, studierte Lilofee eifrig den Stadtplan. Nach wenigen Minuten erreichten wir die Plattleite. Das von weitem sichtbare, mit Patina beschichtete, Planetarium, das der „Rote Baron" 1956 im Garten der neobarocken Meißnerschen Villa auf der Zeppelinstraße errichten ließ, war unser Wegweiser. Er hatte es seiner Stadt zum Geschenk gemacht. Ich versprach Pius, es eines Tages, wenn klarer Nachthimmel war, zu besuchen. Während wir eine Weile am Planetarium verharrten, sprangen meine Gedanken unwillkürlich zu meiner früheren Arbeitsstätte. –

„Carl, wie fühlst du dich? Dein Puls beginnt zu jagen." Hannes, der die wissenschaftlichen Versuche im Labor leitete, wurde unruhig, als er die alarmierenden Parameter am Monitor über meine Kreislaufwerte registrierte. Kurz danach setzte ein lauter Dauerton ein, wie bei einem Herzstillstand. Er konsultierte sofort den Chefarzt für Anästhesie, Dr. Fritzsche. „Sollen wir den Versuch lieber abbrechen?", fragte er ihn. Dr. Fritzsche betrachtete die EKG-Kurve und meinte:

„Der Proband hat ein kräftiges Herz. 42 Grad dürften für ihn kein Problem sein." Ich griff mit der Hand an die Stirn und stöhnte:

„Mein Kopf ist zum Zerspringen." Hannes kontrollierte die Körpertemperatur:

„Wir haben noch keine 42 Grad erreicht. 42 Grad sind das

Minimum – optimal wären 42,5 –, wenn die Medikamente den Krebs besiegen sollen. Jedenfalls sind das die Berechnungen, die Ardenne mit seinem Team herausgefunden hat, um der Krebszelle und ihren Tochtergeschwülsten den Garaus zu machen."

„Legt ihm einen Eisbeutel auf die Stirn!", riet Fritzsche lapidar und machte sich aus dem Staub. Vier Stunden lag ich nun schon in der Wanne. Anfangs hatte ich noch Spaß daran. Das lauwarme Wasser umspülte meinen Körper bis zum Hals. Lustig trällerte ich den Refrain des Dauerbrenners von Peter Igelhoff, den er in den Zwanzigerjahren im Adlon oft gesungen hat:

„In meiner Badewanne bin ich Kapitän.
Kann mit dem Seifennäpfchen Dampfer spiel'n.
In meiner Badewanne ist es wunderschön …
In meiner Badewanne kann mir nichts passieren."

Um mich abzulenken, hörte ich über einen Kopfhörer Musik. Mit der Zeit wurde es aber ungemütlich, denn die Wassertemperatur wurde kontinuierlich erhöht. Vor mir lagen schon andere Assistenten als Versuchspersonen in der Wanne. Ihnen erging es nicht anders als mir. Ich fragte mich, wie Personen mit geschwächter Konstitution diese Prozedur aushalten sollten, also Krebspatienten im fortgeschrittenen Erkrankungsstadium. Dr. Fritzsche meinte, dass diese Personen während der Behandlung in ein künstliches Koma versetzt würden. Mir kamen Zweifel auf, dass bei diesen radikalen Maßnahmen, wie es die sogenannte Krebs-Mehrschritt-Therapie vorsah, nur die Krebszellen geschädigt würden. Der Tausendsassa von Baron berief sich bei seiner Hypothese auf den sogenannten „Warburg-Effekt". Ihr Kernstück war die Ganzkörperhyperthermie durch ein Wasserbad mit ansteigender Temperatur, also künstlich erzeugtes Fieber bis 42,5 Grad Celsius, das die Krebszellen empfindlicher gegenüber Normalzellen mache, da sie gegenüber den Normalzellen ein Stoffwechseldefizit aufwiesen, ihre Oberflächenproteine infolge Enzymdefizite gegen Denaturierung, also Entfaltung, nicht gefeit seien. So war die Lehrmeinung. Die Komponenten Überzuckerung (Übersäuerung der Tumorzellen) und Sauerstoffübersättigung komplettierten die Ardenne'sche 3-Säulen-Theorie. Auf diesem stabilen Gerüst sollte die Bombe „Chemotherapie" gezündet werden. Den Forschern meiner medizinischen Einrichtung wurde die Aufgabe zuteil, die Praktikabilität dieser theoretischen Erkenntnisse zu untersuchen. Es sickerte allmählich durch, dass unser Chef, Triebfeder dieser experimentellen Forschungen, selbst an einer bösartigen Hauterkrankung litt und schon mehrmals operiert wurde. Aus diesem Grunde ließ er sich wohl vor Ardennes Karren spannen. Misserfolge hielten ihn nicht davon ab, weiter zu forschen. Sein Chefanästhesist, Dr. Fritzsche, sprang von Bord, als er von einem Kongress in Helsinki nicht mehr zurückkam. Wochen später verlas unser Chef von ihm einen Abschiedsbrief, in dem er zum Ausdruck brachte, die Versuche an den Patienten nicht mehr mitverantworten zu können…

„Carl wach auf! Wir müssen weiter, wir werden uns verspäten!" Lilofee rüttelte mich am Arm, mit dem ich mich am Zaun festgehalten hatte. Ich erschrak. „Wie spät ist es?"

„Schon zehn nach vier!" Lilofee hatte die Regie übernommen. Die Collenbuschstraße, in der die Schriftsteller Kästner, Nexö und Zimmerring zeitweise wohnten, ließen wir links liegen, um der Plattleite zu folgen. Jetzt waren wir fast am Ziel. An der Stangestraße bogen wir rechts ab und gelangten von dort direkt in die Oskar-Pletsch-Straße. Herr Pletsch ging als Kinderbuchillustrator in die Annalen ein. An der Hausnummer 10, einer umzäunten, zweistöckigen Villa mit Holzbalkonen, hatten wir unser Ziel erreicht. Nachdem ich geklingelt hatte, kam nach wenigen Minuten ein halbwüchsiger Junge mit gescheiteltem, glattem, mittelblondem Haar herbeigeeilt, um uns zu öffnen. Schon beim flüchtigen Hinsehen, war mir klar, dass es nur der Christian sein konnte. Er war seinem Vater Richard wie aus dem Gesicht geschnitten:

„Hallo, du bist der Christian?", begrüßte ich ihn. Er nickte mit verschmitztem Lächeln. Wortlos führte er uns in das erste Stockwerk der Villa. An der bereits geöffneten Flügeltür zur Wohnung erwartete uns Richard mit einnehmendem Lächeln. Nach der formellen Begrüßungszeremonie – man bot sich gleich das „Du" an – führte uns Richard durch seine unlängst bezogene, geräumige, renovierte Wohnung. Die Wände des Esszimmers waren mit einigen Aquarellen und Federzeichnungen von Wilhelm Rudolph und Curt Querner dekoriert. „Dich hat die Muse geküsst. Offensichtlich bist du auch ein Kunstsammler und Fan von Querner", bemerkte ich anerkennend.

„Ach, weißt du, Curt Querner hat mir die Bilder zu einem günstigen Preis – für drei Bilder habe ich fünfhundert Mark hingelegt – angeboten, da er sich offenbar in einer finanziellen Notlage befand. Ob die Anlage sich jemals amortisiert, bleibt dahingestellt. Bei Rudolph ist es anders. Er wird schon jetzt höher gehandelt."

„Querners Kate in Börnchen kenne ich. Es ist eine unwirtliche Gegend, nur ein Hundert-Seelen-Dorf, im Winter von der Welt abgeschnitten, kaum erreichbar. Da sagen sich die Füchse gute Nacht! Ich habe dort in der Grenzregion einen Freund, den ich gelegentlich besuche. Der Maler lebt offenbar in sehr ärmlichen Verhältnissen; seine Hütte aus dem 18. Jahrhundert, ein schlichtes, abgewohntes Fachwerkhaus, lässt keine anderen Schlüsse zu."

„Ich habe die Bilder aus seinem Atelier in seinem Haus. Er hat auf dem Dachboden ein Atelier eingerichtet, sehr bescheiden. Als Maler blieb er viele Jahre unbeachtet. Erst die letzten Jahre hat man ihm mehr Aufmerksamkeit geschenkt. Sogar zur letzten Kunstausstellung wurden Werke von ihm gezeigt. Das hat mich letztendlich bewogen zuzugreifen. Jetzt, wo er tot ist, werden seine Bilder im Wert steigen."

„Er ist gestorben? Das wusste ich nicht."

„In Kreischa, in der Inneren Klinik, soll er 72jährig verstorben sein. Seine Todesursache ist mir nicht bekannt." An der Kaffeetafel, die Anne mit viel Geschick und Geschmack vorbereitet hatte, setzten wir unsere Unterhaltung über Gott und die Welt fort. Ihr saftiger Kirschkuchen mit Streusel, den sie selbst gebacken hatte, schmeckte vortrefflich. Ein Kern wäre mir fast zum Verhängnis geworden, als ich, nichts ahnend, auf ihn biss. Erschrocken blieb mein Mund offen stehen. Um die Hausherrin nicht zu kompromittieren, schluckte ich den Kern tapfer herunter. Beiläufig erwähnte Richard, dass sein Cousin Niklas zweiter Geiger in der Staatskapelle sei. Augenzwinkernd, nicht ohne ironischen Unterton, erwiderte ich, dass er da ja keine Probleme habe, Karten für die Semperoper zu bekommen, für den Normalsterblichen war es ein Glückslos, Karten für eine Aufführung in der Semperoper zu erhalten.

„Carl, in der Semperoper habe ich gewissermaßen einen Stammplatz." Begriffsstutzig wie ich war, fragte ich:

„Stammplatz? Etwa die Königsloge?" Seine hohe Stirn legte sich in Falten. Nachsichtig, leicht amüsiert, antwortete er:

„Es gibt eine Vorschrift, dass in jeder Vorstellung ein Arzt zugegen sein muss, ich bin einer der Auserwählten, wechsle mich im Rhythmus mit anderen Ärzten ab."

„Als Chirurg in einem Provinzkrankenhaus habe ich mindestens zehn Tage im Monat Nachtdienst, außerdem häufig unregelmäßigen Dienstschluss. Oft komme ich erst abends spät nach Hause. Mit anderen Worten, Notarzt in einer Galavorstellung zu sein, ist für mich undenkbar." Ich holte tief Luft, machte eine Kunstpause, bevor ich fortfuhr. „Musstest du schon einmal als Notarzt in der Oper einspringen?"

„Nein, glücklicherweise gab es bisher, abgesehen von einigen Ohnmachtsanfällen, keine größeren Zwischenfälle."

„Deine Möglichkeiten, bei einem Notfall qualifizierte Hilfe zu leisten, sind sicher beschränkt auf Maßnahmen wie stabile Seitenlagerung, Herzdruckmassage und Atemhilfe."

„Da muss ich dir Recht geben. Außer einem Stethoskop, einem Blutdruckgerät und meinem wachen Verstand habe ich nichts bei mir. Gibt es einen ernsten Notfall, dann kann ich nur die Schnelle Hilfe herbeiholen lassen und den lieben Gott anrufen, dass sie noch rechtzeitig eintrifft. Aber es beruhigt ungemein zu wissen, dass ein Arzt im Notfall sofort zur Stelle ist."

„In der Uni gibt es noch einen Namensvetter von dir – einen Verwandten?" Du meinst sicher Hans, meinen anderen Cousin väterlicherseits, den Radiologen. Er ist ein Streber, der reinste Wühler, er doktert gerade an seiner Habilitation."

„Aber wenn er ganz nach oben will, benötigt er doch eine Gehhilfe."

„Gehhilfe?"

„Sei nicht so begriffsstutzig. Du weißt genau, worauf ich anspiele. Adversare flumine ist wohl kontraproduktiv für den Aufstieg zum Olymp der Wissenschaft." Seine Stirn zog sich in Falten, ein Zeichen, dass er scharf nachdachte. Nach einer Weile antwortete er: „Was mich betrifft, ich bin in einem sicheren Hafen. Hier ist die See ruhig. Seit ich Blockflöte spiele, gibt es keine Stürme, keine Piraten, die mich in ein anderes, gefährliches Fahrwasser treiben könnten." Er lächelte süffisant. Nach einer Weile ergänzte er: „Übrigens, du weißt ja auch, wie es hierzulande zugeht; man muss ein wenig mit den Wölfen heulen, und wenn ich an den Ufern des Ganges wäre, wollt' ich mit dem Kuhschwanz in der Hand sterben." Wollte oder konnte er nicht direkt auf meine Anspielung eingehen? Ich sann nach und mühte mich um eine passende Antwort:

„Als Stellvertreter des Kreisarztes musst du natürlich Flagge zeigen. Das leuchtet mir durchaus ein. In deiner Position kannst du ein Schwimmen gegen den Strom nicht riskieren."

Während wir zwei Stunden über dies und jenes, über Gott und die Welt diskutierten, hatten sich Anne und Lilofee in die Küche zurückgezogen und wahrscheinlich die üblichen Linchen-Trinchen-Gespräche geführt. Lilofee machte mir durch ein Zeichen unmissverständlich deutlich, dass es Zeit sei, zum Abschluss zu kommen. Aus der Seitentasche meines Jacketts holte ich meine Sprungdeckeluhr hervor und klappte sie auf:

„Oh, schon nach sechs!", entschlüpfte es mir. Als Richard die Uhr sah, wurde er hellwach:

„Eine Sprungdeckeluhr? Lass mal sehen!" Ich gab sie ihm bereitwillig. Behutsam nahm er sie wie zerbrechliches Glas in die Hand, klappte auch den Deckel zum Uhrwerk auf. „Eine wertvolle Union-Uhr aus dem späten 19 Jahrhundert, d.h. eine sogenannte Glockenuhr!", stellte er überrascht fest. „Woher hast du sie?"

„Mein Vater hat sie auf irgendeiner Auktion erworben. Nach seinem Ableben nahm er sich vor, jedem Kind ein Kleinod zu hinterlassen. Mir schenkte er die Uhr."

„Sie ist wertvoll, sie hat die Herstellungsnummer 761, sie wurde zwischen 1896 und 1900 produziert. Nur eine limitierte Anzahl dieser Glockenuhren wurde hergestellt."

„Du scheinst ein Uhren-Freak zu sein. Woher hast du die Kenntnisse?", wollte ich wissen.

„Einer meiner Onkel arbeitet im Uhrenbetrieb in Glashütte. Dort gibt eine auch eine Sammlung alter Uhren. Ich war neulich mit Christian dort, um ihn mit seinem künftigen Aufenthaltsort etwas vertraut zu machen."

„Christian soll ins Uhrmacherhandwerk einsteigen?", fragte ich überrascht. Er blickte mich entgeistert an:

„Wo denkst du hin! Christian möchte in meine Fußstapfen treten, möchte auch Arzt werden. Seit wir auf dem Turm wohnen, musste er auch die Schule wechseln. Der Leistungsdruck ist hier enorm. In der ganzen Umgebung findest du kein Kind eines Arbeiters. Hier hat sich die Hautevolee eingenistet. Hier wohnen nur gut Betuchte. Wohin du auch schaust: Künstler und Prominente aller Couleurs: Sänger, Schauspieler, Theaterleute, Maler, Adlige. Sogar ein Generalfeldmarschall hat hier sein Zelt aufgeschlagen. Christians Schulklasse spielt in der ersten Liga. In Deutsch ist er Spitze. Sein Aufsatzheft liegt immer ganz oben. Seine Fabulierkunst wird hervorgehoben. Aber in den technischen Fächern hinkt er hinterher. Sein Pferdefuß ist die Mathematik, was ja wohl bei den meisten Medizinern der Fall ist. Ich war auch keine große Leuchte in Mathematik. Man sagt ja, der Apfel fällt nicht weit vom Stamm. Aus diesem Grunde habe ich bei Hellermund vorgesprochen. Er hat die Weichen gestellt, dass Christian in Glashütte in die Abiturklassen aufgenommen wird. Allerdings wird er im Internat wohnen müssen, kann nur an Wochenenden nach Hause kommen."

„Beziehungen müsste man haben, um auf der Karriereleiter ganz nach oben katapultiert zu werden.", seufzte ich.

267

24

Es war an einem heißen Sommertag, als Penelope bangen Herzens, mit rasendem Herzklopfen, das erste Mal die 7 Stufen zum Eingang des Tempels der Kirche Jesu Christi der Heiligen der Letzten Tage heraufging. Sie trug ihr schulterfreies, smaragdgrünes Kleid. Erst wenige Tage zuvor war der Mormonentempel zu Freiberg von G. B. Hinkley mit einem Dankschreiben an Erich Honecker eingeweiht worden. Es war der erste Tempel der Mormonen hinter dem Eisernen Vorhang! Offenbar wollte Honecker mit diesem Bau die sogenannte Religionsfreiheit in der DDR als Feigenblatt untermauern. Zu den etwa 5000 Mormonen in der DDR sollte an jenem heißen Sommertag ein neues Mitglied hinzukommen. Vor der offiziellen Einweihung war Penelope schon einmal hier! Aber sie brachte es nicht übers Herz, am Tag der offenen Tür hereinzugehen. Der Andrang neugieriger Besucher war so enorm, dass sie sich in eine endlose, kilometerlange Schlange hätte einreihen müssen. Sie umrundete mehrmals den auf einem niedrigen Erdwall errichteten, schlichten Hallenbau mit dem durch Gauben verzierten, Schiefer gedeckten Walmdach. Heute gab es kein Zurück mehr. Vor dem von zwei aufstrebenden Säulen flankierten Eingang blieb sie noch einmal, in Gedanken versunken, stehen. Kein Posten, kein Kirchendiener empfing sie. Sie war ganz allein. Ihr Selbstvertrauen war auf dem Nullpunkt angelangt. Sie fühlte sich wie eine wankelmütige, unsichere Kandidatin vor einer Prüfung, die sich ihrer Lücken des geforderten Pensums bewusst war. War es nur das Lampenfieber, das ihr Herz zum Rasen brachte? Ihr Entschluss, Mormonin zu werden, reichte längere Zeit zurück. Als sie einen Rückfall erlitt, schickte man sie zu einer Genesungskur in das Staatsbad nach Bad Elster, im südlichsten Zipfel der DDR gelegen, direkt an der tschechischen Grenze. Es war schon außergewöhnlich, dass Penelope dorthin verschickt wurde. Gewöhnlich war es Kadern der Politkamarilla vorbehalten, sich dort verwöhnen zu lassen. Neben intensiven medizinischen Anwendungen, wie Mineral-und Moorbädern, trug der Vorzeigeort mit vielen gepflegten Anlagen auch durch viele Kulturangebote zur Heilung der Kranken bei. Ungewöhnlich war es schon, dass Penelope im Sanatorium zu einer Selbsthilfegruppe fand. Ein geschulter Psychologe versammelte eine Gruppe Gestrauchelter um sich. Ihre Zimmerkollegin hatte sie gedrängt, die Gruppe zu besuchen. Sarah war eine ungewöhnliche, man kann sagen: außergewöhnliche Frau. Ihre Aussprache war von einem derben amerikanischen Akzent unterlegt, obwohl sie perfekt Deutsch sprach. Anfangs war Penelope in sich gekehrt, suchte keinen näheren Kontakt zu ihr. Sarah, vielleicht zehn Jahre älter als Penelope, war das Gegenteil: gesprächig, offen, zugänglich, kontaktfreudig, äußerlich ein Mauerblümchen. In ihr Morgen- und Abendgebet, an keine strengen Formeln und Regeln gebunden, stets mit „amen" endend, schloss sie Penelope immer mit ein. Wie konnten so zwei ungleiche Naturen zueinander finden? Als Penelope ins Sanatorium eingewiesen wurde, erkundigte sich die leitende Chefin diskret bei Sarah, ob sie mit Penelope ein Zimmer teilen würde. Nachdem sie ihr Penelopes Schicksal geschildert hatte, war sie dazu gern bereit. Denn die drei Grundsätze ihres Glaubens – fragen, sorgen, erzählen –, verpflichteten sie, anderen ihre Hilfe anzubieten. Jeder brauche dann und wann Hilfe, genauso hätte es auch Gott vorgesehen, war ihr Credo. Mit jedem Tag öffnete sich Penelope zunehmend. Sarah erzählte ihr, dass sie mit einem größeren Team aus Salt Lake City, dem Stammsitz der Kirche Jesu Christi, in die DDR gereist sei, um bei der Planung und beim Bau der Mormonenkirche mitzuhelfen. Eine kleine Gruppe von Mormonen habe sich 1847 in Salt Lake City, damals noch zu Mexiko gehörend, also außerhalb des Staatsgebietes der USA, wo sie als Sekte feindlich empfunden wurde, niedergelassen. In Verlaufe von 150 Jahren sei im Staate Utah eine mächtige Mormonenpopulation herangewachsen. Ihre Glaubensgrundsätze seien streng sittlich, ehrlich, keusch, abstinent gegenüber Tabak und anderen Drogen, klärte sie Penelope auf. Auf die Frage Penelopes, was sie in das Staatsbad geführt habe, zeigte sie auf ihr Rückgrat. Bei einem körperlichen Kraftakt sei plötzlich die Hexe in sie geschossen, und der Rücken sei im

Nu steif wie ein Stock gewesen. Nach einwöchiger Behandlung mit Moorbädern beginne sich, die Verspannung im Rücken langsam zu lösen, zeigte sie sich erleichtert. Im Verlaufe der folgenden Wochen fanden sie zusammen, wie ein linker und ein rechter Schuh. Am Morgen und Abend beteten sie gemeinsam. Da Sarah durch ihren Hexenschuss in ihrer Beweglichkeit eingeschränkt war, half ihr Penelope über manche Hürde hinweg. Wenn das ungleiche Paar einen Spaziergang in den Park unternahm, zog es die Blicke anderer Besucher magisch auf sich: Penelope, groß gewachsen, schulterlanges, gewelltes, dunkelbraunes Haar, adrett gekleidet, bis aufs i-Tüpfelchen alles aufeinander abgestimmt, passendes Make-up für jede Tageszeit; Sarah, kleinwüchsig, mittelblond, kurzes Haar, gescheitelt, natürlich, einfaches Schürzenkleid aus derbem Leinen, ungeschminkt. Während sie auf einer Bank saßen, las ihr Sarah aus dem Buch der Mormonen interessante Passagen vor. Raffiniert suchte sie Abschnitte aus, die Penelopes Neugier geradezu herausforderten. Während ihres Kuraufenthaltes wurde sie an der Seite von Sarah fast eine „richtige" Mormonin; sie vergaß so manchen Kummer und lernte auch wieder zu lachen. —

Es war Sonntag, ein besonderer Tag im Leben Penelopes, nicht irgendein Sonntag! Sie trug ihr schönstes Kleid. Nachdem sie eine Weile vor dem Kirchenportal verharrte – sie trat nervös von einem Fuß auf den anderen – und ihre Entscheidung, Mormonin zu werden, in Gedanken noch einmal Revue passieren ließ, ergriff sie entschlossen den bronzenen Knopf und öffnete die Tür. Ein helles, freundliches, stilles Vestibül empfing sie. Ein tiefhängender Kronleuchter spendete reichlich Licht und erstrahlte den hellen Marmorboden in vollem Glanz. Nach wenigen Minuten öffneten sich Seitentüren und zwei Tempeldienerinnen in weißen Gewändern empfingen sie freundlich. Eine kannte sie doch! Es war Sarah! Sie wurde gebeten, das in der Umkleidekabine bereitgelegte weiße Tempelgewand anzulegen. Sie führten Penelope in den Raum mit dem Taufbecken. Inmitten des großen, hellen Saales war in den Marmorboden ein mit Wasser gefülltes zwei mal zwei Meter messendes Becken eingelassen, das von einem brusthohen Geländer aus Messing in Form eines Oktaeders umrahmt wurde. Am Zugang zum Taufbecken erwartete sie bereits der Tempelpräsident. Er fasste Penelope schweigend an der Hand und stieg mit ihr behutsam die sieben Stufen herunter. Er nannte Penelope beim Namen und sprach:

„Beauftragt von Jesu Christi, taufe ich dich im Namen des Vaters und des Sohnes und des Heiligen Geistes. Amen." Dann stieg er mit ihr in das Becken, fasste sie mit beiden Händen am Schopf und tauchte sie in das Meer von Salomons Tempel vollkommen unter. Penelope war davon so überrascht, dass sie Wasser schluckte und danach einen Hustenanfall bekam. Als sie die Stufen wieder hochgestiegen waren, sprach er: „Es ist kein anderer Name gegeben, wodurch die Errettung kommt; darum möchte ich, dass Du den Namen Christi auf Dich nimmst. Da Du soeben den Bund mit Gott eingegangen bist, hast Du Dich bis zum Ende Deines Lebens verpflichtet, ins Reich Gottes einzutreten, Dich von der Welt zu lösen, allezeit und überall. Von heute an wirst Du ein neues Leben beginnen. Trage des anderen Leid und Last." Nach dieser feierlichen Zeremonie umarmten die Tempeldienerinnen sie freudig. Nachdem sich Penelope getrocknet und umgezogen hatte, wurde sie in den Speiseraum geführt, in dem die Tafel bereits angerichtet war, um ihre Taufe zu feiern. Auf einen Tusch mit Sekt musste sie allerdings verzichten. An der Tafelrunde wurde lebhaft geschwatzt und gelacht. Für den Moment fühlte sich Penelope wie im siebten Himmel. Sie sei ein neuer Mensch, impfte man ihr ein. Aber konnte sie die Vergangenheit einfach ablegen, ihr Sein, das unveränderliche, zeitlose, umfassende Wesen – die „essentia" – wechseln wie ein Kleid, einen Aufbruch in ein neues Leben wagen? Die Zukunft sollte zeigen, ob sie dazu in der Lage sein wird. Ihren Alltag hatte sie vollkommen umgekrempelt. Nach dem Rückfall war sie aus ihrem Kollektiv im Operationssaal ausgeschieden. Damals hatte sie eine Überdosis Schlaftabletten eingenommen. Mit viel Mühe gelang es den Ärzten, sie ins Leben zurückzuholen. Ihre Rehabilitation verlief sehr schleppend. Man wagte zunächst nicht, sie wieder in den Operationsbetrieb zu integrieren. Mit verkürzter

Arbeitszeit, nur stundenweise, versetzte man sie in die chirurgische Ambulanz, um wieder Fuß zu fassen. Dort fühlte sie sich aber vollkommen unterfordert. Es gab laufend Streitereien, da sie sich nicht unterordnen wollte oder konnte. Entnervt schickte die Reha-Kommission Penelope wieder in den Krankenstand, um sie später zu invalidisieren. Sieben lange Jahre waren seitdem ins Land gegangen. Sieben Jahre des Irrweges, sieben Jahre der Untätigkeit! War sie nun bei den Mormonen in einem sicheren Hafen angekommen? Ihr Zimmer im Schwesternwohnheim hat sie vor Jahren gekündigt, den Kontakt zum Krankenhaus abgebrochen, auch zu ihrer ehemaligen Freundin Marlis. Jetzt hing sie am Tropf von Sarah. Sie mietete ein Zimmer in der Nähe des Tempels. An die Wand hängte sie eine übergroße Kopie des Malers Luini: „Salome überreicht Herodes den Kopf des Täufers". Johannes der Täufer kritisierte die Zweitheirat ihres Vaters, was seiner zweiten Frau sehr missfiel. Sie impfte Salome ein, ihrem Vater den Kopf Johannes des Täufers als Trophäe zu bringen. Johannes der Täufer, der Märtyrer, wurde ein Abgott der Mormonen. Ansonsten richtete sie ihr Zimmer spartanisch und sehr genügsam ein, ein krasses Pendant zu ihrem üppig geschmückten Raum in der elterlichen Wohnung, verlassen, unberührt im ursprünglichen Zustand zurücklassend.

Ihrer Schwester Molly war ihre Metamorphose natürlich nicht entgangen. Sorgenvoll, aber nicht ohne Hoffnung, verfolgte sie ihren neuen Weg. Sie traf Penelope zufällig im elterlichen Haus, als sie einige Gegenstände und Kleidungsstücke zusammenpackte, um sie in ihr neu eingerichtetes Zimmer zu transportieren.

„Penelope, in letzter Zeit hast du dich sehr rar gemacht. Ich habe dir mehrfach meine Hilfe angeboten. Du könntest auch in unserem Haus künftig mit wohnen, wir sind dabei, das Dachgeschoss auszubauen. In wenigen Wochen wird es bezugsfertig sein." Penelope winkte ab.

„Molly, nimm es mir nicht übel, dass ich dein Angebot ablehne. Ich habe ein Zimmer gemietet, das ganz in der Nähe des Tempels liegt. Dort ist jetzt mein Zuhause."

„Ja, die Spatzen pfeifen es ja von den Dächern. Es hat sich

längst herumgesprochen, dass du Mormonin geworden bist. Ich wünsche mir nichts sehnlicher, als dass du dort glücklich wirst. Es gibt ein Sprichwort: 'Lebe in deinem Glauben, aber stirb nicht mit ihm!' Diesen Rat solltest du beherzigen."

„Meine Freundin Sarah ist im Tempel eingebunden, ich meine, sie ist eine Dienerin der Mormonen. Wir treffen uns jede Woche im Tempel zum Gebet, schwatzen stundenlang miteinander." Molly betrachtete sie eine Weile ungläubig. Erst jetzt bemerkte sie ihre äußerliche Veränderung. Penelope war ungeschminkt, was gegen ihre alte Gewohnheit war! Sie hatte auch das Gefühl, dass sie sich etwas nachlässiger kleidete, dass nicht mehr jedes Detail aufeinander abgestimmt war.

„Penelope, etwas macht mir Angst. Der Teufel hat Gewalt, sich zu verkleiden, in lockende Gestalt", murmelte sie."

„Was?", unterbrach sie Molly.

„Seit Jahren bist du untätig, lebst einfach in den Tag hinein. Der Mensch braucht eine Aufgabe! Komm zurück auf die Erde! Solang du lebst, ist dein Platz hier. Allein, nur Stoßgebete in den Himmel zu senden, genügen nicht, um ein erfülltes Leben zu haben. Im Übrigen, ich wundere mich, dass du von der spärlichen Invalidenrente überhaupt existieren kannst."

„Liebe Molly, darüber musst du dir keine Sorgen machen. Ich komme mit dem wenigen Geld aus. Reichtum allein macht nicht glücklich. Das habe ich inzwischen begriffen. In den letzten sieben Jahren bin ich durch ein Tal des Leidens und der Tränen gegangen. Jetzt sehe ich endlich Licht am Horizont. Ein helles Licht! Ich bin Gott so dankbar, dass er mir Sarah geschickt hat."

„Penelope, es ist nicht gut, sich wie eine Klette nur an eine Person zu klammern. Wir sind auch noch da: ich, meine Familie, Mutter, Vater." Überrascht wendete Penelope ihr Gesicht zu Molly, die am Fenster stand, und unterbrach ihre Packerei einen Augenblick:

„Vater? Wie geht es ihm?"

„In all den Jahren war dir deine Familie unwichtig. Immer wieder haben wir versucht, an dich heranzukommen. Immer hast du abgeblockt. Vater ist jetzt übrigens in einem Pflegeheim."

„Pflegeheim?"

„Ja, seiner Lebenspartnerin war die Plackerei mit Vater über den Kopf gewachsen. Sie lief von Pontius zu Pilatus, schrieb Beschwerdebriefe ohne Ende an die Behörden. Nach Monaten hatte sie endlich Erfolg. Sie bekam für Vater ein Bett in einem 4-Mann-Zimmer. Aber dort ging der Ärger erst richtig los. Vater sollte den ganzen Tag im Bett bleiben. Seine Schreibmaschine, die ich ihm mitgeben musste, nahm man ihm weg. Er fing an zu toben, wurde handgreiflich. Mehrere Pflegekräfte stürzten sich auf ihn und steckten ihn eine Zwangsjacke."

„Zwangsjacke?"

„Ach, das ist ein besonders medizinisches Fixierungstrikot aus kräftigem Leinen, eine Fessel, die den Betreffenden bewegungsunfähig macht. Vater hat daraufhin wie ein verwundetes Tier geschrien, hat stundenlang geweint und seine Mitinsassen angesteckt. Es war ein heilloses Durcheinander. Man sah sich keinen anderen Rat, als Vater in die Abstellkammer zu schieben, in eine Kammer, in die Sterbende gebracht werden. Als ich ihm frische Wäsche bringen wollte, verweigerte man mir den Zutritt zu ihm, erfand tausend Ausreden. Das machte mich stutzig. In meiner Verzweiflung suchte ich den Psychiater auf, der Vater damals zu Hause untersucht hatte und ihn für psychisch krank hielt. Er versprach, mir zu helfen und besuchte Vater im Pflegeheim. Er setzte durch, dass man die medizinische Fessel als nicht mehr zeitgerecht unverzüglich abnahm und verordnete ihm ein Sedativum. Außerdem bekam er seine Schreibmaschine zurück. Seitdem ist im Pflegeheim Friede eingekehrt. Er korrespondiert wieder wie früher in einer geheimen Schrift mit einer anderen Welt. Inzwischen hat der beschriebene Papierstapel die stattliche Höhe von einem Meter erreicht." Penelope überschlug kurz die Zahl gestapelter Blätter, dann sagte sie erstaunt:

„Das sind ja mindestens 10 000 Blatt Papier!"

25

Ein Trabant und ein LADA. Wie würde dieses Tandem zusammenpassen? Wie ein linker und ein rechter Schuh? Kaum! Monika, Pius' Klassenlehrerin, hatte alles eingerührt. Drei Tage hatte sie für die Hinreise zu unserem gemeinsamen Urlaubsort nach Bulgarien eingeplant. Drei Tage und zwei Nächte. Bereits Wochen vor unserer Abreise begannen wir mit den Vorbereitungen. In meiner Arzttasche verstaute ich Medikamente für den Notfall, Verbandsmaterial, Gipsbinden, Nahtmaterial für Wundversorgungen, Infusionsbestecke, -flaschen mit Elektrolyt- und Zuckerlösungen, sterile Kanülen und Spritzen. Jeder fertigte seine Wunschliste auf unverzichtbare Dinge an. Am Ende sprengte es den Rahmen der Kapazität unseres LADA, wenn ich sämtlichen Wünschen nachgekommen wäre. Ich musste zusammenstreichen, was ich für verzichtbar hielt. Ersatzrad, Beninkanister, Werkzeugkoffer, Abschleppseil, Autoersatzteile waren unverzichtbar, ebenso Konservendosen, Dauerwürste für die Selbstversorgung für drei Wochen. Bei einem gemeinsamen Stelldichein in Siegfrieds Schrebergarten tüftelten wir an der optimalen Fahrtroute anhand der verfügbaren Landkarten, ermittelten die zu bewältigenden Fahrkilometer und die Anzahl der Tankstopps. Der Tank des Trabi fasste nur 26 Liter, während der LADA 45 Liter tanken konnte, außerdem musste Siegfried ein Gemisch tanken, also Benzin mit Öl, während der LADA mit VK 95 fuhr. Während Siegfried Ersatzkanister für 35 Liter Reserve mitnehmen wollte, begnügte ich mich mit einem 20-Liter-Kanister. Bei einem durchschnittlichen Verbrauch von 10 Liter auf 100 Kilometer könnten wir ohne Tankstopp, grob überschlagen, 600 Kilometer zurücklegen. Im einschlägigen verfügbaren Kartenwerk waren keine Tankstellen angegeben. Relativ sorgenlos könnten wir die ČSSR passieren. Die limitierte Umtauschmenge Mark in Kronen reichte bequem für zwei Tankfüllungen aus. Außerdem hatte ich genügend Kronen als Reserve „angespart". Mein Freund Anton Hromatka, der Kastrierer und Besamer, hatte seine Wurzeln in Teplice. Er tauschte mir Mark und Bettwäsche gegen Kronen. Auch die Reise durch Ungarn sollte problemlos werden, waren wir einer Meinung. Der limitierte Umtauschsatz Mark in Forint war nicht eng bemessen. Das größte Problem, das vor uns lag, war also Rumänien! Eine unkalkulierbare Größe. Ein direkter Umtausch Mark in Lei war in der DDR nicht möglich. Für Autotouristen nach Rumänien gab es sogenannte Tanktalons, die man in einer rumänischen Bank für „Lei" eintauschen musste. Mit der rumänischen Währung könne man tanken, wurde uns suggeriert. Hatten wir erst das „Eiserne Tor" bei Russe überquert, waren wir aller Sorgen ledig. In Bulgarien gab es ohne Mengenbegrenzung Benzin und keine limitierten Umtauschsätze Mark in Lewa. Außerdem hatte der Bauarbeiter Siegfried in Rasgrad einen ehemaligen Arbeitskollegen, Michni Michnew, der ein Jahr auf Baustellen der DDR tätig war. Bei ihm war ein eintägiger Aufenthalt mit Übernachtung eingeplant. Während wir an der Fahrtroute tüftelten, hatte Siegfried den Grill mit Holzkohle aufgefüllt und Bratwürste aufgelegt. Dazu gab es Radeberger Flaschenbier. Beim Rundgang durch seinen Garten, jeder Quadratzentimeter Boden war mit Gemüse bepflanzt, fiel mir seine Kaninchenzucht ins Auge. Mehr als zwanzig Kaninchen!

„Siegfried, esst ihr so viel Kaninchenfleisch?", fragte ich ihn. Er stutzte, er schien mich nicht verstanden zu haben.

„Essen?"

„Ja, verspeisen!", wiederholte ich. Er sah mich verwundert an.

„Die Hasen liefere ich ab. Die Züchtung mit Hasen rentiert sich. Meine Häsinnen werfen bis sechsmal im Jahr durchschnittlich zehn Junge." Ich staunte:

„Nach Adam Ries macht das bei drei Häsinnen, die ich bei dir gezählt habe, hundertachtzig Hasen im Jahr!" Er nickte zufrieden. Ich bohrte weiter: „Wieviel bekommst du für einen ausgewachsenen Hasen?" Seine Antwort kam wie aus der Pistole geschossen:

„Zwanzig Mark."

„Dann lohnt sich das Geschäft mit der Kaninchenzucht", resümierte ich.

Es war noch tiefste Nacht, sie war klar und mild, als wir 2:00 Uhr in der Früh aufbrachen. Obwohl wir zeitig zu Bett gingen, war ich unausgeschlafen, als der Wecker klingelte. Ich konnte lange nicht einschlafen, wälzte mich im Bett von einer Seite auf die andere. Viele Gedanken geisterten in meinem Kopf, die ich einfach nicht abschütteln konnte. Als der Wecker klingelte, war ich wie gerädert. Pius schlief sofort wieder auf der Sitzbank des LADA ein. Der Trabi war natürlich das Führungsfahrzeug. Nach seinem Tempo musste ich mich richten. Wir wollten uns nicht aus den Augen verlieren. Falls dies mal aufgrund irgendwelcher Zwischenfälle oder großen Verkehrsaufkommens doch geschehen sollte, vereinbarten wir, am nächsten Rastplatz zu warten. Mit 50 Sachen tuckerten wir über die Landstraße, obwohl die Straßen weitestgehend verkehrsfrei waren. Wir blieben auf der linkselbischen Seite. In gemächlichem Tempo passierten wir den Sonnenstein vor den Toren der Sächsischen Schweiz, der während der Nazidiktatur eine traurige Berühmtheit erlangt hatte. Als wir die Hochebene erreichten, grüßte uns von weitem die Festung Königstein mit ihrer wechselvollen, fast 1000jährigen Geschichte. Erbaut vom böhmischen König Wenzel als Burganlage und Festung, um sich vor dem Einfall der Slawen zu schützen, wurde sie später von sächsischen Fürsten zum Lustschloss umgebaut und auch als Gefängnis und Trutzburg genutzt. Graf v. Hoym war einer der bekanntesten Insassen, der am Hofe August des Starken in Ungnade gefallen war und auf der Festung Suizid beging. Bis 1922 galt sie als Sachsens gefürchtetstes und sicherstes Internierungslager. Unter den ungezählten Gefangenen befanden sich bekannt-berühmte Personen wie Böttger, der Miterfinder des europäischen Porzellans, Aufständische der Mai-Revolution von 1849: Bakunin, der russische Berufsrevolutionär, Otto Heubner, Abgeordneter des sächsischen Landtages, last but not least, August Röckel, Dresdens königlicher Musikdirektor. Ja, sogar der Sachsenkönig August II. nutzte die Festung als sicheren Fluchtort vor den Aufständischen 1849. Die Festung galt als sturmsicher, sie wurde nie erobert; mit dem Bau eines 152 Meter tiefen Brunnens war die Selbstversorgung weitgehend abgesichert. Ich staunte nicht schlecht bei einem Besuch der Festung, als nach einem Steinwurf in den Brunnen erst zwanzig Sekunden später sein Aufprall auf die Wasseroberfläche zu hören war. Einem englischen Gefangenen des II.

Weltkrieges soll jedoch die Flucht aus der Festung gelungen sein. An einem 60 Meter langen Seil soll sich der General Giraud abgeseilt haben. Ihm gelang die Flucht in die Schweiz. Nach dem Krieg wurde auf der Festung ein sogenannter Werkhof für schwer erziehbare Jugendliche eingerichtet, um sie nach Makarenkos kollektiver Erziehungsmethode zurück auf den rechten Weg, das heißt, ins sozialistische kollektive Leben zu führen. Da Siegfried keineswegs geneigt war, einen anderen Gang einzulegen, hatte ich Gelegenheit, einen Blick in die Landschaft zu werfen. Wir passierten am Elbebogen den kleinen Ort Struppen; auf der anderen Elbseite zeigte sich in der Finsternis schemenhaft der Basteifelsen. Kurz vor der Festung mündete der Kammweg in eine abschüssige Serpentine, die ins Elbtal führte. Ich musste kräftig auf das Bremspedal treten, um nicht auf den Trabi aufzufahren. Ich hatte Angst um meine Scheibenbremsen; gut dass ich zwei Ersatzbacken im Gepäck hatte. Ich musste so stark bremsen, dass Pius von der Sitzbank gerollt war, sich beim Sturz blaue Flecken geholt hatte und aufwachte. Ich hielt kurz an, bugsierte ihn wieder auf die Sitzbank und verbarrikadierte sie mit Koffer, Decken und Schlafsack. Ohne weitere Zwischenfälle erreichten wir den Ort Königstein, der noch vollkommen im Dunkeln lag. Vereinzelte Gaslaternen an den Straßenrändern warfen kaum Licht. Wir folgten der engen, kurvenreichen Straße am Fluss, flankiert von steilen Felswänden, bis nach Bad Schandau. Am Abzweig nach Gohrisch eilten meine Gedanken zu Schostakowitsch, der dort als Gast des Ministeriums der DDR auf einer Parkbank unter einer Trauerweide sein „8. Streichquartett in c-Moll" komponiert hat. Berühmt wurde er allerdings durch die „Leningrader Sinfonie", die während der Belagerung der Stadt 1941 durch die Faschisten entstand. Auch die 5. Sinfonie blieb nicht unbeachtet, komponiert in einer Zeit schlimmster „Säuberungsaktion" unvorstellbaren Ausmaßes – „Tschistka" genannt – unter Jeschow, der auch Schostakowitschs Schwester und Schwager zum Opfer fielen und in den Gulag deportiert wurden. Das Finale der 5. Sinfonie? Ein Triumphmarsch? Nein! Die Nomenklatura ließ sich täuschen. Das Finale schließt ein

Trauermarsch, seine Schwester auf dem Weg nach Sibirien ins Straflager begleitend! Kein Fahrzeug begegnete uns. Wir hatten die enge, kurvenreiche Straße für uns allein. Am Bahnhof Bad Schandau – mein Tacho zeigte 50 gefahrene Kilometer an – überquerten wir die Elbe, tuckerten mit 30 Sachen durch die engen Gassen der Stadt. Sein Ortskern schmiegt sich an die steil aufragenden Sandsteinfelsen des rechten Elbufers. Wo die Kirnitzsch sich ihren Weg durch die Felsen gebahnt hat, um ihr Wasser in die Elbe zu leiten, wird die Felsformation unterbrochen. Wenn die Schneeschmelze einsetzt, wird die friedliche Kirnitzsch zu einem reißenden Strom und schließt auch den Marktplatz regelmäßig in ihr Flussbett ein. Unmittelbar am Stadtausgang passieren wir den eisernen Turm mit seinem Aufzug zur Ostrauer Scheibe, der die Besucher fünfzig Meter nach oben befördert, um dem Zwinger mit den Bären „Bummi" und „Kullerchen" einen Besuch abzustatten. Nach weiteren acht Kilometern erreichten wir endlich bei Hrensko die tschechische Grenze. Die Anfahrt zum Ort durch den Sandstein-Canyon bot ein faszinierendes Bild. Die Felsen ragten mehrere Hundert Meter über dem Wasserspiegel der Elbe empor. Inmitten des Ortes wurde die steile Felswand durch die Klamm des Flusses Kamenice durchbrochen, und das enge Tal weitete sich. Drei Stunden waren seit unserem Aufbruch verstrichen. Inzwischen war der Tag angebrochen. Am Grenzübergang stauten sich keine Fahrzeuge, aber es dauerte trotzdem seine Zeit bis wir einreisen durften. Siegfried musste sämtliches Gepäck entladen, da er Kartoffeln eingepackt hatte, und Erdknollen standen auf der Liste verbotener Importwaren in die ČSSR. 7:00 Uhr waren wir endlich auf tschechischem Gebiet. Unsere Fahrt ging weiter entlang der Elbe über Decin nach Usti nad Labem. Von dort schlugen wir den Weg nach Lovosice ins Böhmische Mittelgebirge ein. Vor uns türmten sich Vulkankegel auf, der höchste war der 836 Meter hohe „Milleschauer". An ihm mussten wir vorüber. Es ging auf 9:00 Uhr zu, Zeit für ein ausgiebiges Frühstück. Es war strahlendblauer Himmel. Kein Wölkchen trübte ihn. Seitlich der Straße an einem Feldweg unter einem Baum klappte Siegfried seinen Tisch auf. Aus der Thermoskanne gab es zum Butterbrot warmen Kaffee. Pius musste geweckt werden. Ich unterließ es, Siegfried an unseren Zeitplan zu erinnern. Da der Trabi hoffnungslos überladen war, konnte er keinen höheren Gang einschalten.

„Siegfried, die Knollen sind wir los. Gräm dich nicht. Spätestens in Bratislava werden wir uns schadlos halten. Denn die Ausfuhr von Kartoffeln aus der ČSSR ist nicht verboten."

„Carl, das brauchst du nicht!", mischte sich Monika ein. „Meine Tante hat im Garten Kartoffeln angebaut. Wir werden bestimmt ein paar davon abbekommen."

„Das mag schon sein", erwiderte ich, „aber wir möchten deiner Tante nicht auf der Tasche liegen. Wir haben keine Vollpension gemietet, sondern nur sogenannte Kaltmiete." Siegfried war schweigsam, er grübelte. Mit irgendeinem Problem schien er nicht fertig zu werden:

„Siegfried, was lastet auf der Seele?", fragte ich ihn. Er holte tief Luft.

„In zirka einer Stunde werden wir Prag erreichen. Ich war noch nie in Prag. In diesem Schmelztiegel werde ich mich verloren vorkommen. Die halbe Nacht habe ich mir um die Ohren geschlagen, um in Gedanken eine Hauptstraße in Richtung Brünn zu finden. Vergeblich! Ich fürchte, es wird eine Irrfahrt durch Prag." Ich tröstete ihn und legte meine Hand auf seine Schulter:

„Siegfried, mach dir keine Sorgen. Vor Prag gibst du mir ein Zeichen, und ich überhole dich." Zirka 20 Kilometer vor Prag steuerte Siegfried einen Rasthof an. Nachdem wir uns noch einmal ausgiebig gestärkt hatten, übernahm ich die Führung. Ich war schon mehrmals mit dem Auto in Prag. Ich musste ihm Recht geben. Wenn man sich nicht auskennt, kommt man in Prag mit dem Auto in Teufels Küche. Plötzlich befindet man sich im Kreisverkehr und findet nicht mehr heraus. Es gibt viele Einbahnstraßen, die in der Karte gar nicht gekennzeichnet sind. Wenn wir das Zentrum mit dem Pkw besuchten, parkten wir regelmäßig am Wenzelsplatz; dort konnte man gut und bequem einkaufen. Natürlich haben wir auch den Hradschin besucht, ein

Muss, wenn man in Prag ist. Im späten Mittelalter, an der Schwelle zur Renaissance, bestimmte sein Herzschlag die Geschicke des Heiligen Römischen Reiches Deutscher Nationen. Rudolf II., geboren in Wien, in Spanien zum Katholizismus erzogen, 23jährig zum Kaiser des Heiligen Römischen Reiches Deutscher Nationen gekrönt, residierte seit 1583 auf dem Hradschin. Trotz seiner strengen katholischen Erziehung unter dem Spanier Ferdinand I. war er ein Exzentriker, Freigeist und Förderer der Kunst und Wissenschaft; gewährte verfolgten Hussiten Asyl. In seinem Majestätsbrief von 1609 gewährte er Böhmen und Schlesien Religionsfreiheit, was letztendlich der Auslöser des 30jährigen Krieges war. Rudolf hatte eine Vorliebe für Astrologie. „Fulget caesaris astrum" – es leuchtet des Kaisers Gestirn –. Er war erpicht nach einem ihm günstigen Horoskop. So kam es nicht von ungefähr, dass er Tycho Brahe zu seinem Astrologen machte, der 1572 eine Supernova im Sternbild Kassiopeia entdeckt hatte. Als Tycho Brahe am selbigen Abend zu seinem Alchemie-Labor ging, glaubte er, seinen Augen nicht zu trauen. In der Kassiopeia leuchtete ein neuer Stern – fast so hell wie die Venus. Er sprach vom größten Naturwunder aller Zeiten. Fast zwei Jahre beobachtete er ihn an seinem Wohnsitz in Südschweden, und er bewegte sich nicht! Damit müsste er zur Sphäre der Fixsterne gehören, postulierte er in seinem Buch „De stella nova", was ihn über Nacht zum berühmtesten Astrologen seiner Zeit machte. Er konnte sich sein plötzliches Erscheinen nicht erklären. Akribisch zeichnete er mehrere Jahrzehnte die Bewegungen der Gestirne auf. Er vermochte es aber nicht, „Ordnung" in das Weltgefüge zu bringen. Er misstraute dem heliozentrischen Weltbild des Kopernikus. Mit dem Mathematikus Rothmann stand er in regem Briefwechsel. Ihm schrieb er: „Wenn die Erde sich tatsächlich von West nach Ost dreht, dann muss eine Kanonenkugel, die in Richtung der Erdumdrehung geschossen wird, viel weiter fliegen als ein in entgegengesetzter Richtung abgefeuertes Geschoss." Rothmann antwortete salomonisch: „Sowohl das Geschoss, als auch die Kanone nähmen ja an der Erdbewegung teil. Damit sei der Einwand hinfällig." Tycho

Brahe kannte die Gravitationsgesetze nicht! Als er im Oktober 1601 plötzlich verstarb – Man munkelte, dass er an einer Quecksilbervergiftung verstorben sei, da er ja auch Alchemie betrieb. Spätere Untersuchungen einer Haarprobe konnten diesen Verdacht aber nicht bestätigen, sodass man annehmen musste, dass er bei einer akuten Harnverhaltung an einer aufsteigenden Niereninfektion verstarb. Am Hofe war es Sitte, dass man das Bankett erst verlassen durfte, wenn der Herrscher die Zecherei beendete. Brahe hatte offenbar einige Maß Bier zu viel genossen. –, nahm Johannes Kepler seinen Platz auf dem Hradschin als Astrologe des Kaisers ein. Er hatte es übernommen, die „Rudolfinischen Tafeln" des Tycho Brahe fortzuführen. Oft lag diese Arbeit wie ein Alpdruck auf ihm. Tag für Tag, oft bis in die Nächte oder bis in den frühen Morgen hinein, mühte er sich mit den Zahlenkolumnen Tycho Brahes ab. Immer wieder schlichen sich Rechenfehler ein, denn noch immer war der weltberühmte kaiserliche Astrologe ein schlechter Mathematiker. Kepler schien an Tycho Brahes Aufzeichnungen zu verzweifeln. Viele „Zahlenausreißer" passten nicht in sein Schema, nach dem die Planeten sich kreisförmig um die Sonne bewegten. Er verbrachte schlaflose Nächte. Auch seine Ehefrau Susanne wurde von seiner Nervosität und Niedergeschlagenheit angesteckt. Eines Tages sagte sie zu ihm: „Johannes, warum fängst du nicht bei null an? Woher nimmst du die Gewissheit, dass die Planeten sich kreisförmig um die Sonne bewegen?" Er stutzte. Auf diese Frage war er nicht gefasst! „Na ja, der Mensch denkt lieber in Symmetrien und Gleichklang." 25 Jahre hat er sich für seine Planetengesetze Zeit gelassen, aber dann ging seine Arbeit noch einmal so schnell voran. Was war die Ursache? Zunächst beherzigte er den Rat seines Weibes, von vorn, ohne ein Postulat, zu beginnen. Zudem war er hinter John Napiers Geheimnis gekommen. Ein neues, abgekürztes Rechenverfahren hatte der Schotte erfunden! Seine veröffentlichte Schrift, „Mirifici Logarithmorum Canonis Descriptio", enthielt die Tafeln der Logarithmen der Zahlen 1 bis 100, nichts darüber, wie man sie errechnete! In kurzer Zeit kam Kepler dem Geheimnis ($y = {}^a\log x$)

auf die Spur, stellte Tafeln von Logarithmen der Zahlen von Hundert bis Hunderttausend tabellarisch zusammen. Die neue Methode, mit Logarithmen zu arbeiten, vereinfachte das Rechnen mit bestimmten Zahlen um ein Vielfaches. Durch die Arbeitserleichterung infolge der Verwendung von Logarithmen würde das Leben der Astrologen verdoppelt, meinte Kepler befriedigt. Logarithmentafeln wurden viele Jahrhunderte ein wichtiges, unverzichtbares Rechenhilfsmittel. Logarithmen führen Rechenaufgaben einer höheren Stufe auf die nächst niedrigere zurück! Mit diesem abgekürzten mathematischen Verfahren – „Nova stereometria doliorum vinariorum" – gelang es ihm schließlich, Tycho Brahes Aufzeichnungen zu interpretieren und seine drei Planetengesetze zu formulieren, die das geozentrische Weltbild endgültig zu Fall brachten, die die Behauptung des Kopernikus, dass die Planeten um die Sonne kreisen, bewiesen. Als er der kaiserlichen Majestät Matthias, ein Bruder des verstorbenen Rudolf II., auf dem Hradschin 1619 zum letzten Mal gegenüberstand, entschuldigte er sich, dass er mit großer Verzögerung das Werk in die kaiserlichen Hände lege, und er betonte, dass sein Werk noch manche Unvollkommenheiten enthalte – „nihil in ortu perfectum", unvollkommen wie alles Menschenwerk. Eine Wissenschaft stehe nicht still, und auf der Erde sei man niemals fertig, gab er zum Besten! Politisch geriet Prag immer mehr in eine Sackgasse. Der Prager Ständeaufstand brach aus, als sich am 23. Mai 1618 der zweite Prager Fenstersturz – Defenestration – ereignete. Nach einem heftigen Wortwechsel wurden ranghohe königliche Beamte aus einem Fenster der alten Prager Burg geworfen. Es war der Höhepunkt eines seit Jahren schwelenden Konflikts zwischen den protestantischen Ständen Böhmens und ihrem katholischen habsburgischen Monarchen. Der Fenstersturz war die Initialzündung einer Ereigniskette, die den 30jährigen Krieg auslöste.

Als ich den Hradschin zum ersten Male besuchte, war das alte, schimmernde Prag mit seinen goldenen Palästen, mit den Brücken und Türmen in Schleier und Regen gehüllt, wie einst, als Tycho Brahe mit einer Kutsche in Prag ankam. Auf unserem

Rückweg nach Dresden habe ich es nie versäumt, uns mit tschechischem Bier einzudecken, da das „Feldschlösschenbier" keinen guten Ruf hatte; Staropramen oder Pilsner Urquell waren unsere bevorzugten Marken. Tschechien ist die erste Adresse für Biertrinker. Ich denke, kein anderes Volk hockt so dicht am Bierhahn wie die Tschechen. Wenn man Prag besucht, begegnet man dem Svejk in sämtlichen Gassen. Anlässlich einer medizinischen Fachtagung haben uns tschechische Kollegen ins „U Fleku" geführt. Es ist so bekannt wie ein scheckiger Hund, wie andernorts „Auerbachs Keller", das „Hofbräuhaus", das „Pigalle" oder der „Stiefel". Der Schriftsteller Jaroslav Hasek hat im U Fleku den berühmten böhmischen Überlebenskünstler, Schuster und Hundehändler, Josef Svejk geschaffen. Weltberühmt wurde er durch die tschechische Verfilmung in der Hauptrolle mit Rudolf Hrusinsky. Svejk ist in den Prager Kneipen allgegenwärtig. „Verhaften Sie ihn in Kalich, aber vielleicht ist er in Fleku oder Vejvodu, antwortete Frau Müller dem Kommissar Brettschneider, als er den Svejk wegen Majestätsbeleidigung verhaften wollte", ist einer der vielen Sprüche, die die Wände des U Fleku in großen Lettern zieren. Der für schwachsinnig erklärte Svejk wurde, als der I. Weltkrieg ausbrach, als einfacher Soldat in die Armee von Österreich-Ungarn eingezogen und dem Oberleutnant Lukasch als Offiziersbursche zugeteilt. Nicht zuletzt hatte er es seiner Schlauheit und Verschlagenheit zu verdanken, dass er den Krieg überlebte. In die Geschichte ging er als „der brave Soldat Svejk" ein. War er wirklich so brav, der blauäugige Quadratschädel mit der Unschuldsmine? Die Tschechoslowakei war gerade im Begriff, zu sich selbst zu finden, als Hasek den Svejk, eine Galionsfigur der untergegangenen K-u-K-Monarchie, schuf. Unter der Maske des Humors und der Satire verbirgt sich die Anklage der Zeit. Den Svejks war es mit zu verdanken, dass der „Dreibund" besiegt wurde. Svejk brachte seinen Oberleutnant Lukasch durch seine Eskapaden schier zur Verzweiflung. Als er auf Lukasch's Wunsch einen Terrier besorgte, wurde der Oberleutnant des Hundediebstahls bezichtigt. Bei einem Gassigang erkannte der Oberst seinen Hund, den Svejk als vermeintlichen herrenlosen

Hund eingefangen hatte. Der Oberleutnant musste es büßen und wurde nach Budweis strafversetzt. Auf der Zugfahrt dorthin zog Svejk die Notbremse und musste, da er kein Geld hatte, am nächsten Haltepunkt aussteigen und den Weg zu Fuß nach Budweis fortsetzen. Er verlief sich jedoch und wurde als Deserteur und sogar als russischer Spion gehalten und arretiert... Ist Svejk eine Figur, die den Nationalcharakter der Tschechen in sich trägt? Er ist zweifellos ein Prototyp passiven Widerstandes, wie es die Tschechen praktizierten, als russische Panzer den Prager Frühling gewaltsam beendeten. Dubcek ließ seine Armee in den Kasernen, vermied dadurch ein Blutvergießen. Die Prager verunsicherten die russischen Besatzer, brachten sie schier zur Verzweiflung, indem sie Straßennamen und -schilder vertauschten, ihre Panzer bestiegen und mit den Soldaten stundenlang diskutierten. Ein Jahr danach hat sich Jan Panach auf dem Wenzelsplatz aus Protest gegen die russischen Besatzer öffentlich verbrannt. Als wir nach zwei Stunden das gelb gestrichene Gebäude mit der großen schmiedeeisernen Uhr über dem Eingang verließen, drehte sich alles um mich herum. Ich war nicht mehr standsicher. Das helle Bier der U Fleku-Brauerei hatte es in sich. Kollegen mussten mich zunächst stützen.

All diese Gedanken ließ ich Revue passieren, als wir Prag über den Außenring – E10 genannt – passierten. Die Route war zwar weiter als mitten durch das Zentrum, aber wir hatten trotzdem Zeit gewonnen. Auf der Autobahn nach Brünn fielen mir die Schlangenlinien auf, die der Trabi vor mir fuhr. Um ein Haar wäre er mit einer Leitplanke kollidiert. Hatte er einen Sekundenschlaf, einen Black out? Ich gab ihm durch Lichthupe zu verstehen, am nächsten Rastplatz anzuhalten. Auch ich war erschöpft und drohte einzuschlafen. Der Zeiger ging auf 2:00 Uhr Nachmittag zu, Zeit für eine längere Rast. Nach einem kleinen Imbiss schlief ich sofort ein. Lilofee weckte mich gegen 4:00 Uhr. Unseren Zeitplan hatten wir längst verfehlt. Die Weiterfahrt durch Mähren nach Brünn war ohne Besonderheiten. Wir fuhren auf einem Rennstreckenabschnitt. Das Motodrom von Brünn war das Mekka der Motorradfans im sozialistischen

Lager, die einzige Motorradrennstrecke hinter dem Eisernen Vorhang. Jährlich belagerten Hunderttausende begeisterte Fans die Rennstrecke, wenn sich die besten Motorradfahrer der Welt dort ein Stelldichein gaben. Zu gern hätte ich einen Abstecher nach Austerlitz gemacht. Slavkov, wie der Ort in der Landessprache genannt wird, liegt nur wenige Kilometer östlich von Brünn. Napoleons Ruf: „Wo ist Austerlitz?", ging in die Weltgeschichte ein, als er das österreichische Heer suchte, das Napoleon bei Austerlitz zu der entscheidenden Schlacht erwartete. Die Österreicher wurden vernichtend geschlagen und mussten im Schloss zu Austerlitz einen Waffenstillstand zu ihren Ungunsten abschließen. Das Römische Reich Deutscher Nationen hörte auf zu existieren. 6:00 Uhr abends erreichten wir schließlich Bratislava. Die Tanks wurden aufgefüllt, Siegfried musste Öl nachfüllen, da er seinen Trabi überstrapaziert hatte und der Motor warmgelaufen war. Ich versäumte es nicht, schnell noch einen Vorrat an Frühkartoffeln einzukaufen. Jetzt befanden wir uns nahe der ungarischen Grenze, wir mussten nur noch die Donau überqueren, der nächste ungarische Grenzort war Rajka. Die Grenzkontrolle zur vorgerückten Stunde verlief reibungslos. Ich atmete erleichtert durch. Vor uns lag ein flaches Land mit guten, wenn auch engen Straßen. Wir fuhren an riesigen Sonnenblumenfeldern vorüber. Man konnte an ihren Köpfen die Uhr danach stellen. Wie ein riesiges Heer auf einem Appellplatz angetreten, hatten sie ihre Köpfe haargenau dem Stand der Sonne angepasst. In Anlehnung an humane „Wendehälse" werden heliotrope Pflanzen, die ihre Blüten nach der Sonne ausrichten, auch als „florale Wendehälse" bezeichnet. Wir fuhren ohne Zwischenstopp bis zum Sonnenuntergang.

Die entspannte Fahrt durch Ungarn bot mir Gelegenheit, in meinen Erinnerungen zu kramen, die mich mit diesem zauberhaften Land verbanden; der DDR-Bürger empfand Ungarn fast wie ein Paradies: Thermalbad Heviz, Balaton, Pullovermarkt in Siofok, Tihany, Budapest, Gellertbad, Vaci uca – die Einkaufsmeile, Margaretheninsel, Miskolc. Ja, Miskolc war eine Reise wert. Die ungarische Gesellschaft für Phlebologie veranstaltete dort ihren Jahreskongress. Unsere Gesellschaft wurde eingeladen. Eine Woche ließen wir uns von den Ungarn verwöhnen, genossen das Höhlenbad-Thermalbad in Tapulca, speisten Forellen in Lillafüred für 30 Mark der DDR pro Person, damals für DDR-Verhältnisse ein Wucherpreis. Mit Georgy Rado verband mich ein inniges und herzliches Verhältnis. Ich lernte ihn in Zempin während eines Kongresses kennen. Bei einem Glas Wein plauderte er aus seinem Nähkästchen. Er war einer der Aktivisten des 56er Aufstandes – damals Medizinstudent –, der am 23. Oktober mit einer Großdemonstration der Studenten seinen Anfang nahm. Ihm schlossen sich bald die Arbeiter an und riefen einen Generalstreik aus, der zum Sturz der verhassten stalinistischen Regierung unter Rakosi führte. Der zuvor wegen Revisionismus und Partei schädigendes Verhalten abgesetzte Imre Nagy kam wieder an die Macht, erklärte die Neutralität Ungarns, verlangte den Abzug der sowjetischen Besatzungsmacht aus Ungarn. Ein Großteil der Armee solidarisierte sich mit Nagy. Da die Unterstützung aus dem Westen ausblieb, wurde der Aufstand von der sowjetischen Armee blutig niedergeschlagen. Kadar wurde der neue Chef, der mit eisernem Besen kehrte. Nagy kam zwei Jahre später aufs Schafott, Rado für mehrere Jahre ins Gefängnis. Vielen Ungarn gelang die Flucht nach Österreich, unter ihnen auch der Offizier, das Enfant terrible, der Starstürmer der ungarischen Nationalelf, Ferenc Puskas. Man sagte von ihm, dass er der beste Linksfuß gewesen sei, der jemals das Bernabeu-Stadion betreten habe.

Unser Nachtlager schlugen wir auf einem abgeernteten Getreidefeld auf, nahe an einem Bewässerungsgraben. Bei einem ausgiebigen Abendbrot ließen wir den Tag noch einmal Revue passieren. Ich bekam eine saftige Schelte von Monika, weil ich, den Talkessel und Schmelztiegel Prag gemieden und auf der sogenannten Europastraße E 10 viel zu schnell gefahren sei.

„Der Trabi fing an zu kochen. Wir haben dir mehrfach mit der Lichthupe signalisiert, dass du langsamer fahren sollst, aber du hast nicht reagiert." Entschuldigend zuckte ich mit der Schulter:

„Der Außenring um Prag war als Schnellstraße gekennzeichnet. Ich glaube, 60 waren erlaubt. Schneller bin ich nicht gefahren", entschuldigte ich mich.

Siegfried schaltete sich ins Gespräch: „Die Zylinderkopfdichtung ist hin, ich habe massiven Ölverlust. Glücklicherweise habe ich eine Ersatzdichtung eingepackt. Morgen früh vor der Weiterfahrt muss ich sie auswechseln."

„Der schwierigste Teil unserer Reise steht uns noch bevor. Wenn ich nur an die Karpaten denke, bekomme ich jetzt schon Fracksausen. 2500 Meter Höhenunterschied sind kein Pappenstiel. Da werde ich deinen Trabi wohl ins Schlepptau nehmen müssen. Eine Steigung von zwanzig Grad wird deinen überladenen Trabi überfordern. Einen Teil deiner Ladung kann ich nicht übernehmen." Jetzt schaltete ich auch Monika entnervt ins Gespräch:

„Jetzt musst du dir darüber keine Gedanken machen. Lass doch die Sache erst mal an uns herankommen. Siegfried wird's schon richten. Er kennt seinen Trabi in-und auswendig." Als die Sonne untergegangen und die Nacht über uns hereingebrochen war, kam das böse Erwachen. Wir hatten die Rechnung ohne den Wirt gemacht. Wie ein Schwarm Heuschrecken fielen die Mücken über uns her. Über dem Bewässerungsgraben tummelten sich Mückenschwärme wie ein dichtes Wolkenband. Im Nu saßen sie auf unserer nackten Haut und piesackten uns, dass uns Hören und Sehen verging. An Mückenspray oder an ein Moskitonetz verschwendeten wir bei der Reisevorbereitung keinen Gedanken. Die Autotüren hatten wir weit geöffnet, um die aufgestaute Hitze des Tages herauszulassen. Alle waren nur von einem Gedanken durchdrungen: lieber schwitzen, als von den kleinen Biestern drangsaliert zu werden. Wir flüchteten ins Auto, verstopften jedes Schlupfloch, klappten die Sitze herunter und versuchten uns, für die Nacht einzurichten. Längere Zeit hielten wir es nicht aus; der Schweiß rann in Strömen. Kurzerhand startete ich den Motor und parkte den Pkw möglichst weit vom Wasser entfernt. Der Innenraum wurde nochmals kurz durchgelüftet, die Autoscheiben einen Spaltbreit geöffnet. Auf diese Weise gönnten wir uns einige Stunden Schlaf. Die Mücken hatten doch ein reiches Mahl gehalten wie wir am nächsten Morgen an unserem Körper feststellen mussten. Unsere leichte Kleidung war für sie keine Barriere.

Auf Wiedersehen, gastfreundliches Ungarn! Bangen Herzens näherte ich mich der rumänischen Grenze. Nur wenige Pkws wollten sie passieren. Die Grenzbeamten ließen sich viel Zeit, sehr viel Zeit. Es war Mittagszeit, die Mittagsruhe musste schließlich eingehalten werden. 2:00 Uhr hatten wir es geschafft. Dieses Mal wurde mein Pkw gründlich gefilzt. Es war mühevoll, das Gepäck wieder richtig zu verstauen. Die Frage des Grenzbeamten nach Schusswaffen hatte ich offensichtlich missverstanden und gab ihm wegen der Sprachbarriere eine zweideutige Antwort, die ihn nicht befriedigte. Unser erster Tankstopp in Rumänien war in Arad geplant. Die Kreisstadt, 20 km vom ungarischen Grenzort Curtici entfernt, am Fluss Mures (Marosch), hat eine wechselvolle Geschichte erlebt. 1848/49 zum Kaiserreich Österreich-Ungarn gehörend, war Arad die Keimzelle der ungarischen Aufständischen. Die Revolutionsregierung von 1849 richtete hier ihren Regierungssitz ein. Nur durch das Eingreifen des Zaren Nikolaus I., der der kaiserlichen Armee Österreichs zu Hilfe eilte, konnten die Aufständischen besiegt werden. Am Obelisken, der an das Massaker der kaiserlichen Armee von 1849 erinnert, hielten wir an, um einen Rundgang durch die Stadt zu machen. Unser Hauptanliegen war natürlich, in einer Bank Mark der DDR in Lei zu wechseln; der Kurs für 100 Lei betrug etwa 38 Mark. Eine Stunde irrten wir kreuz und quer durch Arad, um eine Bank zu finden. Glücklich, Lei im Portemonnaie zu haben, suchten wir eine Tankstelle auf. Zunächst reihten wir uns in eine stehende Autokolonne ein, da die Pkw-Halter unsere Frage nach einer Tankstelle mit Kopfnicken bejahten. Da nach einer Stunde Wartezeit die Kolonne keinen Meter vorgerückt war, wurden wir stutzig. Ich stieg aus und lief die kilometerlange Autoschlange ab. Es sickerte durch, dass die Fahrer seit Tagen ausharrten und auf Benzin warteten. Ein Land, das reichlich Öl förderte, hatte kein Benzin! Nach kurzer Beratung beschlossen wir, an die Tankstelle zu fahren. Als ich mit Lei bezahlen wollte, schüttelten sie mit dem Kopf. Dann zeigte ich die Tanktalons, die ich im Reisebüro der DDR bekommen hatte. Siehe da! Die nahm der Tankwart! Ausländer bekamen Benzin gegen Devisen! Honecker musste von seinem Freund Ceausescu das Benzin für Westgeld einkaufen! Wir zogen uns den Zorn der geduldig Wartenden zu, die leer ausgingen. Jetzt war der Weg nach Sibiu (Hermannstadt), das Herz Siebenbürgens, frei. Auf der Landstraße, sie war in denkbar schlechtem Zustand – Schlaglöcher reihten sich fast lückenlos wie an einer Perlenkette –, war kaum Autoverkehr. Wir passierten Pferdefuhrwerke und Arbeitskolonnen mit Feldgeräten: Hacken, Schaufeln, Sensen. Alles wirkte unwirklich, surreal, auf uns ein. Ein Pferdefuhrwerk vor einem unbeschrankten Bahnübergang zwang uns anzuhalten. In wenigen Minuten waren wir von einer Gruppe Roma-Kinder umringt. An eine Weiterfahrt war nicht zu denken. Sie forderten unnachgiebig Wegegeld. Ich öffnete die Autoscheibe nur einen Spaltbreit und warf Süßigkeiten und etwas Kleingeld auf den Straßenrand. Die Kinder stürzten sich wie Geyer darauf und balgten sich um die Beute. Uns hatten sie im Nu vergessen. Wir nutzten den Augenblick zur Flucht, überholten das Fuhrwerk. Linker Hand, am Ende des Dorfes, befand sich ein Lager einer großen Roma-Familie, ein ausgetretener Pfad führte zu ihm. Um ein in den letzten Zügen liegendes Lagerfeuer hatte sich eine größere Menschengruppe versammelt. Die Romas waren in Armut gefangen, nur wenige konnten ihr entkommen. Es war ein Teufelskreis, fehlende oder mangelnde Schulbildung und Diskriminierung waren wohl die Hauptgründe dafür. Die Ebene hatten wir inzwischen verlassen. Es wurde hügelig. Der Trabi schien in den letzten Zügen zu liegen. Meine Tachonadel zeigte 15 Stundenkilometer an. Ich musste den zweiten Gang einlegen, was den Spritverbrauch abrupt ansteigen ließ. Wir näherten uns dem südlichen Karpatenbogen, Transsilvanien, auch Siebenbürgen genannt. Im 12. Jahrhundert siedelten sich hier Siedler aus Sachsen an. In Sibiu (Hermannstadt) hofften wir, Spuren deutscher Vergangenheit zu finden. Das Ortsschild gab keine Auskunft darüber. Die Stadt schien ausgestorben zu sein. Einige verblichene Innungsschilder an den

Fassaden der in die Jahre gekommenen Gebäude wiesen auf einstige deutsche Besitzer hin. Einige einheimische Passanten huschten rasch an uns vorüber. Mehrmals versuchte ich, sie in ein Gespräch zu verwickeln. Sie verstanden mich nicht. Die deutsche Vergangenheit war restlos ausgelöscht. Ceausescu hatte ganze Arbeit geleistet. Enttäuscht verließen wir Hermannstadt. Mit vollem Tank und vollem Reservekanister machten wir einen Abstecher in das nur zwanzig Kilometer entfernte Segesvar. Sighisoara, so war der rumänische Name, wurde im 12. Jahrhundert von den Sachsen gegründet, im 13. Jahrhundert von den Horden Drakulas geplündert, geschändet und angezündet, später in die Habsburger Monarchie einverleibt, hatte einen alten erhaltenen mittelalterlichen Stadtkern mit Burg und Schloss, vielen Türmen und Stadttoren. Hier wurden die Aufständischen der Revolution von 1849 vom russischen Heer besiegt. In der Schlacht fiel auch der ungarische Dichter Sandor Petöfi, der das folgende Gedicht kurz vor seinem Tode geschrieben hat:

„Für die Liebe könnt'
ich mein Leben,
doch für die Freiheit
die Liebe selbst geben."

Das schwierigste und gefährlichste Teilstück unserer Reise stand uns noch bevor. Die Südkarpaten! Sie sind Grenzgebirge und Wetterscheide zur Walachei. Ein Höhenunterschied von zirka 2500 Meter war zu überwinden. Das Wetter schlug um. Dichte Nebelschleier hingen an den Berghängen, Nieselregen setzte ein, der sich, je mehr wir uns den Gebirgsmassiv näherten, zu einem Dauerregen verstärkte. Die Scheibenwischer hatten Mühe, für klare Sicht zu sorgen. Denn es regnete Bindfäden! Nachdem wir uns eine Stunde die Serpentinen heraufgequält hatten, blieb der Trabi stehen. Siegfried stieg aus. Er näherte sich mir und fuchtelte wild mit den Armen. Ich kurbelte die Scheibe ein wenig nach unten, sodass ein winziger Spalt entstand.

„Carl, wir müssen eine Pause einlegen, wenn ich auch nur noch wenige Kilometer fahre, frisst sich Kolben des Motors fest; wenn das passiert, dann sagen sich die Füchse gute Nacht."

„Siegfried, hier können wir nicht parken! Die Straße ist schmal, und die Sicht ist schlecht. Ich werde dich abschleppen. Wenn ich eine geeignete Stelle gefunden habe, werden wir eine längere Pause einlegen, vielleicht auch gleich dort unser Nachtlager aufschlagen." Siegfried war einverstanden, holte das Abschleppseil aus seinem Fahrzeug. Ich spannte mich vor den Trabi. Im zweiten Gang tuckerten wir in die Berge. Die Straße Roter-Turm-Pass ist eine Passstraße, die ins Durchbruchstal zur Walachei führt. Ich fand bald einen geeigneten Rastplatz – dort gab es sogar einen kleinen geschützten Unterstand –, wo wir den Spirituskocher anwerfen und eine warme Mahlzeit und heißen Tee zubereiten konnten. Der Regen hörte nicht auf. Es goss in Strömen. Die Temperatur war inzwischen erheblich gefallen, ein Temperatursturz von 20 Grad Celsius! Wir begannen zu frösteln. Unsere Garderobe hatten wir für den Hochsommer ausgewählt. Nach dem ausgiebigen Mahl hüllten wir uns in Schlafsäcke. Obwohl der Regen unaufhörlich auf das Autodach prasselte, störte mich das Geräusch nicht; ich schlief sofort ein. Am nächsten Morgen, als ich aufwachte, bot sich dasselbe Bild. Der Regen hatte nicht nachgelassen. Der Tag kündigte sich grau in grau an. Als wir gefrühstückt und unser Gepäck verstaut hatten, startete Siegfried den Trabi. Bangen Herzens hoffte ich, dass sich der Trabi bewegen möge. Und er bewegte sich! Der Motor war angesprungen! Erleichtert setzten wir die Fahrt im Schritttempo fort. Der anhaltende heftige Regen hatte die Straße unterspült; tiefe Spurrinnen hatten sich gebildet. Nach einstündiger Fahrt hatten wir die Bergkuppe erreicht; eine gefährliche, kurvenreiche Abfahrt führte ins Tal zum Fluss Olt – ein Nebenfluss der Donau –, den wir überqueren mussten. Er entspringt in den östlichen Karpaten, durchzieht die Südkarpaten und wendet sich nach Süden. Unten angekommen, versperrte eine Barke den Weg. Wir stiegen aus. Guter Rat war teuer. Es gab keinen Hinweis auf eine Umleitung. Lilofee wollte umkehren:

„Es ist hoffnungslos, kehren wir um. Es war Wahnsinn, uns auf solch ein Abenteuer einzulassen", sagte sie niedergeschlagen.

„Lilo, versteh doch! Wir können nicht umkehren! Es führt

kein anderer Weg in die Walachei!", versuchte ich ihr klarzumachen.

„Fahren wir nach Hause!"

„Nach Hause? Du bist nicht bei Sinnen!", antwortete ich erbost. Siegfried war dergleichen Meinung wie ich.

„Hilf mir, die Barriere zu beseitigen!", zeigte er sich entschlossen. Ohne große Mühe gelang es mit vereinten Kräften, die Absperrung zu beseitigen.

„Schauen wir uns die gesperrte Straße näher an!", forderte ich Siegfried auf. Wir gingen etwa hundert Meter weiter, folgte der Straße bis zu einer Biegung. Da sahen wir das Dilemma. Der Olt war über die Ufer getreten und hatte die Straße überspült.

„Das ist wohl das Ende unserer Reise", resümierte ich enttäuscht. Ich war im Begriff umzukehren und einen anderen, wenn auch weiteren, Weg zu suchen.

„Du willst aufgeben?" Der Fluss war zu einem reißenden Strom geworden. Siegfried zog sich Sandalen und Hosen aus, besorgte sich einen Stock, eine fast zwei Meter lange Stange und folgte langsam, Schritt für Schritt, der Straße. Er watete durchs Wasser und lotete mit dem Stock die Wassertiefe. Die Strömung war so stark, dass sie ihn mitzureißen drohte.

„Komm zurück!", schrie ich. Siegfried hörte nicht. Das Wasser reichte ihm fast bis zum Nabel. Na, ich muss hier einfügen, dass Siegfried nicht gerade groß gewachsen war, eher kleinwüchsig. Als er zirka fünfzig Meter das Wasser durchpflügt hatte, wurde es seichter. Er drehte sich zu mir triumphierend um:

„Das schaffen wir!", schrie er vor Freude. Ich war skeptisch. Der Trabi würde es nicht schaffen. Der Motor würde absaufen, war ich mir sicher. Nach einer Viertelstunde kam er zurück. Wir dachten über eine halbe Stunde nach dem besten Lösungsweg nach. Siegfried wollte mit seinem Trabi zuerst über den überfluteten Weg fahren, natürlich mit Monika. Bevor er einstieg, forderte ich von ihm sein Abschleppseil.

„Falls du steckenbleibst, versuche ich, dich mit dem LADA zurückzuziehen", gab ich ihm mit auf den Weg. Sein Motor heulte auf, langsam, im ersten Gang, bewegte er sich vorwärts. Er fuhr ganz langsam, die Räder verschwanden immer tiefer im Wasser. Ich beobachtete ihn ganz genau. Jetzt hatte der Wasserspiegel die Schweller und den unteren Türrahmen erreicht. Das Wasser musste in den Innenraum eingedrungen sein. Er fuhr noch ein Stück weiter, vielleicht zehn Meter, dann blieb der Trabi stehen. Es kam, wie ich es vorausgesehen hatte: Der Motor war abgesoffen. Die Autoscheibe hatte Siegfried heruntergekurbelt. Er steckte seinen Kopf heraus und schrie:

„Der Motor ist abgesoffen, wir sitzen im Wasser fest!" Guter Rat war teuer. Die zwei zusammengeknoteten Abschleppseile waren noch zu kurz. Auch ich musste mich mit dem LADA ins Wasser begeben, wenn ich ihn zurückziehen wollte. Ich entleerte meinen Kofferraum und fuhr langsam rückwärts auf die überflutete Straße. Die Räder standen zur Hälfte im Wasser, als ich anhielt. Ich musste das Auto verlassen, um die Seile zu befestigen. Mit dem verlängerten Seil erreichte ich mit Mühe den Trabi. Das Wasser war hier zirka ein Meter tief. Um es an der Hinterachse des Trabis zu befestigen, musste ich tauchen. Beim ersten Versuch gelang es nicht, erst beim zweiten.

„Geschafft!", schrie ich laut. „Siegfried ich werde jetzt langsam zurückfahren. Vergiss nicht zu lenken!" Ich war nur mit einer Badehose bekleidet. Aber der Sitz war nass und glitschig. Langsam, Schritt für Schritt, schleppte ich den Trabi aus der Gefahrenzone. Siegfried und Monika räumten ihr Fahrzeug aus, fast jeder Gegenstand war nass. Wir gaben ihnen von uns trockene Kleidung. „Allein kommen wir hier nicht durch. Ein zweiter Versuch wäre tödlich", gab ich zu bedenken.

„Carl, du könntest ins nächste Dorf zurückfahren und Hilfe holen", wandte sich Monika an mich.

„Bis in den nächsten Ort zurück sind es vielleicht zwanzig Kilometer. Da wäre ich mir überhaupt nicht sicher, dort Hilfe, etwa einen Traktor oder Lkw, zu bekommen, der uns aus der Patsche hilft. Etwa ein Pferdefuhrwerk? Das ist zum Totlachen. Nein, Monika, so läuft das nicht. Wir müssen zurück und einen anderen Weg in die Walachei finden." Sie wandte sich enttäuscht ab. Siegfried brauchte etwa zwei Stunden, um seinen Trabi wie-

der flott zu bekommen. Er wechselte die Zündkerzen, den Luft-
filter, reinigte den Vergaser, prüfte Anschlüsse und Kabel. Guter
Rat war teuer. Übernachten konnten wir hier keineswegs. Auch
Siegfried sah schließlich ein, dass es nur ein Zurück gab. Ich war
entschlossen umzukehren. Ich holte die Landkarte aus dem
Handschuhfach und suchte nach einem anderen Weg in die
Walachei. Es gab ihn! Wir müssten einen Umweg von zirka 100
Kilometer in Kauf nehmen, d.h., den östlichen Karpatenbogen
umfahren. Zerknirscht stimmte Siegfried mir schließlich zu.
Aber manchmal gibt es ein Wunder. So auch an jenem turbu-
lenten Tag. Von der anderen Seite näherte sich ein Jeep mit
Allradantrieb, von der Tarnung her ein Armeefahrzeug. Er durch-
fuhr ohne viel Federlesens die überschwemmte Straße. Ihm
hatten wir unsere Rettung zu verdanken. Nacheinander schleppte
er unsere Fahrzeuge durch die Fuhrt. Ich gab dem Fahrer die
Flasche Kognak der Marke „Budafok", die ich im ungarischen
Grenzort gekauft hatte und als Gastgeschenk gedacht war. Nach
unserer Rettung bewältigten wir nur noch eine kurze Strecke.
Monika und Siegfried übernachteten in einem kleinen Zelt, das
schnell aufgestellt war. Am nächsten Morgen riss die Wolken-
decke auf, und die Sonne kam hervor. Es hatte sich bewahrheitet,
dass die Karpaten eine Wetterscheide waren. Die Fahrt durch die
Karpaten kostete uns einen ganzen Tag. Bei Giurgiu verließen
wir Rumänien, überquerten die Donau über die Freundschafts-
brücke in Richtung Russe. Mit 2,8 km ist sie die längste 2-stöckige
Stahl-Fachwerkbrücke Europas. Die Grenzkontrollen verliefen
hier zügig. In Russe füllten wir unsere fast leeren Tanks. Ein 18
Meter hohes Denkmal im Stadtkern erinnert an die Befreiung
von der osmanischen Herrschaft. Zur Römerzeit war die Stadt
ein Stützpunkt der Römerflotte, um den Donaulimes vor dem
Einfall nördlicher Barbaren zu schützen. In Russe angekommen
war es Pflicht, dem in der Nähe befindlichen Felsenkloster
„Bassarbowski" einen Besuch abzustatten. Wir fuhren ostwärts
entlang des Flusses Rusenski Lom, der in Russe in die Donau
mündet, nach wenigen Kilometer türmte sich linker Hand eine
steile Felswand aus Sandstein auf. Die enge Straße folgte dem Fluss-

lauf. Das Höhlenkloster, hoch oben in die Felswand gemeißelt, soll im 13. Jahrhundert angelegt worden sein. Wir stiegen die steilen Steintreppen hinauf, flankiert von einem Geländer aus Holz, um die hoch oben in Fels gehauene Kirche zu besuchen. An ihrer Südseite war sie mit kunstvoll gehauenen Sandsteinplatten verziert. In mehreren separaten Höhlen fanden sich die ehemaligen Wohnstätten der Klosterbrüder. Bis Rasgrad, zu unserem ersten Reiseziel, war es nicht mehr weit. Auf der gut ausgebauten Fernverkehrsstraße fuhren wir Süd ostwärts in die Donautiefebene, in eine abwechslungsreiche Hügellandschaft. In Rasgrad steuerte uns Siegfried in eine Straße mit Neu- bauten in Plattenbauweise. Über dem Eingang, vor dem Siegfried anhielt, begrüßte uns ein riesengroßes Transparent: „ЧЕСТИТ ПРАЗНИК СТРОИТЕЛИ" (Ehre dem Feiertag der Bauarbeiter). Michnevs gesamte Familie war zu unserer Begrüßung angetreten. Michni begrüßte uns in Deutsch. Er war ein Jahr als Gastarbeiter in der DDR in Siegfrieds Baubetrieb:

„Herzlich willkommen in Rasgrad! Ich möchte euch meine Familie vorstellen, mein Frau Anna und unsere Tochter Ivanka."
Er führte uns in die Wohnung, die im 1. Stock lag. Es war eine typische Plattenbauwohnung, nicht viel anders als die der DDR. Beim flüchtigen Blick auf seine linke Hand bemerkte ich einen legeren Verband, nicht gerade nach den Regeln der Kunst angelegt.

„Was hast du mit deiner Hand?", fragte ich ihn.

„Ich bin seit Wochen krankgeschrieben, und es wird nicht besser, eher mit jedem Tag schlechter. Ich habe Schmerzen."

„Ich bin Chirurg. Darf ich mir deine Hand ansehen?"

„Ja, gern."

„Gut, einen Augenblick. Ich hole aus dem Fahrzeug meine Arzttasche." Nachdem ich alle notwendigen Vorbereitungen für eine Verbandsvisite getroffen hatte, entfernte ich den Verband. Der Mittelfinger sah übel aus; offenbar eine Sehnenscheidenphlegmone. „Ubi pus, ibi evacua!"

„Carl, ich habe dich nicht verstanden", sagte er ratlos.

„Es ist eine eitrige Entzündung. Hier hilft nur das Skalpell eines Chirurgen."

„Operation?"

„Wenn du mir vertraust, werde ich dich sofort, auf der Stelle, operieren. Das notwendige Instrumentarium habe ich bei mir." Zweifelnd fragte er Anna, die neben ihm stand. Sie schüttelte mit dem Kopf als Zeichen ihrer Zustimmung – Bulgaren schütteln den Kopf als Zeichen der Zustimmung –. Nach einer örtlichen Betäubung war die Inzisionsstelle innerhalb weniger Minuten taub. Als ich mit einem Schnitt die Sehnenscheide öffnete, floss dickrahmiger Eiter ab. Ich spülte anschließend die Wunde mit einem Antibiotikum und legte zum Schluss einen Verband mit Schienung an. Als ich fertig war – die Operation hatte nur etwa fünfzehn Minuten gedauert – gab ich ihm ein Antibiotikum aus meiner Bevorratung.

Anna bereitete uns zu Ehren ein abendliches Festmahl. Nur Michni leistete uns Gesellschaft, Anna und Ivanka hatten sich in die Küche verzogen. Es war wohl hierzulande Sitte, die Frauen beim Dinner mit Gästen, von der Tafel zu verbannen. Es floss reichlich Alkohol. Erneut prostete man sich zu: „На старове!" Am nächsten Tag hatte Michni keine Schmerzen und auch kein Fieber mehr. Wir machten eine Tour zu seinem kleinen Weinberg, eine Fußstunde außerhalb der Stadt gelegen. Mit Anna sprach ich Russisch, mit der 14jährigen Ivanka Englisch und mit Michni Deutsch. Am Nachmittag setzten wir unsere Reise ans Schwarze Meer fort. 150 Kilometer lagen noch vor uns. In Schumen legten wir einen Zwischenstopp ein. Der Ort lag auf unserer Reiseroute. Die Stadt hat eine 1500jährige Geschichte. Nicht der Stadt selbst mit ihren 89 000 Einwohnern, wo 1849 die ungarische Freiheitsikone Lajos Kossuth mit zirka 2000 Auf-ständischen ein neues Zuhause fand, sondern der drei Kilometer westlich auf einer Höhe gelegenen alten Festungsstadt galt unsere Aufmerksamkeit. Über der Stadt thronte ein Monument in hellem Sandstein in Form einer Pyramide. Auf der Spitze bewachte eine riesige Löwenstaue den Zugang zur Pyramide. Wir kraxelten auf das 400 Meter hohe Plateau. Die Bauarbeiten an dem riesigen Denkmal waren noch nicht abgeschlossen. Einige Abschnitte waren noch eingerüstet. Die Skulpturen waren riesig und grob behauen. Eine Statue ragte heraus: Fürst Boris I., mit Beinamen – der Täufer. Sein Habitus war furchterregend. Er erinnerte an die gewaltsame Christianisierung. Der Fürst, ganz in Eisen gerüstet, schien gerade seinen Thron verlassen zu wollen, schaut nach vorn mit grimmigem Blick, als sagte er: „Wir müssen einig sein; die Christianisierung ist ein politischer Akt. Alle meine Bemühungen, dieses Werk zu vollenden, haben stichhaltige Gründe." Die Betonblöcke oberhalb der Fürstenfigur sind so angeordnet, dass die Spalten zwischen ihnen ein Kreuz bilden, durch das göttliches Licht strömt. Wie wir später erfuhren, wurde das Monument zu Ehren der Gründer des Reiches der Bulgaren errichtet. In der Zeit von 1018-1036 erreichte es unter der Herrschaft von Iwan Alexander und Iwan Schisman eine Blütezeit. Damals soll die Stadt, von einer undurchdringlichen Festungsmauer mit Türmen umgürtet, dicht besiedelt gewesen sein. Danach wurde sie von den Osmanen eingenommen; die Kreuzritter unter Wladyslaw von Wama nahmen die Stadt 1444 ein und brannten sie nieder. Die Ausgrabungen waren in vollem Gange. Man war dabei, die Festungsmauer freizulegen und zu rekonstruieren. Auf dem mehrere Fußballfelder großen Gelände häuften sich ungeordnet helle, große, quaderförmige Steine. Inmitten dieser Stein- wüste waren die Grundmauern einer Zitadelle freigelegt worden. Sie war offenbar Teil der großen Festungsanlage, ein besonderer Rückzugsort und Schutz vor feindlichen Truppen, denen es gelang, in die Stadt einzudringen. Die Besichtigung war kurzweilig, Michni, der uns mit seiner Familie zur Festung begleitete, gab uns viele wertvolle Erläuterungen. Als wir uns von ihnen verabschiedeten, zeigte sich bereits Abendrot am Himmel.

Auf unserer Weiterfahrt ließen wir Varna links liegen. Wir folgten der Route nach Süden immer entlang der Küste des Schwarzen Meeres. Schkorpilovci, eine kleine Zweihundert- Seelengemeinde, direkt am Meer, von einer hügeligen, bewaldeten Landschaft umgeben, auf halbem Wege zwischen Varna und Nessebar, war das Ziel unserer Reise. Als wir es erreichten, war die Nacht hereingebrochen. Aber es war trotzdem hell. Das kleine Örtchen Schkorpilovci war ein Dorf mit lichter Bebauung; niedrigen Häusern aus Vorkriegszeiten. Unser Quartier machte keine Ausnahme. Die Tante, wie Monika sie nannte, quartierte uns drei in einem einfachen Raum ohne Waschgelegenheit ein. Hinter dem zu ebener Erde gebauten Haus hatte die Tante einen Gemüsegarten angelegt. In dem Bad, besser Waschküche, war ein elektrischer 80-Liter-Warmwasser- Boiler aus der DDR- Produktion mit einer Dusche angebracht. Monika und Siegfried bereiteten ihr Nachtquartier im Garten vor. Sie hatten ja ein Zelt mitgebracht. Frühstück und Abendbrot wurden gemeinsam in der Wohnküche eingenommen. Jeder steuerte zu diesen seinen Anteil bei. Unsere Dauerwürste waren bald aufgebraucht. Neue gab es nicht. Im Ort gab es einen Krämerladen – an der offenen, unansehnlichen Fleischvitrine labten sich Fliegen und Wespen –, einen Bäcker und eine Kneipe. Beim Bäcker holten wir „unser täglich Brot". Schlange stehen war angesagt. Das Auto mit Mehl kam recht unregelmäßig, oft erst nach 20:00 Uhr. Gegen 22:00 Uhr kam das erste Weißbrot aus dem Ofen. Es wurde warm verkauft. Wenn mir die Warterei zu lang dauerte, ging ich auch mal auf ein Bier in die Kneipe nebenan. Für gute Gäste servierte der Wirt Steffl-Bier. Er sprach auch einige Worte Deutsch. Apropos Tante: Monika unterhielt sich mit ihr in einem Kauderwelsch, halb Russisch, halb Bulgarisch. Mir ist bis heute nicht klar, in welchem Verwandtschaftsverhältnis Monika zu ihr stand. Verworrener wurde für mich die Situation noch, als drei Tage nach unserer Ankunft ein Teenager, eine Nichte aus Westdeutschland, die Tante besuchte. Ansonsten ging tagsüber jeder seiner Wege, bis auf eine Ausnahme – ein Besuch am Strand, der etwa 1000 Meter von der Behausung entfernt war. Es war ein sonniger Tag, 30 Grad Celsius, eine leichte Brise, wie immer hier in Meeresnähe. Der Strand in Schkorpilovci war nicht vergleichbar mit dem Goldstrand, nicht sandig, sondern steinig mit kurzer, steil abfallender Uferböschung. An diesem Tage war leichter Wellengang, nur etwa 1 bis 2 Meter hohe Wellen, was für das bis Schwarze Meer eine ruhige See bedeutete. Das Meer war im wahrsten Sinne des Wortes dunkel bis schwarz! Ihm sind Besonderheiten eigen wie keinem anderen Binnenmeer. Gemeinsam betraten wir den Strand, um uns abzukühlen. Vorsichtig näherten wir uns dem Wasser; unsere Bewegungen glichen denen von Seiltänzern, die Arme zum Balancieren weit ausgestreckt. Als mir das Wasser meine Knie umspülte, sprang ich kurzer Hand kopfüber in die Fluten, ließ mich von den Wellen einige Meter hinaustreiben. Pius tat es mir gleich, er war ein guter Schwimmer. Mich überraschte der geringe Salzgehalt des Wassers; ich hatte das Gefühl, Wasser aus der Badewanne geschluckt zu haben, und auch die geringe Sichtweite, als sei das Wasser trüb, überraschte mich ebenfalls. Im Vergleich zu den Weltmeeren ist sein Salzgehalt an der Oberfläche mit 17 ‰ relativ gering – 3 Liter Wasser aus einem Weltmeer an einem Tage getrunken, kann tödlich sein! – . Das Wasser des Schwarzen Meeres ist keineswegs homogen. Die unteren Schichten sind durch den kontinuierlichen salinen Zufluss aus dem Mittelmeer wesentlich salzreicher. Das salzarme Oberflächenwasser wirkt wie eine undurchdringliche Schicht. Sauerstoff kann deshalb nicht in die Tiefe gelangen, das Wasser ist dort faktisch ohne Sauerstoff – anoxisch. Ohne Sauerstoff kein Leben! Organische Stoffe, die ins Meer gelangen, werden deshalb nur unvollständig durch anaerobe Bakterien abgebaut. Es entstehen Eisenverbindungen, die dem Wasser das dunkle Aussehen verleihen. Am Grund bildet sich Schieferöl, Methangase steigen auf. „Das Meer brennt mit bläulich-heller Flamme", heißt es im Volksmund. Sein Geruch ist auffallend stechend, eher unangenehm als angenehm. Beim Stoffwechsel von Phytoplankton entsteht Dimethylsulfid – eine schwefelhaltige Verbindung –, das in die Atmosphäre entweicht und für diesen Geruch verantwortlich gemacht wird. Siegfried und die zwei Grazien zierten sich, offenbar trauten sie sich nicht ins Wasser. Wir schwammen ans Ufer zurück. Eine hohe Welle spülte uns unversehens auf den steinigen Strand. Auf allen Vieren krochen wir heraus. Jetzt wurde Siegfried aktiv. Schritt für Schritt bewegte er sich vorwärts. Ich forderte die Frauen auf, es Siegfried gleichzutun. In diesem Augenblick entschwand er meinem Blick. Eine Welle hatte ihn erfasst und ins Meer gezogen. Als er nach zehn Sekunden immer noch nicht auftauchte, wurde ich unruhig.

„Siegfried kann nicht schwimmen!", schrie Monika. Zirka zehn Meter vom Ufer entfernt tauchte plötzlich ein Kopf auf, der aber sofort von der nächsten Welle verschluckt wurde. Ich sprang kopfüber ins Wasser und schwamm, was meine Kräfte hergaben, mit höchster Kraftanstrengung in die Richtung des kurz aufgetauchten Kopfes. Dort angekommen, tauchte ich mehrere Meter, nach ihm. Das Meer war dunkel bis schwarz. Plötzlich konnte ich ein Bein fassen und zog den Körper an mich. Mit Mühe gelang es mir, Siegfried ans Ufer zurückzubringen. Dort angekommen, wurde mir bewusst, dass der Strand an dieser Stelle sofort steil abfiel, für Nichtschwimmer eine gefährliche Falle, ja, tödliche Falle! Er war noch bei Bewusstsein, eine Reanimation war nicht erforderlich. Es war das erste und letzte Mal, dass Siegfried an den Strand zum Baden ging. Überhaupt, er pflegte nur noch den Garten der Tante. Als wir uns später verabschiedeten, hatte er aus ihm ein Schmuckkästchen gemacht. Auch Lilofee war kein zweites Mal zu bewegen, dorthin baden zu gehen. Wir fuhren deshalb mehrere Male zum Goldstrand, um dort ein Sonnenbad zu genießen. Natürlich galt unser Interesse auch dem nahe gelegenen Höhlenkloster Aladscha. Wir fuhren durch einen Wald mit mediterranem Baumbestand. Das Kloster, eingehauen in eine in eine 40 Meter hohe Felswand aus Kalkstein, wurde wahrscheinlich im 11./12. Jahrhundert über 2 Etagen angelegt. Als wir es besuchten, war es unbewohnt, museal.

Anderntags fuhren wir in das 60 Kilometer entfernte Nessebar, eine winzige Insel nördlich von Burgas, an die Ausläufer des Balkangebirges grenzend. Die Fahrt auf der engen Küstenstraße war recht abwechslungsreich und kurzweilig. Wir legten mehrere kurze Stopps ein, um die Landschaft zu genießen. Der Zugang zur Insel führte über einen zirka 350 Meter langen, schmalen Damm – für Autoverkehr gesperrt. Eine altbyzantinische Stadtmauer mit flankierenden Türmen umschloss einen engen

Ortskern mit einer Bebauung aus dem 18./19. Jahrhundert, niedrige Häuser, überwiegend aus Holz, flache Dächer, enge Gassen. Auf einem steinernen Sockelgeschoss war meist ein Überbau aus Holz aufgesetzt, der das Sockelgeschoss überragte. Wir verbrachten den ganzen Abend auf der Insel, fanden eine gemütliche Herberge mit guter Küche, erlebten einen bezaubernden Sonnenuntergang. Nach knapp drei Wochen verabschiedeten wir uns von Skorpilovci. Siegfried und Monika blieben länger bei der Tante. Auf unserer Rückreise kehrten wir nochmals bei Michni in Rasgrad ein. Danach hatten wir es sehr eilig. Rumänien passierten wir im Non-Stop-Tempo, bis auf kurze Tankstopps und eine längere Rast in den Karpaten, wo wir auf einem Rastplatz eine Überraschung erlebten. Nachdem wir uns ein wenig die Füße vertreten hatten, kehrten wir zum Auto zurück, um einen Imbiss einzunehmen. Wir hatten es etwas abseits des Rastplatzes geparkt, vielleicht dreißig Meter entfernt. Plötzlich besuchte uns ein Bär und durchstöberte die Abfallkörbe nach Essenresten. Uns packte die Angst. Vorsicht war geboten. Wir suchten rasch das Weite. Die Nacht war hereingebrochen, als wir die Grenze zu Ungarn passiert hatten. Es war eine ruhige und entspannte Nacht, als wir unser Nachtlager auf freiem Feld aufschlugen. Am nächsten Morgen starteten wir früh durch. Da Budapest auf unserer Reiseroute lag, versäumten wir es nicht, dort Jagd auf einen Zauberwürfel zu machen. Dieses Mal war uns das Glück hold. Pius war selig; die ganze Zeit unserer Rückreise war er auf der Suche nach des Pudels Kern.

26

Die Zeit flog dahin. Das Leben zerrann unter meinen Händen. Nach zehnjähriger, intensiver Arbeit wollte ich in Bälde die Früchte ernten. Zwischendurch fragte ich mich wiederholt, welchen Sinn mein ganzes Suchen und Mühen und Forschen hat. Hat der lateinische Spruch „per aspera ad astra" für mich eine utopische Bedeutung? War meine Mühe, der Griff nach den Sternen, eine vertane Zeit? Meine Jugend floss dahin, meine Familie hatte ich gröblich vernachlässigt. Die wenigen Abende und Wochenenden, die ich zu Hause verbrachte, mühte ich mich mit statistischen Berechnungen. Ellenlange Zahlenreihen mussten addiert, ihre Mittelwerte errechnet und auf Signifikanz, d.h., auf bedeutsame Unterschiede der verglichenen Kohorten geprüft werden. Um nicht gestört zu werden, verbarrikadierte ich mich in der Abstellkammer. Glücklicherweise brachte mein Vater – er war Altersrentner – während einer Westreise zu seinem Sohn ins Ruhrgebiet mir einen Taschenrechner der Marke „Privileg 368 M" als Geschenk mit. Mit ihm gingen die Berechnungen um ein Vielfaches rascher. Würde sich am Ende mein Einsatz auszahlen? Ich war gerade bei der Durchsicht der ersten Seiten meiner maschinengeschriebenen Habilitationsschrift, als es in der Stille plötzlich an die Tür klopfte und ich unsanft gestört wurde – an der Tür stand ausdrücklich: Bitte nicht stören! –. Ich war mehr als verärgert, gerade jetzt gestört zu werden. Es klopfte, erst leise, dann stärker, was ich ignorierte. Nach wenigen Augenblicken öffnete sie sich einen Spalt – ich hörte es an ihrem charakteristischen Quietschen. Ich hatte bereits mehrfach Anlauf genommen, die Türbänder einzufetten, da mir dieses ewige Quietschgeräusch allmählich lästig wurde –. Auf leisen Sohlen schlich er herein. Durch den engen Spalt schob sich der fette Bauch meines Chefs. Ich war überrascht und zugleich erschrocken. Er bot ein so bedauernswertes Bild, sodass mir vor Rührung fast die Tränen gekommen wären, wenn ich nicht seinen hinterhältigen Charakter gekannt hätte. Da kein Stuhl frei war – auf dem zweiten im Raum hatte ich Akten gestapelt –, bot ich ihm den noch freien Schemel an. Zusammengesackt saß er da, wie ein Sünder, der um Absolution bittet. Sein welkes, möpsliches Gesicht war von unangenehmer, aschfahler, krankhafter Blässe; die herabgezogenen Mundwinkel, und die blutleeren, schmalen Lippen verstärkten den Eindruck von Müdigkeit und Abgeschlagenheit. Nachdem er sich die Schweißperlen von der Stirn gewischt hatte, vergrub er sein Gesicht in den Händen. Eine ganze Weile saß er schweigend da und atmete schwer; seiner Brust entrann sich schließlich ein tiefer Seufzer. Dann nahm er die Hände vom Gesicht, holte tief Luft und begann, langsam zu sprechen:

„Kollege Jung" – er sah mit schwerem Gesicht an mir vorbei – „Herr Jung, wir müssen reden", stammelte er. Ich machte eine schroffe ablehnende Handbewegung. „Können wir das Gespräch nicht auf heute Abend oder morgen verschieben? Im Augenblick kommt es mir sehr ungelegen. Ich sitze gerade über einer wichtigen, kniffligen statistischen Berechnung, die bis morgen fertig sein muss." Plötzlich straffte er sich, nahm allen Mut zusammen, schob sein scharkantiges Kinn angriffslustig vor:

„Wir müssen jetzt reden, denn ich habe eine Entscheidung getroffen – eigentlich schon vor Wochen. Heute lief das Fass über. Möller ist untragbar geworden. Er hat mich maßlos enttäuscht."

„Warum erzählen Sie mir das?", unterbrach ich ihn.

„Oberarzt Möller ist nicht mehr mein Stellvertreter!", schrie er inbrünstig. Es war wie eine innere Befreiung. Sein Körper straffte sich. „Es war ein Fehler, Sie damals abzusetzen. Ich möchte mich dafür entschuldigen. Die nächsten Wochen, vielleicht Monate, werde ich nicht zur Verfügung stehen. Ich möchte, dass Sie während meiner Abwesenheit wieder federführend sind. Es geht um den Ruf unserer Klinik." Ich stutzte, damit hatte ich nicht gerechnet. Ausweichend antwortete ich:

„Dieses Angebot kommt mir im Augenblick ungelegen. Die Herz-Kreislauf-Studie, an der der Kreis Schönwalde beteiligt ist, läuft auf Hochtouren. In die Studie bin ich voll eingebunden. Der Kreisarzt ist an der Studie sehr interessiert, da er ja indirekt beteiligt ist. Sie wird sein Renommee aufpolieren, seinen Weg nach Helsinki zur KSZE bahnen. Auch der Kreis wird von ihrer Veröffentlichung profitieren. Der Geldhahn wird aufgedreht."

„Das ist mir alles bekannt. Ich weiß, dass Sie an Ihrer Habilitation dicht dran sind. Ich möchte zu bedenken geben, dass unser Schwerpunkt die Grundversorgung unserer Bürger ist, wir sind kein wissenschaftliches Institut."

„Chef, ich möchte aus meinem Herzen keine Mördergrube

machen und offen aussprechen, was ich denke. Ich wurde indirekt gezwungen zu promovieren. Ich erinnere mich noch genau an Ihren Vorwurf vor versammeltem Kollektiv, der einige Jahre zurückliegt. Er saß damals tief in mir, dieser Stachel. Er war Mittel zum Zweck. Es folgte eine Kette von Niederträchtigkeiten gegen meine Person. Schließlich degradierten Sie mich in die zweite Reihe, ohne es mir direkt mitzuteilen. Zuerst entzogen Sie mir die Verantwortung über den Operationsbereich, danach über die Frauenstation und versetzten mich schließlich während Ihrer Abwesenheit in die Poliklinik. Das war ein klares Signal." Als ich ihm die Leviten las, sah er mir zum ersten Mal in die Augen. Er stand auf und legte mir seine weiche Hand auf die Schulter.

„Damals, als ich Ihnen die Verantwortung über den Operationsbereich entzog, wollte ich Ihnen helfen, Sie gewissermaßen schützen. Denn es kursierten Gerüchte, die mich alarmierten und nachdenklich machten."

„Welche Gerüchteküche kochte?"

„Ich will das Vergangene nicht wieder aufwärmen. Was mir damals zu Ohren gekommen ist, dürfte auch nicht an Ihnen spurlos vorüber gegangen sein. Die Geschichten um Penelope möchte ich nicht wieder hervorkehren."

„Penelope?"

„Ja, Penelope war meine beste Operationsschwester. Nach meinen Recherchen trugen Sie damals eine Mitschuld, dass sie, wie von einem launischen Wind erfasst, plötzlich den Boden unter den Füßen verlor. Ihr weiteres Schicksal brauche ich Ihnen ja nicht zu schildern." Ich zog die Stirn in Falten:

„Penelope war eine besondere Frau. Sie war von einer geradezu verführerischen, anziehenden Schönheit, ja, aber auch eine gefährliche – eine Aphrodite. Zwei Seelen wohnten, ach! in ihrer Brust. Die eine wollte sich plötzlich von der andren trennen. Eine stand für eine ungezügelte Liebeslust – eine Faustina –, die ihr schier das Herz verbrannte; die andere hob sich in tiefer Verzweiflung gewaltsam ab vom Staub zu den Gefilden ihrer Ahnen. Wie Irrlichter und Funken jagte ihr Blut durch ihren Körper, gleich einer Sturmflut."

„Sie sprechen in Orakeln."

„Ja, uns allen blieb Penelope ein Buch mit sieben Siegeln – septem de sigillum, wie der Lateiner sagt –, ein Rätsel. Sie verlor die Fähigkeit, die Welt zu sehen, wie sie ist. In der Offenbarung des Johannes heißt es: Als das Lamm das erste Siegel brach, stürmte heraus ein weißes Ross; es sprach von Sieg. Penelope sah da alles in Blau, Blau und nochmals Blau. Dann stürmte das zweite Ross heraus. Es war rot ... Die Apokalypse nahm ihren Lauf. Wer hätte diesen schicksalhaften Verlauf wohl aufhalten können?" Der Chef konnte mir gar nicht folgen. Sein Mund stand fragend offen. Vorsichtig tastete er sich heran:

„Eine seelische Krankheit?"

„Es hatten sich Dinge zugetragen, die solch einen Schluss zuließen."

„Ich erinnere mich, nach einer Genesungskur hat die Kaderabteilung ihre Wiedereingliederung versucht. Sie war aber erfolglos. Danach ist sie wohl Invalidenrentnerin geworden. Ich habe nie wieder von Penelope gehört."

„Da wir nun einmal bei der Diskussion kritischer Punkte angelangt sind – ich legte genervt das Manuskript beiseite –, möchte ich Sie daran erinnern, dass Sie meinem beruflichen Fortkommen Steine in den Weg gelegt haben, die mich sehr irritiert und verletzt haben." Der Chef stutzte und wandte ein:

„Ich Sie behindert?", fragte er ungläubig.

„In den ersten Jahren meiner Tätigkeit in Schönwalde habe ich Ihnen einen Antrag auf Anerkennung des Hauses als Spezialklinik für Gefäßkrankheiten auf den Schreibtisch gelegt. Im Falle einer Anerkennung wären dem Krankenhaus zusätzlich Mittel zugeflossen, und das Krankenhaus hätte an Reputation gewonnen. Was war Ihre Antwort? Keine! Sie haben den Antrag in die unterste Schublade gesteckt." Als ich ihm das vorhielt, zuckte er zusammen.

„Kollege Jung, die Medaille hat zwei Seiten. Was Ihnen vielleicht nicht bekannt war, zu gleicher Zeit lief nämlich ein Antrag auf Anerkennung als Unfallklinik. Wir liegen an einer schlecht ausgebauten Transitstrecke mit hohem Verkehrsaufkommen.

Täglich passieren auf dieser Route schwere Unfälle. Ich bin heute noch dankbar dafür, dass wir das Zertifikat als Unfallklinik erhalten haben. Nur deshalb haben wir das komplette Instrumentarium zur Versorgung von Knochenverletzungen aus der Schweiz erhalten. Ein kleines Provinzkrankenhaus wie Schönwalde mit zwei Versorgungsschwerpunkten neben einer Grundversorgung? Dieses Ansinnen wäre völlig realitätsfremd gewesen, das nur einem Traumtänzer einfallen konnte, vergleichbar mit dem Ansinnen, in einem finsteren Raum eine schwarze Katze zu finden."

„Ihre Argumentation ist nicht von der Hand zu weisen. Sie hätten mir aber damals zumindest mitteilen können, dass ein Antrag auf Anerkennung als Spezialklinik für Gefäßerkrankungen zum damaligen Zeitpunkt nicht gestellt werden sollte, da bereits ein Antrag auf Anerkennung als Unfallklinik lief."

„Ich gebe zu, Fehler gemacht zu haben. Der Mensch ist nicht vollkommen, ich schon gar nicht. Es irrt der Mensch so lang er strebt, heißt ein Sprichwort."

„Der Ausspruch von Cicero 'Errare humanum est', den Sie rezitierten, muss durch seinen Nachsatz 'sed in errore perseverare diabolicum' ergänzt werden. Dann erst wird ein Schuh daraus"

„Leider ist mein Latein unvollkommen, sodass ich Ihnen nicht folgen kann. Ich habe nur das kleine Latinum in der Tasche, und das ist schon lange her. Nur die wenigen Worte, die ein Chirurg benötigt, sind noch gegenwärtig." Kremer ging langsam zur Tür und drehte sich noch einmal um: „Ich bin froh, dass wir uns mal über andere Dinge als über Anamnesen, Befunde und Diagnosen unterhalten haben. Das sollten wir öfter tun. Barrieren werden dadurch abgebaut, und man kommt sich persönlich näher. Übrigens, am Wochenende haben wir eine Feier mit Hausmusik arrangiert, es würde uns freuen, wenn Sie uns zur Kaffee- bzw. Teestunde besuchten."

„Ich danke für die Einladung. Da ich ja Bereitschaftsdienst habe, ließe es sich vielleicht einrichten, vorausgesetzt, ich stehe nicht gerade im Operationssaal."

Als ich am Sonntag gegen 16:00 Uhr an der Pforte des Hauses meines Chefs klingelte, öffnete eine mir unbekannte Frau. Als ich sie ansah, erinnerte sie mich an meinen Chef. So war es auch. Sie stellte sich mir als seine Schwester vor. Ich wusste nicht, dass er eine Schwester hatte. Eigentlich wusste ich gar nicht viel Privates von meinem Chef, nur dass er vor seiner Anstellung an der Uni in einem kleinen Krankernhaus in der Provinz seine Facharztausbildung begonnen hatte. In Leisnig hatte er wohl auch seine resolute Frau Marianne kennengelernt, die Krankenschwester war. Sie hatten zusammen zwei Kinder, aber die hatte ich noch nie gesehen. Nur Marianne kannte ich. Man bereitete ihr in Schönwalde ein Bett als Lehrschwester. Den verschlafenen, kleinen Ort Leisnig, südöstlich von Leipzig, habe ich nur einmal kurz gestreift, als ich mit meiner Familie die Burg Mildenstein besuchte, eine Raubritterburg aus dem 10. Jahrhundert, im romanischen Baustil auf schroffem Felsen hoch über der Freiberger Mulde zum Schutz gegen den Einfall der Hunnen erbaut, später durch diverse Um- und Neubauten zur großzügigen Schlossanlage verändert. Auf dem Burggelände war ein Tierpark eingerichtet, den wir damals besuchten.

„Hoch über dem Spiegel der Freiberger Mulde blicken aus den altersgrauen epheuumrankten Mauern des Schlosses Mildenstein 3 schmale Fenster im gothischen Spitzbogenstyl in das schöne Thal herab. Sie gehören der alten Martinscapelle an, welche kühn und frei auf einem Felsvorsprung erbaut, ebensowohl architectonisch als historisch merkwürdig, der Aufmerksamkeit des Altertumsforschers werth ist", berichtet die kulturgeschichtliche Zeitschrift „Sachsengrün" im Jahre 1861. In der in sich geschlossenen, weitläufigen, mehrtürmigen Schlossanlage mit zwei Innenhöfen stach der runde, vierzig Meter hohe Verliesturm hervor. Die Chronik berichtet, dass das Schloss bis 1707 der Graf und spätere König von Polen Stanislaus bewohnt hat.

Als ich in den engen, gefliesten Hausflur trat, empfing mich klassische Musik, von der Art Hausmusik, wie sie früher in gut bürgerlichen Familien üblich war. Die Frau, sie stellte sich mir als Anne vor, begleitete mich in den Raum, dessen Tür weit geöffnet war. Am Klavier saß mein Chef; ein Junge, vielleicht zwölfjährig, spielte Geige und ein Mädchen, an der Schwelle zur Erwachsenen, also, wohl etwas älter als der Junge, Flöte. Der Chef konnte mich nicht sehen, da er mir den Rücken zukehrte. Wenn ich mich recht entsinne, war es ein Stück von Mozart. Etwa ein Dutzend oder mehr Personen saßen im Halbkreis in Zweierreihen um das musizierende Trio. Beim flüchtigen Betrachten entdeckte ich ein bekanntes Gesicht. Es gehörte Hannes Müller, einem Chirurgen, wie er im Buche steht: Choleriker, gedrungene, mittelgroße Gestalt, volles Gesicht, immer zu Späßen aufgelegt. Um nicht zu stören, blieb ich am Eingang stehen. Die Vortragenden spielten vom Blatt. Nach etwa zwanzig Minuten war das Konzert zu Ende. Das Publikum applaudierte artig und sparte nicht mit Komplimenten. An einem Ecktisch häuften sich Blumen und Geschenke. Da fiel bei mir der Groschen. Kremer hatte vor einer Woche einen Jubiläumsgeburtstag! Der Chef hatte ihn seinen Mitarbeitern verschwiegen! Er war als ausgesprochener Geizkragen bekannt. – Man munkelte, dass seine Frau ihm das Toilettengeld zuteilte. – Ich kann mich nicht erinnern, dass Kremer seinen Mitarbeitern jemals etwas spendiert hätte. Als der Chef mich am Türrahmen stehen sah, strahlte er über das ganze Gesicht und kam sofort auf mich zu und umarmte mich. Glücklicherweise hatte ich ein kleines Besteck Alpenveilchen für die Hausherrin und eine Flasche Weißwein, es war die Flasche, die mir ein dankbarer Patient erst vor wenigen Tagen geschenkt hatte, für den Chef als Gastgeschenk besorgen können. Es war ein Dèjá-vu.

„Kollege Jung, ich freue mich, dass Sie gekommen sind", säuselte er, mich umarmend.

„Ich habe nicht gewusst und auch nicht geahnt, dass Sie heute ein Jubiläum feiern. Das Geschenk fällt deshalb bescheiden aus, das ich Ihnen hiermit überreiche." Ich gab ihm die Flasche Wein. Er besah sich die Flasche eine Weile. Danach meinte er nachdenklich und sah mich fragend an:

„Die war sicher sehr teuer?" Spontan antwortete ich leicht frustriert:

„Noli dentes equi inspicere donati!", antwortete ich leicht gereizt. Er überging meine Antwort, da er sie nicht verstand. „Wir haben heute eine kleine Nachfeier arrangiert, natürlich im engsten Kreis. Ein bekanntes Gesicht werden Sie bestimmt entdeckt haben."

„Ja, ich kann mit Fug und Recht behaupten, dass auch ich ihn zu meinem erweiterten Freundeskreis zählen darf." An der Uni war Müller zwar der ältere Assistent, aber er war ganz Kumpel. An heißen Sommertagen sind wir auch mal schnell in der Mittagspause mit seinem Wartburg an den Stausee nach Niederwartha zum Baden gefahren. Müller wohnte mit seiner Frau, die Apothekerin war, auf der Wiener Straße in einer mondänen Villa aus der Gründerzeit. Der Chef stellte mich den Gästen als seinen Stellvertreter vor. Die festliche, mit vielen Nippsachen dekorierte, Kaffeetafel befand sich in einem anderen Raum. Die mit weißen Hussen bezogenen Stühle waren akkurat um einen großen ovalen Tisch ausgerichtet. Tischkärtchen bestimmten die Sitzordnung. Eigentlich war ich gar nicht eingeplant, denn ich bemerkte wie das Mädchen, Chefs Tochter, in aller Eile in einer Ecke ein Kärtchen ausfüllte und ihrer Mutter gab. Ich wurde neben Hannes Müller platziert, der ohne Anhang erschienen war. Mir gegenüber saßen der Jubilar und seine Gattin Marianne, zu beiden Seiten ihre Kinder. Da meinetwegen ein Stuhl zur Tafel hinzugefügt wurde, saßen wir dicht gedrängt und behinderten uns ungewollt gegenseitig beim Essen, zumal Hannes eigentlich wegen seiner Körperfülle den doppelten Platz beanspruchte. Nachdem die Hausherrin die Kaffeetafel eröffnet hatte, setzte ein reges Palaver ein, zunächst mit der allerorts üblichen Linchen- Trinchen-Unterhaltung, auch Tratsch genannt. Während die Frauen über die Meier und Müller herzogen, unterhielt sich das männliche Geschlecht über Fahrzeuge. Das leidige Problem, wenn man auf das Fahrzeug angewiesen ist. Die wenigen Reparaturwerkstätten ließen einen hängen. Die Ersatzteilbeschaffung war für jeden Fahrzeugtyp schwierig. Ich wartete schon fast zehn Jahre auf einen Neuwagen. Den Auspuff meines LADA musste ich schon mehrmals schweißen lassen. Als die Kaffeetafel sich ihrem Ende neigte, erhob sich Hannes Müller, kramte aus der Seitentasche seiner Hose einen Zettel hervor, offenbar eine Gedächtnisstütze für eine Rede. Mit dem Löffel klopfte er an das vor ihm stehende Weinglas. Er räusperte sich: „Silentium!", rief er mit seiner Bassstimme. Im Nu war man im Raum mucksmäuschenstill, und alle schauten erwartungsvoll und gespannt auf seinen Auftritt.

„Verehrter Jubilar, lieber Claus. Mit Fünfzig ist es Zeit, einmal Bilanz zu ziehen. Man hält Rundschau, blickt auf das bisher Erreichte und hofft auf das noch vor sich Liegende. Mit Fünfzig ist die Periode des Sturms und Drangs vorüber. Mit den Wanderjahren ist es vorbei. Bis dahin muss man seinen Platz im Leben gefunden haben. Du hast ihn gefunden! Und wie! Auf das Erreichte kannst du mit Fug und Recht stolz sein. Du wohnst in einem schönen Haus, das du dein eigen nennen darfst, hast eine harmonische Familie, zwei wohlerzogene Kinder, die vielleicht einmal in deine Fußstapfen treten werden und eine resolute Frau an deiner Seite, die dir den Rücken frei hält, den der lästige Alltag mit sich bringt, damit du dich mit ganzer Kraft deinem Beruf widmen kannst. Du hast dich nie geschont. Als du den geborgenen Schoß der Uniklinik verlassen hast, haben wir dich bewundert, aber auch zugleich bedauert. Es war eine Herkulesaufgabe, die dich damals erwartete. Viele Kollegen – ich schließe mich nicht aus – haben dir das nicht zugetraut! Du hast uns eines Besseren belehrt. Du bist daran nicht zerbrochen. Aus der ehemaligen Klitsche mit einem ruinierten Ruf hast du peu à peu – nihil in ortu perfectum – innerhalb eines Jahrzehnts eine anerkannte Unfallklinik geformt, die den Vergleich mit anderen Kliniken nicht zu scheuen braucht. Du hast ein Team mit engagierten und kompetenten Kollegen an deiner Seite, auf die du dich stützen kannst." Er machte eine Pause und wies mit einer ausfahrenden, theatralischen Geste auf meine Person. „Natürlich ist die Zeit nicht ganz spurlos an dir vorübergegangen. Silberstreifen schmücken deine Schläfen, dein Scheitel hat sich gelichtet, an der Stirn haben sich einige Sorgenfalten eingegraben, ein leichter Schmerbauch hat sich auch angesetzt, und der Optiker musste deinen Fokus neu justieren." Er machte eine Pause und blickte schelmisch in die Runde. „Lieber Claus, alles was du bis heute erreicht hast, ist dir nicht in den Schoß gefallen. Beharrlich hast du an deinem Jugendtraum, Chirurg zu werden, festgehalten. Andere wollten vielleicht ein Albert Einstein, Albert Schweitzer, gar Winnetou oder eine Florence Nightingale werden. Die Chirurgie hat dich von Beginn an gefesselt, hast sie nie aus den Augen verloren, auch wenn du über den Umweg Berufsausbildung mit Abitur vorübergehend einen Saustall ausmisten musstest." Tosender Beifall! Das Publikum konnte sich kaum beruhigen. Müller konnte sich ein schelmisches Lächeln über seinen Lacherfolg nicht verkneifen. „In der kleinen Provinzstadt Leisnig begann nach dem Studium deine medizinische Laufbahn. Lange hieltest du es dort nicht aus. Du wolltest mehr erreichen, auf der Leiter möglichst ganz nach oben klettern! Mit deiner Marianne zog es dich in die Uniklinik. Bernhard Sprung hat dich zu einem exzellenten Bauchchirurgen ausgebildet. Als jüngerer Assistent konnte ich an deiner Seite reichliche Erfahrungen sammeln. Dafür bin ich dir heute noch dankbar. Das waren die Voraussetzungen, um später eine Chirurgische Klinik leiten zu können. Als in Schönwalde die Stelle des Klinikchefs vakant war, griffst du entschlossen zu. Natürlich musstest du ein wenig mit den Wölfen heulen, ich meine, du musstest dich den augenblicklichen politischen Verhältnissen anpassen – adverso flumine wäre in diesem Fall auch kontraproduktiv gewesen –, um überhaupt in die nähere Auswahl für solch eine gehobene Position einbezogen zu werden. Mit Fünfzig hat man eigentlich alles erreicht, danach kann man im Wesentlichen nur noch auf seine Erfahrung zurückgreifen, viel Neues wirst du nicht mehr akkumulieren. Erfahrung kann man nicht kaufen. Sie ist ein wertvolles Gut, das man Jüngeren vermitteln kann und auch sollte, auch wenn sie dich eines Tages entbehrlich machen werden. Diese Erfahrung, wie entbehrlich man in der Welt ist, kann man nicht früh genug machen. Omni orta occidunt, nihil semper floret, sagt der Lateiner. Also jetzt heißt es, sich schon langsam auf das Altenteil vorzubereiten. Ein Hobby hast du ja, wie wir gerade festgestellt haben. Aus dir hätte ein Peter Rösel werden können." Lautes

Lachen in der Runde mit Beifallskundgebungen. „Lieber Claus, Fünfzig Jahre sind kein Grund traurig zu sein. Du bist mit dir schon jetzt im Reinen. Du hast den Durchblick ja schon lang. Dir ist vorm Altern gar nicht bang. Denk an dich! Es ist dein Leben und wird dir ab Fünfzig noch Vieles geben. Bleib wie du bist, so fröhlich und nett, immer humorvoll, schick und adrett! Lass den Tag wie Goethe fühlen:

> 'Wie ist heut mir doch zumute?
> So vergnüglich und so klar!
> Da bei frischem Knabenblute
> Mir so wild, so düster war.
> Doch wenn mich die Jahre zwacken,
> Wie auch wohlgemut ich sei,
> Denk' ich jene rote Backen,
> Und ich wünsche sie herbei.'"

„Bravo! Bravo! Bravo", schrie das Publikum. „Hoch soll er leben, hoch soll er leben!", wurde angestimmt. Nach einer überaus kurzen Dankesrede des Chefs sagte ich zu Hannes Müller:

„Hannes, du hast eine bemerkenswerte Laudatio gehalten, eine Lobrede, die meinem Chef mit einem Glorienschein umgab, eine Fata Morgana." Mit kritischem Blick antwortete er mir:

„Ich weiß selbst, dass eine Laudatio eine Lobrede ist. Da lässt man einfach negative Seiten außen vor. Hätte ich denn erwähnen sollen, wie Kremer damals bei einer korpulenten Frau mit einer Oberschenkelfraktur, die er mit einem Küntschernagel versorgen sollte, die Frakturstelle nicht gefunden, stattdessen ihren Schenkelhals zertrümmert hat und die Frau dadurch ins Gras beißen musste?" Ich war regelrecht erschrocken über seine Urgewalt und Ungehaltenheit. Ich versuchte, ihn zu begütigen.

„Natürlich reibt man dergleichen nicht jemanden bei solch einem festlichen Anlass unter die Nase. Aber ein paar Mitternachtsspitzen hätte ich mir in deiner Rede schon gewünscht." Gegen 19:00 Uhr wurde das kalte Buffet aufgetragen, als ich gerade im Begriff war zu gehen. Der Chef bat mich, noch ein Weilchen zu bleiben. Da ich in der Klinik augenblicklich nicht gebraucht wurde, blieb ich. Als Anne auf dem Buffet Pilze erblickte, erschrak sie und rief laut:

„Um Himmels willen! Die Pilze sind radioaktiv verseucht! Marianne, wirf die Pilze sofort in den Müll!" Alles was Beine hatte, stürzte erschrocken in die Küche. Herrliche sauer zubereitete Pilze aus dem Wald, Steinpilze, Maronen und Pfifferlinge, standen neben anderen Delikatessen auf dem Tisch. „Marianne, woher hast du die Pilze?", fragte Anne ganz aufgelöst, die sich nicht beruhigen konnte.

„Ich hab sie heute frisch auf dem Markt gekauft", antwortete sie, unsicher geworden.

„Seit dem großen Störfall in der Ukraine sind kaum zwei Monate vergangen! Die radioaktive Wolke ist bis nach Bayern gezogen. Alle haben Jodtabletten bekommen. Da der Boden verseucht ist, wurde bei uns strikt verboten, Pilze zu sammeln." Die um sie Versammelten sahen Anne erstaunt wie eine Exotin an.

„Wir wissen fast nichts über das Reaktorunglück in der Sowjetunion. Bei uns hat niemand darauf hingewiesen, Waldpilze zu meiden, Jodtabletten einzunehmen, schon gar nicht", antwortete Marianne. „Wird da nicht bei euch im Westen ein wenig hochgestapelt, ein Popanz vor dem Atom heraufbeschworen? Die Älteren von uns erinnern sich noch die Friedensbewegung von 1950. Der folgende Song von Ernst Busch ging durch die Welt:

'Ami! Ami, go home!

Spalte für den Frieden dein Atom.

Sag: „Good bye" dem Vater Rhein.

Rühr´ nicht an sein Töchterlein!

Lorelei solang du singst

Wird Deutschland sein' "

„Marianne, glaub mir, was vor zwei Monaten in der Ukraine passiert ist, ist eine Tragödie. Bei Wartungsarbeiten ist ein Atommeiler explodiert, wie später durchsickerte. Die radioaktive Wolke hat sich über ganz Europa ausgebreitet. Von einer Freundin aus Weißrussland, nur 40 Kilometer vom Unglücksort entfernt, habe ich einen erschütternden Brief erhalten. Ein Natschalnik kam in ihr Haus und teilte ihr mit, dass Gorbatschow alles im Griff habe.

Umfangreiche Entseuchungsmaßnahmen würden durchgeführt: die Dächer abgewaschen, das Erdreich einen Spatentief abgetragen, tote Kühe mit einer Planierraupe in einen Graben geschoben und mit Erde zugedeckt. Eine Woche später seien ihre Lymphknoten angeschwollen. Als im Dorf eine hohe Delegation erwartet wurde, sei die verstaubte Dorfstraße mit drei Schichten Asphalt bedeckt worden. Die Delegation sei mit riesigen Messgeräten angereist und habe nur so mit geheimnisvollen Begriffen wie Millirem, Milliröntgen und Millisivert um sich geworfen. Für sie seien es Böhmische Dörfer gewesen. Ihr Garten blühe derzeit wie nie zuvor, aber er dufte nicht! In den Zeitungen stand, dass sich glücklicherweise die Windrichtung geändert habe, keiner erwähnte, dass die todbringende Wolke über Weißrussland gezogen ist. Der 26. April habe sich tief in ihr Gedächtnis eingegraben und die Welt für immer verändert. Es war der letzte Brief, den ich von ihr erhalten habe." Wir schauten uns alle betreten an. In der DDR ging das Leben nach dem Reaktorunfall seinen gewohnten Gang, als habe die Strahlung um die DDR einen Bogen gemacht. Schon aus Rücksicht auf Anne, rührte an diesem Abend keiner der Anwesenden die Pilze an. Als ich am Buffet neben Hannes stand, fragte ich ihn, es fiel mir plötzlich ein:

„Hannes, warum bist du eigentlich in den Schoß der Uniklinik zurückgekehrt? Waren die Nonnen zu prüde?" Er winkte genervt ab:

„Als ich zu den Jesuiten ging, hätte ich darauf bestehen sollen, einen Assistenten meiner Wahl mitbringen zu dürfen, was damals aber abgelehnt wurde. Alle waren gegen mich. Die Entscheidung über die Besetzung der personellen Posten lag nicht in meinen Händen. Ich hatte auch kein Mitspracherecht. Nach einem Jahr habe ich wegen ewiger Streitereien kapituliert und das Wespennest verlassen. Ceterum, ich muss dir etwas ganz Aktuelles mitteilen, was noch in keiner Zeitung steht."

„Was gibt es denn?", fragte ich neugierig.

„Heute Morgen rief mich gegen 6:00 Uhr der Otto, Gerd aus Berlin an. Er teilte mir mit, dass er nach einer turbulenten Nacht im Begriff sei, seine Koje aufzusuchen. Er sei kaputt, aber überglücklich. Ich war ganz verstört, denn es musste sich etwas ganz Besonderes ereignet haben, dass er mich zu so früher Stunde anrief."

„War es das wert, dich zu so früher Stunde aus dem Schlaf zu reißen?"

„Und ob! Letzte Nacht wurde Geschichte geschrieben!"

„Du machst mich total neugierig."

„Hinter dem Eisernen Vorhang wurde die erste Herztransplantation durchgeführt!"

„Der Wolff ist ein harter Hund!", platzte ich heraus. Ich war über die Nachricht so baff, dass mir die weiteren Worte fehlten.

„Ja, das kann man mit Fug und Recht behaupten. Schon hier an der Uniklinik haben wir zu spüren bekommen, dass er ein Napoleon ist. Vor etwa zehn Jahren wateten wir förmlich im Blut, als wir massenweise Schweine zu Versuchen benutzten, um die Methodik der Lebertransplantation zu perfektionieren."

„Das ist ihm gelungen?"

„Ja, ein Jahr später hat er im Ostblock die 1. Lebertransplantation durchgeführt. Apropos, Herztransplantation. Ich habe die Story über die erste weltweite Herztransplantation gelesen, die dich sicher interessieren wird."

„Über Christiaan Barnard?"

„Ja! In den späten Abendstunden jenes denkwürdigen 2. Dezember 1967 begann ein unbarmherziger Wettlauf gegen die Zeit. In der Nähe des Groote-Schur-Hospitals von Kapstadt ereignete sich ein Verkehrsunfall. Ein alkoholisierter Pkw-Fahrer verursachte einen Verkehrsunfall, bei dem die 25jährige Denise Dervall schwer verletzt wurde und bei der Einlieferung in das nahe gelegene genannte Krankenhaus verstarb. Der Notarzt konnte nur noch ihren Tod feststellen. Als der hinzugezogene Neurologie die Verunfallte für 'hirntot' erklärte, wurde eine neue Zeitrechnung eingeleitet. Der Vater der Verstorbenen willigte ein, dass ihr Herz zur Organtransplantation entnommen werden konnte. Auf der Herzstation des Chirurgen Barnard läuteten die Alarmglocken, und es herrschte rege Betriebsamkeit. Auf Station lag der 54jährige Herzpatient Louis Washkansky, geboren in

Kaunas, jüdischer Herkunft, 1922 nach Kapstadt ausgewandert, der die gleiche Blutgruppe wie die Verstorbene hatte. Seine Tage waren gezählt, da er an einer schweren Herzerkrankung litt. Er willigte in den waghalsigen Eingriff ein, den bisher noch kein Chirurg gewagt und durchgeführt hatte. Bis dahin hatte man keine Kenntnis wie lange ein stillstehendes Herz lebensfähig, also reanimierbar war. Barnard trommelte ein 31köpfiges Ärzteteam zusammen. Während in einem Nebensaal von einem Team das Herz der Verstorbenen entnommen wurde, leitete der Chefanästhesist bei Washkansky die Narkose ein. Ein anderes Team entnahm von einem Heer freiwilliger (weißer!) Blutspender Konserven ohne Ende. Kurz nachdem die Uhr zu mitternächtlicher Stunde zwölfmal geschlagen hatte, begann der waghalsige Eingriff. Der Zugang zum Herzen erfolgte über eine mediale Sternotomie, bei der das Brustbein in der Mitte in Längsrichtung durchtrennt und anschließend der Mediastinalraum durch einen Rippensperrer freigelegt wird. Nachdem der Herzbeutel geöffnet wurde, lag das kranke, dilatierte Herz zur Entnahme frei. – Barnard hatte an vielen Leichen das optimale Procedere der Herzentnahme und Wiedereinpflanzung durchexerziert. – Als die Blutgefäße zum Gehirn unterbrochen wurden, geschah das Unfassbare. Der Zeitpunkt war gekommen, das Blut mit der Herz-Lungen-Maschine zum Gehirn zu pumpen. Nur wenige Minuten kann das Gehirn ohne sauerstoffreiches Blut auskommen, um keinen Schaden zu erleiden. Plötzlich entlud sich eine gewaltige Blutfontäne, die bis zur Decke spritzte. Professor Barnard gingen die Nerven durch; er schrie vor Schreck und gebrauchte die unflätigsten, nicht druckreifen Worte, entgegen seiner üblichen Gewohnheit. Dem Anästhesieteam wurden die Knie weich. Der Kreislauf sank abrupt ab. In der Not infundierten sie Blut im Überdruck in die Arterien."

„Was war passiert?", unterbrach ich spontan dazwischen.

„Der Professor hatte vergessen, die Klemme vom Schlauch zu entfernen, der an die Beckenarterie angeschlossen war. Nach dem Anstellen der Herz- Lungen-Maschine hatte sich vor der Klemme ein enormer Überdruck aufgebaut. Der Schlauch blähte sich ballonartig zu Fußballgröße auf und zerplatzte mit lautem Knall. Blitzschnell erkannte Barnard seinen Fehler, behielt kühlen Kopf und punktierte mit einer anderen Schlauchkanüle die Aorta. Danach ging alles glatt. Um 6:24 Uhr, am Morgen des 3. Dezember 1967, wurde die Uhr neu justiert, ein neues Herz begann in Washkanskys Brust zu schlagen. Christiaan Barnard reichte seinem Assistenten Hewitson über den Operationstisch hinweg die Hand: 'Rodney, we dit it', sagte er mit erschöpfter Stimme. Die Antwort, typisch für seinen Assistenten, blieb nicht aus: 'Let's see'.

„Eine tolle Story!", unterbrach ich ihn.

„Das war noch nicht das Ende. Am selben Tag jagte durch die Ätherwellen ein Satz mit nur drei Worten: 'Herztransplantation in Kapstadt!', die die Welt auf den Kopf stellte. Sensationsmeldungen überschlugen sich. Am folgenden Tag setzte eine Presseinvasion ein. Aus aller Welt stürmten Journalisten in das Land, das nur Tage zuvor wegen seiner Apartheidpolitik isoliert war. Barnard wurde zum Volkshelden. Louis Washkansky überlebte die Operation 18 Tage. Eine fulminante Pneumonie raffte ihn am 21.12.1967 dahin, ausgelöst durch eine massive Klebsiellen-Infektion der Lunge. Die stäbchenförmigen Enterobakterien, die sich normalerweise reichlich im Darmtrakt, aber auch in geringer Zahl in den oberen Atemwegen aufhalten, konnten sich im Körper des Patienten ungehindert vermehren und ausbreiten, da sein Immunsystem durch eine erhebliche Überdosierung mit Cortison völlig am Boden lag. 'Wir haben den Mount Everest erklommen, beim nächsten Mal wissen wir, wie wir wieder herunterkommen', war der kurze, lapidare Kommentar seines Bruders Marius, der ebenfalls zum Transplantationsteam gehörte, zum bedauerlichen Ausgang der ersten Herztransplantation. Einzuflechten wäre noch, dass Barnard nach der Hautfarbe der potentiellen Spenderin fragte. Denn er wusste, dass er — wäre es kein 'weißes Herz' — niemals die Zustimmung des Chefkardiologen Val Schrire zur Transplantation bekommen hätte. Ermutigt durch die Überlebenszeit des Patienten von drei Wochen, ging man schnell zur Tagesordnung über. Ein zweiter schwerkranker Patient, der 58jährige Zahnarzt Philip Blaiberg, wartete bereits in den Startlöchern. Am 2. Januar 1968 bekam er ein neues Herz, ein weißes natürlich. Er lebte 18 Monate mit dem zweiten Herzen." Das wusste ich nicht. Ich war sehr überrascht. Deshalb unterbrach ich Hannes Müller und fragte dazwischen:

„Es war ein Spiel mit dem Feuer, dass Barnard kaum zwei Wochen später die zweite Transplantation wagte. Es lässt darauf schließen, dass er ein verdammt harter Hund war, um diese Niederlage – und das war sie wohl! – so einfach zu verdauen."

„Carl, worauf willst du hinaus?"

„Ich denke, dass er mit seiner Pioniertat auch Gegner auf den Plan gerufen hatte."

„Wieso?"

„Hatte er nicht den zweiten Schritt vor dem ersten getan? Als Johannes Kepler dem Kaiser seine Planetengesetze überreichte, gestand er ein, dass sein Werk noch manche Unvollkommenheiten enthalte, unvollkommen wie alles Menschenwerk. 'Wir sind auf dieser Erde niemals fertig. Kein Sterblicher darf sich rühmen, dem Vollkommenen auch nur nahe zu sein.'"

„Im Gegenteil!" – Hannes machte eine längere Pause, um die richtigen Worte zu finden – „Barnard hat mit seiner Pioniertat die Tür zu neuen Ufern aufgestoßen. Er wurde zum Geburtshelfer eines neuen Wissenschaftszweiges; mit seiner Tat hat er die Entwicklung von Immunsuppressiva vehement vorangetrieben. Aus meiner Sicht war die Schrittfolge nicht vertauscht, sie war so zwingend richtig gewesen."

„Ich möchte noch einmal auf die Apartheid zurückkommen. Macht es einen Unterschied, ob ein Weißer das Herz eines Weißen oder Farbigen erhält?"

„In Südafrika hätte die Verpflanzung eines 'schwarzen' oder 'farbigen' Herzens in einen weißen Körper für Aufruhr gesorgt. Aus heutiger Sicht, wäre dieses Ansinnen in den meisten Ländern undenkbar. Aber in Südafrika halten die hart gesottenen Rassisten mit dem Hardliner Botha an der Spitze an der Apartheid fest. Wenn man die 60ger Jahre näher durchleuchtet, war die Diskriminierung der Farbigen damals an der Tagesordnung. Das

Bild der Siegerehrung der Männer über 200 Meter in Mexiko 1968 ging mit einem Aufschrei der Empörung durch die Welt. Der Sieger, Tommy Smith und der Dritte, John Carlos, standen mit erhobener, schwarz behandschuhter Faust auf dem Siegerpodest, während die US-amerikanische Hymne gespielt wurde. Sie bekundeten damit ihre Sympathie für die 'Black-Panther- Bewegung' in den USA, die für die Gleichberechtigung der farbigen Bevölkerung kämpfte. Der US-Amerikaner Avery Brandage, der damalige Präsident des Olympischen Komitees, stufte ihr Verhalten als üble Demonstration gegen die amerikanische Flagge durch Neger ein." Während wir uns noch zwanglos über andere fachliche Probleme unterhielten, kam Marianne zu uns, um mir mitzuteilen, dass die Klinik nach mir verlange. Es ging um eine Konsultation in der Inneren Klinik. Ich schaute auf die Uhr und erschrak. Es war schon 22:00 Uhr. Ich verabschiedete mich beim Chef. In der Klinik war es ruhig. Lori hatte nur wenige ambulante Patienten mit Bagatellverletzungen zu versorgen. Ich begab mich umgehend in die Innere Klinik. Der Oberarzt empfing mich mit sorgenvollem Gesicht:

„Herr Kollege, ich möchte Ihnen einen Patienten vorstellen, bei dem wir mit der Diagnostik nicht vorankommen. Vielleicht ist er ein Fall für den Chirurgen, in den letzten Stunden hat sich sein Hämoglobinwert rapide verschlechtert."

„Sehen wir uns ihn gemeinsam an!", schlug ich vor. Ich sah auf die Kreislaufkurve, in die Blutdruck, Puls und HB-Wert stündlich eingetragen waren. Seit mehreren Stunden ein kontinuierlicher Abfall der Parameter, stellte ich fest! Ich zog die Stirn in Falten. „Haben Sie Blutkonserven infundiert?"

„Nein, bisher noch nicht. Wir haben aber zwei Blutkonserven bestellt. Der Fahrer ist unterwegs. Aber wir haben Flüssigkeit und Plasmaexpander infundiert." Im Raum für Intensivtherapie lag der 70jährige Patient. Mein erster Blick auf ihn verriet mir sofort, dass es nicht gut um ihn bestellt war: aschfahle Lippen, fliehender, kaum tastbarer Puls.

„Er hat eine innere Blutung!", sagte ich spontan.

„Ja, das vermuten wir auch, aber eine sichere Blutungsquelle konnten wir bisher nicht finden. Seine Anamnese ist leer; nur über zunehmende Bauchschmerzen innerhalb weniger Stunden klagte der Patient." Ich inspizierte vorsichtig sein Abdomen: kein brettharter Bauch, also kein Hinweis auf ein akutes Perforationsgeschehen, überall leichter Druck- schmerz, keine Peristaltik, deutliche Strömungsgeräusche über den Beckenarterien. Ich zog die Stirn in Falten.

„Wie lange liegt er schon auf Ihrer Station?"

„Gegen 14:00 Uhr wurde er eingeliefert", antwortete die Stationsschwester.

„Wir haben viel Zeit verloren", sagte ich vorwurfsvoll. „Die Prognose verschlechtert sich mit der Zeit in der Potenz."

„Wie kommen Sie darauf?", fragte mich Zöllner verblüfft.

„Albert Einstein musste 1955 daran sterben. Seine Ärzte wussten zwar, dass er ein Aneurysma der Bauchaorta hatte – es war sieben Jahre zuvor zufällig bei einer Laparotomie entdeckt worden –, aber zu dieser Zeit hielt man es für inoperabel. Er war der Primus auf dem Olymp der Wissenschaften, und ihm konnte man damals auch nicht helfen. Ein Jahr vor seinem Tode informierte er die Öffentlichkeit, dass seine Petition 1939 an den amerikanischen Präsidenten Roosevelt – auf Bitten seines Freundes, des Nobelpreisträgers Leo Szilard –, die Atombombe zu bauen, der größte Fehler seines Lebens gewesen sei."

„Ein geplatztes Aneurysma?"

„Ja, da bin ich mir über jeden Zweifel erhaben."

„Also Therapie nihil?"

„Das will ich so nicht stehenlassen. Seit Einsteins Tod sind etwa 30 Jahre verstrichen. Die Chirurgie hat Fortschritte gemacht, Gefäßprothesen wurden entwickelt. Aber der Eingriff ist noch heute ein großes Wagnis." Ich schaute auf meine Uhr: 22:30 Uhr. „Versuchen Sie den Fahrer, der auf dem Wege zur Blutspendezentrale ist, zu erreichen: Wir benötigen so viel Konserven, wie die Zentrale bereitstellen kann, die Operationsschwester der Uniklinik rufe ich wegen einer Gefäßprothese an, die der Fahrer dort abholen muss. Ich gehe das hohe Risiko eines möglichen 'Exitus in tabula' ein, aber ich nehme es auf mich." Dem internistischen Kollegen fiel eine Last von den Schultern, dass er den Patienten loswurde. In Windeseile wurde das gesamte abrufbare Team herbeigetrommelt. Die Chefanästhesistin Helga übernahm den Patienten, legte intravenöse Zugänge, um den Kreislauf zu stabilisieren. Die Uhr des Kirchturms hatte einmal geschlagen, als ich zum Skalpell griff. Ich wusste nicht, wie ich mit einem völlig unerfahrenen Team die Herkulesaufgabe bewältigen würde. Andererseits war ich mir im Klaren, dass, wenn ich die Hände in den Schoß legte, der Patient innerhalb weniger Stunden sterben würde. Vor solch einer Herausforderung hatte ich noch nie zuvor gestanden. Einmal hatte ich meinem damaligen Oberarzt in der Uniklinik bei der Operation eines nicht geplatzten Aneurysmas der Bauchaorta assistieren dürfen. Aber ein geplatztes Aneurysma? Bei einem Wettlauf gegen die Zeit und vollkommen unübersichtlichen anatomischen Verhältnissen? Das war eine ganz neue Situation! Die Anästhesistin hatte fast vier Blutkonserven in den Körper des Patienten gepumpt, um den Kreislauf zu stabilisieren. Entschlossen durchtrennte ich die Bauchdecke von der Spitze des Brustbeines bis zum Schambein – ein riesengroßer Schnitt, um Übersicht zu bekommen. Beim Öffnen des Peritoneums schossen die Darmschlingen katapultartig vor die Bauchdecke, da sie im Bauchraum einem enorm hohem Druck ausgesetzt waren. „Ist alles bereit?", vergewisserte ich mich bei der Operationsschwester. Sie überprüfte zum wiederholten Male die Funktion der Absauggeräte. „Ja, es ist alles bereit", antwortete sie mit stoischer Ruhe, als könnte sie nichts erschüttern. Das Retroperitoneum war stark mit Blut imbibiert und vorgewölbt. Die vorgefallenen Darmschlingen wurden mit feuchten Tüchern abgedeckt. Vorsichtig tastete ich mit den Fingern den vorgewölbten Retroperitonealraum ab. Die Bauchschlagader pulsierte nicht. Ich hoffte, dass die beiden Nierenarterien nicht mit in das Aneurysma einbezogen waren, andernfalls bestand keine Chance, sein Leben zu retten. Blind setzte ich eine große Gefäßklemme an, in der Hoffnung, die Hauptschlagader abgedrosselt zu haben. Minutiös durchtrennte ich vorsichtig das Retroperitoneum. Dabei entleerten sich faustgroße Blutkoagula. Mit zwei

Saugern zugleich wurde abgesaugt, um das Operationsfeld frei zu bekommen. Plötzlich schoss eine gewaltige Blutfontäne aus der Tiefe heraus. Mir war sofort, blitzschnell, klar, dass die Aortenklemme nicht richtig positioniert war. Die zweite Assistentin zu meiner linken Seite kollabierte. Helga fing sie blitzschnell auf. Mit der linken Hand gelang es mir, die pulsierende Hauptschlagader zu komprimieren. Durch den Ausfall der zweiten Assistenz fehlte eine Hand, um das Operationsfeld mit Haken freizuhalten. „Holt den Bär, er hat heute Nachtdienst auf der Männerstation", schrie ich aufgeregt. Ohne seine Hand konnte ich keine Aortenklemme ansetzen. Es dauerte nicht lange, bis er angeflitzt kam und in steriler Kleidung die Position des zweiten Assistenten einnehmen konnte. Jetzt konnte ich die Klemme ansetzen, und die Blutung sistierte. Eine Stunde war schon seit dem Beginn des Eingriffs verflossen, und noch immer war ich nicht am Ziel meiner Wünsche. Vorsichtig tastete ich mich an der Bifurkation der Beckengefäße aufwärts. Dort gelang es mir unter Sicht, jeweils Arterienklemmen zu setzen. Stumpf – digital – löste ich das anhängende Gewebe von der Bauchschlagader. Schritt für Schritt arbeitete ich mich nach oben. Es gelang mir, das geplatzte Aneurysma freizulegen. Auf einer Distanz von 1 cm war die Gefäßwand gerissen. Langsam präparierte ich die Aorta proximal. Das Aneurysma hatte nicht die Nierengefäße einbezogen! Eine gute Nachricht!

„Das Schlimmste haben wir hinter uns", sagte ich erleichtert. Für einen Augenblick verließ ich den Operationstisch, um meinen stark durchbluteten Kittel zu wechseln. „Helga, injizier jetzt das Heparin zur Blutverdünnung!" Ich schaute auf die Uhr: 2:00 Uhr! „Der Einbau der Aorten-Bifurkationsprothese wird etwa vier Stunden in Anspruch nehmen", informierte ich das Team. Ich hatte von Vossschultes Methode gehört, aber noch nie zuvor von ihrer genauen Vorgehensweise gehört. Eine Beschreibung, ein Foto, eine Art Gebrauchsanweisung wie – „sie müssen nur den Nippel durch die Lasche zieh'n und mit der kleinen Kurbel ganz nach oben dreh'n …" – existierte nicht. Die grobmaschige Dacronprothese tränkte ich zunächst im Blut des Patienten, um sie abzudichten – Preclotting genannt –. Anschließend nähte ich sie zunächst an das proximale Ende der Hauptschlagader end-zu-end an. Das war der schwierigste Akt, da in der Tiefe die Sicht und Bewegungsfreiheit erheblich eingeschränkt waren. Die fortlaufende Naht musste sitzen, und die Abstände der einzelnen Stiche durften nicht zu groß sein. Außerdem war die arteriosklerotische Gefäßwand äußerst vulnerabel. Wenn der zweite Assistent zu heftig an den Haltefäden, die ich ihm übergab, zog, konnte die Gefäßwand leicht einreißen. „Vorsichtig und dosiert halten!", ermahnte ich ihn mehrmals. Es gelang. Das Verbinden der beiden Prothesenenden mit den Beckenarterien war reine Routine, die ich schon mehrmals bewerkstelligt hatte. Gegen 6:00 Uhr morgens gab ich den Blutstrom frei. Zehn Minuten später bat ich Helga, die Fußpulse des Patienten zu tasten.

„Ich kann sie fühlen!", rief sie freudestrahlend.

27

Penelope stand schon zwei Stunden vor ihrem Spiegel – es war bereits Viertel vor acht, als sie ihre Wohnungstür abschloss–. Sie hatte lange überlegt, wie sie sich für diesen denkwürdigen Abend kleiden sollte. An der Front ihres ungewöhnlichen großen Kleiderschranks, der die Hälfte des Raumes einnahm, waren zwei riesige Spiegel eingelassen. Vor den umklappbaren Spiegeln betrachtete sie ihre bloßen Schultern und ihre ebenmäßige Gestalt. Sie legte ein dezentes Augen-Make-up und ein Schönheitspflästerchen auf, zog die Augenbrauen mit einem schwarzen Kajalstift nach, wendete den Kopf mehrmals hin und her, um ihre Wirkung zu prüfen; ihr kastanienbraunes, schulterlanges, gelocktes Haar folgte schwungvoll ihren geschmeidigen Bewegungen. Es war eine eingeschliffene Reflexhandlung, wie sie sie Jahre zuvor immer getan hatte, wenn sie sich zum Ausgehen fertig machte. Sie öffnete den Kleiderschrank zum x-ten Mal. Immer wieder stand sie ratlos davor. Letztendlich entschied sie sich für das smaragdgrüne, schulterfreie Kleid, das sie damals trug, als sie die verhängnisvolle Kurzschlusshandlung beging. Ein ungewöhnliches Ereignis musste bevorstehen, dass sie sich gegen ihre Gewohnheit wieder schminkte! War es ein Weg zurück – ins „normale" Leben? Sarah, ihre Freundin, hatte sie damals beschworen, auf ihre frivole Garderobe samt Spiegelschrank beim Umzug in die Nähe des Mormonentempels zu verzichten, um ein wirklich neues Leben unter Mormonen zu beginnen – ein einfaches, überschaubares, ungeschminktes Leben. Aber Penelope wollte oder konnte damals keinen radikalen chirurgischen Schnitt mit ihrer Vergangenheit vollziehen.

Dem stillen Beobachter wäre ihre Nervosität, die sie augenblicklich erfasst hatte, nicht verborgen geblieben. Palmarum, Sonntag vor Ostern, wurde sie zunehmend umtriebiger. Die bevorstehende Karwoche verbot ihr, Fleisch zu essen, aber es war zu dieser Jahreszeit schwierig, Fisch zu bekommen. Die Karpfenzeit war vorüber. Seit Sonntag schwiegen die Glocken. Jugenderinnerungen wurden wach. Gründonnerstag zog sie mit anderen Kindern singend und lärmend in der Früh von Haus zu Haus durch das Dorf – meist noch vor Sonnenaufgang –, um die Bewohner um eine wohltätige Spende zu bitten. Damals war sie sich der Bedeutung dieses Brauchs nicht bewusst. Es war eben so, weil es alle machten. Spätestens, seit sie zur Mormonin konvertiert war, erkannte sie die Bedeutung dieses Brauchtums, das sich auf das Evangelium des Johannes bezog. Im 13. Kapitel schildert Johannes Jesus` Abendmahl mit seinen Jüngern vor Ostern. Es sollte das letzte werden. Jesus wusste es, und er kannte seinen Verräter, der unter den Jüngern war: „Wahrlich, wahrlich, ich sage euch: Einer wird mich verraten. Der ist`s, dem ich den Bissen eintauche und gebe." Dieses Jahr kündigte sich Gründonnerstag mit dem Zorn und der strafenden Gerechtigkeit des Himmels an. Ein ungewöhnlich heftiger Zyklon raste übers Land, der Bäume wie Streichhölzer knickte, Dächer abtrug und wie lose Blätter durch die Luft schleuderte. Türen schlugen zu und Fensterscheiben klirrten. Der Sturm trieb zerrissene Wolken vor sich her. Sie entluden sich, und die Sturzflut überschwemmte das Land, füllte die Keller und trug Berge ab, die sich in todbringende Schlammlawinen verwandelten. Erst gegen Abend flaute der Sturm ab. Der Wind herrschte als Meister über den Wahnsinn, wie Aragon die Landung Napoleons an der französischen Küste 1815 beschrieb. In diesem Jahr waren es die Mudschaheddin, die zum großen Schlag ausholten und Gorbatschow und seine Rote Armee zu Friedensverhandlungen nach Genf zwangen, wie weiland Heinrich IV. 1077 nach Canossa. Albträume rissen Penelope nachts aus dem Schlaf. Der Satz im Psalm 22/15: *„Ich bin ausgeschüttet wie Wasser, all meine Gebeine haben sich zertrennt; mein Herz ist in meinem Leibe wie zerschmolzen Wachs"*, verfolgte sie im Traum. Nichts ist so schrecklich wie Angst, während man schläft. Die Angst vor dem freien Fall, die Angst, hart aufzuschlagen, ist am größten. Die Anstrengung aufzuwachen, ist wie ein Sturz. Man quält sich, aber man schafft es nicht. Vermittelten die Träume, die sie nachts heimsuchten, ihr eine Botschaft, gar eine Warnung? Seit Sarah sie verlassen hatte, war für sie eine Welt zusammengebrochen. Sarah war im Auftrage ihres Tempels zu neuen Ufern gereist. Cádiz, die andalusische Hafenstadt der Händler, Seefahrer und Piraten wurde ihr neues Zuhause. Ein Häuflein aufrechter Mormonen, das sich in der streng katholisch eingerichteten Stadt zusammengefunden hatte, bat die Mutterkirche in Salt Lake City um Unterstützung beim Aufbau ihres Tempels. Für Sarah war der Umzug eine neue Herausforderung, für Penelope bedeutete die Trennung einen schmerzlichen Verlust einer intimen Freundin, die sie in eine neue Krise zu stürzen drohte. Aus Cádiz schrieb ihr Sarah fast täglich Briefe, ließ sie teilhaben an ihrer neuen Aufgabe. Bei ihrer Ankunft in der andalusischen Stadt mit ihrer dreitausendjährigen Geschichte war sie überwältigt. Die auf dem „Silberfässchen" gelegene, von mächtigen Festungsmauern und Wachtürmen umgebene Altstadt war eine der bedeutendsten Schaltstellen auf der Iberischen Halbinsel zum Neuen Kontinent. An ihren vielen vergoldeten Kuppeln ließ sich der Reichtum von Cádiz nur erahnen. Aus diesem Grunde war die Stadt am Atlantischen Ozean zwangsläufig auch Ziel der Piraten. Die grausamste Plünderung erlitt die Stadt 1596, als der englische Seefahrer und Pirat Francis Drake sie heimsuchte und dreihundert Fässer des berühmten Cherry erbeutete. Später landeten die reich mit Gold beladenen Karavellen aus dem Neuen Kontinent am Guadalquivir, um die Schätze flussaufwärts nach Sevilla zu bringen. Auch am heutigen Tag – es war Karfreitag – war wieder Post von Sarah im Briefkasten. Hastig riss sie das Kuvert am Hauseingang auf, entfaltete den Briefbogen und begann noch auf dem Weg zu ihrer Wohnung zu lesen:

„Liebe Penelope, eine freudige Kunde! Endlich haben wir von der Stadtverwaltung ein Grundstück für den Bau des Tempels erhalten. Es liegt außerhalb der Altstadt, das war von vornherein zu erwarten. In den engen Gassen der Altstadt war natürlich kein Platz für den Bau eines Mormonentempels in der von Jesuiten geprägten Stadt. Mein täglicher Weg zum Grundstück führt durch die engen, abschüssigen, belebten Gassen über die Calle de Rosario. An der spätbarocken Iglesia del Rosario bleibe ich jeden Morgen stehen und verrichte ein kurzes Gebet, in das ich dich einschließe. Als ich das erste Mal ihren Anbau, den Oratorio de la Santa Cueva – das Oratorium der Heiligen Höhle – besuchte, bekam ich einen regelrechten Schock. Im Obergeschoss der kleinen Kirche gibt es in den Lünetten der Gewölbe, ein bemerkenswertes Gemälde des Hofmalers Francisco de Goya zu betrachten. Er soll es um 1796 gemalt haben, als er den Spuren seiner Geliebten, der 13. Herzogin von Alba, Cayetana de Silva, der Frau des Ministers Godoy, folgte. Die Herzogin war aus dem Hofe verbannt worden und hatte sich auf ihren Landsitz in Sanlucar de Barrameda zurückgezogen. Goyas Abendmahl ist ein ungewöhnliches, ja, außergewöhnliches Bild. Es hat nicht sehr viel Gemeinsames mit Da Vincis Wandgemälde in der Mailänder Santa Maria delle Grazie. Auf den ersten Blick sticht dem Betrachter der fehlende Tisch ins Auge. Jesus hat seine Jünger zwanglos am Boden auf einem ausgebreiteten hellen Tuch versammelt. Ein Laib Brot, eine Schale und Teller schmücken das Tuch. Die Gruppe gleicht Wegelagerern in der Dunkelheit. Jesus und die Tuchmitte sind stärker ausgeleuchtet. Der mit einem Glorienschein umgebene Jesus diskutiert gestenreich mit seiner Schwurhand. Nichts deutet im Bild daraufhin – oder doch? –, dass ein Verräter unter ihnen ist. Nichts deutet darauf hin, dass es sein letztes Abendmahl sein würde. In dem dunkel gehaltenen Hintergrund diskutiert heftig eine schemenhaft, unscharf dargestellte, konspirative Dreiergruppe mit zusammengesteckten Köpfen; daneben stimmt ein sitzender Kater ein Katzengejammer an, den Mond anbetend. Goya ein Ketzer? Wenn man das Abendmahl, aber auch andere seiner Bilder intensiv betrachtet, stößt man zwangsläufig auf diese Fährte. Eine Distanz zur Königsfamilie, zum herrschenden Adel und Klerus ist unschwer erkennbar.

Übrigens, noch etwas Interessantes möchte ich zum Schluss hinzufügen, bevor ich den Brief zur Post bringe. Gestern Abend war ich mit Margeritha, das ist meine Ansprechpartnerin, auf dem höchsten Turm der Stadt, auf dem Torre Tavira. Im Wachturm wurde im 18. Jahrhundert eine Camera obscura eingerichtet. Sie bot uns einen unvergleichlichen, phänomenalen Ausblick über die Stadt und die Meeresbucht! Darüber hinaus ließ sich von hier oben die „Welt der Dachterrassen" entdecken, die sich in Cádiz durch den Platzmangel zu neuem Lebensraum entwickelten.

Tschüss, bis zum nächsten Mal, herzlichst deine

Sarah."

Nachdem sie den Brief gelesen und mit einer Schleife versehen hatte, verstaute sie ihn in einer Kassette, wie all die anderen Briefe von Sarah. Eine beträchtliche Zahl hatte sich inzwischen angesammelt, da sie fast täglich von ihr Post erhielt.

Penelope hatte sich sorgfältig auf den heutigen Abend vorbereitet, wie früher als Operationsschwester auf den bevorstehenden Eingriff. Sie kaufte in Buchhandlungen Bücher, Reisebeschreibungen, Noten, lieh sich dergleichen auch aus Bibliotheken aus. Sarah leistete wertvolle Schützenhilfe. Als sie das erste Mal den Anbau der Iglesia, das Oratorio de la Santa Cueva, besuchte, erklärte ihr der Priester, dass in dieser Höhle Josef Haydns Oratorium „Die sieben letzten Worte des Erlösers am Kreuze" 1787 zur Osterandacht zwischen den Lesungen uraufgeführt wurde. Komponiert habe zwar der berühmte Haydn es auf dem ungarischen Schloss Esterhazy, aber die Musik sei eine spanische. Es sei eine Passionsmusik, die, obwohl sie von Worten handle, aber ganz auf Worte verzichte. Penelope war inzwischen bibelfest. Lukas, Markus, Matthäus und Johannes haben in verschiedenen Kapiteln die letzten 7 Sätze des Erlösers am Kreuz aufgezeichnet. Siebenmal erhebt Jesus nach seiner Kreuzigung in den Evangelien seine Stimme. Das erste Mal bittet er um Vergebung für seine Peiniger, das letzte Mal empfiehlt er, so heißt es bei Lukas, seinen Geist in die Hände seines Vaters. Haydn hat das Oratorium in sieben Sätzen plus Ouvertüre und Terremoto komponiert. Penelope kannte zwar Inhalt und Bedeutung der Komposition Haydns 7 letzte Worte des Erlösers, aber die Musik kannte sie nicht, sie wollte sich überraschen lassen, als sie sich auf den Weg in den Konzertsaal des Mormonentempels begab. Ihr Nervenkostüm war bis in die Fingerspitzen gespannt. Als sie den Konzertsaal betrat – das akademische Viertel neigte sich ihrem Ende –, war er fast bis auf den letzten Platz besetzt. Das Orchester, bestehend aus vier Streichern – Cuarteto Casals –, hatte bereits seinen Platz eingenommen. Als Penelope eintrat, zog sie die Blicke magisch auf sich. Viele der Anwesenden haben ihre Aufmachung anlässlich dieses denkwürdigen Anlasses sicherlich missbilligt, aber sie kamen nicht umhin, ihre Courage neidlos anzuerkennen. Kaum, dass sie ihren Platz eingenommen hatte, verlosch das Oberlicht – nur das Orchester war noch spärlich beleuchtet –, und die dramatische Ouvertüre des Oratoriums setzte ein. Sie fiel wie ein Sturm über Penelope her. Ihr Herz krampfte sich. Es war der punktierte Stakkato-Rhythmus mit einer von grellen, dynamischen Kontrasten gemischten Melodik, unterbrochen von sprechenden Pausen. Die Introduktion war eine abrupte, abgehackte Intonation von fünf Takten: TAM, TAM, TA-RAM-TAM – wie Sprechblasen, Zeitungsschlagzeilen, Zitatfetzen –, die unaufhörlich auf Penelopes Gedächtnis hämmerten. So plötzlich wie sie begannen, verstummten sie. Man hätte erwarten können, dass sich der Vorhang jetzt hebt, aber nichts dergleichen geschah. Die kurze Pause nach der Ouvertüre reichte Penelope nicht, sich zu beruhigen. Sie machte ein Wechselbad von Gefühlen durch, mal lief es ihr kalt, mal heiß über den Rücken. Sie hatte sich vorher nicht vorstellen können, dass Musik in ihr so tiefe Gefühle auslösen konnte. Worte? Ja, was Worte bewirken konnten, wusste sie, vor allem, wenn sie aus dem Mund eines Schauspielers, Magiers, Volksverhetzers, Aufwieglers oder Münchhausen kamen. Im Juni 1284, so berichtet die Sage, soll sich ein wunderlicher Mann mit einem vielfarbigen Rock nach Hameln begeben haben, der den Stadtvätern versprach, gegen eine angemessene Summe Geld, die Stadt von allen Mäusen und Ratten zu befreien. Die Bürger stimmten zu und versprachen ihm den geforderten Lohn. Der Rattenfänger führte alles Ungeziefer an die Weser. Die Stadtväter prellten ihn jedoch um seinen gerechten Lohn. Entsprechend wutentbrannt zog er von dannen. Wenig später, am schicksalhaften 26. Juni 1284, ertönte dieselbe Melodie des Rattenfängers erneut in Hameln – diesmal folgten ihm nicht die Nagetiere, sondern kleine Mädchen und Knaben. Es waren alle Kinder von Hameln, älter als vier Jahre. Hundertdreißig Kinder verschwanden mit ihm auf Nimmerwiedersehen! Die Ideen der Aufwiegler und Demagogen werden zur materiellen Gewalt, wenn sie das Volk erreichen. Das Manifest war ein beredtes Beispiel dafür. Lenin, der Führer der Bolschewiki, hielt auf dem II. Allrussischen Kongress der Sowjets der Arbeiter-und Soldatendeputierten eine flammende Rede: „Unsere Lehre ist kein Dogma, sondern eine Anleitung zum Handeln. Es kommt darauf an, den Schritt zu tun, den wir jetzt brauchen! Deutsche Soldaten, kehrt die Waffen gegen euren Kaiser! Die Macht und der Sieg der revolutionären Arbeiter in Russland ist Voraussetzung, dass der Frieden in der ganzen Welt gesichert ist. Soldaten! Arbeiter! Angestellte! Das Schicksal der Revolution und das Schicksal des demokratischen Friedens liegt in euren Händen! Es lebe die Revolution!" Hitler, ein Verführer, ein Psychopath? Seine Brandreden, seine initiierte Brandstiftung – Reichstagsbrand –, waren Mittel zum Zweck, die ihre Wirkung beim Wahlvolk nicht verfehlten. Die Arbeitslosenzahl war auf Fünf Millionen angewachsen. Seine Versprechungen, Arbeit und Brot, waren leere Worthülsen; nach der Wahl bescherte er dem deutschen Volk Elend und Tod. Sein Propagandaminister, Josef Goebbels, ein Meister der Infamie und Demagogie, inszenierte sechzehn Tage nach Stalingrad, als sich im Volke ein Defätismus breitmachte, im Sportpalast eine Brandrede, die im Rundfunk übertragen wurde. Am

18. Februar 1943 17:00 Uhr erwarteten ihn 15 000 handverlesene, treue Volksgenossen. Als der Magier und Giftmischer nach hundertminütiger Rededauer sein Publikum auf Linie eingeschworen hatte, stellte er die Gretchenfrage: „Wollt ihr den totalen Krieg?" „Jaaaa!", schrie, trunken vor Begeisterung, ein vieltausendstimmiger Chor von Fanatikern. Über Petrus, Fischer am See Genezareth, zum 'Menschenfischer' berufen, der Jesus die Treue hielt, berichtet Lukas: „Es begab sich aber, dass sich das Volk zu ihm drängte, zu hören das Wort Gottes, dass er stand am See Genezareth. Sie verließen alles und folgten ihm." Aus Galiläa war Petrus ausgezogen, um in Rom das Evangelium zu verbreiten, von Kaiser Nero verfolgt und ermordet. Aber Musik? Unwillkürlich musste sie an die Marseillaise denken, die die Massen vorwärts trieb, die Bastille zu stürmen. Schon kreischte die erste Violine das „Pater, Pater, dimitte illis, quia nesciunt, quid faciunt" (Vater, Vater, vergib ihnen, denn sie wissen nicht, was sie tun!). Es folgte eine innige Bitte um Vergebung, das Herz voller Liebe und um Begnadigung der Frevler. Der ständige Dur-Moll-Wechsel wies auf Licht und Schatten, auf Hell und Dunkel hin. Diesen krassen Gegensatz von Gut und Böse, Hell und Dunkel, spürte Penelope das erste Mal, als sie mit dem Maler Caravaggio konfrontiert wurde. Es war ihr erster Besuch in der Dresdner Gemäldegalerie „Alte Meister". Als sie unlängst vor seinem „Johannes der Täufer" stand, machte sie ein Wechselbad der Gefühle durch. Die provokative Darstellung des heiligen Johannes als nackter Knabe, der einen Widder in grotesker Pose umarmt, stieß sie zunächst ab. Denn Johannes der Täufer galt bei den Mormonen als Märtyrer, als Heiliger. Caravaggio hingegen stellt ihn als frivolen Knaben dar, der eine Beziehung zu einem Widder aufgebaut hat. Wollte er mit dem Bild provozieren? Andererseits zog sie seine kontrastscharfe Hell-Dunkel-Malerei, seine naturalistische Darstellung an. Naturalismus? Ein neues Wort voller Trotz und Widersetzlichkeit! Sie stand lange vor diesem Bild, sie konnte sich einfach nicht von ihm lösen. „Armer Caravaggio, zu schwarz sind deine Bilder. Du findest für sie in Neapel keine Käufer. Nimm das nächste Schiff und segle nach Malta, denn

dort ist Malerei noch eine Seltenheit!", rieten ihm Freunde. Malta wurde am Ende des sechzehnten Jahrhunderts von fahrenden Rittern beherrscht, Zufallsherrscher für das ansässige Volk, das sie den türkischen Eroberern vorzogen. Caravaggio bekam dort Streit mit den Tafelrittern, lernte das Licht in den Kasematten Maltas kennen. Er konnte fliehen. Auf Porto Ercole, am Südrand der Toscana, ergriff ihn eine spanische Wache, die ihn arretierte. Als er in Neapel, von Fieberträumen gepackt, strandete, in einer Welt voller Licht, starb er bald darauf. Seine Bilder waren plötzlich begehrter denn je.

Nach der ersten Sonate hatte sich Penelopes Gemüt einigermaßen beruhigt. Zwischen den Sonaten schob Haydn jeweils kurze Pausen ein. Die zweite setzte mit Lukas` Evangelium ein: „Hodie mecum eris in Paradiso" (heute wirst du mit mir im Paradiese sein). Hodie mecum ist ein engschrittiges Motiv, das bei der Wiederholung pathetisch gesteigert wird, mit seinem Nachsatz, eris in Paradiso, auf einen schmerzlichen Vorhalt, auf eine charakteristische Dissonanz hinweist. Das Paradies – ein Hoffnungsschimmer! Ein frohes Bewusstsein eines Sterbenden in der Stunde seines Todes!

„Mulier esse, filius tuus" (Weib siehe, das ist dein Sohn!). Drei Akkorde folgen, die als Idylle hervorgehoben werden, schwebende Dissonanzen von bedrückender Schönheit komplettieren die dritte Sonate. Ruhe in Frieden!

Um die neunte Stunde schrie Jesus laut: „Eli, eli, lama asabthani? Das ist: Deus, Deus, utquid dereliquisti me? (Mein Gott, mein Gott, warum hast du mich verlassen?)" – ein herzerschütterndes Mantra. Diese verzweifelte Frage Jesus' ist im vierten Teil in Sequenzen vollbarocker Vorhaltdissonanzen eingebettet.

„Sitior! (mich dürstet)". Ein Wort nur! Ein verzweifelter Ruf Jesus' nach Wasser! Dem knappsten aller Jesusworte folgt eine bedrückende Klangaura mit überirdischer Wirkung, die die Zuhörer in heftigste Wallungen versetzte. Der A-Dur-Gesang der ersten Geige verkehrt sich jedoch bald in krasse Molleinbrüche von hämmernder Rhythmik. Vor Weh wollt' ihr schier das Herz zerspringen. Penelope ließ ihren Tränen freien Lauf. Ein lautes

Schluchzen entrang sich ihrer Brust.

„Da stand ein Gefäß voll Essig", heißt es bei Johannes. „Sie tränkten damit einen Schwamm, umgürteten ihn mit einem Zweig Ysop und hielten es ihm dar zum Munde." „Consummatum est! (Es ist vollbracht!)." Jesus neigte das Haupt und verschied.

> „Mich dürstet", sprach er och dar na,
> do stund ain vas mit essich da,
> dar in lait ainer ysopum
> und ullent sin ainen schwum:
> den bot er zu derselben stunt
> mit ainem sper an sinen munt";

eine Interpretation des Bibelspruchs aus dem Mittelalter.

Penelope erlebt die schwermütigste der sieben Sonaten, den Höhepunkt des Oratoriums. Es ist die Läuterung eines von Haydn genau berechneten Spannungsbogens. Zum Schluss weichen barocke Pathoswendungen einer klassisch-schönen Melodik, die in einem tröstlichen Heiligenschein endet.

„In manus tuus, Domine, commendo Spiritum meum" (in deine Hände, Herr, befehle ich meinen Geist). Das Sterbewort wird zur inneren Wende, zum Ausdruck des unbedingten Gottvertrauens. Der arienhafte Gesang wirkt auf Penelope wie eine Befreiung. Der Sturm hat sich gelegt, das raue Meer in eine sanfte, kräuselnde Wasseroberfläche verwandelt. Um den Mond hat sich ein feiner Hof gelegt. Minuten vergingen, aber der Vorhang senkte sich nicht. Was jetzt folgte, sprengte den Rahmen der sieben Sonaten. Krachende, naturalistische, markerschütternde Klangeffekte im Fortissimo und dynamische Exzesse sprengten den Rahmen der verklungenen Sonaten. Sie gingen durch Mark und Bein.

„Und die Erde bebte, und die Felsen zerrissen, und die Gräber taten sich auf." Das Erdbeben des Jüngsten Gerichts ruft die sündigen Menschen vor Gottes Strafgericht, die Jesus ans Kreuz geschlagen haben.

> „Wenn wir mit dem Tode ringen
> Und aus dem bedrängten Herzen

Heiße Seufzer zu dir dringen:
Hilf uns, Mutter aller Schmerzen!",
erklang herzzerreißend der Chorgesang aus der Ferne. Da erfasste Penelope eine so schmerzliche Rührung, dass sie ihren Tränen freien Lauf ließ. Ihr Herz krampfte sich und drohte auszusetzen.

Der Tod stand ihr in seiner Unerbittlichkeit lebendig vor der Seele, so als stürbe sie augenblicklich. Als das Lamm das siebte Siegel brach, fiel ein großer Stern vom Himmel. Dieser hieß Wermut. Der dritte Teil der Sonne verfinsterte sich. „Weh, weh, weh denen, die auf Erden wohnen! Heuschrecken und Skorpionen ward die Macht gegeben, zu töten den dritten Teil der Menschheit. Hilf uns, Mutter aller Schmerzen!", stöhnte sie. Instinktiv suchte sie in ihrer Not mit ihren Händen Kontakt bei ihren Nachbarn. Ihre kalten, schweißigen Hände wurden von ebensolchen erfasst. „Wir sind zusammen!"

Ein sechsjähriger Knabe wurde am 1. November 1755 durch ein außerordentliches Weltereignis zum ersten Mal in seinem noch jungen Leben im Tiefsten erschüttert. Am Allerheiligentag bebte 9:45 Uhr die Erde in Lissabon – sie bebte nur wenige Minuten – und verbreitete über die in Frieden und Ruhe schon eingewöhnte Welt einen ungeheuren Schrecken. Eine große, prächtige Residenz wurde ohne Warnung von dem furchtbarsten Unglück heimgesucht. Die Erde bebte und schwankte, tiefe Erdspalten taten sich auf, die Häuser, Tiere und Menschen verschlang, wie ein riesiger, nimmersatter, gefräßiger Drache; das Meer brauste auf, die Schiffe schlugen zusammen, die Häuser stürzten ein, die Kirchen und Türme darüber her, der königliche Palast vom Meere verschlungen, die geborstene Erde spie Flammen. Was das Beben stehen und leben ließ, zerstörte und verschluckte eine halbe Stunde später eine riesige Flutwelle. Sechzigtausend Menschen fanden unter den Trümmern und in den Fluten den Tod. Hierauf ließen es die Gottesfürchtigen nicht an Betrachtungen und Strafpredigten fehlen. Der junge Goethe war nicht wenig betroffen, dass der Schöpfer die Gerechten mit den Ungerechten gleichsam zusammen dem Verderben aussetzte. Das Erdbeben von Lissabon erschütterte das optimistische Weltbild der Epoche der Aufklärung, das im 18. Jahrhundert in Europa vorherrschte. Die Weisen und Schriftgelehrten stritten um die Bedeutung dieses Weltereignisses. Zur gleichen Zeit rang an einem anderen Ort, der 60jährige Schriftgelehrte und Philosoph, der wortgewaltige Voltaire, mit Worten:

„Dass Übel in der Welt ist,

und dass mit dem Satze von Pope,

alles was ist, sei gut, es nicht getan ist!"

Der Feind, mit dem man es dabei zu tun habe, sei in letzter Instanz doch nur die Dummheit, war Voltaires bissiger Kommentar über das „göttliche Strafgericht". In seiner satirischen Novelle „Candide" prangert Voltaire den überheblichen Adel, die kirchliche Inquisition, Krieg und Sklaverei an und verspottet die naive Gottesfürchtigkeit der Menschen. Dem jugendlichen Helden Candide, aus seinem Heimatschloss nach einem Liebesabenteuer mit der schönen Cunegonde verbannt, widerfährt auf seiner Reise eine Kette zufälliger Unglücke, Kriege und Naturkatastrophen. Eben zu jenem Zeitpunkt, als das Erdbeben ausbricht, strandet er in Lissabon und überlebt das Unglück durch Zufall. Als Optimist zog er aus, als Pessimist kehrte er heim: „Lasst uns arbeiten, ohne nachzudenken, das ist das einzige Mittel, das Leben erträglich zu gestalten. Gut gesagt, aber unser Garten muss kultiviert werden."

Auch für Heinrich von Kleists Novelle „Das Erdbeben in Chili" bietet das Erdbeben von Lissabon den geschichtlichen Hintergrund für seine Kritik an der christlichen Rechtfertigungslehre – Theodizee –. Ein junger, des Verbrechens angeklagter Spanier, Namens Jeronimo, wollte sich gerade an einem Pfeiler des Gefängnisses erhängen, in welches man ihn eingesperrt hatte, als die Erderschütterung begann. Don Henrico Asteron, einer der reichsten Edelleute der Stadt, hatte ihn als Hauslehrer eingestellt. Weil er sich mit seiner einzigen Tochter, Donna Josephe, in einem zärtlichen Einverständnis befunden hatte, ließ er ihn arretieren. Das Liebespaar hatte durch ihre intime Beziehung gegen die Standesregeln und Konvention verstoßen, dass Sex vor der Ehe verboten war. Kurz nach der Geburt ihres Sohnes Philipp wird auch Josephe verhaftet und zum Tode verurteilt. Als sie zur Richtstätte gebracht wurde – viele Schaulustige hatten sich auf der Straße eingefunden, um der Enthauptung beizuwohnen –, läuteten die Glocken. Ihr Geliebter, Jeronimo, versuchte, um ihr beizustehen, aus dem Gefängnis auszubrechen. Da der Ausbruch misslingt, will er seinem Leben ein Ende bereiten. Just in diesem Moment, als er sich erhängen will, wankte der Boden unter seinen Füßen, alle Wände des Gefängnisses rissen und stürzten ein. Kaum befand er sich im Freien, wälzte sich eine riesige Feuerwalze durch die Straßen. Wie durch ein Wunder übersteht er schadlos das Inferno. Jeronimo findet Josephe mit ihrem Kind in den Armen. Sie können fliehen. In der Stadt herrscht großer Kummer und Verzweiflung. Nachdem beide erfahren hatten, dass ein Gottesdienst in der einzigen heilen Dominikanerkirche der Stadt stattfinden soll, möchten sie daran teilnehmen. In der voll besetzten Kirche hält der Domherr eine Predigt darüber, dass das Erdbeben ein Zeichen dafür sei, dass Gott die Sünden der Menschen bestrafen wollte. Er schilderte, was auf den Wink des Allmächtigen geschehen war; das Weltgericht kann nicht entsetzlicher sein. Mit priesterlicher Beredsamkeit kam er auf das Sittenverderbnis der Stadt zu sprechen. Sein Zeigefinger ist warnend auf die Anwesenden Josephe und Jeronimo gerichtet. Er bezeichnete es als gottlos, dass die beiden Schuldigen straflos davongekommen sind und wünschte sich, dass sie in die Hölle kommen. Daraufhin bricht in der Kirche ein Chaos aus. Die aufgeputschte Menge stürzt sich, von Mordlust getrieben, auf sie und tötet beide. Philipp, der Sohn, wird adoptiert.

Aber wie war dieses Übel zu erklären? War es überhaupt zu verstehen? Wie hätte Lissabon ein solches Strafgericht eher verdient als jede andere ähnliche Stadt? Darauf bezog sich Voltaires in die Geschichte eingegangener berühmter Satz:

„Versenkt ist Lissabon, und lustig tanzt Paris".

28

Der Kreisarzt empfing mich allein. Sein Personal hatte bereits Dienstschluss. Er ließ mich zirka eine halbe Stunde im Vorzimmer warten, bevor ich eintreten durfte. Ich vertrieb mir die Zeit mit einem Blick aus dem Fenster auf die alte Ritterburg aus dem 12. Jahrhundert, die Jahrhunderte später vom Meißner Markgrafen zu einem Renaissanceschloss erweitert wurde. Renaissance, die Ära der Wiedergeburt der Antike, eine Zeit des Aufbruchs, in der die Fesseln des Absolutismus gesprengt wurden? Eine Zeit des Aufbruchs, in der das Volk der Tribun war? Auf dem XXVII. Parteitag der KPdSU erwähnte Gorbatschow erstmals den Begriff „Glasnost". Ohne Glasnost gäbe es keine Demokratie, postulierte er. Glasnost? Keiner kannte den Begriff, keiner wusste, ihn einzuordnen. Keiner konnte sich eine rechte Vorstellung von ihm machen. Der Westen übersetzte ihn mit „Transparenz" – Rede-, Meinungs- und Pressefreiheit. „Голос" (Golos)? Die Stimme des Volkes, wie der Zar Alexander II. am Ausgang des 19. Jahrhunderts seine Reformen bezeichnete? Waren es wirklich umfassende Reformen? Alexander hat zwar formell die Leibeigenschaft per Gesetz aufgehoben, aber entscheidende Schritte zur Demokratisierung des Landes blockiert. Unter der Oberfläche brodelte es gewaltig. Um die Gräfin Sofia Perowskaja, beeinflusst durch die Ideen des Berufsrevolutionärs Bakunin, der fast alle revolutionären Schauplätze des 19. Jahrhunderts mit geprägt hatte, sammelte sich unter dem Namen „Volkswille" eine kleine Gruppe gleichgesinnter Anarchisten, um den gehassten Zaren zu beseitigen. Erst der dritte Attentatsversuch gelang. Am 13. März 1881 war der Zar nach dem Besuch einer Militärparade auf dem Weg zum Michailowski-Palast mit seiner Karosse in einen Hinterhalt geraten. Der Anarchist Ignati Grinewitzki warf sich mit einer Bombe vor die vorüberfahrende Kutsche. Die Bombe explodierte im selben Augenblick. Zar und Attentäter starben noch am selben Tage. Die übrigen Mitglieder der Widerstandsgruppe flogen durch Verrat auf und ereilten nach wenigen Tagen dasselbe Schicksal. Gorbatschow ließ seinen Äußerungen Taten folgen. Der Atomphysiker und Regimekritiker Sacharow wurde rehabilitiert! Die

Presse der DDR schwieg hartnäckig über Glasnost – bis jetzt! Als ich das üppig ausgestatte Büro des Kreisarztes betrat, saß er hinter einem riesigen, antiken Schreibtisch, der fast wie ausgefegt aussah, darauf nur eine Lampe, mehrere Telefone. Sonst war der Schreibtisch leer! Keine Papiere, kein Stift, keine Akten. Wir saßen einander gegenüber wie zwei Höhlentiere, die sich argwöhnisch belauerten. Hellermund saß auf einem prunkvollen Lehnsessel mit dem Rücken zum Fenster; mich hatte er wie einen Sünder, der zur Beichte erschienen war, auf einen ungepolsterten, niedrigeren Stuhl platziert. Hellermund wirkte dadurch größer als er war. Offenbar wollte er damit demonstrieren, dass er der Vorgesetzte war. Ich spürte, dass etwas Feindliches, Drohendes von ihm ausging. Während er scheinbar gelangweilt mit seinem Federmesser spielte, das zuvor auf dem Schreibtisch lag, mit kleinen Schlägen auf das Holz der Tischplatte klopfte, mal leiser, mal lauter, trat plötzlich ein Anflug eines Lächelns in seine Gesichtszüge, ein zweideutiges, listiges, schwer durchschaubares Lächeln. Vor seinen eiskalten, wässrigen blauen Augen saß eine Nickelbrille. Sie erinnerte mich an Beria, Stalins Henker. Er musterte mich eine ganze Weile ungeniert. Sein Schnauzbärtchen zuckte nervös. Ich wich seinem Blick nicht aus. Erst das laute Schlagen einer Wanduhr brachte das Gespräch in Gang. Sie schlug zur sechsten Stunde.

„Kollege Jung, ich habe erfahren, dass Sie Ihre Arbeit in Bälde bei der Akademie für Ärztliche Fortbildung einreichen wollen." Er machte eine Pause, musterte mich misstrauisch, während er weiter mit dem Federmesser spielte. Sein Schweigen schien eine Ewigkeit zu dauern, bevor er fortfuhr. „Ihrem Mentor haben Sie doch mitgeteilt, dass Sie die Habilitationsschrift nunmehr einreichen werden?" Wieder verfiel er ins Schweigen und spielte mit dem Federmesser. – „Bevor Sie das tun, wünsche ich von Ihnen ein Exemplar, um meine Ergebnisse mit den Ihrigen abstimmen zu können", sagte er mit einer Bestimmtheit, die keinen Widerspruch zuließ. Da ich auf sein Ersuchen stumm blieb – Ersuchen? Nein! Ich durfte mich nicht ins Bockshorn jagen lassen! Es klang wie eine Anordnung –, nicht reagierte, fuhr er fort: „Es wäre doch vorteilhaft, wenn wir die Arbeit gemeinsam einreichen. Bedenken Sie, welche Hürden Sie nehmen müssen, bevor alles in trockenen Tüchern ist. Viele mühsame Behördengänge und andere Unannehmlichkeiten blieben Ihnen erspart", raspelte er Süßholz. Seine Worte klangen honigsüß, aber auch wie eine versteckte Drohung. Es gelang ihm, mein Blut in Wallungen zu versetzen. Ich spürte mein Herz jagen. Ich verspürte eine unüberbrückbare Abneigung. Ich merkte sofort, dass er etwas im Schilde führte. Ich versuchte, mich im Zaum zu halten.

„Momentan besitze ich nur ein maschinengeschriebenes, nicht gebundenes Exemplar", log ich. „Leider verzögert sich der Druck, da die Druckerei eine Genehmigung für die Papierfreigabe benötigt. Die Behörde lässt sich zur Prüfung meines Antrages auf Genehmigung des Papierkontingents viel Zeit."

„Na, da haben Sie die erste Fußangel!", triumphierte er. „Ich könnte die Blockade sofort lösen. Ein Anruf würde genügen, und schon morgen könnten Sie die Genehmigung für das erforderliche Papier bei der Behörde abholen."

„Die Auswertungen unserer Herz-Kreislauf-Studie durch das Rechenzentrum des Institutes für Herz-Kreislauf-Forschung haben Sie doch bekommen. Es sind dieselben Dokumente, dieselben Zahlen, die ich in meiner Arbeit verwendet habe. Es besteht deshalb kein Grund, Ihnen mein Probeexemplar zur Einsicht vorzulegen. Oder…" – Er unterbrach mich barsch.

„Was wollten Sie hinzufügen?" Langsam – innerlich pochte mein Herz, das Blut stieg jäh zu Kopf und strömte wie auf einer Achterbahn zum Herzen zurück – fuhr ich mit gedämpfter Stimme fort: „Sie wollen sich doch nicht mit fremden Federn schmücken? In der meiner Arbeit kann ich Sie nicht wiederfinden. Mit keinem Jota haben Sie sich eingebracht." Er wurde blass. Sein eisiges Lächeln fror ein. Drohende Gewitterwolken überzogen sein hochrotes, feindseliges Gesicht. Wutentbrannt kam er auf mich zu und schrie mich wie eine Furie an:

„Jung, Sie werden impertinent! Der Rubikon ist überschritten! Ihr respektloses Betragen wird Folgen haben! Sie scheinen vergessen zu haben, wen Sie vor sich haben!"

„Durchaus nicht! Ich habe nur gesagt, was gesagt werden musste. Ich habe nicht vergessen, dass Sie der Kreisarzt sind, durchaus nicht, habe nicht vergessen, dass Sie an einem längeren Hebel sitzen, aber Sie sind nicht mein unmittelbarer Vorgesetzter. Meinen Arbeitsvertrag habe ich mit dem Ärztlichen Direktor des Kreiskrankenhauses Schönwalde abgeschlossen. Meine Dienstzeit im Krankenhaus Schönwalde neigt sich dem Ende zu, nur noch wenige Tage, dann werde ich das Krankenhaus verlassen." Als der Kreisarzt meine unmissverständlichen Worte vernahm, lief sein Gesicht krebsrot an, seine Hände ballten sich zu Fäusten:

„Solange Ihr Chef noch nicht wieder an Bord ist, können Sie nicht weg. Das werde ich verhindern!", schrie er mich an.

„Vor drei Monaten habe ich dem amtierenden Ärztlichen Direktor des Krankenhauses, meinem Arbeitgeber, meine Kündigung schriftlich eingereicht. Er hat sie zur Kenntnis genommen. Keiner hat sich nach dem Grund meiner Kündigung bisher erkundigt, geschweige denn versucht, mich im Krankenhaus zu halten, weder mein Chef noch Sie. Das Gegenteil war der Fall. Mein Chef hat sich seitdem unsichtbar gemacht! Ja, unsichtbar! Ihnen wird nicht entgangen sein, denn man wird Sie ja früh genug informiert haben, dass mit dem Eingang meiner Bewerbung in einer anderen Klinik meine Kaderakte verlangt wurde. Dem Ärztlichen Direktor ist bekannt, dass in einer Woche mein letzter Arbeitstag sein wird. Da mir noch vier gesetzliche Urlaubstage zustehen, werde ich unwiderruflich in drei Tagen das Krankenhaus nach 13 Jahren verlassen. In all den Jahren habe ich mich nicht geschont, habe all meine Kraft der Versorgung der Patienten gewidmet, habe dabei meine Familie jahrelang in grober Weise vernachlässigt. Durch die weite räumliche Trennung von Wohnung und Krankenhaus habe ich die meiste Zeit in der Klinik verbringen müssen. Die Behörden des Kreises waren mir in keiner Weise behilflich, das Wohnungsproblem zu lösen, auch was die Mobilität betraf. Ich warte schon zehn Jahre auf ein neues Fahrzeug, ein neues ist in Bälde nicht in Sicht. All diese Gründe haben mich bewogen, eine neue Herausforderung zu suchen. Ich bin mir bewusst, dass ich den Zenit meiner beruflichen Laufbahn erreicht habe –, höchste Zeit für eine Veränderung." Hellermund versuchte mehrmals, meinen Redeschwall zu unterbrechen. Während ich redete, griff er wutentbrannt zum Hörer. Das Telefonat war kurz und leise. Ich konnte nur Bruchstücke seines kurzen Wortwechsels mit dem Teilnehmer erfassen. Danach knallte er wütend den Hörer auf die Gabel. Seine Augäpfel waren hervorgetreten. Wütend sprang er von seinem Sitz.

„Der kommissarische Ärztliche Direktor verbietet Ihnen, die restlichen Urlaubstage zu nehmen. Sie werden Ihnen vergütet, teilte er mir soeben mit." Er machte eine Pause und rang nach Worten. Seine Augen wurden schmal, seine Hände ballten sich zu Fäusten. „Das Band zwischen uns ist zerrissen!", giftete er. „Gehen Sie mir aus den Augen!" Speichel hatte sich in der Spalte zwischen seinen beiden oberen Schneidezähnen angesammelt; sein Gesicht hatte sich tiefrot verfärbt.

In der Bevölkerung hatte es sich inzwischen herumgesprochen, dass ich das Krankenhaus verlassen würde. Der Gärtner rief mich aufgeregt an:

„Herr Doktor, das kann doch nicht Ihr Ernst sein, dass Sie das Krankenhaus Schönwalde verlassen wollen, wie es die Spatzen von den Dächern pfeifen."

„Herr Philipp, es ist keine Mär. Ich habe beschlossen, eine neue Herausforderung anzunehmen."

„Was ist der Grund Ihres Weggehens?"

„Es sind viele Dinge, eine ganze Kette von Ereignissen, die mich bewogen haben, Schönwalde zu verlassen."

„Das wäre sehr schade –, für unseren Kreis ein großer Verlust. Wenn das Wohnungsproblem der Grund für Ihre Kündigung ist, könnte ich Ihnen unter die Arme greifen. Der Stadtrat hat unlängst beschlossen, Bauland für willige Häuslebauer zu erschließen. Da ich ihm angehöre, könnte ich Ihnen eine Parzelle reservieren. Außerdem kenne ich genügend Handwerker, die Ihnen beim Bau tatkräftig unter die Arme greifen könnten."

„Herr Philipp, Ihr Angebot ehrt mich, aber es kommt zu spät.

Meine Entscheidung ist gefallen. Es führt kein Weg zurück."

Wenige Wochen nach meiner „freundlichen" Verabschiedung aus dem Schönwalder Krankenhaus durch den Kreisarzt stellten sich die ersten Hindernisse ein. In einem förmlichen Brief teilte mir die Akademie für Ärztliche Fortbildung mit, dass meine eingereichten Unterlagen unvollständig seien. Da ich kein Leitungskader sei, habe ich den Nachweis einer gesellschaftlichen Fortbildung vorzulegen. Gesellschaftliche Pflichtfortbildung? Davon hatte ich noch nie etwas gehört. In dem Stadtkrankenhaus in der Provinz stand solch eine „Fortbildung" – Gehirnwäsche wäre zutreffender – nicht auf der Tagesordnung. Was tun? Guter Rat war teuer! In der Uni-Klinik gab es zwar eine monatliche gesellschaftliche Fortbildung, aber nur für Uni- Angehörige. Ich lief von Pontius zu Pilatus. Keiner reichte mir den rettenden Strohhalm. Das Glück schien mich verlassen zu haben. Ich wusste nicht, wie ich den Kopf aus der Schlinge ziehen sollte. Ich fühlte mich wie ein Traumwandler, wusste nichts mit mir anzufangen. Meine Stimmung war an einem Tiefpunkt angelangt. Wochen vergingen, ohne dass ich einen Schritt vorangekommen war. Ich versuchte, mich abzulenken, fuhr an einen Tümpel, um Wasserflöhe zu fischen. Vor nicht allzu langer Zeit hatte ich für Pius ein Aquarium eingerichtet. Ich landete einen Volltreffer, als ich im Zoogeschäft Härtel „die Könige der Zierfische", Goldskalare aus der Ordnung der Segelflosser, erwerben konnte. Ihre ungewöhnlich prächtige Gestalt faszinierte mich. Mit ihrem hohen, scheibenförmig abgeplatteten Körper und den segelartig, extrem verlängerten Flossen weichen sie von der Tropfen- und Spindelform der meisten anderen Fische auffällig ab. Mich beeindruckte die metallisch goldglänzende Farbe der bis zu zwanzig Zentimeter hohen Zierfische, die im Jahre 1911 aus Südamerika im Hamburger Hafen ankamen und in Hagenbecks Tierpark zu einem Publikumsmagnet wurden. Obwohl die aus dem Amazonas und dem Rio Negro stammenden Segelflosser bereits 1823 beschrieben wurden, blieben sie wegen ihrer sehr komplizierten Haltung und Züchtung bis in die Dreißigerjahre des 20. Jahrhunderts eine teuer zu bezahlende Seltenheit, die sich nur begüterte Liebhaber leisten konnten. Was ich damals nicht wusste, war ihre komplizierte Haltung, als ich mich auf den ersten Blick in sie verliebte. Um das Leitungswasser zu enthärten, leitete ich es durch Holzkohle, denn ich hatte aus der Literatur erfahren, dass Segelflosser nur eine sehr geringe Wasserhärte tolerieren. Außerdem musste eine Wassertemperatur zwischen 23 und 27 Grad Celsius eingehalten werden. Temperaturregler waren Mangelware. Mit einem Tauchsieder, der stundenweise in Betrieb war, erreichte ich die geforderte Wassertemperatur. Aber man musste eben immer zur Stelle sein, um den Tauchsieder rechtzeitig von der Steckdose zu nehmen. In einer Tabelle wurde darüber Buch geführt. Anfangs musste ich Lehrgeld bezahlen. Immer, wenn wieder ein Fisch gestorben war, wurde die Flagge im Hause auf Halbmast gesetzt. Pius weinte bitterlich; auch mir ging das Ableben eines unserer Lieblinge sehr zu Herzen. Am ärgsten traf es uns, als wir urlaubsbedingt abwesend waren, und wir die Fische unserer befreundeten Familie in ihre Obhut gaben. Tochter und Mutter verwechselten versehentlich die Einschalt- und Ausschaltzeiten des Tauchsieders. Sämtliche Skalare erlitten einen Hitzschlag.

Als sich nach zirka einer halben Stunde genügend Zooplankton – Culicidae (Mückenlarven), Cyclops (Hüpferlinge), Daphnien (Wasserflöhe) – im Netz angesammelt hatte, und ich gerade im Begriff war zu gehen, bekam ich Gesellschaft. Ein beleibter Herr mit leichtem Bauchansatz, schütterem Haar, vielleicht in meinem Alter, einen halben Kopf kleiner als ich, entlud aus dem Trabant seine Angelutensilien, d.h. einen Kescher und einen Klapphocker. Er näherte sich mir zwanglos:

„Guten Tag, darf ich Ihnen Gesellschaft leisten?" Ich stutzte, denn die Stimme kam mir bekannt vor. Ich drehte mich zu ihm. Nachdem wir uns einigen Sekunden angeschaut hatten, platzte ich heraus:

„Jochen Rudolf!" Nachdenklich zog sich seine Stirn in Falten. Er schien in seinen Erinnerungen zu kramen. Dann ein verschmitztes Lächeln und wie aus einer Pistole geschossen schrie er:

„Carl Jung!" Er fiel mir um den Hals. Es war eine herzliche

Umarmung. „Wie lange ist es her, seit wir uns das letzte Mal begegnet sind?"

„Vor etwa dreißig Jahren waren wir Kommilitonen im ersten Studienjahr. Du hast eine Bankreihe vor mir gesessen. Nach dem ersten Jahr trennten sich unsere Wege."

„Ja, ich erinnere mich. Du bist in die B7 gewechselt, weil du Medizin studieren wolltest. Ist etwas daraus geworden?"

„Die vorklinischen Fächer habe ich an der Humboldt-Uni absolviert, die klinischen an der Medizinischen Akademie. Danach bin ich Chirurg geworden. Welchen beruflichen Weg hast du eingeschlagen? Du hast die sprachlich-gesellschafts- wissenschaftliche Studienrichtung gewählt, wenn ich mich recht entsinne. Hast du Germanistik studiert?"

„Nach dem Abitur habe ich das Fach Politökonomie und Gesellschaftswissenschaft belegt; jetzt bin ich Lehrstuhlinhaber für Gesellschaftswissenschaften an der Technischen Universität. Übrigens, vielleicht erinnerst du dich an unseren Geschichtslehrer?"

„Klaus?"

„Ja, der Werner Klaus ist nach der Schließung der ABF in die TU gewechselt und hat den Lehrstuhl für Geschichte bekommen. Er hat übrigens seine Autobiografie veröffentlicht. Du solltest sie mal zur Hand nehmen. Eine beeindruckende Entwicklung: vom Dorfschullehrer zum Hochschullehrer, wie sie wohl nur in einem sozialistischen Staat möglich ist."

„Es ist ein wahrer Zufall, dass wir uns heute an diesem Tümpel treffen. Jochen, du bist wohl auch ein begeisterter Aquarianer?"

„Ja, wie du siehst, bin ich auf Lebendfutter aus." Er zeigte auf seinen Kescher, den er zum Planktonfischen präparierte. „Wenn ich eine übergroße Portion gefischt habe, kommt sie ins Gefrierfach. Welche Fische versorgst du mit Lebendfutter?"

„Seit längerer Zeit züchte ich Goldskalare."

„Goldskalare? Die sind für mich eine Nummer zu groß."

„Ja, da magst du Recht haben. Ihre Haltung und Züchtung ist aufwendig. Anfangs musste ich Lehrgeld zahlen. Nach einigen

Misserfolgen kann ich jetzt eine Erfolgsmeldung verkünden. Ein Pärchen hat sich gefunden und auf einem Blatt Laich abgelegt. Das Männchen ist sehr aggressiv und vertreibt Rivalen aus seinem Revier. Bevor sie leichten, hatten sie den Putzfimmel. Immerzu putzten sie ein langes vertikales Blatt. Dann passierte es. Das Weibchen legte plötzlich zirka hundert einen Millimeter große Eier auf das Blatt ab. Jetzt war uns klar, dass in zirka drei bis vier Tagen die Brut schlüpfen würde. Ich sorgte im Becken für viel feinblasige Frischluft durch eine Membranpumpe, der Bimsstein am Ende des Schlauches sorgt für feinblasige Luftperlen."

„Reichen die Wasserpflanzen für die Sauerstoffversorgung nicht aus?", unterbrach mich Rudolf.

„Natürlich ist, wenn das genügend große Becken mit viel Wasserpflanzen besetzt ist, die Sauerstofffreisetzung durch die Photosynthese im Normalfall ausreichend. Die zusätzliche feinblasige Insufflation von Luft sorgt für eine bessere Durchströmung des Beckens, ähnlich wie der Golfstrom im Atlantik, und beugt einem Pilzbefall des Geleges vor. Trotzdem stellten wir fest, dass das Weibchen das Gelege mehrfach auf andere Blätter umbettet. Dabei benutzt es sein Maul. Die Sorge, dass sie den Laich frisst, war umsonst."

„Sind die Jungen inzwischen geschlüpft?"

„Ja, das Paar versucht, sie im Revier zu halten. Ich habe aber trotzdem eine feinmaschige Trennwand ins Aquarium eingebaut, um die anderen Skalare von der Brut fernzuhalten."

„Du gehst mit einer Akkuratesse vor, man könnte meinen, du seiest ein Wissenschaftler."

„Ganz Unrecht hast du nicht, Jochen. Seit Jahren arbeite ich an meiner Habilitation. Nun, da die Ziellinie fast erreicht ist, droht alles in die Binsen zu gehen." Rudolf wurde stutzig.

„Du hast habilitiert? Alle Achtung!"

„Nein, eben noch nicht!", wehrte ich ab. „Die Arbeit ist fertig und wurde bei der Akademie für Ärztliche Fortbildung eingereicht. Plötzlich kam ein Brief mit der Mitteilung ins Haus geflogen, dass meine Unterlagen unvollständig seien und deshalb nicht bearbeitet werden könnten."

„Was fehlte in den Unterlagen?"

„Da ich kein Leitungskader sei, habe ich den Nachweis einer Teilnahme an einer gesellschaftswissenschaftlichen Fortbildung zu erbringen", hieß es in dem Schreiben.

„Das ist mir neu; das habe ich noch nicht gehört", schüttelte er verständnislos den Kopf. Nach einer Weile fügte er hinzu: „Diesen Firlefanz können wir abhaken, denn ich weiß, dass du an unserer Seite stehst und kein Staatsfeind bist. Das habe ich bereits vor dreißig Jahren festgestellt. Ich gebe dir meine Telefonnummer, da können wir einen Termin vereinbaren, und nach einigen förmlichen Konsultationen stelle ich dir das gewünschte Dokument mit allem dazugehörigem Schnickschnack aus: Urkunde mit amtlichem Siegel. Basta!"

29

„Ich hatte eine Liebe, sie war mir lieber als alles! Aber ich habe sie nicht mehr! Schweig und ertrag den schmerzlichen Verlust!", befahl sich Penelope, als sie ein letztes Mal vor ihrem übergroßen zweiflügligen Spiegel stand.

„Weg du Traum! So gold du bist;
Hier auch Lieb und Leben ist",
zitierte sie Goethes Zweizeiler, der unter einem Schattenriss von Charlotte v. Stein stand, als er sich von ihr getrennt hatte.

Der Wonnemonat Mai hielt sich ganz an die Bauernregel: „Ist der Mai recht kühl und nass, füllt es dem Bauern Scheun und Fass". Den ganzen Morgen über war ein dichter, feiner Regen gefallen, sogar vermischt mit Schneeschauern. Pankratius und Servatius sind zwei böse Brüder. Was der Frühling gebracht, zerstören sie wieder. Die Winzer fürchteten um ihre Reben. Einige Schlaue bestäubten sie nachts mit einem feinen Wasserstrahl, weil es sich herumgesprochen hatte, dass sich unter den zu Eis erstarrten Wassertropfen Kristallisationsenthalpie – Erstarrungswärme – bildet, die die Blüten vor Erfrieren schützen soll. Heute, als sich Penelope mit der „kalten Sophie" auf den Weg machte, hatte es sich aufgehellt. Die Prophezeiung, vor Bonifatius kein Sommer, nach der Sophia kein Frost, sollte sich dieses Jahr bewahrheiten. Es war gegen drei, als Penelope in den Bus an der Haltestelle auf dem Obermarkt der Silberstadt stieg. Zuvor machte sie noch einen Rundgang um das Brunnendenkmal Otto des Reichen, des Stadtgründers aus dem 12. Jahrhundert, als ob sie sich für immer von ihm verabschieden wollte. Kaum, dass sie einen Sitzplatz gefunden hatte, nahmen sie die Ereignisse der letzten Tage gefangen, und sie kam zu einer ganz anderen Auffassung ihrer Lage als vorher. Der Gedanke an den Tod hatte ihr die Angst genommen. Nein, die Vergangenheit kann man nicht mit der Wurzel ausreißen. Es ist unmöglich, sie zu vernichten. Die Erinnerung an sie kann man vorübergehend zudecken. Bei der nächsten besten Gelegenheit wird sie einen aber wieder einholen und mit neuer, gesteigerter Wucht hervorbrechen. Der Bus, in dem sie saß, war ihr vertraut; mit ihm war sie schon oft in die Bezirkshauptstadt unterwegs. Er schipperte auf holprigen Straßen entlang – die Schlaglöcher waren nach dem letzten strengen Winter nur notdürftig ausgebessert worden –, die ihr vertraut waren, vorbei am Mormonentempel, um auf der kurvenreichen, steil abfallenden Strecke das Tal der Freiberger Mulde zu queren. Der Bus musste mehrmals stark bremsen, um an den scharfen Kehren, die Straße nicht zu verfehlen. Penelope wurde auf ihrem Sitz hin und her geschleudert. Sie musste sich krampfhaft am Griff der vorderen Sitzreihe festhalten, um nicht vom Sitz zu fallen. Rechter Hand fuhren sie an riesigen, schwarz glänzenden Schlackenbergen vorüber, die als Abfall bei der Eisenverhüttung anfielen. Der höchste je von Schlotbaronen errichtete Schornstein thronte mit seinen 140 Metern majestätisch über den Schlackenbergen. Seine grau-gelben nach Schwefel riechenden Giftwolken überzogen das weite Tal mit einem dichten, schmutzigen, gelblich-grauen, sonnenundurchlässigen Schleier. Alles war grau in grau gehüllt. Irgendwann, irgendwo werden sie als saurer Regen auf die Erde sinken, die Vegetation vernichten und das Grundwasser vergiften. Penelope hielt ihr Taschentuch vors Gesicht, um sich vor dem übelriechenden Schwefelgestank zu schützen. Dem Berliner Baumeister

347

Friedrich Schinkel waren auf seiner Reise 1826 durch England die vielen Fabrikschlote – er nannte sie Obelisken – ins Auge gefallen. Birmingham verwandelten sie damals in eine triste Stadt mit viel Armut und Melancholie. In Dudley gar faszinierte Schinkel der Anblick von Tausenden rauchenden Obelisken. Der höchste Schornstein maß in Glasgow 170 Fuß (etwa 52 Meter). In seinen Memoiren schreibt er, dass die Gebäude, die vor drei Jahren in Manchester errichtet wurden, so schwarz geräuchert wären, dass man meinen könnte, sie stünden schon hundert Jahre oder länger. Auch die kahlen entwaldeten Berge um Liverpool schockierten ihn. Tausende von rauchenden Obelisken der Dampfmaschinen ringsum erreichten eine Höhe von 180 Fuß, höher als die Kirchturmspitze. Überhaupt schien das ganze Land entwaldet zu sein, ein Ergebnis der ungezügelten industriellen Revolution.

Als der Bus das Muldental verlassen hatte, besserte sich die Luft. Penelope konnte wieder frei durchatmen. An jedem Haltepunkt stiegen weitere Personen zu. Dichte Menschentrauben drängelten sich in den Gang zwischen den Sitzreihen. Der Fahrer war in Personalunion auch Schaffner. Er entwertete die Fahrscheine und kassierte das Geld. Je mehr Leute zustiegen, umso mehr verspätete er sich. So war der Fahrplan nie einzuhalten. Verspätungen bis zu einer Stunde musste man in Kauf nehmen. Immer wieder sprangen ihre Gedanken zu Molly. Nach langem Zögern und Zaudern hatte sie letztendlich ihre Einladung zur Taufe ihrer jüngsten Tochter angenommen. Als Mormonin hatte sie es aber abgelehnt, Taufpatin der kleinen Anna zu werden. Nach der kirchlichen Zeremonie in der kleinen Kirche mit der Silbermann-Orgel war eine Gartenpartie im neuen Haus geplant. Molly wird sicher viele Gäste eingeladen haben, wie es ihre Art ist, mit vielen Menschen Kontakte zu knüpfen. Ob auch Vater anwesend sein wird? Mutter sowieso. In letzter Zeit soll sie mehr bei Molly als zu Hause gewesen sein. Als der Bus bei Naundorf die Fernstraße verlassen hatte und in den Grillenburger Wald eingebogen war – eigentlich müsste er jetzt korrekterweise Tharandter Forst heißen –, kamen unwillkürlich Jugenderinnerungen auf. Mit ihrer Schulklasse wanderte sie vor etwa zwanzig Jahren durch den Tännichtgrund. Damals war auch der Viadukt von Naundorf ein Schnittpunkt ihrer Wandertour. Von Colmnitz wanderten sie entlang der Schmalspurbahn durch den Tännichtgrund bis nach Naundorf. Damals war ihr nicht geheuer. Denn ihr Klassenlehrer erzählte ihnen während der Wanderung durch den Grund, entlang des Colmnitzbachs, gruselige Geschichten. Von einem Räuberhauptmann und seiner „Schwarzen Garde" war die Rede, die im Grillenburger Wald ihr Unwesen trieb. Vom Elsaß soll er gekommen sein, der Lips Tullian. Die Räuberbande überfiel Postkutschen, raubte Kirchen aus und scheute auch keine Gewalt auf ihren Raubzügen. Als sie sich über die königliche Postkutsche hermachte, die mit Silberbarren aus Silberberg voll beladen war, wurde es dem Sachsenkönig August dem Starken doch zu bunt. Mit einem stattlichen Heer durchkämmte er den von der Bevölkerung gemiedenen Grillenburger Wald und fand im erwähnten Tännichtgrund die Diebeskammer der Räuber, über die man sich Wunderdinge erzählte. Von einem goldenen Tisch und diversen anderen Schätzen war die Rede; ein unterirdischer Gang habe damals bis nach Grillenburg geführt. Als die Wandergruppe die vermeintliche Höhle erreichte, war sie enttäuscht. Die Kinder machten lange Gesichter, auch Penelope, als sie vor der vermeintlichen Höhle standen. Nur eine kleine Nische in der Felswand erinnerte an glorreiche Zeiten der Räuberbande. Während der Gleisbauarbeiten hatte man einen Teil der Felswand samt Höhle mit Dynamit gesprengt, da man Bruchsteine für das Gleisbett der Schmalspurbahn zwischen Klingenberg und Mohorn benötigte, die durch den Tännichtgrund führte. 1923 wurde sie nach mehreren Jahren Bauzeit endlich eingeweiht. Sie wurde wahrscheinlich die teuerste Gleisstrecke der Welt. Kostenpunkt: 1 Billion Mark!

Lips Tullian wurde schließlich das Handwerk gelegt. In der Sachsenresidenz wurde er vor 20 000 Schaulustigen durch den Strang hingerichtet. Mit der Zeit lichtete sich der Grillenburger Wald, der damals noch ein dichter Urwald war. Die industrielle Revolution hatte einen enormen Holzbedarf zur Folge. Das Flaggschiff des Schwedenkönigs Gustav Adolf verschlang zirka

1000 Eichen! Die fehlende Wiederaufforstung der geplünderten Wälder führte zu einer dauerhaften Verknappung des wertvollen Rohstoffs. So kam es nicht von ungefähr, dass in der sächsischen Residenz durch Heinrich Cotta, einem Bruder des Verlegers von Goethe, 1816 in Tharandt die Königlich-Sächsische Forstakademie ins Leben gerufen wurde, die mit einer systematischen Wiederaufforstung der entwaldeten Flächen begann. Mit der verstärkten Nutzung fossiler Brennstoffe – überall in der Umgebung wurde fieberhaft nach Kohleflözen gegraben – erlitt der mühsam aufgeforstete Wald einen erneuten Niedergang. Dem atmosphärischen sauren Regen waren die Bäume nicht gewachsen. Man war wieder dort angelangt, wo Cotta mit seiner mühevollen Aufforstung begonnen hatte.

In Potschappel verließ Penelope den Bus. Damals war auch Potschappel der Ausgangspunkt ihrer Wanderung mit ihrer Schulklasse durch den Tännichtgrund. Sie stiegen aber in den Zug nach Klingenberg, um von dort zirka acht Kilometer in den abfallenden Tännichtgrund entlang des Colmnitzbachs zu wandern. Mollys Familie hatte eine kleine Parzelle am Windberg für den Bau ihres Eigenheimes erworben. Sie überquerte den Bach Weißeritz, ein Zusammenfluss der Quellflüsse Rote und Wilde Weißeritz, der den Bewohnern in der Vergangenheit schon so manchen Kummer bereitet hat, in Richtung Burgk. Es war im August 58, als der Fluss nach heftigen Regenfällen über die Ufer getreten war und ganz Potschappel in sein Flussbett einbezog. Sämtliche verfügbaren Helfer wurden zusammengetrommelt, um vom Hochwasser eingeschlossene Personen aus ihren Wohnungen zu evakuieren. Meine Seminargruppe – ich war damals Student – wurde beauftragt, Barrieren mit Sandsäcken zu errichten, die Tag und Nacht bewacht wurden; denn immer wieder mussten undichte Stellen verstärkt und abgedichtet werden. Eine Woche tobte der Kampf mit den Fluten. Die Verwüstungen waren verheerend, die Aufräumungsarbeiten zogen sich über Monate hin. Als Penelope über den Steg ging, war der Fluss nur ein kleiner Rinnsal. Der unbefestigte, leicht ansteigende Schotterweg führte sie in Richtung Windberg. Linker Hand waren eine

Reihe uniformer Eigenheime errichtet worden, einige sahen noch unfertig aus, denn es fehlte der Putz an den Fassaden. Hoch über der Häuserreihe thronte das Renaissanceschloss aus dem 16. Jahrhundert, das eine wechselvolle Geschichte hat. Hier wohnten einst Vorfahren der russischen Zarin Katharina der Großen. Christine Eleonore von Zeutsch, geboren im Schloss Burgk, war ihre Großmutter. Bereits in jungen Jahren kam sie als Hofdame nach Anhalt-Zerbst, wo sie 1687 mit Johann Ludwig I. von Anhalt–Zerbst vermählt wurde. Aus dieser Ehe kam die Nachfahrin Johanna Elisabeth von Schleswig-Holstein-Gottorf. Sie heiratete Fürst Christian August von Anhalt-Zerbst-Dornburg. Die letzten beiden zeugten 1729 die spätere Zarin von Russland, Katharina II., genannt die Große, Sophie Auguste Friederike. Mutter und Tochter korrespondierten eifrig miteinander, waren Friedrich dem Großen eine Zeit lang eine nützliche Informationsquelle. Obwohl Katharina Zarin der Russen wurde, blieb ihr Herz mit den Deutschen verbunden. Während ihrer Regentschaft förderte sie die Ansiedlung deutscher Kolonien an der Wolga. An der Sarpa, einem Nebenfluss der Wolga, siedelten sich Kolonisten der Brüdergemeine an. „Mach dich auf und gehe gen Zarpath, welches bei Sidon liegt, sprach der Herr zu Elia, als der Bach Krith austrocknete!" Sie tauften den Ort „Zarepta". Weitere deutsche Zuwanderer folgten den Brüdern. Die Zarin gewährte ihnen Steuerfreiheit für den Zeitraum von dreißig Jahren. Sie erhoffte sich auch für die dort angesiedelten Kosaken eine Verbesserung ihrer Lebensgrundlage, um von den Zuwanderern zu lernen. Sie kultivierten den Boden, bauten Senf an, errichteten eine Senffabrik, die heute noch Senf produziert. „Wo auf wohlgebahnten Straßen man in neuer Schenke weilt, wo dem Fremden reichermaßen Ackerfeld ist zugeteilt, siedeln wir uns mit andern! Eilet, eilet einzuwandern in das Feste Vaterland! Heil dir Führer! Heil dir Band!", wirbt Wilhelm Meister für Zuwanderung in einem unterbesiedelten Gebiet.

1768 übernahm der Kommerzienrat Carl Gottfried Dathe durch Einheirat das Schloss Burgk. Er und seine Nachkommen intensivierten den Abbau von Steinkohle unter dem Windberg.

Auf dem Plateau des Windberges trieben die Bergleute eine Teufung in den Berg, 452 Meter tief, um an die begehrten Steinkohleflöze zu kommen. In die Sohle zum Windbergschacht trieben sie einen 1300 Meter langen Stollen, der dem Abtransport der gebrochenen Kohle und zugleich als Entwässerungsschacht diente. Bei einer Schlagwetterexplosion im Jahre 1869 starben 269 Bergleute. „Die Bergleute trugen dunkle, stahlblaue, weite, bis über den Bauch herabhängende Jacken, Hosen von ähnlicher Farbe mit einem hinten aufgebundenem Schurzfell – Arschleder –, das sie vor Kälte, Nässe und Abwetzen des Hosenbodens schützen sollte, sowie kleine, grüne Filzkappen, ganz randlos wie ein abgeklappter Kegel. Der Steiger zündete sein Grubenlicht an und führte seine Bergleute in eine dunkle Öffnung, die einem Kaminfegeloch glich. Auf allen vieren kletterten wir in das dunkle Loch, Leitersprosse für Leitersprosse, immer tiefer in den Berg. Nach zwanzig Sprossen erreichten wir die erste kleine Plattform. Davor war ein neues Loch mit einer weiteren Leiter, und so ging es fort in die schwarze Unterwelt. Die Leitersprossen waren kotig und nass; es bestand fortwährend die Gefahr abzurutschen. Aus vielen Ritzen sickerte das Wasser. Zuweilen gelangte man auch in durchgehauene Gänge, Stollen genannt, wo man das Erz wachsen sah, und wo der Bergmann den ganzen Tag saß und mühsam mit Hammer und Meißel die Kohle aus der Wand herausklopfte. Auf dem Grund des Schachtes war ein immerwährendes Brausen, von allen Seiten herabtriefendes Wasser, qualmig aufsteigende Erddünste und das Grubenlicht immer bleicher hereinscheinend in die einsame Nacht. Das Atmen wurde mir schwer. Bergleute, ihre Gesichter vom Tageswerk schwer gezeichnet, die allmählich in die Höhe kamen, begrüßten sich mit Glückauf!" Dieses denkwürdige Stimmungsbild hinterließ uns der Dichter Heinrich Heine, als er auf seinen Wanderungen ein Bergwerk besuchte. Georg Werth schilderte auf seiner Englandreise ein noch düsteres Bild: „Die sonst so stillen Straßen waren am Abend voll von heimkehrenden Arbeitern. Man denke sich aber keine lustige Menge, die nach geschehener Arbeit jubelnd ins Freie stürzt, gleich einer Bande ausgelassener Kinder, die, der Schule und dem

Stock des Magisters entlaufen, hurtig der Freude den Zügel schleifen lässt – nein, die Knaben und Mädchen der Fabriken schleichen stumm und traurig ihrer Freiheit entgegen, denn ein Tag der angestrengtesten Arbeit hat ihre Füße gelähmt, ihre Arme zerschlagen, ihren Sinn verwirrt, und wie ein Alp reitet die Müdigkeit auf ihren armen Seelen. Kleine Kaminkehrer mit zerbrechlichem Körperbau, die auch durch die engsten Rohre mit ihrem Kehrbesen kriechen mussten, waren bis zur Unkenntlichkeit gezeichnet. Ihnen war nur ein kurzes Leben beschieden." – Erst am 7. August 1840 verbot in England ein Gesetz den Einsatz von Kindern als Schornsteinfeger. – „Und nun die Männer und Frauen! Tiefer Ernst liegt auf ihren Gesichtern; und die Gesichter sind dunkel, schmutzig; nur hin und wieder hat ein voller, schwerer Schweißtropfen, der über Stirn und Wangen rieselte, eine weiße Straße in das staubige Antlitz gefurcht. In der Zeit von zehn Minuten hatten wir die dumpfige Stadt hinter uns. Die dumpfige Stadt! Ewig eingehüllt in den dichtesten Kohlendampf, so dass man eine halbe Meile von den ersten Häusern auch kein Dach bemerkt." Kinderhände mehrten den Reichtum der Grubenbesitzer; in den engen und niedrigen Stollen mussten sie mit ihren bloßen Händen die gebrochene Kohle in ein vierrädriges, hölzernes Fördergefäß mit kleinen Eisenrädern, die auf einer Schiene liefen – Hunt genannt –, verladen und nach außen transportieren. Im Zeitalter der Dampfmaschinen wurde die Steinkohle mit der sächsischen Bergbahn, Semmeringbahn, zum Bahnhof Hänichen gebracht und dort umgeladen. Die Entfernung, die die Bahn zurückzulegen hatte, maß nur 1500 Meter Luftlinie, aber um die gewaltige Steigung – Höhenunterschied 300 Meter – zu bewältigen, wurden die Gleise schneckenförmig mit engen Radien gelegt. Die zu fahrenden Kilometer hatten sich auf diese Weise verachtfacht. Inzwischen hatte die „AG Wismut" die Gruben übernommen. Der Steinkohleabbau verlor an Interesse und wurde zurückgefahren. Im Gestein fand man ein weltweit begehrtes Erz: Uranpechblende – Uraninit –, ein bräunlich-schwarz glänzendes Mineral! An Werbeaufrufen nach Arbeitskräften für die Wismut fehlte es nicht: „Darum meldet

Euch freiwillig zur Arbeit im Erzbergbau im Lande Sachsen!"
Die UdSSR brauchte dringend Uran für ihre Atombomben! Die
Wismut lockte mit Sonderangeboten: hohe Lebensmittelratio-
nen, Zigaretten, Branntwein, Kohlen und Sonderurlaub neben
guter Bezahlung. Als Penelope bedächtig in Richtung Schloss
lief, passierte sie in regelmäßigen Abständen aufgestellte Wer-
beplakate der AG Wismut:

„Wir rufen das schaffende Volk!
Die Entwicklung der Grundstoffindustrie ist die Voraussetzung zur Verbesserung unseres
Lebens!
Darum meldet Euch freiwillig zur Arbeit
im Erzbergbau im Lande Sachsen!"

Der Sowjetunion war es gelungen, das Atombombenmonopol
der Amerikaner zu brechen. Edel und Julius Rosenberg sollen für
die Russen spioniert haben und wurden 1953 im Staatsgefängnis
des Bundesstaates New York „Sing Sing" auf dem elektrischen
Stuhl hingerichtet, trotz weltweiter Proteste. Denn man vermutete einen Justizmord, da die Verurteilten der Kommunistischen
Partei angehörten. Alle, die mit dieser Partei oder der Gewerk-
schaft sympathisierten, kamen auf die sogenannte „Schwarze
Liste" des McCarthy-Ausschusses, wurden verfolgt oder des
Landes verwiesen. Diesseits und jenseits des Eisernen Vorhanges lief das Wettrüsten auf Hochtouren. Am 22. November 1955
ereignete sich über Semipalatinsk, ein beschaulicher Ort in der
kasachischen Steppe, eine Explosion mit verheerenden Folgen.
Nach und nach sickerten spärliche Nachrichten in die Öffentlichkeit, die mühsam, gleich einem Puzzle, zusammengesetzt
werden konnten. Eine Tupulew hatte aus großer Höhe zum ersten
Mal auf der Welt eine Wasserstoffbombe mit verheerenden Folgen
abgeworfen. In der Region kam es im Umkreis von 200 Kilometer zu einer Reihe tragischer Ereignisse. In 59 Siedlungen
wurden Bauwerke zerstört und beschädigt. Dutzende Menschen
wurden verletzt, mehrere Personen kamen ums Leben, darunter
ein dreijähriges Mädchen. Im Umkreis von 240 Kilometer um
das Epizentrum der Explosion wurde eine erhöhte Strahlung

festgestellt.

Inzwischen war Penelope in die Kohlenstraße abgebogen. Sie hatte den Weg schon einmal zurückgelegt, als sie bei Charly Specht – nach langem Bitten und Betteln hatte sie sich doch dazu überreden lassen – mit einer Wünschelrute in seinem Garten vergeblich nach einer Wasserader suchte, aber damals waren die Parzellen neben seinem Grundstück noch unbebaut. In seiner Nähe, nur zwei Parzellen entfernt, lag das Grundstück von Molly und Freddy. Penelope hatte Molly noch nie im neuen Heim besucht. Sie waren ja unlängst erst in das halb fertige Haus eingezogen. Die Fassade war noch unverputzt, wie viele andere Grundstücke dieser Gegend. Der Garten war üppig mit Girlanden und Lampions geschmückt. Eine Schar Kinder, vielleicht zehn oder zwölf, tummelte sich auf der Wiese vor dem Haus. Sackhüpfen war angesagt. Ohne kleinere, harmlose Stürze erreichte kein Kind das Ziel. Das Wettspiel war früher so populär, dass es sogar 1904 in das olympische Programm aufgenommen wurde. Eine Tombola – jede Nummer gewinnt! – erfreute die Kinderherzen. Sogar ein Clown war aufgeboten, der Erwachsene und Kinder mit lustigen Streichen unterhielt. Sie zögerte einzutreten. In dieser ausgelassenen Stimmung fühlte sich Penelope zunächst wie ein Fremdkörper. Seit dem Ende der Karwoche, also, seit jenem denkwürdigen Erlebnis im Mormonentempel, seit der Aufführung Haydns Oratorium „die sieben letzte Worte …", lebte sie in sich gekehrt, scheute sie die Öffentlichkeit. Kurz: Penelope lebte in Klausur. Ihre Wohnung verließ sie nur noch für kurze Zeit aus dringenden Gründen. Sie saß vor der Kopie Johannes der Täufer und meditierte, betete wie eine Nonne die „lectio divina"– die göttliche Lesung, die auf einer Leiter zu Gott führt. In der Schrift des Kartäusermönches Guigo „Scala claustralium" gibt es eine Anleitung, gleichsam eine Parabel, in der traditionellen monastischen Gebetsweise: „Die Lesung führt gleichsam die feste Speise zum Mund, die Meditation zerkleinert und zerkaut sie, und die Betrachtung erlangt die Freude des Genusses."

Jetzt geriet sie urplötzlich in die Ausgelassenheit einer größeren Menschenansammlung, voller Lebenslust. Angstgefühle überfielen sie. Sie war im Begriff zu fliehen, da sie sich hier fehl am Platze glaubte. In diesem Augenblick stürzte Molly mit der kleinen Anna in den Armen aus dem Haus und eilte auf Penelope zu: „Halt! Penelope bleib doch! Du hast dich nicht in der Hausnummer geirrt. Leider sieht unser Haus von außen noch unfertig aus, aber innen ist es hui. Ich möchte dir unser neues Heim gern zeigen. Wir haben auch vor, den Dachboden auszubauen; wir könnten für dich ein Gästezimmer einrichten." Als sie Mollys vertraute Stimme hörte, zögerte sie. Sie hatte in dem Augenblick ganz vergessen, dass sie ja für die kleine Anna ein Geschenk mitgebracht hatte. Rasch kramte sie aus ihrer Reisetasche das Geschenk hervor. Es war ein Teddy von der Steiff! Ein Erbstück von ihrer Oma. Sie hatte ihn wie einen Augapfel gehütet. Er sah noch wie neu aus. Sogar einen Knopf im Ohr mit Widmung der Steiff hatte er. Annas blondes Haar war mit einem Kränzchen aus Gänseblumen geschmückt. Ihr langes, weißes Taufkleidchen zeigte bereits erhebliche Abnutzungsspuren. Kurz entschlossen übergab sie Anna:

„Penelope, nimm Anna mal für einen Augenblick! Ich muss den Hausschlüssel aus meiner Tasche kramen. Die Tür vorn habe ich heute abgeschlossen, damit die Kinder nicht immerzu mit ihren schmutzen Schuhen durch den Hausflur rennen." Penelope war über Mollys spontane, couragierte Aktion so verdattert, sodass sie zunächst kein Wort herausbrachte. Anna sträubte sich gegen die fremde Person. Sie musterte sie misstrauisch. Erst, als sie den Teddy sah, legte sie ihre Scheu vor Penelope allmählich ab. Gierig griff sie danach. Penelope fand allmählich Gefallen an ihrer Rolle als Amme. Still beobachtete sie Anna wie sie in ihren Armen den Teddy liebkoste. Nachdem Molly die Tür aufgeschlossen und geöffnet hatte, sagte sie stolz:

„Penelope ich möchte dich jetzt durch unser Paradies führen. Leider ist es noch nicht komplett eingerichtet. Auf unsere Schrankwand aus Hellerau werden wir allerdings noch ein Jahr oder länger warten müssen. Schau mal nach unten! Ist er nicht wunderbar - der Flur? Charly hat ihn gefliest. Für die Fliesen haben wir tief in die Tasche greifen müssen. Eine Bekannte hat uns für den Kurs von 5:1 unter der Hand Westgeld verschafft. Im Intershop haben wir sie gekauft." Penelope schien gar nicht hingehört zu haben, denn sie war vollauf mit dem kleinen Wildfang beschäftigt, der in ihren Armen recht ausgelassen zappelte. Sogar ein sanftes Lächeln stahl sich auf ihre Lippen. Sie gab darauf nur eine stereotype, knappe Antwort: „ Ja, schön!" Als sie Anna eine Weile näher betrachtete – die wenigen Augenblicke, die sie sie bisher gesehen hatte, waren nur flüchtige Momente –, stellte sie überrascht fest, dass sie sehr schön war, eben ein Kind von der Art, das jeden Betrachter zu dem spontanen Ausruf veranlasste wie „was für ein schönes Kind!" Penelope war als Kind ebenfalls strohblond, und sie hatte wie die kleine Anna keine blauen Augen, sondern kastanienbraune, was eine absolute Rarität ist! „Also hat sie doch etwas von mir!", waren ihre blitzschnellen Gedanken. Mit der Pubertät verlor Penelope ihre blonden Haare, und sie gingen allmählich ins Schwarz-Braune über. Anna – sie überschlug rasch – war mit ihren zwanzig Monaten für den Empfang des ersten Sakraments ein „später Täufling". Molly und Freddy hatten zunächst Vorbehalte, ihren christlichen Glauben durch die Taufe ihres Kindes offen an den Tag zu legen, da sie dadurch seitens des Staates und Arbeitgebers Repressalien beziehungsweise Nachteile befürchteten. In ihren Kollektiven galt der Kampf um den Titel „Sozialistisches Kollektiv" oberste Priorität. Für Marxisten bedeutet Religion nichts weiter als „Opium für das Volk". Bei der Beantragung ihres Baukredits verneinten sie die Frage nach ihrer Religionszugehörigkeit. Es war eine Notlüge, da sie befürchteten, den Baukredit nicht zu bekommen. Jetzt, da sie ins Haus eingezogen waren, beschlossen sie, Annas Schicksal in die Hände Gottes zu legen. Beim Gang durch das Haus hatte sich die kleine Anna mit Penelope regelrecht angefreundet. Ihre Augen faszinierten Anna. Sie konnte sich offenbar nicht an ihnen sattsehen. Ob es ihr bewusst war, dass sich ihre Augen aufs Haar glichen? Wohl kaum! Der Gang durch das Haus mochte eine Stunde gedauert haben. In jedem Raum hielt sich Molly mit langen Erklärungen auf, die Penelope anscheinend nicht interessierten. Jedenfalls beschäftigte sie sich die ganze Zeit nur mit Anna. Als sie durch die Hintertür ins Freie gelangten, richteten sich alle Augen auf Penelope. Die muntere Gesellschaft, die sich hinter dem Haus um den Grill versammelt hatte, verstummte plötzlich. Sie hatten offenbar nicht mit Penelopes Erscheinen gerechnet. Mit einer glücklichen Anna auf dem Arm und einem strahlenden Lächeln auf den Lippen flogen Penelope die Herzen zu. Ihre Aura, ihr Äußeres, ihr charmantes Lächeln! Das war die alte Penelope! Charly Specht, der sich am Grill zu schaffen machte, fiel vor Schreck – oder war es freudige Überraschung? – ein Steak in die Glut, das er gerade drehen wollte. Minutenlange Stille. Dann endlich folgte stürmischer Applaus. Charly stürzte auf Penelope zu und umarmte sie. Penelope ließ es geschehen. Durch den Kontakt mit der kleinen Anna schien Penelope wie ausgewechselt. Überrascht bemerkte Molly, dass ihre depressive Stimmung der letzten Wochen und Monate in eine ausgelassene, fröhliche umgeschlagen war. Es war die Penelope ihrer gemeinsamen glücklichen Kindheit und Jugend. Molly war stolz auf sie. Neidisch auf Penelope zu sein, war ihr fremd. Überall, wo sie hinkamen, stand Penelope im Blickpunkt. Molly genoss offenbar ihre Rolle als Mauerblümchen. Penelope hatte auch die Liaison mit Freddy geschickt eingefädelt. Offenbar war es eine dauerhafte und gute Verbindung, die Bestand hat. Beide verstanden sich prächtig, sie ergänzten sich. Molly verstand, gut zu organisieren, Freddy war der Praktiker. Gemeinsam zogen sie beim Hausbau an einem Strang. Penelopes Kassandrarufe hatten sich nicht bewahrheitet. Ihre Ehe hielt allen äußeren Widrigkeiten während des Hausbaus stand. Im Gegenteil! Sie schweißten sie noch enger zusammen. Als sich Penelope zu später Stunde verabschiedete – sie wollte den letzten Bus nicht verpassen –, war Molly überaus glücklich. Glaubte sie doch, in Penelope ihre Schwester von früher erkannt zu haben, dass der böse Geist sie für immer verlassen habe.

Als Penelope im Linienbus Platz genommen hatte, schloss sie nach wenigen Minuten die Augen und ließ ihr bisher verflossenes Leben sprunghaft in Gedanken Revue passieren. Am heutigen Tag blieb sie länger haften. Sie war aufgeräumter Stimmung. „Es war ein schöner Tag", stellte sie befriedigt fest. Die Begegnung mit der kleinen Anna erwärmte ihr Herz. Sie hatte das Gefühl, als sei Anna ihre Tochter. Im Schnelldurchlauf rasten ihre Kindheit und Jugend vorüber. Nur über die Zeit ihrer Tätigkeit als Operationsschwester im Krankenhaus Schönwalde hing ein dichter, undurchdringlicher Wolkenschleier. Sie war nicht imstande, ihn zu lüften. Bruchstücke reihten sich aneinander: Marlis, die rote Linie, die Operationsgaloschen, der Instrumententisch, blutbeschmierte Wände, Fußböden und Decken. Sie konnte sie nicht ordnen. Von der Jugend sprangen ihre Gedanken in die Zeit ihrer Zugehörigkeit zu den Mormonen. Dort fühlte sie sich geborgen, bis ... Sie war mit sich im Reinen! Leise summte sie das Lied „Maikäfer fliege... " vor sich hin, das ihr Mutter so oft vorgesungen hatte. Ihre Kindheit war ungetrübt. Sie und Molly hatten nicht gemerkt, dass die Ehe zwischen Vater und Mutter allmählich einen Riss bekommen hatte. In ihrer Anwesenheit kam es nie zu einem Streit zwischen den Eltern. Gut, im Laufe der Jahre hatte sich das Verhältnis wohl abgekühlt. Die anfängliche Liebesglut war normalem Alltagsgeschehen gewichen. Blumen bekam Mutter vom Vater nur noch dreimal im Jahr: zum Geburtstag, Frauentag und Muttertag. Das hatten Molly und Penelope wohl bemerkt. Die Ehe verlief aber scheinbar weiter in Harmonie. Vater war als Architekt oft unterwegs, kam oft abends spät nach Hause, oder er blieb sogar einige Tage weg. Er nannte es Dienstreise. Eines Tages kam er nicht mehr wieder. Er hatte sich von niemandem verabschiedet. Nach einem Jahr wurde die Ehe geschieden. Penelope gab Vater die alleinige Schuld des Zerwürfnisses. Sie blieb bei Mutter, Vater kehrte sie den Rücken und weigerte sich, ihn zu sehen. Molly dagegen versuchte den Spagat. Sie hielt zwar auch zur Mutter, besuchte aber Vater oft in seiner neuen Wohnung, die er im Nachbarort mit seiner neuen Partnerin bezogen hatte. Nur wenige Male sah Penelope Vater nach der Scheidung. Als sie ihn das letzte Mal besuchte — er wurde, nachdem er einige Male gegenüber dem Pflegepersonal gewalttätig wurde, in die Psychiatrie verlegt —, war er sehr verstört und litt unter Halluzinationen. Er sagte zu Penelope: „Der Teufel pflegt mich jetzt oft zu besuchen. Das war kein Traum! Nein! Er saß hier auf jenem Stuhl!", und er zeigte auf einen Lehnstuhl, der in der Ecke des Raumes stand. „Der Teufel ist schlau, tierisch schlau", fuhr er fort. Als er das sagte, verzog sich sein Gesicht zu einer grinsenden, hässlichen Fratze. Von Unruhe getrieben, lief er im Zimmer ständig hin und her und raufte sich die grau-weißen Haare. „Er verspottet mich und will mich hinters Licht führen." Mit weit aufgerissenen Augen näherte er sich Penelope. „Ich bin zäh und lass mich nicht von ihm über den Kamm scheren." Diese Worte versetzten Penelope in Angst und Schrecken. Ihr Herz raste. Einen Augenblick blieb sie wie angewurzelt stehen, dann rannte sie wie von einer Tarantel gestochen davon.

Penelope war der einzige Fahrgast, als sie einstieg. Während der ganzen Fahrt stieg nur eine weitere Person zu, ein Mann mittleren Alters, mit viel Gepäck, zerknittertem Gesicht, wettergegerbter Haut und schütterem, ergrautem Haar. Nachdem er eine Fahrkarte gelöst und lange nach einem geeigneten Platz gesucht hatte, wählte er ausgerechnet einen Sitzplatz Penelope gegenüber aus. Er war schwarz gekleidet wie ein Pope. Penelope bemerkte ihn nicht, da sie tief in Gedanken verstrickt war und die Augen geschlossen hielt.

„Sie gestatten?" Er wartete wohl eine ganze Weile, da Penelope nicht reagierte. „Sie gestatten?", wiederholte er jetzt etwas lauter und deutlicher. Penelope zuckte erschrocken zusammen und öffnete ihre Augen. Da sie immer noch nicht reagierte, wiederholte er: „Do you allow?" „Oh, yes!" Daily Englisch hatte ihr Sarah beigebracht. Nachdem er sich gesetzt und sein Gepäck verstaut hatte, dauerte es gar nicht lange, bis er versuchte, Penelope in ein Gespräch zu verwickeln.

„Ich habe eine lange Reise hinter mir, nun bin ich bald am Ziel", sagte er erleichtert in gebrochenem Deutsch und wischte sich mit einem Tuch die Schweißperlen vom Gesicht. Er wirkte müde und abgespannt. Es war der Akzent, der damals Sarah eigen waren, als sie sich während der Kur in Bad Elster begegneten. Das machte sie stutzig, und sie wurde hellwach. Sollte er …? Sie musste sich innerlich zugeben, dass er ihre Neugier erregte. Sie musterte ihn eine Zeit lang, schätzte ihn auf etwa fünfzig.

„Sie sind nicht von hier?", fragte sie vorsichtig mit Bedacht.

Er betrachtete sie vorsichtig, als wollte er sie nicht erschrecken.

„Nein, ich habe eine weite, lange Reise hinter mir", wiederholte er. „Ich war tagelang unterwegs. Und diese Formalitäten! Der Amtsschimmel scheint in Deutschland zu wiehern."

„Amtsschimmel?", wandte Penelope fragend ein. Sie wusste nicht, worauf er hinaus wollte. Er fuhr fort:

„Ich habe ein Visum für Deutschland beantragt. Mit diesem Papier in der Tasche landete ich zunächst in Frankfurt, und von dort ging es weiter nach West-Berlin zum Flughafen Tempelhof.

„Tempelhof? Warum nicht Schönefeld?" Er lächelte mitleidig über ihre Naivität.

„Mein Land unterhält keine diplomatischen Beziehungen zu Ihrem Staat. Ja, es erkennt ihn gar nicht an. Für unsere Regierung existiert er nicht auf der Landkarte. Keine Maschine würde mich aus Amerika nach Berlin-Schönefeld bringen. Als ich den Checkpoint Charly passieren wollte, nahmen die Verwicklungen und Scherereien ihren Lauf."

„Sie meinen den Grenzkontrollpunkt zwischen Ost- und Westberlin?"

„Als ich dem Ostberliner Grenzbeamten meinen amerikanischen Pass und das Visum für die Bundesrepublik Deutschland zeigte, wurde er verlegen und fragte, ob ich eine Genehmigung für einen Tagesbesuch Ostberlins möchte. Ich verneinte und sagte ihm, dass ich in die DDR einreisen und längere Zeit dort bleiben möchte. Er wurde nervös und unsicher. Nach einer Denkpause fragte er mich – seine Stirn zog sich in Falten, als ob er Zweifel hegte –, ob ich Asyl beantragen möchte. Asyl fragte ich verwundert? Nein, kein Asyl! Ich möchte in der DDR für einige Zeit arbeiten. Das Hin und Her an der Grenze zog sich über eine Stunde ohne Ergebnis hin. Als ich ihm mitteilte, dass mich meine Kirche aus Salt Lake City für einige Zeit in ihre Niederlassung in Silberberg versetzen wollte, wurde er hellhörig und wandte sich telefonisch an seine vorgesetzte Dienststelle. Es dauerte nicht lange bis ein Autokorso kam und mich abholte. Der Fahrer fuhr mich ins Innenministerium der DDR. Dort wurde ich stundenlang verhört. Die Telefone waren offenbar heiß gelaufen. Am späten Abend desselben Tages war es soweit. Mein amerikanischer Pass wurde eingezogen, dafür bekam ich ein Dokument mit unbegrenzter Aufenthaltsdauer in der DDR. Außerdem musste ich eine Kaution von 200 Dollar hinterlegen, wegen Unkosten, die zu begleichen waren. "

„Sie sind jetzt DDR-Bürger?", fragte verwundert Penelope.

„Das hat man mir so nicht mitgeteilt. Ich hätte die Genehmigung, in der DDR zu leben und zu arbeiten, sagte man mir. Nachdem ich meine vorläufige Aufenthaltsgenehmigung für die DDR in der Tasche hatte, war man mir plötzlich sehr behilflich. Man fuhr mich zum Ostbahnhof und begleitete mich in den Zug in ein Abteil mit reserviertem Sitzplatz."

„Sie werden hier arbeiten?"

„Ja, meine Gemeinde in Salt Lake City, das heißt, meine Kirche Jesu Christi der Heiligen der Letzten Tage hat mich auserwählt, das Team des Mormonentempels von Silberberg zu verstärken."

Als Penelope das vernahm, musste sie vor Aufregung mehrmals schlucken.

„Was für ein Zufall", war ihr blitzschneller Gedanke. Sie wollte gerade herausplatzen, dass sie ja auch Mormonin sei. Aber im letzten Moment besann sie sich eines Besseren. Er ließ ihr nicht viel Zeit zum Nachdenken. Denn er fuhr gleich fort: „Meine Vorgängerin wurde in eine andere Region versetzt – nach Spanien –, da sie spanisch beherrscht. Überhaupt, unsere Kirche expandiert auf den gesamten Erdball. Vielleicht schickt man mich eines Tages nach Afrika oder nach Indien", spann er den Faden weiter.

„Ja, ich habe gehört, dass es in Silberberg einen Mormonentempel gibt, der erste im Ostblock." Warum verstellte sich Penelope, warum redete sie falsch Zeugnis? Panische Angst erfasste sie plötzlich. Und sie hatte es plötzlich eilig, sehr eilig, an der Haltestelle Muldenthal auszusteigen. Sie zwängte sich im letzten Moment durch die sich schließende Tür, ohne sich von ihrem Gesprächspartner zu verabschieden. Sie rannte wie eine Irrsinnige davon. Der Mann im Bus sah ihr kopfschüttelnd hinterher. Penelope rannte wie von Sinnen. Erst als sie schwer atmete, blieb sie einen kurzen Augenblick stehen. Sie folgte immer dem geschlängelten Flusslauf flussabwärts in Richtung Mündung. Sie lief und lief und lief. Im aufziehenden dichten Morgennebel verlor sich ihre Spur …

Wochen waren seit diesem Ereignis vergangen. Jeden Morgen schlich Molly sorgenvoll zu ihrem Briefkasten, in der Hoffnung, eine Nachricht von Penelope vorzufinden. Vergebens. Sie schrieb an den Mormonentempel in Silberberg. Man konnte ihr nicht weiterhelfen. Sie besuchte ihre Wohnung in Silberberg. Auch dort konnte sie nichts Verdächtiges finden, was auf eine Flucht oder auf einen Freitod hindeutete. Kein Abschiedsbrief, nichts dergleichen! Auf Sarahs letzten Brief lag ein von Penelope handgeschriebenes Gedicht von Rückert.

„Sind dir Flügel nicht verliehen,
Mir ins Ferne nachzuziehen?
Sind doch Flügel mir gegeben,
Dich aus Ferne zu umschweben!"

Molly grübelte lange über den Sinn dieses Gedichts nach, ohne eine schlüssige Erklärung zu finden.

Die säuberlich gebündelten Briefe ihrer Freundin Sarah nahm sie an sich. Im Sekretär lag auch Penelopes Tagebuch. Ein zierliches aus Messing beschlagenes Klappschloss verbarg ihren Inhalt. Molly konnte den Schlüssel nicht finden. Sie wendete alles von zuunterst nach zuoberst. Vergebens! Charly fertigte ihr später einen Nachschlüssel. Als sie die ersten Seiten gelesen hatte, stockte ihr der Atem. Sie las die ganze Nacht. Es wurde eine tränenreiche Nacht. Nach marternden sechs Wochen ging sie endlich zur Polizei. Vielleicht hatte Penelope einen Republikfluchtversuch unternommen und war dabei geschnappt worden? Im Polizeirevier lagen über Penelopes Verbleib keine Informationen vor. Man versprach, eine Vermisstenmeldung aufzugeben. Tatsächlich wurde eine Woche später Penelopes Porträt, das sie auf der Polizeistation abgab, in der Zeitung mit der Bitte um Mithilfe der Bevölkerung veröffentlicht. Kurz danach meldeten sich zwei

Zeugen bei der Polizei. Es waren diejenigen, die Penelope zuletzt im Bus gesehen hatten. Eine großflächige Suchaktion führte zu keinem positiven Ergebnis. Penelope blieb verschollen. Man hat niemals von ihr wieder eine Spur gefunden. Möglicherweise war sie einem Gewaltverbrechen zum Opfer gefallen oder …? Jahre später wurde Penelopes Tagesbuch veröffentlicht. Es wurde ein Welterfolg.

30

Viele Jahre hatte ich mit Heimlichkeiten leben müssen. Das zerrte oft an meinem Nervenkostüm. Eines Tages, als ich abends nach Hause kam, stürzte Lilofee mir aufgeregt in die Arme und zeigte mir ein verfängliches Dokument, das mich in große Verlegenheit brachte und zugleich in Aufruhr versetzte. Ich riss es ihr aus der Hand. Es war eine Visitenkarte von Rüdiger S., Ständige Vertretung der Bundesrepublik Deutschland, mit Adresse und Telefonnummern!

„Wo hast du sie her? Warum stöberst du in meinen Sachen rum?", schalt ich sie.

„Entschuldigung! Ich habe deinen Anzug zur Reinigung gebracht. Wie immer meine Sitte, habe ich vorher die Taschen kontrolliert. In der linken äußeren Tasche des Jacketts steckte die Visitenkarte. Sie wirft natürlich Fragen auf. Niemals hast du mir gegenüber erwähnt, dass du mit der westdeutschen Botschaft Kontakt hattest. Carl, wir sitzen auf einem Pulverfass! Ist dir das klar!" Ich versuchte, mich herauszureden:

„Lilofee, ich kann dir gar nicht sagen wie diese Visitenkarte in mein Jackett gelangt ist." Ich strich übers Haar, so, als ob ich angestrengt nachdachte. „Ich entsinne mich, es muss während eines Chirurgenkongresses in Berlin gewesen sein. Als ich in einem Restaurant mein Abendbrot einnahm, setzten sich drei Herren zu mir an den Tisch. Wie es üblich ist, kamen wir ins Gespräch, unterhielten uns über Hinz und Kunz. Der Aufenthalt im Lokal dauerte bei lebhafter Unterhaltung länger als bei einem üblichen Abendessen. Sie spendierten mir auch Wein. Später verabschiedeten sie sich von mir und wünschten mir ein gutes Gelingen des Kongresses. Ihre Rechnung ließen sie liegen. Ich steckte sie mit der meinen versehentlich ein, offensichtlich auch die Visitenkarte, die unter der Rechnung gelegen haben musste. Später habe ich wohl nur die Rechnungen aus der Tasche genommen und vernichtet, aber nicht das kleine Kärtchen", versuchte ich, mich herauszureden.

In der Tat, damals bei meinem Abschied von Rüdiger habe ich nicht bemerkt, wie die Visitenkarte in meinem Besitz gelang ist, da ich vom Alkoholgenuss leicht angetrunken war.

Lilofee schwieg nach meinen Ausflüchten. Ich wusste nicht, ob ich ihre Ängste, möglicherweise in die Fänge der Staatssicherheit geraten zu sein, zerstreuen konnte. Bei meinen häufigen Berlinbesuchen traf ich Rüdiger regelmäßig, aber nicht in seiner Wohnung in der Hannoverschen Straße, sondern in verschiedenen Gaststätten. Er meinte, dass es zu riskant für mich sei, ihn in seiner Wohnung aufzusuchen, da sie von der Staatssicherheit überwacht würde. Eines Tages – wir machten einen Spaziergang durch einen Park – zeigte er mir eine Kamera, eine schwedische „Hasselblad". Er sagte, dass es die Kamera sei, mit der Neil Armstrongs gestochen scharfer Fußabdruck auf dem Mond geschossen wurde, der um die Welt ging. Mit dem speziellen Zeiss-Objektiv mache sie hervorragende Aufnahmen. Das Objektiv sei sehr variabel einsetzbar. Es könne sowohl aus großer Entfernung als auch aus kürzester Distanz gestochen scharfe Aufnahmen machen. – Nach einer Weile sagte er plötzlich:

„Carl, ich schenke sie dir!" Über das Angebot war ich so verblüfft, dass es mir zunächst die Sprache verschlug. Dann antwortete ich schüchtern:

„Rüdiger, ich kann sie nicht annehmen! Sie ist sicher sehr teuer." Darauf sagte er – den Ausspruch, den ich früher in seiner Anwesenheit einmal benutzt hatte! –:

„Noli dentes equi inspicere donati". Daraufhin musste ich laut lachen.

„Rüdiger, du bist ein Filou. Ich will sagen, du führst etwas im Schilde." Er fasste mich bei der Schulter, schaute mich an und wurde sehr ernst:

„Carl, du hast Recht, ganz eigennützig handle ich nicht. Ich denke, wir kennen uns schon längere Zeit; ich kenne deine politische Anschauung, und ich kann dir vertrauen."

„Rüdiger, rück raus mit der Sprache! Was soll meine Gegenleistung für die Kamera sein?"

„Dass du sie sinnvoll gebrauchst und mir einige brisante Aufnahmen zukommen lässt."

„Brisante Aufnahmen?", wiederholte ich. „Welche Aufnahmen schweben dir vor?"

„Carl, du kennst ja den NATO-Doppelbeschluss, bzw. du wirst sicher von ihm gehört haben. Wir müssen auf der Hut sein. Er ist die Antwort auf die russischen SS-300-Raketen. Wir versuchen, dem Gegner ständig einen Schritt voraus zu sein", druckste er um den heißen Brei. Du kannst uns dabei helfen, dass wir weiter in Frieden leben können." Mir wurde heiß. Ich hatte mit vielem gerechnet, aber nicht im Entferntesten damit!

„Ich soll also für euch spionieren? Ich soll mich mit meiner Familie auf den Schleudersitz begeben?"

„Carl, du musst dich nicht irgendwelchen Gefahren aussetzen. In der Umgebung deines Wohnorts wimmelt es von militärischen Einrichtungen, wie wir aus zweiter Hand erfahren haben. Mach auf deinen gelegentlichen Spaziergängen mit dieser Kamera mal ein Foto, sie erlaubt dir, aus großer Entfernung gestochen scharfe Aufnahmen zu schießen! In die Kassette passt übrigens auch euer Rollfilm der Firma 'ORWO" aus Wolfen. Das haben wir schon ausprobiert. Übrigens, was ich noch sagen wollte, die Filme kannst du mir nicht persönlich übergeben. Wir werden dafür einen Briefkasten einrichten. Nebenbei bemerkt, Carl, wir setzen dich nicht unter Druck. Wenn dir ein Schnappschuss zu riskant erscheint, lass es sein! Dann ist es auch kein Beinbruch."

„Briefkasten? Wer wird ihn leeren?"

„Eine dir noch unbekannte Person wird dafür sorgen, dass er regelmäßig kontrolliert und geleert wird.

„Wie wird der Briefkasten aussehen?", erkundigte ich mich

nach Einzelheiten.

„Wir haben herausgefunden, dass Parkbänke sich am besten als Briefkasten eignen. Um sicher zu gehen, wird der Briefkasten nicht immer an derselben Bank sein. Falls du zufällig mal mit jemandem auf der betreffenden Bank zusammentriffst, wird dir ein bestimmtes Losungswort helfen, unsere Person zu erkennen."

„Das habt ihr euch gut ausgedacht, Rüdiger! Nimm es mir nich übel, die Sache muss ich erst mal verdauen!"

„Natürlich Carl, wir drängen dich nicht. Es wird deine Entscheidung allein sein, für uns zu arbeiten. Solltest du einmal in Bedrängnis geraten, werden wir dich und deine Familie nicht im Stich lassen; wir werden euch rechtzeitig an einen sicheren Ort bringen. Diese Versprechen gebe ich dir auf die Hand."

Vier Wochen waren seit der letzten Begegnung mit Rüdiger verstrichen, als ich mit meinem LADA auf einer Spritztour nach geeigneten Fotomotiven unterwegs war. Ich wählte zunächst das Objekt aus, das mir aus Kindheitstagen noch in bester Erinnerung war. Herr Goldberg wohnte damals auf dem Fuchsberg im „russischen Viertel", in einem Villenviertel, das von der Roten Armee für ihre Offiziere beschlagnahmt worden war. Die meisten Deutschen wurden aus ihren Häusern vertrieben. Herr Goldberg war privilegiert; er durfte bleiben, da er als Kalfaktor für die Russen in den nahegelegenen Kasernen arbeitete. Das Viertel stach durch seine Farbenpracht hervor. Die Fassaden der Häuser waren in den grellsten Schockfarben gestrichen. Als ich damals Herrn Goldberg besuchte, um ihm einen Auftrag meines Vaters zu übermitteln, waren Wachposten an der Zufahrtsstraße postiert. Sie ließen mich passieren, nachdem ich ihnen mein Anliegen geschildert hatte.

Heute sind Wachposten und Russen aus dem Viertel verschwunden. Herr Goldberg nahm mich auch einmal in das weitläufige, im angrenzenden Wald gelegene Kasernengelände mit. Ich durfte mich dort frei bewegen. Niemand beaufsichtigte mich, während Herr Goldberg seiner Arbeit nachging. Er war

Mädchen für alles. Er organisierte für die rückwärtigen Dienste, war Bindeglied zwischen den Zulieferern und der sowjetischen Administration. Auch auf Vaters Hof erwies er sich als Hansdampf in allen Gassen. Er brachte Vaters Maschinenpark zum Laufen. Außerdem holte er für Vater aus der Kaserne Küchenabfälle für die Schweinemast. Als Gegenleistung musste Vater für die Russen einige Schweine gratis mästen.

Nachdem ich meinen LADA genügend weit vom Tatort geparkt hatte, begab ich mich mit der Kamera auf Motivjagd. Das Kasernengelände war wie früher von einem hohen, grün gestrichenen Bretterzaun abgeschottet, um es vor neugierigen Augen zu schützen. Es gab aber einige winzige Schlupflöcher im Zaun, sogenannte Gucklöcher – das wusste ich bereits als Kind –, die für einen Schnappschuss geeignet waren. Astrester im Holz sind härter als das übrige. Im Laufe der Jahre trocknen sie stärker aus, und man kann sie leicht herauspuhlen. Beim Entlangschlendern fand ich rasch solche Astlöcher, die für einen Schnappschuss mit dem Fotoapparat geeignet waren. Mit einem Taschenmesser ließ sich das trockene Aststück lockern und heraushebeln. Durch das winzige Guckloch gelangen mir mit der Hasselblad einige interessante Schnappschüsse vom weitläufigen Kasernengelände. Ich verschloss das winzige Guckloch wieder sorgfältig. Die ganze Aktion dauerte nur wenige Minuten. Mein Herz fing an zu pochen. Die Dämmerung war inzwischen hereingebrochen. Ich querte die Straße. Ich fühlte mich unbeobachtet. Über einen kleinen Umweg erreichte ich unbeobachtet mein Fahrzeug. Ich wusste nicht, ob ich für meinen Auftraggeber interessante Details aus dem Kasernengelände fotografiert hatte, aber das war mir gleichgültig. Als Spion fühlte ich mich ungeeignet, denn die Aktion ließ mich keineswegs kalt. Ich war danach schweißgebadet. Aber vielleicht wird man mit der Zeit abgeklärter, wenn alles gut verläuft. So war es auch. Bei meiner nächsten Aktion war ich weniger aufgeregt, und ich wurde verwegener, vielleicht auch leichtsinniger.

Die Provinzhauptstadt war von einer dichten Kette sowjetischer Kasernen umsäumt. Diese Mal fuhr ich in südliche Richtung. In gemächlichem Tempo erklomm ich den Höhenzug. Die Tafelberge der Sächsischen Schweiz waren zum Greifen nahe. In dem kleinen Runddorf stieg ich aus. Alls war wie vor dreißig Jahren, als meine Eltern hier einen Bauernhof bewirtschafteten. Ein idyllischer, verschlafener Ort! Lehmanns Ausspanne hatte geöffnet. Ich setzte mich an einen Tisch, der im Innenhof stand und bestellte Kaffee mit Kuchen. Nach der kurzen Rast fuhr ich in gemächlichem Tempo an Vaters ehemaligen Feldern vorüber.

Am Fuße des nach Norden abfallenden Höhenzuges standen zahlreiche Kasernen, die noch aus der Kaiserzeit stammten, aber jetzt von der Sowjetarmee genutzt wurden. Ein Panzerregiment war hier zu Hause. Ich war allein. Mit der Kamera machte ich einige Schnappschüsse von der Umgebung und dem weitläufigen Kasernengelände, zoomte mit der Kamera die Kasernen so nah wie möglich heran, um Einzelheiten festzuhalten.

Beim nächsten Berlinbesuch teilte mir Rüdiger das ominöse Codewort mit, um meinen mir noch unbekannten „Betreuer" meine „Jagdbeute" übergeben zu können. Zum Abschluss gab er mir warnend mit auf den Weg:

„Carl, behalte das Codewort für dich, schreib es niemals auf!"

Es war an einem trüben Novembertag. Leichter Nieselregen hatte eingesetzt. Es war ein Tag, den man lieber in der warmen Stube verbringen sollte. Als ich bei diesem Sauwetter im Park angekommen war, steckte ich das vereinbarte Zeichen, ein kleines Abbild Gagarins, ans linke Revers meines Jacketts. Mir war längst klar, dass mein „Betreuer" mich längst observiert hatte. Ich musste nicht lange warten, da steuerte eine mir unbekannte Person die Parkbank an, auf der ich unter einem Regenschirm mutterselenallein bibbernd saß. Nein, die Person kam nicht allein! Sie kam in Begleitung. An einer langen Leine führte sie einen braunen Langhaardackel, der vielleicht vier bis fünf Meter vor der Person intensiv am Wegrand nach Spuren schnüffelte. Als ich sie bemerkte, war sie noch etwa fünfhundert Meter von mir entfernt. Es vergingen aber noch zehn Minuten, bis der Fremde mit seinem Dackel an meiner Parkbank angekommen war. Direkt vor mir hielt er an, schaute mir ins Gesicht.

Dann sagte er:

„Was hat Sie denn bei diesem Sauwetter hierher getrieben? Meinem Hund musste ich gut zureden und mit einem Leckerli aus der Stube locken." Ich stutzte, ich hatte nicht erwartet, dass er mich auf diese Weise begrüßte. Seine schlanke, sehnige Gestalt war ganz in eine Regenkleidung gehüllt, und er trug einen Schlapphut aus Filz mit breiter Krempe, über die das Regenwasser in Strömen rann. Seinem wettergegerbtem, mit vielen Runzeln durchzogenem Gesicht, das mit einem Drei-Tage-Bart überwuchert war, konnte ich sein Alter nicht genau abschätzen. Er mochte zwischen vierzig und sechzig Jahre auf dem Buckel gehabt haben.

„Ich bin kein Stubenhocker. Nach einer total verkorksten Nacht musste ich mir einfach einmal die Füße vertreten. Da ist das Wetter zweitrangig." Er sah mich ungläubig an.

„Sie haben schlecht geschlafen?"

„Das kann man wohl sagen. Ich habe die ganze Nacht kein Auge zugetan." Er schien lange nachzudenken, bevor er bedachtsam antwortete:

„Ich kann mir nicht vorstellen, dass Sie in Ihrem jugendlichen Alter schlecht schlafen. In meinem Alter meldet sich schon mal die Prostata, die meinen Schlaf unterbricht. Gestatten Sie, dass ich mich einen kurzen Moment auf der Bank ausruhe?"

„Kein Problem!", beeilte ich mich zu reagieren und rutschte ein wenig zur Seite, um ihm Platz zu machen. Ich war mir jetzt ziemlich sicher, dass er mein Kontaktmann war, den ich hier erwartete. Unter seinem Regencape kramte er ein weißes Tuch hervor und entfernte umständlich die Wassertropfen von seiner Brille. Dem Dackel schien der Regen nichts anzuhaben; er schnüffelte eifrig am Wegrand nach Spuren oder Düften. Nachdem er es sich recht und schlecht auf der Bank bequem gemacht hatte, nahm er den Gesprächsfaden wieder auf:

„Sie waren also nachts auf Achse?", fragte er mit listigem Unterton. „In den meisten Kombinaten wird ja dreischichtig gearbeitet. Früher war ich bei Robotron in der Datenverarbeitung beschäftigt, da habe ich auch im Drei-Schicht-System gearbeitet. Jetzt bin ich aufs Altenteil abgeschoben worden und vertreibe mir die Zeit mit meinem Dackel." Das war die Gelegenheit für mich, hier einzuhaken:

„Hannibal hält Sie wohl auf Trab?"

„Hannibal?" – Er machte eine längere Pause und blickte auf seinen Dackel. „Wenn Sie den Dackel meinen, dann liegen Sie mit Ihrer Vermutung falsch. Die Züchterin hat ihn auf den Namen 'Cäsar' getauft, weil er aus dem dritten Wurf der Hündin stammte."

„Cäsar?", fragte ich, falsch verstanden zu haben.

„Ja, Cäsar", wiederholte er. Blitzartig wurde mir klar, dass der Fremde neben mir auf der Bank nicht der von mir vermutete Kontaktmann war. Denn er reagierte nicht auf das Codewort „Hannibal"!

Der fremde Mann auf der Bank neben mir kannte die Antwort nicht!

31

Lieber Jean-Marie!

Man muss dabei gewesen sein! Was ich in den letzten Tagen und Wochen erlebt habe, ist nicht in Worte zu fassen. Als ich mich im September von Dir in Colmar verabschiedete – Du wolltest ja, dass ich geblieben wäre –, ahnte keiner von uns, dass zwei Monate später ein Riesenreich ins Wanken geraten würde. Das Verlangen war da, die Gelegenheit war günstig, der DDR den Rücken zu kehren. Auf meiner Rückreise im Interzonenzug hatte ich damals kritische Minuten zu überstehen – die Grenzkontrolle am Grenzübergang Oebisfelde. Der Zug hatte etwa fünfundvierzig Minuten Aufenthalt. Aber eigenartigerweise ging sie in meinem Abteil ohne intensive Kontrolle rasch über die Bühne. Nur die Ausweise kontrollierten die Grenzbeamten, nicht das Gepäck. Du weißt ja, dass ich in meinem Gepäck Solschenizyns „Der Archipel Gulag" hatte, der ja in der DDR auf der Liste verbotener Bücher steht, da der Schriftsteller bekanntermaßen ein Dissident ist. Im Abteil saßen offenbar Stasi-Leute, die gar nicht kontrolliert wurden! Ich bin heute froh, dass ich damals Dein Angebot abgelehnt habe. Denn sonst hätte ich nicht das erlebt, was Menschen vielleicht nur alle zweihundert oder mehr Jahre erleben würden – eine Revolution! Der letzte symbolische Bruderkuss zum Jahrestag der Republik war ein kalter Kuss – ein Kuss des Abschieds. Erich, der kurz zuvor noch mit erstickender Stimme wie eine Elster gekreischt hatte – es war schon etwas von einem Don Quichote in ihm, denn man erkennt einen Esel an seinen Ohren, aber einen Narren an seinem Geschwätz –: „Den Sozialismus in seinem Lauf halten weder Ochs noch Esel auf", musste seinen Hut nehmen. Sein Kronprinz konnte das ins Schlingern geratene Schiff nicht mehr in ruhiges Fahrwasser manövrieren. Von da an geriet die Diktatur des Proletariats in einen Sturm, der die Mauern zwischen den Blöcken vehement ins Wanken brachte. Der allmählich tauende Permafrostboden muss wohl die Ursache gewesen sein, dass das System peu à peu den Boden unter den Füßen verlor, was ja eigentlich schon mit dem Abkommen von Helsinki begann. Im Lande brodelte es ja schon länger. Die Schönung der letzten Wahlergebnisse brachte das Fass des Volkszorns zum Überlaufen. Pathogene Keime haben den gesamten östlichen Horizont infiziert. Eine unaufhaltsame, überwiegend unblutige Umwälzung – eine ganz gewaltige! – brach auf die Menschen hinter dem Eisernen Vorhang herein.

Lieber Jean-Marie, lass mich versuchen, das bisher Geschehene und Erlebte chronologisch zu schildern. Ich bin mir aber von vornherein im Klaren, dass es mir nicht recht gelingen wird. So etwas lässt sich nicht einfach wiedererzählen, man muss dabei gewesen sein, um zu begreifen, wie man auf offener Straße vor Freude weinen und fremde Menschen innig umarmen kann. Was gibt es Schöneres auf der Welt als die Freiheit erkämpft zu haben! Es ist ein Glücksgefühl, das intensiv – ja, ausschweifend! – von den Menschen ausgekostet wird! Als ich am 4. Oktober, es war ein Mittwochnachmittag, wie immer auf dem Weg zu meiner Spezialsprechstunde war, herrschte Chaos vor dem Bahnhofsgelände. Der Verkehr ruhte, alles steckte im Stau. Eine dichte Polizeikette hatte das Gelände abgeriegelt. In dem Kessel drängten vielleicht 4000 aufgebrachte Menschen zum Bahnhofsgebäude. Sie skandierten im Stakkato-Rhythmus wie eine Endlosplatte: „Wir wollen raus! Wir wollen raus!" Wie kam es zu dieser spontanen Ansammlung von aufgebrachten Menschen? Der Sender „Jerewan" hatte das geheim gehaltene Abkommen ausgeplaudert, dass ein Sonderzug aus Prag mit Ausreißern den Bahnhof passieren würde. Als nach einer halben Stunde der Verkehr noch immer nicht freigegeben wurde, stieg ich aus, um mich nach dem Grund bei der Staatsmacht zu erkundigen. Man wies mich kalt ab. Erst, als ich meinen Dienstausweis als Mediziner zeigte und erklärte, dass ich dringend in die Klinik muss, leitete mich ein Verkehrspolizist über eine Umleitung aus dem Stau. In den Betrieben, in den Kneipen, auf den Straßen, überall gab es nur noch das eine beherrschende Thema: die Revolte auf dem Bahnhofsgelände! Von diesem Tage an nahmen die illegalen, nicht genehmigten, spontanen Demonstrationen gegen das Regime auf der Straße schlagartig zu. Am 9. Oktober erreichten die friedlichen Demonstrationen in Leipzig einen Kulminationspunkt. Die Polizei schritt nicht ein! Keine Gewalt wurde angewendet! Das Eis ist gebrochen! Fast täglich demonstrieren jetzt die Menschen auf den Straßen friedlich unter dem Motto: „Wir sind das Volk"! Die Polizei versucht nicht, die friedlichen Demonstrationen auf den Straßen zu verhindern. Im Gegenteil! Sie betätigen sich als Ordnungshüter und Begleiter der Demonstrationszüge! Wenn es mir die Zeit erlaubt, reihe ich mich in die Demonstrationszüge ein. Aber es gibt kein klares Ziel, kein Programm, wogegen man eigentlich demonstriert! Es gibt keine Führpferde, die die Richtung vorgeben, keine kühnen Parolen wie „Friede den Hütten, Krieg den Palästen!". Wir haben keine Doktoren der Revolution! Oder doch? Ein „Runder Tisch" wurde eingerichtet, an dem eine illustre Gesellschaft aus Politik, Bürgerrechtlern und Kirchenvertretern über die gegenwärtige Situation in der DDR diskutiert. Es scheint ein endloses Palaver zu sein! Warum, frage ich mich, kommt keiner von ihnen auf die Idee, einen „serment du Jeu de paume" – einen „Ballhausschwur" zu verkünden, wie am 20. Juni 1789 geschehen, als Ludwig XVI.

notgedrungen die Generalstände einberufen musste, weil er klamm war. Die Abgeordneten des Dritten Standes gelobten im Ballhaus von Versailles, nicht eher auseinanderzugehen, bevor sie Frankreich eine Verfassung gegeben hätten. Mit diesem Eid erklärten sie sich selbst zur Verfassungsgebenden Versammlung! Sie erzwangen eine Abstimmung nicht mehr nach Ständen, sondern nach Köpfen! Und sie waren die Mehrheit! Warum gehen wir auf die Straße und demonstrieren? Wir haben genug zu essen, haben die Gleichberechtigung von Mann und Frau, eine kostenlose ärztliche Versorgung, das Recht auf Arbeit für jedermann, haben keine Epidemie der Überproduktion, in der Tausende Tonnen wertvoller Lebensmittel vernichtet werden, sondern eher eine Mangelversorgung und auch keine weit geöffnete Schere zwischen Reichtum und Armut wie im Westen. Aber wir schwenken schwarz-rot-goldene Fahnen wie die Jenenser Burschenschaft im Jahre 1815 und die bürgerliche Opposition 1832 auf Schloss Hambach! Wollen die DDR-Bürger das Rad der Geschichte zurückdrehen, etwa eine Umkehr des Manifestes, die Wiedererrichtung der Herrschaft der Bourgeoisie? Nein! Eigentlich nicht! Barone und Fürsten wollen wir nicht wieder haben! Wir wollen nichts anderes als die Ketten der Unfreiheit abwerfen, endlich reisen, reisen, reisen – wohin unser Herz begehrt!

Der große Knall ereignete sich am 18. Oktober! Chaos im Politbüro! Erich musste seinen Hut nehmen. Es war der Tag, an dem meine Nichte und ihre Familie aus der DDR ausreisten. Ich wollte sie zurückhalten:

„Bitte bleibt, geht nicht weg! Die Revolution braucht euch!", flehte ich sie an. „Die Diktatur ist zu Ende". Sie glaubten mir nicht und reisten ab. Ich verabschiedete sie auf dem Bahnhof unter Tränen mit sowjetischen Sekt.

Die Revolution ist wie ein Orkan! Wer kann ihn bremsen? Ein Mensch, durch sie in Tätigkeit gesetzt, kann Dinge tun, wovon man nicht mal im Traum daran gedacht hat.

Als wir am 09. November abends, wie immer aus Gewohnheit, den Fernseher einschalteten – im Tal der Ahnungslosen gibt es nur einen Sender –, wurde das übliche Fernsehprogramm plötzlich durch eine Pressekonferenz unterbrochen. Das Politbüro der Partei hatte sie in aller Eile einberufen, zu der auch einige Journalisten aus dem westlichen Ausland zugelassen waren. Das war ein Novum! Die Pressekonferenz wurde von Schabowski geleitet, den bisher wohl nur wenige DDR-Bürger kannten. Er teilte dem Gremium und den Bürgern mit, dass der Ministerrat der DDR ein neues Reisegesetz für DDR-Bürger vorbereitet hat, d.h. einen Entwurf, der von der Volkskammer verabschiedet werden soll.

„Es heißt: 'Wir haben uns jetzt entschlossen, eine Regelung zu treffen, die es dem DDR-Bürger möglich macht, über die Grenzübergänge aus der DDR auszureisen. Also Privatreisen nach dem Ausland können ohne Vorliegen von Voraussetzungen und Bedingungen kurzfristig erteilt werden. Die Ausreise kann über alle Grenzübergänge der DDR zur BRD erfolgen. Visa zur ständigen Ausreise aus der DDR werden unverzüglich erteilt, ohne dass Voraussetzungen für eine ständige Ausreise vorliegen müssen. Der Passus für das ständige Verlassen der DDR wird aus dem Entwurf herausgenommen und wird sofort in Kraft gesetzt'." Es waren nur wenige Sätze, die das Politbüromitglied aus dem Entwurf des Reisegesetzes vortrug. Aber die hatten es in sich! Bei einer Anfrage eines italienischen Journalisten an Schabowski, ab wann das neue Reisegesetz gelte, antwortete er:

„Mir ist mitgeteilt worden, dass es ab sofort – unverzüglich – gilt! Es ist eine souveräne Entscheidung des Bürgers zu reisen wohin er will."

Nach zehn Minuten war der Spuk vorüber – ein Teufelsspuk? Wir konnten nicht glauben, was wir, Menschen im Tal der Ahnungslosen, soeben gehört hatten. Ungläubig, ja verständnislos, sahen wir uns an wie zwei begossene Pudel. War es ein Lapsus von Schabowski, der so gar nicht geplant war? Lilofee begriff überhaupt nicht, was er soeben mitgeteilt hatte. Sie war ganz bedeppert. In Gedanken versuchte ich, das soeben Vernommene Revue passieren zu lassen, nochmals der Reihe nach durchzugehen. Dann sagte ich spontan: „Wir sind frei!"

„Frei? Was bedeutet das?", wollte Lilofee wissen.

„Wir können reisen, wohin wir wollen! Zum Nordpol oder zum Südpol!" Sie glaubte mir nicht. Wir schauten uns minutenlang ungläubig an. Dann platzte ich heraus: „Ich will wissen, ob das stimmt, was wir soeben gehört haben. Fahren wir nach Berlin!", sagte ich spontan. „Nach Berlin am Wochenende?" „Nein, jetzt sofort!", schrie ich. „Du bist durchgeknallt! Es wird Mitternacht sein, wenn wir in Berlin ankommen. Und morgen müssen wir arbeiten." „Morgen gehen wir nicht arbeiten, ich habe an diesem Tage keine Operationen, und dich werde ich krankschreiben. Den Rest der Nacht können wir doch im Studentenwohnheim bei Pius verbringen." Nach vielem Zureden hatte ich es geschafft – steter Tropfen höhlt den Stein. Am späten Abend brachen wir mit unserem LADA nach Berlin auf! Als wir die Betonpiste nach Berlin erreichten, erlebten wir ein Fiasko. Sie war verstopft – ein Stau ohne Ende! Eine riesige Karawane fahnengeschmückter Trabis wälzte sich nach Berlin. Mit Mühe erreichten wir die nächste Abfahrt zu einer Landstraße. Vier Uhr in der Früh erreichten wir schließlich Berlin. Ins Zentrum fuhren wir mit der S-Bahn. Als wir in die Nähe des Brandenburger Tores kamen, sahen wir eine unzählige Zahl von Menschen, die vor Freude ausgelassen tanzten. Mit Mühe, völlig übermüdet, erreichten wir das Brandenburger Tor. Vor der Mauer gab es keine Absperrungen. Wir trauten unseren Augen nicht! Auf dem Mauersims tummelte sich eine ausgelassene Menschentraube. Andere hangelten sich an Kleidungsstücken wie Affen behände nach oben. Die Menschen prosteten sich zu, fassten sich bei den Händen und umarmten sich. Ja, sie saßen auf der Mauer, dem Symbol der deutschen Teilung. Keiner hinderte sie, die Mauer nach Ost oder West zu verlassen. Wildfremde Menschen kamen auf uns zu, umarmten uns herzlich. Sie sangen, lachten, und viele weinten vor Freude. Mauerspechte waren bereits beschäftigt, Gucklöcher in die Mauer zu picken. Grenzpolizisten, unbewaffnet, hielten sich zurück. Sie ließen sie gewähren! Sie ließen sie gewähren! Noch versperrte die bereits ramponierte Mauer den freien Blick auf das Branden-

burger Tor.
Aber wie lange noch?
Mit Goethes Worten möchte ich diesen Bericht schließen:
„Ich höre schon des Dorfs Getümmel,
Hier ist des Volkes wahrer Himmel,
Zufrieden jauchzet groß klein:
Hier bin ich Mensch, hier darf ich sein."

32

„Oh, Marke Mumm! Bisher hatten wir doch Silvester bei dir immer sowjetischen Champagner der Marke halbtrockenen Sekt (Шампанское полу сухое) getrunken." Salpeter sah mich mit süßsaurer Mine an. Dann antwortete er mit bitterem Unterton.

„Die Russen haben uns verraten, einfach verkauft für den schnöden Mammon. Geld regiert die Welt!"

„Du glaubst, dass Gorbatschow die DDR und die anderen sozialistischen Staaten mit seiner Perestroika verraten hat?"

„Ja, sine dubio. Übrigens, seit Mutters Tod seid ihr ja längere Zeit nicht mehr im Osten gewesen. Es hat sich seitdem vieles verändert."

„Das haben wir wohl gemerkt. Die Stadt putzt sich heraus."

„Ach, das ist doch nur die Fassade!", schmetterte er schroff meinen Hinweis ab, wie ich Salpeter noch nie erlebt habe. „Wo ist die versprochene blühende Landschaft? Ich kann sie nicht finden. Überall wird nur abgewickelt!"

„Abgewickelt?"

„Ja, das ist die berühmte hochtrabende, seriöse Bezeichnung für 'Plattmachen'! Mir und Akelei hat man auch den Laufpass gegeben, wie vielen Millionen Menschen in Ostdeutschland auch. Jeden Mittwoch verbringe ich vier Stunden auf dem Arbeitsamt. Schlange stehen sind wir ja gewöhnt. Auf die Frage nach Arbeit zuckt man dort nur mit den Schultern. Von Umschulung faselt man. Ich soll in meinem Alter noch umschulen?" Über seinen Zornesausbruch war ich sehr betreten. Ich antwortete kleinlaut:

„Es tut mir leid. Keiner konnte voraussehen, dass es so kommen würde. Als die DM kam, glaubten viele Ostdeutsche, im Garten Eden angekommen zu sein. Aber so war es nicht! Es war ein Trugschluss. Ostdeutschland war den westdeutschen Schwestern und Brüdern nur die Hälfte wert. Ich habe früh erkannt, meine Arbeitskraft nicht für'n Appel und'n Ei zu verschleudern. Deshalb haben wir kurz nach der Wende den Abflug gemacht, wie viele andere ostdeutsche Bürger auch."

„Ja, du hast einen Beruf, der überall gefragt ist. Außerdem warst du im Osten eine Koryphäe, über die Grenzen hinaus bekannt. Die Wessis haben im Osten nicht nur die Industrie platt gemacht, sondern dem Land – was das Schlimmste ist – auch noch das Haupt abgeschlagen. Übrig geblieben ist ein Torso, vulgär ausgedrückt: ein Stumpf, ein Strunk, der zum Himmel stinkt! Die Filetstücke werden von der Treuhand verhökert. Prinz Alexander lässt grüßen. Im Eizugtempo hat er sich von Mexiko aufgemacht, die Besitztümer der Wettiner zurückzufordern. Ich stelle mir manchmal die Frage, ob sich der Osten jemals wieder von diesem Kahlschlag erholen wird. Bauernland in Junkerhand, heißt jetzt die Devise! Zwischen den ostdeutschen Wendeverlierern und den westdeutschen Eroberern hat sich inzwischen ein tiefer Spalt aufgetan. Von beiden Seiten spürt man einen eisigen Wind – Ossi gegen Wessi."

„Es ist schon ein Funke Wahres dran, was du kritisierst. Der Solidaritätsfond fließt fast ausschließlich in den Ausbau der Infrastruktur und in die Immobilienwirtschaft. Wer heute eine Immobilie im Osten kauft, kann sie sofort hundertprozentig von der Steuer absetzen. Der Ostdeutsche ist auch in dieser Branche ausgegrenzt, da er kein Vermögen angehäuft hat. Ohne Solvenz bekommt er von den Banken keinen Kredit. Er bleibt ein Besitzloser, ein Paria im eigenen Land."

„Interessant ist, was Georg Büchner 1854 im 'Hessischen Landboten' geschrieben hat. Ich sehe hier durchaus Parallelen für das Geschehen in unserem Land. Er schreibt: 'Der Fürst ist der Kopf des Blutegels, der über euch hinkriecht, die Minister sind seine Zähne und die Beamten sein Schwanz. Die Töchter des Volkes sind ihre Mägde, die Söhne ihre Soldaten.'

Die Verlierer sind wir! Wir sind nichts! Wir haben nichts!"
„Die Massenarbeitslosigkeit im Lande hat zu grotesken Auswüchsen geführt. Schau sie dir an, unsere Jugend, die hiergeblieben ist! Sie ist perspektivlos, überall lungern Skinheads herum. Die Stimmung ist hier so aufgeladen wie zu der Zeit der Weltwirtschaftskrise 1929, als Hitlers SA massenhaft Zulauf bekam. Der Westen bescherte uns mit der Freiheit und Demokratie auch die 'braune Pest'. Sie fiel hier wie Heuschrecken auf fruchtbaren Boden. Aus Frust folgen Gestrandete einem Rattenfänger. Unlängst marschierte der Neonazi Kühnen mit seiner Horde ungestraft durch die Innenstadt. Etwa vierhundert Skinheads folgten ihm. Sie zogen grölend durch die Straßen, das Hitlerjugendlied auf den Lippen:
'Wir werden weiter marschieren, wenn alles in Scherben fällt, heute gehört uns Deutschland, morgen die ganze Welt'. Ich war gerade mit Akelei in der Innenstadt einkaufen, als wir dieser Horde begegneten. Es war abstoßend."
„Die Polizei? Hat sie nicht eingegriffen?"
„Nein, sie ließ sie gewähren, sie hat den Demonstrationszug begleitet", fauchte er.
„Salpeter, ihr müsst euch hier im Osten von der Schrebergartenmentalität, die euch einen Hauch Romantik, Harmonie und Geborgenheit bot, verabschieden.
Das Leben unter einer Glocke ist vorbei, wie sie sich auch Hesse mit der Provinz Kastilien im Roman 'Das Glasperlenspiel' einst geschaffen hatte. Er wollte vor der Wirklichkeit fliehen. In ihr suchte er Geborgenheit, Eigentum war fremd, wie auch in der DDR. Aber auch Kastilien hatte keinen ewigen Bestand. Sein Held, Josef Knecht, scheiterte an Kastilien. Außerhalb Kastiliens rüstete man sich für einen verheerenden Krieg."
„Du hast gut reden! Die Verzweiflung wird uns wieder auf die Barrikaden treiben. Bischofferode ist ein Fanal! Die Kumpel im Kaliwerk Thomas Münzer sind in den Hungerstreik getreten. Sie wehren sich gegen die Schließung ihrer Grube. Ein Werk mit hoher Produktivität, guter Auftragslage und soliden Marktanteilen soll plattgemacht werden! Du bist hier deines Lebens nicht

mehr sicher. Die Kriminalität treibt seltsame Blüten. Wir verbarrikadieren unsere Wohnung. Das Misstrauen wächst sogar gegenüber dem Nachbarn. Wohnungseinbrüche sind an der Tagesordnung."

„Ja, da kann ich auch ein Lied davon singen. Es war kurz nach der Wende, als eine Wagenburg der Sinti und Roma im Ostragehege Station machte. Es war an einem Freitagmittag, als Lilofee für kurze Zeit das Haus verließ, um Einkäufe für das Wochenende zu tätigen. Als sie wiederkam, rutschte ihr vor Schreck das Herz in die Hose. Im Haus wurde eingebrochen! Die Einbrecher kamen durch den Keller. Glücklicherweise war die Tür zum Treppenaufgang nicht leicht auszuhebeln. Offenbar gerieten sie in Zeitnot und mussten unverrichteter Dinge fliehen. Zwei Häuser weiter entfernt wurden sie fündig, räumten aus was nicht niet-und nagelfest war."

„Hat man die Diebe gefasst?"

„Ich glaube nicht! Aber die Vermutung lag nahe, dass es Romas waren. Denn am Vortage hatten wir Besuch von ihnen, Vater mit Tochter. Sie boten Waren feil. Gastfreundlich wie wir waren, baten wir sie einzutreten. An unserer Wohnung schienen sie Interesse gefunden zu haben. Bereitwillig führten wir sie durch sämtliche Räume. Wir kauften Kleinigkeiten. Am nächsten Tag war dann der Einbruch."

„Ja, die Kriminalität hat Hochkonjunktur. Vor der Wende haben wir unsere Wohnung nicht mal verschlossen, wenn wir sie nur auf einen Sprung verließen. Neulich hat ein Einbruch in eine Sparkasse für Aufruhr gesorgt. Ein Bankräuber leerte am helllichten Tage eine Sparkasse. Ein Passant – es war der Arzt Dr. Hache! – verfolgte den Dieb, er war ihm dicht auf den Fersen. Der Räuber zückte kaltblütig seine Waffe und erschoss den Verfolger. Der Dieb entkam mit der Beute."

„Furchtbar! Ich habe den Arzt gut gekannt! Er war Chefarzt für Anästhesie im Krankenhaus – ein furchtbarer Verlust.

'Es ist bisweilen dabei wahr, dass ein Teufel den anderen austreibt – aber man hat dann den anderen'. Zarathustras Weissagung trifft durchaus in Bezug auf die radikalen Veränderungen, die sich gegenwärtig im Osten vollziehen, zu."

Als wir am nächsten Tag vor unserer Abreise noch einen Stadtbummel durch die Innenstadt machten, fühlte ich mich als Fremder in der Stadt, in der ich vierzig Jahre zu Hause war. Die meisten Straßen und Plätze waren umbenannt. Ernst Thälmann, Julius Fučik, Dr. Friedrichs, Dr. Kurt Fischer, Straße der Befreiung, Platz der Einheit waren ausgemerzt. An ihre Stelle traten Namen längst verblichener Zeiten, Personen mit einem Glorienschein umgeben, den Geruch einer Heldenverehrung nach sich ziehend, aber auch Straßennamen von Personen, die zum Himmel stanken. Bei einem Bummel durch die Prager Straße stockte mir der Atem. An einem Kran baumelte der abgetrennte Kopf Lenins aus rotem karelischem Granit! „Was tut ihr da!", schrie ich einen der Arbeiter an. Erst stutzte er, dann lachte er über meine Frage:

„Die Stadt hat Lenin für 'n Appel und 'n Ei verhökert. Er wäre hier unerwünscht – ein Fremdkörper –, meinten die Stadtväter!" Wo wird seine endgültige Ruhestätte sein? Als Schotter auf der Straße oder als Grabschmuck zu einem Grabstein verarbeitet? Was schrieb doch Heinrich Heine 1854 über die Kommunisten unter dem Artikel „Lutetia" in der Augsburger Allgemeinen Zeitung: „Dieses Geständnis, dass den Kommunisten die Zukunft gehört, machte ich im Tone der größten Angst und Besorgnis, und ach! das war keineswegs eine Maske! In der Tat, nur mit Grauen und Schrecken denke ich an die Zeit, wo jene dunklen Bilderstürmer zur Herrschaft gelangen werden: Mit ihren rohen Fäusten zerschlagen sie alsdann erbarmungslos alle Marmorbilder der Schönheit, die meinem Herzen so teuer sind… Sie hacken mir meine Lorbeerwälder um und pflanzen darauf Kartoffeln,… und ach! mein 'Buch der Lieder' wird der Kräuterkrämer zu Tüten verwenden. Ach! das sehe ich alles voraus, und eine unsägliche Betrübnis ergreift mich, wenn ich an den Untergang denke, womit das siegreiche Proletariat meine Gedichte bedroht."

Nichts dergleichen geschah unter der Herrschaft des Proletariats! Hier irrte Heinrich Heine. In der Schule war Heines „Wintermärchen" Pflichtliteratur. Auch Barbarossa und Bismarck wurde nicht an die Kahle gegangen. Und über dem Kyffhäuser wacht noch heute der erste deutsche Kaiser Wilhelm I. Niemand krümmte ihm ein Haar. Die DDR, die zugrunde ging, war ein Versuch, ein ganz und gar neues Deutschland aufzubauen, vom Westen als „Kultur-Bolschewismus" verschrien. Ihre 40jährige Geschichte hatte sich als Irrweg erwiesen. Ja, es war ein Irrweg! Er führte ins Nichts, in einen Bankrott ohne Beispiel.

Abschied! Wird es ein Abschied für immer sein? Auf unserer Rückreise über die mit Kopfsteinen gepflasterte drei Kilometer lange frühere sächsische Heeresstraße traute ich meinen Augen nicht. Da wir langsam über die Holperpiste fahren mussten, hatte ich genügend Zeit, mich umzuschauen. Wir fuhren jetzt nicht mehr auf der Dr.-Kurt-Fischer-Allee, sondern auf der „Stauffenbergallee"! Stauffenberg? Graf Claus Schenk von Stauffenberg? Sohn einer alten Adelsfamilie mit tugendhafter preußischer Militärlaufbahn? Walküre-Plan? Ikone des Widerstandes gegen das faschistische Regime, umgeben mit einem Heiligenschein? Es lohnt sich, die Person Stauffenberg näher zu durchleuchten! Seine militärische Laufbahn begann er als Fahnenjunker bei der Reichswehr. Auf der militärischen Karriereleiter ging es rasch nach oben. Leutnant Stauffenberg sympathisierte bereits Anfang der 1930iger Jahre mit Adolf Hitler: „Der Gedanke des Führertums, verbunden mit einer Volksgemeinschaft, der Rassengedanke und der Wille zu einer neuen deutschbestimmten Rechtsordnung erscheinen uns gesund und zukunftsträchtig." Er begrüßte die Ernennung Adolf Hitler zum Reichskanzler und die anschließende Gleichschaltung ausdrücklich als „nationale Erhebung". Am Aufbau Hitlers Schlägertruppe, der SA, war er direkt beteiligt. Den Kriegsausbruch am 1. September 1939 empfand er wie eine Erlösung. Seine Fronterfahrungen in Polen schilderte er in einem Brief an seine Frau: „Die Bevölkerung ist ein unglaublicher Pöbel, sehr viele Juden und sehr viel Mischvolk, ein Volk, welches sich nur unter der Knute wohlfühlt." Nach seiner Verletzung in Afrika wurde es zunächst still um seine Person. Professor Sauerbruch war sein behandelnder Arzt. Für seinen lädierten linken Arm entwickelte er eine gebrauchsfähige Prothese. Für den Einsatz an der Front war Stauffenberg nun nicht mehr geeignet. Er wird dem Befehlshaber des Ersatzheeres General Fromm unterstellt. Eigentlich hätte er sich ja zur Ruhe setzen können! Nein! Er wollte weiter an der Seite des Führers für den Endsieg kämpfen!

Am 6. Juni 1944 landeten die Alliierten in der Normandie. Die längst von den Russen geforderte zweite Front wurde damit eröffnet. Zur gleichen Zeit überrollte die Sowjetarmee das faschistische Heer in Weißrussland. Es war die schwerste und verlustreichste Niederlage der Faschisten. 400 000 Soldaten starben oder gerieten in Gefangenschaft. Die deutsche Generalität geriet in Panik. In der Beseitigung ihres Führers wollte sie sich im Angesicht der drohenden Niederlage aus der Schlinge ziehen, sich reinwaschen. Am Plan „Walküre" wurde hektisch geschmiedet. Stauffenberg wird dem Befehlshaber der Ersatzheeres General Fromm unterstellt. Am 1. Juli wird Stauffenberg zum Oberst ernannt; dadurch hat er Zugang zur Schaltzentrale des Machtzentrums, und kann an den Lagebesprechungen im Führerhauptquartier teilnehmen. Konspirative Besprechungen finden auch in der Villa von Professor Sauerbruch statt. Die Zeit drängte, die Niederlage der faschistischen Armee zeichnete sich deutlich ab. Stauffenberg erklärte sich bereit, den Anschlag auf den Führer auszuführen. Am 20. Juli 1944 reiste Stauffenberg zur Lagebesprechung ins Führerhauptquartier mit einer mit Sprengstoff bepackten Aktentasche. Unter dem Vorwand eines dringenden Telefongesprächs verließ er vorzeitig den Raum und flog nach Berlin zurück, in dem Glauben, Hitler sei getötet worden. Diese Kunde verbreitete er in Berlin. Es war eine Ente. Hitler überlebte das Sprengstoffattentat fast unverletzt. „Walküre" scheiterte jämmerlich. General Fromm wechselte als Mitverschwörer rasch die Front, um sich reinzuwaschen – hier fällt mir ein Spruch an einem Gobelin ein, der in einem Raum in der Burg Nossen hing, als wir sie besuchten: „Wir wuschen ihn mit allem Fleiß, doch der Mohr nicht wollte werden weiß" – und ließ Stauffenberg und General Olbricht noch am selben Tage exekutieren. Auch dem Verräter Fromm ereilte später dasselbe Schicksal. Was hinterließen uns die Verschwörer? „Wir bekennen uns im Geist und in der Tat zu den großen Überlieferungen unseres Volkes, die durch die Verschmelzung hellenischer und christlicher Ursprünge in germanischem Wesen das *abendländische Menschentum* schufen" – den Übermenschen? – . „Wir wollen eine neue Ordnung, die alle Deutschen zu Trägern des Staates macht und ihnen Recht und Gerechtigkeit verbürgt, verachten aber die Gleichheitslüge und *fordern die Anerkennung der naturgegebenen (gottgegebenen) Ränge.*" Diese Ausführungen Stauffenbergs über seinen zukünftigen deutschen Staat stehen als Vorbild für künftige Generationen? Pfui Teufel! Sie stinken nach Chauvinismus und Herrentum! Eine Verehrung eines Helden mit einem zutiefst braunen Kern!

Diese giftige Kröte soll das deutsche Volk schlucken?

Vom Wahrsagen lässt sich wohl leben in der Welt, aber nicht vom Wahrheitsagen!

„Denn alles muss in Nichts zerfallen, wenn es im Sein beharren will!"

Quo vadis 3. Deutsche Republik???

[1]Antrag des Lukas L. als Mischlingsjude beim Landratsamt Schönberg.

[2]EUROMED", Jahre später fanden sich die verschollenen Unterlagen in Jungs Stasi-Akte! Gegen Jung wurde wegen eines Geheimnisverrats ermittelt.

[3]Der Stationsarzt von Carl Jung war ein IM der Staatssicherheit.